美剧式惊险悬疑长篇小说

THE DRAGON BONE

寻骨者

〔美〕朱辉◎著

金城出版社
GOLD WALL PRESS

图书在版编目（CIP）数据

寻骨者 /（美）朱辉著．—北京：金城出版社，2019.1
ISBN 978-7-5155-1767-4

Ⅰ.①寻…　Ⅱ.①朱…　Ⅲ.①推理小说－中国－当代
Ⅳ.①I247.5

中国版本图书馆 CIP 数据核字（2018）第 252385 号

寻骨者

作　　者　〔美〕朱　辉
责任编辑　郝俊伟
开　　本　710 毫米×1000 毫米　1/16
印　　张　25
字　　数　270 千字
版　　次　2019 年 1 月第 1 版
印　　次　2019 年 1 月第 1 次印刷
印　　刷　三河市百盛印装有限公司
书　　号　ISBN 978-7-5155-1767-4
定　　价　49.90 元

出版发行　**金城出版社**　北京市朝阳区利泽东二路 3 号　邮编：100102
发 行 部　（010）84254364
编 辑 部　（010）64210080
总 编 室　（010）64228516
网　　址　http：//www.jccb.com.cn
电子邮箱　jinchengchuban@163.com
法律顾问　北京市安理律师事务所　18911105819

谨以此书献给我的妻子
她让我成为一个更好的人

楔　子

龙骨山，五十万年前，夜。

饥饿像一头巨兽。它用野蛮的力量缠紧他的四肢，张开血盆大口缓慢地吞噬他的五脏六腑。

黑暗中，他把身体尽可能地紧贴在潮湿的泥地上，硕大的头颅伸向前方地面的缺口。汗珠像一群细小而隐秘的爬行动物，从他肮脏杂乱的长发中慢慢显露，顺着他短而前倾的额头爬到急剧突出的眉骨，沿着他宽广的鼻翼蜿蜒滑行。

但他却没有任何知觉，紧张地看着缺口下方一条难以辨别的小径。有一瞬间他犹豫是否应该挪动一下麻木的身体。但作为一个经验丰富的猎人，他马上否定了这个想法。他只是轻轻地放松了一下右手。他肮脏、粗砺的手握着一根粗大的木棒。木棒顶端用动物干筋绑着由整块石英岩磨成的石斧，沉重而锋利。

一声细碎的响动。他屏住呼吸，向缺口看去，下方有两个黄色亮点向这个方向漂移过来，迅猛而诡异。亮点猛然停住不动，突然消失，然后瞬间重现。这是一双巨大的黄色眼睛，下部是一对粗大的獠牙，从嘴边赫然伸出，向后凶猛而尖利地弯曲。

剑齿虎移动着它满是肌肉的沉重身体，谨慎地走在每天夜猎的小径上。它突然停住脚步，抬起头狐疑地向空中闻嗅。

一声野蛮的长啸，几个黑影从上方的石崖上跳下来。石斧剁入剑齿虎的硕大身体，发出湿润而沌浊的声音。剑齿虎负痛狂号，扑向攻击它的猎人。它带锯齿的獠牙轻易地划开其中一人的腹部，灼热的鲜血和腥臭的内脏瞬间奔涌而出。

石斧猛烈地砍入剑齿虎的两眼之间，坚硬的头盖骨在锋利的石斧下砰然碎裂……

剑齿虎和猎人垂死的疯狂吼叫撕破黎明前无际的黑暗，潜行在绵延起伏的山谷之间。

猎人抬着剑齿虎和同伴的尸体走在悬崖的边缘。

微亮的天光勾勒出他们缓缓移动的身影。悬崖尽头，一个隐秘的洞穴无声地张着漆黑的大口。

他第一个进入洞穴。

背后同伴们扛着的猎物和尸体让他心里同时充满喜悦和悲哀。他已经不记得上一顿饱餐是什么时候了，也不知道如何面对死去同伴的女人和孩子。他急切地走过曲折的入口，想和留在洞里的其他成员分享他的喜悦和盼望已久的食物。

看到远处洞壁上映射的火光，他加紧脚步。这时他闻到一股香味，一种久违的、肉在火上炙烤、肥油滴入火中的香味。

他继续向前走去，更浓的香味让他感到兴奋和晕眩。但有一种说不清的不安和恐惧慢慢地攫住了他的喉咙，让他喘不过气来。他握紧手中的石斧，加快了脚步。

拐过最后一个弯，面前是洞穴的开阔处，他突然停下脚步。在昏暗的火光映射中，他看到几个披着兽皮的人形，和他们前方火坑里悬吊着的支离残缺的尸体……

火光把血腥和恐怖的景象投射在他瞬间冻结的脸上。他想叫喊，警告后面的同伴，但却发不出任何声音。他一动不动地站在那里，看着一个巨大的兽人影子缓缓地向他转过身来。

他在这个世界上最后看到的是一柄正在向他飞来的石斧。

南中国海，一九八七年十二月十四日，夜。

深夜，暴雨如注。

一千五百多匹马力、上百吨的“清道夫”号打捞船在狂怒的海中像孩子的玩具一样被抛起落下，没有任何抵抗能力。甲板倾斜成可怕的角度，海水汹涌漫过船尾甲板。水手的吼叫和机器的轰鸣声淹没在巨大的海风中。

在所有的疯狂中，每个人的目光都注视着船尾的巨大吊车。倾盆大雨中，吊车顶端的钢缆正在慢慢收紧。

船长，一个有四十年打捞经验的老水手穿着厚重的黑色雨衣，近两米的身躯像铁塔一般矗立在舰桥上。他举起望远镜，紧张地看着钢缆插入水面的一端。

望远镜中，钢缆缓缓上升。一个庞然大物慢慢地从沸腾的海面露出来。

船长放下望远镜，抹去脸上的雨水，似乎要亲眼确认从望远镜中看到的景象——一个巨大的立方体正淌着水，渐渐离开水面。

船长再次举起望远镜，仔细地注视着立方体湿漉漉的表面。他看到了密集缠绕的水草，形状各异的贝壳，锈蚀的金属板……

在立方体的右上角，他找到了他要找的东西。

在水草、贝壳和锈蚀中间，依旧隐隐约约可以看到四个模糊的英文字母USMC（美国海军陆战队英文缩写）。

船长冲进驾驶舱，来不及脱掉湿淋淋的雨衣就拿起桌上的卫星电话，用颤抖的手拨号码。

“说!”听筒里传来一个微弱的声音。

“先生，我想我们找到了你要的东西。”船长的声音带着兴奋和喜悦的颤抖。

爆炸声撕裂了浪涛和风雨声，打断了他下面的话。错愕的船长抱着电话冲到窗口，正好看到最后一片箱子的残骸带着火苗掉入海中。

喧嚣声中，几个强壮的水手追着一个身形矫健的黑影。

舰桥的顶端，水手们包围了那个黑影。船长分开众人，站在黑影面前。

“你是谁?!”船长厉声问道。穿雨衣的黑影背对着众人一言不发。

“转过身来!”船长命令道。黑影还是一动不动。

船长点头，两个水手冲上前去。就在这一瞬间，黑影慢慢转过身来。

舰桥昏暗的灯光照在他的脸上。这是一张泼满鲜血般的脸，没有五官!

众人错愕间，黑影纵身一跃，消失在船舷外的黑暗中。

新泽西，一九八七年十二月二十二日，清晨。

百威啤酒厂坐落在新泽西纽瓦克机场的高速公路边。

安东尼每天驾驶轰鸣的铲车，熟练地把几十吨啤酒发酵培养基投入巨大的发酵罐里，蒸汽消毒后，发酵、出罐，再送入下道分离工序。他热爱他的工作，二十多年来从未请过病假、事假，也从来没有迟到、早退。

他除了工作，还有一个热爱——冰钓。

夜班下班的铃声响了，安东尼飞快地办好交接班手续，换下工作服，提着空饭盒，跳上旧卡车，向郊外驶去。

和纽约隔着哈德逊河的新泽西州紧邻大西洋。州内湖泊和河湾星罗棋布。有一个地方安东尼从来没有告诉过任何人，包括他最好的牌友。

从州际公路上下来，在一条冻得梆硬的土路上行进了一公里。安东尼在路的尽头停好车，穿过一片茂密的芦苇，走进他的秘密冰钓之地。

残雪下，冰面在他的靴子下发出结实的声音。

一天就冻得这么结实了。安东尼情不自禁地想。

他围着河面绕了一圈，选好一个地方，放下手中的折叠凳。他打开冰钓包，取出各种器械，开始在冰面上打洞。

浮标是在安东尼刚喝了第二口保温杯里的浓咖啡时下沉的。

是个大家伙！安东尼裹在皮帽里的脸露出了笑容。

半个小时后，使尽浑身解数的安东尼终于把那条四公斤重、近一米长的马斯基鱼拽出冰洞。他仰面躺在冰面上，把还在扑腾挣扎的鱼抱在胸前，一边笑着，一边呼呼地吐着白汽……

他突然有一种感觉，有人在不远的地方注视着他。

他坐起身，环顾四周。

宽阔的河面冰雪连天，人迹全无。他诧异地把手中的鱼放在冰面上。这个时候，他看到了什么。

他急促地喘着气，手忙脚乱地把身边冰面上的冰碴儿和残雪扫开。

冰下，一双眼睛正凝视着他。

1

七岁的林简睁开眼睛。

她的眼前一片漆黑。她蜷缩着瘦小的身体蹲在地上，小心地向前伸出小手。手无声地消失在浓如墨汁的无际黑暗中。她飞快地缩回手，放在脚上。这时她发现自己光着脚，脚下是冰冷坚硬的石头。

“妈妈!”她轻声地叫道。

没有回应。细小的声音奇怪地弹跳着，沿着一个看不见的轨迹传到远处。

她在一个黑暗的洞穴深处!

“我是怎么到这里来的?!”她问自己。没有答案，她没有任何之前的记忆。惊恐开始从黑暗中向她逼近。

“妈妈!”她又失声叫道。声音再次渐渐消失，没有回应。

林简可以听到自己急促的心跳声。她想哭，但她内心深处的本能告诉她：“不能哭！千万不能哭!”她小心地站起身来，把双手伸在身前，双脚开始慢慢往前移动。她感到脚下石头尖利的边缘刮着稚嫩的脚底。她的手触到石壁。

石壁表面有冰凉黏滑的东西。林简忍住恶心，沿着石壁慢慢向前走去。转过一个直角弯，她看到远处有一丝若有若无的光亮……

这时，她听到了一个声音。

在看不见的黑暗中，有一个东西无声地站在她的身后，缓慢而粗重地喘息着，令她毛骨悚然。

林简本能地屏住呼吸，试图让自己消失在黑暗中。

像刚才突然出现一样，喘息声突然消失。四周落入一种古怪的寂静。

林简战战兢兢地向前迈出一步。

像是感应到黑暗中潜伏在一步之遥的危险，她的心突然狂跳起来，跳动声越来越响……

越来越响，床头柜上的闹钟不断地增加着分贝。

厚重窗帘阻挡了所有阳光的房间里，林简睁开眼睛，发现自己躺在纽约格林尼治村公寓的自家床上。

她伸出手按下按钮，闹钟的铃声戛然而止。表针指着五点钟。闭着眼睛，林简躺在床上，让自己急促的呼吸和心跳平静下来。她侧身打开床头柜上方的抽屉，拿出药瓶，倒出两颗白色的药片。她用依旧颤抖的手把药瓶放回，再从柜子下方取出半瓶白兰地，拿起床头柜上的杯子倒了半杯，和药一饮而尽。

烈性的酒像一条温暖的细线流入冰冷的身体，分散到四肢。林简深深地吸了一口气，慢慢平静下来。

从浴室里出来，林简边用毛巾擦着齐肩短发，边向客厅的窗口走去。

她拉开窗帘，强烈的阳光如潮水一样涌入小小的公寓。

二十九岁的林简有一张并不能称作美丽、但有独特魅力的脸。坚挺、小巧的鼻子下面，薄薄的嘴唇闭上时形成一条直线。微陷的眼睛是脸上最动人的地方，在茂密的睫毛包围中，瞳仁非常的黑。当她专注地凝视时，瞳孔的深处隐现一抹钢蓝，给黑色以一种神秘的深度。她左脸颊上有一道明显的伤疤，正好在酒窝的位置。她笑的时候伤疤就会隐没在笑靥中，但是这样的时候并不多。

林简开始在狭小的客厅地板上练瑜伽。从玻璃窗照射进来的阳光把她修长、柔软的身影投射在浅黄色的墙上。

端着大杯咖啡，林简站在窗前，凝视着远处华盛顿广场拱门的剪影。

二十三米的拱门后面，冬日黄昏的雾霾中，太阳喷发出一天最后的绚丽光彩，渐渐西沉。黑暗像稀薄的雾从每个街角漫出，慢慢地填满城市的每个空隙。

林简的心情开始变得暗淡。一种深沉的孤独和恐惧像窗外的黑暗一样爬上她的心头。

她把咖啡杯和酒杯在厨房的水槽里洗净，放在架子上。她走回卧室，把床头柜上的酒瓶放回柜里。她在关柜门的时候，有一个金属的东西在黑暗中闪了一下。

一把点 45 口径的史密斯 & 韦森手枪。

窗外血红的落日慢慢消失在纽约下城错落有致的天际线后面。

往北一百条街以外，哈莱姆区。

最后一线天光正飞快地消失在哈德森河面上。一辆白底蓝字的警车驶过路边的一个凹坑，溅起一片雪水泥混合物，停在“圣十字修道院”门口。

丹尼，一个黑发黑眼的第二代意大利裔年轻少尉，飞快地跳下车来。他一边把黑色的警棍挂在腰带上，一边快步地向修道院的木门走去。

车里，山姆中尉慢条斯理地带上警帽，对着后视镜正了正，然后吃力地把肥胖的身躯挪出警车。他小心地避免刚擦过的靴子踩到雪泥里。他听到前方丹尼用力的敲门声。

七天。这个数字在山姆脑子里慢慢变大，占据了整个空间。

山姆和丹尼跟在吉娜嬷嬷后面，走在一条昏暗的甬道里。

吉娜嬷嬷是个严肃高大的老修女，她的声音微微颤抖，还沉浸在最初的惊吓之中：“……她在这儿已经十多年了，和我们一起侍奉上帝。她平时主要为修道院做一些和外面打交道的事情。”

“还有七天我就退休了。”山姆想。

在昏暗的灯光下，嬷嬷的声音像风中的青烟，有形状没质地地缓缓飘散：“……像每天去集市买菜，给姐妹们补充一些生活必需品什么的。”

在嬷嬷低而急促的话语背景里，山姆突然想起这些年和他曾经坐在同一辆车里，但已经死去的搭档。他依旧能清楚地看到他们的脸。

“你这个幸运的杂种!”他对自己说道，胖胖的脸上露出一丝微笑。他想起那幢在阿里桑那州的凤凰城郊外沙漠边的褐色呆板的小房子——他和他患风湿性关节炎的妻子退休后的家。他轻轻叹了一口气，一瞬间自己也分不清是心有遗憾还是对能活着退休的感激。

三人走进修道院不大的礼拜堂。山姆略微不满地看着依旧戴着帽子、大剌剌地向前走的丹尼，但他没有说什么。摘下帽子，他在圣水盆前沾湿手指，在胸口画了一个十字。

“7”这个数字再次出现在他的脑海里。

“那为什么……”丹尼转过头问道。嬷嬷示意他头上的警帽。

“对不起。”丹尼不好意思地摘下帽子夹在腋下，“为什么给我们打电话?”

“这是我们修道院里第一次发生这样的事。我们给医院、警察、消防队都打了电话……你们是第一个到的。”

三人穿过礼拜堂，走入另一条昏暗的走廊。向右拐，前面是一条短走廊。

两边各有两扇门。吉娜嬷嬷在右边的第二扇门前停下。

门开了。屋里一片漆黑。

吉娜嬷嬷摸到墙上的开关。屋子上方的一盏低瓦电灯亮了。

房间很小，几乎没有家具。墙上有一幅圣母抱着圣子的画像。下方的桌子上除了一本《圣经》什么也没有。靠窗放着一张单人床，上面铺着白色床单。

床单下面有一个人体轮廓。

山姆示意丹尼不要急着进门。他站在门口，用几秒钟环视两遍这间不大的屋子。然后走进去，他沉重的身体把旧木地板压得吱嘎作响。

山姆在床前停下，前后左右扫视了一遍，然后轻轻地掀开床单。

2

正在充电的除颤电震仪发出尖锐的啸声。

穿着白色护士服、戴着口罩的林简两手叠在一起，有节奏地奋力按压着病人多毛的赤裸胸口，额头上布满了细密的汗珠。

林简拿起电震仪两个电极板，相互摩擦把电极糊弄匀，以免灼伤病人的胸部。按照标准程序，她大声叫道："二百，让开！"然后把两个电极板按在男子的胸口上。

"砰"的一声，两千多伏的高压电瞬间通过没有知觉的身体。身体突然跳起来，在空中弯成奇怪的形状，又松软地落在病床上。

林简抬头看着前方的监护仪，依然是一条直线。她放下电震仪，继续用力按着病人的胸口，试图人工启动心脏的跳动。护士帽下，她汗湿的头发粘在脸上，跳跃的视线看着病人黑色愚钝而无辜的面孔，厚嘴唇角上带着呕吐的残留物。

电震仪再次发出刺耳的尖叫声。

苏珊，一个来自香港的胖护士，把准备好的电极板递给林简。

"三百六！让开！"林简高声喊道。

患者比上次跳得更高，又颓然掉下。监护仪上依然是一条直线。

林简扔下电极板，右手握拳，开始猛击这个使用毒品过量的瘾君子左胸。

一下，两下，三下……

监护仪没有任何变化。林简继续猛击。

“简，简……”苏珊冲林简喊道，试图让林简停下，“停，停下！他死了……”

林简似乎没有听到，继续猛击。

“林简!”苏珊大叫一声。林简像是才醒过来，抬起头，茫然地看着苏珊。

“他已经死了!”苏珊冷静地、实事求是地说道。林简扭头看着监护仪，依旧是一条黄色的直线。她低下头，慢慢地摘下口罩和橡胶手套，把手放在额头上，才发现汗水已经浸湿了护士帽。

屋子突然变得很安静。

苏珊默默地走到病床边，双手合十，做了一个简短的祷告后，把被单拉上来，盖在患者的脸上。

监护仪突然“嘀”地响了一声。林简抬起头，和苏珊交换一下眼神，一起把目光投向监护仪。

监护仪响了第二声。

山姆轻轻地拉开床单，一张脸显露出来。

这是一张苍老的亚洲女人的脸。坚挺的鼻梁，抿成一线的嘴唇，满脸纵横细密的皱纹。她脸色安详而平静，身上的旧睡衣裤打着补丁，却干净而整洁。

吉娜嬷嬷在胸口画了个十字。

山姆把手放在她的颈下查试脉搏，然后吃力地弯下身子，仔细地看死者的嘴唇和手指，尽量不碰她的身体。

“嬷嬷，请问她叫什么名字?”丹尼从口袋里拿出记录本。

“姓林，名静秋，我们都叫她秋，中文秋天的意思……”

“是中国人?”丹尼问道。

吉娜嬷嬷点头：“她来自中国，但从来没有听她说起过中国的任何事……”

“年龄?”

吉娜嬷嬷迟疑一下：“我觉得大概是六七十岁吧。”

“林女士有心脏病吗?”山姆突然插嘴问道。

吉娜嬷嬷想了片刻，点点头："记得她说过她心脏不好，你怎么知道？警官。"

山姆吃力地直起身来，用手撑着后腰："她的嘴唇和指甲呈紫黑色……但是，这可能有很多原因……谁最后一次见到她的？在什么时候？"

"前天晚上她和我们一起吃的晚饭。做完晚祷，就各自回房休息了。"吉娜嬷嬷显得有些不自在。

"前天晚上?！为什么今天才报警？"丹尼追问道。

"因为我们是小修道院，"吉娜嬷嬷有一丝不自然，"所以管理不像其他修道院那么严格。她大部分时间住在院里，有时会自己出去……但她是虔诚的教徒。"

"嬷嬷，林女士这两天有什么……"山姆试图寻找一个合适的词。

"不寻常的举动和表现？"丹尼似乎不想再浪费时间了。

山姆明显感到吉娜嬷嬷有些紧张，微笑着轻松说道："这是我们例行公事的讯问。"

吉娜嬷嬷点点头，试图回忆。

山姆再次环视这个简陋的小房间。他突然意识到他刚进房间那个不自然的感觉是什么了。房间收拾得异乎寻常地整齐，家具、用品、《圣经》，每件物品都摆得一丝不苟。只有那张椅子随便地斜靠在桌子上。

"我不觉得她前两天有任何不同寻常的举动，但是她总是有些……"吉娜嬷嬷迟疑地选择着准确的词汇。

"疯疯癫癫。"她用手指在太阳穴上比画了一下。

"今天有人进过这间房间吗？"山姆突然问道。

"没有，只有我。"这次吉娜嬷嬷很快地回答，"而且我特别注意，没有动房间里的任何东西……什么事，梅根嬷嬷？"

山姆和丹尼转过头去，一个年轻修女站在门口。

梅根嬷嬷："吉娜嬷嬷，医院的救护车到了。"

吉娜嬷嬷点头："谢谢！我知道了。"

吉娜嬷嬷转过头来，看见山姆正在往手上戴橡胶手套。

山姆把死者的睡衣衣袖轻轻捋起，仔细地检查她的手臂。昏暗的灯光下，他看到在女人细瘦的臂弯处有个东西。他从上衣口袋里取出老花眼镜戴上。

一个细小的针眼。

一根针准确利落地扎入婴儿的前额，婴儿无声无息。

林简的另一只手轻柔地抚摸着婴儿的脑门。苏珊小心地抱着婴儿。婴儿不到两岁，长长弯曲的睫毛下，双眼虚弱地闭着。瘦骨嶙峋、肮脏的小身体似乎无法支撑巨大的头颅。

“我们打开门以后，发现他赤裸裸地躺在一堆垃圾里。”年轻警察说道。他站在林简后面，长满雀斑的脸和身上深蓝色的警服有一种怪异的不协调。他担心地看着林简的操作和监护仪上婴儿微弱的心跳，两手按着挂在身上的钥匙、警棍、手电、辣椒水和手枪，试图把身体尽量缩小，生怕一不小心妨碍护士的工作。

林简熟练地用胶布把针头粘在婴儿的前额上。

“邻居打电话，说他母亲已经失踪至少三天了。”警察骂了一句脏话，然后马上红着脸不好意思地道歉。林简似乎没有听见，从苏珊手中接过婴儿，轻轻地把他放在小床上。

“他不会有事吧?”警察小声问。

林简没有回答，小心地把点滴管接在针头，一边看着监护仪，一边仔细地调节点滴的流量。

“找到他母亲了吗?”苏珊问。

警察点点头：“在一个毒窟里找到了。她还以为她一个小时前才离开家。”

“我的天哪!”苏珊惊叫道。

“这样的人根本不配做母亲!”警察摇头，“不过孩子出院后，社会工作者就会把他接走。她可能再也见不到孩子了。”

林简在值班本上记录心跳和血压。警察看着她的背影，然后示意苏珊他走了。

警察蹑手蹑脚刚要出门，突然听到林简说：“谢谢你，警官。”

年轻警察脸红了，手忙脚乱地做了一个不用谢的手势，差点儿和跑进门的金发护士撞在一起。金发护士扶着门，探头对林简急切地说道：“简，新三号病房，枪伤!”

林简点头，转身嘱咐苏珊：“三十分钟后增加点滴量。”

林简跑出房间，但马上又跑回来：“不要滴得过快，时刻注意他的心跳和呼吸!”

不等苏珊回答，林简再次在门口消失。

3

山姆戴着手套，轻轻抚弄针眼周围的皮肤。针眼隐藏在深色斑块和皱褶中间，很难发现。

两个急救人员推着折叠担架冲进屋子，看见一个警察和一个修女紧张地看着床前肥胖的背影。他们停住脚步，一时不知道该干什么。

山姆小心地放下死者的手臂，轻轻地为她拉上衣袖，然后用床单盖住她的脸，转身对急救人员说：“你们回去吧。”

山姆转身对丹尼命令道：“把门封上，不许任何人进出！让法医马上来。”

“是!”丹尼冲出门去。

“这是怎么回事啊?!”吉娜嬷嬷惊慌不安地问道。

林简冲进三号手术室。这里是血的世界。

20世纪80年代中期，纽约和洛杉矶的街头突然出现一种新型毒品——快克。它像一个疯狂的魔鬼，在极短的时间内彻底改变了美国。一时间，从纽约到洛杉矶，从迈阿密到芝加哥，吸毒者如雨后的蘑菇一般呈几何级数量增加。当贩毒变成一本万利的生意，新兴毒贩和传统毒贩之间展开了激烈的领地争夺战，使得每个城市都变成了血腥的战场。无论是白天还是晚上，毒贩之间的火并、杀戮、飞车扫射都在发生。

布朗克斯是纽约犯罪率最高的城市之一。位于城市中心的市立医院每天晚上没有几十个枪伤者或吸毒过量者被推进急救室，倒是一件反常的事情。

李维医生在纽约的另一个危险地区布鲁克林长大，满脸浓须让他看上去比实际年龄至少大十岁。他身材壮硕，像重量级拳击手而不是优秀的外科医生。

此时，李维和另外一个男护士试图按住手术台上剧烈痉挛、满头扎着小辫的牙买加人。他凄厉地号叫着，满是刺青的身体在浸透鲜血的床单中翻滚。

刚粉刷过的墙壁溅满了鲜血。

看见林简，李维满是鲜血的脸上露出笑容："简，我们急需你那双超稳定的手！"

林简冲到墙边的柜子前，打开抽屉，准确无误地拿出镇静剂、针筒、止血钳、消毒纱布、胶带……

李维一边压着牙买加人，一边赞赏林简超人的记忆力。

林简快步走到病床边。牙买加人突然停止号叫，开始哭喊："妈妈，妈妈！我不想死！妈妈，我不想死！我要回家，妈妈！"他粗野的喊声充满了恐惧和悲伤。

听到他凄惨的叫声，手里拿着针剂和针筒的林简突然僵在那里，一动不动。

"简!?"她隐约听到李维在遥远的地方叫她。她奋力把自己从一个黑暗、冰冷的地方拉回现实中。

"按住他！"她简短地说道。

她把镇静剂徐徐推入文满刺青的手臂。鲜血随着牙买加人渐弱的喊声不断地从大腿根部冒出来。

"枪伤。正好打在股动脉上。"李维长长地吐出一口气，手上略微放松。

林简飞快地接上挣开的输血管。李维低下头，开始在血洞里寻找被打断的大动脉。

"血压?"他问道。

"七十五，五十。"林简看着面前的监护仪。

"心跳?"

"一百零三……九十五，掉得很快。"

"我们没有多少时间了。"李维低声嘟囔着。

林简一边用消毒棉吸去伤口不断冒出的鲜血，一边盯着监护仪："六十八，四十二，心跳七十八。"

汗水和鲜血在李维脸上流淌。他闭着眼睛，把手指伸进伤口，试图在一堆鲜血浸泡的筋肉中找到不足两毫米的血管。林简担心地看着不断下跌的血压指数。

"啊，找到了！"李维叫道。

林简迅速递上准备好的止血钳。李维用止血钳夹住血管："好，现在找第二个。”

他抬头向林简笑了笑，笑容里饱含浓重的忧虑。林简腾出手来用纱布为他擦去脸上的血汗。她的手依旧很稳定。

“找到了！”李维兴奋地叫道，接过林简递过的止血钳。

一股血从伤口猛烈喷出，监护仪上的血压和心跳指数迅速变小，最后变成一条直线，房间里充满单调而连贯的声音。

身上和脸上满是鲜血的李维和林简呆立在那里，一动不动。

“电震仪。”李维低声说。

空无一人的护士更衣室。

林简慢慢地脱去满是血迹的护士服，穿着胸罩走到水盆前，拧开水龙头，开始洗脸上的血迹。暗红色的血水从水盆流入下水道。她麻木地用温水洗着。

房间里的灯光突然变暗。林简感到手上的水开始变凉，身体开始不由自主地颤抖。水变得越来越冷，最后变得彻骨寒冷。她感到手上的皮肤、肌肉、血管开始结冰。寒流从她的手开始向全身发散，然后一截一截冰冻，眼前有巨大的雪花飘下来……

林简沉重地呼吸着，感到灵魂渐渐离她而去。带着残存的意识，她像梦游一样跌跌撞撞地向更衣箱走去。她的身体撞在铁皮箱上，发出巨大的声响。她颤抖的手打开更衣箱门，在挂着的衣服口袋里摸索。她从口袋里掏出一个小药瓶，急切地打开瓶盖，手一哆嗦，药片撒出来，在地板上乱滚。林简捡起一粒药片放进嘴里咀嚼。极苦的味道充满口腔，她艰难地把药咽下去。

她坐在更衣箱前的地板上，闭着眼睛，周围全是散乱的药片。

她再次睁开眼睛，眼前的雪花消失了。房间里依旧灯光明亮，温暖如春。

林简站在病床边，静静地看着熟睡的婴儿。房间里除了监护仪有序的嘀嗒声，一片安静。

“刚才他的眼睛还微微睁了一下。”苏珊微笑说，“他真是个坚强的孩子。”

林简凝视着婴儿，脸上露出温柔的笑容，伤疤隐没在笑靥中。

“去休息一会儿吧，简。”苏珊说。

林简摇头：“我不累，你去吧。”

“又是一个漫长的夜晚。”苏珊伸了一个懒腰，“我出去抽支烟……唉，我妈又让你今年圣诞夜去我家吃饭。”

“替我谢谢阿姨。”林简微笑道，“下次吧。”

苏珊不高兴地拉长声音：“上次你到我家吃饭，还是四年前的事情。”

“是的，阿姨做了白灼虾，菠萝咕老肉，咸鱼茄子煲，豆豉蒸排骨，还有白灼生菜。你在唐人街买了烧鹅和玫瑰叉烧。我们喝光了一大瓶荔枝酒。”

“啊?! 你怎么记得这么清楚？我可是一点印象都没有了。”

“你喝醉了，吐了我一身。”

两个人一起笑。

“唉，说到吐……大卫昨天又给我打电话，不着边际地说了半天金融、投资、世界经济危机，我听得差点儿睡着了。最后他吭哧吭哧地问我为什么上次见面后你就没了音信。”

林简笑了笑，没有说话。

“他小心地问我你有没有社交恐惧症。”

林简微笑着拿起记录簿，开始记录监护仪上的数据。

“你到底在想什么？林简小姐。这个家伙高大、健壮、英俊，还是纽约大学的经济系副教授，还有比他更好的人吗？”

“没有吧？”林简说，“但他不好玩。”

“哇！”苏珊夸张地把两手举向空中，“大家都来看看世界上第一好玩的林简小姐，她每星期四天上十二小时夜班，白天睡觉。没有电视，唯一熟悉的路是去市图书馆和音乐书店。唯一的朋友是叫苏珊的胖女孩。”

苏珊走向门口，突然停住：“哎，简，那天和我妈聊天时，突然意识到你是这个医院里唯一能和我说中文的人。你生在美国，在纽约长大，为什么却能说一口流利的中文呢？”

林简默默地记录着监护仪上的数据，脸上有种复杂的神情一闪而过，没有回答。

4

汉默感觉他的肺要爆炸了。

他全身的血涌到脸上，额头上暴出小指粗的静脉。他拼命地挣扎，试图挣脱掐住他脖子的大手。

迈阿密海岸正午的阳光照在被钉在甲板上的汉默。在渐渐模糊的视线和意识中，他看到一张褐色的脸近距离凝视着他。从血红的眼睛、放大的瞳孔和像野兽一般的力量，他肯定这个多米尼加毒贩刚服用了大量可卡因。

毒贩左手从腰间抽出匕首，向汉默刺来。

汉默腾出右手，一把抓住毒贩的手腕。他马上感到脖子上的压力顿时增加。他把全身力气用在右手上。毒贩长着粗重汗毛、流着汗的手腕很粗很滑。匕首的刀尖缓缓地向他的脸逼近。

尽管汉默看不到，但知道他的手枪就在离他两米的地方。

十分钟前，他和副手乔治带领海岸警卫队员跳上这艘毒品走私船，立刻受到这帮多米尼加职业毒贩的顽强抵抗。打倒一个脸上布满刺青的毒贩后，汉默发现自己又要面对这个两米多高、吸毒后的毒贩。他毫不犹豫地扣动扳机，子弹射入毒贩的身体。亢奋的毒贩好像毫无知觉，继续向他冲来。他一把抓起 1.78 米的汉默扔在船舱壁上。汉默撞击在船舱上，手枪脱手而去。没等眼冒金星的他爬起来，毒贩一把掐住了他的脖子。

汉默听到甲板下面激烈的枪声，看见匕首慢慢地向他的眉心靠近。

汉默突然大吼一声，用尽全力把右手向上举起，毒贩下意识地松开右手，两手握住匕首往下刺去。说时迟那时快，汉默腾出左手，横击毒贩握匕首的手腕。匕首带着风声，在离汉默的脸不到一寸的地方扎入甲板上。

汉默猛烈地把头撞在沿着惯性前倾的毒贩鼻子上。毒贩发出一声痛苦的惨叫。汉默的左手向下方伸去。

鲜血从鼻子里流出，狂怒的毒贩吼叫着拔出扎在甲板的匕首，向汉默挥去。这时，他惊讶地看到汉默的左手拿着一把小手枪。

汉默扣下扳机，子弹连连射入毒贩的脖子和下巴。温热的鲜血喷洒在汉默的脸上。

汉默用尽力气把毒犯的尸体推开。这时他才发现周围的枪声已经停止。他坐起身来，把小手枪插回靴筒里，用袖口擦去脸上腥臭的血，然后撑着几乎折断的腰，慢慢站起来，向前舱走去。

乔治从前甲板走来。一件大号海岸警卫队防弹服紧紧地箍在他肥胖的身体上，头上是那顶似乎睡觉都戴着的破棒球帽，手里提着一把锯短枪把的霰弹枪，满是油汗的胖脸上挂着玩世不恭的笑容。

“刚才你老板差点儿被弄死，你他妈在哪里?”汉默大声吼道。

乔治扬了扬疏淡的眉毛，耸耸肩微笑。他脸上的笑容突然消失，举起手中的霰弹枪，“哗”地一下上膛，对着汉默扣动扳机。

汉默只觉眼前一片白光，脸上火辣辣地痛，鼻子里充满了火药味道。他听到身后不远有重物倒地的声音，回头一看，那个多米尼加毒贩仰面倒在地上，半边脸已经不见，但手上依旧握着那把匕首。

汉默大骂一声。

“不用谢。”乔治微笑地把霰弹枪扛在肩上。

“哗”的一声，黑色的厚雨布掀起。

汉默沉默地看着雨布下露出来的半船舱高纯度可卡因。他身后的海岸警卫队的士兵吹着口哨，欢呼击掌。

一个年轻的海岸警卫队员从人群中向他挤过来。

“长官，”警卫队员喊道，“电话。”

汉默点点头，挤过人群，跟着警卫队员走上海岸警卫队快艇。

“长官，你的脸?”警卫队员提醒他。

汉默抹了一下脸，摸到一手血。脸上有一条被霰弹枪弹片划出的伤口，他恶狠狠地骂了一句。

汉默走进驾驶室，抓起墙边的急救包，拿起桌上的电话。

“我是汉默。”他一边对着话筒说，一边用牙撕开急救包。

“你马上回纽约!”电话里传来一个威严、不容置疑的声音。

“我刚到这里……”汉默停下手上的动作。

“你的目标被人谋杀了!”

纽约，清晨。

阳光从巨大的玻璃窗照进来，从波光粼粼的水面反射到白色的天花板上，幻化成无数晶莹闪烁的碎片。

穿着黑色泳衣，戴着白色泳帽的林简走上阳光斑斓的大理石池沿。空旷的泳池只有她一个人，熟悉的高湿度空气和漂白粉味道飘浮在一平如镜的碧蓝池水上。

林简戴上泳镜，深吸一口气，姿势优美地跳入泳池。每天晚班结束后，她来这个医院附近的社区泳池游一千米后回家。这是她多年的习惯。

林简在水下潜游，很长时间没有换气。她全身放松，手向前伸直，两腿柔软地上下打水，身体在水中向前滑行。她感到疲劳和工作的压力在水中慢慢剥落、融化。

在接近深水区时，林简浮出水面，双臂击水，然后一把抓住池壁前的钢管。她让身体慢慢沉入深水中。在池水的最深处，她睁开眼睛。

这是一个奇怪的世界，没有声音，只有人造的明亮和温暖。

一个安静而孤独的世界。

一个男人站在二楼窗前的阴影里，注视着下方的林简。

在时代广场地铁站换一号线时，林简再次看见了那个亚洲男人。

狭小而局促的广场是以著名的《纽约时报》命名的。广场的地下是曼哈顿所有地铁的中转站。密如蛛网的通道组成这个世界最大城市拥挤而繁忙的地下交通网。

四名个子矮小、滑稽地戴着圣诞老人红帽的秘鲁人，在拐角处用吉他和风笛演奏着安第斯山的民间乐曲。地铁低矮的拱顶制造成了优质的音响效果。

悠扬的风笛让人想起高远的山脉、飞翔的雄鹰和脸上带着强烈太阳痕迹的高原土著人。

林简停住脚步，听完一首曲子。她走到乐队前面，在吉他盒里放下一块钱。就在林简抬起头来时，她看到乐队的右后方站着一个戴鸭舌帽的男子，他的脸隐在阴影中。

二十分钟前，在布朗克斯区到曼哈顿的六号线拥挤的车厢里，林简看见车厢的另一头站着一个穿大衣的高大亚洲男子。他的花呢大衣和周围黑面孔、鲜艳的羽绒服显得格格不入。他的鸭舌帽檐压得很低，低头看着手上的报纸。察觉到林简的目光，他微微侧了一下身。

吉他手含笑用西班牙语致谢，林简冲他微笑。等她再朝那个方向看时，那个男人已经消失了。

公寓明亮的浴室里。

赤裸的林简裹着浴巾走出浴室。她从镜子后面的柜子里拿出三个药瓶，分别倒出一片药，然后从另一个瓶子倒出两片安眠药，打开水龙头，用手接水喝下去。

走进卧室，她拉上厚厚的窗帘。室内顿时变得幽暗、宁静。

她爬上床钻进被子，把被子拉到下颌，闭上眼睛，呼吸声由重到轻，渐行渐远……

电话铃在安静而黑暗的客厅里响起，带着猝不及防的恶意。

5

电话铃声和安眠药药力让林简辗转在现实和睡梦之间。

林简选择留在睡梦中，但电话铃坚定而持续地响着。她不情愿地披上睡袍，懵懵懂懂地走到客厅拿起电话。

电话里是个陌生男子的声音，像从很远的地方传来：“林简女士？”

“是的。”林简回答。

“我是纽约警察局28分局侦探山姆·安德森中尉。”

侦探？林简茫然地想。

“我们需要你马上过来一下。”

“为什么?!”林简问道。

山姆沉默片刻，没有回答林简的问题：“下午两点，这是地址……”他说了一个第一大道上的地址。

“请告诉我什么事。”林简再次要求。

山姆说：“这是关于你母亲……林静秋。”

母亲？林简感到一阵恍惚，瞬间不知道自己赤着脚站在客厅听电话的状态是现实还是梦境：“她怎么了？”

听筒里一片沉默，只有电流的嘶嘶声。

“对不起。”山姆声音再次响起，“她几天前去世了。”

下午一点五十分。

林简在曼哈顿中城第一大道和三十街的十字路口停下。街上行人熙熙攘攘，手里拎着购物袋，脸上带着节日的笑容。

马路对面是三幢成阶梯式上升排列的大楼。最前面的一幢楼体是鲜艳的湖蓝色，在黑白棕色的城市显得突兀和怪异。林简认识这幢楼，她在护士学校读书的时候参观过。

纽约市的停尸房。

林简沿着一条古老、昏暗、打扫得过于洁净的走廊向前走去。

走廊的尽头站着两个男子。左边是五十多岁的黑人警官，穿着熨得笔挺的深蓝色警服。他手里拿着一个文件夹，稀疏头发下面的胖脸上带着温和的微笑，看着迎面走来的林简。他边上站着一个四十多岁，穿着皮夹克的黑发男子。他左手插在口袋里，倚靠在身后的墙上。看上去举止懒散，却给人一种可怕的张力，像一头荒野上觅食的豺狼，警敏而凶残。他嘴里衔着一支烟，漫不经心地看着走近的林简。他的头顶墙上有巨大醒目的红字：禁止抽烟。

黑人警官友好地向林简伸出手："林女士?"

林简点点头，伸出手去。

"我是安德森中尉。我们在电话里通过话，你可以叫我山姆。"

两人握手。山姆介绍身边的男子："这是特警汉默。"

林简的脸转向汉默。汉默的脸上带着缺乏睡眠的黑眼圈，胡子两天没刮了，脸色显得疲惫而粗糙。他没有向林简伸出手，叼着香烟冲她点了点头。林简看到他的右脸颊上贴了一块脏兮兮的胶布，胶布上有隐约的血渍。

林简转向山姆："我可以见她吗?"

强光灯照着下方的不锈钢桌面，中央是一个黑色尸袋。

山姆慢慢拉开拉链，渐渐露出凌乱的白发、布满皱纹的脸、瘦削的肩膀……

山姆转身看着林简，问道："这是你母亲林静秋吗?"

林简没有说话，茫然地看着面前躺在冰冷桌面上的尸体。

这是一张苍老而陌生的脸。林简试图把眼前的影像和储存在脑子里的记忆相配，但没有成功。她的眼睛在尸体脸上搜索，最后找到了左脸颊花白的鬓发边的长长伤疤。她下意识地把手放在自己脸上的伤疤上，向山姆点了点头。

“真是抱歉！”山姆同情看着林简，“你母亲死于突发性心肌梗死。”

“能告诉我是什么时候吗？”林简问道。

山姆看了一下文件夹里的一张纸：“报告上说是21号，四天前的晚上。”

四天前晚上？林简试图努力回忆：那时我在干吗呢？

但是除了知道自己在医院上夜班，林简的脑子一片空白。一个想法固执地占据了她的内心：太冷了，躺在这个不锈钢的桌面上太冷了。

“修道院的嬷嬷是前天下午发现的……”山姆继续解释道。

“修道院？”林简疑惑地问道。

“过去八九年间，你母亲都在哈莱姆的圣十字修道院侍奉。”山姆略微奇怪地看着林简，“你不知道？”

林简像是没有听到他的话，茫然地看着母亲苍白的脸。

“但是，”山姆迟疑地说：“我们在你母亲的身体里发现一种化学物质，叫硫喷妥钠。”

林简抬起头：“硫喷妥钠？麻醉剂？”

山姆：“对了，你是护士，应该知道。但你是否知道硫喷妥钠也被称为‘实话药剂’，经常用于犯人审讯？”

林简心里一震，看着母亲没有血色的嘴唇，失声问道：“你是说有人给我母亲注射了硫喷妥钠，审讯了她？”

山姆点点头：“很有可能。我们在你母亲的手臂上发现了注射针孔。硫喷妥钠的一个副作用是……”山姆停顿了一下，“心肌梗死。”

“为什么有人要审讯我母亲？”林简急切地问道。

山姆摇头：“这也是我们想知道的，也是我们今天和你见面的原因之一，希望你能为我们提供一些线索。林女士，你能想到和母亲的死因可能有关的人或事吗？任何人，任何事，都会对我们破案有帮助。”

林简低头沉思。房间里很安静，不知哪里有一个没有拧紧的水龙头，被放大的滴水声敲击着林简的耳膜。两个警察站在她面前，注视着她脸上的每个表情。

林简仰起脸，慢慢地摇摇头。山姆宽容地点点头，从手中的文件夹里取出一张纸，放在林简面前。

“你认识这个人吗？”他问道。

纸上是一张放大的照片，照片上是一个微胖、戴着领带的中年男子。他头上涂着发蜡，下巴刮得铁青，留着胡髭。

林简摇头："不认识……他是谁？"

山姆没有回答，转头看了一眼汉默。汉默脸上没有表情。

汉默第一次开口，声音低沉而嘶哑："他叫罗伯特·克鲁斯，是个律师。我们正在找他。我现在只能告诉你这些。如果你见到他，或者他和你联系，马上和我们联系。知道吗？"

林简默默地点头。

山姆从文件夹里取出一个证据塑料袋，放在林简面前。林简看见袋子里封着一张机票。

"我们在你母亲的房间发现这张机票。"山姆问道，"你知道她为什么要去北京吗？"

"北京？"林简迷惑地摇头。

汉默凝视着林简，突然问道："你最后一次和你母亲见面是什么时候？"

林简沉默了一会，回答道："大概十四年前。"

6

礼拜堂的穹顶上依旧驻留着赞美诗的旋律和浓烈的节日气氛。

做完弥撒的人边喧哗说笑，边走出修道院礼拜堂。人们在门口拥抱告别，相互祝贺圣诞、新年快乐。突然他们沉默了，脸上的笑容变成肃穆。

教堂侧面的墓地里，正在举行一个葬礼。

"……直到你入土，因为你是从土而出的。"一个年老的修女手里拿着《圣经》，低声轻念。

穿着黑色短大衣的林简孤单地站在冰凉的冬雨里，她的身后站着吉娜嬷嬷和两个修女。

看着两个墓工踩在泥泞里，把灵柩徐徐放入墓穴，林简脑子里充满了母亲苦难苍老画面——细密的皱纹，几乎全白的凌乱头发，脸上的那条伤疤。僵硬赤裸的身体躺在冰冷的不锈钢验尸台上……

她今年才66岁。一个念头突然出现在林简的心里。

“……你本是尘土，仍要归于尘土。”苍老的声音飘浮在阴冷的雨丝中。

林简闭着眼，试图回忆母亲年轻时候的脸。她顺着记忆若有若无的细线小心地往前追溯。记忆的闸门慢慢开启，汹涌而至的记忆让她猝不及防。荒芜的地平线，没有星月的旷野，雨雪中的公路，难忍的饥饿，刺骨的寒冷，无边的黑暗……

林简在往事潮水的淹没中拼命搜寻母亲的脸。但是她什么也没找到。

她已经记不起母亲以前的模样了。

吉娜嬷嬷示意林简走上前，把一枝白玫瑰花投放到母亲的灵柩上。雨落在花上，溅到光滑的灵柩表面。

“世界上我没有任何亲人了。”林简悲哀地想道。

墓工挥动铁锹，泥土落在灵柩上，发出空洞的声响。

年老的修女举起手中的十字架向灵柩画了一个十字：“让往生者安宁，让在世者重获解脱。”

“安息吧，母亲。”林简默默地祷告，“尽管你曾经遗弃了我。”

新泽西州，林肯隧道出口的汽车旅馆。

房间里所有的光线被粗厚而廉价的黄色窗帘挡得严严实实。

无脸人衣着整齐地坐在床沿。床头柜上台灯发出的昏暗光芒，让他的身体在墙上投射出一个巨大而模糊的轮廓。他的脚下是一个结实的方形拎包，拉链拉到尽头。

他凝视着床头柜上一个面具。血红色，没有五官，眼睛部位有两个空洞。

电话铃响了，他马上拿起话筒。

对方简短而清晰地叙述了地址、时间和任务，然后说道：“我不希望再发生上次那样的事情!”

“那是一个意外。”无脸人解释道。

对方无声地挂了电话。

无脸人默默地把话筒放回去。这是一周内他接到对方的第三次任务。电话里的那个声音内敛，没有感情，用词精确简短。

两周前的一个下午，他躺在圣马丁岛的白色沙滩上，让加勒比海的太阳喷洒在他赤裸的身体上。

他喝了一口当地著名的“止痛片”混合酒，凝视着阳光下碧蓝的大海。

正午的太阳照在他戴着墨镜的脸上和肌肉发达的身上。尽管他并不喜欢这种混合椰奶、橙汁、菠萝汁和朗姆酒的饮料，但他喜欢“止痛片”这个名字。在阴冷潮湿的伦敦刚完成了一个任务，他需要每束阳光的热量和热带的纯净来驱赶黑暗的街道和血液的味道。

想到热带的纯净，他的目光投到身边像紫檀木雕般的酮体——黑天鹅般的脖颈，玲珑结实的乳房，纤细弧线的腰，饱满浑圆的臀部。

想起昨晚这具价值五十美元的身体如火般热情、疯狂缠绕和扭摆……他舔了舔突然变得干燥的嘴唇，一口气喝掉杯中的酒。

一个侍者走过来，说有电话找他。他诧异地看着侍者憨厚的黑色脸庞，没有人知道他在这个岛上，也没有人知道他这个护照上的名字。

过了很久，他才站起来，走进清凉的酒吧，拿起黑木吧台上的电话。

“有人向我推荐了你。”电话里男人开门见山，他的英语带有轻微的外国口音，“我有件事需要你的专业能力。”

一个小时后，他查了一下他在瑞士苏黎世银行账户上增加的数字，订了一张第二天早上从圣马丁到新加坡的机票。

在新加坡的港口，他登上了即将离港给在南中国海作业的救捞船“清道夫号”送补给和设备的货船。

尽管刚才对方电话中的傲慢令他不快，但是让他更不能原谅自己的疏忽——让林静秋这条最重要的线索断了。她的死亡可能就此结束了这个任务，但也有可能是意想不到的开始。

他没有多想，伸手拿起柜子上的面具，小心地放入怀里。他拎起地上的包，站起身来，把口袋中的房门钥匙放在床头柜上，关上灯。在黑暗中，他突然想到对方奇怪的名字。

“你可以叫我守护者。”第一次通话时，对方自我介绍道。

在走向门口的几秒钟内，他感到自己正渐渐蜕变成一个头上长着角、背上有翅膀的巨大动物，野蛮而凶残。

电梯“咣当”一声停下，把林简从沉思中唤醒。

走廊尽头的窗口像一幅黑白水墨画，描绘着冬雨中的纽约天空。

林简在公寓门前停下，把钥匙插进锁孔。

“是林女士吗?”一个声音从她身后传来。

林简被突如其来的声音吓了一跳。她慢慢转过身，发现面前阴影里站着一个人。

“谁？”林简问道。

黑影向前移动，走到灯光下。这是一个扎着领带、穿着大衣的中年男子。微胖，整齐的头发已在雨中淋湿，贴在头皮上。唇须下部是两片厚实嘴唇，手里提着一个黑色皮包。

二十四小时前，林简在特警汉默提供的照片上见过这张脸。她停止拧动手中的钥匙。

“对不起，吓到了你。因为我不能确定是不是你……”男子脸上露出不好意思的神情，“我是克鲁斯 & 克拉克律师事务所的罗伯特·克鲁斯。我找你有事。”

林简看了一眼长长的、空无一人的走廊。

“是关于？”林简飞快地思索着。

“有关你母亲的事。非常痛心她的去世，这也是我来见你面的原因。”克鲁斯有些不安地左顾右盼。

林简沉吟片刻，然后转动钥匙：“请进。”

克鲁斯跟着林简进入房间，顺手关上房门。

不等克鲁斯开口，林简指着客厅里的沙发：“请坐。我换套衣服马上回来。”

林简走进卧室。克鲁斯环顾着房间，把手里的包放在沙发上，拉开拉链。

“不许动！”

克鲁斯转过身来。林简站在卧室门口，手里拿着一把手枪对着他的胸口。

“把手从包里拿出来！”林简脸色苍白地命令道。

克鲁斯把手从包里拿出来，诧异而不解地看着林简：“怎么了？林女士，我是受你母亲委托……”

“举起手来！”林简一手用枪指着克鲁斯，另一只手拿起墙上的电话，拨打911。

电话铃响了两声，话筒里传来一个女中音：“911，请问……”

林简对着电话喊道：“罗伯特·克鲁斯在我房间里。我要找警察！我要找安德森中尉！”

“别着急，女士。请告诉我你的地址……”911 接线员说。

克鲁斯棕色的脸突然变白，满脸迷惑："上帝，这是怎么回事?!"

林简紧张地注视着克鲁斯，对着话筒说道："我的地址是……"

克鲁斯把手伸到大衣里。林简一把扔下电话，双手持枪，枪口颤抖地对着克鲁斯。

"不许动！否则我就要开枪了!"林简喊道。

克鲁斯左手向林简张开，像要用它挡住她的子弹。他右手慢慢从大衣里拿出，手上拿着一张白色的名片："这是怎么回事？你肯定搞错了，林女士。我来这里是因为你母亲有东西留给你!"

林简一愣。

克鲁斯突然不再说话，用一种古怪的眼神看着林简，然后猛地向她扑过来。

电话线另一端的911接线员通过林简的电话号码查到她家地址，迅速地通知了附近的警察。

从听筒里，接线员听到背景里模糊的对话，一声枪响，然后一片寂静。

7

林简慢慢睁开眼睛。

一个胖乎乎、笑眯眯的雪人坐在绿色的草地上。它围着红围巾，戴着红帽子，背后是一棵挂满彩灯的圣诞树。

林简眨了一下眼睛，依旧模糊的眼睛向上看去。雪人和圣诞树的上方是蓝色的天空，空中是小小的白色雪花。再往上，天空慢慢变细，奇怪地打成一个结，躲进一块厚实的棕色布料后面……

林简花了几秒钟才意识到她看到的是一幅画，画印在一条领带上。她试图把头往后移一下，却感到一阵突如其来的晕眩。

林简再次睁开眼睛，小心地微微挪动一下头。她发现自己躺在公寓的地毯上，眼前是一个人。她的脸几乎贴在他的胸口，她能闻到他身上的体味和男性古龙香水。忍着剧烈的头晕，她一边紧张地注视着面前的人，一边慢慢地往后退。

厚呢大衣的领口间露出领带结和一块黄皮肤，上面有青幽幽的胡楂，还有一根漏刮的胡子。厚实嘴唇上有浓密的胡须、宽大的鼻孔和紧闭的眼睛。在他宽大的额头上好像有个什么东西……

林简把身体再往后移动一下，这时她看到，一个戴领带、穿大衣的男子和她面对面地躺着。他的额头上有一个血洞！

林简惊叫一声，一下子爬起来。一把手枪从她的手中滑落到地板上。

不知所措的林简站在客厅中央。她前方的墙上有一大片扇形血迹，脚下是一具男人的尸体，地毯上是她的点 45 口径手枪！

林简大脑一片空白，丝毫不记得眼前的一切是怎么发生的。唯一真实的是她感到大脑缺氧般晕眩。

很远的地方传来一阵急切的鼓声。

鼓声由轻到重，由远到近。林简茫然四顾，试图找到声源。她的目光最后停留在房门上。木质房门微微颤动，声音似乎来自门后……

门锁突然崩开，房门大开。两个荷枪实弹的警察冲进来，用枪瞄准林简。

“不许动！举起手来！”警察紧张的吼声瞬间充满整个房间。

在冰冷而明亮的灯光下，林简看着房间尽头的一面巨大镜子里的自己。

她戴着手铐的两手交叉，僵硬地放在面前的不锈钢桌面上。隔着裤子，她依旧能感到身下的金属椅子的冰凉，让她想起母亲裸体躺在那个不锈钢的解剖台上。她的身体不由得抖了一下，手铐上的锁链穿过固定在桌子边缘的金属环，金属表面之间的摩擦发出让人脊椎骨发冷的刺耳声音。

过去的几个小时在林简的记忆里是一片混乱和模糊。

克鲁斯脸上古怪的表情……

笑眯眯的雪人……

墙上呈放射状的斑斓血迹……

她举起的双手被粗暴地反扭、戴上手铐……

“你有权利保持沉默，否则你所说的一切，都能够而且将会在法庭上作为指控你的不利证据！”一个沙哑的声音例行公事地向她宣读《米兰达规则》。

有人大声对着对讲机喊叫：“枪杀…… 一枪毙命。嫌犯已被抓获！”

林简戴着手铐，被粗暴地推入警车……

警车后座金属的隔离网，肮脏的车窗玻璃……

一个黑色的尸袋从公寓大门抬出……

林简在大脑中拼命搜寻克鲁斯脸上古怪的表情和雪人之间的记忆。但没有，一片空白。

一种熟悉的寒冷突然从冰凉的手铐开始，像快速生长的冰霜，带着咔咔的声音向林简的全身扩展、覆盖。在不断增厚的白色冰层下面，恐惧像黑如墨汁的浓稠液体缓缓上涨。林简夹在飞速消失的窄小空间中，恐怖的窒息感猛然向她扑来。

单面镜的另一面，并排站着汉默和山姆。

汉默双手交叉抱在胸前，锐利的眼睛观察着镜中的林简，像一只嗅到血腥味儿的豺狼吸着鼻子。山姆的目光里更多的是忧虑和同情。

“你想怎么做?”山姆问道。

汉默没有马上回答，从桌子上拿起一个文件夹和一个塑料袋。

“碾碎她。”他简单地说。

审讯室的门打开。

林简抬起头来，看到一张熟悉的脸，心里升起一丝希望。

“晚上好，林女士。我是特警汉默。”汉默面无表情地走到林简面前，例行公事地自我介绍，就像他们从来没有见过。他把手上的文件夹放在桌上打开。头顶上的灯在他脸上投下的阴影，让他显得阴沉而狰狞。他拖过一把椅子。椅子的金属腿刮在地上发出刺耳的声音。林简不由得打了个哆嗦。

汉默把椅子放在林简对面，坐下，从口袋里拿出烟：“抽烟?”

林简摇头。汉默用打火机点上烟，“啪”的一声关上了打火机。他深深地吸了一口烟，慢慢吐出。他用拿烟的手把塑料袋推到林简面前，袋子里有一把枪。

“这是你的枪?”他问道。

林简看了一眼，点点头。

“你的公寓为什么会有枪?”

林简没有马上回答，似乎在搜寻一个遥远的答案。过了一会，她小声地：“它让我感到安全!”

汉默点头：“所以你用这把枪杀了克鲁斯。”

汉默的语气和善和自然，像在陈述一个众所周知的事实。林简全身绷紧的神经开始放松，她花了几秒钟才理解这句话的内容。

“不！我没有杀死克鲁斯先生。”林简坚决地说。

汉默翻看着桌上的文件：“你说克鲁斯当时向你扑来，然后你突然不省人事？”

林简点头。

汉默翻过一页：“医生的检验报告说，在你头部或身上没有发现任何外伤。”汉默抬眼看着林简，“我们仔细检查了现场，没有任何痕迹显示有人强力进入你的房间，或者当时有人在你的公寓里……”

汉默凝视着林简：“但我们倒是在你手上发现火药残痕。它们和手枪、子弹上的火药成分吻合。也就是说，你用这把枪射杀了克鲁斯先生。”

林简脑子里一片空白，双手抱着头，试图在剧烈的头痛中搜寻那段记忆片段。但她徒劳地发现，除了一片无际黑暗和一种莫名恐惧，什么也没有。

“林女士，”汉默又点上一支烟，“你在服用某些处方药吗？”

林简抬起头，茫然地看着他。

“处方药。”汉默弹弹烟灰，“你服用处方药吗？”

林简迟疑地点点头。

“能告诉我是什么药吗？”

林简低声地说：“安眠药，还有抗忧郁……”

“什么？”汉默大声喊道。

“抗忧郁症和焦虑症的药。”林简提高嗓门。

“嗯。”汉默点头，“你平时有没有产生过幻觉？比如说不能严格区分现实和幻觉的界限？”

林简沉默。她突然有一种可怕的直觉，感到自己对现实的把握能力正在慢慢降低。她像一颗脱离轨道的行星，正在被一股强大的力量吸入一个深不见底的黑洞里。

“能跟我说说你的犯罪前科吗？林女士。”她听到汉默用冰冷的声音问道。

8

通过单面镜，山姆可以清楚地看到林简脸上的表情急剧变化。从起初的漠然变成诧异，然后是无法描述的恐惧。她的身体往后退缩，惊恐地看着汉默。

汉默慢慢地向林简靠近。他的脸暴露在刺眼的灯光下，双眼冰冷地看着林简脸上的每个表情。

在汉默的注视下，林简的肩膀回缩，双臂并拢，尽量把自己缩小。她脸上的表情再次发生了奇怪的变化，从恐惧逐渐变回和自己毫无关联的麻木。

“这个年轻女子过去的生活中究竟发生过什么?”山姆不由自主地想。

汉默的目光从林简的脸上收回，搔了搔脸上肮脏的胶布，翻开面前的文件：“十岁开始多次从寄养家庭逃走……十四岁流浪街头……十五岁被指控持刀攻击、谋杀……”

林简抬起头，艰难地说：“我是正当防卫……”

汉默没有理她，继续读：“关入青少年监狱……试图从监狱逃跑，加刑一年!”

汉默合上文件，站起来。林简恐惧地看着他。汉默走到她身边，她低下头。

汉默把嘴靠近林简的耳边，像和她低声耳语：“从小被母亲遗弃，从来不知道父亲是谁，从一个寄养家庭转到另一个寄养家庭，最后流落街头，屡屡触犯法律，进出于看守所和监狱……”

看着林简苍白的脸和微微颤抖的双手，汉默知道自己的话像一把锋利的刀剖开她的表皮，露出赤裸的血肉和内脏。

“我不知道你用什么办法把自己捡起来，变成一个貌似体面的职业护士，过着表面上看起来像正常人一样的生活。但是，根据我的经验，我知道这个脆弱的表面是用处方药或者酒精艰难地维系起来的，藏在下面的是深深的恐惧、怀疑、愤恨和不堪回首的记忆。”

林简试图避开汉默，但被固定的手铐限制了她。

汉默的脸靠得更近，声音变得更低：“你母亲的死带来的冲击和过去痛苦的记忆，让你千辛万苦搭起的表面一夜之间垮掉。当惊恐万分、怀疑一切的你看到克鲁斯出现在门口，你的第一反应是他谋害了你母亲，现在又来杀你，所以你就先下手为强，举起唯一让自己感到安全的手枪……”

林简感到自己被汉默的声音裹挟着坠入黑暗，她徒劳地试图抓住正在快速消失的现实。

“砰！”汉默的声音突然变大，林简浑身一抖。

“是这样吧？林女士。”汉默问道。

林简像突然从催眠中醒来：“不！我没有……我没有杀克鲁斯！”

但在林简的内心深处，有一片怀疑的阴影渐渐扩散——到底有没有?!

汉默居高临下满意地看着崩溃边缘的林简，脸上露出一丝难以捉摸的笑容。他的声音又变得亲切和蔼：“最大的问题是，没有人知道事情的真相。你不是蓄意谋杀，而是你身体里太多的药物让你分不清现实和幻觉。”

林简艰难地挣扎在自己残破不堪的记忆和汉默为她描绘的现实之间。半晌，她抬起头来：“我要一个律师。”

汉默微笑：“当然，你有所有的权利……不过记住一点，在这一时刻，世界上只有一个人能真正帮助你。”

林简抬起脸，双眼充满希望地看着汉默。

汉默走回桌前，开始收拾桌子上的文件：“今天晚上，我们将把你移交看守所。你好好想一想，我们明天再谈。不管怎样，一切都能解决的。”

林简感激地点点头。

汉默锐利的眼睛凝视着林简：“你记住，你自己的行为是所有的关键！”

林简迷惑地看着汉默，试图理解他的意思。汉默没有再看她，收拾完文件向门口走去。他停住脚步，像是突然想起什么：“克鲁斯有没有说他为什么在公寓等你？”

林简努力回忆：“他说我的母亲给我留下了什么东西。”

汉默点点头，走到门口。林简对着他的背影急切地问道：“克鲁斯先生仍然是犯罪嫌疑人吗?”

“不再是了。”汉默回过身来，“一个星期前，你母亲在她的房间里和他见面，讨论一些法律问题，所以他的指纹留在了现场。”

警察局，地下停车场。

在昏暗的灯光下，山姆向不远处的一排警车走去。他皮靴底下发出的足音回荡在低矮、空旷的停车场。

“四天。”他不由自主地想，“还有四天！”

今天下午，同事已经为他举行了告别仪式。大家开心地吃着比萨，喝着可乐。仪式的高潮是同事郑重地送给他一个包装精致的礼物。

山姆打开一看，低声笑骂："你们这些狗娘养的！"

一根钓鱼竿。他明白这些和他一起出生入死多年的同事的幽默和恶作剧——他们知道他将在阿里桑那州的沙漠中居住。

走向警车时，山姆发现他的手不知什么时候开始一直放在手枪上。他解嘲地摇摇头，自己太神经过敏了。当漫长的三十年变成了四天时，他发现自己变得越来越紧张，越来越胆小，就像捧着一个随着时间而变得价值连城的珠宝，走到一条黑暗狭窄的走廊尽头，随时担心被黑暗中窥视的歹徒突然攫取，或是自己不小心突然摔倒在地。

今晚他本应在家里和妻子在一起吃晚饭，但应该值夜班的搭档丹尼下午在屋顶上扫雪时不小心摔下来。幸好没有骨折，只是崴了脚。

六人座的雪佛莱轿车引擎发出强大的轰鸣声。山姆把警车平稳地停在警局后门。他没有关掉引擎，摇下车窗看着门里那条惨白灯光下的通道。他已经记不清多少次和搭档押着杀人犯、强奸犯、贩毒者、黑手党徒从这里走出来。

两个人影从走廊的另一头出现。

走在左面的林简目光涣散，表情漠然。戴着手铐的手让她走路的姿势显得很别扭。右边的汉默一手抓着林简的胳膊，一手放在腰间的手枪上。

看着汉默的身形和走路姿势，山姆突然有一种奇怪的熟悉感觉。

山姆用手挡住后座车门的上缘，让进入车里的林简的头不会碰到车顶。林简感激地冲山姆笑了笑。

"谢谢！"她低声说。

"等一下。"山姆拉住正要钻进车里的林简，从口袋里掏出钥匙，打开手铐。

"你干什么?！"汉默问道。

山姆没有理睬汉默，把手铐收起，对林简说："圣诞节礼物。"

林简感激地看着山姆："谢谢你，山姆，也祝你和家人圣诞快乐！"

山姆把车门关上，径直走到驾驶席位坐进去，没有看旁边皱着眉头的汉默。

汉默打开车门，坐在副驾驶位置上："走。"

地下停车场出口两边的黄灯突然发出雪亮刺眼的光芒，大街上过往的车辆纷纷在两边停下。

警车缓缓开出停车场，右拐。

山姆踩下油门，警车向曼哈顿中城的方向驶去。

9

警车行驶在深夜的纽约街头。

林简非常感激山姆没有开警灯和鸣警笛。她茫然地望着窗外，内心充满不真实的感觉。她再次陷入那个冰凉的黑暗世界——七岁的她赤脚站在伸手不见五指的黑暗山洞中，四周充满恐怖和危险……

冬夜的格林尼治村，几乎所有的店铺都已关门。密集弯曲的街道上空无一人。昏暗的路灯下，一个流浪汉孤单地在路边踽踽而行。林简目送他快速向后远去的背影，那佝偻的身影在她的记忆深处和一个早已遗忘的影子重合起来。她试着回忆，但是她的思路如风中的蛛丝断开、飘散，只留下越来越剧烈的头痛。

汉默和山姆都没有说话。警车拐过一个弯，山姆咳嗽一声，打破沉默。

"特警汉默，"山姆用试探的口吻问道，"你认识亨利·汉默吗?"

汉默没有回答，两眼直视前方。山姆一时不知道他没有听到还是不愿回答。车厢里气氛略显尴尬。

"他是我父亲。"汉默开口。

"是吗?！上帝!"山姆语调升高，难以抑制兴奋，"刚见你时就觉得你像谁……你父亲和我曾经是搭档，他以前就坐在你现在的位子上。"

汉默依旧板着脸，似乎并不愿意分享山姆的兴奋。

"和他搭档的两年里，我们每天晚上开车在街上巡逻，就像我们现在这样……"山姆的语气里充满对旧日时光和昔日搭档的怀念，"他在局里工作二十年吧?"

汉默似乎有些不情愿地说道："二十二年。"

山姆问："是吗?"

汉默没有接话，看着侧面的后视镜。前方红灯，山姆停下车。

山姆自言自语道："他是好人，好警察……可惜了。"

汉默没有回答，依旧注视着后视镜。他突然伸手打开前方的两个开关，警笛大作，警灯闪烁。

"有车跟踪我们。"他大声地命令道，"冲过去！"

山姆踩下油门，但是已经晚了。

林简听到一阵震耳欲聋的马达轰鸣声，一个高耸、庞大的黑影出现在右边的窗外，铺天盖地，遮住路灯光。一辆十八轮的巨型卡车向警车的侧面冲来。

"轰"的一声，卡车撞上警车。警车像玩具车一样翻转，顶部着地。

警车里一下子充满了破碎飞舞的玻璃、弹开的安全气囊、弥漫的烟雾和林简的尖叫声。

四百马力的卡车引擎轰鸣，巨大的车头把翻倒的警车向前推去。警车顶上的警灯挤压成碎片，金属的车顶在马路上摩擦，冒出一串串火星。

黑暗的车里，林简头冲下倒立，脸挤压在车顶上。她的手紧紧地抓住面前的金属隔离栏，竭力保持平衡。车前方的汉默和山姆一点声音都没有。

警车突然停止移动，可以听到卡车往后倒退的声音。

林简感到外面有人试图拉身后的车门。但门已变形打不开。她往后蜷缩。拉门的声音停止。她躲在另一边的角落里，把自己缩成最小，惊恐地看着面前变形的车门。

她背后的车门突然打开，一只大手伸进来，一把将她拖出去。

山姆在咳嗽声中醒来。

伴随安全气囊爆开的呛人烟雾中，他什么也看不见。他试图移动手脚，却发现自己一动不能动。他花了几秒钟才明白他肥胖的身体被变形的车体紧紧卡住，头冲下吊在座位上。

林简被拽出车后的第一感觉是寒冷。清冽的空气毫无预兆地直接灌入她的肺部，让她全身一激灵。她无法看到身后那个人的脸，一边挣扎，一边看到那辆大卡车已从警车前倒开，拐弯加速离去。

她看到一个便衣男子从警车的另一边向她快步走来。他瘸着一条腿。从他高大的身形和头上的鸭舌帽，她认出他是前两天在地铁上见过的那个男人。

她发出一声惊叫。两个男子架着不停踢打的她向后面的一辆车跑去。

“砰”，枪声划破夜空。

林简转过头，看到汉默伏在翻倒的警车后向他们射击。两个男子迅速分散，掏出枪向汉默还击。汉默双手持枪，快速射击。

两个男子趁汉默换弹夹时，举枪向他猛烈射击，子弹打在警车上，溅出无数火星。

倒挂在车里的山姆摸到对讲机，拼命呼叫：“蓝色警报！蓝色警报！这是警车 1013。我们在十大道二十三街遭到伏击！请马上支援！”

接线员确认地点后，说增援马上就到。

山姆扔下对讲机，用尽全身力气试图让自己从扭曲变形的钢铁中脱身。他可以清楚地听到子弹穿过铁皮的钝闷声音。他扭动肥胖的屁股，把左腿抽出来，深吸一口气，双手紧推方向盘，试图把右腿抽出。

他突然感到全身的气力一下子消失了。

警车外传来汉默的吼声：“你怎么样了？山姆？”

山姆仰起头，看到警车外的地面上有一条细细的火线——子弹溅出的火星点燃了从警车破裂的油箱流出的汽油。他看见自己的腹部有一个黑印在慢慢变大……

我中弹了？他恍惚想道。车外面是更猛烈的射击声，远处传来隐约的警笛声。

突然车内变亮，他看清那个黑印是他的血正在从警服上渗出。他吃力地扭过头，看到明亮的火焰从车外快速地爬进车里。

“我要死了。”这个念头掠过他的心头。但他惊异地发现自己很平静地祷告：“我赞美我的上帝，我的父耶稣基督！他永恒的仁慈给了我们新生和希望……我们将永远不会被消灭、褪亡和死去……”在祷告中，沙漠边的那个褐色呆板的房子出现在他的脑海。

“还有四天……”这是他心里最后一个想法。

“轰”的一声，油箱爆炸，气浪把汉默抛在空中。他在火光中砰然落地，摔在地上一动不动。

两个男子停止射击，对视一眼，想起身边的林简，发现她早已踪影皆无。

“无脸人”是他执行任务的代号。

没有人知道五年前他身边的人都叫他“中尉”，他在美国海军陆战队服役时的军衔。

1982 年，他是美国派往黎巴嫩的八百名海军陆战特种部队中的一员，和多国维和部队保护战败的巴勒斯坦解放组织撤离贝鲁特。当巴解组织领袖阿拉法特离开贝鲁特的最后一刻、举手做出他著名的胜利手势时，后面不远处站着手提冲锋枪、脸上涂着迷彩色、戴着墨镜的他。

一年后的 10 月，他从黎巴嫩调回美国，和八千名美军一起从大力运输机上空降在加勒比岛国格林纳达，参加了代号为“紧急风暴”的军事行动。他是为数不多第一批冲入由苏联和古巴支持的格林纳达总统奥斯汀官邸的士兵之一。返美后，里根总统在白宫亲自将一枚紫心勋章佩戴在他胸前。

八年艰苦的军事生涯将他变成一个专业杀人机器。

当第一次执行任务，把绛红的迷彩色涂在脸上的一瞬间，他突然被身体深处突然升起的奇怪感觉淹没。这是一种由深邃的快感和强大的恐怖混合而成的感觉。随着他全身肌肉的剥离、分裂、膨胀，两种感觉相互争斗、撕缠、旋转上升，最后变成一个巨大的怪物。

他变成了另外一个人，或另外一个动物——一个面目狰狞、凶猛冷血的魔鬼。

无脸人轻轻地放下电话，思考接下来该做什么。

守护者刚在电话里告诉他：“林简在去看守所的路上失踪了。”

10

林简疯狂地奔跑。

身后的警笛声逐渐远去。她不知道跑了多久，只模糊地记得背后密集的枪声、爆炸的警车，闪烁的警灯渐渐远去。

黑暗空旷的街道逐渐变得明亮，拥挤着喧闹的人群，排列着闪亮的酒吧。

“你跑什么呀，小妞?”有人用手拉扯她，嬉笑着对她喊道。她奋力甩开，继续往前跑。

等她停下来时，发现自己站在自家公寓门口。

公寓的门虚掩着，被撞开的门锁边裸露着木头的新茬口。门上横七竖八地拉着警察的黄色封条，上面是“严禁跨越”的黑色字样。

林简轻轻地推开门，走廊上的光慢慢投入房间，露出地毯上一个白粉画的人形。林简的心里一阵缩紧，空空的胃开始翻腾。她小心地从封条之间钻过去。

门在她身后无声地关上。

站在黑暗中，林简感到一种奇怪的陌生感，这个她住了九年的房间已经改变了，一股庞大浓重的黑色已经占据了她简朴但温暖的家。一种熟悉的不安和恐惧像冰冷的黑暗环绕着她，渐渐侵入她的身体。

她小心翼翼地走向浴室，尽量避免看到客厅中央和墙上的黑色阴影。

温暖的水溅落在她烟灰汗水混合的脸上，柔软的毛巾拭过冰冷的肌肤，让她心里产生一种暂时的熟悉和难舍的留恋。她慢慢地抬起头。

在窗外路灯的映照下，镜子里是张陌生的脸。头发蓬乱，脸颊有一大块黑印，惊恐不安的眼睛，疲倦沮丧的表情……

看着镜子里的自己，林简感觉像陷在一个怎么也醒不过来的噩梦中。

她打开镜子后面的药柜取出两个药瓶，颤抖着倒出药片，然后从下方的柜子中取出一个藏着的酒瓶，打开后直接喝了一大口，吞下药片。她低着头，紧闭眼睛，等着药片起作用。

门外的走廊传来脚步声。

两个警察，一高一矮，向林简的公寓走来。

高个警察皮带上挂着的对讲机突然响了，他急忙把音量调小。他们走到林简的公寓门口，分站一边，拔出手枪。矮个警察伸手推开门，把屋内的灯打开。他们举着手枪，拨开封条走进客厅。一人冲进卧室，一人在后面掩护。

“没人!”卧室里的高个警察喊道。

矮个警察猛然打开浴室门，里面空无一人。他打开镜子后面的柜子，看着里面大大小小的各种药瓶。

对讲机突然响起。他从肩上摘下。

高个警察从卧室回到客厅，打开一个壁橱门，用电筒向里照射，然后关上门。他用电筒照着桌子下面、厨房角落，都没有人。他走到客厅的落地窗前，小心地拉开厚重的窗帘。

矮个警察从浴室走出，脸色铁青。他把对讲机挂到肩上，对高个警察说道："山姆死了。"

高个警察回过身吃惊地问："什么?！老山姆?"

矮个警察点点头："腹部中弹，卡在车里，然后车起火爆炸……"

"天啊！"高个警察骂了一句脏话，颓然地坐在面前的沙发上。

林简在沙发背后的地上蜷伏着，屏住呼吸，一动不动。听到警察的对话，她悲伤地想起山姆善良的眼睛，帮她打开手铐时的微笑。

高个警察问道："有凶手的线索吗?"

没有回答，矮个警察想必是摇了摇头："袭警者肯定是犯人的同伙！"

高个警察又骂了一句。

"现在纽约的警察全部出动，搜捕逃犯和袭警凶手。他们逃不了！"矮个警察愤愤地说道。

"老山姆还有四天就退休了！"高个警察一脚踢在沙发上，"我的天啊，四天！"

林简闭上眼睛。

对讲机又响起来，传出描述那辆十八轮大卡车的颜色和外形的声音。两个警察走出房间，关灯，拉上门。

布满血迹的墙壁，破损的门锁，翻倒的家具，地上用白粉笔画出的人形，人形头部黑色的血迹……

看着面前的一片狼藉，林简突然意识到，今天发生的一切摧毁了她在这个世界上最后一个有安全感的地方。她几乎可以听到，她用尽所有心血建造起来的生活片片碎裂的声音。一切没有预兆，没有准备。她颓然坐在窗台下方的地上，把头埋在两手中间。

"不要哭，林简。你不能哭！"她对自己说。

眼前像电影一样快速放映着各种纷杂的画面：

爆炸的警车。

破碎的玻璃，爆开的气囊。

轰鸣碾压过来的大卡车。

审讯室里灯光下汉默的脸。

克鲁斯古怪地看着林简，突然扑来。

母亲的灵柩缓缓放入墓穴。

不锈钢桌子上母亲的遗体。

走廊尽头站着的汉默和山姆。

地铁里戴鸭舌帽的男子。

忙乱的医院急诊室……

林简的思绪急停，像突然踩下了记忆的刹车。难道所有这些都和母亲去世有关吗？为什么？母亲生前做了什么了？她到底是什么人？

那个跟踪自己的戴鸭舌帽男子是谁？他们是要救我，还是劫持我？

所有问号像无数尖利的钩子向林简飞来，让手无寸铁的她猝不及防，遍体鳞伤。她把双手挡在眼前，头痛欲裂。

拉去床单，掀起床垫，床垫的背面用胶带贴着一个塑料袋。

林简把塑料袋打开，取出里面的现金，放在背包里。

走进浴室，打开药柜，把里面所有药瓶都扫入背包。

她背上包，打开客厅走廊上的壁橱，取出一件黑色短大衣。她习惯性地检查每个口袋，脑子里一片空白。她只知道下一步是走出面前这道门，但出门后去哪里、干什么，一点都不知道。

当她伸到右边口袋的时候，突然停住手。她想起几个小时前那个律师站在她面前，从口袋里拿出一件东西给她……

在沙发腿的边上，林简找到了她寻找的东西。

一张白色的名片，上面印着：

罗伯特·克鲁斯　律师

克鲁斯 & 克拉克律师事务所

322 房间，126 街 322 号，纽约市，纽约州。

11

1609 年秋天的一个清晨，英国航海探险家哈德逊到达了大西洋入海口的一个孤岛上。

当地印第安土著勒那比人称该岛为“曼哈顿”，意思是“丘陵之岛”，因为岛上绵延着众多平缓起伏的山坡。岛上盛产两种顶级特产——牡蛎和海狸皮。

二十五年后，第一批贩卖海狸皮的荷兰殖民者到达曼哈顿。他们把这块曼哈顿最北的地区以荷兰的一个北方城市命名：哈莱姆。

美国南北战争后，来自德国和东欧的犹太人和意大利的移民开始搬到这个远离城市中心、居住便宜的地区。从1920年开始，从南方迁移而来的解放黑奴和来自波多黎各的移民大批涌入哈莱姆区，犹太人和意大利人开始纷纷搬离。

十年以后，哈莱姆区成为全美犯罪率最高、最危险的地区。

126街坐落在哈莱姆区中心偏南。

322号是20世纪60年代政府为纽约市贫民建造的众多廉价高楼之一。冬日早晨的阳光照在它剥落的深红色墙面，陈旧而黯淡。从街上望去，大楼的很多窗口都用木板封钉。底层的墙上画满了各种奇形怪状的喷漆涂鸦，令人望而却步。

站在街对面的林简收回目光，对照手中的名片，地址是对的。

林简走下堆着残雪的人行道，穿过空无一人的马路。路两边稀稀落落停着陈旧锈蚀、油漆斑驳的汽车。下水道边有遗弃的毒品注射针头。寒风吹过，卷起地上散落的旧报纸和肮脏的塑料袋。她裹紧大衣，经过路边的一辆没有任何标志的雪佛莱汽车，并没有注意到车里有人。

穿着便衣的丹尼少尉飞快地伏下身体，手里依旧端着纸杯咖啡。他注视着林简穿过马路，又扫了一眼仪表盘上的照片。目送林简消失在大楼入口，他放下咖啡杯，拿起对讲机："特警汉默？"

一阵静电噪音后，传来汉默沙哑的声音："讲！"

"目标刚刚进入大楼。"

"你确定？"汉默问道。

丹尼再看一眼照片："确定。"

"我们十五分钟内赶到。这次千万不能让她跑掉！"

老旧的电梯在三楼缓缓停下。电梯门几秒钟后才突然打开。

林简走出电梯，面前是一条长长的走廊，走廊里除了电梯门外有一个低瓦数的白炽灯，走廊深处还有一盏。林简慢慢地向前走，在黑暗中辨认着门上的号码：302，304，306……

脚下的地毯散发着经年的陈旧气味。楼道里除了林简轻微的脚步声，再无动静。

316……318……320 是最后一个房间，没有 322。

林简站在 320 室深褐色的门前，犹豫地不知道该怎么办。

门里有声音。

声音离她只有一板之隔，像潜伏在黑暗中的野兽刻意压低的呼吸声。

林简突然想起自己那个重复出现的梦境，她慢慢从门前后退，第一反应是逃回电梯。就在她转身的一瞬间，她看到前方灯光后面有一个拐角。

林简跑过拐角，马上看到了 322 室。

房门上的牌子上写着“克鲁斯 & 克拉克律师事务所”。她深深地吸了口气，伸手敲门。

“请进。”门里有人说道。

林简推开门，突然失去了视觉功能。

明亮的阳光让她已经习惯走廊黑暗的眼睛暂时失明。她本能地眯起眼睛，看见办公桌后面的一个人影。

几秒钟后，林简看清面前是一个三十岁左右的男子，身上的裁剪合身的海军蓝西装和深色领带，显得衬衣出奇地白，英俊的脸上带着吃惊和害怕的表情。

“你?!”他慢慢站起来。

林简迷惑地看着他。男子退后一步，拿起靠在墙上的棒球棒，警觉地看着她。

“怎么了?”林简走近一步。

“别过来!”男子举起手中的球棒警告道，“你是来杀我的吗?!”

“不!”林简停住脚步，“您是克拉克先生吗？我是林简，我……”

“我知道你是谁。警察昨天还在这儿。”克拉克看了看林简背后的门，“他们随时会回来。”

“我没有杀任何人!”林简辩解道。

克拉克充满怀疑地看着林简。

林简的目光从棒球棒移到克拉克的脸上：“我不是凶手。我真的没有杀克鲁斯先生……请您相信我。”

克拉克没有说话，警惕地注视着她的一举一动。

“我来这里取我母亲留给我的东西。”林简说道，“是克鲁斯先生告诉我的。”

克拉克凝视着林简的眼睛，看得出他心里在剧烈地斗争。

“那是谁杀了我的朋友?”他问道。

林简缓缓地摇头:“我真的不知道。”

克拉克看着林简许久，慢慢放下球棒，指着桌前的椅子:“你坐吧。”

“谢谢!”林简站着没动，“你把我母亲的东西给我，我马上离开。”

克拉克犹豫地看了林简一眼，然后向墙角的一个巨大的保险柜走去。

“我想我也不用验证你的身份了。”克拉克解嘲地说道。他一边输入密码，一边用余光瞟着林简。

窗外传来警笛声。克拉克慢条斯理地从保险柜里取出一个信封。

克拉克把信封和一张纸放在林简面前的桌子上。信封中间凸起，里面像有个方形物体。

克拉克把纸推到林简面前，从西装上方口袋里拿出一支钢笔:“请在收据上签字。”

林简有些意外，但很快在文件上签字。

“这是我们的手续。”克拉克认真地看着林简签名，一丝不苟地把收据夹在一个文件夹里放在一边，然后打开桌子上的信封，拿出里面的物体放在林简面前。

这是一个手掌大的方木盒。

楼下的警笛声越来越清晰。

林简一把抓起木盒冲向门口。她突然停住脚步，转过身来:“谢谢你相信我，克拉克先生。”

克拉克脸上的表情复杂，挥挥手:“快走吧!”

林简打开房门，飞快地消失了。

克拉克站在桌子后面，默默地看着半开的门。

林简突然从门口再次出现，慢慢地退回房间。

她的面前有一把手枪，正对着她的胸口。

12

警笛长鸣，警车疾驰。

脸上带着焦黑痕迹、手上绑着白色绷带的汉默坐在车里。他的副手乔治开车。车后坐着两个穿着制服、全副武装的纽约警察。

乔治熟练地掌控方向盘，巨大的车体在曼哈顿密集的车流里灵活地穿行。他转过头上脏兮兮的棒球帽帽舌，看了一眼汉默被烟熏黑的半边脸，问道：“你知道一个妓女、一个神父和一个烧伤的警察走进一个酒吧的故事吗？”

汉默沉着脸没有搭理他。

乔治巧妙地超过一辆巨大的垃圾车，从后视镜看着后座的两个警察：“你们呢？”

两个警察没有说话，小心而不安地看着汉默。

“一个妓女，一个神父和一个……”

“你他妈闭嘴！”汉默咆哮道，“好好开车！”

警车穿过一个红灯，乔治还想说什么，但看到汉默血红的眼睛，闭上了嘴。他推了一下破烂的帽舌，猛地踩下油门。每个人的身体猛地陷入座位中。

离 126 街还有三条街的时候，汉默伸手关掉警笛。过了一条街，他示意乔治停车。

没等车停稳，汉默打开车门跳下去。两个警察下车跟着他向前跑。乔治从胸口掏出一个十字架亲了一下，启动肥胖但灵活的身体跟上前面三个人。

“举起手来！”丹尼厉声命令道。

林简服从。丹尼用枪对着林简，一步一步走进房间。克拉克飞快地弯腰拿起球棒。丹尼的枪口转向他。

“放下！”他命令道。

“你是谁?!”克拉克大声问道。

“警察。”丹尼左手掀开衣襟，显露皮带上的警徽，“把球棒放下！”

克拉克慢慢放下球棒。

“把手举起来!”丹尼命令道。克拉克举起双手。

丹尼转向林简：“你，站到他身边。把手上的东西放在桌子上！慢慢地。”

林简把手中的盒子放在桌子上。

丹尼从口袋里拿出对讲机：“特警汉默……”

话筒里传出汉默气喘吁吁的声音：“怎么了?”

“我在322房间，已经抓住了目标和……”他问克拉克，“你是谁?”

克拉克：“查理·克拉克。”

丹尼对着对讲机：“查理·克拉克。”

汉默的声音在对讲机里突然变得清晰：“我们已经进入大楼，马上到!”

丹尼放下对讲机，用枪指着林简和克拉克，等待汉默的到来。

林简举着双手，看着桌上的盒子，感到心脏自由落体般坠入深渊。房间里安静无声。

“请问你有搜查证吗?”克拉克突然问丹尼。

“什么?!”丹尼恶狠狠地问道。

“你有法官签署的搜查证吗?”克拉克平静地问道。

丹尼脸色微变：“我们头马上就到，你可以问他。”

克拉克把手放下，口气变得强硬：“这是我的法律事务所，你有什么权力可以擅自闯进来?”

丹尼一时语塞。克拉克向前一步：“如果你没有搜查证，请你出去!”

“闭嘴!”丹尼把枪指向克拉克。

“出去!”克拉克猛拍桌子。桌子边上的盒子晃动一下，掉下来。

林简本能地伸手接盒子。丹尼见林简向他冲过来，快速把枪口转向林简，扳机上的手指用力……

克拉克突然扑向丹尼。

一声枪响。克拉克和丹尼同时倒在地上。房间里顿时充满了火药味儿。林简抬头看见克拉克和丹尼躺在地上，冲到克拉克身边，看见他右臂西装有一个弹洞，正往外渗血。

“你中弹了！”林简惊叫道。

克拉克迷糊地看看手臂，转头看看身边的丹尼：“我打死他了?”

林简看了一眼丹尼：“没有。”丹尼的头撞在铁皮文件柜上，昏了过去。

克拉克一脸茫然。林简捡起地上的盒子，站起身拉住克拉克的手：

“快走!”

克拉克站起身，机械地跟着林简跑出房门。

乔治跑进大楼的时候，看见汉默和两个警察拿着枪，候在一楼电梯门前。

汉默用枪托连连敲打电梯按钮，但电梯没有任何回应。他骂了一声，对其中一个警察说：“你守在这里!”

三人冲向楼梯门。

林简和克拉克向楼梯跑去。刚打开楼梯门，就听到楼下传来杂乱、沉重的脚步声。他们迅速退了回来。

“还有其他出口吗?”林简急切地低声问道。

捂着流血的胳膊，克拉克左右看了看：“跟我来!”

克拉克刚在身后关上门，就听到有人奔向两个房间之隔的322室。

站在克拉克身后，林简环顾左右，这是一个狭小的储藏室，一个巨大的木架子占去三分之二的空间，地板上堆着拖把和水桶。

林简把盒子放在口袋里，示意克拉克脱下西装。她卷起被血浸透的衬衣袖子，看了看他手臂上的枪伤，“哗”地一下撕下西装一块内衬，熟练地包扎伤口。

“这西装是新的……”克拉克嘟囔着。

走廊里传来汉默怒骂和此起彼伏的对讲机通话声。

包扎完伤口，林简替克拉克穿好西装，轻声问道：“我们现在怎么办?”

克拉克指了指林简身后的木架子。

木架子上堆满各种地板和厕所清洁剂，后面是脏乎乎的玻璃窗口，窗口外面是1835年纽约大火后要求每栋大楼必须配备的铸铁防火逃生楼梯。

林简双手拉着锈蚀的最后一节楼梯，双脚离地面还有一米多的距离。克拉克伸手要接她，她摇摇头，双手一松，轻盈地落在地上。

这是大楼的背面，积雪上露出枯黄的野草，堆积着各种垃圾。

林简跟着克拉克拐过一个弯。克拉克掏出一把钥匙，向前面一辆老式林肯车跑去。

克拉克用左手开车，嘴里吸着凉气，脸部肌肉痛苦地抽搐着。

林简解开克拉克右臂上已被鲜血浸透的布条，仔细检查伤口，然后重新扎紧布条。

克拉克转头看一眼伤口："不能换块新的？我西装内衬还有很多地方可以撕……"

林简严肃地说："我们必须去医院。"

克拉克看了林简一眼，摇摇头。

林简沉默几秒钟："找个药店停下。"

13

桑杰来自印度新德里。

九年前他移民到纽约，在加油站找到一份工作。每天工作十四小时，省吃俭用。两年前他用所有积蓄买下坐落在纽约东河边上的汽车旅馆，翻修让他欠了银行一大笔钱。两年来，他吃住在旅馆里，希望能早日还完贷款，开始盈利。

经验告诉他，圣诞节到新年期间是一年中生意最清淡的季节。他回家与妻子和四个孩子吃完午饭后，还是匆匆赶回汽车旅馆。他不想失去任何一单生意。

坐在办公室和前台合一的房间里，桑杰泡上一壶滚烫的红茶。

他呆呆地看着外面空旷的停车场、停车场后面萧瑟的灌木、远处繁忙的高速公路和灰色的天空。他突然十分怀念九年没有回去过的新德里，那里炎热潮湿，尘土飞扬，肮脏的街道，喧闹的人声……

"我在这里干吗呢？"一个他始终想不明白的问题又从心里浮现出来。

这时，他从落地玻璃门看到一辆老式林肯车驶入停车场。

"幸好今天没关门！"他抑制不住好奇心，"是什么人会在节日里还住他便宜的汽车旅馆呢？"很多时候，他在柜台后沉闷无聊的时间里观察客人的身份、背景、职业甚至性格。

从车上下来一个年轻女子，尽管穿着厚呢大衣，依旧可以看出她苗条的身材。第一眼，桑杰排除了她是妓女的可能。他发现她有一种独特的走路姿势，脚步轻盈而流畅，步和步之间没有停顿和多余的动作。

门上的铜铃响了，女子站在桑杰的面前。

桑杰抬头看着女子的脸，发现她的第二个特点，有一双非常黑的眼睛。

“节日好！”桑杰微笑着打招呼。

年轻女子友好地微笑：“节日好！”

桑杰注意到女子的脸颊上有个疤。但不知为什么，疤并没有让她破相，反而让她的脸有一种独特的魅力。

桑杰拿出厚厚的登记本：“一晚29元。你的驾照？我要复印一下。”

女子没有说话。桑杰抬起头来。

女子犹豫一下，从大衣口袋里拿出皮夹，拿出一张纸币，放在柜台上。

看着面前的百元大钞，桑杰抬头看一眼门外的林肯车，里面黑洞洞的什么也看不清。他收回目光，看着女子的眼睛，黑色的瞳仁深处有一种钢铁的蓝色。

两人沉默地对视着。

桑杰摸了摸脸上浓密的胡须，然后把大手罩在纸币上，转身从墙上摘下一把钥匙：“噢，七号房刚空出来。”

林简用剪刀小心地剪开已被血浸透、板结的衬衣袖子，把刚才在药店里买的消毒液倒在药棉上，仔细地擦洗伤口。克拉克脸色苍白，把头扭在一边，嘴里嘶嘶作响。

子弹穿过衣服，在手臂侧面划出一条深深的伤口。清洗完伤口，林简仔细地涂上抗生素药膏。

“你是医生？”克拉克问道。

“护士。”林简把纱布覆上伤口，“还好，只是表面擦伤。只要不感染，不会有大问题。”

克拉克长吁一口气：“我还以为要一命呜呼了呢。”

林简熟练地给伤口缠上绷带：“一时半会还不会……唉，刚才你为什么要攻击那个警察？”

克拉克脸上又出现茫然的表情：“我不知道，在那一刹那，我以为他要向你开枪……”

林简抬头看着克拉克的脸。克拉克有点儿不好意思地避开她的目光："当然他是非法闯入，我是正当防卫。"

林简低头把伤口包扎完：" 好了。"

克拉克站起身来，艰难地穿上西装，微笑着说："谢谢你，护士小姐。"

"不。"林简说道，"应该我谢谢你！。"

卫生间里，林简低头洗带血的毛巾。

"不哭。"她对自己说，"你不能哭，林简！"

池子里的血水打着漩涡，流入下水道。林简咬着下嘴唇拧干毛巾。

林简走出浴室。克拉克靠在床上，手里拿着遥控器换台。

"至少我们还没有上电视。"他看了林简一眼，关心地问道，"你没事吧？"

林简摇摇头，问道："你怎么样？"

"我？没事！"克拉克举了举手臂，马上疼得龇牙咧嘴。林简露出微笑。两个人一时都不知道说什么，只有电视里的女记者在梅西百货店里做现场报道，绘声绘色地描述着节日抢购的人群和气氛。

克拉克打破沉默："不管怎么样，你拿到了母亲留下的东西。"

"哦，我差点都忘了。"林简在口袋里摸索，拿出那个盒子。

"我出去一下吧。"克拉克站起身来。

"不用。"林简摇摇头，打开盒子。

盒子是空的。

在盒子底部林简发现了两张纸。第一张是黑白照片，照片里一个小女孩站在一个女人身边，看着镜头。林简久久地端详着照片，然后拿起第二张纸。这是一张收据。她抬头，克拉克正看着她。她把收据递给克拉克。

克拉克犹豫地接过去看了一眼："这是一张曼哈顿银行保险箱存物收据。"他把收据递还给林简，"这个分行在哈莱姆区。"

林简接过收据，怔怔地看着照片。房间里只有电视广播声。

"你见过我母亲吗？"林简突然问克拉克。

"没有。"克拉克摇摇头，"见客户和出庭都是罗伯特负责。我准备了你母亲所有的文件，但没有见过她本人。她授权给我们事务所，一旦她离开人世，务必把这个盒子交给你。"

林简点点头，陷入沉思。

“你要去银行吗?”克拉克问道。林简犹豫地看了一下床边的钟，显示是下午一点四十五分。

“我不知道。”她迟疑地说。

克拉克关掉电视，走到窗前，拨开窗帘看看外面。他转过身，面对林简严肃地说道：“我也不知道为什么，但我相信你没有杀罗伯特，我也相信你也不认识那几个袭击警车的人，否则你也不会在这里了。”他环顾一下室内简陋的家具。

“作为一名律师，我免费给你一些法律建议。除非你能证明自己清白，否则你会被指控二级凶杀，会判十五年监禁，还不算罪名更大的同谋袭警、杀警等罪名。”

林简抬头看着克拉克。克拉克苦笑一下：“别这样看着我，我不是制定法律的人。不开玩笑，如果我是你的话，我不会束手就擒，得做点儿什么，不管是什么。”

林简依旧沉默。

“我和你一起去银行。”克拉克说。

飞速奔驰的警车。

坐在后座的丹尼双手捧着后脑，挤在两个警察中间。每个人都噤若寒蝉地听着前面的汉默对着对讲机吼叫。

“……这是十八轮的巨型卡车，不是乐高积木可以揣着口袋里带走的。查一查这星期全市所有卡车报失报告，调看所有交通录像，我他妈的就不信它能上了天、入了地!”

对讲机里声音：“是！长官……噢，另外新泽西警局在一个冰冻的湖里发现一具男尸。”

汉默打断对方：“为什么要跟我说什么新泽西的尸体?！我要的是林简和那些警察杀手!”

汉默“啪”的一声把对讲器扔下，用绑着绷带的手抱着头。其他警察面面相觑，乔治目不斜视地开车。

汉默一拳打在面前的仪表板上，发出一声巨响：“妈的！你们这些窝囊废，已经到手的人都抓不住!”

坐在后面的丹尼羞愧地闭上眼睛。

汉默一把绰起对讲机咆哮道：“都给我听着！把林简的照片发到所有机场、铁路、汽车站、邮局、银行！任何人发现她的踪迹，直接向我报告！”

14

曼哈顿银行哈莱姆分行是座孤零零的一层建筑。

银行后面是哈莱姆最古老的墓地。因为年久失修，大部分墓穴都已破败不堪，墓碑东倒西歪。在一片灰黄中偶尔有一两点红色，那是生者放在墓前的红丝带和一小盆圣诞红。

克拉克把车驶入空旷的停车场，慢慢地转了一圈，在离出口不远处停下。

“我不熄火。”克拉克转身对林简说，“如果有情况，马上离开。我在这里等你。”

林简点点头。

“这是我从电影里看到的。”克拉克试图缓和一下气氛，“一般抢银行的同伙都这么约定的。”

林简笑了，打开车门。

“祝你好运！”克拉克说道。

在进入银行大门前，林简放慢脚步，转身回望。克拉克在车里冲她微笑，竖起左手拇指。他的笑容让林简感到温暖和鼓励，她深吸一口气，转身推开玻璃大门。

林简进门第一眼看到的是站在门口的黑人保安。

高大的个子，一把左轮手枪插在腰间的皮套里。枪边是黑色警棍、辣椒水和一大串钥匙。林简的心一下提起来。保安礼貌地冲她点头致意。林简僵硬地对他笑了笑。

离下班还有十分钟，银行的大厅空空荡荡，只有一个黑人老妇在靠墙的桌边填表。林简一步一步向前走去。太阳从顶部天窗照下来，她走在明暗交替的大厅里，心中忐忑不安。

大厅后部用表面华丽的薄木板隔成开放式办公室。一个穿着灰西装系着红领带，戴着黑眼镜的秃顶中年人从中间一个办公室走出来。

“下午好，女士，我是这里的经理。我能为你做什么吗?”他招呼着林简，带着条件反射般的职业笑容。

林简向他微笑道：“下午好，我想到保险箱取一件东西。”

“哦，是吗?”

林简注意到银行经理脸色微微变了一下。

“请这边走，女士。”经理转身，示意林简跟着他。

经理把林简带到他的办公室，示意她坐下。

摘围巾的时候林简环顾四周。她现在背对门口，面前是块巨大的玻璃窗，从玻璃的反射中，她能看到银行大门和门口的警卫。她谨慎地在办公桌前的椅子坐下，打开包取出收据递给经理，心里琢磨着刚才他脸色的微妙变化。

经理接过收据仔细端详，然后从镜框上方看着林简。

“这里说取件人可以是林静秋或是林简，你是?”

“林简。”

经理点点头：“能把你的证件给我吗?”

林简从皮夹里拿出驾照递给他。

银行经理接过去看了看，又抬头看了一眼林简，站起身来：“林女士，对不起。请你稍等片刻，我核对一下信息，马上就回来。”

银行经理消失在后面的办公室里。

林简两手紧紧地攥着腿上的皮包，两眼注视着面前的玻璃。从折射中看见黑人老太太慢慢走向门口，保安为她打开门，然后摘下肩上的对讲机，听对方说话。他一边听着，一边四下巡视，目光最后落在林简的方向。

“知道了，是!”林简隐约听到他最后的话。

保安把对讲机挂回肩上，走到大门前，摘下腰带上的钥匙，把大门上的锁一个接一个地锁上。

林简的心往下一沉。

保安锁完最后一道门，转身向林简的方向走来。林简的心跳开始加快，全身僵硬，在玻璃的折射中看着高大的保安一步一步向她走来。保安越走越近，她闭上眼睛。脚步在她的背后停下。她屏住呼吸。

一个柔和低沉的声音传来：“女士，你的围巾掉了。”

林简睁开眼睛，慢慢转过身。保安捡起掉在地上的围巾。

“谢……谢谢!”林简起身接过围巾。

银行经理从里面办公室走出来，把收据和驾照递还给林简：“林女士，这边请!”

银行经理转身问保安：“大门已关好了?”

保安点点头。

这是一扇半米厚的钢门，

身体单薄的银行经理花了很大力气缓缓地把门打开。林简跟着他走进一个用厚重金属护卫的世界。

经过一个短短的金属走廊，进入一个小房间。房间明亮，没有任何装饰和气味，中央是一个结实的不锈钢桌子，桌子中央孤零零地放着一个黑色盒子。

银行经理对林简做了一个请的手势：“林女士，不用着急。我等在外面，需要我的话请叫我。”

林简点点头：“谢谢你!”

银行经理走出房间，轻轻地带上门。他心里暗自希望这位顾客不要“不着急”。现在已经过了下班时间，他还得完成一整套规定的关门手续才能离开，然后要穿过整个曼哈顿回到下城的家。今天是他儿子十岁生日，多病的妻子已经为此准备了几个月，邀请所有亲友和孩子的同学到家里为儿子庆生，他们现在都在家里等着他。

看着面前的盒子，林简脑子里一片混乱。

她试图把这个闪着黑色金属光泽的方形物体和已经变得遥远的母亲联系起来，但没有找到关联。

她脑海里旋转着这两天所有事件的碎片：死亡、墓地、手枪、尸首、手铐、爆炸、奔逃、枪声……

这一切的答案可能就在面前这个盒子里。

她闭上眼睛，屏蔽所有想法，睁开眼，深吸一口气，慢慢揭开盒盖。

盒盖下覆盖一张纸。

她轻轻揭开那张已经发黄的纸，向里面看去。

她突然发出一声惊叫。

盒子里有什么东西在看着她!

15

门外传来银行经理的声音：“你没事吧，林女士？”

林简控制住心跳，对门外说道：“没事。”

她再次揭开那张纸，盒子里是一张清晰的照片，照片里是个形状奇特的骷髅。微塌前倾的前额色泽斑驳，伤痕累累。左半边脸已经完全消失，只剩下右边隆起的眉骨下一个深陷的眼眶，像无底的洞穴。在深邃的黑暗中隐约暗藏着什么东西，窥视着上方的她。

林简翻看那张纸。这是陈旧的剪报，上方是醒目的粗黑体标题：五十万年前的北京猿人头盖骨依旧下落不明！

银行经理在林简身后锁上大门。

尽管他急着回家，但他还是按照习惯，在整个楼里巡视一圈。一切正常，他满意地微笑一下。当他经过传真机的时候，发现上面有一张纸。他不经意地拿起来一看，上面是几个简单的大字和一张照片。

“万分紧急!!! 如发现此人，请马上和纽约警察局联系！”

经理的目光移到下面的照片，照片上的女子刚刚在一分钟前被他送出门外。

经理拿起电话，拨传真上的号码。他突然有一个预感，今天可能赶不上儿子的生日晚会了。

汽车旅馆简陋的桌上静静地放着三件东西：一把钥匙，一个红线编成的中国结和一沓陈旧的照片及简报。

林简和克拉克默默地看着银行保险箱里的东西。

“你母亲没有留下任何文字？”克拉克打破沉默。

林简摇摇头，拿起那把钥匙。黄铜钥匙古旧光滑，形状奇特。

克拉克小心地摊开那沓照片。

一座山的全景，山并不高，山脚下似乎有一个洞口。

洞口的近景，像巨兽张开的嘴。

一群衣衫破旧的人站在洞穴前面。

一队被缴械的海军陆战队员排着队，在日本士兵的押送下登上一列火车。

……

林简拿起剪报，从泛黄程度来看，应该收集于不同的年代，但却有一个共同点，每份报纸的内容都与北京猿人头盖骨有关：

五十万年的北京猿人头盖骨在二战中失踪

人类进化的重要证据迷失在战争的尘土中

芝加哥富商出巨额赏金寻找北京人头盖骨

相传北京人头盖骨在日本出现

……

林简和和克拉克面面相觑，一时不知道该说什么。

“失踪的五十万年的北京猿人头盖骨……”克拉克把照片小心地放回桌上，“这真不是每天都能碰见的事儿。你知道关于头盖骨的事情吗？”

林简摇头，呆呆地看着照片和剪报。

有人敲门。林简脸色一变，迅速把桌子上的东西收进包里。克拉克走到窗口，从窗帘缝间往外看。

“我们的晚餐来了。”克拉克回头咧嘴笑道。

克拉克把食盒子盖子一掀，一个冒着热气的巨大比萨，带着明火燎烤的意大利香肠混合着芬芳的乳酪出现在眼前。

林简突然觉得肚子饿得不行，才意识到她已经一天多没有吃东西了，便伸手拿比萨。

“哎，等一下！”克拉克阻止她。

克拉克从和比萨一起送来的纸袋里取出塑料刀叉和纸巾，整齐地摆在桌子上。他一丝不苟地做着每个动作。夕阳从窗帘的缝隙投射进来照在他身上，带着血迹的白衬衣闪着柔和的光芒。他回过头，冲林简微微一笑，笑容温暖而熟悉，带着一丝大男孩的羞涩。

林简感到心里什么地方被柔软地碰触一下，略显慌乱地把目光移到克拉克包着绷带的手臂上。

“你的手臂怎么样？”她问道。

克拉克把比萨分放在两个纸盘里：“还不错！它也想吃比萨，恢复力气。”

他走到林简身边，为她拉出椅子：“请坐，女士。”他拿过两个旅馆的塑料杯，为林简倒上可乐。

克拉克在林简的对面坐下，用没有受伤的左手拿起杯子："节日快乐！"

林简举起杯子，脸上第一次露出笑容。

"……他问，克拉克先生，你为什么不去换一件衬衣呢？我说，尊敬的法官先生，我已经换了三件了！"

林简端着杯子，听克拉克讲他第一次上法庭的故事。

"你瞎说的。"她笑着说道。

"是真的！"克拉克举起左手，做宣誓状，"从那以后，我知道我有上法庭就汗流如注的毛病。你可能在护士学校教材里见过，这毛病的医学全名叫作精神性强迫体液流失症。"

"根本没有这个名词！"林简抗议。

"那是你专业课没学好。我还看过很多专家门诊，但没人有办法治疗这个绝症。最后一个老专家终于给我开出药方。我打开一看，药方很简单，只有四个字——不上法庭。所以我就坐在办公室里整理资料，准备各种上庭的文件，为客户提供法律咨询。因此我就不必买很多衬衣。"

克拉克自嘲地笑了笑，拿起最后一块比萨："你呢？护士工作是不是更激动人心？"

"还好，也要流很多汗，大多数的时候……"

林简想起那些值夜班的晚上，飞速推入的担架车，没有知觉或挣扎抽搐的身体，争分夺秒的抢救，电震仪刺耳的尖叫，汗水、血、消毒酒精的混合气味。

"苏珊现在应该在做值夜班的准备了吧？"林简想道。

"但我很喜欢我的工作，能帮助一些需要帮助的人。"林简突然非常想念她的朋友、热爱的工作和一去不复返的平静生活。

林简抬起头，看见克拉克正凝视着她。她的心再次猛跳一下，突然意识到和这个男人在一起不到八小时内，她笑的次数可能超过了过去的一年。

有些尴尬的沉默。

"嗯，不早了。"克拉克干咳一声。

他们默契地站起来收拾桌子。

当林简走向卫生间时，克拉克叫住她："林简！"

林简转过身来。

“不要担心，”克拉克看着她，“一切都会好起来的。”

林简深深地点点头。

林简走出浴室，看到克拉克奇怪地在墙边倒立。

看到林简脸上不解的表情，克拉克不好意思地说：“小姐，请别见笑，这是我睡前的习惯。”

林简微笑：“没事儿。”

克拉克停了一下，解释道：“我小时候住在寄养家庭。我的养父养母非要我在睡前这么做，说这样有利于血液循环。现在这已经变成习惯了，不做就睡不着。瞧，你笑了不是？”

“我没有啊。”林简笑着转过身去。

克拉克调整一下姿势：“哎，我刚才给一个客户打电话，他认识纽约自然历史博物馆的一个人类学家。如果你想知道关于北京猿人头盖骨的事，可以去找他。”

路灯稀疏的光钻过窗帘的缝隙偷偷地爬入房间，偶尔被驶过的汽车无情碾压，在轮胎和坚硬路面的摩擦中发出寒冷的嘶叫。

林简睁着眼睛躺在床上，默默地看着昏暗的天花板。

“你也是在寄养家庭长大的？”林简问道。

隔壁床上的克拉克已进入半睡眠状态。他翻了个身，含糊地回答：“是啊！”

停了一会，林简问道：“他们对你好吗？”

克拉克很久没有回应。林简以为他睡着了。

黑暗中传来克拉克的声音：“反正我活下来了。”

16

吵闹喧嚣的大厅。

清晨的金黄阳光从高大的窗口照射进来，铺洒在光滑的大理石地板上，慢慢爬上展厅中央唯一的展品——北美最高的恐龙、巴洛龙的骨架化石上。

纽约自然历史博物馆最大的圆形大厅——五百二十平方米的罗斯福大厅

笼罩在明亮的冬日阳光中。巴洛龙细小的头部在近三层楼高的身体顶部，显得不可思议的遥远。直立支撑它身体的粗壮后腿和回旋上扬的尾巴，在喧闹的巨大空间里一静一动，相辅相成。

恐龙的脚下挤满参观的小学生。一个年轻女老师扯着嗓子给喧闹兴奋的学生做介绍："……科学家猜测巴洛龙可能有八个心脏，每个就像接力赛跑，最后才能把血液输送到九米高的头部。"

林简和克拉克并肩经过恐龙化石和小学生身边。

"他是博物馆资深古人类学家。"与小学生们比着嗓门，克拉克大声给林简介绍，"尽管现在已退休，但他还是每天来博物馆上班，继续教学和研究。我的客户说，如果你要知道北京猿人的事，他可能是整个纽约这方面知识最渊博的学者了。"

他们走向大厅中央的咨询台。

咨询台后面正襟危坐着一位穿着深蓝色制服、一脸严肃的中年女子。林简站在咨询台前面不远的地方，背身看着恐龙化石。

"请问杰贝兹博士在吗?"克拉克走到台前礼貌地问道。

"你和他预约了吗?"中年女子没有表情地问道。

克拉克微笑，试图显示他的魅力："没有。但是我们有要紧的事找他。"

克拉克的笑容在女子的严峻面前像严寒中哈出的热气，瞬间消散。

"不行。"中年女子公事公办。

克拉克脸上的笑容开始僵硬，一时不知道怎么办。

林简转过身，走到女子面前问道："他的办公室号码是?"

中年女子似乎被林简吓了一跳，下意识地说道："201……如果没有预先约定的话，他一般不见客人，哎……"

林简和克拉克快步向楼梯走去。

中年女子气愤地嘟囔："怎么这么没有礼貌?!"

她不悦地看着林简的背影，似乎突然想起什么。她收回目光，看着柜台下方贴着的一张纸。这是一张传真纸，上面是简单的几个字和一张女子的照片。她再次仔细端详那张照片，确认后拿起电话。

二楼第一个办公室，门上的金属铭牌上刻着："威廉·杰贝兹博士"。

克拉克伸手敲门。

“门开着。”里面传来一个声音。

林简跟在克拉克身后进去。

这是很大的房间，但是给林简的第一感觉是狭小、拥挤。房间堆满化石、标本、地图、绘画、照片，甚至还有非洲原始部落的面具和波利尼西亚人的船桨、爪哇群岛的考古照片和埃塞俄比亚的考古工程图……

房间中央有个巨大的办公桌，上面堆满了化石、样品、放大镜、书籍、笔记……办公桌后却没有人。

“你们是找？”一个声音从他们头顶传来。

林简和克拉克抬起头，看见一个满头银发的老人站在梯子上，前方是整面墙的书架。

“杰贝兹博士？”克拉克恭敬地说道，“我是克拉克，这位是林简女士。我们有些问题想向先生请教。我们共同的朋友罗杰斯先生说可以……”

杰贝兹博士从书架上抽出一本书：“嘿，就在这儿呢。”

他低头露出惊诧的表情：“老罗杰斯？他还活着？”

林简一下子就喜欢上了杰贝兹博士。

杰贝兹博士蓬乱白发的前方是宽阔的额头，一排整齐的皱纹下方是一副无框眼镜，镜片后面是一双睿智、略带调皮的蓝眼睛。此刻这双蓝眼睛正凝视着林简。不知道为什么，林简感到一种久别的温暖和亲近。

“我能为你做什么呢，孩子？”杰贝兹博士微笑着问林简。

林简从包里拿出照片和剪报递给他。

杰贝兹博士不慌不忙一张一张仔细地看。林简抬起头，看着四周琳琅满目的标本和照片。她并没有看见任何和北京猿人头盖骨有关的照片。克拉克也满脸好奇地看着这个不同寻常的房间。他俩对视微笑。

等林简的目光落到杰贝兹博士的脸上时，发现他的表情变得专注和严肃。

他看完最后一张简报，把它们放在桌子上，摘下眼镜，沉静地看着林简，蓝眼睛深邃而幽远。

“我从哪里说起呢？”他的声音像是来自远古的叹息。

一幅巨大的老照片。

照片是一座山的全景。荒凉的山坡长着稀疏的树木，可以看到星星点点的人为挖掘的痕迹，在山坡的底部有一个洞口。

林简认出这和母亲的照片里的山一模一样。

早晨的人类起源馆很安静。空荡荡的展馆里只有杰贝兹博士、林简和克拉克。

“十九世纪末，”杰贝兹博士的声音在林简耳旁响起，显得遥远和古老，“世界上有很多化石收藏家和探险家纷纷去中国找寻一个神秘的东西，当地人称为‘龙骨’；就是古老传说中的龙留在人间的遗骨。大部分人都无功而返，但也有人坚持搜寻。结果出人意料的是，有人在中国北方的中药店里找到了一味药材原料，它就是人们口中的龙骨。”

林简和克拉克弯腰看着一个玻璃柜里几块黑色的骨骼碎片。

“考古学家和科学家如获至宝地带回欧洲。经过仔细分析研究，他们发现龙骨并不是传说中的龙骨头，而是各种史前的动物化石，具有珍贵的考古研究价值。1921 年，瑞典地质学家安特生在当地人的指引下，发现了一个龙骨聚集地周口店。它位于北京东北五十公里，当地人叫它‘龙骨山’。他在那里找到了大量的史前动物化石。”

杰贝兹博士停在安特生和一群中国人站在山坡前的照片旁。

“在挖掘收集那些化石时，他偶然发现了一个奇怪的东西，一块有锋利刃口的石英碎片。碎片不大，上面有人工打磨的痕迹。科学家的本能告诉他这不是一块普通的石片。他带着石英碎片回到瑞典，做了细致的研究后，推断那片带刃口的石英有可能是史前猿人使用的石斧的一部分。这个结论的重要性在于，如果他的推断准确的话，传说中的古猿人类就可能真的存在，就生活在五十万年前的周口店。”

杰贝兹博士停下来看着面前的林简和克拉克，他们都急切地等着他讲下去。

“在美国洛克菲勒家族基金会的资助下，在周口店开始了大规模的考古挖掘。1929 年 12 月 2 日，挖掘的考古学家宣布了一个举世震惊的发现——他们找到了一个几乎完整的猿人头盖骨。这个新发现的人种曾经生活在迄今五十万年前的古都北京郊外。他们把他起名为北京猿人。”

林简发现自己站在一张北京猿人头盖骨照片前。头盖骨的空洞眼眶正对着她的眼睛，黑暗、深不可测。

“北京猿人头盖骨的发现产生了巨大轰动。它不仅在科学界、宗教界，甚至对地球上生活的普通人都产生了深远影响。因为头盖骨的出现，提供了人类进化过程中的一个关键链接环节的重要证据。很多科学家和进化论者认为它可以用来证明人类是由自然筛选、进化而来，而不是上帝创造的。但也有学者质疑头盖骨是有人故意伪造的，整个发现过程是一个精心策划的骗局。后来发生的事情，让一切变得更加扑朔迷离。”

杰贝兹博士停下来，房间里突然陷入一种奇怪的安静。

“后来头盖骨是怎么失踪的呢?”克拉克打破了沉默。

杰贝兹博士沉思的脸上慢慢露出迷惑的表情：“就在对头盖骨的真假还在争论和研究的时候，1941 年年末，珍珠港事件发生前夕，北京猿人头盖骨和其他一些周口店的化石突然全部失踪。就像从来没有出现过一样。四十多年过去了，我们仍然不知道当时发生了什么。那些头盖骨究竟从哪里来，又到哪里去了。有很多说法和传言，但是没有人知道事情的真相。或者有人知道，但因为各种原因而不愿说出来。”

杰贝兹博士转过身，看着林简，问道：“你为什么要知道头盖骨的事呢?”

林简刚要回答，脸上的表情突然改变了。

杰贝兹博士顺着她的目光转过身去，看到几个人匆匆走进博物馆大门。

17

汉默快速走进博物馆大门，后面紧跟着乔治和丹尼。

一个工作人员想拦住他们，汉默掀开夹克，露出皮带上别着的警徽和腋下的枪。工作人员见状后退。汉默上前一步问询后，工作人员指着大厅中央咨询台后面的女子。

201 房间的门紧闭着。

汉默示意乔治跟着他，丹尼守在门口。汉默拔出枪，一下推开门。

满满一屋子的化石、标本、图片扑面而来。汉默的目光掠过房间中央的一张大办公桌，桌子上的一个台灯，最后落在台灯后面的一堆雪白头发上。

听到声音，杰贝兹博士放下手中的放大镜，诧异地看着站在门口的汉默。

“纽约警察局的……抱歉了。”汉默的举止没有任何抱歉的意思，自顾自地提着枪向房间深处走去。

杰贝兹博士没有说话，拿着放大镜，沉默地看着汉默的背影。

屋子尽头有一个中国屏风，画着一只仰天长啸的老虎。汉默端着枪，突然冲到屏风后面，没有人。他突然感到背上有一种奇怪的挤压感，像一股巨大的力量施加在身上。他转过身，看见杰贝兹博士平静地看着他。

“杰贝兹博士?”他把枪放回枪套。

杰贝兹博士微笑：“名字写在门上呢。你是?”

“我是特警汉默。”

“你们这样冲进我的办公室是因为?”

汉默掏出林简的照片，递给杰贝兹博士：“我们在找她，二十九岁，她……”

“等一下。”杰贝兹博士打断汉默，没有接照片，反问道，“特警汉默，你转身看一下四周，告诉我你看到了什么。”

汉默迷惑地看了看琳琅满目的房间，又看了看乔治，乔治摇摇头。

杰贝兹博士微笑道：“二十九岁？你肯定吗？你觉得你能在我这里找到这么年轻的物种吗?”他说罢环视周围，骄傲地说：“我这里至少都是二十九万年以上的东西。”

克拉克驾车沿着哥伦布大道向北前行。

街道开始变得宽阔。路边的建筑渐渐变得破败，行人变得稀少。林简沉默地看着眼前掠过的街景。他们都没有说话。车进入哈莱姆区。

林简若有所思地自语：“所以我母亲的死和头盖骨有联系。”

克拉克点点头，问道：“你以前一点都不知道?”

林简咬了一下嘴唇，摇头。

克拉克不解地问道：“为什么你母亲花了这么大的心力，确保她遇到意外的话，你能拿到这些有关头盖骨的资料和东西呢?”

“因为她是精神不正常的人!”林简突然提高嗓门说道。

车里陷入一片沉静，只有林肯车的引擎发出低沉的“嗡嗡”声。

话刚出口，林简突然感到心里有一种尖锐的刺痛。一种复杂的愤怒、悲伤、委屈、疲惫伴随着一股胃液涌上来。

“对不起!”她低声地说道。

克拉克看了林简一眼：“你没事吧?”

林简摇摇头，咬紧牙关。

克拉克看着前方，脸上是一种难以描述的表情：“不知道为什么，我有一种奇怪的感觉……”

“什么?”林简问道。

克拉克没有马上回答，驾车驶入一个加油站。

克拉克给车加油。他抬头透过加油站小店的玻璃窗，看着站在柜台前的林简。另一辆车驶入，挡住了他的视线。

小店里。林简从红头发、满脸雀斑的店员手中接过找回的零钱。

“请问厕所在哪儿?”林简问道。

店员指着店堂后面的一条通道：“右面第二个门。”他从身后的墙壁上摘下一把连着巨大塑料板的钥匙递给林简。

林简顺着一条狭窄的通道向前走去。

两边是剥落的墙皮和各种乱七八糟的涂鸦，前方是后门的一个小窗，稀疏的阳光投射进来，照在门上方男女合用厕所的标志上。

林简正要开门，身后传来一阵急促的脚步声，克拉克向她快步走来，抢过她手中的钥匙。

“你等会儿。”他开门进入厕所。

透过半开的门，林简看见克拉克仔细检查着不大的厕所。他穿着西装的身影和小心谨慎的动作虽然有些滑稽，但让她感到一种温暖在心里弥漫开来，胃里没有那么不舒服了。

林简在水池前洗手。镜中的自己脸色苍白、憔悴，表情恍惚。

她捕捉着镜子里那缕迷惑的神情，内心深处有一个隐约的想法在缓慢而有力地滋生出来，她还不知道是什么，但不知为什么让她感到一种深深的恐惧。她再次看着镜子里的自己，突然有一种奇怪的陌生感。

“我母亲到底是什么人?”一个想法从她内心深处慢慢爬出来，“我到底是谁?”

林简花了很大力气把自己的目光从镜子里移开，关上水龙头。那一刻，她听到了一个声音。

她身后是一排破旧剥落的隔间。林简侧耳倾听，周围一片寂静。她拿起放在一旁的纸巾擦着手。镜子里，她似乎看见一个黑影在身后的隔间里一闪……

站在第一个隔间门前，林简轻轻地推开门，里面除了一个陈旧、肮脏的马桶，什么都没有。第二个也是空的。

林简推开第三个门。她看见黑影了，是窗户上方排风扇投在板壁上的阴影。她如释重负地吐了一口气，转身向门口走去。

突然，一条手臂从后面锁住她的脖子，野蛮的力量让她顿时不能呼吸。一块潮湿的布猛地捂住了她的口鼻。

失去知觉前，林简惊恐地闻到布上强烈的乙醚味道。

克拉克坐在车里，看着店门。

店门匆匆地进出不同的人，但没有林简。他的不安每秒钟都在快速增长。他下车走进店里。

克拉克轻轻地推开虚掩的厕所门。

“林简!”他叫道。

没有回应。

厕所里没有人。克拉克蹲下身，依次从隔间门下方看，隔间里也没有人。他站起身来快步往外走去。要出门的时候，他突然停下来，在空中闻嗅着，空气中有一种微弱的化学物气味。

克拉克的心突然沉入一片无边的黑暗中。

18

如铅一般沉重的黑暗。

知觉像一股纤细而温暖的液体缓缓流入林简的身体，分流到每个角落。她慢慢睁开眼睛，一种颜色进入她的眼帘。

绿色。满眼的绿色，绿得让她眼睛生疼。

“我在做梦，”林简闭上眼睛告诉自己。这是她三天内第二次失去知觉了。她的意识急速地穿回黑暗的记忆隧道。

……关掉的水龙头，门面剥落的隔间，掐住咽喉的手，掩住口鼻的布，乙醚的气味……

“我被人绑架了!”一个可怕的念头出现在林简的脑海里。

她紧闭双眼，但能感到身体下面是柔软的草地。空气中有一种新鲜、略腥的植物断面散发出来的青涩气味。她慢慢地移动一下四肢。四肢都有知觉，没有缚绑。她再次睁开眼睛，眼前依旧是郁郁葱葱的绿色。她撑着地，慢慢起身环顾四周。

眼前是一片广阔的稻田，阡陌纵横。田边是一个农家菜园，菜园的尽头是一座小桥，连接着一个红色凉亭。凉亭在一个花园中央。花园里花团锦簇，百卉争妍。

身后传来一个细微的声音。林简紧张地转身，看到一只母鸡带着几只小鸡从她的身后走过。她慢慢站起身，发现自己站在一个果园中，周围的果树上挂着桃子、苹果和梨。

“这是什么地方?”面对静谧的田园风光，林简心里突然感到一种强烈的不安和恐惧。

“我有一种感觉，”一个声音传来，“我们已经不在堪萨斯了。”

林简转过身，发现右边不远处停着一个轮椅，轮椅上坐着一个人，或者是一个人形的物体，正在为一棵低矮的果树剪枝。轻微马达驱动的声音，轮椅灵活地转弯，向林简驶来，在她面前停下。

轮椅上坐着一个老人。瘦小的身子穿着一件一尘不染的深棕色中式对襟褂子，扣子扣得整整齐齐。他稀疏的头发和眉毛像银子般地发亮。和他年龄不相称的光滑皮肤如婴儿般的粉嫩。林简看出他是白化病患者。轮椅上复杂、精巧的表盘下方是个光滑的平面，流线型往下延伸，看不见他的下半身。老人看着林简，慢慢地摘下园丁手套。

“很高兴见到你，林女士。”他向林简伸出细小的右手。

“你是谁?”林简没有动，“这是什么地方?!”

老人：“这是我的花园，你是我的客人，林女士。”他改说中文，“我是李一石。”

“你从加油站绑架了我吗?!”林简追问道。

“是的。”李一石点头，“非常遗憾不得不用这样的方式请你来此。他们这次格外谨慎，因为他们前天晚上在格林尼治村失手了。”

“原来是你伏击了警车！”林简感到愤怒从心头升起。

李一石点头：“是的，是我命令他们把你从警察手里解救出来。请原谅我不得不用这样的方式!”

“原谅?你请求山姆和他家人的原谅吗?”林简问道。

“我没有。但我没有故意让任何人为此丧失生命。”李一石诚恳地看着林简的眼睛，“请相信我。”

林简一动不动地注视着李一石。李一石白色睫毛下浅色的瞳仁迎着林简的目光。林简低下头，李一石轻轻舒了口气。

说时迟那时快，林简上前一步，一把抓起轮椅上那把修枝剪刀，把锋利的刀刃顶在李一石细瘦的脖子上。

“让我走！”林简命令道。

李一石抬头看着林简，脸上露出微笑：“让你走？你当然可以走。”

林简狐疑地看着李一石，按在他的颈动脉上的剪刀在微微发抖。

李一石的脸平静如水：“任何时候。出口就在你后面。”

林简环顾四周：稻田，菜地，花园，断桥，小亭……除了李一石和她，没有任何人。她迟疑地把剪刀移开，慢慢往后退。

“林女士！”李一石叫道。

林简没有睬他，转身寻找后方的出口。

“你走之前，愿不愿意和我一起喝杯茶？我想告诉你一件事情。”

林简找到出口，扔下剪刀，快步向出口走去。

“一件关于你母亲的事情。”李一石说道。

亭子中央有一方低矮的深棕巨木，表面平滑如镜。

两张树根雕成的椅子立在巨木块两边，宽阔而舒适。顶部隐秘的灯光照在古朴的茶具上，幽幽青光细微地飘浮在棕色木头表面。

坐在椅子的一角，林简不安地看着面前的黄泥小炉。炉中的炭火细微地舔着浅色陶瓷小壶。马上离开这个古怪地方的冲动和想知道母亲信息的渴望在她心里剧烈地交战。

李一石自顾自地依次揭开色如青玉的茶杯盖子，摆成一个完美的角度，继续他的叙述。但他的眼睛后面的另一双眼睛正密切地注视着林简脸上表情的细微变化。

“1924 年，加拿大古人类学家布莱克博士得到了洛克菲勒基金会资助的研究基金，来到北京协和医学院建立了古人类研究所。他组建了一个考古小组，准备在北京郊外周口店的龙骨山挖掘、寻找传说中的古人类遗迹和化石。”

李一石拿过一块晶莹剔透的方形玉石，微微一按，密封的玉石分成两整块，露出中间的茶叶。他用银匙从中轻轻取出一勺，放在茶杯里。

“隆冬的一天，布莱克博士来到北京大学拜访一个从柏林大学回国的年轻人，邀请他参加考古小组。年轻人拒绝他的邀请。因为他深爱的妻子刚因病去世，他必须照顾三岁的女儿。布莱克博士随后又两次造访。他的诚意和热忱打动了年轻人。他最后成为布莱克博士的得力助手。”

林简脸上的疑惑逐渐加重。李一石没有看林简，继续说：“四年以后，这位中国考古学家和另一位小组成员在周口店发现了著名的北京人头盖骨。”

“为什么你要和我说这些？”林简问道。

李一石抬起头来，盯着林简的眼睛：“因为他就是你的外祖父林清明。”

茶壶突然发出一声尖利的啸声，水开了。

李一石给林简摆好茶具。林简怔怔地看着他繁复的沏茶过程，试着理解他刚才所说话的意义。

“珍珠港事件爆发后，北京猿人头盖骨突然失踪，与其同时失踪的还有你的外祖父。当时你母亲已独自离开中国。那年她二十岁。”

李一石把一盏茶递给林简，他几乎透明的手端着青色的茶杯，茶面平静如镜。林简迟疑地用双手接过茶杯，但没有马上喝。

李一石微笑说：“请品尝。这是一种罕见的古中国茶叶，有两千五百年的历史。是我自己种的。”

林简低头细看，茶色墨黑，水面上有细微的光泽。她轻轻地啜了一口。

茶极苦。苦味中，有一丝若有若无的甘甜。甘甜慢慢聚拢，再慢慢扩散，清亮而悠长。

“喜欢吗？”李一石问。他看出林简的戒备心在慢慢放松。

“我母亲来到了美国？”林简问道。李一石点头。

“后来呢？”

“我不太清楚细节。我唯一知道的是，三十多年来，你母亲一直在寻找失踪的头盖骨。”

杯子停在林简的嘴边，她慢慢放下茶杯。

“你应该知道的，对吗？”看着林简的表情，李一石问道。林简没有回答，心里深处那种熟悉的刺痛再次浮现。

周围很静。李一石若有所思地摆弄着茶具，沉默而耐心地等待林简慢慢平静。

“有件事你有可能不知道。”李一石看着手中的茶杯，“她已经找到了头盖骨。”

林简抬起头吃惊地看着他。

“或者更准确地说，你母亲已经找到了失踪头盖骨的最后线索。但是，她不知道多年以来一直有人在暗中监视着她。她最近的一系列反常的举动，让他们察觉到事情有了进展，多年的搜寻和等待终于有了答案。”他深深地叹了一口气，“令人悲哀的是，这么多年的寻找、努力和牺牲的结果，却让她失去了宝贵的生命。”

李一石突然变得非常严肃，看着林简，浅色瞳仁射出锐利的光芒。

“所以，现在你是找到头盖骨的唯一线索了！”

19

汉默靠在座椅上，两腿搭在凌乱的办公桌上。

他点燃嘴上的烟，“啪”地关上打火机，深深地吸了一口，徐徐地吐出，看着蓝色的烟袅袅地向布满蜘蛛网的天花板升起。

深夜的办公室空无一人，苍白的灯光落在汉默两天没有刮胡子的脸上，描绘出阴郁和愠怒——离开自然博物馆后，林简和克拉克突然踪迹全无。

汉默把烟灰弹在地上，低头看着腿上两页纸的报告。那辆十八轮卡车隶属布鲁克林的一个重型建筑公司。公司老板的名字看上去像意大利后裔。袭击的前一天，公司已向警察局报失，卡车前天晚上从停车场被偷。

汉默看第二页，这是那个建筑公司和老板的背景报告。公司营业十六年，业绩连年上升，没有任何涉黑或犯罪记录。

汉默叹了一口气，在桌子上满是烟头的烟灰缸里揿灭烟，他的手突然停在空中。报告的最下面一行字抓住了他的眼睛——该建筑公司属于一个叫“王朝”的巨型辛迪加公司。

李一石这个名字从汉默的记忆中跳出来。他是王朝的主要控股者，纽约最神秘的顶级富豪。没有人知道他从哪里来，从名字看，他应该是中国人。很少有人见过他，只有传说和谣言。有人说他是侏儒，身高不足一米，有人说他是瘫子，不能站立。还有人说他根本不存在，是一个幕后财团创造出来的形象。但没有人怀疑他手下巨大的房地产数量和惊人财富。

卡车、辛迪加、财富、中国人、头盖骨……

汉默闭上眼睛，似乎听到空中什么地方有一个细微的咔嚓声，像两个紧密的榫头轻轻合拢。他把报告扔在桌上，顺手从烟盒里抽出一支烟，点上。他衔着烟，两手抓住皮夹克的领子，怕冷似地裹住脸颊。他抽吸一下鼻子，像一个嗜血的兽，闻到了远处猎物身上小小的伤口。

“我?!”林简吃惊地喊道:“我什么都不知道!”

李一石面色平静地看着林简:“是的。”他顿了一下，“你现在是什么都不知道，但很快就会知道，可能会知道比你想要知道的都多。相信我，简，从你母亲找到头盖骨的线索那一刻起，一个庞大的机器已经启动。这已经不是你母亲、你、我，或任何人能掌控的了。它不会停止，直到找到头盖骨。”

林简怀疑地看着李一石。

李一石继续说:“这就是你母亲刚去世，就有这么多事情发生在你身上的原因。”

林简低头沉默一会儿后，抬起头来问:“那你想干什么?”

李一石看着林简，白色的皮肤闪着陶瓷般的光芒:“我非常尊敬你母亲，尽管我们从来没有机会见面。一个孤身女子花了她几乎一生的时间，做一件她认为必须做的事情是非凡的……”

“你想干什么?!”林简追问道。

“我?我想继续她未竟的探索，最终找到头盖骨，把他们送回他们应该属于的中国。”

李一石停顿一下，让他的话慢慢沉入林简的心里:“所以我需要你的帮助，简。”

说完这些话，李一石似乎耗尽了他所有的力气，微微地喘息着，整个人只有眼睛依旧炯炯有神。

林简陷入沉思。

周围一片安静。渐渐熄灭的炭火发出轻微的爆裂声，露出了暗红的内核，然后缓缓变成灰白。墨色的残茶静谧地沾在温玉般的茶杯壁。

林简站起身来:“李先生，谢谢你的茶和故事。我觉得你刚才说的这一切和我没有任何关系。我不能也不会帮助你。我现在可以离开了吗?”

李一石轻轻地叹口气，缓缓地点头：“当然可以。不过，简，你离开之前，我能问你一个问题吗?”

林简站在那里，默默地看着李一石。

“很好。”李一石继续说：“与其要你回答我冒昧的问题，我就猜一下问题的答案吧。”

他脸上露出疲倦的微笑：“我是老人，晚上很多时候躺在床上睡不着。我就做一件事……”他的笑容变得有些羞涩的单纯。

“我把自己想象成不同的人，在不同的境况里。从路边的流浪汉到开记者招待会的总统，从我周围认识的人到我素昧平生的人，比如那晚因为我的行为而丧生的警察……”

“他叫山姆。”林简说道。

“是的，山姆·安德森上尉。你可以不相信，那次行动只是想把你救出来，没想让人丧失生命，但是事情总是不在我们的掌控之中。”李一石沉默了片刻，“我会想，如果我是他们的话，我此刻最想要的是什么，我最大的恐惧是什么。”

林简看着李一石，不知道他想说什么。

李一石继续说：“我想，如果我是林简的话，我最想要的是什么呢？我想我最想要的是回到三天前的生活，希望这一切只是一个梦。但是，奇怪的是每次想到这里，突然有一个我不能解释的感觉，因为我最大的恐惧也是回到三天前的生活。”

林简突然感到内心深处有什么东西震动了一下。

李一石没有往下说，驾驶着轮椅离开小亭。

“请随我来，简。”他招呼道。

林简迟疑一下，还是跟上李一石的轮椅。他们穿过果园，面对着一个郁郁葱葱的山坡。李一石按下轮椅上一个按钮，面前的山坡突然消失，变成一排落地长窗。

“请走近些。”李一石说道。

林简克制着心里的诧异，小心地向前走了两步后，猛然停住脚步，差点儿失声惊呼。

她面前是一个漆黑、深不见底的万丈深渊。她站在一幢摩天大楼的顶层，脚下是黑暗中的纽约如蛛网般的街道，蝼蚁般的人和车……

林简恍惚回头看着背后的绿色田野、成荫果树、阡陌交通。

“我们已经不在堪萨斯了。”李一石的声音像从远处传来。

林简记得小时候，母亲带她到电影院看《绿野仙踪》。生活在堪萨斯农庄的小女孩多罗茜突然被一场龙卷风刮到一个陌生而神奇的地方。落地后，多罗茜环顾四周，对抱在怀里的小狗说：“我有一种感觉，我们已经不在堪萨斯了。”

成人以后，林简才知道这句话的意思。多罗茜已经进入另一个世界，所有的环境、人物、生存法则都已改变。

“林简，你不必信任我。”李一石的声音从身边传来，“因为我还没有赢得你的信任。我对你的所有请求是离开这里几天，到另一个地方去见一个人，问他一个问题。在你离开这段时间，我尽我所能找到杀害你母亲的凶手，同时证明你的清白。然后，你可以去世界上任何你想去的地方，做任何你想做的事情，过你真正想过的生活。”

李一石抬手示意，林简看到一张桌上放着自己的背包。

“你的包和所有东西都没有动过。”李一石说道：“你旅行的所有手续都已安排好了，飞机两个小时后在肯尼迪机场起飞。”

他迟疑一下：“另外，你回来后，如果觉得不愿意和我分享你得到的答案，你可以不告诉我。但是有一点我可以百分之百确定，你这样做的话，你母亲会很高兴，会为你感到自豪的。”

林简呆呆地看着面前黑暗的悬崖和城市之光掩映中的乌云密布的天空，像没有听见李一石说什么。

“我最大的恐惧是回到三天前的生活吗？”她问自己。那一瞬间，她惊诧地发现自己突然不知道答案了。

林简慢慢转过头来，看着李一石：“为什么要我去见那个人？”

李一石沉吟，最后决定如实回答：“因为你可能是他唯一肯见的人！”

20

李一石独自坐在黑暗中，面前是纽约城上空冬天的夜景。

身后的门无声地打开了。

一个三十岁左右的男子走进来。他身材修长，清秀苍白，戴着无框眼镜，穿着无可挑剔的昂贵西服。他身后是个中年人，相貌、穿着像一粒沙漠中的沙子。

男子走到李一石身后，略带拘谨地站下。

“李珂?”李一石没有回头。

“是的，父亲。”李珂答道，“黄普回来了，飞机准时起飞。”

李一石点点头，片刻后问道：“林简认出他没有?”

“我想是的。”李珂点头。

“她说了什么?”

“没有。但是她肯定是认出他了。”

看着李一石的侧影，李珂表情复杂地说：“我以为林简永远不可能按照我们的安排去做这件事。”

李一石沉默一会儿，说道：“她会的。因为她身上有林清明和林静秋的不安于平凡生活、渴望冒险、不达目标誓不罢休的基因。因为这个，有时她会轻易被人利用。”

他的声音像羽毛缓缓落地，周围一片安静。

“还有事吗?”李一石问道。

李珂迟疑地说：“我们在警局的人说，警察查到了那辆卡车，他们正在调查布鲁克林公司和我们总公司，还有您的背景。”

李一石点点头。

“父亲——”李珂没有继续往下说。李一石沉默地等着李珂。

“父亲，作为公司的主要律师，我有责任提醒您，王朝公司、您和公司的每个人都可能为这个小小的头盖骨付出巨大的代价。您觉得这样的冒险是不是值……”

“闭嘴!”李一石声音不大却很严厉。

李珂沉默。

“李砾。”李一石低声喊道。

中年人走过来，躬身站立一旁。

“‘清道夫’号后来有什么消息吗?”

李砾摇头。

“看来林简是我们最后的希望了！”李一石喃喃自语。

“应该没有问题。”李珂轻松地说道，“几天后黄普把她从机场接回来，我们就有答案了，然后一切都结束了。”

沉默，良久。

“但我怎么觉得她回不来了呢。”李一石幽幽地说道。

“我们现在平稳飞行在一万两千米高空，可以解开你们的安全带。”

机长带着浓重伦敦口音的英语和烟草的气味飘浮在昏暗的机舱上方。

可容纳 524 名乘客的波音 747 巨型客机舱内空空荡荡。乘客大多是记者模样的男子，穿着有很多兜的无袖马夹、颈上挂着照相机。还有一些穿着军用便服的精壮男子，戴着墨镜，衔着雪茄，散坐在机舱各处闭目养神。

林简坐在商务舱靠窗的座位。头顶上的灯光不动声色地把黑暗撕开一条缝，落在她手上的那张照片。

照片上，七八岁的林简紧紧依偎在母亲身边，脸上带着羞涩的笑容。母亲的脸有些憔悴，但依旧年轻、美丽。她的手放在林简梳着辫子的头上，直视着镜头。

看着手中的照片，林简有一种挥之不去的惶惑。这应该是她和母亲在一起生活的十年中少得可怜的照片之一，但她却没有任何记忆。她仔细地看着背景，夏日的海滩，阳光下穿着泳衣的人正走向前方的大海，脸上带着兴奋的笑容。周围没有任何明显的标志，可以是在任何一个海滩……

“我们走过太多的地方，我却什么都不记得了。”林简默默地想着。她闭上眼睛，再次试图把照片上的女子和停尸房里那张苍老的脸联系起来，但是两者的距离是那么遥远和缥缈，她依旧找不到任何关联。

“小姐，香槟?”一个柔和的声音从耳边传来。

林简转过身，看见在灯光的边缘，乘务员的微笑和询问的眼神。

林简把香槟细长的杯子放在台面上，转身看着漆黑的窗口。从玻璃的反光里，她看到了七岁的自己。

窗玻璃外是急速变暗的天空，她踮起脚往楼下看。黄昏的余晖下，母亲背着一个大背包，正快步走向大门，像逃避着什么，没有迟疑，没有回头，迅速地消失在门外。黑暗开始变得浓稠，楼下所有物体的轮廓变得模糊，慢慢消失。她再次向外看去，但这次她只能看见玻璃上一个小女孩的脸。

“妈妈，不要走!”她喃喃地喊，“我害怕!”

没有人听见她的喊声。黑色玻璃里的小女孩看着自己无助而孤独的脸。

突然，玻璃开始剧烈抖动。林简看到玻璃里小女孩的脸在颤抖的波纹中变回自己的脸，带着一丝悲哀。

“我们遇到了强气流。请各位乘客回到自己的座位上，系上安全带。”广播里传来机长的声音。

林简系上安全带，从边上的包里拿出一个药瓶，倒出两片药，拿起桌子上的香槟一饮而尽。她突然想到了克拉克大男孩般的羞涩笑容和带着血迹的白衬衣。她想起他因为出汗不能上法庭的故事，脸上不由得露出一丝微笑。

林简把药瓶放回包里，顺手拿出一沓厚厚的旧照片，把她和母亲的照片插在中间。照片似乎突然遇到阻力停下。她把那些照片摊开，看到有两张照片因为年久而粘连在一起。她小心翼翼地将它们分开。

下面是一张泛黄的黑白照片，照片中间站着母亲，脸上有林简从未见过的灿烂而幸福的笑容。她怀里抱着婴儿，身子微微右倾，倚靠在身边一个人的胸口。那个人身材高大，穿着深色西装和皮鞋，身姿笔挺，左手搂着母亲。

但他却没有脸。他的脸已被什么利器刮去。

林简轻轻把手指放在照片上摩挲，可以感到刮去他脸部的力量粗重而疯狂，有几处深深地切入相纸的深处……

林简看着那个没有脸的男子，好奇、疑惑、不安的感觉像沉重的水银缓缓灌入她已经伤痕累累的心里。

广播再次响起。

“女士们，先生们，我是本航班的机长。希望大家正享受这次飞行。尽管前方可能还会遇见气流，但本机飞行时间依旧准时。再过四个小时，我们将到达此次飞行的目的地，埃塞俄比亚首都亚的斯亚贝巴。”

21

无脸人放下电话，笔直地坐在床沿。

沉浸在汽车旅馆各种廉价气味中，他心里突然涌起一种强烈的不安。上一次他有同样的感觉，是四年前一个秋天的下午。

贝鲁特美国海军陆战队的营房前面，士兵们在临时搭建的场地上打排球。中东明亮的太阳照在年轻、赤裸、不同肤色的身体上，汗珠在阳光下闪闪发亮。

他一边在磨刀石上磨着已经很锋利的匕首，一边笑骂输给那些法国士兵的部下。这时，他看到两个人站在远处的树荫下。他们穿着黎巴嫩政府军的制服，面对着他。一个人似乎还在一张纸上写着什么。一个军营里很普通的画面，让他内心深处却泛起一种莫名的不安。

他站起身，正准备向那两个军人走去，球打在他身上。

“该你上场了，中尉。”他的部下叫道。

他发出第一个球，又朝那个方向看了一眼，那两人已经不在了。

一周后，他从黎巴嫩调回美国。在运输机的机舱里，他得知他的分队和所在的兵营刚被“伊斯兰圣战”组织两辆装满炸药的卡车爆炸袭击，两百九十九名美军和法国军人被炸死。尽管没有任何证据显示那天两个黎巴嫩士兵打扮的男子和兵营袭击有任何联系，但他固执地认为那两个人是“伊斯兰圣战”的奸细，因为他当时有一种强烈的不安——大难临头的预感。

那天在加油站的停车场，他坐在远处的车里，看着林简独自走进店里，心里也有一种同样的感觉。

他突然意识到，他轻视了这次任务的复杂性和随机性。他让林静秋的线索断了，失去了寻找头盖骨下落的唯一线索。他低估了对手的力量和狡猾。最大的疏忽是他低估了林简，这个貌似软弱的护士让整个事情变得复杂，渐渐失去控制。

坐在汽车旅馆昏暗的房间里，不安的情绪在他的心中盘旋上升。他隐约感到某种危险潜伏在他看不见的黑暗中。他警告自己，如果接下来一步走错，他的职业生涯、名声甚至性命可能就此完结。在《圣经·创世记》里，“守护者”的另一个含义是杀戮者。“守护者”从来不会原谅和忘记，为了自己的职责目的而不顾一切、不择手段。

他慢慢抬起头。墙上的镜子里，一张血红、没有五官的脸正从镜子里看着他。

亚的斯亚贝巴国际机场。

排在稀疏的队伍里向海关窗口走去，林简有些好奇地看着大厅两边站着穿着迷彩服、端着冲锋枪的士兵。队伍里的大部分是记者，有一个还可笑地戴一顶墨绿色的钢盔，上面画了一个巨大白色十字，下方醒目地写着 BBC。

“出了海关，你看到有人举着写着你名字的牌子。”

林简耳边响起李一石的叮嘱：“他的名字叫所罗门，一个政府高级官员。他会用他的车队护送你到离首都两百公里的裂谷去见那个人。第二天一早，他们会带你回到机场，坐第一班飞机回纽约。”

空气中有一种令人不安的东西。她不知道是依稀的火药味，还是眼前人们的严肃和紧张所传递的气息。

海关官员是个穿制服的中年男子，腋下有两块很大的深色汗渍。他仔细地看过林简的护照，问道：“请问你此次到埃塞俄比亚的目的是什么？布朗女士。”

林简花了两秒钟才意识到布朗是她新护照上的名字。

“哦，我来见一个朋友。”她略显慌乱地回答。

“见朋友？”海关官员狐疑地看着林简，“在现在这个时候？”

看着官员的表情，林简感到一阵困惑：“现在是什么时候？”但她决定保持沉默。

海关官员没有再说话，拿起边上巨大的图章：“欢迎你来到埃塞俄比亚。”他“砰”的一声在护照上盖了章。

“轰！”外面的大厅突然传来一声巨响。海关官员疑惑地看着手上的图章。

“炮弹！”有人大叫，“叛军的炮弹！”

林简从目瞪口呆的海关官员手中一把抢过护照，跑入海关，冲进后面的候机大厅。

她在大厅门口猛然站住，被眼前景象惊呆了。

候机大厅里拥挤着成千上万的难民。东北角的楼顶已被炸弹炸塌。难民惊恐地在弥漫的尘土中惨叫、奔跑。

林简茫然地站在人群中，一时不知道怎么办。这时她听到一个细微的声音，像一只无形的手在空中撕裂一张巨大的绢帛。她看到面前的人突然纷纷趴下，用手抱着头，只有她一个人站在刹那间变得空旷的候机大厅里。后背突然被人猛力一推，她砰然倒地。

一颗炸弹穿过房顶，在大厅中央爆炸。林简的耳朵顿时嗡嗡作响，失去听觉。她抬起头，前方的地面上出现一个大坑。烟尘中，难民翻滚在血泊和断肢中……

这一切因为声音的消失而显得不真实。

林简刚要站起身，却被一只有力的手按住。她回头看到一张黑色的脸和两排整齐的白牙。一个黑人女子一手按着她，另一只手按着身边一个四五岁的小女孩。又是裂帛的啸声，一颗炸弹落在机场外。大厅的玻璃全部震碎。灯光瞬间变得异常明亮，然后全部熄灭，周围陷入一片黑暗中。

在哭喊声中，林简感到她背上的手猛地把她往前一推。她懵懵懂懂地站起身来向前方跑去。黑暗中，她很快和母女俩走散了，被拥挤的人群推搡着向前。前方突然一亮，一扇门打开。难民涌向光明，像黑暗中飞翔的昆虫。

又一扇门打开，林简随着人流跑出候机厅。

强烈的阳光让双眼感到一阵刺痛，她不由自主地闭着眼往前跑。等她重新睁开眼睛时，发现自己在飞机跑道上，周围的人发疯地向机坪上停着的飞机跑去，试图爬上巨大、正在滑行的喷气客机。

林简停住脚步，转过身来，开始逆着人流往候机大厅跑。

候机大厅的备用电源已经启动。弥漫的烟雾和难民的哭喊声填充了昏暗灯光下的每个角落。林简努力辨别着方向，迎着汹涌的人潮，向机场出口的方向挤去。

一只手抓住林简的脚踝，她差点儿摔倒。她低头一看，一个满脸是血的老年妇女声嘶力竭地用当地语言喊着什么。老年妇女左臂被弹片击穿，鲜血从伤口大量涌出。她抬头向四周看去，周围没有一个医护人员。全副武装的士兵正奔向停机坪，阻止难民跑上飞机跑道。

“哎，这儿有伤员！”林简冲士兵叫道，她的声音瞬间淹没在嘈杂的人群里。

林简蹲下查看老妇人的伤势后，她“哗”的一声撕开老妇人的袖口，准备包扎。老妇人连连摆手急促地表达着什么，又指着她身边的弹坑，那里躺着一个失去知觉的中年男子，大概是她的儿子。他胸前一片血肉模糊。弹坑周围散落着无数残缺不全的身体，还有人在血泊中惨叫、挣扎。

林简一边给老妇人包扎，一边扫视候机大厅，然后站起身来，飞快地跑开。

林简从大厅角落的墙上摘下一把消防斧，劈开一个标着红十字的箱子，从里面掏出各种急救用品。

几个年轻人过来帮她。

在年轻人的帮助下，林简争分夺秒地给弹坑边上伤残的人止血、包扎。汗珠混着血水从她脸上往下流。

“来了！”一个年轻人叫道。

林简抬起头，看到几个穿着白衣的救护人员抬着担架从门口进来。

头发纷乱、满身血迹的林简走出候机室。

马路中央有个巨大的弹坑，坑边有一辆车的残骸在燃烧。空旷的街上没有接人的牌子，没有护送车队，没有所罗门。

22

纽约肯尼迪机场。

控制塔的地下室是个巨大的环形大厅。一千平方米的黑暗和阴冷的空间里，五十多个工作人员目不转睛地看着面前的屏幕。画面上，机场入口乘客下车，进入候机厅，到柜台拿登机牌，上楼过安检，走向各个航站楼排队上机。

三十二寸大而笨重的屏幕前方，一个戴着厚眼镜的监控人员正紧张地操作各种按钮，把影像快进、慢放、放大。他已经开始后悔一个小时前打的那个电话了。

今天早上，他在录像记录上看到了一张脸，和警察局发来的通缉令上的照片非常相像。二十分钟前，一个穿着皮夹克的男子和他的胖大副手走进控制室。皮夹克男子粗鲁地对他下达各种命令，尽管明文规定监控室里严禁吸烟，他还是不停地抽烟。烟雾熏得他睁不开眼睛。

汉默和乔治站在屏幕前。汉默用夹烟的手点着屏幕。

“停！”他命令道。

屏幕上一个女子低着头等待服务员核对她的机票和护照。她的举止显得拘谨和紧张。服务员递给她登机牌，她抬头接过道谢。

汉默示意眼镜男把画面锁在女子的脸上，放大。眼镜男偏着头，躲避着汉默手里的香烟，无可奈何地执行命令。

画面放大，林简的脸占满整个屏幕。汉默脸上露出一丝不易察觉的笑容：“查一下她坐的哪个航班，去了哪里。”

眼镜男记下监视屏幕上的时间，飞快地翻阅飞行记录：“嗯，亚的斯亚贝巴。”

“哪里?!”

眼镜男小心地鄙视汉默一眼：“亚的斯亚贝巴，埃塞俄比亚首都。”

“埃塞俄比亚?”汉默迷惑地自语道，陷入短暂的沉思。他又像问自己，又像问眼镜男：“如果你要逃避警察的通缉追捕，会逃去哪个国家?”

眼镜男警惕地从厚厚的镜片后面看着汉默，没有回答。

“假设，纯技术讨论。”汉默露出和蔼的笑容。

“嗯……”像个胆小的老鼠，眼镜男慢慢从洞中露出头：“可能梵蒂冈，越南，黎巴嫩……哦，对了，马达加斯加。”

“为什么?”汉默好奇地问道。

“第一，它们和美国没有引渡条约；第二嘛，我从来没有去过这些国家。”

“没有埃塞俄比亚?”

眼镜男摇头。

汉默沉思不语。他突然抬头看着眼镜男：“你怎么知道得这么清楚？你有犯罪记录吗?!”

“我?!”眼镜男张口结舌：“没……没有啊。我只是好奇而已。”

汉默目露凶光看着眼镜男。

眼镜男开始惊慌地崩溃：“我有几张违章停车罚款没有支付，但是除此以外，我实在没有……”

汉默继续无声地凝视着眼镜男，眼镜男面色苍白，似乎随时要昏倒。汉默突然哈哈大笑，一掌拍在眼镜男的后背：“开个玩笑，看把你吓得这尿样!”

眼镜男尴尬地苦笑，心里无数遍问候这个狗娘养的和他的母亲。

汉默收住笑：“现在给我查一查是什么人送她到的机场，车型和车牌号码。”

林简站在路中央。

周围的空气中有一种焦灼的气味，四周怪异的宁静。街角隐蔽着很多穿迷彩服的政府军士兵，手持各种武器，紧张地凝视着前方。

林简慢慢后退，转身向机场大楼的门口跑去。门口的持枪士兵挡住她的去路。

“我刚从里面出来，让我进去！”林简向士兵哀求道。

一个士兵举起枪，拉开枪栓。看着黑洞洞的枪口，林简往后退。这时她听到一个熟悉的空气被撕裂的声音。不同的是，这次比上两次大几十倍。她飞快地伏下身子，趴在地上。

几颗炸弹同时落地，随后是震耳欲聋的爆炸声。林简双手抱头，身体紧贴在摇摆、颤抖的地面，砖石纷纷落在她的身上。爆炸过后，她慢慢地抬起头来，看到弥漫的硝烟中，路边的建筑已经变成了残垣断壁。一辆军用卡车被炸弹掀翻，起火燃烧。

又一阵尖利的嘶叫，更密集的炸弹落下。黑烟腾空而起，更多建筑倒塌。负伤的士兵发出惨叫声。林简感到身下的土地在震耳欲聋的爆炸声中像一个巨大的活物一样起伏、蠕动。

突然间，炮击戛然而止，四周一片瘆人的宁静。

林简双手迅速地上下抚摸身体，确认自己没有受伤后，慢慢抬起头，看到浓黑的硝烟在前方的大道上方翻滚上升。远处传来一个声音，像巨人沉重的喘息，也像一辆不断被猛踩油门的旧车轰鸣，间杂着有节奏的铁器撞击、碾压石头的刺耳噪音。

林简睁大眼睛，极力想看清声音的来源，但是眼前全是硝烟尘土。周围的士兵纷纷卧倒。一阵风吹来，卷起硝烟。在烟尘的缝隙中间，公路的尽头有几辆巨大的暗绿色坦克朝这个方向驶来，坦克后面跟着黑压压猫着腰的士兵。

掩体里的士兵开始对坦克猛烈扫射。士兵两人一组，前面的人单腿跪地，肩负火箭筒。后面的人单眼瞄准，扣下扳机。火箭筒打中了第一辆坦克，坦克起火燃烧。士兵们发出欢呼，继续激烈扫射。远处火光一闪，坦克的火炮发射反击，击中一个掩体，几个士兵血肉横飞。

林简紧紧抓住背包，身体贴在地上慢慢向后挪动。

突然背后一声巨响，候机楼的各个大门砰然大开，里面的难民提着行李，抱着孩子，像潮水一样涌到街上，向各个方向奔逃。

林简猛地站起身，一下子被淹没在人群中，盲目地被人群裹挟着向前跑。

子弹和弹片在耳边呼啸，身边不断有人栽倒，但人们继续疯狂地奔跑。林简边跑边寻找可以藏身的地方。她突然被一个人体绊倒，摔倒在地。后面的人踩上她的身体，又不断有人摔倒。她试图爬起来，一只军用皮靴重重地踩在她的背上，疼得她几乎昏厥过去。她无望地躺在地上，更多的脚在她身上踩过……

几乎失去知觉的林简隐约听到上方有人大声喊叫。一个有力的手抓住她的胳膊，把她拽起来。她抬头看到一张乌黑的脸和两排雪白的牙齿，原来是候机大楼里的那个女子。

女子喊叫着，用宽厚结实的身体挡住人群，帮助林简站起来。她身边的小女孩也睁着乌溜溜的眼睛，伸出小手拉林简。林简站起来，女子把小女孩夹在腋下，三人一起向前跑。

前方是一片树林。

难民们纷纷跑下公路进入树林。背后的枪声和爆炸声被树木隔断，渐渐稀疏遥远。如惊弓之鸟的难民边看着后方，边放慢了脚步。

“谢谢！谢谢你救了我！”林简气喘吁吁地对女子说。

女子回过头，露出不好意思的表情，把小女孩放下。她冲林简微笑，从口袋里拿出一块手绢递给林简。林简感激地接过来，给小女孩擦头上的汗，然后给自己擦，再次感谢了她。她摇摇头，憨厚地对着林简笑了笑。

她脸上的笑容突然凝结。身边的两个人突然栽倒在地。女子一把抓过女孩，护在胸前，上下查看她有没有中弹。

林简回头，从树丛间隙看见公路上驶过的军车和坦克。

转过头来，林简目瞪口呆地看到女子的背上有两个弹孔，血流如注。

23

“你中弹了！”林简惊叫道。

女子迟缓地转过身，疑惑地看着林简惊恐的脸，缓缓倒地。

林简一把撕开女子沾满鲜血的上衣。她布满伤疤的背上有两个触目惊心的弹孔，鲜血喷涌。

林简一把将小女孩拉到身后，避免她看见面前的景象。她轻轻地翻过女子的身体，查看前胸。女人乳房下侧有一个贯穿的弹孔，另一颗子弹留在体内。她徒劳而无望地试图止住从伤口不断涌出的浓稠鲜血。

小女孩从林简的背后探出头，惊恐地看着母亲。

女子睁开眼睛，黄昏的余晖笼罩在她的脸上。她清澈的眼睛看着林简，缓缓地摇了摇头。她向小女孩伸出满是鲜血的手，女孩靠近。她颤抖着抓住女孩的手，用尽最后力气把它放在林简手中。

“塞拉姆。”她看着林简的眼睛轻声地说。

伸手不见五指的黑暗中，林简拉着小女孩的手和难民一起奔跑。后方是溃败的政府军和叛军交战的枪声和爆炸声。

小女孩一声不吭地紧跟着林简，就像刚才她们离开她母亲时一样。

林简感到小女孩的手越来越重，她停下脚步，蹲下身子，示意小女孩爬上她的背。小女孩犹豫一下照做了。林简背着她继续向前跑。

后面激战的声音和光亮渐渐消失。筋疲力尽的人群慢下来。

气温开始下降，风大了，凉飕飕地吹在林简被汗浸湿的衣服上。小女孩在她的背上挣扎，林简把她放下来。她走在林简身边，小手紧紧地拉着她的手。

天上的云散去，露出一弯新月和闪亮的星星。稀疏的星光下是一片平原，间疏着低矮的树丛。平原的尽头是平缓上升的山坡，山坡脚下一片不大的树林边上，是一个被遗弃的村庄。近十年的内战和那场史无前例的饥荒，给这个不知名的村庄留下荒芜的土地、颓倒的茅屋和挥之不去的死亡气息。村庄中间有块红土空地，周围环绕着圆顶茅屋。

走进村庄，林简带着女孩边走边想找到一点吃的东西，但是所有地方像水洗过一般，没有任何可以充饥的食物。远处一阵嘈杂，一些穿着迷彩服的政府军溃兵走进村庄。林简抱起小女孩向村庄深处快步走去。穿过大部分难民聚集的空地，她们走进村子尽头一个四处漏风的茅屋。

在一个角落里坐下，林简解下肩上的包，倒出里面母亲的遗物，几瓶药，一些纸币，没有任何吃的东西。

“对不起，什么吃的也没有。”林简对小女孩说。

女孩虚弱地低下头。

“忍一下，我们天亮就去找点吃的，好吗？”

女孩没有说话。

林简摸着女孩扎着小辫的头：“塞拉姆是你的名字吗？”

女孩依旧沉默。

林简靠在墙上，让女孩的头枕着她的腿。她轻轻地抚着女孩的背。女孩动了一下，软软的身体信任地靠着她。从残破的屋顶可以看到漫天的繁星，她突然想起小时候和母亲四处奔波，有时就在野外或是谷仓里过夜，她也是这样枕着母亲的腿睡去……

累极了的林简迷迷糊糊地睡去。

一声女人的尖叫。林简惊醒，伸头从墙缝向外看。

两个拿着枪的士兵正向她们的茅屋走来，林简轻轻推醒小女孩。

两个士兵猫腰走进草屋，抽出腰间巨大的砍刀刺探屋里的黑暗角落，寻找食物。

林简抱着小女孩躲在茅屋外，从一个缺口向里看。

士兵失望地骂骂咧咧地向门口走去。其中一个突然停下脚步，四处观望。林简迅速缩回身子。两个士兵出门，脚步声渐渐远去。远处再次传来女人的尖叫，一声枪响后是一片寂静。

林简松了一口气，转过头来对小女孩微笑一下。在黑暗中，女孩满脸惊恐地看着她。她刚要转过身去，一只手猛地捂住了她的嘴。

远处的士兵在喊叫，林简嘴上的手捂得更紧了，灼热而腥臭的气息喷在她脖子上。她转头看见贝雷帽下面一双血红的眼睛。

士兵从腰上抽出砍刀，威胁林简如果出声就杀了她。他松开捂住她嘴的手，一把抓住林简的领口，把她拖进茅屋。她一边挣扎一边回头寻找小女孩，小女孩已经不在她的视线之内。

“她逃走了。”林简充满恐惧的心里略有一丝安慰。

士兵一把将林简推倒在地，喘着粗气，被性欲冲击的身体不可控制地发抖，赤红的双眼饥渴地看着林简的身体。他跪在地上，用两腿将林简压在身下。他把刀放在一边，开始解皮带。林简尖叫着用尽全身力气反抗。

士兵反手狠狠地打在林简的脸上。

林简眼前一黑，所有的视线失去聚焦，脸上像被撕裂一般，火烧般的疼痛突然变成一种熟悉的刺骨彻寒，从她的脸流向身体。她感到血管里的血开始一段一段地结冰，身体一截一截失去知觉，眼前有巨大的雪花飘下来……

士兵一把撕开林简的上衣。林简一动不动地躺在那里，木然地看着面前变成野兽的士兵。

突然，她模糊的视线中出现一个细小的黑影，冲向士兵。

像一只小兽，小女孩露着尖利的牙齿，一口咬在士兵的胳膊上。士兵大叫一声，胳膊一挥，小女孩像破娃娃一样飞出去，砰地撞在墙上，滚落在地上，一动不动。愤怒和仇恨突然激活林简体内的每个细胞，她狂叫着抓向士兵，士兵的脸上顿时出现几道深深血印。士兵号叫着，一手遮住脸，一手抓身边的砍刀。林简趁机从士兵身下挣脱出来，向小女孩爬去。士兵咆哮着，一把抓住她。

林简的脚踝像被一个铁钳夹住，整个身体被狠狠地翻摔在地上。一个膝盖将她死死地顶在地上。黑暗中，林简仰面看到一张恶魔的脸，通红的眼睛，流血的伤口，放大的瞳孔，手里高举的砍刀闪着磷火般的光。

砍刀带着巨大的力量向林简的脸劈来。

守护者把电话放回座机上。

他把身体慢慢靠在硬木椅背上，脸回到了先前的阴影里。

面前的墙没有粉刷过，裸露着形状各异、大小不同、巧妙地镶嵌在一起的灰黑色岩石，在黑暗中闪着细微的光。他看着墙壁陷入沉思。岩石如逝去的岁月沉默，安静地回看着他。

刚才打电话的人告诉他，林简化名飞往亚的斯亚贝巴。他现在终于知道林简从加油站消失后去了哪里，也知道谁安排林简去了埃塞俄比亚。但他不知道林简为什么会自愿去遥远的非洲。他原以为经历过去几天的一系列事件，林简或是被拘留审讯，或在警察追捕下逃之夭夭，从此消失。

守护者脸上露出一丝古怪的神情，混合着满意、兴奋和些许担忧。

事情开始有些出乎意料，但现在正一步一步地按照一条准确的轨道向前走去。想到这里，他脸上露出了一丝笑容。顽强的对手，往往会给他带来更大的胜利和荣耀！

他知道林简到埃塞俄比亚去见谁，也知道那个轮椅怪物的目的和能量。但是他没有任何担心，不管他的对手是谁，不管有多强大，没有人能和他匹敌，更没有人能逃过失败和毁灭的结局。他对这一点没有一丝怀疑，因为他知道自己站在不可撼动的位置上，能清楚地预见即将发生的事情和结果。

“林简!”他默念着这个名字：“谢谢你帮助我完成我的计划和使命。”

他拿起面前的电话，拨了一个号码，对方在第一声铃响后便接通电话。

他用他特别的口音对着话筒说道：“埃塞俄比亚的亚的斯亚贝巴。她要去见的人是……”

24

林简无助地看着劈来的砍刀。

士兵脸上的疯狂突然消失，瞬间变得呆滞和木然。他的身体被一个巨大的力量折断，上半截猛然向后倒去。他身后的土墙炸裂，尘土飞扬。在重机枪的射击声中，灼热、腥臭的鲜血落在林简脸上。

林简奋力把士兵沉重的尸体推开。又一轮机枪子弹扫过，茅屋的一边倒塌。她匍匐爬到小女孩身边，探了探颈部动脉，心跳正常，又仔细检查手臂和四肢，没有骨折。她松了口气，轻轻拍打小女孩的脸。小女孩慢慢苏醒过来，迷惑地看着满脸是血的她。林间亲了小女孩一下，拉着她向门口爬去。

天边微亮，政府军和叛军正在激烈交火。各种轻重武器射出的弹雨下，是狼奔豕突的难民。

林简背着小女孩冲出屋子，和难民一起向前方的山坡跑去。漫山遍野的难民拖儿带女，肩扛手提仅有的家当向前奔跑。

背着女孩，林简手足并用地爬到坡顶后，筋疲力尽地坐在地上喘气。

她眼前是一条巨大的河。在初升的太阳照耀下，宽阔的水面闪耀着金色的光芒。

第五大道上的王朝公司总部大楼比周围的建筑都高出一大截。与众不同的是大楼顶端呈阶梯状，每个阶梯上种植了树木花草。终年草木常青，四季鲜花开放。让这座由欧洲建筑大师设计的钢与玻璃的幕墙大楼显得格外别致优雅。

汉默和乔治走进黄铜旋转大门，进入一个巨大的空间。

太阳从十层高的玻璃穹顶照下来，反射在明净的意大利黑色大理石地砖上。乔治转动庞大的身体，好奇地观望两边矗立的五米高的秦朝兵马俑雕塑。

走过地上巨大的王朝公司的龙狮相搏的徽章，他们站在大厅尽头的前台前。一名穿着黑套装的金发女子彬彬有礼地从柜台后面站起。

“下午好，先生们。”她面带微笑问道，“我能为你做什么？”

汉默出示警徽：“特警汉默，这是乔治中尉。我们来见李一石。”

女子掩饰了吃惊的表情，礼貌地问：“请问二位先生和李先生约好的吗？”

汉默摇头：“没有。如果约好的话，我就带着逮捕证来了。”

女子看了汉默一眼，不卑不亢地说：“真是抱歉，李先生不能和两位见面了。”

“是吗？”汉默狡黠一笑，拿过台面上的笔和纸，写下两行字：“打电话读给他听一下，看他能不能马上和我们见面。”

女子接过纸，看到上面是一个车牌号码、一个公司名字和一个女人名字。她迟疑地拿起电话，拨了一个号码，转过身去，低声和对方说话。汉默用戏谑的目光看着她背部的曼妙曲线。

她放下电话，对汉默恭敬地说：“这边请，先生们。”

电梯停在四十层，汉默和乔治走出电梯。

这是一个巨大的会议厅，中间是一张长桌，两边整齐地排列着赫曼·米勒设计的椅子。房间里空无一人。汉默斜坐在桌子上，掏出香烟，用打火机点燃。

边上一个小门无声打开。一个身材修长、气宇轩昂的青年男子走进来，他向汉默伸出手，脸上带着微笑。

“警官，我是李珂，李先生的私人助手和律师。请问我能为二位做什么吗？”

汉默叼着烟，对对方伸出的手视而不见：“但你不是李一石。”

李珂面不变色地缩回手：“李先生在国外旅行，任何事我都可以转达。”

“在国外旅行？”汉默向乔治挤挤眼，扬起眉毛，露出一丝微笑：“埃塞俄比亚？”

汉默捕捉到一丝惊慌飞快地掠过李珂的眼睛。

“非常抱歉，我不能奉告李先生的行程。不知两位能否将来意告知，或者可以让贵局麦琪局长给李先生打电话。”李珂回答道。

汉默默默地看着李珂。李珂有些不安地看着汉默的烟灰掉在厚重的地毯上。

“我们见过面吗？”汉默沉着脸问道。

李珂摇头：“不。我想没有。”

汉默上下打量着李珂。李珂开始显得有些不自在。汉默突然咧嘴微笑，把烟头在桌子上的烟灰缸里揿灭：“根据纽约州的法律，袭击警车判刑五年，谋杀警官二十年到无期，绑架十年，窝藏协逃罪犯十到二十年，一共是？”

他转身问乔治。乔治飞快地算出：“四十五年。”

汉默回头注视着李珂，面色突然变得狰狞：“四十五年到无期徒刑。”

迎着汉默的目光，李珂平静地说道：“我不知道你在说什么。但我知道李先生不会接受任何威胁和没有根据的指控。如果两位下次带着合法的文件，像所有遵纪守法的市民一样，李先生会按照法律的程序照办的。但是在此之前，我们恐怕不能奉陪了。两位请！”

李珂向电梯方向做一个送客的手势。汉默站起身来，向李珂走近一步：“你说你名字叫李珂？”

李珂点头：“是的。”

“你是李一石的儿子？”汉默略微夸张地拍了一下头，“噢，对不起，养子。看我这记性！”

汉默从李珂的眼睛深处看到一丝不安，他在心里做了一个记号。

“两位请！”李珂板着脸说。

汉默像没有听到一样，转身看了乔治一眼。乔治娓娓背来：“三岁父母被帮派谋杀，被李一石收养。二十四岁哈佛法律系毕业，第二年得到律师执照，在王朝工作了十四年，未婚，喜欢开跑车和与模特约会。”

“谢谢乔治中尉。”汉默转身面对李珂：“所以，如果不出意外的话，不久的将来你将继承……”汉默双手在空中画了一个大圈，“所有的一切。”

“两位请便，恕不奉陪了。”李珂再次指向电梯。

汉默依旧没有动：“但不幸的是，有时巨大的堤坝却因一个小小的蚁穴崩溃。”

汉默看着李珂的眼睛深处，像审视他裸露的灵魂：“因为某人一个小小的偏执，可以把整幢大楼、整个公司、一辈子的奋斗、一个人的梦想变成一片废墟。你同意我的说法吗？李珂先生。”

李珂第一次沉默。汉默上前一步，靠近李珂，放低声音，像告诉李珂一个秘密：“我不是纽约警察局的警官，也不是联邦调查局的人。我有我的任务和目标。我想请你转告李先生，我们有共同感兴趣的东西和人，我将不惜任何代价完成我的任务。但如果我得到了我想要的东西和人，其他事情和我没有关系。”

说完，汉默示意乔治离开。

电梯门关闭之前，汉默对站在门口的李珂说道：“你是受过良好教育和高智商的人，你懂的。”

李珂面无表情地看着电梯门慢慢关上。

汉默和乔治走下高大的花岗岩台阶。

乔治回头看着雄伟的大楼，略感迷惑地问道：“为什么要告诉他我们的调查和目的？这样他们不是有准备了吗？”

“是吗？”汉默停住脚步，点燃一支烟，“我们只是在河里扔了一颗石子，现在我们等着看哪些好奇的鱼会露出水面。”

乔治若有所思地点头，打开车门：“我们回警局等吗？”

汉默点头：“是的。你回去等着，我去机场。”

25

难民们冲下山坡，涌向岸边停泊的两艘渡船。

人们争先恐后地涌上并不宽大的甲板。男人们抢先冲上船，回头喊着被阻隔在人群后的家人。母亲找不到自己的孩子，孩子哭叫着被挤倒。

林简抱着小女孩冲进岸边的人群。被她血迹斑驳的脸吓到，前面的人们纷纷避让，两人挤在最后一批人群中间上了船。她用力撑住船尾的船舷，拼命在拥挤的人群中护住小女孩。

难民继续往船上冲来，破旧的摆渡船超载不止一倍。

一个船长模样的男子站在船头大声阻止难民继续登船，但他的声音淹没在难民的呼喊哭叫声中。他跳下船头，拿起一把斧子，几下子把系在码头上的缆绳砍断。

两艘船随着河流离开码头。岸上的难民跳下水向船游来。有的人追上船，试图爬上来。有的人半途中在激流中消失了。

林简把小女孩抱得更紧。船缓慢地调整方向，到达湍急的河中心。

没有任何预兆，船体突然倾斜，左舷高高升起。难民惊叫着，不由自主地向右侧滑去。右侧船体吃重，左舷翘得更高。响亮的断裂声。

渡船瞬间倾覆。林简突然腾空，坠入水中。一股巨大的冲击力击打在她上方的水面，她眼前一黑，连喝了两口水。她拼命地划水，头露出水面，周围依然是一片漆黑。

“不要慌！”她对自己说，“我被扣在船的下面了。”

巨大的恐惧像一只大手猛然扼住林简的喉咙：“孩子?！孩子在哪里?!”

“塞拉姆！”林简一边划水，一边用尽全身力气喊叫。她的喊声淹没在封闭空间里震耳欲聋的哭喊声中。

林简停止叫喊，一头扎进水里。她一边用手脚击水，在水下潜游，一边抬头往上看。没过多长时间，上方变得明亮。她知道她游出了倾覆的船体，伸出头看到无数的人扒着正在下沉的船体。

“塞拉姆！塞拉姆！”林简一边沿着船边游着，一边大声呼叫。她的声音颤抖，带着哭音。她绕着船体游了半圈，再返回来，没有发现小女孩的身影。她游回刚才坠河的船尾，深吸一口气，再次潜入水中。

水下是一个沸腾的地狱。

无数人在水中垂死挣扎。难民们把能抓住的任何物体往下按，以借力让自己上浮。有人死死地拉住上方人的腿，两人撕打着，一起沉入黑暗的深处。

林简睁大眼睛，一边在浑浊的水中寻找，一边躲避从四面八方向她伸来的手。肺中的氧气消耗殆尽，她飞快地上浮出水面，大口喘气。河面上露出的船体比刚才又小了很多。难民们绝望地趴在湿滑的船底边缘，大声哭喊。

绝望笼罩着林简。她深深地吸了两口气，纵身一跃，再次潜入河里。

河里的人数明显少了，大部分人都已经沉入黑暗的河底。林简用力划水，用力蹬击，向深处游去。她逐渐感到胸口要爆炸，四肢变得沉重，神志因为缺氧开始变得模糊……

“再深一点，林简，再深一点。”她对自己说。

水里的能见度变得越来越低。林简睁大眼睛，捕捉任何形状和阴影。最后，她的身体到达了极限。她停止下潜，悲哀地放弃。

就在此时，她眼角余光突然看到一个小小的黑色物体。她转过身去，分辨出那是一丛头发。林简蹬腿靠近，看到了一丛编成小辫的头发。她的心开始狂跳，靠近那个小小的身体，看到了小女孩孤独地在黑暗的水中慢慢漂移……

林简抱着小女孩浮出水面，看到另一艘渡船停在沉船附近，正在打捞着幸存者。她一手紧紧抱着小女孩，一手用尽最后力气向渡船游去。

一个救生圈向她扔来。

全身湿透的林简跪在小女孩身边，给她做人工呼吸。

失去知觉的小女孩软弱地躺在甲板上，一动不动。林简连续挤压她的胸口，俯下脸，口对口做人工呼吸。

没有心跳，没有任何生命迹象。

“我发现太晚了！”林简悲哀而内疚地想。她深吸一口气，继续做人工呼吸。女孩瘦小的身体还是没有反应。周围的人同情地看着她们。她全然不顾，继续抢救。

小女孩突然开始咳嗽，水从她的嘴里和鼻子里喷溅出来，然后慢慢睁开眼睛，迷惑地看着林简。刹那间，一种无法描述的喜悦充满林简的内心。她笑了，眼里噙满泪水。

平静宽阔的河面，载着难民的船顺流而下。

正午强烈的阳光下，林简眯缝着眼，望着波光粼粼的河面。她收回目光，看了一眼睡在她身体阴影下的小女孩，小女孩紧紧地靠着她。她收起面前已经晒干的物品，把剪报小心地理好，叠齐，把中国结和铜钥匙放在上面，小心地放回包里。她拿起几个已经浸水的药瓶，里面的药片都已化了。

林简轻轻地叹了口气，把药瓶扔进河里。

手里是那张她和母亲的合影。太阳照在照片上，照在林简的身上，她似乎感到头顶上的那个轻柔、温暖的触觉。她扭头看着女孩，轻轻地把手放在她满是小辫的头上。

有人碰触她的后背。她转过头来，看见一张肮脏、满脸皱纹的脸。老妇人用干瘪的嘴冲林简嘟囔着什么，同时指着小女孩，手里拿着一块黑乎乎的饼。

小女孩狼吞虎咽地吃着饼。她突然停下来，把饼举到林简嘴边。林简摇摇头。小女孩固执地举着，眼睛盯着林简。林简掰了一小块，放进嘴里。小女孩继续香甜地吃起来。林简慢慢咀嚼着，心里突然感到一丝不安。她试图寻找不安的来源，但没有答案。

一阵骚动掠过船上的人。林简抬头看到人们纷纷指着前方。举目望去，前方是两条河流的交汇口，两条河流汇成一条更大的河流。

另一条河的水面上漂浮着很多物体。

林简定睛一看，都是死尸。有平民，也有军人，还有裸尸。尸体在烈日的暴晒下和河水的浸泡下已经膨胀得巨大。

林简转过身，一把抱住小女孩，遮住她的眼睛。女孩瘦弱的身体轻微地战抖。

“妈妈……”小女孩低声叫道。

这是林简第一次听到女孩说话。

林简低头看着小女孩。小女孩正在看着她。那一瞬间，她突然明白她的不安从哪里来的。昨天晚上，她们躲在茅屋后面时，小女孩睁大眼睛看着她，脸上充满了恐惧，原来她看到了躲在林简身后的士兵！

林简记得同样的眼神。那天在她的公寓里，克鲁斯突然停止说话，用同种眼神看着她。

其实克鲁斯没有看林简，是在看着林简的背后。

一丝令人毛骨悚然的寒意像电流从脊椎蹿入她的大脑。

那天公寓里有第三个人，当时就站在林简的背后，是他杀死了克鲁斯！

26

过去十年里，考古学家休·奥森总在清晨五点半准时醒来。

六点整，当非洲大陆第一束曙光越过东面的阿瓦什河——埃塞俄比亚最大的河流，照在裂谷盆地上，奥森已经驾驶吉普出发，奔赴八百平方米的考古营地。

初升的太阳照在造物主创造的这片奇怪土地上。

四周是起伏绵延的山坡。放眼望去，只有裸露的岩石和干枯的土地，深灰交融上黄，点缀着遒劲低伏的灌木和植被，暗淡而沉重，像一个遗失在遥远星系的孤单星球的表面，苍凉而孤寂。昨夜在土地上留下的细微露水开始蒸发，在地面上缓缓上升，波动的热气上方悬挂着一个裸露、光芒残忍的太阳。

听着沙石在轮胎下被碾压的声音，不知为什么，奥森想起十三年前的那个清晨。

坐在纽约自然历史博物馆宽大明亮的办公室里，几年如困兽般囚禁在这个巨城里的奥森喝着当天的第一杯黑咖啡，读着《纽约时报》上的一篇新闻。

法国地质学家塔伊布在埃塞俄比亚阿瓦什山谷的哈达尔发现了“人类最早的祖先”的化石——一具三百二十万年南方古猿的骨骼。这个身高一米一、重二十九公斤、直立行走的女性被命名为“露西”。因为她被发现时，考古队员的磁带录音机上正大声播放着披头士的歌曲《缀满钻石天空下的露西》。

他放下报纸，像一个筋疲力尽、即将溺水的人突然看到远处漂来的一块木头。那一瞬间，他清楚地看到了他下半辈子的生活。

一年后，奥森离开纽约，带领一支考古队来到阿瓦什山谷，开始新一轮的考古发掘，寻找更古老的人类化石。

上午十点，所有考古队员都在埋头工作。奥森从自己的工作点站起身来，沿着营地视察每个队员的工作进展。

六十五岁的奥森拥有维京海盗祖先般高大粗壮的身体，留着被阳光和岁月漂白的短发，下面是一张长期在野外工作粗糙如皮革、皱纹似石刻的脸。

他站在发掘坑的边缘，皱着眉头看着刚来的队员马克用小刷子轻轻刷去一块化石上的浮土。

“你在干什么?!”他大声问道。

马克吓了一跳，抬起头来，用手挡着刺眼的阳光，看着上方站着神一样的高大身影。

“这是他们在狗娘养的斯坦福教你的吗?”

奥森边说边跳进坑内，一把夺过马克手中的刷子说道：“要向一个方向刷，不要来回拖。要短促，不要拉长！”

奥森一边说，一边示范。马克涨红着脸，仔细地看着。一块小小的化石慢慢从沙土中露出来，奥森轻轻地将它捡起。

“收好，放在我桌子上。”他对马克说。

“是，先生。”马克拿出一个标本盒。

奥森直起腰，看见一个罕见的画面。

在荒凉如外星球表面的大地上，在明亮刺眼的太阳下蒸腾的热气中，出现一高一矮的两个人影。

奥森疑惑地看着两个人影，因为很少有人进入这个荒凉的裂谷。他看到矮的人影绊了一下摔倒，高人影急忙蹲下查看，然后抱起后者，继续向这个方向走来。

奥森爬出发掘坑，跳上吉普车，向远处的两个人影驶去。

吉普车在两人的面前拐个弯停下。

奥森跳下车，看见一个斜背皮挎包、衣衫褴褛的女子抱着一个土著黑人小女孩站在飞扬的尘土里。奥森没有说话，转身快步走回车边拿起一个水壶送过去。当他走近时，看见了女子的脸，感到胸口被什么东西猛烈地撞击一下。

女子接过水壶。“谢谢！”她说道。奥森听出是美国口音。

女子放下小女孩，让她喝水，然后自己一口气喝了大半壶。

“谢谢！”她带着伤疤的脸上露出动人的笑容。

看着她的笑容，奥森感到有一种久远的、早已忘掉的感觉从内心深处漫涌上来，堵住了喉咙。他艰难地咽了一口唾沫：“你们迷路了吗？”

女子摇头：“我们找这儿的考古营地。”

奥森回头看了身后的考古营地：“找谁？”

“奥森博士。”女子说道。

“我就是奥森。”奥森迷惑地看着女子，“你是？”

女子脸上露出惊喜和激动的神情：“我们总算找到你了！奥森博士！我是林简，林静秋是我母亲。”

风从前方的谷口吹来，卷起黑黄的沙土。

奥森默默地看着面前女子熟悉而陌生的脸，心如狂风中沙尘，旋转奔腾。

考古营地的帐篷里。

林简和塞拉姆狼吞虎咽地吃着罐头。奥森弯腰走进帐篷，林简站起来。奥森摆摆手，示意她继续吃。他有些拘谨地站在门口，沉默了一会说道：“抱歉，这里只剩下一些罐头了。这段时间政府军和叛军展开拉锯战，我们的给养已经很久没有补充了。”

林简用手背擦了一下嘴：“很好吃！”她收起她和小女孩面前的空罐头。

奥森走到林简面前，把手里的衣服递给她：“我们这里没有女的，这两件小一些。”

“谢谢！”林简接过衣服。

奥森摇摇头，没有说话。他突然想起什么，走到一个角落，从一个箱子里翻出一罐可口可乐，递给小女孩。小女孩高兴地接过去，林简帮她打开。奥森又拿出一个铁罐。

“喝咖啡吗？”他问林简。林简点点头。

奥森把咖啡豆小心地倒入一个手动碾磨机，开始磨咖啡。他默默地磨着，尽量避免和林简的目光接触。

咖啡慢慢地在蒸馏瓶中滴下，香味在帐篷里弥漫开来。

奥森把咖啡倒在一个不锈钢杯子里，递给林简，又给自己倒了一杯。

林简喝了一口：“真好！”

奥森脸上第一次露出笑容：“这里有全世界最好的咖啡。”

两个人默默地喝着咖啡。

“你为什么来这里？”奥森打破沉默，疑惑地问道，“你母亲还好吗？”

林简的眼神暗淡下来，双手捧着杯子，看着杯中的咖啡：“她去世了。”

奥森沉默良久后问道：“真是对不起。她是怎么……”

“警察说，有人给她注射了审讯用的化学试剂，造成她心肌梗死。”

“审讯?!”奥森惊讶地问道。林简点点头。奥森脸上飞快地更迭各种表情，眉头慢慢拧成一个疙瘩。

“找到凶手了吗？”他问道。

林简摇摇头，想说过去一周在她身上发生的事，但一时不知道从何说起。她从身边拿过背包，拿出那些头盖骨的剪报，递给奥森：“这是母亲留给我的。”

奥森接过剪报，一张一张地细看。林简注意到他的手在微微颤抖。

“你曾经和我外祖父一起在北京工作过，是吗？”林简小心地问。

奥森看着手里的剪报，长长叹了一口气，点点头。

“当时究竟发生了什么事？那些头盖骨是怎么失踪的？我外祖父去了哪里？我母亲到底知道什么？为什么有人要审讯她？”林简似乎忘了李一石只让她问一个问题，一口气把心里的疑问都说出来。

奥森低着头，像没有听到林简的问话。他把剪报一张张理好，还给林简：“你们先休息一下。今天是新年夜，我们聚餐，欢迎你们一起参加。”

他站起身来：“明天早上我开车送你去亚的斯亚贝巴，你乘第一班飞机离开这里。”

27

粗大的干枯金合欢树枝扔入篝火中。

火苗“呼”地窜起一人多高，火星像烟火般地腾空爆开，照亮周围人的脸。

考古队一共有八个人，三个来自美国，两个来自加拿大，一个来自法国，还有两个是埃塞俄比亚的考古学家。晚会的主题是“海滩”。队员穿着花衬衣，带着草帽和太阳镜，趿拉着拖鞋。相比之下，穿着男式衬衣的林简倒显得更正式、拘谨一些。

马克用野草和不知从哪里找来的野花编成两个夏威夷花环，挂在林简和塞拉姆脖子上。晚饭是罐头和各种酒。火光中是兴奋、黝黑的笑脸。

“奥森博士平时不让喝，我们都等了一年了，所以今天一醉方休!”一个队员用浓重法式英语举着酒杯大声说道。

小录音机里放着马克带来的美国流行音乐。队员们依次邀请塞拉姆和林简跳舞。塞拉姆成了晚会的明星，每个人都争先恐后地请她跳舞。隔着明亮的篝火，林简高兴地看见她自然的舞姿和脸上腼腆而明净的笑容。

录音机大声放着今年排行榜第一名手镯乐队的《像埃及人一样走路》。

林简坐在桌边，喝着陈年葡萄酒，微笑地看着大家围着火，一边跳一边做着滑稽的走路姿势。

一个奇怪的想法从林简的脑海里浮现出来。她从来没有见过面的外祖父，四十多年前，在北京郊外寻找头盖骨时是怎么过的新年呢？是大伙围着火炉喝酒，还是独自蜷缩在滴水成冰的山洞里？

她不由自主把头转向长桌另一头。在欢快的音乐声中，戴着白色牛仔帽的奥森独自坐在阴影中，嘴里叼着烟斗，目光孤寂地看着篝火的火苗。

马克过来邀请林简跳舞，他脸上带着孩子气的笑容，不知为什么让林简想起了克拉克。马克把右手放在心口，一躬到底。林简笑了，跟在他后面走进跳舞的队伍。她夸张地张开双臂，模仿着法老古墓浮雕上描绘的古埃及人走路的姿势。

干枯的树结爆开，火星溅出，如无数金色花朵，徐徐落下。

“五！四！三！二！一！新年快乐！”

考古队员们叫着，笑着，一边相互拥抱，夸张地亲吻。马克把塞拉姆放在肩上，和每个人拥吻。塞拉姆揪着马克的头发，“咯咯”地笑。两个埃塞俄比亚考古学家微笑着和林简握手祝贺新年。林简和他们拥抱，他们的脸上带着羞涩和欣喜。奥森独自坐在那里，脸上带着难得的笑容，看着大家玩闹。

音乐响起。

林简走到奥森面前，向他伸出手。奥森有些诧异地看着林简，微微摇摇头。

队员开始谨慎地起哄。奥森环视，起哄声低了。奥森从嘴里拿下烟斗，在桌子上磕了磕，随即站起来，队员们欢呼。林简牵着奥森的手，走到篝火边，两人开始跳舞。

奥森的舞步生疏、笨拙，几次几乎踩到林简的脚，但两人逐渐配合默契起来。

一个低沉的男声吟唱：

……

怎能忘记旧日朋友

心中能不怀念

旧日朋友岂能相忘

友谊地久天长

……

歌声像厚重、缓慢流动的液体，漫过缓缓移动的舞步、炽烈燃烧的篝火、人们开怀的笑脸，流淌在宝蓝色、镶嵌着无数璀璨星星的天空下。

深夜的裂谷，万籁俱寂。

远处隐约传来迫击炮声。

奥森从帐篷里钻出来，站在空地上，辨别炮响的方向。他扭头看到林简的帐篷还亮着灯。

灯下，林简坐在简易的桌子前，用手撑着头，看着桌子上的剪报和照片发呆。睡在行军床上的塞拉姆被炮声惊醒，揉着眼睛走到林简身边。林简摸了摸她的头，把她抱回床边躺下，头枕在自己的腿上。

炮声再次响起，塞拉姆蜷缩身体，紧紧地依偎着林简。林简轻轻地拍着她的背，她睁着惊恐的大眼睛。

“别怕。”林简轻声说道。又是一阵炮声。塞拉姆浑身哆嗦。

林简微笑着：“别怕，我在这儿呢。”

炮声继续。

林简抚摸着塞拉姆的头：“我给你唱支歌吧。”

林简在记忆里搜寻仅有的几首歌。塞拉姆睁着好奇的眼睛耐心地等着。

林简开始哼唱，试图从记忆深处搜索散落的歌词：

为什么鲜花……

为什么鲜花……总在春天里开放？

为什么星星总在天空放光？

为什么大河总是不停奔流？

为什么回家路总那么漫长？

……

歌声中，塞拉姆依偎着林简，慢慢闭上眼睛。

奥森站在林简的帐篷前，听着林简的歌声，

他内心深处尘封已久的记忆被小心翼翼地一层一层地剥开，最后一片薄纱被轻轻揭开。

一朵花。

一朵鲜黄的雏菊，立在一只美丽的手上。

清晨的曙光透过小小的窗口照在林简的脸上，她睁开了眼睛。

她看了看身边依旧熟睡的塞拉姆，坐起身来看了看表：六点五分。她只睡了五个小时，但感到精神焕发、精力充沛。她突然意识到这是过去十几天睡得最好的一个晚上。

林简走出帐篷，清晨的清冷让她裹紧上衣。营地非常安静，昨晚玩到很晚的考古队员还在睡觉。营地中间的原木长桌边坐着一个高大的身影，喝着咖啡，面对着初升的太阳。

“早上好！”林简在奥森边上坐下。

奥森默默地点点头，起身走进帐篷，出来递给林简一杯咖啡。

林简喝了一口浓郁的咖啡：“真好！”

奥森脸上露出微笑。两个人默默地看着太阳从山谷的薄雾中冉冉升起，碎金般的光芒洒在他们的脸上和身上。

“你是护士？”奥森突然问道。林简点点头。

奥森沉默一会问道：“你母亲去世的时候……她痛苦吗？”

林简试图想象当时可能的情形，但她不能。有一种她意想不到的心痛感觉，让她试图躲在专业的盔甲下面。

“身体上的痛苦不会持续很长，”她慢慢地说道，“但是心理上的那种失去控制，孤独无助的感觉……”

奥森微微点点头。

“你和我母亲熟悉吗？”林简小心翼翼地问道。

奥森没有回答，眯着眼睛看着远处。白色晨雾后面是绵延起伏的黑色山坡，阳光像波动的锦缎覆盖在寸草不生的土地上。他的目光落到阳光的尽头，声音像从遥远的地方传来：“我认识你母亲的那年，她二十岁，在燕京大学念书……”

四十多年后的今天，奥森依旧清晰地听到那支熟悉的曲调，看到那朵黄色的雏菊和后面那双黑色的眼睛。

奥森喝了一口咖啡，深深地吸口气，又慢慢呼出来。他眼睛在旭日中闪现一种奇异的光芒。

“她是我见过最美丽的姑娘。”

28

1940 年 3 月 15 日，下午，北京。

十九岁的奥森把冻僵的手从调好的熟石膏中抬起，放在嘴前哈气。

三月的北京春寒料峭。地下实验室的暖气脾气很坏，一不高兴立马就罢工。透过实验室露在地面的半个天窗，奥森可以看到协和医学院古人类学研究所院子的地面。用青砖铺成的通道尽头是两扇暗红色的大门。此刻大门紧闭，院子里是安静的一地阳光和一辆黄色的军用吉普车，车前方挂着一面太阳旗。

奥森是挪威奥斯陆大学考古专业二年级学生。这个高个腼腆、手脚笨拙的男孩从小立志做一个考古学家。八个月前得知将去遥远的中国实习，并且在他从小崇拜的、发现著名北京猿人头盖骨的林清明实验室工作时，他激动得整整一个星期不能入睡。

奥森看了一眼墙边老式的座钟，下午一点五分，下意识地又从天窗看了一眼大门。大门依然紧闭。他收回目光，把注意力集中在工作台上的标本盒。

他小心地从盒子里拿出一块猿人的臼齿化石，放在模型容器里。他拿过调好的石膏盆，仔细而缓慢地将熟石膏倒入。白色的石膏慢慢淹没化石。化石的体积很小，浇铸过程中只要产生一个气泡，标本就废掉了。

“砰”的一声，储藏室的门突然打开，奥森吓了一跳。林静秋哼着歌像一阵风一样冲进来。

“嗨，休。”她叫着奥森名字，飞快地走过他身后。

奥森的手一抖，致使他一上午的工作都白做了。林静秋乒乒乓乓地打开、关上柜子。

奥森沮丧地看着面前失败的标本，抬头看到林静秋站在那里，手里拿着一束黄色雏菊，转头四顾。他默默地走到墙边，打开柜橱，拿出一个敞口烧杯递给她。

“谢谢!”林静秋接过烧杯，说着流利的德式英语。

“拿着。”她把花递给奥森。奥森拿着花，避免看她纯黑的眼睛和略带野性的脸。她没有注意，拿着烧杯走向水龙头。

“我怎么没看你从大门进来?”奥森停住。

林静秋没有注意奥森突然变红的脸，打开水开始洗烧杯：“噢，我不想绕个大圈子，就从后院翻墙走地下通道进来了。”

奥森看着手中的雏菊，雏菊有黄色的花瓣，金色的花心。

“你知道吗?”奥森喃喃地说道，“雏菊其实是由两朵花组成的?花瓣是一朵，花心是另外一……”

奥森抬头，看见林静秋拿着洗好的烧杯奇怪地看着他。他不好意思地把花默默地递给她。她把花放在烧杯里，整理花枝。

“哎，上星期天说好大家一起去庙会玩，你怎么没去啊?”林静秋问道。

奥森的脸又红了：“噢，实验室很忙，再说……”他慢慢走回工作台前坐下，抬头看见林静秋盯着他，等他说下去。

“再说，我也不一定能和你的朋友玩到一起。”

“为什么？凯特也在啊……你怕她欺负你?”林静秋不解地问道。

奥森红着脸，摆弄着面前的石膏，没有说话。

“我知道你为什么不来了。”林静秋说。

奥森有些惊诧地看着她。

“你想努力工作，成为像我爸爸那样的考古学家。”

奥森摇头，沮丧地说：“我永远不会成为优秀的考古学家，更别说像你父亲那样的。我的手太笨了!”

“哎，好看吗?”林静秋打断他，退后一步，左右端详着花。

奥森点头：“是你摘的吗?”他没话找话。林静秋没有回答，脸上突然露出浅浅的红晕。

“哎，我爸呢?”她问道。

“噢，他说今天要接待什么人。”

林静秋刚想说什么，身后的门突然打开，一个瘦削的男子大步走进来。尽管常年在野外暴晒，他的脸依旧白皙儒雅，高挺的鼻子上面是一双深邃的黑色眼睛。

“爸!”林静秋叫了一声，但看到林清明身后的人，就不再说话。

林清明后面跟着两个穿西装的男子。前面一个四十多岁，胖乎乎的脸上戴着黑色圆眼镜。后面是一个三十多岁的男子，腰板笔直，目光凌厉。

林清明没止步，问奥森：“魏敦瑞博士在办公室吗?”

奥森点点头。

三人默默地穿过房间。经过奥森的工作台，林清明扫了一眼桌上的标本模型，然后看了奥森一眼，奥森满脸通红低下头。戴眼镜的男子在工作台前放慢脚步，想看一下标本盒里的东西。

“这边请，内田博士。”林清明做了个手势。两人跟着他向后门走去。

临出门前，后面的男子快速扭头来看了奥森一眼。两人目光相对，他的眼光里有什么东西让奥森打了个寒战。

门在他们身后轻轻关上，林静秋对奥森做了一个鬼脸。

远处隐约传来嘲哨声。林静秋侧耳倾听。又是一声呼哨。她像来时一样，一阵风似的冲出门去，留下奥森一个人呆呆地站在实验室中央。

“那两个男子是谁?”林简问道。直觉告诉她，他们是后面发生事情中的重要人物。

“走在前面的人是内田博士，东京大学古人类学教授。走在后面的是……后来我才知道，是日本皇家陆军军官，渡边少佐。”奥森回答道。

“他们到研究所，和北京猿人头盖骨有关吗?”林简急切地问道。

奥森犹豫一下说：“当时内田博士以东京大学名义和魏敦瑞博士联系……”

奥森注意到林简脸上疑惑的表情，解释道：“魏敦瑞博士是德国著名的人类学家，任协和医学院古人类学研究所所长。内田到研究所和他联系，试图建立中日两国考古学的学术交流关系……”

塞拉姆从帐篷里出来，揉着眼睛四处张望，看到林简，向她跑来。

奥森一口喝光杯中的咖啡，站起身来：“走，我带你们去一个地方。”

吉普车在花海中缓缓停下来。

无数鲜艳的花朵在新年第一天的清晨蓬勃怒放，万紫千红。花海的中央是一个圆形湖泊。湖水是宁静的绿色，随着深度的增加，湖水的颜色从浅绿渐变到墨蓝。透明晶莹的蓝绿色在黑色荒凉的背景里，像上帝不小心遗落在这片焦灼、蛮荒土地上的一颗蓝宝石。

站在鲜花前，笼罩在弥漫的芬芳中，林简看着平静如镜的湖面。

“真是太美了!”林简赞叹道。

她的视线突然模糊，一种突如其来的感情像潮水一样瞬间淹没了她。过去一个星期所有悲伤、疼痛、委屈、恐惧向她汹涌奔来，然后杳然而逝，只留下她站在面前宁静、美丽得让人心痛的湖水面前。一个奇怪的想法出现在她的心里：如果我没有经历所有的一切，也许永远不会看到如此美丽的景色。

站在她身边的奥森看着透明的湖水，用手指着下方：“那里就是我们的营地。”

林简看见山谷远处地面上几个白色的斑点，很难想象半个小时前她还坐在那里。

奥森指着前方的另一个山谷："这就是当年发现著名的露西骨架化石的地方。我们的祖先在三百万年以前从这里走出去，走到欧洲，走到亚洲，走到中国。"

林简环顾周围美丽和荒凉极端的反差，想象很久很久以前，人类的祖先走出这片土地，开始了漫长、危险、孤独的旅行。

远处有几股烟升起，随后传来迫击炮声。奥森注视着爆炸地方，估算着方向和距离。

林简感到塞拉姆拉她的手，低下头看着她。塞拉姆兴奋地指着花田。林简松开手，叮嘱道："不要走远噢！"

林简和奥森看着阳光下花丛中的塞拉姆。

"你知道塞拉姆是什么意思吗？"林简问道。

"塞拉姆？"奥森想了想，"当地土语阿姆哈拉语中'和平'的意思。"

看着在花丛中奔跑的塞拉姆，林简的脸上露出笑容。

奥森衔着烟斗，默默地和林简看着面前的阳光、蓝天、花海、湖泊。他取下烟斗，对林简说："天一黑我们就去机场，晚上赶路安全些。"

林简摇摇头："不，我不走！你还没有回答我的问题。我也不能丢下塞拉姆！"

奥森眯着眼睛看着林简，脸上没有任何表情："我不是和你商量，林简。你必须离开！"

"为什么？"林简问道。

"因为……"奥森转身看着湖面，"因为我不想让你像你母亲上次那样。"

"我母亲！"林简吃惊地问道，"她也来过这里？！"

29

亚的斯亚贝巴机场。

无脸人走出空空的机舱，在舷梯顶部停住脚步。他闭上眼睛，让非洲大陆的强烈阳光照在自己的脸上。他的鼻子抽动，在空中闻嗅。

一种火药混合着肉体烧烤后的焦煳味儿，像白色纯可卡因从他的鼻孔吸入，他感到血液一下达到沸点，脑海里闪现出枪林弹雨中的贝鲁特城墙和格林纳达首都通往总统府的笔直大道。

走下舷梯的时候，他感到有些异样，低头一看，发现自己的阳具勃起了。

从厕所出来，无脸人像狗一样甩了甩湿淋淋的头发，戴上太阳眼镜，走向一排临时搭起的入境检查桌子。他站在短短的队伍里，看着周围站着的全副武装的士兵和后面已经崩塌一角的候机厅。太阳光从天花板上的缺口照进来。由灰尘勾画出的光柱投射在遍地的瓦砾、散乱的行李和斑斑血渍的地板上，鲜明而静谧。

无脸人眼角的余光捕捉到一个穿皮夹克、戴太阳眼镜的健壮男子从旁边的绿色通道走向出口。男子边走边从口袋里拿出一支烟叼在嘴里，用打火机点燃……

“请问先生，您来埃塞俄比亚是商业还是旅游?”海关官员打断了无脸人的观察。

“商业。”无脸人收回目光。

官员抬头看了无脸人一眼，无脸人露出微笑。

官员的目光转到桌子上打开的背包，里面有几块形状各异的金属零件和一个黑色的皮盒。

“这是公司的机器配件。”无脸人补充道，“探矿用的。”

官员打开黑皮盒，里面是一排针剂和两个针筒。

“胰岛素。”无脸人解释道，“我自己用的……糖尿病。”

官员面无表情地在他的护照上盖章。

无脸人接过护照，把桌子上四十秒就可以装配成一把大口径手枪的零件和审讯用的实话试剂放回包里。

无脸人背着双肩包，走出机场大门，来到满目疮痍的街上。

他暗自思忖，现在得想办法找到交通工具。

绿色通道尽头站着一名埃塞俄比亚警官。汉默出示了证件，警官没有寒暄就直接把他带到机场监控室。

和肯尼迪机场庞大的地下室相比，这是一个很小的房间，只有两个人盯着四个二十寸的黑白监控器。屋子里充满了浓重的汗味和午饭留下的强烈气味。

汉默皱着眉从口袋里拿出烟和一张纸条。他把纸条递给警官："这是日期和航班。"

用嘴里的烟头点燃另一支烟，汉默看着两个监控员手忙脚乱地在一堆散乱的录像带里翻出一盒，塞进录像机，快进。

"停!"汉默看到和肯尼迪机场同样装束的林简，"慢放。"

屏幕上的林简走向海关窗口，和检察官交谈，然后画面一片黑暗。

"怎么回事?!"汉默愠怒地问道。

"机场受到叛军攻击，停电了。"警官小心地解释道。

下面的画面已是四小时以后的。

"把带子倒回来。"汉默命令道。

画面定格在林简把护照递给海关官员的一刻。

汉默骂了一声，突然想起什么："你们机场外有没有监控录像?"他没有问下去，自己也知道这是废话。

"有的。"官员回答道。

"真的?"汉默心里一阵狂喜，"快找出来!"

两个监控员又是一阵手忙脚乱地寻找。其中一个抬起头来，无奈地看着汉默。

"我们只有监控镜头，"他实事求是地说，"但从来不录像。"

汉默大骂一声，把烟扔在地上。

七十二小时，现在林简可能在这个国家的任何地方。汉默唯一能做的就是等待。因为林简的返程机票是后天中午十二点半。

亚的斯亚贝巴国家监狱，1977 年。

昏暗的灯光在奥森头顶上缓缓地移动着。这是一条昏暗闷热，散发着恶臭的走廊。跟着前面戴着绿色贝雷帽的身影，奥森走在似乎没有尽头的黑暗和光亮的重叠往复中。

一只干枯的手从旁边伸出，抓住了奥森的手臂。奥森往后一闪，挣脱那个黑色的手臂。更多的手臂从黑暗中伸出，向他抓来。

贝雷帽转过身，举起警棍用力打去。一片惨叫声中，手臂像暴风中的枯枝，断裂下垂，消失在黑暗中。

“请紧跟着我，奥森博士。”贝雷帽用带浓重口音的法语说道。

奥森迈步向前走着，试图不看两边牢房铁栏后面充满敌意的眼光和偶尔露出的惨白牙齿。两人走到走廊尽头的牢房前，贝雷帽示意奥森走近。

昏暗的灯光下，奥森看见一个人以一种奇怪的姿势脸冲下趴在肮脏的地上。花白的头发纷乱地散落在破烂的衣服上。奥森怀疑地看了贝雷帽一眼，后者点点头。

“静秋……”奥森试探地叫道，但地上的人没有任何反应。

奥森扭头看着贝雷帽：“你确定她是林静秋吗?”

贝雷帽耸耸肩：“这是她护照上的名字。”

“她做了什么?”

“嗯……什么也没做。”贝雷帽的牙齿闪着白光，“只是在一个错误的时间出现在一个错误的地方。”

他凑近奥森的脸，压低声音：“你知道我们新政府需要在全国掀起一个反美运动。三天前，正好她这个美国公民进入我们国家，所以在机场就以美国间谍罪名被逮捕。报纸、广播都报道了我们成功抓获了一个美国女间谍。”

看着地板上一动不动的身体，贝雷帽自言自语地说道：“她真是一个不同寻常的女子，一口咬定她到埃塞俄比亚来找你，不管我们对她做什么……”

“你们对她做了什么?!”奥森大声问道。

贝雷帽没有回答：“后来事情闹大了，美国大使馆出面交涉，进行各种幕后交易，所以明天开庭判她驱逐出境了事。我的表弟在政府里做事，他认识你，所以才让我通知你。”

奥森把目光转向牢房。

“静秋!”他再次叫道。地上的人动了一下。

“把牢门打开!”奥森对贝雷帽说道。

“不行!”贝雷帽拒绝。

奥森掏出皮夹，把里面的钱全掏出来，递给贝雷帽：“打开牢门!”

牢门“哐当”一声打开，奥森走进去。

“五分钟!”贝雷帽在后面紧张地说道。

奥森慢慢地跪下身子，看见纷乱肮脏的花白头发下面苍老陌生的脸，他摇摇头，然后准备站起身子时，那人的眼睛慢慢张开，他看见了那双唯一没有变的、曾经穿透他内心的黑色眼睛。

“静秋！”他心痛地叫道，拉住她伤痕累累的手臂。

“休？”林静秋虚弱地喊。

奥森把她抱在怀里：“是我！静秋……你为什么会来这里?!”

“时间到了！”贝雷帽在门外叫道，“我们得走了，奥森博士！”

林静秋的身体剧烈地战抖，注视着奥森：“告诉我，当年究竟发生了什么事？”

奥森看着林静秋血迹斑斑的脸，痛苦地咬着下嘴唇。慢慢低下了头。

“你为什么不告诉我母亲？”林简追问道。

奥森默默地望着面前的湖水。一阵风送来花的芬芳和湖水清凉、潮湿的气息。

“对不起！”奥森低声说。

林简抚摸着坐在身边编花环的塞拉姆的头。

“有人让我来问你，那年北京头盖骨究竟发生了什么事。”林简轻声说道，“但我来见你，是想知道我母亲究竟遭遇了什么？究竟是什么改变了她的一生？”

林简抬起头，目光和奥森的目光相遇。奥森转身看着前方。

四周一片寂静。

奥森的声音仿佛是从远处传来：“我就是那个改变你母亲一生的人。”

他转过头来，看着林简：“我就是那个告发你外祖父的人。”

30

“我告诉你所有的事情。但你必须答应我，今晚就离开这里！”

林简同意了奥森提出的条件。午夜过后，吉普车离开了考古营地。

车里一片安静，只有马达的轰鸣声和偶尔车轮辗过路上凹坑的颠簸声。奇怪的是，奥森没有打开车灯，在黑暗的山谷里摸黑行驶。

坐在后座的林简把目光从奥森坚实的背影移开，投向窗外，视野像横卧的漏斗一样展开。吉普车像微小的虫蚁爬向巨大的裂谷入口。两边的群山像凝固的潮水慢慢退去，宝蓝色的天空缓缓开启，繁星点点，一望无际。

林简把手放在她腿上的塞拉姆背上。塞拉姆的体温和柔软让她内心滋生出从来没有过的安宁、疼痛和担忧。她尽量不去想天亮后她和塞拉姆会遇到什么。她此刻的心像在浩瀚无际中的一颗微小行星，没有过去，不知未来，也没有当下的依靠和连接。她的目光再次回到奥森硕大的头上，她知道白色短发下的记忆将连接她的过去和现在，将再次改变她的生活，改变她自己。

奥森默默地驾驶着吉普车，不时警觉地打量四周，似乎提防着随时从黑暗中悄然扑出的猛兽。

北京，1940 年 3 月 15 日，下午。

奥森怅然地看着关上的门，听着林静秋欢快的脚步声逐渐消失。他的目光落在工作台上，午后的阳光从天窗斜射进来，落在烧杯中的花上。黄色的雏菊显得单纯而娇嫩。

奥森看了一眼墙上的钟，感觉再做下一个模型已经来不及了。他站起身，从书架上拿下两本书，出门上楼向另一头的图书馆走去。

拐角是研究所所长魏敦瑞博士的办公室。奥森低下头匆匆走过。

“嗨，维京小鸡！”有人叫道。他无可奈何地停住脚步，把头转向所长办公室外屋坐着的凯特。

凯特是个二十岁的金发女郎，来自奥地利，是魏敦瑞博士的秘书。尽管在所里她是唯一和奥森年龄相仿的人，但他们走得并不近。凯特超乎常人的想象力与极其没有规律的做事方式和奥森的刻板、拘谨形成鲜明的对比。“维京小鸡”是她给奥森起的绰号。每当听到她这样叫他，他总为把他威猛的海盗祖先和瘦弱家禽联系起来而感到羞愧，但他却对伶牙俐齿的凯特无可奈何。他俩唯一的联系媒介是林静秋。

奥森慢吞吞地走进凯特的房间，听见她后面的办公室里有数人在说话。

凯特压低声音问：“你见到静秋了吗？”

奥森点点头，不安地看着她身后的门。门里传出的声音渐渐高亢。

“什么时候？”凯特问道。

“十五分钟前。”

“哼，她怎么不来找我？”凯特气哼哼地说。

奥森没有回答，慢慢地向门口退去。这时所长办公室里突然传出激烈的争吵。他能听到日式英语，口气坚定。然后是魏敦瑞博士的德式英语："不!不! 这是不可能的事!"

又是一连串的日式英语，口气更加强硬。

"不……不行!"魏敦瑞博士说道。

奥森刚要离开，里面传来移动凳子的声音。门突然打开，两个脸色铁青的日本人快步走出来。凯特低下头，奥森退到一边。

最后出来的人是林清明，他奇怪地看了奥森一眼，然后尾随日本人而去。

一周以后，魏敦瑞博士宣布，他已接受美国自然历史博物馆邀请，担任该馆的资深研究员，负责北京猿人和印尼爪哇猿人的研究课题。

临走时，他要求所里最好的化石模型制作者林清明在一个月内把所有的北京猿人头盖骨和其他化石复制成模型，他将带往纽约进行研究。

"为什么魏敦瑞博士不把头盖骨直接带去纽约研究呢?"林简好奇地问道。

"不，他不能这么做。"奥森摇头说，"因为当时洛克菲勒基金会资助周口店发掘项目的一个条件是，所有从中国挖掘出来的化石和文物不得离开中国本土。"

林简点点头。车里突然变亮，她抬头，看见月亮从云里钻出来。

奥森两手握着方向盘，注视着前方在月光下发白的公路，似乎陷入沉思。

"很多年以后，"他开口说道，"当我成为真正的考古学家、一个还算不错的化石模型制作者后才知道，三个多星期内完成近一百件化石模型，浇制、打磨、上色、精确完整，是一件不可能的事!"

视野突然开阔。

奥森停止说话，默默地在后视镜里看着向后退去的谷口，打开车灯，加大油门。他抬头看了一眼后视镜里的林简。

"叛军有时候埋伏在刚才经过的山上，用火箭筒袭击过往的车辆。"他简单地说道。

北京，1940 年 4 月 5 日，夜。

工作灯从房顶低垂下来。雪亮的光照在工作台上一个深棕色的骷髅上。骷髅突出的眉骨和深陷的眼洞默默地拒绝任何光线进入它五十万年的黑暗。

前额右方的一个钝拙缺口在灯光下显得触目惊心。一丝灯光悄然渗入，窥视着早已化为尘埃的秘密……

一双大手小心地捧起骷髅。

林清明把北京猿人头骨轻轻地放在一个模具里，小心地倒上石灰浆。他的动作熟练准确，一丝不苟。奥森停止打磨腿骨模型，认真地看着他的一举一动。

熟石膏的气味蒸腾起来，充满地下室的封闭空间。穿着工作服，全身是石膏泥点子和油彩的林清明两颊凹陷，缺失睡眠的眼眶乌黑，只有他的眼睛在灯下闪闪发光。

有人敲门，两长一短。奥森辨认出这是摩斯密码的“我”。林清明实验室里常做这种游戏。

奥森打开门。林静秋拎着一个竹制的饭盒，笑眯眯地站在门口：“科学家们想吃消夜吗？”

林清明和奥森吃着林静秋做的清明节糕团。林静秋沿着长长的工作台往前走，看上面做好的模型。

“只许看，不许碰！”林清明厉声警告，但他眼里流露出平时很少见的温和。

奥森低头吃着豆沙糕。

“好吃吗？”林静秋突然转身笑着问奥森。

奥森一口噎住。林清明伸出大手，拍他的背。奥森一边咳嗽一边连连点头。

林静秋停住笑，一脸严肃地对林清明说：“爸……”

林清明抬起头：“嗯？”

“我能问你一个学术问题吗？”

林清明警惕地看着刁钻古怪的女儿：“什么？”

“根据您多年的专业知识和经验，”林静秋脸上露出微笑，“您觉得这位奥森先生会成为优秀的考古学家吗？”

林清明扭头看了一眼奥森，摇摇头：“不，他不会成为优秀的考古学家。”

奥森停止咀嚼，低下头。

“他会成为卓越的考古学家！”林清明说道。

“像你一样？”林静秋问道。

“比我更好。”林清明简短地说。

林静秋转过头来，对着低头的奥森说：“听到没有？哎，你怎么啦？这么大的人，羞不羞？”

奥森用袖口擦去脸上的泪水，不好意思地笑了。

林清明站起身来，把饭盒收起：“好了，快回去吧。”

林清明为林静秋打开门：“晚上自己要小心。”

林静秋向外走去：“没事儿，凯特每天晚上过来陪我。昨天我还给她过生日呢。”

林清明摸了摸女儿的头，目送她消失在黑暗中。

关上门，林清明对奥森说：“不早了，你做完手上的活，就回去吧。”

奥森点点头。

奥森关上门的时候，他看到林清明坐在灯光下，默默地看着面前整整齐齐地排列的化石和模型。

清冷无月的夜里，奥森向研究所的大门走去。

他不知道黑暗中，一个恶魔正快速向他逼近。

31

黑夜中，一队装着辎重的军用卡车在公路上缓缓前行。

无脸人坐在最后一辆卡车的驾驶室里，看着窗外。公路两边，衣衫褴褛的难民像幽灵一般，沉默而机械地向前移动。

他转过头，看了看身边开车的士兵。士兵转头对他一笑，露出满嘴的牙龈。

两个小时前，他想搭乘这辆驶去裂谷的政府军用卡车，被板着脸的士兵一口拒绝。当看到他手中的一百美元纸币，士兵凶恶的脸马上变成了一口牙龈。

无脸人厌恶地转过头去。他看见前方难民的队伍中有一个小孩，右小腿齐膝断去，拄着拐杖踽踽而行。

看着小孩孤单而艰难的身影，无脸人的眼前出现另一个画面。

一个浑身是血的九岁孩子坐在一望无际的玉米地中，显得渺小而孱弱。他一边哭一边呕吐，被无所不在的黑暗和恐惧笼罩包围着……

“停车！”他低声命令道。语气中充满职业军人的不容置疑。

车停在路边，无脸人跳下车，向路边的难民走去。在月光下他的脸像戴着银色面具。难民在他的前方像潮水一样驯服地分开。他朝那个小孩走去。小孩停下，看着他，脸上混合着恐惧和希冀的表情。

无脸人来到小孩面前，但径直走过去，在公路边停下，拉开裤子拉链小便。

身后的难民恢复队列，慢慢地向前走去。

站在黑暗中，无脸人看着远处天光下的黑色山峦，对于那件一直让他困惑的事，心里似乎隐隐约约有了答案。从海军陆战队突击队员到职业杀手，为什么他对这些职业有着无比的热忱和喜爱？也许是因为它让他感到强大，强大到不但能掌控自己的命运，而且能左右他人的生死。二十多年前在俄亥俄州的黑暗玉米地里那个哭泣的孱弱孩子已经成长为一个巨人，变成凶猛强大的魔兽。

想到这里，无脸人脸上不禁露出微笑。他拧亮微型军用手电，再次端详着手中的一张照片。

照片上的人是十年前的奥森博士，满脸严肃地站在美国自然历史博物馆花岗岩的台阶上。

北京，1941 年 4 月 24 日，下午。

奥森目瞪口呆地看着前方的窗口。

研究所的大门罕见地敞开着。一队穿着黄色军服的日本士兵跑进院内，队伍前头的士兵牵着两只德国狼狗。日语的吼声，狼狗的吠叫和沉重的皮靴回响瞬间充满了安静的院子。

奥森和众人跟在林清明后面，走到院子里。林清明伸开双臂挡在士兵前面。

一个军官向林清明走去。奥森认出他是上次来过的渡边少佐，只是西装换成了军服。渡边在林清明面前两米处停下，从枪套里拔出手枪，对着他的脸。

“让开！”渡边用中文吼道。院子里突然变得很静。

“这是医学院的研究所。根据中国政府和日军北京城防司令部的协议，你们没有权利进来。”林清明说道。

渡边凝视着林清明。一挥手，两个士兵冲过来，一前一后刺刀顶着林清明。

林清明对刺刀和士兵视而不见，他对聚集在院子里的同事大声说道：“大家都回各自的房间……”

“不许动！每个人都站在原地！”渡边喝道。士兵飞快列队，手持上了刺刀的步枪，围住众人。

渡边转身对林清明说道：“我们走，林先生。”

两个士兵押解林清明跟着渡边来到魏敦瑞博士办公室门口。凯特坐在桌子后面看书，抬头无比惊讶地看着拿着长枪的日本军人和林清明。

“你们要干……”她尖声问道，脸涨得通红。林清明示意她不要出声。

“你去院子里和大家在一起。”林清明说道。

凯特起身向院子走去，边走边愤怒地回头看着日本军人。

林清明慢慢地从腰上的皮带上解下一大串钥匙，用其中一把打开门，渡边第一个冲进去。

房间里空空如也。光秃秃的办公桌、书橱和四面白色的墙。渡边走到巨大的书桌后面，拉开几个抽屉，又猛力关上。抽屉发出空洞的巨响。

“你想找什么？”林清明两手抱在胸前，冷冷地问道。

渡边关上最后一个抽屉，走到墙边，盯着上面的研究所科室分布图看。

“去你工作室。”他对林清明说道。

排列得干净整齐的工作台边，渡边看着林清明，林清明默默地看着他。灯光在他瘦削的脸上投下浓重的阴影。

“我能看一下你们所有的标本吗？”渡边的口气是命令，不是请求。

“不能！”林清明简单地回答。

渡边从军服口袋里拿出一张纸：“我有北京日军城防司令的手谕。我可以把你、你的同事带上卡车。这是你想要的吗？”

林清明和渡边走到地下室尽头的一扇门前。门上的牌子写着“储藏室”。

“钥匙。”渡边简练地对林清明说。

林清明摇头：“我没有这个房间的钥匙。”

渡边示意，一个士兵过来夺过林清明的钥匙圈，递给渡边。渡边耐心地一把一把地试着开锁，没有一把能打开。渡边退后，两个士兵上前用枪托砸门。

林清明面无表情地看着。

门开了。渡边冲入储藏室，两个士兵一前一后夹着林清明跟在后面。

渡边走在一排排标本架前，急切地上下搜索。他突然停下脚步。走到一个架子前，看着上方的标签，脸上露出笑容。

他小心翼翼地把标本箱拿起，轻轻地放在地上，屏住呼吸，打开箱子。

箱子是空的。渡边连打开几个箱子，都是空的。

渡边站起身子，对林清明咆哮道："北京猿人头盖骨在哪里？"

林清明脸上露出惊讶的表情："北京猿人头盖骨？怎么会在这里？所有的标本都由魏敦瑞博士保管。你们可以发电报问他。"

渡边打断他："洛克菲勒基金会的合同约定，那些头盖骨不能离开中国。它们就在北京，就在这幢楼里！"

他让两个士兵退出房间后，走到林清明面前，把手放在他的肩上，两人向屋子深处走去。

渡边压低声音："我和你说实话吧，林先生。现在局势变得越来越紧张，世界大战随时可能全面爆发。我们都知道头盖骨的价值。它们不仅属于中国，更属于全人类。谁也不愿让它们毁于战火。所以，我今天来，是想在中国政府和科学家们的同意下，由日本军方代为保管。等战争结束后，保证完璧归赵。是这么说吧，完璧归赵？"

林清明停下，扭头看一眼门外背着枪的士兵，点点头："是这么说的……只是所有的头盖骨标本都由魏敦瑞博士存放在一个安全的地方。我们都不知道在哪里。"

渡边凝视着林清明，笑容慢慢消失："我知道，除了魏敦瑞博士，你也知道它们在哪里。林先生，我们都是受过教育的人。我们可以用文明的方式解决这件事。但如果不能的话，宪兵队就会接管这件事。他们是群残忍的野兽，为完成任务什么都会做的，你听说过宪兵队吗，林先生？"

林清明低下头："我听说过宪兵队的厉害，但我不能说我不知道的事情。"

院子里。

奥森和同事站在一起。日本士兵把他们围在中间，手里端着上了刺刀的步枪，对着他们的胸口。院子里很安静，穿着灰黑色衣服的科学家和黄色军装的士兵同时默默地看着对方。

他看到研究所大门外停着一辆军用卡车，日军士兵刚才就是从这辆卡车上跳下来的。他的目光移到卡车前面的一辆吉普车。吉普车里有一个模糊的黑影。

凯特从楼里走出来，站在他身边。

突然，一个明亮的颜色毫无先兆地进入奥森的视线。奥森飞快地调节他的视焦，穿着黄色裙子的林静秋缓缓地从街上向大门走过来。

奥森眼睛的余光突然看到那个黑影动了一下，一张脸慢慢从黑暗中浮现。尽管站在早春明亮的阳光下，他突然打了寒战。这是一张不像人的脸，脸上布满了伤疤，圆形的墨镜镜片像两个深不可测的黑洞，正在向奥森的方向看来。

“怎么啦?”一个柔美的声音在他身边响起。奥森转头，林静秋睁着大眼睛看着他。

奥森示意她别说话。等他回头再向车窗口看去，那张脸已经消失了，只剩下车窗后面一个浓重的黑影。

32

鲜红的血液混在白色的牛奶里。

混合的液体慢慢流动，漫过几张丢弃的彩票票根、散落的薯片、口香糖、一个爆裂的可乐罐子，浸透躺在地板上八岁的他的背部。

他沿着牛奶流来的方向，看到鲜血正从一只下垂的手缓缓滴落，手的上方是纽约警察深蓝的警服。他惊恐的目光慢慢上移，看到了父亲的脸。

父亲的脸疲倦但刮得很干净，向他点了点头，示意他躺在地上别动。

尖利的枪声在拥挤的杂货店里再次响起。他抱着头，能感到冰凉的牛奶和鲜血浸入他的仿皮夹克、单薄的套头衫后，冰凉地贴在赤裸的背上。

枪声停了，他慢慢转过身，看见父亲用没有受伤的手换手枪弹匣。很多年以后，他一直不能确定是他的想象还是真实的发生。父亲转过头，冲他微微一笑，像他每天早上执勤回来后进门时的笑容。他觉得一阵恍惚。好像什么事都没发生，他们马上就可以拿着牛奶回家了……

父亲的身体腾空飞起，大口径霰弹枪的巨响让整个店堂抖动一下，充满烟雾。

他的耳朵嗡嗡作响，鼻孔里充满辛辣的火药味。

一个头上套着丝袜的身影从烟雾中出现，一脚踩在他的胸口，用霰弹枪对着他的头。

“那头警察猪完蛋了。”一个声音从烟雾中传来。

“小孩怎么办?”套丝袜的人用浓重的布鲁克林口音问道。

“不留任何目击者。”

套丝袜的人退后一步，用巨大的霰弹枪口对着他的脸，扣下扳机……

“啊!”汉默发出一声惊叫，跳起来。

他睁开眼睛，一时不知道自己在哪里。他看见坐在电视机前的两个值班人员惊诧地回头看着他。他花了几秒钟把自己从布鲁克林的杂货店拉回亚的斯亚贝巴首都机场的监控室。

“你没事吧？先生。”一个值班员问道。

汉默摇摇头，看看手表，清晨三点十分。他从破旧的沙发坐起身，捡起掉在地上的皮夹克。

“目标出现了吗?”他问道。

“没有，先生。”

汉默走出闷热的房间，来到走廊里。他点燃一支烟，俯瞰着整个候机大厅。东北角坍塌的一角吹来野外的寒风，让他完全清醒过来。他长长地吐出一口烟，拉上皮夹克的拉链，把脸埋在竖起的领子里，看着下方拥挤的候机厅里坐着躺着的人。

“我以为都已经忘记了。”他默默地想着，“为什么又会突然想起这些呢?”

北京，1941 年 9 月 29 日，晚。

奥森听到不远处有人急促地惨叫一声，但声音像被利器突然切断，接下来是令人惶恐不安的寂静。

被罩在黑色头套里的奥森什么也看不见，但他能感到头套外面有强烈的灯光照着他，他的双手被反铐在铁椅子背上。

一个小时前，奥森从实验室下班。

他没有像往常一样骑车回家，早上上班时，他发现停在院子里的自行车胎漏了气。

走出研究所大门，奥森沿着大街快步往南走。他习惯地向右边望去，目光所及处是绵延起伏的紫禁城。初秋黄昏明亮的太阳光反射在紫禁城顶端层层叠叠的琉璃瓦片上，古朴的楼阁和飞檐凸显在深蓝的天空中，勾画出金色的辉煌与宏大的画面。

奥森想到五十万年前，离这里不远的山里曾经居住过的古人类。他们出现，生活，然后无声地消失在漫长的历史长河里，只留下零落的痕迹……

繁忙的街上，市民完成一天的生计，匆忙赶回家。前面的马路有数辆人力车和一辆马车交汇。

过了拥挤的崇文门，奥森拐入他住的小巷。

僻静的小巷里，一辆黑色轿车停在路边。奥森心里掠过一丝疑虑，以前很少有车停在这个狭窄的巷子里。这时他听到身后传来急促的脚步声。他刚回头，看见两个身影已在他的面前。眼前一黑，一个黑布袋套在他的头上，四只强有力的手抓住他的胳膊和肩膀，架着他向前跑。

奥森感到身体像货包一样被抛进车里。没等他坐稳，车子猛然启动。一根坚硬的枪管顶在他的脸上。一个人用生硬的英语命令道：“不要乱动！”

奥森的心剧烈地跳动，脑子里一片空白：“我被绑架了！”

汽车飞驰。不知过了多长时间，车停了。车门打开，一只大手粗暴地把他从车里拖出来。眼前一片漆黑的他被两人架着，跌跌撞撞地走过一段不长的路。当他跨过第三个台阶后，突然闻到一股强烈的鲜血和汗臭混合而成的气味。

他被两只手粗暴地按在冰凉的椅子上，一副更凉的手铐把他反铐起来，用铁链固定在椅背上。他听到两个人的脚步声渐渐消失，把他一个人留在房间里。

惨叫的声音再次响起。因为看不见，奥森的听力变得比平时敏锐。

这是男人的声音，这次的叫声比刚才长久，然后又突然停止，接下来是含糊的对话。静寂后，突然惨叫声又响起，然后又落入可怕的宁静。周而复始，惨叫声变得越来越嘶哑和疯狂。

莫名的恐惧像无数黑色的虫子啮咬神经。因为看不见实际发生的事情，这种恐惧又被放大了数倍。他感到汗水顺着脸冰凉地流下来。

这时他听到在惨叫的间隙中有一种奇怪的声音。尖细的，像一种结实纤维的绞缠力和木质结构扩张力相互间在撕咬和搏斗。随着绞杀声变得越来越尖利，男人的惨叫声也变得越来越凄厉可怖。

瘆人的惨叫声再次响起。这次叫声没有马上停止，越来越疯狂。

一声钝拙的“咔嚓”声，像一根粗大的硬物在强大的外力作用下终于崩断。伴随着一声尖利的号叫，是已经不是人声的急促喘息和浑浊的呻吟。

奥森徒劳地扭动身体，试图腾出双手捂着耳朵，但只是把身后的铁链弄出一些噪音。浓稠的血腥味儿和恐惧像一条黏滑的蛇贴着地面向他逼近，爬上他的身体，进入他的嘴、鼻孔、耳朵、眼睛、他的每个毛孔、他裸露的神经……

奥森开始绝望地哭泣。

突然间，所有声音一下子消失，留下无边的黑色、令人恐惧的空虚。奥森停止哭泣，惊恐地喘息。他听到有人向他走来。他屏住呼吸。

头上的黑袋突然被掀去，奥森涕泪交流的脸暴露在雪亮的灯光下。

奥森眯缝着眼睛，避开灯光，模糊地看到对面一扇紧闭黑门突然打开，一个穿着白衬衣的人走了出来。那人的脸和衬衣前部满是浓稠的红色。鲜红的血像给他布满伤疤的脸戴上狰狞的面具……

“奥森先生。”

一张脸挡住了他的视线。奥森向上方看去，渡边近距离凝视着他：“你准备好回答问题了吗？”

意志已经崩溃的奥森伸长脖子，极力避开刺眼的灯光。

“你知道我随时可以把你送到对面的房间去。”渡边阴沉地说。

“你想知道什么？”奥森带着哭腔问道。

渡边疲惫的脸上满是隔夜未刮的胡楂，眼神和语气中有一种掩饰不住的焦虑。

“告诉我，那些头盖骨在哪里？”渡边大声吼道。

33

无脸人突然在一种异样的感觉中醒过来。

从他躺乘的卡车后座看去，窗外漆黑一片。他意识到车停了。他飞快地探身一看，前方的驾驶座位是空的。他伏下身体，右手在黑暗中紧张地摸索，背包还在。他飞快地拿出那把组装好的大口径手枪，从挡风玻璃向前方看去。

在卡车的灯光下，在弥漫的尘土中，几个士兵利用车体作掩护，侧身或半蹲，手里的步枪对着前方。在所有枪的瞄准线尽头，停着一辆吉普车。一个军官站在吉普车车门边。

奥森不安地看着面前的政府军上尉用手电照着他的护照，然后又用雪亮的手电光照他的脸，他愠怒地用手挡着。手电光滑到后座的林简，林简正视前方，两手紧抱着塞拉姆。

上尉把手电光再次照在手中的文件和护照上。他按熄手电，向奥森敬礼："对不起，走吧。"

奥森接过文件："谢谢！"

上尉转身向端枪瞄准的士兵做了个手势。士兵收了枪，走回各自的车。

奥森松开手刹，吉普车缓缓地在卡车队边上驶过。林简看着车灯下慢慢掠过的黝黑的脸、冲锋枪、砍刀……

奥森踩下油门。

"停下！"中尉在后面高声叫道。

奥森的脚在油门和刹车之间犹豫了半秒钟，最后踩下了刹车。吉普车停在车队最后一辆车边。

无脸人的车窗正好对着下方的吉普车，他看见中尉快步走来，士兵又把步枪端起来。他把头埋得低一点，打开枪保险。

中尉走到吉普车边，向里面的人问道："他们说裂谷山上有叛军用火箭筒袭击过路车辆，是真的吗？"

车里一个男声回答："是的，晚上最好关灯开车。"

男人的英语中夹带着奇怪的口音。欧洲？纽约？无脸人一时不能分辨，但这口音不知为什么让他感到不安。他悄悄地把头抬起，往下看去，但看不见车里的人。

“谢谢!”中尉行了个礼，走回卡车。

无脸人看到吉普车的驾驶窗口露出一截白人多毛的胳膊。他的手不由自主地握紧手枪，但又马上松弛下来，因为他看见一个当地的黑人小女孩从后面的窗口看着他。

“砰”的一声，卡车车门打开。无脸人放下手中的枪，靠在座位上假寐。士兵上车后飞快地看了他一眼，松开手刹，跟上前面的车。

闭着眼睛，无脸人眼前闪过小女孩的面孔。有什么东西让他感到不安，但他却不知道是什么。六个小时后，他才知道到当时小女孩身边还坐着一个人。他这次要找的两个人，就在和他擦身而过的吉普车里。

“过了很久我才知道。”

奥森转动方向盘，小心地避开路中的弹坑，继续讲他的故事：“那段时间除了我，你外祖父和所有与头盖骨接触过的人，包括凯特，都被带到日本宪兵队审讯。我们从来没有交谈过在宪兵队里遭遇了什么。当我谈到这个话题时，他们躲闪、恐惧的目光中一直提醒我在那个晚上看到的和听到的……”

“那到底是什么声音?”林简问道。

奥森沉默。

“你告诉他们任何事情吗?”林简改变了话题。

奥森摇摇头：“我当时只是个实习生，什么都不知道。我不喜欢纳粹，也不喜欢日本宪兵，更不愿意把属于中国的任何东西让那些粗鲁的日本人抢走，特别是用这种暴力手段。”

路上的弹坑逐渐减少，奥森加快了车速。

“1941 年的冬天到来了。德军已经包围列宁格勒几个月了。日本舰队离开本土，驶往夏威夷。战争的阴影同时覆盖着欧洲和亚洲。研究所的经费马上就要用完，很多工作人员开始离开。我和凯特也准备离开北京回国。这时候，你母亲突然失踪了。”

北京，1941 年 11 月 28 日，清晨。

奥森把自行车停在大院的树下，走进楼里。

上班时间还早，楼里空无一人。奥森没有走进实验室，拐了个弯，快步走向魏敦瑞办公室。凯特坐在紧闭的办公室前，把头埋在一本书里。

“嗨，早上好!”奥森着急地问：“有静秋的消息吗?”

凯特慢慢抬起头来，眼睛通红，像是刚哭过。奥森的心往下一沉。

凯特摇摇头：“林先生说，哪里都找过了，警察那里也没有任何线索。”

两人面对面沉默。奥森看着脚下的地板。

“你说会不会……”凯特突然说道，但又马上停止。两人再次静默。奥森的耳边不由自主地响起那个凄厉的惨叫。

他勉强地微笑：“不会的！嗯……那我走了。”奥森像逃跑似的转身离开。

“等一下！”凯特叫住他，递过一张纸：“把这个带给林先生，魏敦瑞先生刚从纽约发来的电报。”

奥森轻轻地推开实验室的门，第一眼看到的是林清明的背影。林清明坐在试验台前，用一个放大镜认真地看着一小片化石。

奥森走过去站在他身边。林清明扭过头，把手中的样品递给他：“你看一下。”

奥森仔细在放大镜里看着那片小化石：“这是一块动物骨头残片，是古人类?”

奥森抬起头，看见林清明看着他，鼓励他说下去。他涨红脸，摇摇头。林清明指着化石一端：“你看，这是一个断面，如果我们沿着它的形状延伸的话，它很有可能是一块下颌骨的残片。”

林清明一边说，一边在一张纸上画着：“它本身弧度的曲率较小，它的主人非常可能是女性，在臼齿的位置上……”

奥森看着崇敬的老师侧面。他两颊深陷，眼睛下方有浓重的阴影，只有那双黑色的眼睛依旧闪闪发亮。

“这是什么?”林清明指着他手中的纸问。

“噢，这是魏敦瑞先生发来的电报，凯特让我带给你。”

林清明拆开电报。这是一封长电报，他仔细地看了两遍后，小心地折好，放在衬衣口袋里，站起身：“不要告诉任何人”。

一周后的12月5日是个大风日。

下午四点，奥森从面前的显微镜上抬起头，揉着疲倦的眼睛。从气窗可以看见室外的天色阴沉、肃杀。大风疯魔般地折磨着院子里两棵槐树上光秃的树枝。卷起的风沙打在玻璃上噼啪作响。狂风中，一个瘦高的人匆匆走向研究所的红色大门。

林清明缓缓打开大门，一辆黄绿色军用卡车倒入院内。车门上的白字写着英文USMC（美国海军陆战队）。车停下，两个穿着海军陆战队服的年轻士兵跳下车。从他们手臂上的红黄牌子，奥森认出他们的军衔，一个是中尉，一个是上士。中尉走到林清明面前敬了个军礼。他们似乎认识，中尉对林清明很恭敬，但有些拘谨。林清明和他握手，把手里的一个东西交给他。中尉双手接过。两人并排走进实验大楼。上士站在车旁。

奥森的目光回到显微镜上。

"帮一下忙。"林清明走进实验室招呼奥森。

奥森跟着林清明和中尉穿过一个门，来到一个他从来没有来过的地方。三人默默地走过一条昏暗的走廊。林清明在走廊的尽头停下，拿出一把钥匙。他们面前是一堵陈旧的墙，没有任何门。林清明把钥匙插进墙的细缝里，旋转，一个暗门无声地开了。这是一个空房间，房间中央并排放着两个结实的木头箱子。

院子里风依旧很大，天空开始飘起细碎的雪花。奥森在风中眯缝着眼睛，看见手中的箱子上用英文写着一个纽约的地址，下面写着"美国自然历史博物馆，魏敦瑞先生收"。

他们将箱子抬上卡车。林清明仔细地帮两个军人用帆布带子固定好箱子，跳下车子。"什么时候可以到秦皇岛？"他问道。

"明天晚上。"中尉回答道，"后天就上哈里森号货轮，三周后就到纽约了，如果不出意外的话。"

在零星飞舞的雪花中，卡车缓缓地驶出大门。

奥森把试验台收拾干净，准备回家。林清明走进来，递给他一张纸。

"这是给纽约魏敦瑞博士的一份回电。你把它翻成摩斯密码，让凯特马上发出去。"

"是！"奥森拿着纸，坐下翻译。他抬起头来，看见林清明还站在面前。

"还有事吗？先生。"他问道。

林清明从口袋里掏出一件东西递给奥森："这个给你……留个纪念吧。"

奥森站起身来，看见林清明手上拿着一个漂亮精致的红色中国结。

34

裂谷口像一个大得不可想象的巨兽张开的嘴，黑暗而深不见底。

八吨重的卡车像小甲虫一样排成一排，缓缓地爬入裂谷。因为上尉的命令，所有的车都没有开灯。

士兵紧张地握着方向盘，小心地盯着黑暗中前方车辆的模糊影子。从车窗望出去，头顶微亮的天空慢慢地变得狭窄，两边的悬崖似乎在慢慢长高。黑暗带着巨大的力量渐渐包围过来，像数不清的饥饿触手和吸盘，等待着吞噬依次进入的车队。

士兵胆怯地收回目光，艰难地咽了一下口水，扭头看了一眼身边的乘客。无脸人把微型手电关上，一丝不苟地把地图叠好，然后舒服地靠在座位上，闭目养神。士兵不自在地把目光转向前方。不知为什么，尽管一路上他们没说几句话，但他对这个沉默的搭车人有一种说不出的恐惧，就像食草动物遇见一个更大更凶残的野兽。

士兵重重地呼了一口气，踩下油门，跟上渐渐加速的车队。

前方出现一个岔口，领头的卡车向左边岔道驶去。他跟紧车队。这时他突然感到身边有一个黑影慢慢升起。他转过脸来，看见乘客不知什么时候已经醒来，面对着他，右手拿着一把奇形怪状的枪。

士兵全身突然僵硬，目光从手枪慢慢上移。乘客的脸隐在黑暗中，像戴着黑色的面具，只有两个眼睛闪着光。

他意识到自己马上要死了。

士兵猛地伸手去拿身边的冲锋枪。他没有听到枪声，只感觉那个黑影向他扑来。一个冰凉、坚硬的东西进入他的身体。左胸有种尖利的刺痛感慢慢扩散开来，变成无边无际的浓厚黑色。他感到身体变得很小，迅速地被黑暗吞噬。

无脸人右手握着方向盘，左手从士兵的胸口拔出匕首，在他肮脏的军服上拭去血迹。他用刀尖挑开士兵的上衣口袋，拿出那张一百美元放在自己的口袋里，然后开门一脚把士兵的尸体踹出去。

黑暗中，前方的车队没有人注意到最后一辆车向右边的岔道驶去。

北京，1941 年 12 月 5 日，黄昏。

下午五点天就黑了。研究院门口的大街上都是从医学院下班的人。

奥森脸上包着长围巾，吃力地顶风骑车。因为风实在太大，他拐进一条僻静的小巷。风明显小了，他松了口气，把围巾往下拉了拉。小巷的尽头是一个菜市场，拥挤着下班买菜回家的人和大声叫卖的菜农。奥森小心、好奇地超过一个穿着皮袄、牵着两头高大骆驼的人。在两头骆驼中间的空隙间，他看见一个熟悉的影子。他放缓速度，仔细看去。

林清明瘦高的个子在行人中很醒目。他匆匆往前走。奥森刚想叫他，但有什么东西让他把喊声咽回去。

林清明边走边不时地左顾右盼，最后在一个街口停下。那里站着一个戴礼帽和围围巾的男子。林清明和他快速地说了几句话，把手里的一个东西交给他，然后拐弯从一条小巷快步离开。那个男子低头把手中的纸条展开，快速看了一眼，然后迎着奥森快步走来。奥森下意识地拉起围巾。

在他和那个男子交汇的时候，一阵狂风吹过，掀起男子脸上的围巾，露出黑色的墨镜和一张满是伤疤的脸。

“啊?!”林简惊叫一声。

奥森面无表情地看着前方。

“你确信他们是同一人吗?”林简追问道。

奥森没有回答，依然沉浸在自己的思绪中。

远处的天际微微发亮。黑色的天空下方奇怪地镶了一个深青色的边。路边依稀可以看到逃离首都的难民。

“过去的几十年里，”奥森的声音中夹带沉重的挣扎和痛楚，“我也无数次地问过自己同样的问题。尽管当时那个人穿着普通的中国人服装，但他的脸……我可以肯定他们是同一个人!”

车里一片静默。林简望着窗外沉思。塞拉姆睁着大眼睛担忧地看着她。

“就在第二天，广播里传来消息，日本飞机在夏威夷的珍珠港偷袭了美国海军太平洋舰队。太平洋战争爆发。当天，在北京的日本驻军俘虏了城中所有美国海军陆战队员，控制了整个北京城。”

奥森的脸在仪表盘的微弱灯光下显得朦胧。他看着前方，像在黑暗尽头的微弱光明中寻找什么看不见的东西。

“第二天，你外祖父没来上班。从此就再也没有人见过他。”他长叹了一口气，“更多的坏消息传来，那天搬上美国海军陆战队卡车的箱子在开往秦皇岛的火车上被日本宪兵截获。箱子里装有在周口店发掘出来的北京猿人头盖骨和其他重要化石。”

前方地平线上出现了几条细长的粉红色的云，疏淡地抹画在渐渐变得透明的青色天空。路边难民脸的轮廓开始渐渐隐现。

林简茫然地看着窗外闪过的肮脏而疲惫的脸，心里混杂着震惊、悲哀、愤怒和惋惜。得到了千里迢迢寻求的答案，但并没有得到她想象的得知真相后的安宁。

奥森小心地在难民中间驾驶着吉普车。一夜未眠和回忆让他筋疲力尽，但同时心里有一种卸去重物的轻松。

“我回奥斯陆后继续完成学业。一年后的一天，我被叫到校长室，两个来自中国政府的官员向我询问有关北京猿人头盖骨失踪的事情。他们仔细地盘问了有关你外祖父的情况，特别是头盖骨被运出研究所那天的所有细节。”

奥森艰难地咽口口水：“我坐在那里，心里剧烈地斗争、犹豫，最后说出了那天下班后我在路上见到的情形。他们认真地听着，当中还交换了一个意味深长的眼色。等我讲完后，其中一个人问我，‘你知道林清明女儿失踪的那几天，她在哪儿吗’，我摇摇头。‘她被关在日本宪兵队’。他说道。”

太阳从地平线上缓缓升起。清晨的第一缕阳光从挡风玻璃进来，照在奥森黝黑沧桑的脸上。

“我再也没有回过北京。后来从协和医学院传来的消息，因为我的佐证，你外祖父林清明被正式指控将北京猿人头盖骨出卖给了日本人!”

车子里再次沉默。林简轻轻地抚摸着塞拉姆的头。塞拉姆睁着大眼睛，不安地看着窗外绵延不断的难民。

林简缓慢而小心地问道：“你……相信我外祖父出卖了头盖骨吗?”

奥森的脸上露出痛苦纠结的神情：“你外祖父是我一生中唯一敬佩的人。这么多年来，很多不眠之夜，我把当时的所有情形一遍一遍地回放，所有细节、逻辑都合理，但不知为什么我总觉得有种不安，不知道为什么。”

林简从后视镜看着奥森的脸，两人视线相遇。

“那天他给了我中国结后，似乎想说什么，但他迟疑了一下，就转身离去。这么多年过去了，很多时候我会想，那天他想跟我说什么呢。”

奥森摇摇头，脸上有一种难言的悲哀：“可惜我……我们永远也不会知道了。”

阳光如潮水般涌入吉普车，明亮而温暖。

奥森深深地吸了口气，缓缓地吐出。

“在所有人都认为你外祖父是出卖中国国宝的汉奸时，只有一个人坚信他是清白的。”

他的眼睛从后视镜里看着林简：“这个人就是你母亲!”

35

窗外的下方是灯火辉煌的曼哈顿。

人似蝼蚁，车如甲虫，红尘翻滚，嘶吼喧嚣。薄薄的玻璃这边是他和身后的农田果园，黑暗阴影，无声无息，静默死寂。

李一石斜躺在轮椅上看着窗外。厚重毛毯下的他像一个婴儿，细小而孱弱。一根塑料管从毯子下方伸出来，连接上方的瓶子。房间里静得似乎可以听到点滴落溅的声音。

门开了。一个女护士推着小车无声地走到李一石身边，拿下几乎空了的瓶子，轻轻地掀起毛毯，从细瘦的手臂上拔掉针头。李一石虚弱地微笑一下。护士仔细地帮他把毯子盖好，推车出门。她在门口站住，避让匆匆进门的李珂。

“埃塞俄比亚那里有消息了。”李珂大声说道。

李一石看了他一眼，李珂闭嘴。

门在护士身后无声地关上。李一石按下手边的一个按钮，轮椅的靠背慢慢升起。李珂伸手试图帮他坐起，李一石把他的手轻轻拨开。

李一石在轮椅上正坐，像一座白色石雕。

“嗯?”他低声问道。

李珂喃喃地说：“接林简的车被叛军的炮弹击中，所罗门受了重伤，还在急救病房。”

李一石抬起头来看着李珂。李珂继续说道：“目前还没有任何关于林简的消息。我已经安排当地人拿着照片去医院、车站、停尸房寻找。”

李一石沉默，陷入深思。

“也许这样对每个人都好。”李珂试探说，“没有任何物证和人证显示我们参与过那件事。那个汉默也根本不能再威胁到我们……”看到李一石的脸色，李珂停下来。

“林简的回程飞机是?”李一石问道。

李珂看看手表：“原定两个小时后在亚的斯亚贝巴起飞，但是……”

“按原计划去机场接机。另外，让我们在警察局的人随时告知关于林简的每条最新消息。”

黑暗中的李一石没有看到李珂走出房间时脸上阴沉的表情。他默默地看着下方灯火中的城市，疲倦像潮水一样淹没了他。

一种从来没有过的疲倦。

首都的轮廓从远处的地平线出现。

“你接下来有何打算?”奥森问道。

林简拉着塞拉姆的小手，毫不犹豫地回答：“我要带着塞拉姆回纽约。”

奥森刹车，在路边停下，回过头看着林简：“你确定吗?”

林简深深地点点头。奥森看了一眼塞拉姆，冲她微笑一下。塞拉姆露出一个灿烂的笑容。

奥森低头沉思，用手沙沙地摩挲着胡楂。林简伸手摸着塞拉姆的头。塞拉姆紧紧靠着林简。

奥森抬起头：“可能不容易，但并不是不可能……”

他松开手刹，踩下油门，吉普驶上公路。

“我有个朋友在市政府，我们找他问一下吧。”他简短地说道。

一个多小时后，脸上带着微笑的奥森和拉着塞拉姆的林简从弹痕累累的市府大厦大理石台阶走下来。

奥森说道：“一个月的时间并不长，你回纽约后马上把他们要的文件寄来。我在这里会敦促我的朋友尽快把领养手续办好。这期间塞拉姆可以待在我的营地，等你回来。”

林简紧紧地拉着塞拉姆没有说话，心里对身边这个不苟言笑的男人充满感激。塞拉姆不知道要发生什么事，不安地看看奥森，又看看林简。林简轻轻地抚摸着她的头，她懂事地安静下来。

奥森的车在机场门前停下。奥森和林简一时都没有说话。

奥森从上衣口袋里拿出一个盒子，递给林简。林简接过打开，里面有一个中国结。

“这是你外祖父送给我的。”奥森说道，“我想你应该留着。”

红色的中国结躺在结实的木盒里，精巧而细致。因为年久已经褪去原来的颜色，但所有的线依旧泾渭分明。可以看出主人几十年在颠沛奔波生活中的细心保护。

“谢谢！”林简有些失声。奥森摇摇头，明显不习惯处在这种感情流露的情形中。林简把盒子小心地放在背包里，拿出那把奇特形状的钥匙递给奥森。

“这是母亲留给我的。你能看出它是什么钥匙吗？”她问道。

奥森接过钥匙，仔细端详，然后摇摇头：“我不知道。不过当年你外祖父身上有很多钥匙，这有可能是其中的一把。”他若有所思地说道，“如果是你母亲特意留给你的话，它肯定是有重要的意义。”

林简点点头，收好钥匙。奥森跳下车为林简打开车门，林简拉着塞拉姆下了车。

机场门前的弹坑已经被粗暴简单地填平了。路边的残垣断壁像沉默的巨人站在明亮的清晨阳光下。远处的一个楼还冒着黑烟，微凉的空气中传来缕缕焦煳的味道。

奥森默默地走到一边，背过身去，点上烟斗。

林简单腿跪在地上，看着面前站着的塞拉姆。塞拉姆懂事地睁着两个黑白分明的大眼睛看着她，眼睛里流露出依恋和信任。林简紧紧地搂住她，一刹那她看见塞拉姆的母亲把女儿的手交给她时的眼神；她们奔跑在逃难的难民中间；塞拉姆像小兽咬住士兵的手；在河里抓住她的一瞬间；两人在荒芜的裂谷间踽踽而行……

林简抓住塞拉姆的肩膀，看着她的眼睛，一字一句地说：“塞拉姆，我先走了，你不要害怕！”

塞拉姆扑在她的怀里，两人紧紧地抱在一起。

“但我一定会回来接你的！”林简说道，“我保证！”

“妈妈！”

林简听到塞拉姆低声地叫道。微弱的声音在她心里迸发出巨大的能量。她感到身体迅速地变小，最后变成冰冷的雨中，看着远处母亲消失的背影……

“别害怕，我一定回来接你！我保证！”母亲对她说道，眼睛里有无尽的痛苦。

抱着塞拉姆，林简微微地发抖。在这个时刻，她突然明白了母亲当时的无奈、疼痛和对未知的恐惧。

“我一定会回来!”她对塞拉姆保证，也是对自己。

“再见，简!”奥森略显拘谨地向林简伸出手，“谢谢你来看我。”

林简上前一步，伸出双臂拥抱奥森：“谢谢你，休!”

把头靠在奥森宽厚、温暖的肩膀上，林简眼前出现当年那个消瘦、笨拙的少年，那个美丽、野性的少女，那个瘦高、沉默的男子……

她感到内心的某个地方发出“咔”的一声。通过面前这个男人，她第一次和她的母亲、她的外祖父、她逝去的亲人发生了某种链接。

奥森向林简点头告别。他打开车门，突然看到林简脸上有一种欲言又止的神态。他看着她，静静地等着。

看着奥森，林简迟疑地轻声问道：“你知道我父亲是谁吗?”

奥森沉思片刻，然后默默摇摇头。

林简拼命地向探出窗口的塞拉姆招手告别。

车子减速停下来。林简跑上前去，隔着车窗再次拥抱塞拉姆。

“简!”她听到奥森叫她，抬起头来。

“忘了告诉你了，”奥森说道，“你母亲这些年一直和凯特保持联系。她有可能知道更多关于你母亲的情况。”

“是吗?!”林简问，“但……我怎么能找到凯特呢?”

“不应该太难。”奥森脸上露出微笑，“凯特就是凯特琳娜·施奈德啊。”

凯特琳娜·施奈德夫人，世界著名的惊险小说家。

36

机场门口站着两排戴着贝雷帽、端着冲锋枪的士兵。

林简挤入难民人流，走进候机大厅。她想起几天前在爆炸声中随着惊慌的人群逃出大厅的情形，有一种恍惚的感觉。

大厅被炸塌的一角已经拦起来，残垣断壁和血迹已经清理干净。从崩塌墙壁的空隙可以看见机坪上停着的飞机。时而可以听见飞机起飞和降落的声音。候机厅里的难民更多了，带着自己的所有家当，席地坐躺，等待着离开这个饥饿战乱之地。

林简把背包抱在胸前，艰难地向大陆航空公司的柜台走去，像在一个汗酸、体臭、肾上腺素的黏稠海洋里艰难地游泳。她紧紧地跟着前面两个身材魁梧的黑人男子。男子头顶上戴着犹太人的小白帽，巨大的身体像一艘破冰船，犁开一条肉体通道。男子猛然停住脚步，林简一下扑在他背上。她抬头一看，他们已经到了柜台。

其中一个男子把手中沉重的旧皮包放在柜台上，拉开拉链，包里是一叠一叠陈旧但排列整齐的美元。

“我要一百三十二张去以色列的机票，八十七个儿童，四十五个妇女。”他对柜台小姐说道。

柜台小姐看着面前的包和包里的钱，再抬起头看着男子，脸上露出不可思议的表情：“对不起，先生。我们没有直飞以色列的航班。”

男子一愣，说：“那给我去纽约的票。”

“对不起，先生。我们已经停售纽约机票。最后一次航班一个小时后就起飞了。下一个航班不知道是什么时候……真对不起。”

两个男子默默地对视一眼，拿起包失望地挤出人群。

林简冲向前去递上机票。柜台小姐看了一眼机票：“能把你的护照给我吗？”

林简递过护照。小姐打开护照，看了林简一眼，然后查对机票。林简不安地看着柜台小姐一丝不苟地反复核对机票和护照，好像花了比平时长一倍的时间。广播中开始宣布去纽约的航班开始登机。

“请问，有什么问题吗？”林简问道。

“没什么。”小姐和气地解释道，“您的名字不在我们的乘客名单里，我得打电话确认一下，请稍等一下。”

“什么？！”林简惊诧地问。小姐没有理会她，走到柜台后面，拿起墙上的电话，拨了一个号码开始说话。

林简心里的不安慢慢升起，紧张地看着柜台小姐。她边说话边向林简看来，两人目光相碰，她的眼光迅速移开。她挂了电话走回柜台。

“对不起，布朗女士，他们在核实，请再稍等一会儿。”她说完转身接待下一个乘客。

林简心里的阴影越来越大。她看了一眼柜台小姐，后者垂着眼帘正在检查下一个乘客的机票。林简注意到她的手微微发抖。林简慢慢抬起头来，看到墙上大陆航空公司的标志。在深蓝色的地球仪图案中间有一个快速移动的影子。

林简转过头来，看到对面二楼的走廊上，有一个人飞快地向楼梯口跑去。看清那人的身影，她猛然跳起身来，越过柜台，一把从惊骇的柜台小姐手边抢过自己的护照和机票，奋力挤出人群。

汉默看到一个青年女子从柜台前的人群中冲出来。他拨开拥挤的人群，快速跑下楼梯。他看到她在前方分开人群，跑向去纽约的登机口。

"好！我就等着你上这架飞机了。"汉默脸上露出一丝狞笑，像看到猎物跑向自己设置的囚笼。

在要进登机口的一刹那，林简突然变换方向，向候机大厅被炸塌的一角跑去。

"糟了!"汉默心里骂了一句。他知道，如果林简跑出候机厅，进入停机坪，那里有无数的机棚、仓库和办公楼，再找到她就没有那么容易了。他紧盯着林简的背影，用尽全力向前追去。

在汉默前方二十米，林简快速地飞奔。她的步和步之间没有停顿和多余的动作。汉默眼睁睁地看着她消失在半塌的围墙之间。

汉默冲到停机坪上，一架刚起飞的飞机从他头顶轰然掠过。站在刺眼的阳光下，他举目四望，没有林简的任何踪影。他犹豫一下，向旁边一个机棚走去。

躲在断墙阴影里的林简看着汉默的身影消失在门里，反身又进入候机大厅。

林简快步走向登机口。她远远地看到大部分乘客已上了飞机，只有最后几个排队的人。她加快脚步，一边回头察看汉默的踪迹。走到离登机口十米的距离，她突然看到入口处站着两个持枪的士兵。一个手里拿着一张印有照片的纸，对照着每个女乘客的脸。

林简低下头，跟随人流从登机口边上走过。她回头，看到最后一个乘客走进登机口，工作人员关上了门。她的心沉下去。这时她的眼角视线里出现一个穿皮夹克的身影。汉默走进候机大厅，向她这里快步走来。她低下头，在人流中向前走去，慢慢向墙边靠近，拐进女厕所。

厕所里挤满了人。每个厕所间门前都站着等候的人。林简慢慢地向前走去。一个女子开门从里面出来，林简一步越过前方一个胖女人进入厕所间，反身锁上门。

“喂，你怎么不排队!”胖女人在外面边敲门边嚷。

站在遍地狼藉和污秽中间，在急促的拍门声中，林简飞快地想着该怎么办。胖女人愤怒地敲门，里面没有声音，拍得更猛烈。门突然打开，她的手愣然地停在空中。

“对不起。”林简微笑着，向外走去。

胖女人一边走进厕所间，一边狐疑地看着林简的背影。

林简习惯性地走到洗手池边洗手。她已经打定主意，必须先走出候机大楼，然后再做打算。她擦干手上的水。在洗手池的台面上有一块不知谁放的旧头巾，她顺手拿起披在头上，走出厕所。

像沙漠妇女一样包着头巾，林简加快脚步向候机大厅出口走去。离大门越来越近，她突然放慢了脚步。所有出口处的大门和刚才进来时已经不一样了，每个出口都有两个士兵把守，其中一个手里拿着一张纸，注视着出门的每个人。有一个戴头巾的女子被士兵拉住，脱去头巾。

林简继续向前走，缓缓改变行进方向，然后转身往回走。她看到了断墙缺口，脚步再次放缓，候机厅的断墙边上也站着士兵。

“我被困住了!”这个念头让林简喘不过气来。这时她看见汉默从远处正向她走来，身后跟着两个背枪的士兵，

“不要转身!”林简对自己说道，拼命克制住转身逃跑的强烈本能。她两手紧张地拉着头巾的边缘，看着地面，慢慢迎着汉默走去。

左边出现一个航空公司柜台，一对夫妇带着三个孩子喧闹地离开。林简顺势走向柜台。

“我能帮你什么吗？小姐。”一个洪亮的男人声音响起。

林简抬起头来：一个红头发、红脸膛的大胖子站在一个红色的柜台后笑眯眯看着她。他身后是她从未见过的红色航空公司标志。

“请问你们也……”林简低声问道。她的眼角余光看到汉默在她身后七八米远的地方停下，环看四周。胖子等着林简说出下半句话，但是半天没有动静，依旧耐心地笑眯眯看着林简。

林简抱歉地对胖子笑了笑，低声问道：“纽约?”

胖子大声地确定：“纽约?”

林简的心一下提到嗓子眼儿。汉默往这里扫了一眼。林简隔着柜台向胖子靠近一些。

胖子声音下意识地变低，近乎耳语："对不起，没有。这个机场只有大陆航空公司飞纽约。"

"那……你们飞哪里？"

"我们主要是飞南美洲航线，阿根廷、秘鲁、智利、厄瓜多尔、巴西……"

林简假装认真听着胖子的介绍，一边点头一边用眼角余光看着汉默。汉默向她这里走来。

受到林简点头的鼓励，胖子更加自豪地介绍道："乌拉圭、巴拉圭、哥伦比亚……"

他看到林简面无表情，就换了推销方向："当然还有一些欧洲城市，像赫尔辛基……"

汉默从林简身后走过，林简紧紧拉住头巾，一动也不敢动。

"奥斯陆、斯德哥尔摩、日内瓦、维也纳……"

"维也纳？"林简突然打断胖子的名单："奥地利维也纳？"

"是的，小姐。"胖子抬手看了看表，"今天的航班还有四十五分钟就要起飞了。"

37

奥森回到营地已是下午了。

四周一片安静，队员都在发掘现场。强烈的阳光洒满空荡荡的营地。

他小心地把在吉普车座上熟睡的塞拉姆抱进帐篷，放在军用床上，轻轻地盖上毯子。

他听到身后有一个细微的声音，刚要回头，只觉得一个硬物撞在后脖颈儿，眼前的明亮一下消失。

浓重的氨水味道猛烈冲入鼻腔，奥森的意识顿时恢复。

他睁开眼睛看见一只手正拿着一个小瓶从眼前移开。他意识到自己刚被嗅盐唤醒。他依旧模糊地看到一个红色的物体在向他慢慢地移近……

他闭上眼睛。

再次睁开眼时，他的视线顿时被红色撑满。一张没有五官的血红人脸在离他咫尺的地方。他本能地后退，但身体一动不能动，低头发现自己被绑在一张椅子上。忍着剧烈的头晕，他把头后仰，拼命离那张让人毛骨悚然的脸远一些。

那张脸没有动。奥森这时看清这是一个做得非常精致的面具。面具后的一双眼睛默默地端详着他。他的心突然一沉，转过头去，看到塞拉姆依旧在床上熟睡。

奥森轻轻地松了一口气，转过头来看着面前的面具，沉声问道："你是谁？想干什么？"

面具人没有说话。奥森可以感到那双冰冷的眼睛透过面具看着他，就像小孩看着手中的一个小虫子。

"林简去了哪里？"无脸人开口问道。声音平缓，充满野蛮和冷酷。

"你为什么想知道？你是谁？"

无脸人没有说话，从身后抽出一把巨大的军用匕首，用锋利的刀锋抵在奥森的颈部："林简去了哪里？!"

奥森沉默。

"你告诉她什么了？"无脸人稍微用力，匕首的刀锋切入奥森颈部的皮肤，血慢慢沿着刀锋洇出，顺着颈部流下。

奥森无法看见面具后的脸，但有一点他确定无疑，这个人轻松就能把他杀掉。

感到刀锋的压力增加，他紧闭双眼，屏住呼吸，刀锋渐渐陷得更深。

脖子上的压力突然消失，然后是离开的脚步声。奥森长吁一口气，睁开眼睛，看到戴面具的人走到他的身后。等他再次出现在奥森的视线里，手里拿着一个褐色的皮包。

无脸人从包里拿出一个针筒。阳光斜照在一个小玻璃瓶上，发出炫目的光芒。他小心地把瓶子里的液体抽到针筒里，然后向奥森走来。奥森马上想起林简跟他说的林静秋被人注射实话试剂审讯的情景。

无脸人用匕首划开奥森的袖管，牢牢地抓住他的胳膊，慢慢地把针管里的液体推入他的静脉。

"请放松，"他凑近奥森，耳语道，"这只是一点让我们能更好交流的化学品。”

坐在椅子上，奥森感到身体慢慢下沉，像泡入温暖的水池。他抬起头来，在慢慢扭曲视觉里，他看到一个头上长着角、全身是毛的魔鬼在他眼前慢慢升起。

“林简去哪里了?”魔鬼咆哮道。

就像过了几秒钟，奥森睁开眼睛，一阵剧烈的头晕让他马上又闭上。

他听到身边有嘈杂的人声，用力再次睁开眼睛，第一眼看到了塞拉姆的小脸和小辫，乌黑的大眼睛正关切地看着他。

“他醒了!”他听到几个人同时说。他转过头去，看见几个考古队员站在他的身边，替他解开绳索。他又转了转头，一阵强烈的晕眩。

“别动，奥森博士!”马克说道。

奥森发现自己躺在地上。他固执地坐起来，又一阵头晕。他用手撑着地板，不让自己倒下。

“是谁干的?奥森博士。”队员七嘴八舌地问道。

奥森头痛欲裂。他捧着巨大的头颅，脑子里一片混乱。各种画面、对话问答的碎片纷至沓来，最后所有的画面合成一个全身是毛，头上顶着两个弯角的怪物和另一个他面对面侃侃而谈。他打了个寒战，心沉到了谷底。

“我得马上告诉林简。”他充满内疚地想道，“但是现在她会在哪里呢?”

林简睁开眼睛。

她伸手把窗子的遮阳板向上推了一点，阳光像一排金箭有力地射在她的脸上。她微眯着眼睛，看着阳光下熠熠闪光的平直机翼，视线的尽头有蓝色海洋一般的天空和白得刺眼的云朵。

懒散地靠在座位上，这一时刻林简沉浸在灿烂的阳光中，心里平静如水。

她打开盒子，拿出奥森给她的中国结，然后拿出母亲留给她的那个，并排放在桌面上。两个一模一样、由红色丝线编成的吉祥物，中间都是个菱形，四周有六朵花环绕。四十年过去了，丝线已褪去原本鲜艳的颜色，呈暗红色，但编织依旧严密细致、一丝不苟。唯一的不同是母亲的显得更旧损些，表面上有一些黄色花纹。她的手沿着花纹移动，发现是个数字 8。左右各一个黄色的 8，中国人的吉祥数字。

林简轻轻地抚摸着中国结饱满光滑的表面，心里想到它的制作者为了救他的女儿做了为万人不耻的事；他的女儿耗尽一生寻找证明父亲清白的证据……

林简叹了口气，把中国结收起来。她拿出那把形状奇特的钥匙。钥匙由黄铜铸成，底部是两条龙。尽管磨损，依旧可以看出雕刻的精致。两条龙尾部相接，身体各自张成半圆，两头相抵，咬着一颗圆珠。圆珠上升化成一柄两寸长、带着龙鳞的钥匙。她翻动钥匙，碰击在桌子上，发出清脆悦耳的声音。

广播响了，带着北欧口音的机长说前方有气流，让旅客系上安全带。飞机将在一小时十五分钟后在维也纳国际机场降落。

林简关上遮阳板，靠在椅背上凝视着面前的黑暗。黑暗中慢慢出现一束光，在光的中心是一个穿着黑色晚礼服的女子，银色的头发上插着简约的珠宝，一手优雅地搭在白色楼梯的护栏上，极具穿透力的绿眼睛看着镜头。

这是凯特琳娜·施奈德在她所有小说封底的照片。她的每本小说的主角都是勇敢、聪敏、顽强、永不放弃的女性。在以前孤独而平淡的日子里，她的小说带给林简无数惊险美好的时光。

亚的斯亚贝巴国际机场。

候机厅的东头是一排国际长途电话亭子。

“哈罗！哈罗！哈……”第一个亭子里的汉默眼睛布满血丝，嘶哑地对着手中的话筒吼叫着。话筒里只有“沙沙”的电流声，他暴怒地把话筒在电话机上摔打。

半个小时前，他从机场信用卡使用系统查知林简购买了一张去维也纳的机票，四个小时前就已经离开了亚的斯亚贝巴。半个小时前，他试图给奥地利联邦警察打电话，但电话不是打不通就是刚接通就断掉。

有人敲电话亭门。

“滚开!”汉默咆哮道。

敲门持续。

汉默“啪”地一下挂了电话，拔出枪一把打开门。

“究竟滚开的哪个词你听不懂?!”他吼道，用枪指着门外那个人的脸。

门口站着个戴太阳镜，三十多岁的男子。他慢慢举起手，看着汉默的枪口微笑一下，慢慢地后退，走向下一个亭子。汉默“砰”的一声关上门。

无脸人走进下一个空出的电话亭，拿起电话拨一个纽约的号码。像以往一样，电话直接进入留言。无脸人留下了他面前电话上的号码，然后挂了电话，等着。他脑子里想着刚才拿枪对着他的男子。他肯定在哪里见过他，而且就在这几天。

他闭上眼睛，思路往回走。他看见一个熟悉的身影，是他！他到达亚的斯亚贝巴那天看见的那个穿皮夹克的健壮男子，叼着烟大步向前走去。

电话铃响了，无脸人拿起话筒说道："我十六小时后到家。"

"不！"电话里的声音打断他，"她一个小时后在维也纳降落了。"

"维也纳？怎么回事？"

平静的声音："还不知道。你马上去维也纳。到了联系我。"

无脸人跑向汉莎航空公司售票处。

一个金发的服务台小姐抱歉地告诉他："去维也纳的航班刚关闭登机门。下一班飞机是八个小时后。"

无脸人心神不定看着柜台后面为他办手续的服务台小姐。

"她为什么去维也纳？她去维也纳干什么？"他脑子飞快地寻求答案。无意中他的目光落在小姐胸前的姓名牌上，一个他和奥森的问答中出现过的名字跳了出来。

凯特琳娜·施奈德。

38

"凯特琳娜·施奈德。"

坐在办公桌后面的李一石肯定地低声自语。

这是一个巨大的办公桌。一尘不染的桌面上空无一物，倒映着坐在尽头的李一石，像一艘古老航船尾部的一个银锚。一身灰色衣装的李砾垂首站在他身边。桌子的前方站着李珂和一个身材高大、面貌凶恶、戴着鸭舌帽的男子。

李一石抬抬手，李砾无声地走到墙边。

墙上是一幅张大千的《风荷》，墨绿的荷叶丛拥着一枝鲜艳的荷花。李砾轻轻地按了镜框边缘的一个机关，画框转开，露出一个保险箱。

李一石接过李砾递过的一个文件夹。

“她是林清明和奥森在古生物研究所的同事，魏敦瑞博士的秘书，林静秋的朋友。”李一石翻看着宗卷，“也就是说，如果见到施奈德的话，林简可能会知道所有关于林静秋和头盖骨的秘密。当然如果她能见到施奈德的话。”

“为什么我们不让林简先去见施奈德呢？”李珂问道。

“凯特琳娜·施奈德极其隐秘，从来不接受采访，从不见外人。她是不可能见一个从纽约来的陌生女子的。”李一石对着鸭舌帽男子说道，“黄普，你马上去维也纳，找到林简，把她安全带回来。”

黄普点头。

李一石转向李珂：“好好谢谢我们警察局的那个朋友，让他继续。你，亲自带人每天在机场等候从维也纳来的飞机。”

李珂点头：“是，父亲。”

李一石轻轻地挥手。黄普瘸着腿和李珂向门口走去。

“等一下！”李一石说道。

李一石低头沉思，房间里一片寂静。他抬起头来，对李珂说：“你去维也纳。”

“我？”李珂吃惊地问道，“我连枪都不会用。”

“对，你去。”李一石点点头，“你懂德语。有时一个好律师要比刀枪强大得多。”

寒风从飞机和移动走道的空隙吹进来。

林简瞥见跑道上的皑皑白雪和上方铅灰的天空，她拉紧头上的围巾，跟着前面的乘客走出飞机。她心里忐忑不安，不知道门外等着她的是什么。

走入明亮的航站楼，林简第一眼看到的是一个穿着深蓝色制服身材高大的奥地利警察向她走来。她低下头，一手拉住围巾的下摆，一手拉着挎包的皮带向前走去，身体如弓紧绷，随时准备奔跑。警察从她身边走过去，她听到身后传来响亮的招呼声和笑声……

林简轻轻吁了口气，大步向前走去。

和亚的斯亚贝巴机场的拥挤、肮脏、嘈杂形成鲜明对比，维也纳国际机场整洁、安静，几乎空无一人。如果不是跑道上成排停靠着巨型喷气式飞机，它带格子的窗口和略显低矮的拱顶更像一个旧时的火车站而不是现代化的国际机场。从明净的窗口望出去，太阳已落山，暮色在深灰色的天空下弥散开来。

走向旧式的海关和移民局办公室，林简不知为什么突然想起那个纽约哈莱姆的老式银行，她不由自主地回头看，后面是稀稀落落的乘客，没有坐在车里向她竖起大拇指的克拉克。她想起他富有感染力的笑容，脸上不由自主地露出了微笑。

林简走出海关，抬头看着上方的路标指示，上楼来到汉莎航空公司售票处。

“我要一张最早去纽约的机票。”林简对售票小姐说道。

“今天所有航班都已经离开。”售票小姐查看着航班记录，“最早的是明天清晨六点半，途径伦敦希思罗机场，后天当地时间下午五点抵达纽约。”

“可以。”林简递上护照和信用卡。

售票小姐将信用卡从读卡机上划过三次均显示此卡无效。

“对不起，女士。”小姐抱歉地把信用卡递还给林简：“你有现金吗？”

林简摇头。

坐在空荡荡的候机厅座位上，林简茫然地看着面前黑暗的长窗。十米远处快餐店的炸鸡排和薯条的味道一阵阵地飘来，她不由自主地咽着口水。

林简站起来，默默地走到大厅尽头，在角落的一个座位坐下。她裹紧身上的头巾，蜷缩在座位上。她闭上眼睛，眼前出现了塞拉姆的小辫子和黑白分明的眼睛。“她现在已经睡觉了吗？她会做噩梦吗？”

久已陌生的饥肠辘辘的感觉裹挟着林简在时间隧道里穿梭，然后没有任何先兆地停在一个遥远的荒野上，一条没有尽头、尘土飞扬的公路。

“那时我六七岁，像塞拉姆这么大？”林简不能确定。

年轻的林静秋拉着小林简的手，沿着上坡的公路吃力地向前走。两人头发纷乱，风尘仆仆。路边是已收割完的田野，硕大的夕阳在她们身后慢慢下沉。

“妈妈！”小林简抬头叫林静秋。

林静秋低下头：“怎么啦？简。你走不动了？”

“我饿了。”小林简说道。

林静秋把挂在背包上的水壶解下来，递给她：“先喝口水，宝贝。等我们到了前面的镇上，就给你买汉堡和薯条，好吗？”

小林简懂事地点点头，两手抱着水壶喝水，心里想着巨大的汉堡和金黄的薯条。林静秋不停地回头察看是否有往这方向驶来的车。公路在渐渐浓黑的暮色中像一条蜿蜒的白色带子……

小林简独自坐在一个废弃的谷仓中央，两手抱着腿，抬头看着漏空的屋顶，宝蓝色的天空中布满闪亮的星星。她可以听到自己的肚子在咕咕叫。

林静秋走进谷仓，在小林简身边坐下，放下手中的几穗收割时漏掉的玉米。她挑几个小的，用衣袖擦干净上面的尘土，递给小林简。

一口咬下小玉米，新鲜和甜丝丝的汁水溢出。小林简香甜地吃着。林静秋坐在她身边，轻轻地抚摸着她的头。

小林简躺在厚厚的稻草上，头靠在静秋的腿上，仰面看着天上的繁星。林静秋靠在草垛上，轻声地哼着一首歌：

……

为什么星星总在天空发光？

为什么大河总是不停奔流？

为什么回家路总那么漫长？

星星闪烁，妈妈在默默相望，

大河流淌，带着我的思念梦想，

山高路远，带我回梦的故乡。

……

在轻柔的歌声中，林简闭上眼睛，蜷缩在大厅灯光的阴影中，在冷硬的座位上进入梦乡。

清晨七点。

路德把奥迪车停在机场的入口前。

他今天清晨起来送在伦敦读大学的女儿上飞机。他从打开的行李箱吃力地提起女儿的行李，亲了亲女儿的额头，看着女儿拖着行李消失在机场的入口。他走回车里，抬头看见路边站着一个衣着单薄的女子，围着一块破旧的围巾。

“我能帮你吗？女士。”路德停下问道。

“请问你回市内吗？”女子有礼貌地用美式英语问道。

路德点头，他在市中心的奥地利国家银行上班。“你要搭车吗？”他问道。女子点点头。

路德打开副驾驶的车门：“没有问题，请上车。”

路德启动车，向机场出口驶去。他伸手把暖风开到最大。女子紧紧抱着身体的双手慢慢松开，放在膝盖上。“谢谢！”她轻声地说。

路德微笑，看了她的侧脸一眼。她的脸颊上有一个伤疤。

“你去哪里？”他问道。

女子犹豫一下：“你能把我放在市中心的哪个书店吗？”

“有意思的地方。”路德心想。

“斯特凡广场上有个很大的书店，我可以把你放在那里。”

女子点点头：“谢谢！”

清晨从机场到市区的路上车和行人稀少。他们都没有说话，车里温暖、舒适。路德打开收音机，舒伯特的音乐如流水般在车里流淌。

路德在书店门口停下车。女子转过身来，用黑的眼睛看着路德：“谢谢你！”

路德微笑摇摇头：“不用谢，保重！”

看着衣着单薄的女子走向还没开门的书店，路德叫道：“等一下，女士！”

女子停下脚步，回头看着他。

路德打开后车门，拿出他女儿扔在那里的黑色带帽套头衫，走到女子面前：“这是我女儿的衣服，如果你不介意的话……”

女子用微微战抖的手接过衣服：“谢谢！你太好了！”

在递给女子衣服时，路德把一样东西塞进衣服口袋。

39

斯特凡广场面积不大。

广场坐落在维也纳市中心，在中世纪这里曾经是个热闹的集市。它得名于广场上主要建筑——斯特凡大教堂。

厚实的套头衫和陌生男子的善良让林简感到温暖和感动。她站在还没开门的书店门口，仰视着斯特凡大教堂哥特式风格的尖顶。建于12世纪、花了二十六年完成、一百三十七米高的教堂高塔带着岁月痕迹，像巨人一样矗立在城市中心，让前面的广场显得局促和窄小。

冬日清晨的阳光透过灰色云层的间隙照在教堂上，花岗岩墙壁沾染着百年尘世的灰尘和烟火，斑驳而黯淡。屋顶整齐的马赛克排列出的青黄花纹在阳光下熠熠闪光，让这座世界上最宏伟的古建筑之一笼罩在一种神秘而圣洁的光芒中。

林简看了看表，书店半个小时后开门。她沿着步行街往前走。街边是各种精致的手工艺店、礼品店和展示着诱人糕饼的咖啡店。她低下头匆匆走过。

在一个拐角前她突然停住脚步。

街角高处是一个硕大的半圆形透明容器，容器中心是五条厚重、生锈的铁板，环绕固定着一大段深褐色、干枯虬结的树干。两米高的树干上布满了无数黑色的突起物，密密麻麻、触目惊心。

“大家过来，靠近一点。”一个奥式英语在林简身后传来。

林简回头，看见一个手里拿着小旗的导游领着一群穿着鲜艳羽绒服的游客向这个方向走来，她悄悄地闪到一边。

“这是一棵普通杉树的树干。”导游清了清喉咙，指着那个树干，游客发出恶心、惊奇、赞许的混合惊呼。

导游停顿了一下，让面前的视觉效果渗入顾客的意识里。他举手对着前方画了一个大圈：“女士们，先生们，现在你们面对的是曾经的维也纳森林！请闭上眼睛，想象眼前是无边无际的古老森林，树木参天，植被丰富，绵延不绝，神魔出没……”

“现在请睁开眼睛。”他满意地看着游客听从他的指挥，指着树干下方的地面，“六百年前，这就是森林的边缘。各位现在面对的是维也纳森林被人类砍倒的最后一棵树！”

导游停了一下，等听众的反应。果然，游客们再看那根枯木的眼光里流露出尊重和敬畏。他满意地微笑一下：“大家再看一下这些露出来的黑头。”

“哟！”人群中一个小女孩发出表示恶心的喊声。

“这是成百上千个铁钉。”导游说。人群发出惊叹。

“有一个古老传说，曾经有一个年轻的锁匠在森林的深处偷了魔鬼的一枚铁钉。这不是一枚寻常的铁钉，它是一把钥匙，可以开启天下所有的锁。深夜里，锁匠带着铁钉试图逃出茂密的森林，背后是狂怒追赶的魔鬼。在森林的边缘，锁匠终于被魔鬼追上。”

导游停顿一下，环视着周围期盼的目光。

“就在被魔鬼抓住前的一刹那，锁匠用锤子把那个魔钉钉入这棵树中。魔鬼百般折磨死锁匠后，试图把魔钉拔出来。奇怪的是，不管魔鬼用多大的力气，钉子纹丝不动。这时天亮了，魔鬼必须在太阳升起前回到森林里。只听魔鬼狂叫一声，张开双手，无数一模一样的普通钉子从他手心射出，钉在这棵树上！”

导游让每个人上前观看：“注意看，你面前的这些钉子中间，有一个是那把钥匙，它可以打开世界上所有的锁。”游客们看着密密麻麻的钉子，下意识地寻找那把特殊的钥匙。

导游话锋一转：“有的导游会告诉你，这些钉子是那些到维也纳来打短工的锁匠为求好运而钉的。只有我，才会告诉你这个真实的故事。”

游客们一阵沉默，信服地点头。

“你吹牛！”那个小女孩突然嚷道。导游和游客笑了。导游佯做威胁小女孩状，游客哈哈大笑，闹哄哄地走到下一个景点。

林简站在那里看着面前无数的铁钉，想起包里母亲留给她的形状古怪的钥匙。那个钥匙能打开哪把锁呢？

书店有一种陈旧纸张、新鲜油墨和沉厚知识混合的特有味道。店内的陈设和装潢陈旧典雅、舒适温暖。靠门口有一块巨大的牌子，上面醒目地写着“凯特琳娜·施奈德最新惊险小说《白尘》”，下方是从白色尘埃中伸出的一只女性的手。

林简走近柜台，一个胖乎乎的年轻女店员迎上来用奥地利语和她说话。林简微笑摇头。店员用英语问：“我能帮你什么吗？女士。”

林简拘谨地指了指门口的牌子：“我想拜访施奈德女士，不知道你们有没有她的电话号码？”

女店员看了林简一眼：“请你等一下。”她消失在柜台后面。

过一会儿，她又出现，后面跟着一个戴黑框眼镜的中年女子。

“这是我们的经理。”女店员介绍道。林简谢过她，向经理微笑一下。

“你好，我知道这是一个不同寻常的要求。我叫林简，从纽约来，我母亲和施奈德女士是好朋友。我现在在维也纳，想趁这个机会拜访施奈德女士，但我没有她的电话。所以我想问一下，不知你们有没有她的电话或者住址。”

经理看着林简：“你说你母亲和施奈德女士是好朋友，为什么不问你母亲?”

林简低下头：“她不久前去世了。”

“是吗?！对不起。”经理说道，“我们没有施奈德女士的联系方式。就算我们有，我们也无权给任何人，非常抱歉。”

林简微笑：“不用道歉，我完全理解。”

林简站在街上，一时不知该去哪里。一阵寒风吹来，她打了个寒战，伸手把背后的帽子拉起，把手插在口袋里。口袋的深处有一个硬东西。她拿出一看，是五十先令的硬币！

林简突然想起刚才那个男子把衣服递给她的时候有一个放东西的动作。看着手上的硬币，她的内心深处，一种柔软的东西慢慢在溶化。

新鲜黄油慢慢变得透明，缓缓溶入刚出炉的黑面包粗糙的表面。烤熟的面粉和黄油混合的芳香散发开来，简单而温暖，让人感觉生活的美好和值得。

安静的咖啡店里弥漫着咖啡、面包和糕点的香味。太阳从玻璃窗照进来，把窗上的店名投射在陈旧而古老、擦得光亮的木地板上。窗外偶尔有母亲带着上学的孩子走过。孩子一只手被母亲拉着，一只手搭在眼前往店里看。

生动而宁静。

林简吃下一个巨大的圆面包，喝着柜台后的女孩端来的维也纳咖啡，怔怔地看着地上阳光：“我现在该怎么办？我怎么才能回到纽约？我到哪里找到凯特琳娜?”

她没有答案。

林简把空盘和杯子放在被岁月磨得光亮的柜台上。坐在柜台后面的女孩从书上抬起头，对她笑了笑，站起来把盘子收起来，打开老式收银机。

林简留下小费，女孩红着脸摇头，把钱还给她。林简再次谢谢她，低头看到女孩放在柜台上的书——《白尘》。

“你也喜欢她的书吗?”林简问道。女孩茫然地看着她。

林简指指书：“凯特琳娜·施奈德。”

“哦，”女孩眼睛放光，用奥地利语重复道，“凯特琳娜·施奈德。”

林简第一次发现两个人可以用不同语言交流一件双方都喜欢的事情。两人连说带比画，热烈地讨论着所有看过的凯特琳娜的书，《雨林之蛇》《金字塔影》《大漠印痕》《玛雅预言》……

女孩是比林简更狂热的凯特琳娜粉丝。她熟知凯特琳娜所有小说的细节、女主人公的背景、她们之间的关联、每个故事的前因后果……她居然还能让林简听懂她说的有关凯特琳娜的传说、轶事和故事后面的故事。

林简对女孩的丰富知识感到惊奇又好玩，开玩笑地比画道："那你也知道凯特琳娜的电话号码了？"

女孩的脸红了，摇摇头："不！"然后说了一句奥地利语。

这次林简听懂了："但我知道她住在哪里。"

40

林简跳下车，和挤在甲壳虫面包车的一群年轻人挥手告别。

穿着鲜艳滑雪装的年轻人欢呼着，面包车喷出一股股黑烟，向公路尽头依稀可见的滑雪营地跌跌撞撞地驶去。林简从口袋里拿出咖啡店女孩给她画的地图再看了一遍，向右边的一条小路走去。

稀薄的阳光从铅灰色的天空缝隙中透过，照在面前安静的路面上。路两边是一望无际、排列整齐的葡萄园。在冬日清晨尚未散尽薄雾的远处有一棵巨大的树，孤独地站在残雪和天地之间。

林简拉起帽子，向往上盘旋的路走去。脚下没有融化的积雪和昨晚结起的冰在鞋底发出破碎的声响。在路的尽头停下来，她转过身，山下的维也纳城尽收眼底。斯特凡大教堂突然变得矮小，像一个精致的乐高积木，前面的广场像一坪方砖。

转过弯，前方是一条短道，尽头是一个桥洞。

走进桥洞。林简的眼睛一时不能适应面前的黑暗，突然间失去了视觉。她感到自己一下子落入一个无边的冰冷世界。一种熟悉的恐惧在心中无声地疯狂滋长。她的第一反应就是转身逃出桥洞。她站下，闭上眼睛，深深地吸了一口气，然后睁开眼睛。

放大的瞳孔可以依稀辨认出周围石头的轮廓，前方明亮的尽头是桥洞的出口。紧紧盯着前方的光亮，快步向前走去。

桥洞里回响着林简单调而快速的脚步声。她心里默默地数着步子，一步一步向前走去。

桥洞出口前方是条一模一样的短道。

走在斜坡上，林简还是不能确定她是不是走对了路。再拐过一个弯，一片巨大的平地毫无先兆地出现在山顶上。

两排笔直松树中间的白色石子路通向黑色铸铁的大门，门后是修剪整齐的冬青和依旧绿色的草地。草地中间是个青铜和大理石雕塑围绕的喷水池。喷水池中间的上方结成一个形状滑稽的冰坨。

草地的尽头是一座雄伟的中世纪城堡。

站在高大的铁门前，林简一时不知道该怎么办。左右观看，门的左边有一个黄色的箱子。她走过去，发现是一个对讲机。她按下标着“拨号”的按钮。拨号声响起，但很久没有人接，然后拨号声停止。

林简不安地站在那里，再次按下按钮。拨号声响了两声之后，一个男人的声音传出：“Wie kann ich hel Sie?”

林简知道这是德语“我能帮你什么吗”，她用英语说道：“请问，你能说英语吗?”

“可以。”男人变成牛津口音的英语。

“我叫林简。”林简对着对讲机一口气说下来，“我外祖父是林清明，我母亲是林静秋。我从纽约来，想和施耐德女士见一面。”

很长时间的沉默。林简不知道对方有没有听清她的话。头顶上突然传来细微的“嘶嘶”声，她抬头一看，在铁门的门柱上有一个摄像机正对着她。

对讲机“沙沙”响了几声，那个男声传来：“对不起，施奈德女士不在家。”

林简突然感到寒风刺骨。

“她什么时候会回来？”她问道。

那个男声顿了一下：“不知道，但我知道她不见任何人。”

林简低着头，机械地往山下走。周围肃杀的景色让她感到寒冷和孤单无助。等她意识到环顾周围的时候，发现自己已经走进了桥洞。她深深地吸了一口气，快步往前走去。

黑暗中，除自己的脚步声和偶尔从头顶滴下的水滴之外，林简突然听到有什么东西在尾随她。她感到全身的汗毛都竖起来，于是加快脚步。然后，她听到手枪的保险打开的声音。她停住脚步，身体僵硬地向后转去，看到一个模糊的影子。

一张脸慢慢从像液体般浓稠的黑暗中浮现出来，这是一张粗鲁而冷酷的脸。纷乱浓密的头发，粗硬的眉毛，缺少睡眠的黑眼圈，几天没刮的胡子，额头上有块新鲜烧伤的疤痕，带着浓重阴影的脸颊上是一双发亮的眼睛。

汉默举着枪，低声命令道："不许动！举起手来！"

林简慢慢举起手，突然转身向前跑去。她刚跑出几步，一只强有力的手抓住她的后背。汉默把林简粗暴地转过来，巨大烟味向林简的脸扑来。

"如果你再试一次，我就开枪了。"汉默没有愤怒，像叙述一个将要发生的事实。

"把手举起来！"汉默提高嗓门。林简服从。汉默端着枪，熟练地对林简搜身。

"我没有任何武器。"林简说道。

"把你的包给我！"汉默指着林简肩上的挎包。

"我也没有杀害克鲁斯先生。"林简拉着包的背带辩解道。

汉默没有理睬，指着包："给我！"林简把背包递给他。他打开她的包检查。她转身看着前方的桥洞出口。

汉默把包还给她："所以，你也不认识在纽约伏击我们的人，是吧？"

林简摇头："不！但我为山姆难过。但你看来安然无恙……"

汉默下意识地摸摸额头上的伤疤。林简跨上一步，出其不意地一脚踢在汉默胯下，转身向前跑去。汉默感到下体一阵剧烈的疼痛，条件反射地弯下腰，捂住裆部。

"狗娘养的！"汉默恶狠狠地骂道，忍着痛举起枪向林简射击。枪声在黑暗的桥洞里发出巨大的回响。林简感到子弹从她的身边飞过。

汉默厉声地吼道："站住！否则我就打死你！"

林简停住脚步。汉默提着枪，一瘸一拐地向她走去，一边从皮带上摘下手铐。

一声巨响从他们身后传来，汉默和林简同时转身。

汽油猛烈注入大功率引擎的声音在低矮的桥洞中发出震耳欲聋的轰鸣。两道雪亮的巨大光柱射在他们的脸上。林简下意识地眯起双眼。在眼前一片炫目的白光中，她看到汉默右手平举手枪，拿着手铐的左手举起，放在脸前，遮挡刺目的强光。

林简听到轰鸣声突然改变，一瞬间，雪亮的光源已经到了汉默面前，然后她听见铁器撞击肉体的钝响，似乎还有汉默的闷哼声。汉默的身体在光中飞起，消失在周围的黑暗中。

看着面前毫无遮挡的灯光，林简本能地往后退。灯光像巨大的猛兽一样向她冲来，她眼前一片强光，什么也看不见。一声刺耳的轮胎和地面的摩擦声消失后，一辆敞篷车停在她的面前。

“上车!”车里的一个黑影以不可拒绝的口吻对林简说道。

无数的想法瞬间涌入林简的脑海，她迟疑地站在那里，不知道该怎么办。

“砰!”一声枪响从黑暗中传来。

“简，快!”黑影喊道。

听到自己的名字，给了林简某种信任和鼓励，她跨上一步，越过车门，落在乘客的座上。

跑车的油门一下踩到底，油缸里的汽油瞬间化成雾状，喷入豁然开放的意大利手工制造的引擎阀门，发出剧烈的轰鸣声。传动杆将瞬间燃烧的热能转换为巨大的动能，推动宽阔的后轮刹那间在地上飞速旋转，和地面产生摩擦发出刺耳的尖叫声和橡胶焦臭的味道。

五百马力的跑车像脱缰的野马向前窜出。

林简双手紧紧地抓住座位的边沿。她又听到一声枪响。她转身向后看，汉默一瘸一拐地一边跑一边射击，但旋即消失在黑暗中。

脸上围着黑色围巾的驾驶员昂着头，自如地踩下油门。

枪声中，驾驶员突然像美国西部牛仔发出一声响亮的吆喝：“依–哈!”

鲜红的跑车飞速蹿出桥洞。

41

林简保持着身体平衡，转身看着边上的黑衣人。

头和脸包着黑围巾的人熟练地掌控着方向盘、离合器、刹车、油门。猛兽般的跑车像维也纳马术学校训练有素的坐骑一样，快速准确地冲向下山公路。方向盘被打到最大，车头猛然一个急转弯，急踩刹车，拉起手闸，车后轮突然停止转动，宽阔的车身猛然平移，追上了已经拐过弯的车头，离合器换挡，跑车怒吼地冲入前方的一条直道。

黑衣人转身面对着林简，拉下脸上的围巾。

身体因惯性撞在车门上，林简无比惊诧地看着面前的银发和绿色眼睛。

“凯特琳娜!”林简惊叫道。

凯特琳娜·施奈德微笑地看着林简：“欢迎来维也纳！简。你可以叫我凯特，你母亲也这样叫我。”她的语速很快。

飞速掠过的背景前是林简惊诧的脸。她目瞪口呆地看着眼前这个世界著名小说家。

凯特琳娜的脸充满强烈反差。她著名的银发在墨色的围巾上飞扬，脸上布满了纵横的皱纹，但她的眼睛像一汪清泉，年轻而美丽。当她冷傲的脸转过来，微微一笑，像春天原野上所有的花在阳光下瞬间开放……

看着凯特琳娜，林简感到一种奇怪的亲近感油然而生。她艰难地咽了下口水，一时不知道该说什么。

“系上安全带，简。”凯特琳娜按了手边一个按钮，顶棚慢慢升起合上，“安全第一!”

数个“慢行”的路标扑面而来。林简瞟了一眼表盘上超出限速很多的数字，微笑着系上安全带，突然觉得自己变成了一个午后逃课的小女孩。

凯特琳娜满意地点点头，问道：“刚才那个要抓你的家伙是谁啊?”

还没等林简回答，她突然笑道：“哈哈，我在书里写过不下六次这样的场景，但自己从未经历过。今天终于亲身体验了，哈哈!”

“他是警察。”林简回答道。

“警察!?”凯特琳娜脸上露出惊诧的表情，“那太好了！我最不喜欢警察了。他们就像苍蝇一样，没事的时候围着你嗡嗡叫，有事连个影子都见不到。”

林简微笑着想起凯特琳娜书中的警察形象。

“谢谢你，凯特。”林简说道，“但我不想给你带来任何麻烦!”

“麻烦？那个笨蛋警察不是自己不小心摔了一跤？再说他们又能把一个快七十岁的老太太怎么样呢？”凯特琳娜装作老眼昏花的样子，“什么？我糊涂了，我看不清楚啊。这是他的屁股吗？我还以为是一个德国火腿呢！”

林简和凯特琳娜大笑。车驶上盘山公路的最后一条直道，尽头是开往市区的高速入口。

“你不是不在家吗？”林简问道。

“不，我让管家杰弗里故意这么说，太多无聊的人在我门口转悠。”凯特琳娜单手转动方向盘，车平滑地汇入高速上的车流。

“你怎么知道我是谁呢？”林简好奇地问。

“维京小鸡告诉我的。”

“奥森博士？”林简诧异地转头看着凯特琳娜。

“是啊。昨天我突然收到他的一份奇怪的电报，说你正处于危险中，有可能到了我这里，要我照顾好你。刚才杰弗里给我看了监控录像，我一下子就认出了你。”

看着林简脸上迷惑的表情，凯特琳娜解释道：“噢，你很小的时候，你妈妈每年都给我寄你的照片。你小时候就是漂亮孩子，现在长大了一点，但没怎么变。你还在做护士吗？”

林简点头。

“我年轻的时候非常想做护士，到战火纷飞的战场上照顾伤员。”凯特琳娜话锋一转，“你什么时候来的维也纳？能待多久？”

林简回答：“昨天晚上。”

“所以刚才那个警察……奥森说得对吗？你有危险？”

林简点点头。

凯特琳娜飞速地瞟了一眼后视镜，把车换到了快车道，“没事儿。我们先去一个安静的地方，你把事情经过告诉我。”

林简点点头。

多瑙河在公路的左前方出现。远处是斯特凡大教堂灰色的轮廓。

凯特琳娜突然转过头来，看着林简：“你母亲出事了？”

看着凯特琳娜深切担忧的眼神，林简深深地点点头。两人都没说话。林简默默地看着远处斯特凡大教堂宏伟尖顶的剪影，面对陌生而美丽的景色、这些日子惊心动魄的遭遇和委屈以及坐在母亲最好朋友身边放松的感觉，像一排排的巨浪向她打来，瞬间淹没了她。她把手捂在脸上，压住战抖的嘴唇，抑制喉咙的哽塞，拼命让自己平静下来。

她突然感到头顶上有一种温暖的感觉。这种温暖让她瞬间想起那个遥远的午后海滩，母亲把手放在她的头上……

她转过头来，看到凯特琳娜把手轻轻地放在她的头上。她的眼泪一下流了下来。车里一片安静，只有她轻声的抽泣和哽咽。凯特琳娜没有说话，打开身边的一个盒子，递给她面巾纸。

窗外，多瑙河在阳光下黑水白雪，波光粼粼。太阳从天窗照进来，在车里掠过、跳跃、凝结。

林简慢慢抬起满是泪痕的脸，冲凯特琳娜微笑。此刻她的心里有一种无法言喻的安宁和平静。凯特琳娜微笑，轻轻地拍了拍她的手。两人安静地坐在阳光下。

"他们抓到凶手了吗？"凯特琳娜问。

林简摇摇头。凯特琳娜像想到了什么，陷入了短暂的沉思。

凯特琳娜似乎在字斟句酌："一周前我收到你母亲的一封信。和以往的信不同，这封信很短。她说她已经到了线索的尽头。"

"线索的尽头？"林简问道，"这是什么意思？"

凯特琳娜微笑："这是你母亲的说话方式，让人一时猜不透她的意思。线索的尽头有可能是她的所有线索都用完了，但也有可能是她找到了她要找的答案。"

林简陷入沉思。

凯特琳娜问："这是你来维也纳的原因吗？"

林简摇摇头："不，我是偶然逃到这里。"

"逃？有人追你吗？"

林简点点头："我在埃塞俄比亚见到了奥森博士，他跟我说起你……"

凯特琳娜的眼神黯淡下来："听到你母亲的消息，他肯定很悲伤，他一直很喜欢你母亲的。"

林简点点头，想起奥森当时的眼神。两人各自陷入沉思。

"这样，"凯特琳娜打破沉默，"你肯定饿了吧？我们先去吃饭，你给我讲所有发生的事，然后回我家。我的保险箱里有你母亲过去三十多年给我写的信。本来我准备根据她的经历写一本小说的，但是她那次在日本发生的事情让我打消了这个念头。"

"在日本发生了什么事？"林简问。

凯特琳娜迟疑了一下："你看完就知道了。我俩一起看一遍所有的信件，有可能从中找到什么线索。"凯特琳娜转而微笑，"放心吧，简，我们会找到你母亲留给我们的信息。我们一起找到她一辈子寻找的东西。我们要抓住那个杀害她的凶手，把他吊在纽约帝国大厦的楼顶上。"

林简想起她小说里那个玛雅女英雄把她的杀父仇人吊在黄金铺成的金字塔顶。

"对！"凯特琳娜轻轻地拍拍林简的手背，肯定地说，"简，我们有世界上所有的时间做这些！"

林简深深地点头。凯特琳娜向右边看，准备换到慢车道驶出高速公路。

身后传来细微的"噗"的一声。林简回头看，车后窗玻璃突然消失了，车后座位上都是细小的碎玻璃。透过没有玻璃的后车窗，林简看见一辆黑色轿车飞快地变道，向高速出口驶去。林简缓慢地转过头，看见凯特琳娜正担心地看着自己……

凯特琳娜突然开始咳嗽，她嘴里和脖子上的血沫喷在胸前的围巾和仪表盘上。

"凯特！"林简失声惊叫。

凯特琳娜身子一斜，手离开方向盘。

高速公路上，失控的红色跑车腾空而起，撞上桥栏，桥栏崩塌。

42

挡风玻璃外的公路和车辆瞬间消失。

狭窄的车厢里，林简听到震耳欲聋的金属撞击、断裂声。她的身体猛然前倾，胸口的安全带骤然抽紧，白色的安全气囊在面前弹出，车里顿时充满烟雾和焦臭的气味。

身体突然失重，林简本能地伸手挡在卡特琳娜胸前。车载着林简和卡特琳娜冲向河面。

"轰"的一声，跑车和水面巨大的撞击力让林简和凯特琳娜冲向车头，但马上被安全带紧紧勒住。河水一下子从破碎的后车窗灌入车里，刺骨寒冷的河水漫过林简和凯特琳娜的腰部。跑车靠着车里还没有排出的空气浮在河面，向下游漂去。

林简伸手摸到安全带的扣子，打开后爬到凯特琳娜身边，紧紧地抱住她。

凯特琳娜睁着眼睛，安静地看着林简。血从她脖子上的枪伤涌出，染红了车里的水。

林简解开凯特琳娜的围巾，飞快地包扎在她的伤口上，但还不能止血。她松开凯特琳娜，试图打开车门。在水的压力下，车门纹丝不动。她转头四顾，转过身来，几脚踹开裂成无数小块的前挡风玻璃。水涌进来。

林简摸索地解开凯特琳娜的安全带，试图抱着她从前窗钻出去。但车里空间太小，她无法搬动慢慢丧失知觉的凯特琳娜。更多的水涌入车里。

水漫过林简和凯特琳娜的头部。林简再次放开凯特琳娜，把头伸到车顶，在水和车顶的最后缝隙里深深地吸了一口气，然后再潜入水中，两腿一蹬游出车去。

车开始下沉。

林简在刺骨冰冷、浑浊的水中游到驾驶座门边上，试图从外面打开门，但是车门依然纹丝不动。凯特琳娜失神的绿眼睛透过车窗看着林简，周围水的红色变得越来越浓。

林简把脚蹬在渐渐下沉的车身上，拼命拉着门，门依然不动。凯特琳娜从窗口消失，气泡从林简的鼻子和嘴冒出。她疯狂地拉门、踹门。

突然，林简看到凯特琳娜的手在玻璃后出现，战抖着靠近玻璃，似乎在上面写着什么。

林简凑近玻璃，看到凯特琳娜用手在窗玻璃上写了一竖，然后是数字“20”，再是一个歪斜的“5”，然后她的手无力地垂下去。

车里最后一点空气被水压出，跑车向深处沉去。

林简拉着车门，随着车下沉。车下沉得越来越快，她不得不放开手，在冰冷的水中无声哭泣，绝望地看着车缓缓地消失在下方的黑暗中。

被冰冷的河水包围着，林简发现自己漂浮在一个黑暗的世界里，一种熟悉的恐惧从她的内心深处升起，迅速地在体内扩散。她感到水越来越凉，最后变得彻寒刺骨，身体开始一截一截地失去知觉，眼前有巨大的雪花飘下来。她看到少女的自己拖着破碎的身体从污秽和泥雪中慢慢爬行……

林简闭上眼睛，全身僵硬，缓缓地向无边的黑暗深处沉去。

黑暗的深处是明亮温暖。

林简感到自己像一根轻盈的羽毛飘浮在空中。她睁开眼睛，在无比炫目的光芒中，看到上方高大的穹顶，穹顶上云朵和飞翔的天使。她看到了母亲拉着她走在阳光下温暖的海滩上；她看见在夕阳中年幼的她高兴地跑向归来的母亲；她看见塞拉姆在花丛中奔跑欢笑；她看见凯特琳娜的绿色眼睛专注地注视着她……

硕大翅膀扇动的声音，一个巨大的黑影俯冲下来。黑暗遮蔽了所有的光明和温暖，只留下林静秋赤裸的身体躺在冰冷的不锈钢桌面上，流着血的凯特琳娜慢慢坠入黑暗深处，赤着脚的小林简独自站在黑暗洞穴中央，寒冷、孤独和剧烈的痛……

在河水深处的黑暗中，缓缓下沉的林简突然睁开眼睛。

林简身体的每个细胞充满了愤怒和仇恨："我不能死！我要找到杀害我母亲和凯特琳娜的凶手！我要亲手杀死他！"

"爸爸，你骗人！多瑙河不是蓝的。"

一个七八岁的小女孩站在多瑙河桥上对着父亲嚷着。父亲没有听到她说什么，专注地看着河对岸越来越多闪着灯的警车。几个警察站在高高的河堤上，小心翼翼地从一个桥栏的缺口往下看……

刺耳的警笛声，一辆救护车从高速公路的车丛中七扭八拐向警车驶来。

小女孩五岁的弟弟站在姐姐身边，盯着河里慢慢浮出一个东西。

那个黑色东西开始向桥洞下的堤岸游去。一双手露出水面，一把抓住堤岸上的一个树根。

"爸爸，一个人！一个人！"男孩兴奋叫道。父亲和姐姐随着男孩的手指看去，水面上什么都没有。

"你又骗人！"姐姐责备弟弟。弟弟委屈地申辩。

河岸灌木的隐蔽处，另一个人举着高倍军事望远镜注视着河面。他看着一个女子从河里爬出来，跌跌撞撞地走进边上的桥洞。

站在桥洞里，林简摘下肩上的包，脱下套头衫拧干，用它擦干头发。一阵寒风吹来，她打了个冷战，把湿衣服穿在身上。

打开包检查里面的东西，照片、钥匙、中国结都在。林简把东西小心地放回包里，最后看了一眼对面的警车上闪烁的警灯，快步走出桥洞，走上桥面。

一大排汽车在已经封锁的桥面上排着长队。出租车的司机们不耐烦地按着喇叭。林简走到停在最后的一辆出租车，拉开车门坐在后座上。

土耳其司机高兴地从后视镜看着从天而降的顾客，用生硬的奥地利语问道："去哪里？夫人。"

"离开这里。"林简用英语说道。

"是，夫人。"司机马上改成同样生硬的英语。他高兴地把车往后略退，开到对面车道上，随后传来一片抗议的喇叭声。

司机从后视镜看着后方的桥面："听说是有人把车从桥上开到了河里。我的天哪！这么冷的天……夫人，你去哪里?"

林简说了一个地址后，脱下手上的表，递给司机："这是一块很好的表，应该能付我的车钱。"

司机从后视镜奇怪地看了一眼面色苍白、全身湿透的林简，接过表，仔细看了看，放在耳朵边听了听，然后高兴地把表戴在手腕上，踩下油门。

"凯特琳娜·施奈德已死于车祸。"

尽管是国际长途，守护者可以清楚地听到无脸人不带感情的声音。短暂的沉默后，守护者问道："林简呢?"

对方沉默了几秒钟，依旧用不带感情的声音说道："她在同一辆车里。"

守护者拿话筒的手垂下来，默默地看着面前褐色的墙壁，久久没有说一句话。

"但她没有死。"无脸人说道。

守护者独自坐在黑暗里。

他垂下头，把脸埋在手里，突然感到一种不可表述的疲惫和空虚。像冬天寒风中荒凉、空无一人的海滩，地平线尽头慢慢涌来黑色的潮水，在他的身边逐渐升高。他被挤压在一个狭窄的空间里，久远的窒息和黑暗突然开始沉重地笼罩着他的内心，像从来没有离开过。

轻轻的敲门声。有人在门外恭敬地说了什么。

守护者抬起头，深深地吸了一口气。

“来了。”他答应道。门口的脚步声走远。

他站起身来，整了整身上的衣服，昂起头走到在门前，推开门。

像一把剑劈开黑暗，明亮的光像金色的阳光柔和地落在他的脸上和身上。他一步一步地向前走去，沐浴在温暖的光明里，感到身体一点点把光亮吸收，刚才在黑暗中失去的力量渐渐回到体内。他紧皱的眉头舒展开来，脸上露出微笑。

43

越野车低沉的引擎声让李珂紧张的神经略微安静。

他注视着前方的盘山公路，不时瞟一眼副驾驶座位上的枪。他不知道这把黄普给他的半自动手枪让他觉得更安全还是更紧张。

前方有一个突兀的弯道。李珂使劲打方向盘，车急速地拐过弯道后，突然传来“砰”的一声。车座上的手枪在惯性的作用下，撞到车门后掉在地上。李珂骂了一声，把车停在路边，低头弯腰，好不容易从车底座的角落里找到了枪。他伸手试图够着枪，腰突然转了筋。他大声呻吟着捡起枪，扔回车座上，然后两手高举，龇牙咧嘴地抻拉着因为错位而剧烈疼痛的肌肉。

身后响起两声喇叭声，他从反视镜看到一辆明黄色的出租车停在车后，一个络腮胡子的司机向他做着夸张的手势。李珂降下车窗，忍痛伸出手示意让出租车先走。

坐在越野车的李珂居高临下地看着出租车慢慢地从面前驶过。透过玻璃，他看见司机对他做出不满的手势。司机的后座上坐着一个女子，昂着头两眼直视前方。他立即停止了身体的抻拉。

出租车在远处的拐角消失。李珂侧过身，从车座上拿起手枪，再次检查了一下弹夹，把枪放入大衣口袋里。他放下手刹，向出租车消失的方向驶去。

“我能帮你什么吗？”一个男人用德语问道。

“杰弗里？”林简对着对讲机说道，“我是林简，我刚才来过。”

头顶上有细微的嘶嘶声，门柱上的摄像头正对着林简。

“施奈德女士在哪里?”杰弗里的口吻里带着怀疑。

“我们在高速公路上遭到袭击，车掉进了河里，凯特她……”

远处突然传来隐约的警笛声。林简回头看到正沿着盘山公路下行的黄色出租车，在它的下方是一辆闪着警灯、向上驶来的警车。

“杰弗里！请把门打开!”林简对着对讲机请求道。对讲机里没有任何声音，只有嘶嘶的电流声。

“杰弗里!”林简冲对讲机喊道。没有回应。

林简放下对讲机，环顾左右。前方周围是峭壁悬崖，下山只有一条道。她可以看到警车在盘山公路上绕行，离山顶越来越近。

“哐当”一声从林简的身后传来。她转过身来，看到高大的铁门徐徐打开，一辆电动车在门后停下。一个微胖的秃顶男子坐在车上向林简招手:“请上车，林小姐。”

林简冲进铁门，坐上车。杰弗里一按面前仪表盘上的一个按钮，大门徐徐关上。

杰弗里启动电动车，向前方的城堡驶去。

“出了什么事，林小姐?”杰弗里扭头问道。

“我没能救出凯特……”林简低下了头。

她和杰弗里都没说话。寒风吹过，电动车在白色的细石上发出沙沙声。

大门外的警笛声越来越响。

杰弗里把电动车在古堡高大的花岗岩台阶下方停下，示意林简跟着他。他们走向台阶一侧的一扇小门。在进门的一瞬间，林简回头看到大门上反射着警灯的光。

地下室监控房，林简和杰弗里看着屏幕上的闭路电视。

两个穿着深蓝警服的维也纳警察下了车，戴上贝雷帽，走到大门前按门铃。林简面前的电铃声响起。

杰弗里把食指放在嘴唇上，示意林简不要出声。等电铃响过三声，杰弗里按下对讲机的按钮，用德语问:“我能帮你什么吗?”

警察用奥地利语礼貌地说了一些话，可能是介绍自己、让杰弗里开门。

杰弗里没有照办，好像问了两个问题。警察简短地解释，当中提到了施奈德女士。

杰弗里看了林简一眼，按下了另一个按钮，大门打开。两个警察走回警车。这时林简看到有个影子在屏幕的角上一闪。杰弗里用操纵杆移动摄像机，屏幕上出现了站在车边的第三个人。林简顿时感到身上的湿衣服冰凉地贴在背上。

汉默转过身，看着探头。

警车缓缓地沿着石子路向城堡开来。

站在二楼走廊的窗前，林简简短地向杰弗里解释第三个人是从纽约到埃塞俄比亚，到维也纳追捕她的警察。

杰弗里没有说话，看着警车缓缓地在城堡前停下。

楼下的大门传来门铃声。林简停止说话，看着杰弗里。杰弗里转过头来，灰色的眼睛盯着林简。楼下再次传来门铃声，杰弗里默默地打开身后的一扇门，让林简进去。

杰弗里挺着腰，慢步走下盘旋的大理石楼梯。他习惯性地整了整脖子上的黑色领结，伸手打开门。

门口站着两个警察，其中一个戴着中尉肩章、留着胡子的警察向杰弗里敬礼。

“下午好，我们能和施奈德女士谈一下吗？”他用奥地利南部的口音问。

杰弗里问道：“请问，有什么事吗，先生们？”他注意到站在后面的汉默紧皱眉头，急切地打量着自己身后的大厅。中尉从口袋里拿出一张照片，递给杰弗里。

“我们在找这个女子，有人看见施奈德女士和她在一起。”

杰弗里接过照片，上面是林简。他把照片递还给警察，礼貌地说道：“施奈德女士不在家，等……”

汉默推开两个警察，擅自进入客厅。

“先生？”杰弗里在汉默背后叫道：“你去哪里?！先生！”

汉默没有理睬他，快步穿过大厅，向盘旋楼梯走去。两个警察面面相觑。

门在林简身后轻轻关上。

这是一个高顶的房间，昏暗而深远，地板上铺着厚重的地毯。她环视左右，两边立着从地到天花板的书橱。夕阳从厚重窗帘的缝隙中泄露进来，照在一张四面有繁复雕刻和装饰的古老书桌上。

林简小心翼翼地往前走，走过一个书架前的扶梯，走过四把围住一个雕花长桌的金色椅子，来到书桌前。书桌上有一盏亮着的高脚台灯，灯光在空旷光滑的桌面上画出一个金色的圆，连接着阳光投射的细线。桌面上有一叠放得整整齐齐的稿纸。一支老式的派克金笔放在一页白纸上。纸上有写了一半的优美花体字……

林简突然听到身后门外的嘈杂声。

汉默在一个门口停住脚步。

杰弗里紧走几步，来到汉默面前，挡住他的去路："请你出去！"他看着身后两个维也纳警官，"请问你们有搜查证吗？"

汉默没有理他，拔出手枪，打开面前的门。

林简可以听到隔壁房间传来粗暴的开关门声，杰弗里的抗议声。突然声音变得清晰，从门外的走廊传来。

林简环视四周，两面墙都是书，空旷的房间除了椅子和桌子，没有其他家具。她转过身，看到了深色厚重的落地窗帘。

汉默对杰弗里的质问和阻挡置之不理，举着枪，打开面前的门。

这是一间巨大的书房，铺着厚重的波斯地毯。

杰弗里满脸涨得通红，向前一步挡在汉默面前。他对后面的两个警察说："这人是谁?！你们有没有法院的搜查证？施奈德女士和她的律师是不会容许这样的事情发生的！"

两个警察看着汉默，脸上露出不满的表情。汉默对此视而不见，端着枪，推开杰弗里，沿着两边的书架，向房间的深处走去。

44

汉默径直走到书桌前，查看下方。

杰弗里疾步走到长桌边上拿起电话，拨了一个号码，对着话筒喊道："高特律师事务所吗？请让高特先生接电话……"

汉默站起身，环顾左右，看到落地长窗前的厚重窗帘。

杰弗里对着电话说道："高特先生，我是杰弗里。现在有两个制服警察和一个不明身份的人在非法搜查施奈德女士的住宅……你马上就到？好的。”

警察中尉紧走几步到汉默身边，用英语说道：“汉默先生，你不能这么做！我们必须马上离开！”

汉默没有理睬他，哗地一下拉开窗帘。窗帘后面没有人，他又转身看见边上有个壁橱门，上前一步打开门。

被汉默的傲慢激怒的中尉解开腰间的枪套，拔出手枪对着汉默：“汉默先生，我不关心你们在纽约是怎么操作的。但这里是维也纳，你必须服从奥地利的法律！”

汉默探头看了一眼面前空无一物的壁橱，耸耸肩，关上壁橱。

年轻警察肩上的对讲机响了。他和对方急促地交谈了几句后走到中尉身边，低声说道：“刚才有一辆车从高速公路上栽入多瑙河，监控录像显示是一辆法拉利 GTS 跑车，车牌是在施奈德女士名下。”

中尉转身问杰弗里：“施奈德女士有一辆法拉利跑车吗？”

“哪一辆？”杰弗里反问道。

“红色的。”年轻警察回答。杰弗里点点头。

“施奈德女士今天是驾驶这辆车出去的吗？”中尉问道。

杰弗里点点头，问道：“施奈德女士呢？”

“不知道！”年轻警察摇头，“你和我们一起去现场。”

杰弗里犹豫一下：“你们先下去，我马上就来。”

汉默上前抓住杰弗里的胳膊：“我们走，伙计。”

不情愿的杰弗里被汉默半拖着向屋外走去。两个警察跟在后面。

壁橱深处的黑暗角落里，林简侧耳倾听着外面的脚步声慢慢走远，门被重重地关上。

四周突然寂静无声。

林简慢慢站起来。这是一个长而深的壁橱。刚才汉默向壁橱走近的时候，林简本能地退到壁橱深处。在壁橱的底部有一个向左的拐角，但因为拐角和墙齐平，只有进入壁橱的最里面才能看到。她在黑暗中摸索着往回走，右手突然碰到了墙上的一个东西。

这件东西不大，很轻，随着她手的移动而摆动。她把手放在上面，感觉下方有无数垂下的线头。她的手上移，感觉到它外缘有规则的形状，中间有繁复的褶皱……

她知道这是什么了。

林简轻轻推开壁橱门，走进昏暗安静的书房，微微拨开窗帘向外看。警车驶出古堡的大门，但大门依旧敞开着。

“杰弗里怕我不知道怎么开门，特意给我留着。”林简感激地想道。

林简转身向书房门快步走去。在将要出门时，她突然停住脚步，沉思片刻，转过身走回壁橱。

壁橱的灯打开。

明亮的灯光照着墙上的一个中国结。

中国结已经陈旧，但依旧完好无损。林简把它小心地拿在手里打量，和她母亲留下的以及奥森送给她的一模一样。

林简犹豫，应该把它留在这里还是带走。

这时她看见挂中国结的下方墙角有个深色的长方形影子。她蹲下一看，是一个镶嵌在墙里的金属箱子。箱子非常结实，有一个光滑的把手。

一个保险箱。

林简想起凯特琳娜的话：“我的保险箱里有你母亲过去三十多年给我写的信……我俩一起看一遍所有的信件，有可能从中找到什么线索。”

林简握住把手，试图打开门，但是门纹丝不动。她低下身子，看见把手边上有个八位数的键盘。

看着密码键盘，林简眼前出现凯特琳娜在血水中写了一竖，数字“20”，一个歪斜的“5”。

林简将1205输入键盘，键盘上的空格开始闪烁，等着后面四位数。

最后四位数有几十万种排列组合。她在脑海里试着分析1205的意义：

凯特琳娜的生日？

不！奥森讲的故事中，那次我母亲给他和外公送夜宵时提起过，她刚给凯特琳娜过完生日，那是四月份。

是母亲的生日？不是，那是在八月。

是她亲近的人的生日？电话号码？

林简否认了电话号码的可能性，因为以1开头。不知为什么这四个数字是日期的想法在她的脑海里挥之不去。“如果是日期的话？”大脑飞快地转着，“那就是5月12号，或者12月5号……哪年的这两个日期发生的事对凯特琳娜是重要的?”

但是也非常有可能是凯特琳娜喜欢的一个数字组合，或是她书中哪个女主角用过的一个密码？对！非常有可能是她书中的众多破解密码中的一个。林简闭上眼睛，试图回想凯特琳娜书中各种有关破解密码的情节。

林简发现自己大脑一片空白，一时什么都想不起来。

“叮咚!”楼下的门铃响了。林简的身体一抖。

“叮咚!”门铃又响了一声，在空旷的城堡中回荡着。

李珂小心地把停在古堡后面的车熄了火。

十五分钟前，他平躺在停在路边的越野车座位上，偷偷地从窗口瞄着那辆交错的警车。他看到后座上那个熟悉的皮夹克，浓密的胡茬，鹰钩鼻，叼着烟的嘴……那个人转过身，那双像豺狗一样的眼睛向他看来。

李珂猛然低下身子，心怦怦地跳。不知过了多久，他才慢慢探出头来，看着警车已快到山脚下，他长长地舒了一口气。

他突然意识到林简不在车里!

试着打开两扇锈蚀的铁门失败后，李珂发现自己又转到古堡前面。他迟疑着是否应该爬上花岗岩的台阶试一下正门。这时他听到远处有汽车的声音。他左右四顾寻找躲藏地方，发现左边居然有一个半掩的小门。

李珂站在一排监控电视和控制表盘前面，屏幕上一辆黑色的阿斯顿马丁轿车缓缓驶向城堡。

“找到林简，把她带回纽约!”他提醒自己来这里的任务和目的。

走出监控室，李珂发现自己站在一个高顶的大厅里。夕阳的最后余晖从二楼的长窗照进来，微弱地射在他面前白色和红色大理石镶拼成方格图案的地板上。遥远的正前方是宽阔的白色大理石楼梯，深红色地毯拾阶向上，通往昏暗的高处。

“叮咚!”他背后的门铃响了。

李珂蹑手蹑脚地贴着大厅的墙边向前走去。冬日夕阳迅速地消失，暮色像越来越浓的雾气笼罩在一望无际的大厅里。门铃又响了一声，然后周围陷入一片寂静。

李珂看见黑暗的楼梯深处似乎有什么动了一下。他停住脚步，睁大眼睛试图看清是什么东西，但眼前只有迅速变得深厚的黑暗。他汗湿的手在大衣口袋里抓住那把枪。

黑暗的深处有什么东西让他感到莫名的恐惧。

45

清晨的太阳透过冉冉上升的雾气，照在泥水中的一根胫骨上。

胫骨被昨晚雨水洗刷干净，反射着苍白的光芒。阳光像一只金色的蜥蜴，慢慢爬过骨头，爬上后方的坟地。它的身体慢慢展开，覆盖了绵延起伏的古老坟地。各种大小、形状各异的坟墓、牌位、牌坊像一排排古老咒语，刻在雨后的泥泞和青苔中，带着黑色而恶毒的阴影。

全身赤裸，只穿一件裤头的李一石从一个几近崩塌的坟墓里爬出来。他年轻瘦小、白化的皮肤污秽肮脏，嘴里咬着一把锋利的匕首，背着一把盗墓小铲，手里捧着一个用整块玉雕成的角杯。角杯完整透明，一条夔龙盘绕杯身，在阳光下闪着奇异的光芒。

从黑暗的墓穴中爬出的李一石被眼前的阳光击中，一阵昏眩。

李一石睁开眼睛，下意识地举手遮挡面前的光，看到手上的针头和输液管。

“太亮了吗？李先生。”一个柔和的女声问道。

李一石微微点点头。半躺在宽大沙发椅上，他一时不能确定自己是醒着还是在做梦。

护士把灯光调暗：“马上就结束了，李先生。”

李一石睁开眼睛，看着上方瓶子里的液体缓慢地滴下。他感到生命就像这种液体一样从身体里滴出去，他疲惫地闭上眼睛。

不知为什么，他突然想起林简：“她这时在哪里？在做什么呢？”

从窗帘的缝隙里，林简看到一辆黑色轿车停在大门的台阶下面。从她的角度看不到按门铃的人。

“叮咚！”铃声又响了一次。

黑暗的楼梯上，林简扶着冰凉的硬木栏杆走向一楼大厅。

外面的阳光从大门上方的彩色玻璃窗照进来，在地上映射出一个长长的十字架形状。一个瘦高、穿着西装的男子的背影出在门外，可以看见他一丝不苟的头发和精致剪裁的西装，手上拎着一个公文包。

“他可能是刚才杰弗里打电话的高特先生。”林简想道，“凯特琳娜的律师。”

她犹豫着是否应该开门。这时突然有另外一种奇怪的感觉出现在她的脑海，觉得那个瘦削、穿西装的男人剪影不知为什么有些熟悉。

影子动了一下，从窗口消失了。

林简轻轻走到门口，从窗口向外看去。

男人站在台阶下的车边，似乎在思忖着什么，然后打开车门，驾车向大门驶去。

看着离去的轿车，林简不知为什么想起埃塞俄比亚的裂谷、黑暗中前方的公路、奥森被太阳漂白的头发和晒黑的脖子。

为什么？林简对自己的联想感到很奇怪。她再次从窗玻璃向外看去，高大的铁门前，宽阔的院子中，一辆轿车缓缓驶出大门，零星的雪花从天空缓缓落下……

“他很瘦，很高，总穿着黑色西装。”奥森的声音在林简耳边突然响起。

在飞舞的雪花中，一个高瘦、穿着黑西装的男子，目送着一辆卡车。卡车上面有美国海军陆战队的标记……

林简突然意识到高特先生的背影符合她心目中外祖父林清明的样子。那个北京的冬日傍晚，林清明独自站在飘舞的雪花中，看着那辆载着北京猿人头盖骨的卡车缓缓驶出协和医学院研究所的大门。

但这一切有什么意义呢？

林简隐隐觉得自己的联想和那个在楼上壁橱深处的保险箱有什么联系，雪花、背影、卡车、大门、海军陆战队、飞机、珍珠港……

她眼前出现无数印着日本红日标志的轰炸机，雨点般的炸弹缓缓落向下方停泊的巨型航空母舰……

炸弹在林简的脑海里轰然爆炸。一刹那，她突然想起日军偷袭珍珠港前一天北京黄昏的日期。

12 月 5 日，1941 年。那个改变无数人命运的日子。

林简转身向楼梯跑去。

她飞快地穿过大厅，没有注意到柱子后面有一双盯着她的眼睛。

12051941。

林简颤抖的手在键盘上按入数字。她可以听到快速的心跳声。

保险箱沉默了一会，然后发出清脆的“咔哒”一声，门慢慢打开。

林简第一眼看到的是整齐地放在一个个格子里的珠宝和胡乱堆放的一沓一沓崭新现金，底层有一个文件夹，上面用英文写着“林静秋和林简”。

林简小心地把文件夹拿出来。

文件夹左上方插着一张婴儿的照片，一个胖胖的婴儿咧着嘴笑。

林简把照片翻过来，上面写着：简，一个月。

林简把照片放回原处，拿起最上面的一封信，打开。粗糙的信纸上只写着两句话：“我已经到了线索的尽头了，下次详谈。”字体潦草、匆忙。

文件夹里是林静秋多年写给凯特琳娜的厚厚的信，偶尔夹着林简在不同年龄段的照片，很多林简都没有见过。林简轻轻地抚摸着那些不同的信纸，不同的墨水，在不同年月写下的信，心里有一种说不出的感觉。

在信件和照片的下方还有什么东西。林简拿开信件，发现是一叠手稿。手稿的第一页是打字机打出的三个字：寻骨者。下面有一行手写的花体小字：一本永远不会发表的书。

林简小心翻开手稿。里面是手写得密密麻麻的笔记，各种带着详细标记的地图和黑白图片。她翻到手稿的最后一页，上面用粗大的黑笔写着“北京猿人头盖骨的可能去处”。下面是一行行小字，像是在不同的时间写下的。

林简突然开始咳嗽，同时闻到东西烧焦的味道。她抬起头，看见白色烟雾从壁橱的门下方慢慢渗进来。

林简飞快地合上文件夹，关上保险箱，冲出壁橱。

书房充满了浓厚的烟雾，书桌上台灯的灯光变成了一小团黄色的光晕。林简屏住呼吸，左手紧抱着文件夹，右手摸索着向门的方向快步跑去。

打开书房的门，走廊上更多的浓烟一下子涌入屋内。林简冲到走廊，向楼梯的方向跑去。她在楼梯前的栏杆边站住，一时不能相信自己的眼睛。

楼下的大厅陷入熊熊烈火中。百年城堡的木质结构和柱子在猛烈的红色火焰和黑白浓烟中发出扭曲和爆裂的声响。火苗沿着大厅楼梯和天花板向二

楼蔓延，

林简环顾左右，右面是厚实的墙，左面是栏杆，七八米下方才是大厅地板。只有穿过面前走廊上的浓烟和烈火才能到达楼梯。她深深地吸一口气，迈步向大理石的楼梯冲去，但她猛然停下脚步。

她听到前方的浓烟里传来一个声音。

林简两手紧紧把文件夹抱在胸前，紧张地盯着声音的来源，但她只能看见眼前翻滚的烟火。

“吱嘎。”林简听到第二声响。这次的声音离她更近了。这是踩在年久的木质地板上发出的声音。

46

林简紧紧地抱着文件，慢慢向后退去，紧张地看着面前像液体般浓厚的烟，恐惧和逃生的本能同时撕裂着她。

白色的浓烟突然分开，露出一张血红的脸。伴随一声野蛮的吼叫，一个没有五官的人形向林简冲来。

林简本能地转身，向走廊尽头跑去。烟雾中高大的人形像只大鸟一样向她扑去。

每个房门都紧闭着，林简已无路可逃。她突然伸出右手抓住栏杆，全身的肌肉瞬间绷紧，身体突然折成一个不可思议的弯角，原地转过一百八十度，弯曲的身体像一张绷紧的弓突然弹开，向前方的楼梯跑去。

李珂站在楼下大厅的一根柱子后面，手里的枪紧张地瞄着楼上的走廊。他看到林简在奔跑，烟雾中有诡异的血红色闪过。他心里一震，刚才楼梯黑暗深处那个莫名恐惧突然回到他的心里。

林简再次出现，朝反方向的楼梯跑去，后面紧跟着一个人影。两个人的距离越来越近。就在林简快要跑到楼梯入口时，那个人形伸出手臂向林简攫去。

焦煳的味道充满了林简的肺。透过眼前弥漫的浓烟，她跳跃的视线看到不远处的楼梯入口，加快步伐冲刺。突然她感到背上一紧，一个巨大的力量传来，她的身体像狂风中的树枝一样向边上飞去，坚硬的栏杆像铁棒一样击在她的腰上，她发出一声短促的叫声。她忍住痛，左手抓住栏杆，右手紧紧地抱住文件夹，转过身来。

还没等她看清，那个巨大的身体已在她眼前。她本能地把拿着文件夹的右手向后伸出，感到身体被一具肌肉异常发达的躯体压在栏杆上，一只硕大的手越过她的脸，伸向文件夹，手臂的尽头是一张带着血红面具的脸。

下肢被蒙面人固定在栏杆上，林简竭力后仰，身子弯到最大限度，把拿着文件的手往外伸到最远处。

蒙面人的脸离林简只有几厘米，林简能够感到他嘴里呼出的灼热气息，可以看见血红色皮面具上密密麻麻的伤痕。

看着眼前这张没有五官的脸，林简心里充满了仇恨和愤怒。杀害她母亲和卡特琳娜的凶手就在她面前。

从手枪的瞄准器里，李珂看到了一个悬在空中的文件夹、林简的手臂和飘散的头发……

他把枪口略微抬起一些，半个血红的脸出现在准星里。

他小心地调整角度，避开林简，瞄准了那个血红的目标。

林简愤怒地看着面前丑陋、血红的脸，额头爆出一根粗大的青筋。她突然松开抓住栏杆的左手，向蒙面人的脸抓去。蒙面人轻易地抓住她的手，身体再次向她压来，他的手离文件夹更近一些。她感到腰部像要断掉般的剧痛，侧脸看着下方熊熊燃烧的大火。

“放开我！”她对着蒙面人喊道，“否则我就松手了！”

蒙面人喘着粗气，看了一眼近在咫尺的文件夹，然后低头仔细端详着下方林简的脸，像是琢磨她的话是不是真的。

静默，只有楼下熊熊大火燃烧的声音。

突然，蒙面人以迅雷不及掩耳的速度伸手去抢文件夹，他的指尖碰到了夹子的边缘……

林简松手，文件夹向火中掉去。夹子在空中打开，卡特琳娜的文稿直接落入火海中，被瞬间吞噬。照片和信件散开飞扬，慢慢坠入熊熊大火中。

蒙面人发出野兽受伤般的嗥叫。

李珂听到凄厉狂怒的嘶吼。他在瞄准器里看那个血红的脸张着嘴，完全暴露在他的射线中。他两手紧紧地攥住枪把，屏住呼吸，食指扣住扳机，慢慢用力。

他眼前出现那个血红的脸在子弹强大的冲击力下突然变形、消失的画面。

他的手指再次用力。就在手枪的撞针启动，击向子弹底部的一刹那，他松开了扳机，短暂地思索片刻，脸上露出了一丝不易察觉的微笑。

他感到手臂上有锐利的疼痛，低头一看，不知什么时候大衣已经着火，从手肘向身体蔓延。他把手枪放入口袋，腾出两手胡乱地把火扑灭。一种奇怪的声音从他身边巨大的柱子里传出。他抬头看到雄伟的原木柱子在火焰中弯曲、爆裂、变形……

李珂慢慢后退，在火的阴影中向通往监控房的小门快步走去。

蒙面人从飘落的文件中收回目光，仇恨地看着身下的林简。林简仰着头，倔强地看着对方。

蒙面人一把掐住林简的脖子，用力收紧。林简的脸开始变红，额头上的青筋变得更加粗大。她渐渐喘不过气来，脖子上的手更加收紧。她的视线渐渐模糊，看到那张血红色的脸在眼前飘浮，看到面具上的裂缝后面有一双眼睛……

在她失去知觉的一瞬间，突然感到脖子上的力量消失，脑后的一个地方被坚硬的指关节碰撞。所有的声音、画面一下消失。她堕入一个黑色无底的深渊，就像上次在她的公寓里一样。

坐在警车关犯人的铁网后面，汉默愤怒地看着前方缓慢行驶的消防车。他一边骂着脏话，一边催促开车的年轻警察加速超过消防车。

戴着领结的杰弗里坐在边上，极力和汉默与他身上浓重的体味保持一定的距离。年轻警察嘴里低声嘟囔着，敢怒不敢言地看着他身边的中尉。中尉铁青着脸，一言不发。

前方是个转弯，汉默大声地叫着让年轻警察趁机超车。

中尉终于突然爆发：“你他妈能不能闭嘴？你是要到达目的地，还是让我们今晚都尸骨无存?!”

汉默停止喊叫，奇怪地看了一眼中尉：“你不想快点到目的地?”

“当然!”中尉说，“但是我不想以我和我的同事的性命为代价。”

汉默两手紧抓着铁网，像一个关在笼子里的野兽。他移到中尉的面前，用布满血丝的眼睛凝视着近在咫尺的奥地利人，一字一句地说：“这就是我和你，一个好警察和一个平庸警察的区别，中尉！”

中尉用奥地利语骂了一句脏话。

汉默像大猩猩一样晃动铁丝网，发出巨大的声响。杰弗里把身子后仰，试图在窄小的空间里避开面前的困兽。透过铁丝网，汉默恶狠狠地盯着中尉的脸，中尉毫不示弱地迎着他的目光对峙着。车里一片沉默，只有两个男人粗重的呼吸声。

紧张的空气中传来杰弗里的声音：“你知道你现在坐在我的腿上吗？先生！”

汉默低头看了看，突然咧嘴笑着骂了一句脏话，坐回自己的位子，手伸入口袋。

杰弗里目瞪口呆地看着他从口袋里拿出烟，用打火机点燃。

警车转过最后一个弯，前面是一片开阔地。汉默啪地关上打火机，放松地吐出一口烟，转过头来，看见杰弗里永远平静的脸上有一个难以形容的恐怖表情。

汉默看了看手中的烟：

“别这么大惊小怪的，伙计。”他不以为然地说道。

杰弗里脸上的恐怖表情没有变化。汉默狐疑地转过头去，看到了窗外的景象。

汉默大声骂了一句脏话。

在墨黑的天空下，古堡像一支巨大的火炬在熊熊燃烧。

47

漫山遍野的黄花。

温暖的阳光下，随风飘动的金黄色上方，翩翩飞舞着黑白两色的蝴蝶。

林简睁开眼睛，木然看着面前古怪而美丽的景象。她能感到身下微凉、光滑的大理石地板，周围的温暖环绕着她，平静而安宁……

“轰”的一声巨响。林简转头，一种熟悉的晕眩向她袭来，就像在公寓那次一样。她不由自主地闭上眼睛。

“轰隆！”背后又是一声巨响，沉重东西坠落和爆裂之声。

林简慢慢睁开眼睛，茫然地看着一根燃烧着的巨大房梁从天花板上掉在地板上，激起大片火焰。

忍着恶心和晕眩，林简重新回过头来，看见白色信纸和黑色照片在熊熊燃烧的大火上方翻飞，被火焰追逐、吞噬。

保险箱、密码、照片、信件、浓烟、蒙面人、大火……记忆像流动的水银，慢慢凝聚、回流到林简模糊的意识里。

她艰难地站起身来，环顾四周，发现自己独自站在凯特琳娜古堡的客厅中央，猛烈燃烧的大火正在慢慢向她逼近。

“那个戴面具的人没有杀死我?!”这是林简心里第一个冒出的疑问。她突然想起什么，急切地摸摸自己的背后，背包还在。她飞快地打开背包在里面搜寻，那些照片和剪报已经不在了，但藏在暗袋里的中国结、铜钥匙、护照还在。

林简突然冲到火堆里，疯狂地从火中抢拾那些散乱的照片和信件的残片。

又一声巨响，一根巨大的柱子在她身后倒下。

林简把最后几张残纸塞进包里，转身向门口跑去。跑了几步，她停下脚步，刚才倒下的柱子完全封住了通往大门的路。环顾四周，她发现自己已经被大火包围了。

林简听到身边发出“咔咔”断裂的声音。她转过身，一根原木柱子正向她倒来。她往楼梯方向后退，“轰”的一声，燃烧的巨大柱子倒在她刚才所在的位置上，迸裂出硕大的火焰和无数的火星。她被困在楼梯和大门中间的一个迅速减小的空间里，即将被吞没在如沸的火海中。

林简抬头看着楼梯顶头的二楼，所见之处都是熊熊的火焰。她的目光移到二楼走廊通向书房的方向，越过火焰，她看到了一件奇怪的事，在所有的烈焰中，唯独走廊这段静静地矗立在那里，没有着火。又是一声巨响，由一整根紫檀木雕成、造型优雅的楼梯扶手在高温中从黄铜的底座以巨大的张力崩开。

林简把背包甩向背后，冲到客厅中央的铸铁桌台前，端起放着鲜花的铜花瓶，把里面的水从头浇下，然后冲入熊熊大火。

四百年前，建造这座城堡的维也纳公爵把古堡的一部分设计成一个最后避难所，以对付外敌的万一袭击。所以二楼走廊所在的东翼完全由巨石和粗铁建成。时光流转，古堡数次易手，多次翻新装修。原来的铁石结构被掩盖在繁复而华丽的装饰下面，一直到今天。

林简冲过火焰，感到身上的水在高温下迅速蒸发，头发被燎焦、卷曲。

她冲上楼梯，右拐奔入走廊。走廊墙上的木制装饰和雕刻正在冒烟剥落，露出后面黝黑的石头。整个走廊充满了浓烟，但没有明火。她一把打开书房的门，一股更浓的烟涌出来。书房里成千上万册的藏书在高温的石壁上烘烤、冒烟。

林简用袖口遮住口鼻，在黑暗中辨认着那个细小的台灯光，向前方的窗口摸去。

两边巨大的书架崩塌声惊心动魄。前方的台灯突然熄灭，四周一片黑暗。

林简的大腿撞到了书桌。她摸索着绕过它，来到窗前。她的手碰触到窗帘，厚重的布质窗帘瞬间变成粉末，像雪花似的纷纷落下。她把手缩回衣袖里，用袖口垫着滚烫的铁窗把手，用力打开窗。一阵清冽的空气涌入，身后房间里的藏书和家具获得新鲜的氧气开始剧烈燃烧。

林简深深吸了口气，跳上窗台。正要爬出窗口，她突然停了下来，扭头看着那个壁橱的方向。

站在广阔的花园里，汉默看着前方在风中燃烧的古堡。

消防队员抱着消防水龙，寻找水源出口。所有人喊叫、咒骂、奔跑，乱作一团。

雪花飘落在汉默的头上和脸上，他感到一种冰凉的灼痛。一瞬间，他觉得自己突然回到那个布鲁克林的杂货店，冰凉的牛奶流过他九岁的脊背，一种难以言喻的悲哀和绝望从内心深处升起。

他近两年的追踪和搜寻在今天晚上结束了。

林简，他这个案子的唯一线索可能已经葬身火海。

那些无价的头盖骨也将再次永远消失了。

他三十年的梦想、希望就像面前的古堡在今夜烟消云散。

汉默感到嘴里有一种不能用言语描述的苦味，一种失败的味道。“我这辈子到头来还是失败，就像父亲一样。”汉默悲哀地想道。

“轰”的一声巨响，消防人员惊叫。古堡的西翼开始崩塌，火光冲天。

在一片奔跑和慌乱中，汉默似乎看见有一个东西从东翼的窗口落下。

汉默开始向崩塌燃烧的古堡跑去。

“嗨，站住！你想干吗?!”一个消防队员吼道。

汉默充耳不闻，飞快地向崩塌中的城堡奔去，后面跟着愤怒追赶的消防队员和警察。

当汉默被人从古堡前强行拉走的时候，他再次回头，火光的阴影下什么也没有。

维也纳国际机场，深夜。

“谢谢！晚安！”汉莎航空公司的柜台小姐带着职业性微笑，目送最后一个乘客离开。她偷偷地把站了一整天的右脚从高跟鞋里拿出来放松一下。前方的钟显示还有五分钟就可以下班了，她开始收拾面前的柜台。

大厅前方的自动门打开。在一片飘舞的雪花和寒风中，一个女子走进大厅，径直向她的柜台走来。

女子的头发蓬乱，发梢都是奇怪的卷曲，深色套头衫已经看不出原来的颜色，上面有很多烧焦的痕迹和破洞，衣服上的连帽有一半已经消失。她坚挺的鼻子下方有两块明显的乌黑，颧骨上有烧伤和擦伤的痕迹。尽管狼狈和破损，但她黑色的眼睛像两个静邃的深潭，平静而坚定。她走到柜台前，柜台小姐马上闻到一股呛人的焦煳味。

“我能帮……”柜台小姐看着她熏得墨黑的脸，小心地问道。

“我要一张去纽约的机票。”女子平静地说道，“越快越好！”

“好。”柜台小姐从电脑里查着航班，“最早一班是明天早上五点四十分。只有头等舱的票。”柜台小姐迟疑地看着面前女子蓬乱的头发和破烂的衣服，“票价是四万九千五百先令。”

女子从背后把一个伤痕累累的皮包移到胸前，打开包，从里面拿出一沓崭新的一千先令面额的纸币，和护照一起递给柜台小姐。

“可以吗?”女子微笑着、略带不安地问道。

48

李一石凝视着下方两百多米的街道上连成一线的汽车灯光。巨大厚重的玻璃把这座巨城的喧嚣完美地隔绝在外，留下一条无声缓缓游动的火龙。

微弱的电话铃声响起，站在一边的李砾把电话递给他。

电话里传来李珂尖利、快速的声音。

“慢一点儿!”李一石低声问道：“发生什么事了?”

短暂的沉默后，传来李珂的声音：“林简死了。”

李一石感到自己的心停跳了一下，一种冰冷的战栗瞬间扩散到全身。

“怎么回事?”他拿电话的手微微发抖。

“凯特琳娜在高速公路上被人射杀……我跟着林简到了凯特琳娜的城堡。城堡突然起火，林简没能逃出来……”

“当时你在哪里?”李一石问道。

“我……”李珂顿了一下，“我还没有时间进入城堡里……那个汉默也在。我不想让他见到我……这里现在很混乱，我想我应该马上回纽约。”

李一石没有说话，沉默地看着窗外下方的火龙。

“好。”他挂断电话。

房间里一片沉默。门轻轻地推开，一个护士推着小车走到李一石身边，熟练地从他手上拔下针头，收起点滴的瓶子和管子，细心地帮他放下衣袖，然后退出房间。

“告诉黄普，”李一石低声说道，“一切按计划进行。”

看着李砾脸上的神情，李一石问道：“你觉得这次没有希望了?”

李砾缓缓地点头。

李一石脸上露出古怪的微笑：“有可能……但我还是把赌注押在林简身上。她、她母亲、她外祖父身上流着同一种血，都有偏执的共性。不放弃，一条路走到黑，不到最后绝不罢休。他们看似文雅、柔弱、受过良好教育，但是她们的血液里有一种野蛮、执拗的东西。一旦他们选择做什么事情，会一直做到底!”

李一石的眼睛在黑暗中闪闪发光：“他们不是一般人，相信我!”

李一石的眼光渐渐暗淡下来：“但有的时候，他们在追求过程中也毁了自己和身边的人。”

靠在宽大的座椅中，林简漠然地看着前方昏暗的机舱。

尽管她感到非常疲惫，却没有一丝睡意。她按了手边的按钮，一道明亮的灯光照在面前的桌子上。她拿起伤痕累累的背包，从里面拿出从火里抢救出来的东西放在桌上。焦灼的味道弥散开来。

灯光下的一个圆形物件，表面已经焦黑，但可以依稀看到下面的红色丝线。这是挂在凯特琳娜壁橱墙上的中国结，外围的花饰都已消失，只留下中间的结。

林简小心地整理烧焦的照片和信件残片，但很多触手就变成了碎片和粉末，最后只剩下六片较完整的。大部分的信纸已经只剩下一小部分，但依旧能看出寄自不同的地方、在不同的地方和处境下用质地不同的信纸写成。有的明显是长信中的一页，字迹工整、漂亮。有的只有寥寥几句，字迹混乱、潦草。

第一张是幼儿林简步履蹒跚的照片，后面写着：简今天迈出了第一步。

第二张是烧得只剩一半的明信片，上面是加州夕阳下的圣塔莫妮卡海滩：……在海滩上，简很高兴……没有进展。一年的努力又都白费了。不应该让简和我一起奔波、受苦……

第三张残存的信纸上是飞扬的笔迹，洋溢着兴奋和喜悦：简出生了！她像个天使。寄上她的照片……我一个人在产房里折腾了三十六个小时，但看到她的脸，感到一切都是值得的。只是他不在我的身边……

“谁是‘他’？”林简看着那个简单的“他”字，心里想：“‘他’是我的父亲吗？是那张照片上被刮去脸的那个人吗？”

第四张像是一封长信的最后一页，详细描述了她将和芝加哥的一个神秘富商见面。那人据说拥有关于头盖骨的信息。信的最后的字迹变得凌乱：“……我的精神是不是再次出了问题了？我又不得不把简独自留在家里。但我的心都碎了。”

第五张纸只剩下最上方的一行，上面潦草地写着：凯特，发生了可怕的事情……

林简试图辨认右上方的日期：1966 年 8 月 26 日。她从纸片上抬起头来，看着漆黑的窗子。

1966 年？林简想道：“我 7 岁，那年夏天发生什么事了？”

舷窗玻璃像一面黑色镜子，清楚地反射出林简的脸。镜子里面是个面目疲惫、憔悴的女子，被火烤焦的头发支棱着，脸上有几处烧黑的痕迹。

林简的目光慢慢地移到玻璃上，看到在她右边酒窝的边上，有一个疤。

她突然感到一种尖锐的疼痛，温润的液体从脸上流过，黑暗中剧烈的声响和刺耳的喊叫声……

已经遗忘在记忆深处的往事片段、画面、声音、气味呼啸着从遥远的地方向她迎面扑来。

林简踮着脚向窗外看去。

窗户很高，她只能看见乌云密布的天空和密集的雨丝。她把脚踮得更高一些，勉强能看见下方的巷子。雨中的巷子空无一人。慢慢暗下来的天空和眼前渐渐模糊的画面暗示着敌意和危险。一种熟悉的孤单和恐惧开始从四周向她包裹过来。7 岁的她孤身一人，站在渐渐浓厚的黑暗中。

她再次吃力地踮起脚尖，向巷口看去，依旧没有人。屋子里更黑了，外面的路灯亮了。她走到厨房，把一个高脚凳慢慢移到窗前。她爬上不是很稳的凳子。凳子很高，她的大半个身子在窗户上方，小心地扶着窗框，看着窗外。

雨下大了。巷子口依旧没有人出现，只有昏暗路灯光下密集的雨柱。灯光像黑暗中野兽阴沉而饥饿的目光，悄悄地从窗户移入黑暗的房间，爬过她的身上，留下黄色的痕迹……

突然天边亮过一道闪电，刺眼的白光瞬间照亮整个房间。随后是霹雳般的雷声，仿佛在她头顶炸响。她吓得手一松，身体向后倒去。本能地，她把身体前倾试图去抓窗框。凳子翻倒，窗框在她手背两三寸的地方划过。她的身体冲出窗口，向楼下坠落。

身下的水花溅起，身体猛烈地撞在水泥地上，她的右半身突然失去知觉。她一动不动地躺在泥水里，粗大的雨点打在她小小的身体上。

不知过了多久，她身体的知觉慢慢恢复。一阵尖锐的疼痛传来，温润的液体混合着冰凉的雨水从脸上流过。她缓缓地从身体下方抽出手，摸摸脸。在昏暗的路灯下，她看到手心里黑乎乎一片。

她听到压抑的一声尖叫，慢慢转过脸去，看到楼下邻居的玻璃门里，一个穿着睡衣的胖女人惊恐的眼睛、张大的嘴和巨大的牙齿……

接下来发生的事情在她的记忆里是一大团浑沌和模糊。

救护车和警车的呼啸声，刺眼闪烁的警灯……

蓝警服和白大褂在她面前飘舞、晃动……

一双有力的手抱起她，放在担架上，向闪烁的灯光走去……

在她跳动的视线里，在车辆和人群的缝隙中，她看到母亲。母亲拎着旅行包，满脸诧异地被警察拦住。母亲猛力推开警察……

警察把失去理智的母亲按在地上……

母亲的脸被划破，鲜血和雨水把她的一半脸染成红色……

躺在救护车里，她突然看见戴着手铐、披散着头发的母亲向她跑来，喊着什么……

端坐在车里、穿着整齐的她转过身来，越过身边社会工作者胖大的身体，向车后窗看去。

母亲站在大雪中。雪花落在她已经花白的头发和憔悴的脸上。她站在寒风中看着载着女儿的车开远，母亲的身体慢慢变远、变小。

“简，”社会工作者叫她，“我们说说你要去的寄养家庭吧。”

她没有说话，默默地转过脸来，看着玻璃窗里自己的影像，她的小脸上有一个闪亮的伤疤。

49

汉默靠坐在候机室的沙发上，漠然地看着窗外雪花飞舞的机场。他嘴里衔着的烟拖着长长的烟灰，随着他的呼吸一起一伏，随时可能落下。他右手拿着放在扶手上的玻璃杯，杯子里还剩下一点儿烈性伏特加。

眼角的视线中出现一双黑色锃亮的皮靴，他缓缓抬起头。烟灰掉在他皮夹克上，他伸出手马虎地掸了一下，没有改变坐姿。

“你们没有必要来送我。”他叼着烟说道。

奥地利警察中尉和他的手下居高临下地看着他。

“你们完全可以坐在带地毯的办公室里，不弄脏你们干净的皮靴。”

中尉没有说话，看着汉默。

汉默仰头喝光杯子里的残酒，随手把烟头扔在杯里，烟头发出“滋”的一声。他抬手看了看表：“再过半个小时，我就上飞机回肮脏的纽约。你们就不必看着我上飞机了。谢谢了，你们走吧。”

中尉看着汉默疲惫、被酒精染红的脸，转过身和手下离去。走了两步，他又转过身来。

“你知道布朗是谁吗?”他问道。

“布朗?”汉默被酒精黏滞的大脑缓慢地转动，“谁是布朗? 不认识。怎么了?”他从口袋里拿出一支烟，点上。

“再见了，汉默先生。”中尉和手下转身离开。

汉默吸了口烟，用手背擦了擦鼻子，扭头看着窗外。

广播响起，通知乘坐由维也纳开往纽约飞机的旅客开始登机。汉默站起身来，在边上的烟灰缸里揿灭烟蒂。这时，他记忆深处有个铃声短促地响了一下。

空旷的候机室里，一个穿着旧皮夹克的粗壮男子奔跑着追上前方两个奥地利警察。

“布朗是林简护照上的名字。”汉默气喘吁吁地问道:“她怎么了?!”

中尉看着汉默急切的脸，慢条斯理地说:“根据我们查到的记录，她十个小时前登上去纽约的飞机。”

“什么?!”瞬间汉默不知道是惊还是喜。

“她的飞机还有半个小时……”中尉抬手看看表，“二十八分钟就在肯尼迪机场降落了。”

汉默看着中尉没有表情的脸，突然大骂一声，转身向前跑去。中尉和手下交换一个戏谑的笑容。

“到底谁是好警察，啊?! 汉默先生!”中尉冲着汉默的背影喊道。

汉默一头冲进电话亭。

“马上去机场!”汉默对着话筒咆哮道，“在入境口逮捕林简。布朗……就是林简! 不要让她和任何人接触。等我回来! 我十个小时后就到。”

纽约布鲁克林，深夜。

一个硕大的灯罩从仓库的房顶垂下来，灯光照在一张血肉模糊的脸上。

卢卡勉强睁开充满紫血的眼睛，看着面前的两个黑影。左面那个高大魁梧，右面那个瘦削冷漠，进门后没有说过一句话。

魁梧的黄普拖着微瘸的右腿上前一步。卢卡只看见带着刺青的手臂一闪，硕大的拳头猛地砸在他的小腹上。他闷哼一声，一阵强烈的疼痛像火焰一样燎到全身。“所以你雇佣他在伦敦杀了你的毒品走私对手?”黄普又一拳打在他的脸上，“告诉我，他是谁!”

“我不知道!”卢卡叫道。

黄普像没有听见，又一拳砸在他的小腹上，“告诉我他的长相!”

“我从来没有见过他!”卢卡哽咽道。他猛一张口，吐出晚上吃的通心粉。

黄普左手托着卢卡的下巴，右手挥拳。拳脸相击，卢卡感到他的脸瞬间分成了上下两半。他本能地想用手确认，但他的手被反铐在后面的椅子上。他把两颗牙齿和血吐在地上，含混地说了什么。

“嗯?你说什么?”黄普问道。卢卡不再出声。

黄普左勾拳打在卢卡已经折断的鼻梁上。卢卡大叫一声，大口喘着气，带血的唾沫喷射在前方的地上。他黑紫的眼睛突然睁开，大声叫道：“如果我说了，他就会杀了我！还有你！你！他会把我们都杀了!”

恐惧像黑色黏稠的液体从他只剩一条缝的眼睛里流出。他肿胀而破碎的脸拼凑成一个恐惧的面具。他向地上吐了一口浓稠的血水，低下头再也不说一句话。

黄普飞起一脚，踢在卢卡的胸口。卢卡的身体带着椅子飞起来，重重地摔在地上。

卢卡躺在地上喘着粗气。一个黑影出现在他上方。他认出是刚才进屋后一言不发的瘦削男子。灯光从上方照下来，勾勒出他如黑洞般凹陷的眼睛和双颊。

李砾伸手把一百公斤的卢卡和椅子轻松地拎起来。卢卡警惕看着他苍白没有表情的脸。

李砾向前一步，走到卢卡双腿之间。卢卡恐惧而疑惑地坐在凳子上，两腿张开，从下往上看着李砾。

李砾从背后抽出一把闪亮的匕首，向卢卡下身挥去。

卢卡在刀光中发出阵阵惨叫。刀停了，他的惨叫也渐渐停下来。他第一个感觉下面很凉，低头一看，他的毛料西裤、棉秋裤、带着米老鼠图案的内裤前面整齐地缺了一大块。那把锋利的匕首紧贴在他多毛的小腹上。

“不!”他惊恐地喊道，然后他看到李砾阴影里的眼睛。破碎的脸上的肉抖动着，抽搐成一个古怪的微笑：“你们想知道什么?”

林简看着窄小的黑色舷窗中映出的自己的脸，脸颊上的伤疤叠印着母亲惶恐、无助的眼睛，在漫天飘落的雪花中空洞地看着她，渐渐远离……

“香槟？女士。”一个声音传来。

林简转过身来，一个穿着蓝制服的空乘站在身边。

林简想了一下：“苏打水，谢谢。”

最后一张纸是所有残片中最大的一张。上面的字体大而深，有几处都戳破信纸。林简读了几行以后才发现这是她母亲在日本追寻一条线索的过程。

她突然想起凯特琳娜的话：“……本来我准备根据她的经历写一本小说的，但是她那次在日本发生的事情让我打消了这个念头。”

林简读着薄薄的这页纸，脊背阵阵发凉，手心满是冷汗。

她颤抖地拿起空乘端来的水，一饮而尽。

她强迫自己看完余下的文字，无力地坐在椅子上，闭着眼睛。仿佛被一只巨大、多毛的手搅动着体内的五脏六腑，她感到恶心、害怕、愤怒……

她突然解开安全带，冲进厕所。

她按下抽水马桶的按钮，凄厉的抽水声带走她的呕吐物。

她打开水龙头，漱口洗脸。

她慢慢地抬起头来，看着镜子里的自己。

这是一张陌生的脸，脸上带着旧伤疤、新烧伤和灯下闪闪发亮的黑色眼睛。

50

纽约，肯尼迪机场。

林简随着人群走出飞机廊桥，走进候机厅。右边是一长排落地窗，窗外铅灰的天空中飘着细雪。她突然意识到几乎一周前她才离开这里前往埃塞俄比亚，感觉恍若隔世。不知为什么，一回到纽约，她想到的第一个人竟然是克拉克和他大男孩般的温暖笑容。她的嘴角不禁露出一丝微笑。

入境大厅里人并不多，只开了几条通道。林简所在队伍最前方前面是一个高个、花白头发的阿拉伯男子。他的后面是三个女子，下方是五个大小不等的孩子。女子们全身着黑袍，只露出六只眼睛，像三个大小不等的纺锤被一根无形的线牵着向前移动。九个人满满地站在入境官的窗口前。

林简把护照递进窗口，微笑地看着入境官。

红脸膛的入境官低头看林简的护照，抬头确认林简。边上的电话铃响起，他拿起电话，但没有说话，听对方说话。林简感到一种熟悉的不安像潮水一样在身体里开始上涨，堵在喉咙口，但她的脸上保持着微笑。入境官放下电话，低头再次看护照，再次抬头看林简的脸。他的目光在花白的浓眉下专注而锐利。

林简迎着他的目光。

入境官默默地点点头，拿起边上的图章，“啪”的一声敲在护照上。

“欢迎回家，布朗女士。”他友好地说道。

行李厅里。旅客们站在整齐排列的转盘前等自己的行李。林简直接向大厅尽头的海关走去。她前方走着那个阿拉伯男子，后面跟着黑袍女子和孩子们，推着像小山一样的行李。对比只背着一个包的林简，显得明显和突兀。几个海关官员站在通道口看着鱼贯通过的旅客。他们背后是机场出口的大门。

一个戴着蓝色橡胶手套的年轻官员示意阿拉伯人和女子们过去。男子昂首走过去，黑袍们一阵骚动，然后不情愿地推着行李，领着孩子跟在男子后面。

林简低着头，快步向大门走去。

“女士，请等一下！”有人在身后喊道。

林简转过身，看见一个戴眼镜的女海关官员正看着她。她四顾周围，目光和女检验官的目光相对。

“女士，”女检验官冲她点头，“请过来一下。”

林简迟疑地向她走去。不远处，黑袍女子们焦急而缓慢地奔波在一件一件被打开的行李之间，夹杂着英语单词的阿拉伯语急促地向四方扫射。男子高傲地昂着头看着远方，漠视身边发生的一切。

女检验官示意林简打开背包，把里面所有东西拿出来放在桌上。她不经意地翻看着破损的纸片，拿起其中一个中国结看了看，然后拿起那个形状奇异的青铜钥匙，仔细研究。

黑袍们围着检验官，语气中软语央求、认真说明、愤怒指责像一条条绳索将年轻的检验官绑缚得动弹不得。那个阿拉伯男子依旧目光深邃地看着前方，认真负责地维护不变的尊严。

女检验官把钥匙放回桌子上，示意林简把东西收起来。

林简把东西放回包里："我可以走了吗?"

女检验官摇摇头："等一会儿。"她指着边上的一个小门，"你跟我来一下。"

"为什么?!"林简抗议道。女检验官没有说话，站在那里看着她。她背上包，缓缓地走进那个门。门里站着一个穿制服的警察。

门在林简身后关上。另一个高大的警察从门后走出来，站在她身后。

"对不起，布朗女士。"面前的警察看着林简，"或者我们应该叫你林女士?我们是纽约警察局的，有些问题要问你。"

林简站在那里没有动，她身后的警察不耐烦地抬手看表。对面的警察过来熟练给她戴上手铐，身后的警察挽住她的胳膊。

大厅里激烈的阿拉伯语突然中止，四周突然一片安静。黑面罩后面的六只眼睛转过来，阿拉伯男子第一次把目光从远处收回，张大嘴巴惊讶地看着面前打开的小门。

在所有乘客的注视下，林简在两个警察的押送下走出海关。

夹在两个快步行走的警察中间，林简走上通往停车场的空中通道。雪花在玻璃走廊四周飞舞，她茫然地低头看着脚下繁忙的车流，不知道等在她前面的是什么。

她转过脸，从右边反光的玻璃上看到他们三人行走的侧影。她突然发现。他们三人的位置有些怪异。刚才站在她身后的那个警察走在她左面，始终保持在她身后半步的距离。他身材高大，帽檐压得很低，走路微微有些瘸。整个过程他没有说一句话。林简始终没有看清他的脸。

林简慢慢地向他转过头去。

女检验官看着面前的一堆箱子，转头看了一眼筋疲力尽的年轻检验官。她刚想对面前三个黑袍义正词严一番，但看到下方的五个高矮不一的小孩睁着乌溜溜的大眼睛看着她，她暗暗地叹了口气，做了个放行的手势。黑袍们用阿拉伯语和英语千恩万谢，飞快地收起箱子，领着孩子，簇拥着那个高傲的男子走出去。

女检验官看着自动门在他们身后慢慢关上，长长舒了口气，突然门又大开，两个穿着警服、全副武装的警察走进来。

他们径直走到满脸诧异的女检验官面前。

“布朗女士在哪里？”其中一个说道，“我们是纽约警察局的。”

当林简转过头去的时候，那个警察也转过头来看着她。

林简认出他。上两次她看到他的时候，他戴的不是警帽，而是鸭舌帽。一次在清晨的拥挤地铁里，还有一次在深夜的街上，他举着手枪向汉默射击，背景里一辆巨大十八轮卡车在倒车，边上一辆翻倒的警车在起火……

“林女士，”他用沙哑的声音说道，“李先生在等你。”

尽管经过严格的专业训练，林简还是不能掩饰自己的惊讶和震撼。在过去一周里，李一石像老了十岁，头发几乎全部消失，脸色白得近乎透明。他没有和林简握手，双手握拳掩饰着因为化疗而蜕皮的手心。但是他的精神还不错，微笑地看着林简。身边站着一个低头垂手的清瘦中年人。

“很高兴再次见到你，简。”李一石说道，“我们试图一直追踪你的行迹，试图帮助你，但我想有时人算不如天算。你是个了不起的孩子，我想你母亲肯定会为你自豪的。”

“你怎么知道我今天到纽约？”林简问。

“我不知道。”李一石摇头，“但这些天我的人一直在机场等你。你的护照在入境口一出现，加上我们在警察局朋友的一点帮忙……”

林简安静地坐在他的对面，默默地看他身边的各种仪器和点滴架，突然对面前这个瘦小的老人产生一种深深的怜悯。

“就像我们商定那样，你去见奥森博士，我帮你寻找你母亲的杀手。”李一石停下来，喘了口气，“我们都尽了自己的最大努力。你还有选择和我说或者不说你这次的发现。我遵守我的诺言。”

李一石伸手，中年人递上一个文件夹。李一石把文件夹放在林简面前：“这是有关杀手的信息。”

黑色文件夹静静地躺在乳白色的大理石桌面上，等待着被打开。

51

林简沉吟地看着文件夹，心里有一种奇怪的不祥预感。

侧面的门打开，一个穿西装的年轻男子走到李一石身边。他朝着林简看了一眼，但没有和她的视线碰触。

看着那个男子的身形和走路姿势，林简心里有种熟识的感觉。但看到男子那张阴郁、英俊的脸，她确定她以前没有见过。

李珂递给李一石一个信封，稍后退，站在灯光的阴影里。

林简的目光回到面前的文件夹上，她伸手拿起。文件夹很薄很轻，边上有个封着的火漆印。她打开封印，里面是一张手绘的肖像。

肖像画得很细致，上部是纷乱的浅色头发，下面是一张带着笑容的脸。

林简感到自己的心停跳一次。她合上文件夹，然后重新打开，这是一张英俊的脸，带着大孩子般近乎腼腆而单纯的笑容。

空气突然变得稀薄，林简一时觉得透不过气来。她见过这个笑容，见过这张和画像非常相像的脸。

克拉克。

林简的神志变得恍惚："为什么是克拉克的肖像？"

"他是个职业杀手。"李一石把她带回现实，"他用多个化名和护照，在圈子里被称为'无脸人'，意思是他不可能被认出。他可以变成任何人，执行任务时常戴一个没有五官的血红面具……"

林简想起卡特琳娜古堡中那张红色的脸。

"三个星期前，我的一艘打捞船在南中国海发现的头盖骨线索被破坏。两个星期前，你母亲被害，都和他有关。"

李一石示意林简看信封里的第二张照片。照片上是一条街，一个人正走向一辆车。他回头看着身后；在昏暗的路灯下，镜头正好抓住了那个人没有五官的脸。

"这是在离你母亲修道院一条街外我们得到的交通监控录像，时间是你母亲去世的那天晚上。"

林简轮番地看着画像和照片，无法看出两张脸有任何联系。

"你怎么知道那个无脸人就是他呢？"林简拿起画像问道。

“这是专业肖像画家根据一个自称见过他的人描述画的。他是我们找到的唯一的证人。我想其他见过他脸的人，可能再也不会说话了。”

林简把文件夹放下，站起身来，缓缓走向前面的长窗。李一石的声音幽深如鬼魅地跟随着她：“据说他前不久被人雇佣。我们不知道是组织还是个人，唯一知道的是，他的新雇主非常强大，有充足的资金和能量。”

站在巨大黑暗的玻璃前，林简眼前出现各种影像。

明亮炫目的阳光中，克拉克从他的办公桌后站起身来，脸上惊愕和恐慌的表情……

克拉克扑向便衣警察，枪声响起，克拉克倒下……

克拉克从车窗里看着林简，鼓励地微笑，伸出大拇指……

液体般白色浓烟突然分开，一个戴着血红面具的高大人影向林简冲来……

面具离林简只有几厘米，林简能够感到他嘴里喷出的灼热气息，她可以看见面具裂缝后面一双布满血丝的眼睛……

克拉克大男孩般的笑容……

头痛从林简大脑底部像一株黑色的芽伸出地面，缓慢但势不可挡地长出粗壮的树干和茂密的枝叶。林简聚集所有的精神和力量，试图从飞快缩小的空隙中看到正在消失的东西。如果克拉克是杀手的话，那个真正的律师克拉克是被他杀死而取代了身份吗？唯一可以确定的是，城堡里的蒙面人和在自己公寓里杀死克鲁斯的杀手应该是一个人，因为他让她失去知觉的手法是一样的。

恐惧和悲哀像两个巨大的车轮突然向林简碾压过来。她感到自己孤独地站在悬崖边，周围布满了黑暗的阴谋和陷阱，脚下的地面在迅速崩塌。

“如果这幅画是真的，那么克拉克就是杀死母亲和卡特琳娜的凶手了。”想到这里，林简打了个寒战。“但是他为什么没有杀死我呢？”

李一石的声音从身后传来：“我们不知道他为什么两次没有杀你。可能是他的雇主认为你活着要比死去对他更有价值，因为你现在是世上唯一能找到失踪头盖骨的人和线索。第一次在你公寓发生的谋杀，很有可能是为了把你扯入这件事，让你再也没有退路。这次嘛，因为没有你，他们就回到了原点。”

头痛的黑叶迅速长满整个理智空间。林简抓住了最后一片光亮的空隙，转过头来，看着李一石问道：“你怎么知道在维也纳发生的事？”

房间里的空气突然像布匹一样拉紧。

李一石沉默，然后缓缓地说："我们一直在暗中帮你，但有时我们也无能为力。人算不如天算啊。"

灯光下，李一石的脸白得近乎透明，浅色的瞳仁迎着林简的目光，清澈如水。

看着李一石的眼睛，林简眼睛的余光可以看到他身边的两个人。那个中年人依旧低头垂手，一动不动。但有种奇怪的紧张来自那个年轻男子，林简又感到那种熟悉的奇怪张力，但她肯定他们以前从未见过面。

她闭上眼睛，把手放在额头上，深深地吸了一口气，睁开眼睛。她走回桌边，把文件夹放入背包里，在李一石面前坐下。

"这是我这次在埃塞俄比亚和维也纳发现的……"林简说道。

"砰！"飞在空中的电话撞在墙上，发出一声巨响，机壳碎裂，四下纷飞。

汉默像一头饥饿的豺狼在一排警察面前逡巡。

"有一个奸细！"他用血红的眼睛依次凝视着每个人的脸，"也有可能是两个，就站在你们中间！这个人在接到我的通知后打了一个电话。十分钟后，两个装扮成警察的人到了海关，带走了林简。"

汉默审视着每个人的脸。警察们手背在身后，叉着腿站着，一动不动。

汉默从腋下拔出枪，啪的一声放在桌子上："但是他藏不了多久，我马上就能找到他。我可以保证我不会用枪，我会把手塞进他的喉咙，把他的五脏六腑拽出来！"

汉默再次凝视着面前的警察，每个警察昂着头，面无表情。

汉默一字一句地命令道："听着，我要机场所有的监控录像，停车场、天桥、接机厅、海关、入境处、候机厅……所有你们能找到的都给我找来！明白了吗？"

"是！"警察齐声喊道。

"滚！"汉默吼道。

警察争先恐后地向门口冲去。

"丹尼！"汉默叫道。丹尼站住，转身回来。汉默看着他没有说话，等众人走出去。

"你接到我的电话后做了什么？"汉默问道。

“我马上向在场的人宣布了情况。”丹尼回答道。

“你把当时在场的人的名字给我！”汉默说道，“然后呢?”

“按照你的命令，我叫上乔治一起走。他让我先去开车，他去一趟仓库。五分钟后我们在车库碰面就出发了。”

“他去仓库干什么?”

“他的防弹背心坏了。”

“非常痛心你母亲的朋友被杀害。”

李一石轻轻地叹了一口气：“销毁头盖骨的线索，你做得对！如果在当时的情况下，我也会这么做的。”李一石陷入沉思，喃喃自语，“围绕着头盖骨，不同的人有不同的目的，金钱、猎奇、收藏、宗教……有人要占有头盖骨，有人要毁掉头盖骨，有人要用它作为媒介达到目的，千奇百怪，无所不有，但有两点似乎可以确定：第一，头盖骨可能还在这个世界的某个地方；第二，我们的对手很强大。他们为了达到目的可以不择手段。”他靠在轮椅上喘着气，刚才的一番话似乎消耗了他所有的气力。

林简看着李一石的脸，像试图读懂一部晦涩难懂的书。

李一石拿起信封递给林简：“这里面是你新的护照、信用卡、现金和曼哈顿上西区的一个公寓钥匙。你可以在那里暂住，那里绝对安全。记住，不要和任何人联系！有紧急情况打信封里的电话，响三下，然后挂掉，有人会打回来。”

林简迟疑一下，接过信封。

李一石露出一丝疲倦的笑容：“你先休息两天。我和中国方面联系，准备去北京查找一些线索。你能和我一起去吗?”

看着李一石殷切的目光，林简缓缓地摇摇头，站起身来。

“那你打算做什么?”李一石问道。

“去图书馆。”

52

1911 年建造的纽约公共图书馆，坐落在曼哈顿最繁忙的第五大道上。

图书馆是经典的法国美术学院派建筑风格，简洁、现代的线条点缀着繁复的巴洛克装饰和雕塑。馆内藏有五千多万册书籍，是世界上第四大图书馆。

飘扬的雪花中，林简穿过马路和上班车流，走向前方路边站着的两个大理石狮子。

20 世纪 30 年代，美国历经历史上最大的经济萧条期。纽约市长勒瓜迪亚给两个石狮子分别取名为耐心和坚韧，用以鼓励成千上万在饥饿和困境中苦苦挣扎的纽约人。

“耐心和坚韧，”林简想，“正是我现在需要的。”她在狮子中间穿过，快步走上宽阔的花岗岩台阶。

进门右转，林简来到二楼，走进图书馆最大的阅读室——罗斯阅读室。在空中明净的水晶吊灯的照耀下，一个像足球场大、可以坐一千人的阅读室出现在她的面前。因为时间还早，阅读室里空旷寂静。

抱着一大摞书，林简走到角落里的桌前坐下。她拧亮古朴的青铜台灯，灯光温柔地照着她面前书的封面，《寻找北京猿人》《北京人在哪里?》《头盖骨之谜》《断裂的链接》《迷失的证据》……

林简一边看书，一边做笔记。

看完一本，林简抬起头来，阅读室的座位已经快坐满了。雪不知什么时候停了，太阳光从阅读室的窗户照进来，落在光滑的大理石地板上，细小的灰尘在阳光中飘浮。宽大的书桌，墙上的油画，一望无际的书架，读书的人被笼罩在柔和的光晕里。

她突然想到了克拉克，想到他在刺眼迷乱的光照中从办公桌站起的样子……

她意识到从昨天下午，克拉克的影子一直在她的心里摇动。带着腼腆笑容的克拉克和杀死母亲及卡特琳娜的蒙面杀手，她不能把他们重叠。她内心深处顽强地拒绝把他们重叠。

她依旧记得克鲁斯名片上的电话号码。“可以给他打电话，也可以去他办公室当面问他。”林简想。她努力把这个冲动压下去，伸手拿起一本书，开始低头阅读。

石头冰凉，冷却着纷乱的思路。

林简坐在图书馆门口的花岗岩台阶上，吃着从门口小贩那里买的热狗。

看着面前第五大道的车水马龙，她回想着书中内容。

好几本书是当时在协和医学院研究所的工作人员撰写的回忆录，有美国人、德国人和中国人；有前纽约自然历史博物馆馆长夏皮罗博士的研究和搜寻失踪头盖骨的记载；有中国考古学家详细描述头盖骨的发现、保护和最终失踪的亲身经历；也有各种虚构的文学和冒险故事；甚至还有一本北京猿人大战日本巨兽哥斯拉的故事……

几乎所有书都遵循同样的格局：人类进化历史—发现北京猿人头盖骨—头盖骨的重大意义—头盖骨失踪过程—寻找头盖骨。但在1941年12月5日这个时间点，各个作家的故事产生巨大的分歧。当装运头盖骨的卡车驶出协和医学院大门，后面的故事展现了不同作者的调查结果、演绎力和想象力。林清明的名字被多本书直接或隐晦地提到，认为他是监守自盗、应为中国和人类的伟大考古发现及极其珍贵文物的失踪负责的千古罪人。

林简看着手中做的笔记，食不知味地咀嚼着热狗。各种故事纵横交错，细节纷繁。在无数不同版本的叙述和细节中，林简感到似乎缺失了什么东西，但她却一时想不出是什么。

一口喝光瓶子中的水，她把瓶子扔进废物箱里，带着这个疑问又回到了阅读室。

图书管理员轻声提醒读者还有一个小时就要闭馆了。

林简茫然地抬起头看了看墙上的钟，七点零五分。她看窗外，外面的天已经全黑了。

看着那些一百多年的古朴长窗，林简突然想起被大火烧毁的凯特琳娜的美丽古堡，那个大门上方带着十字的彩色玻璃的窗口，那个包含着日期的八个数字密码，四十多年前的那个傍晚，外祖父站在雪花飘落的院子中间……

林简闭上眼睛，想象着所有的情形。“没有漏掉任何东西啊。”她想。

她再次把自己放在外祖父林清明站着的地方，环顾四周，没看到任何东西，只有正前方缓缓驶进院子的军用卡车。驾驶室的挡风玻璃后面两个带着船形帽的影子……

她突然意识到那个缺失的信息是什么了。

那两个押送头盖骨的海军陆战队员是谁?

林简走到问讯台，一个年轻的女图书管理员微笑地问：“都看完了?”显然她已经熟悉了这个专门借关于北京猿人头盖骨书籍的女子。

林简笑了笑，问道："我在找一个细节，不知道图书馆还有没有其他这方面的书？"

"我看看。"图书管理员在电脑里检索。

"所有的书都在这里了。"她把电脑屏幕转过来让林简看。林简快速地看了一列书名，她已经借了所有这类书。

"谢谢！"她微笑着对管理员说，转身离开问讯台。管理员点点头，开始整理面前的还书。她一抬头，发现林简又站在她面前。

林简有些不好意思地问道："有没有可能有的书没有输入电脑里？"

"不可能吧？"管理员迟疑地回答，"请等一下。"她消失在问讯台后面的小门里。

过了一会儿，她又从小门里出现，后面跟着一个留着大胡子的中年男子。

"你找什么资料？"大胡子的眼睛从厚眼镜片后看着林简。林简简短地向他说明她要找的信息。男子面无表情地看着林简，似乎在想着什么。

他迟疑地说道："倒是有一部分图书已经移到了正在建造的布莱恩公园地下的藏书室。"

"你是说'草地下的图书馆'工程？"林简问道。

大胡子点点头："是的，但现在还不对外开放……"

"这些资料对我非常重要！"林简真切地说道。

大胡子沉吟道："不过我可以破例让你看一次。"

"真是太谢谢了！"林简感激地说道。

大胡子依旧面无表情，一板一眼地说道："你得在楼下的书籍索引卡室查到你想要的书，然后走到地下室，右拐，一直往前，穿过两个双门，就到了公园的地下藏书室。"

他看了看手表："你得快一点儿，还有四十分钟就要关门了。"

1983 年，纽约公共图书馆开始扩展藏书空间，在布莱恩公园的大草坪下面挖掘了一个一万两千平方米的两层藏书室，计划能储存三百二十万册图书和五十万个微型胶卷。

通往公园藏书库的走廊还没有完工。光秃的墙壁和裸露的电线在白炽灯下显得苍白和凌乱，空气中充满了阴冷和未干水泥的味道。

林简再次看了一眼手中的纸片，上面写着两个书名和书架号。她推开第一个转门，感觉近三十米的地下走廊比想象的要长得多。

四周一片安静，只有身后的转门慢慢关上的吱呀声，在冗长、密闭的走廊里显得出人意料的响亮和刺耳。伴随着单调的脚步声，林简推开第二道沉重的门。

面前是个她从来没有见过的世界。

傍晚，纽约警察局。

汉默独自坐在地下室的影像资料室，一手拿着一片凉比萨，一手拿着遥控器，看着监控录像。

录像中两个穿警服的男子从一辆车里出来，走出停车场，向候机楼走去。汉默在车的画面定格，拉近，但车牌被什么东西挡上了。

汉默把录像快进。两个男子再次出现，正在离开监控镜头，从天桥向停车场走去。林简夹在他们当中。他注意到三个人的位置有些怪。林简左边的高大男子没有和她并排走，似乎有意落后半步。他把画面集中在那个男子。男子走路的姿势比较特别，左腿似乎有些瘸。

汉默看到林简的头部似乎有一个轻微的动作，然后三人消失在天桥通往停车场的门里。

汉默把录像带回放，设成慢镜头，把画面集中在林简身上。林简的头先向右面扭去，似乎从天桥的玻璃上看到什么，然后向那个男子转过头去。那个男子同时也转过头来，两人四目相对。男子对林简说话，林简背部突然放松，然后三人走向出口。

“他们认识!”汉默判断他们至少以前见过面。

汉默把录像再次倒回，看着那个男子走路的背影。他突然觉得他在哪里见过这个背影。

汉默闭上眼：“我在哪里见过这个背影?”

他把剩下的比萨胡乱地塞进嘴里，扭转头寻找餐巾纸。他突然想到了什么，把手在裤子上胡乱地擦了擦，站起身来，从档案柜里拿出另一盘录像带，上面写着：林简，机场，1988 年 12 月 27 日。

屏幕上显示一辆同样的车停在机场候机楼门口，一个身材高大、戴着鸭舌帽的男子从驾驶室出来，微瘸着腿走到车的另一边……

汉默认出他和刚才录像里的警察是同一个人。他打开车门，林简下车，走进候机厅。男子坐回车里。

画面定格。

看着男子钻进车里的背影，汉默想起自己在哪里见过这个背影。

十八轮大卡车向他撞来，林简的尖叫，被挤压在车里的山姆，他爬出燃烧的车。他向前方的两个劫持林简的人开枪，其中就有一个高大、戴着鸭舌帽的身影。

现在每件事都连起来了。汉默的脸上第一次露出微笑，点燃了一支烟。

53

苍白的灯光下，林简目瞪口呆地看着面前两层楼高、绵延无尽的书架。

空气中充满了陈旧的纸张和新鲜油漆的怪异混合味道。林简看了一下手中纸上记下的两个书架号，第一个是KM2857，书名是《北京猿人》。

林简抬头看到面前架子的编号是开始的AA。她沿着像丛林一样的书架快步向前走。两边的书架很多还都是空的，像一个个黑暗中的洞穴。整个藏书大厅有种令人不安的安静，她可以听到自己渺小的脚步声缓缓传向远处，被巨大的空间不露痕迹地吞噬。

她在“K”打头的书架前站下，犹豫地看着书架深处的黑暗和阴森。她环顾四周，试图找到电灯开关，突然有一个如响雷般的声音从书架上方传来。

声音由远到近，由轻到重，像千军万马、洪水猛兽向她汹涌奔腾而来……

林简花了几秒钟才意识到那是公园边上的地铁发出的声音。地铁像在她头顶上开过，震耳欲聋，然后就杳然而去，四周又堕入稠密的宁静。

林简深吸一口气，向书架深处走去。这时她头顶上的一排灯自动地亮了，她脸上露出微笑。她在书架中部找到了《北京猿人》。

把书抽出来，林简觉得不对，书大而薄，原来是一本少儿科普图画书，图文并茂地用浅显的文字和图画描绘了北京猿人的生活习性和他们在进化论中的重要地位。

林简失望地把书放回原处。

第二本书的书名是《失踪的北京猿人》，书架号是WV2315。林简在藏书大厅的尽头找到这本已经泛黄的书。

作者是好莱坞的制片人马蒂斯。他在自序中写道：

他很久以前就听说过北京猿人头盖骨神秘失踪事件，一直想拍一部有关这个故事的惊险片，于是开始了这方面的研究。但是随着研究的深入，他越来越被这个故事的错综复杂、当事人的纷繁背景、情节的跌宕起伏迷惑和吸引。他花了整整三年的时间，查阅无数的资料和线索写出这本书。在序言的最后他再次声明，他试图避免得出任何主观的结论，所以尽量客观地陈列他在调查中得到的事实。

林简盘腿坐在地上，开始看这本并不厚的书。

看到三分之一的时候，林简被马蒂斯做研究的严肃认真、一丝不苟的精神折服。他在书中多次声明，他从来没有去做实地考察以及和任何当事人见面和谈话。所有的研究资料来自全国各大图书馆、华盛顿的美国国会图书馆、美国退伍军人协会、纽约自然历史博物馆记录……

林简注意到马蒂斯详实地收集了所有美国的资料，但是却没有硬币的另一个面，书中很少提到直接来源于中国和日本的信息和研究。

在 123 页的下方，林简找到了她想要的信息。

“在魏敦瑞博士的安排下，中国协和医学院古人类研究所把北京猿人头盖骨和其他一些重要的化石分装两个箱子，运往纽约美国自然历史博物馆。1941 年 12 月 5 日，美国驻北京的海军陆战队的两个队员驾驶卡车前往研究院提取两个木箱子，把箱子按计划护送到第二天开往秦皇岛的火车，然后搭乘‘哈里森总统’号由海路运往纽约……提取两个化石箱子的任务由比利·麦肯塔尔上士和嘉士伯·罗杰斯中尉担任。”

响雷声从远处飞速奔腾而来，又一辆地铁从她的头顶呼啸而过。

林简在她的笔记本上写下两个名字：

比利·麦肯塔尔

嘉士伯·罗杰斯

林简活动一下麻木的双腿，准备在闭馆之前把书看完。

这时她听到了一个声音。

纽约，唐人街。

晚饭时间的马特街拥挤着来自世界各地的游客，伴随着小贩的叫卖声和鱼市水果摊饭店飘出的各种气味。游客们兴致勃勃地在充满异域风情的街区东张西望，挑选着路边小店出售的面目模糊的玉佛、编织粗糙的中国结、廉价的真丝围巾和十美元的世界名表。

热门的饭店门口站着慕名而来的食客，手里拿着写着数字的纸片，一边等自己的号码被叫到，一边带着夸张的表情看着隔壁的水产店。两个穿着黑色胶皮围裙的伙计用锋利的薄刀宰杀活鱼。带着血腥泡沫的污水从店里湿漉漉的地板溢出，缓缓流滞在人行道上的凹坑里。

一双皮靴踩过污水。

黄普微瘸着腿，高大的身体毫无阻力地穿过饭店门口等待的人群，走过两家门面，进入一个没有任何标记的小门。

小门里面是一段高而陡的木头楼梯。沉重地走在吱嘎作响的楼梯上，黄普感到腿又开始隐隐作痛。

楼梯的尽头是个不大的平台和一扇黑色的门。黄普在门上有节奏地敲了几下，没有回应。他等了一会，又敲了一次。

哗的一声，门上方的一个小窗打开，露出一张凶恶的脸。他看到黄普，微微点点头。门后响起拉开沉重铁门栓的声音。

黄普跟着满身肌肉的大汉走在一条亮着幽幽红灯的走廊里。

走廊的两边有很多门，门上写着《三国演义》上面的地名。黄普微瘸着腿，眼帘低垂，看着大汉脑后乌油油的辫子。

大汉走到一扇门前停下。门上遒劲地写着“长坂坡”，黄普满意地微笑。

大汉敲门，里面传来一个娇柔的声音：“英雄请进。”

大汉回到门口的椅子上坐下，从口袋里拿出一个袖珍游戏机，继续玩“超级厨师”游戏。

他选鲍鱼作为食材，开始和屏幕里的两个超级厨师的挑战者准备比拼菜肴。他准备做一个头台，两个主菜，一个点心。他手指飞快地按键，开始准备菜肴。

有人敲门。他痛苦地低声嘟囔了一声，暂停了游戏，走到门后。

敲门声又响起，但没有暗号。他骂了一声，坐回椅子上，拿出游戏机。

敲门声再次响起，他没有理睬。停了一会，敲门继续，反复不停，让他不能集中注意力准备得意的菜肴。他愤怒地抬起头，看着结实的门和粗大的铁栓，听着坚持不懈的敲门声。他注意到敲门的位置在门的中部。

“他妈的又是哪个小孩捣乱。”他嘟囔着，不情愿地走到门前，哗地打开窗口。

门外没有人。

他贴近窗口试图看看门下方。

他的眼睛突然一花，喉咙被一只像铁钳般的手掐住，一时不能判断脖子上的剧痛和空气突然缺失哪个更痛苦些。他试图后退挣脱，同时张开嘴喘气。一个冰凉的金属物体突然插进他的嘴里，让他开始干呕。

在惊恐的泪眼模糊中，大汉看见插在自己嘴里的枪管、枪管后面的手、手臂上褪色的皮夹克和窗口后面阴影里的一双冷酷的眼睛。

那只强有力的手把他猛地拉回窗口。

“开门！”一个声音在他耳边低语，“警察！”

54

林简开始以为是地铁呼啸而过后耳膜留下的幻听。她闭上眼睛，集中精力。

有一个声音来自她右前方的书架中间。这是一种细碎的声音，像是什么东西悄悄向她靠近。她睁开眼睛，向出现声响的地方看去。昏暗的灯光下，除了一排排的书架和深处的黑暗，看不见任何东西。

声音消失了。

林简环顾周围，试图找一件可以防身的东西，但四周除了书就是巨大的书架。

她再次听到了那个声音，离她更近一点。她突然看到书架的阴影处有一个圆柱形的踏脚凳。她把书轻轻地放在墙脚，站起身来。

四周一片寂静。林简两手拿着踏脚凳，向声源一步一步走去。

走廊里灯依次亮起来。在亮灰色的灯光下，一本本书整齐地排列在书架上，沉默着，没有任何活动的痕迹。

林简站在走廊中间，一时不知该怎么办。

一声巨响，一辆地铁从她的头顶呼啸而过，让她失去所有听觉。

林简手里紧张地握着凳子，刚要往前走，突然感到肩膀被碰触了一下。她条件反射地惊跳，把踏脚凳抡圆了向身后砸去。

在地铁震耳欲聋的轰鸣声中，在灰白色的灯光下，林简看见一条试图阻挡凳子的胳膊、花白的胡子和厚镜片后面惊恐的眼睛……

"砰"的一声，一个身体沉重地倒在地上。

"对不起！对不起！你没事吧？"林简放下凳子，一边向躺在地上的大胡子图书管理员连连道歉。

大胡子管理员一手捂着胳膊，坐起身来，眯着眼睛忙乱地寻找近视眼镜。林简在书架脚边找到了眼镜，还好没有碎掉。她一边道歉，一边递给他。

大胡子管理员戴上眼镜，委屈地揉着胳膊："你怎么回事？闭馆时间已经到了，我特地过来叫你。看你一个人站在这里，叫你两声，你都没有回答，我才过来拍你的肩膀。"

"太对不起你了！"林简再次道歉，搀扶大胡子站起来。

"你学过功夫吗？"管理员低声嘟囔着。

他们向门口走去。

林简突然想起什么，停住脚步："真是对不起，我的书还放在地上，我把它放回去。"

大胡子管理员很不情愿地跟着林简走到大厅尽头的墙边。林简停下脚步，低着头看着地上的书，脸上露出迷惑的神情。

管理员看看表，有些不耐烦地问道："又怎么了？"

林简抬起头来，看着管理员不解的神情："书好像被人移动过了。"

幽暗的房间。

《梅花三弄》古筝曲飘浮在沉闷的燃香之间。

黄普脸朝下趴在按摩床上，臀部盖了一块白毛巾，露出肌肉遒劲、被刺青覆盖的后背。

按摩小姐柔软的手有力而准确。他身体里各个隐秘的按钮被撩拨、揿按、串通，像一个个小火苗被温柔地依次点燃，然后连成一片。他的身体开始发热、燃起，全身的疲劳和疼痛融化成光滑的液体，缓缓流向身体下部。

那种流动的感觉慢慢停止、凝结、聚集成雄浑的固体。热和凉、劲与柔、疼与麻的交替和反差让渐渐勃发的欲念伸张、膨胀，带着血脉的搏动……

一曲结束，桌子上的收录机自动倒带，发出“嘶嘶”的声音。房间里突然变得安静，小姐用细细的手指略带夸张地掀开黄普臀部上的毛巾。

走廊里传来匆忙的脚步声，然后停在房门外。黄普突然从按摩床上跳起，按摩小姐带着一声尖利的惊叫从他的身体上飞了出去。黄普冲向边上的椅子。

“砰”的一声，门被踢开，三个人冲进来，三个明亮的手电筒照亮房间的每个角落。电筒后面是三个举着手枪的黑影。

黄普迅速摸到了挂在衣服边上的枪套。他全身赤裸，胸口茂盛的黑毛和刺青下，只有一块毛巾古怪地吊在他的胯骨前。

“别动，警察！”一个声音在手电光后面喊道。

裸体站在电筒的强光下，黄普像一头被围困的野兽，面无表情。

“举起手来！”一个像生铁般的声音一字一句地吼道：“否则我们就打死你！就现在！就在这里！”

黄普凝视着手电光后面的黑色人影和黑洞洞的枪口，他按着手枪的手青筋爆出……

收录机突然开始播放《渔舟唱晚》。疏落、宁静的古琴瞬间充满剑拔弩张的房间。

黄普下身的毛巾颓然落下，手慢慢离开了手枪。

林简从宽敞明亮的电梯里走出来。

她走过拐角巨大的镜子和放着一大捧鲜花的高台，左拐向她的房间走去。

她在房门口站住，低下头注视着门上古旧但依旧明净的铜把手。在门把手和门框边缘一个细小的木刺之间连着一根黑色头发。她舒了口气，用钥匙开门。

林简没有开灯，走到窗前的沙发前，放下背包，然后靠在沙发上。

看着从窗帘缝隙照进来的月光，听着暖气片有节奏的“嘶嘶”低吟，她突然感到疲乏像黑暗而温暖的潮水一样涌来。

在半梦半醒间，林简有一种奇怪的感觉，黑暗中有人看着她。

她慢慢睁开眼睛，看到一张英俊的脸。看见她睁开眼睛，他的脸上露出大男孩般的明亮笑容。

“克拉克？”林简喃喃地问，“你怎么进来的？”

克拉克没有说话，微笑地看着林简。他的笑容让林简感到温暖和亲近。林简默默地看着他，一瞬间心里充满宁静和甜蜜。

黑暗中克拉克的脸似乎在慢慢变化，笑容逐渐消失，变成另外一个陌生的脸。在林简反应过来之前，那张脸已经变成一个鬼的脸，血红的眼睛，只剩下黑洞的鼻子，额头突出的尖角，嘴里交错的獠牙。他张开血盆大口，嘶叫着向她扑来……

林简大叫一声跳起来。她发现自己坐在沙发上，周围一片黑暗。她花了几秒时间才意识到这是一个噩梦。

她深深地呼吸，让心跳平静下来，站起身来打开灯，房间变得光明而冷清。

她走进厨房，从水龙头接杯水一口气喝下。她再次打开水龙头，把水撩在脸上。冰凉的水珠让她完全清醒过来。她打开冰箱，冰箱里堆满各种即食食品。她拿出一个比萨，放在微波炉里加热。

林简把比萨放在茶几上，坐在地毯上，背靠沙发，一边吃着比萨一边看在图书馆写下的笔记。

过了一会儿，林简发现注意力无法集中，思路不断滑向克拉克。她无味地咀嚼着比萨，想起他们在一起吃节日比萨大餐时，穿着雪白衬衣的克拉克仔细地把塑料餐具在桌子上整齐地摆好的场景。

林简闭上眼，摇摇头，把克拉克的影子从脑子里甩出去。她睁开眼，凝视着笔记本上的两个名字。

55

李一石闭着眼睛。

他能看到自己雪白病态的手触摸的旷世国宝、名贵古董、珍奇异宝、无价字画……

他的耳边清晰回响着刀锋砍在肉体上细碎而锋利的声音，密集的枪声、凄厉的惨叫、垂死时粗重的喘息声……

几十年的岁月，在他大脑皮层上留下清晰的印记。

有人敲门。他吃力地睁开眼睛，竭尽全力试图回到纽约摩天大楼的顶层花园。

李珂推开门，快步走进来，脸色在昏暗的灯光下显得苍白。

“警察抓了黄普……”李珂的声音尖而响。

李一石拿起茶杯，喝口水，缓缓问道：“什么时候?”

李珂看看表：“大概四十分钟前。黄普去了他常去的一家按摩院。五分钟以后，警察就到了。”

“通知律师了?”李一石问道。

“我已经让盖瑞去警察局将黄普保释出来。盖瑞以前没有为我们办过任何案子，所以他和我们不存在任何可查的关联。”

李一石点点头，闭上眼睛，示意李珂可以离开。

李珂想说什么，但没说出口。他走到门口然后转过身向李一石走来。

“父亲!”他试探地叫道。

李一石面无表情，依旧闭着眼睛。

“我能和你谈谈吗?”他问道。

李一石不置可否。

“父亲!”李珂声音微微颤抖，但依旧选择说下去：“你不觉得你正在毁灭你一手建立起来的王国吗?!”

李一石依旧面无表情。

李珂苍白的脸慢慢变红，声音渐渐响亮：“警局的人告诉我，汉默是所有这一切的后面操纵者。他把手中的证据拼凑起来，想从黄普或其他人身上打开缺口，最后连到你和公司……我不知道他的动机，也不知道他扮演什么角色，但他是非常危险的人，做事不择手段，不达目的绝不罢休!”

“你走吧。”李一石闭着眼睛说道。

“不！我不走!”李珂坚定说道，“总得有一个人告诉你事实和真相！你不觉得你这样做太自私了吗?”

李一石睁开眼睛。

“是的，你太自私了！为了自己的偏执和嗜好，置大局而不顾，让自己和公司陷入完全没有必要的危险境地。我们花了十几年的时间才把公司变成合法、干净、受人尊敬的公司。外面街上千百只狼等着把我们置于死地呢，现在你自己却一夜之间要把一辈子的心血彻底毁掉？为什么？为了那两块破骨头?”

李一石看着李珂。

“对不起，父亲。”李珂说道，“但是我说的是事实。上次汉默和我见面的时候，他暗示我，他对公司没有兴趣，只要林简。”

李一石依旧沉默。

“既然这样，我们可以一下摆脱两个给我们制造麻烦的人。”李珂回答。

李一石注视着李珂的脸。

李珂意识到自己可能说错话了，低下头，怯懦地看着地板。

“如果你不是我儿子的话，”李一石的声音平缓而冰冷，“你已经是死人了。如果你再次和我这样说话，你就是个死人了。”

李珂关上门，走在铺着厚地毯的走廊上。

一个在他心里思忖了很久的想法，从来没有像此时这么强烈而清晰。

汉默和丹尼并排站在单面镜后，看着坐在审讯室里的黄普。

“把监控录像关了!”汉默低声说道。丹尼犹豫地看着他。

“去做!”汉默说完向审讯室走去。

黄普坐在桌子的远端，弓着熊一样的身体，戴手铐的两手交叉放在桌上，阴沉地看着前方的镜子。

汉默走进房间，靠在墙上，点燃一支烟：“豺狗?好名字!”他吐出一口烟，“在非洲大陆，豺狗吃狮子和老虎撇下的腐肉，包括皮毛和骨头。它们过后，什么也不会留下，抹去所有的痕迹。你给李一石做所有脏活，清洁他的狗屎，所以他可以体面地做着亿万富翁、慈善家。”

黄普的眼帘下垂，看着自己巨大的手。

汉默看着手中的文件夹：“你的犯罪记录上有三起谋杀，还有纵火、敲诈、洗钱。每次李一石都给你请最好的律师，所以你每次都是无罪释放，或是辩诉交易而轻判。”

汉默把文件夹放在桌子上：“但这次不一样，因为我亲自办你的案子。你将以袭警杀警、胁从逃犯、冒充警察罪名起诉。我不能保证任何事情，但我可以保证你会在监狱度过你的余生。”

黄普凝视着自己的手，好像那里写着什么神秘的文字。

“这次没有人能帮你，也没有人会帮你，因为李一石也自身难保。”

汉默松开手，烟坠落在地上，用脚踩灭。他看着面前的黄普，语气突然变得像熟识的老朋友：“我知道你是硬汉，不怕天，不怕地，不怕死，但是我知道在这个世界上你怕什么。”

黄普面无表情。

“你九岁杀了第一个人。”汉默继续说道，“他是你的继父。他虐待你母亲，曾经把你关在黑暗的壁橱里三天三夜。”

黄普的脸抽搐了一下。

汉默不易察觉地微笑一下，把脸凑近黄普，凝视着他眼睛：“你知道我能保证你一个人被关在单牢里，没有窗，没有光，你在里面慢慢腐烂。从心理开始，然后是身体。你一个人慢慢死在号子里，没有人知道、也没有人在乎，就像你五岁时你继父对你做的一样。”

汉默停下来，让他描绘的画面深入黄普的脑子里。

黄普垂下了头。

“但是事情也可以不是这样。”汉默低声在黄普耳边说，“只要你和我们合作，我可以保证检察官会给你一个满意的辩诉结果。”

黄普抬起沉重的眼皮看着汉默。

“你只要上庭指证李一石是命令你做所有事情的人，”汉默看到黄普的眼睛里出现变化，“我们有完整的证人保护程序，作完证你就可以远走高飞。我保证没有人知道你去了哪里，也没有人知道你是谁。”

汉默停下来看着黄普。这一刹那他看清了黄普眼睛里的东西，他飞快地后退，但已经太晚了。黄普两只大手一下子掐住他的脖子，巨大的力量把他一下子拖上了桌子。

汉默的脸涨得血红，伸手掰黄普的手，但黄普的手像铁钳一样，纹丝不动。门打开，丹尼冲进审讯室，举枪对着黄普的头。

“放开他！”丹尼命令道。

汉默感到黄普的手掐得更紧了，他的视线开始模糊。

丹尼用手枪柄猛力击打黄普头上，鲜血顿时流下来。黄普的手松了一下。在电光火石之间，汉默转过身，穿着靴子的脚一下子踹在黄普的老伤腿上。黄普大叫一声，松开手。汉默一脚踢在黄普的胸口上，黄普带着椅子仰面朝天倒在地上。

汉默喘着粗气，猛力踢着地上的黄普。乔治跑进来，看着房间里的情况，不知道发生了什么。

汉默转过身："怎么了？"

"他的律师到了。"

汉默猛地踢在黄普的伤腿上："让他进来。"

56

盖瑞是个矮小的秃头男子，穿着在普通百货商店买的皱巴巴的西装，拎着一个满是划痕、磨得发亮的黑皮公文包。

但他是布鲁克林甚至是纽约最好的律师之一。

有人问他为什么总能成功地说服陪审团证明他的客户无罪，他略带羞涩地说："当他们坐在那里，面对一个看上去和他们一样的律师，用他们的思维，说着他们的语言，让他们看到一个和他们一样的人做了他们内心深处想做但不能做的事情，他们会愿意被你说服的。"

盖瑞跟着那个胖大、戴着棒球帽的警察走进审讯室，马上感到一种浓重的紧张气氛。他的新客户黄普低着头坐在审讯桌前的椅子上，边上站着一个黑发的年轻便衣，另外一个穿着皮夹克的男子靠在墙上，脸藏在灯光的阴影里。盖瑞走近黄普，看到他脸上有新鲜的血迹和痛苦的表情，丝毫没有露出心里的欣喜。

胖大警察介绍说，穿着皮夹克的男子是特警汉默。盖瑞微笑地自我介绍，递过一张名片。汉默伸出手来，拿起桌子上的烟，点上。

盖瑞微笑着把名片放在桌子上："很高兴和你见面，先生……我能和我的客户交谈吗？"

汉默用夹着烟的手做了一个悉听尊便的手势。

盖瑞笑了笑表示感谢，然后对汉默说："单独。"

汉默想说什么，但没有说出来，因为他知道根据法律，面前的律师提出的要求是正当的。他向两个手下点点头，三人向门口走去。

"十分钟。"汉默冷冷地说道。

门关上，盖瑞走到黄普面前坐下："黄先生，"他的声音急切但清晰，"我被聘请做你的律师。”

黄普抬起头，怀疑地看着面前的小个子。

盖瑞看了一眼背后巨大的镜子，低声而急促地说道：“我们现在要做的是，让你尽快取保获释，离开这里。你懂我的意思吗？黄先生。”

黄普面无表情看着他。

盖瑞从包里取出一个高级的宝丽来即现相机，仔细地给黄普的脸上、头上的伤口拍照。

“他们虐待了你？”盖瑞试图掀开黄普的衣服查看。

黄普一把挡住他的手。

汉默和丹尼从单面镜里看着审讯室，汉默脸上带着一丝冷笑。

身后的门开了，乔治走进来：“汉默，电话。”

汉默看着单面镜，没有回头：“没空。”

乔治迟疑地说：“他说是关于林简的消息……”

盖瑞满意地依次看着手上的照片，然后抬头看着黄普：“根据法律，他们只能拘留你二十四小时。二十四小时后，他们要么释放你，要么起诉你。现在有了这个……”他掂量着手上的照片，“我要求他们马上释放你。”

黄普低头没有说话。

盖瑞把照片放入口袋：“黄先生，我会马上回来领你出去的。在我回来之前，不要说一句话，不要做任何愚蠢的举动。你能做到这两点吗？”

黄普没有反应，依旧默默地低着头。

“你明白我说的话吗？黄先生。”盖瑞提高了嗓音。

黄普慢慢抬起脸，看着盖瑞，目光深邃而平静，但里面有一种东西让盖瑞毛骨悚然。

“你真的认为我可以出去吗？”黄普平静地问道。

“为什么不?！我可以保证你能！而且我们任何时候都不能丧失信心！”

黄普慢慢站起身来，他比盖瑞高一头，戴着手铐的手交错放在胸前，向房间另一头的巨大镜子走去。盖瑞试图阻挡他，被他拨拉到一边。

苍白的灯光从天花板洒下来，照着深夜空无一人的办公室。

汉默走到自己的座位前，拿起听筒：“你好！”

电话里没有声音。

汉默不耐烦地："喂!"

还是没有回应。他正准备挂掉，电话里传来一个有礼貌的女声："是特警汉默吗?"

"是的。你是谁?"汉默问道。

"请等一下，特警汉默。"女声彬彬有礼地说道，"我帮你转过去。"

"你是谁?!"汉默不耐烦地问道。女子没有回答，电话被转入另一条线。

"这是他妈的搞什么鬼!"汉默拿着电话骂道。

黄普站在镜子前，目视前方，仿佛能看到镜子的另一边。他慢慢抬起戴手铐的双手，举过头顶，脸上露出古怪的微笑。

站在房间另一端的盖瑞目瞪口呆地看着黄普奇怪的举动，不知他要干什么。

黄普前方的巨大镜子突然破碎。

汉默手里拿着电话，听着里面电流的"嘶嘶"声。他按了一个键，对方是警察局总机："我是特警汉默，查一下对方的电话从哪里打来的。"

汉默从口袋里拿出烟，叼在嘴上，开始在口袋里摸打火机。他突然想到打火机留在审讯室，骂了一声，低头拉开抽屉。这时他听到一声细微的声响，他眼角的余光看到面前的墙上突然开出一朵丑陋而古怪的花……

汉默全身肌肉突然绷紧，爆发，身体越过面前的桌子，重重地摔在地上。

"当"的一声，第二颗子弹打在汉默身后的文件柜上。汉默拔出手枪，身体紧紧地贴在桌子后面。

房间里一片安静。汉默打开枪保险，从桌子后面微微露出头，向子弹来源的方向看去。

突然一个声音从他头上传来。

"特警汉默，那个电话号码被对方屏蔽了。特警汉默，你还在吗?"

汉默坐在地上，双手举着枪，心里有一种强烈的不祥预感。他慢慢探出头去，看着刚才子弹射来的方向。房间和刚才一样，空无一人。视线的尽头是一扇半掩的门。他突然翻身而起，握枪的双手架放在桌子上，瞄准前方。

房间依旧一片寂静，只有他面前的电话发出"嘟嘟"的忙音。

汉默举着枪，一步一步地向门口走去。

站在办公室门口，汉默看着两边空旷的走廊。那种不祥的预感再次袭来。

他突然拔腿向审讯室跑去。

汉默举着枪，一把推开审讯室的门。

他第一个感觉是走错了房间。他花了两秒钟才意识到正面巨大的玻璃已经没有了，只剩下参差的残片。靠墙的一边，丹尼单腿跪在地上，面前躺着乔治庞大的身体。丹尼在给他做人工呼吸。看见汉默进来，丹尼跳起来，扑向墙上的电话。

汉默走到乔治身边，蹲下身子。

“乔治！”他叫道。乔治一动不动。

“警官受伤！警官受伤！速派救护车！”丹尼对着电话大声喊道。

汉默看到乔治衬衣上部有一小摊血。他一把撕开衬衣，看到左胸上有一个伤口。伤口很小，几乎没有流血。他伸手触摸乔治的颈部脉搏，没有丝毫跳动。乔治心跳已经停止了。他转过头来，看见丹尼绝望而悲伤地望着他。

汉默默默地站起来，走向破碎的单面镜，向审讯室看去。那个矮小的律师蜷缩在地板上，鲜血正从他的身下慢慢往外流淌……

汉默从已经不存在的玻璃墙往下看。黄普仰面躺着，一颗子弹打在他的左胸，另一颗打穿了他的头。

57

曼哈顿，早晨。

林简沿着百老汇大街向西，穿过市政大厅和法院大楼。她的背景是两座高四百一十七米、一百一十层的世界贸易大厦双子楼，她们浅白色的长方形表面在冬日的朝阳下闪闪发光，像两个洪荒时代站立在海边的巨人，默默地等待着历史的卷宗在面前徐徐展开。

穿过一片盖着陈旧毡布、沾满尘土和积雪的脚手架，林简向右拐，迎面是一座典型纽约老式的十层办公大楼。

大楼入口的黄铜铭牌刻着“美国退伍军人协会”。

阳光从陈旧的落地长窗照进来，在依然光滑如镜的硬木地板上折射到对面的墙上。墙边排列着整齐的玻璃陈列柜和大大小小的镜框。林简沿着墙看着眼前从美国独立战争到越南战争的各种照片和介绍。陈列柜里展示着美国各军兵种两百多年来的军装、军衔章、旗帜、武器等实物。她停留在第二次世界大战太平洋战场部分照片前，日军偷袭珍珠港、美军和日军激战琉球群岛、麦克阿瑟将军接受日军的无条件投降……

“女士。”一个声音从不远处传来。林简转身回到问讯处柜台前。

一个戴眼镜的胖女子手里翻看着几张打印纸：“我找到了比利·麦肯塔尔上士和嘉士伯·罗杰斯中尉的资料。珍珠港事件爆发时，他们同时在中国被日军俘虏，然后被送往菲律宾的巴拉望岛战俘集中营。”

林简在记录本上作记录。

“你不用记。”胖女子微笑地说，“这些纸你可以留下，但是这上面说，1944 年 12 月，在盟军抵达菲律宾巴拉望岛战俘营前数小时，日本宪兵在副典狱长高桥大佐的命令下，用汽油、手榴弹、机枪残杀了所有美军战俘。”

林简的心往下一沉。

“当盟军到达集中营的时候，仅发现三十六个幸存者。比利·麦肯塔尔是其中之一。”

“罗杰斯中尉呢?”林简问道。

胖女子默默地摇摇头，把手上的资料递给林简。林简接过去，快速地浏览了一遍。在嘉士伯·罗杰斯的名字下写着：1944 年 12 月 14 日，在菲律宾巴拉望岛集中营失踪。

似乎看到了林简脸上的疑惑，胖女子解释道：“因为很多士兵都被关在营房里活活烧死，他们的遗体很难被辨认，所以只能列为失踪。”

林简点点头：“谢谢！抱歉问一下，能查到比利·麦肯塔尔的住址吗?”

“请等一下。”女子低头在电脑上查询：“噢，有了，他住在纽约长岛的一家养老院里，但这是十年前的信息了。”

胖女子整理一下本来已经很整洁的桌面，准备离开古老而阴森的大楼，到附近的街心花园享受她昨晚准备的三明治午餐和中午的阳光。她关了电脑，抬起头，看见一个男子微笑地站在问讯台前。

男子的脸上有强烈阳光照射后留下的痕迹，和纽约冬季每人苍白、阴沉的脸色形成了强烈的对比。

她一下子对他有了好感：“我能帮你什么吗?”她开口问道。

男子微笑："我不知道你能不能帮我。"

"你可以试一试啊。"话出口她马上有些后悔，心想，"我是不是太轻浮了？"

男子似乎没有在意，脸上还是带着温和的微笑："最近我们家族准备整理和追溯家族的历史和成员。我们的一个过世长辈参加过二战的太平洋战争，但在战争中失踪。我们试图找到当时他的一些战友的线索，不知道你能不能帮我。"

"让我试试。你有你家长辈或者战友的姓名吗？"

"有。"男子从口袋里拿出一张纸条，递给胖女人。胖女人接过纸条，上面写着两个名字。

"啊？"胖女人发出一声轻轻地惊叫。

"怎么了？"男子问。

"刚才有一个女士也查找他们。"胖女人回答。

"嗯？"男子沉吟，"她是不是留着黑色短发，这儿有一个小小的疤？"男子指着脸颊。胖女人点头。

"哦，她是我的表妹，比我先到了一步。你帮她查到了吗？"

胖女人点头："你要她查到的资料吗？"

男子点点头："如果不麻烦的话。"

胖女人重新打开电脑："不麻烦，我可以再给你打印一份。"

胖女人把打印出来的资料递给男子，指着最下面的一个地址说："这是比利·麦肯塔尔十年前住在长岛养老院的地址，但不知道他现在还住不住在那里。"

男子接过资料，微笑地再次感谢。

看着男子从前方的旋转门后消失，胖女人的目光落到墙上的钟，她只有十分钟在办公桌后吃午饭了，但是她很高兴，帮助了两个可爱的兄妹，特别是那个表哥，找到了他们想找的东西。

无脸人走出美国退伍军人协会的大门。

站在公共电话亭里看着面前熙熙攘攘的人群，无脸人把他刚得到的信息告诉了对方。对方沉默了一会儿，然后用奇怪的外国口音说道："知道了。"

"你要我做什么事情吗？"

“不。”对方挂了电话。

这个回答出乎无脸人的意料，他走出电话亭，向停在一条街的车走去。他看到前方路边有几个街头小吃摊。

空气中有一种奇怪而熟悉的气味。这个气味安静地引诱着他向前走去，然后突然凶猛地裹挟着他到了一个很远、早已忘掉的地方。

篝火的火焰燎舔着香气四溢的烤肉。孩子兴奋的喊叫声、欢快打闹声荡漾周围。

所有的声音慢慢褪去，黑暗像浓稠、带着危险的液体漫上来。躺在黑暗中九岁的他，听到前方破旧地板发出一声被沉重皮鞋挤压的声音。他慢慢睁开眼睛，不能确定自己是醒着还是又做那个挥之不去的噩梦。从他颤抖的指缝向外看去，一个模糊的红色物体慢慢出现在他的视线里……

匆匆走路的纽约人用吝啬、迅捷的目光看了一眼一个衣冠楚楚的男子，在一个卖烤肉卷饼的小摊前方痛苦地干呕。

阳光在肮脏的玻璃钢窗前犹疑地停留，最后落在汉默面前的白布上，被黯然吸收。

白布的尽头是乔治没有一丝血色的脸。他的眼睛暗淡无神却依然睁着。整张脸像一个硕大而丑陋的塑料玩具，往日的生动和让人喜爱的笑容荡然无存。

汉默看着面前这张变得陌生的脸，想起他平时玩世不恭的样子，永远说不完的黄段子，抱怨永远太小的防弹衣和每次冲入现场前亲吻胸前十字架的情形……他的脸微微抽搐，感到身体里的狂怒像狂风暴雨中的海涛疯狂地向他撞击。

他把手放在乔治的脸上，帮他合上眼睛。他的手下移，指头碰到了那个十字架。

背后的门开了。

“你的电话。”丹尼在他身后轻声说道。

“你他妈在干什么?!”电话里传来刺耳的声音。

汉默闭上眼，眼前出现参议员那张充满魅力的脸和在华盛顿如雷贯耳的名字，他不能将电话里这个像伊丽莎白港口的码头工人一样满嘴下流话的声音与其联系起来。

“究竟是他妈的怎么回事?”参议员咆哮道。

汉默把话筒拿得离耳朵远一些，说道：“凶手应该是两个人。一个在办公室对我开枪，另一个进入审讯室用刀杀了乔治，然后开枪杀掉那个律师和嫌犯。但现场的录像不知为什么突然中断了……”

“为什么要和我说这些狗屎细节?!”参议员粗暴地打断了他，“为什么要纠缠在这些事情里？我唯一的兴趣是你他妈的任务!”

汉默感到心里的怒气像涨潮的水面升起。

“你不会让我再提醒你这是你最后机会了吧?”参议员的声音变得冰冷、坚硬，“我打一个电话，内务部就会重启那个警察受贿案。”

“不用。”汉默艰难地咽口水。

“那就他妈的完成任务!”

汉默用尽所有的理智和气力克制自己：“是！先生。”

“好吧。”参议员突然变得温和而充满魅力，“对了，你安排一下，你那个死掉的手下电视转播葬礼时，要让他的家属站在我身边，嗯?”

汉默沉默，然后干巴巴地说道：“他没有家属。”

汉默最后一次看着乔治的脸。

他伸手把十字架从乔治的脖子上扯下，放入口袋，然后从口袋里拿出一把左轮手枪，打开枪膛，查看里面装满的六发子弹。这是一把旧枪，序列号已被仔细地锉去，枪把上缠着防止留下指印的胶带。他“啪”的一声关上枪膛。

“我要把他们都杀了!”他想。

58

公共汽车的门打开。

女司机叫住正要下车的林简：“向前走，在第二个路口右拐，往海边的方向一直走。青木养老院应该就在右手边。”

林简谢过热心的司机，跳下车向前走去。

路上空无一人，午后的阳光照在路边的残雪上，给人温暖的幻觉。偶尔从海边吹来的阵风，寒冷刺骨。林简竖起大衣领子，向前走去。黑色的路面默默地伸向前方，闪亮的冰面和灰色的海在左边的树林间忽隐忽现。

养老院是几幢围成一圈的平房，更像汽车旅馆。

林简从“青木庄园”牌子边走过，穿过一条带绿色天棚的走廊，推开了养老院的大门。

大厅比林简想象的要大。她第一眼看到的是一个固定在半空中的电视，正在播放竞猜各种商品价钱的游戏。几个老人坐在电视机前方，认真地仰头看着不断显现的数字和奖品。旁边桌前坐着四个老头打牌。

林简向大厅后面的服务台走去。三个老年妇女在壁炉前打毛线。从林简走进大厅时，她们就一直盯着她。林简向她们露出一个友好的微笑，她们向她回以更大的笑容。她走到无人的服务台前。桌面上有一个小铃铛。她轻轻地敲一下。

“你得敲得大声点儿。”一个苍老的声音从她身后传来。林简转头，一个老太太微笑着对她说。她点点头，用力一敲，铃铛发出一种不合情理的尖锐声音。整个大厅突然变得鸦雀无声，只有电视上的广告音乐在回响。

服务台后面的门“吱呀”打开，一个又高又胖的黑人男子从门里走出来。

“又怎么啦?”他夸张地大声喊道。看到林简后，他愣了一下，声音马上变得专业和客气，“上午好，不！下午好，女士。”

林简看着男子胸口佩戴的名牌：“下午好。特瑞尔?”

“我是特瑞尔。”男子脸上出现巨大的笑容，“我能帮你什么吗，女士?”

“我叫布朗，想拜访麦肯塔尔先生，比利·麦肯塔尔。”

听到麦肯塔尔的名字，特瑞尔脸上的笑容消失了。他看着林简，脸上显出猜疑的表情。林简不知道是怎么回事，努力保持脸上的笑容。

“请问你是麦肯塔尔先生的……”特瑞尔探询地问道。

“我家和麦肯塔尔先生是世交，但已经有相当长时间和他失去了联系。”林简问道，“有什么问题吗?”

“倒是没有什么问题。”特瑞尔说道，“只是麦肯塔尔先生已经不住在这儿了。”

尽管想过可能会有这种结果，林简还是感到一阵失望。

“是吗?”林简问道，“你知道他去哪里了吗?”

特瑞尔摇摇头：“他两年以前就从这里搬出去了。嗯，你不是记者，是麦肯塔尔先生的律师吗?”

“不!”林简摇头，“我不是，我只是想和麦肯塔尔先生聊一聊，问他一些旧事。你为什么这么问?”

特瑞尔点头，然后压低声音说：“哦，两年前他离开的时候，和这里的管理层闹得不是很愉快，所以我怕给院里带来麻烦。”

林简点点头：“原来是这样，我不是。打扰了。”

“没什么。”特瑞尔摇摇头。打毛衣的老人们满脸失望地看着林简转身离去。

林简像是突然想到什么，转身回到特瑞尔面前。

“你能帮我问一下其他人有没有麦肯塔尔先生的地址吗?”她请求道。

“没问题。”特瑞尔大声向房间里的老人宣布了这个问题。大厅里一片平静，只有电视的声音。

“问史密斯。”一个打牌的老头低头看着牌，从嘴里拿下已经熄灭的雪茄，“他以前是麦肯塔尔的室友。”

林简跟着特瑞尔走在走廊里，旁边是一排排房间。

特瑞尔说：“其实麦肯塔尔先生心情好的时候还不错，总喜欢讲在二战时他在中国的故事。”

林简点头，问道：“他说过战俘集中营的事吗?”

特瑞尔想了想，摇摇头：“没有，至少我没听他说过。唉，你吃午饭了吗?我知道附近有一个很好的牛排店，我可以带你去。”

林简微笑地说：“谢谢，但我不怎么吃肉。”

特瑞尔夸张地叹口气：“是吗?但他们也有薯条啊。”

他们在一个门口停下。林简听到一个奇怪的声音从门里传出，似乎是一个女子的呻吟声。

特瑞尔伸手敲门：“史密斯先生。”

屋里的女人并没有理会，忘情而不可抑制的声音变得更大：“不要停……再快一点!再重一点!”

“我们要过会儿来吗?”林简迟疑地问道。

特瑞尔没回答，继续打门。里面的声音更加狂野，声嘶力竭，话不成句。

林简目瞪口呆地看着特瑞尔从口袋里拿出钥匙，打开房门。女子正好达到高潮，悠长而尖利的疯狂喊叫从房里倾泻而出。

房间中间是个单人床，床上铺着整齐的被单。床边是一个高背沙发，沙发上方露出一撮白发。沙发对面的桌子上是一个电视，屏幕上两个裸体男女在慵懒地打扫一片狼藉的战场……

特瑞尔走上前去“啪”地关掉电视，回过身来大叫一声：“史密斯先生!”

沙发背上的白发动了一下，一个小老头突然跳起来。他睁着惺忪的睡眼茫然地看着特瑞尔，然后惊诧地看着林简。

“史密斯，这位布朗女士想找比利·麦肯塔尔。”特瑞尔大声喊道。

史密斯把手放在耳朵上，试图听清特瑞尔说什么。

特瑞尔把声音提得更高：“麦肯塔尔走的时候，有没有给你留下地址?”

史密斯用手背擦去嘴角残留的口水，仰头想了想：“对，有的。”他走向桌子，打开抽屉。

林简接过史密斯递过来的一张纸，上面写着纽约斯坦登岛上的一个地址。林简从纸上抬起头，看见史密斯目不转睛地看着她。她对他感激地笑了笑。

像受到了鼓励，史密斯凑近林简，在她耳边大声喊道：“布朗女士，如果你还没吃午饭的话，我知道附近有一个很好的牛排店!”

汉默沿着射击训练场的走廊向前走。

旁边是隔开的小间，每个小间里都有戴着耳罩、练习射击的警察。汉默在其中的一个小间停下。

射击者刚打完枪膛里的子弹，按下边上的按钮。前方的靶子缓缓地向这边移来。十发子弹都命中靶心。

汉默上前拍拍他的肩膀，丹尼转过头来。

“走。”汉默简短地说。

更衣室里，丹尼一边穿上防弹服，一边看着面前汉默的背影。汉默一言不发，沉着脸默默地收紧防弹服的搭扣。他身上有什么东西让丹尼感到不安和紧张。

“我们去哪里?”丹尼问道。

汉默没有回答。

丹尼打开莫斯伯格霰弹枪枪膛，把两颗硕大的红色子弹填入枪膛，“啪”

地关上，然后小心地把它放回深灰色海绵保护层中。他仔细地检查下方的AR10自动步枪和两支装满子弹的格洛克手枪，边上整齐排列的弹夹。他拿起其中一支手枪，插在腋下的枪套里，“砰”地关上车的后备厢盖。

他走向驾驶座。透过车窗，他看见坐在副驾驶座上汉默的背影，沉默而凝重。

丹尼启动引擎，问道：“去哪儿?”

他眼角的余光中突然出现一个阴影。他转过头去，看到一个黑洞洞的枪口，和枪口后面一双没有感情的眼睛。

“你对我说一句假话，我就让你的脑浆涂满挡风玻璃。”汉默说道。

59

门廊下的风铃在大西洋的寒风中发出单调而孤寂的声响。

这是一幢陈旧、已经开始塌陷的房子。离周围其他房子有二三十米远，孤零零地站立在山坡尽头的猎猎寒风中。夕阳的余晖怜悯地照着年久失修的门框窗栏、剥落的褐色墙皮、锈蚀的水管、板结凹陷的瓦片、木板钉起的窗户……

林简对了一下手上的地址。没错，这里就是比利·麦肯塔尔留在养老院的地址。

林简走上正门台阶，站在杂乱肮脏的门廊上。千疮百孔的百叶门被胡乱地扔在一边，裸露着油漆剥落的房门。一辆生锈的超市推车靠在木栏边。门廊中间是一个陈旧的木头摇椅，上面铺着肮脏的垫子。

林简按了一下门框上的电铃按钮，没有声响。林简不知道电铃坏了还是门里听不见外面的铃声。她等了一会儿，再按了一下，还是没有声音。她敲了敲门，门里还是没有任何声音。她加大了敲门的力量，还是没有一点动静。

“也许已经没人住了。”林简失望地想道。

太阳西沉，周围迅速暗下来。寒风吹来，冰冷刺骨。

林简决定离开。她走下木头台阶，然后不甘心地回头看了一眼身后的房子。在铁灰的暮色中，一抹红色出现在她的视线里。她转身快步跨上台阶，走到那辆超市的推车前面，从里面拿起一张纸。这是一张超市广告，画面上是一片红色的西红柿，“每周一价：每磅1.49美元的新鲜西红柿现卖0.99美分”。

林简失望地放下广告，但马上又拿起来查看上面的日期，“1988年1月1日—1988年1月8日”。这个星期的广告。

“这个房子应该有人住。”林简把报纸放回原处，走到门口继续敲门。

“麦肯塔尔先生，你在家吗?”林简大声叫道。门里依旧没有回应。

在她眼角的余光中，似乎觉得有什么在右边动了一下。她转过头来，看见右前方那扇用三合板钉起的窗子。

林简走近窗子，猫着腰从黑洞洞的窗户向里看。从三合板的空隙可以看到两片深棕色的窗帘。在窗帘的缝隙中，有一条忽隐忽现的灯光。她回头看看刚才自己所在的位置，“刚才我看到的是窗帘动了一下吗?”她不能确定。

她快步走到门前，再次敲门：“麦肯塔尔先生，你在里面吗? 请开门，我只想和你说几句话。”

房子依旧沉默。敲门声和林简的声音飘散在寒风中，和天边最后的一丝光亮一起消失。

房子建在小山坡上，前高后低。

通往后院的门锁看上去已经消失很久了。林简轻轻地推开锈蚀而沉重的木门，面前残破凋零的树草中是一条小道，延伸向房子的背面和前方昏暗的未知。小道上覆盖着没有铲过的积雪和融化后又结起的冰层，在寂静的空气里发出刺耳的破裂声。她小心地往前走，盯着房子后部一个透出灯光的窗户。

后院的深处停着一辆锈蚀的老式道奇小卡车。干瘪的轮胎显示至少有几年没有动窝了。房子后部的中间有一个低矮的门。

根据房子的坐落位置，林简猜想可能是房子地下室的入口。她向门口走去，就在这时，窗上的灯光突然消失，周围顿时一片漆黑。

在腐朽的栅栏围墙中间，后院笼罩着一种奇怪的安静和与外界隔离的诡异。

“为什么麦肯塔尔不开门? 刚才窗帘后面有人窥视吗? 为什么灯突然熄灭?”疑问像沉默而凶猛的潮水向林简涌来。她犹豫地站在黑暗中，感到周围一切开始变得模糊和不真实。她能感到自己的心跳和周围急剧下降的温度。

林简一步一步走下门前的台阶，拉开破旧的纱窗门，开始敲地下室的门。

门无声地打开。

在缓缓飘落雪花的背景里，布鲁克林大桥像一头巨兽被钢铁引索捆绑在空中。

近两公里的大桥由德裔桥梁建筑家罗布林父子在1883年设计建造，默默地俯瞰着纽约东河入海口。蝼蚁般的车辆在它的肚腹中缓慢地爬行。

硕大的桥墩下面停着一辆没有标志的车。

一把七成新的格洛克手枪斜躺在仪表盘上方，黄昏的余光照亮了它保险、扳机、枪柄上细密的防滑刻纹，反射着冷冷的光芒。

丹尼的目光从手枪上收回来，不安地舔了舔嘴唇，结束了叙述。

“基本就是这样了。”他偷看一眼身边面无表情、看着前方的汉默。

车里一片安静。隔音很好的雪佛兰轿车把外面世界隔离，包裹着车里越来越浓厚的紧张和压抑。丹尼不由自主地又看了一眼那把近在咫尺的手枪。

“我只要一伸手……”他想道。他转过头来，看见汉默盯着他。汉默眼睛里有一种戏谑和鼓励的神情。丹尼低下了头。

汉默递过来一个小本：“另一个杀手的姓名和地址。”

“你要把我怎样？”丹尼没有接，而是小声地问道。汉默没有回答，拿出一支烟，点燃。

“你不会杀了我吧？”丹尼的声音突然破碎、撕裂。

汉默“啪”地关上了打火机，放入口袋：“我不会杀你。这对我没有任何好处。如果你接下来表现好的话，我都有可能会忘掉我们今天的谈话。”

丹尼点头，接过本子，飞快地写下一个名字和布朗克斯市的一个地址。汉默接过本子，看了一眼，放入内袋。

“现在我们等你的朋友。”汉默把身体放低，让自己坐得更舒服些，竖起领子包裹自己两天没刮的脸。

丹尼在烟雾中不安地看着前方引桥上的车流。

“你怎么知道是我？”丹尼沉默一会，嗫嚅地问道。汉默没有回答，饶有兴致地吐着烟圈。丹尼看着白色的烟圈后面黑色的格洛克手枪，感到心跳加快，手心开始出汗。

“在乔治和你之间，我怀疑乔治。”汉默突然开口，声音平静而没有感情，“因为我知道他有严重的赌博问题，在外欠了很多赌债。但问题是他已经死了，而你还活着。”

“那天晚上警局里至少还有七个人……”

“你听过乔治的黄段子，但你有可能不知道他是柔道黄带。一般陌生人近不了他的身，更不可能短时间内用刀杀了他。”

透过烟雾，汉默悲哀地想起最后一次看乔治柔道比赛的情景。

丹尼眼前出现当他的匕首刺入乔治心脏时，他脸上吃惊错愕的表情。

车里一片静默。

“回答你的问题，刚才用枪对着你的时候，我并不知道是你。尽管那天晚上我和山姆被卡车袭击时你请了假。但是，一个纽约警察局刚提升的年轻优秀警官是个被收买的内奸、杀人犯，还是让人难以置信。”

“所以你刚才都是虚张声势？”丹尼急切而愤怒地问道。

“是啊，”汉默无辜地回答道，“当然是虚张声势。”

一种强大的挫败感向丹尼碾压过来，他突然感到全身所有力量一下被抽走。他瘫坐在座位上，眼睁睁地看着汉默叼着烟，伸手从仪表盘上拿起那把手枪，放在自己的口袋里。

汉默没有再理会丹尼，注视着前方一个移动的物体。

丹尼转过头来，顺着汉默的视线，看见一辆黑色的玛莎拉蒂跑车从大桥的引桥分流出来，沿着排列整齐的桥墩向他们驶来。

60

门在林简面前缓缓打开，像神秘的黑盒子开启一条缝。

林简站在门口，踌躇着。无数的猜测和疑问如疯狂的触手伸向四面八方，但是她知道只有一个方法才能知道真相。

她跨出一步，走入黑暗中。

地下室充满了阴冷发霉的污浊空气。林简试图在墙上摸索电灯开关，但没有找到。她把门开得大一些，室外微弱的星光投射进来，但最后迟疑地停在门口。

凭本能，林简感觉地下室不小，因为她没有喘不过气来的压迫感，但前方的空间里好像堆满什么东西。她知道必须找到通向一楼的楼梯，便摸索着迈出脚步。每向前走一步，她感到面前的黑暗就浓稠一些。恐惧和紧张像长满黑毛的大手缓慢而野蛮地攥住她的心脏，让她感到喘不过气来。她听到自己浅短急促的呼吸声在黑暗中显得异乎寻常的响亮。

身后一声巨响。林简条件反射地回过身去，看到地下室的门被风猛然关上。室内唯一的光亮消失了，漆黑一片。她转过身来继续向前走去。

刚跨出一步，一个坚硬的物体猛力戳在林简的右肩上。她飞快地捂住张大的嘴，蹲下身子，忍住疼痛，屏住呼吸，倾听着四周的声音。

林简伸手捂着肩膀，伤口有钝拙的疼痛，但没有流血。她慢慢站起身来，摸到前方一根冰凉光滑的金属管子。她顺着管子摸到一排紧密排列的圆形金属钩子，无尽地往前延伸。每个钩子的下方，是一大块布质的东西。

林简意识到这是落地金属架子。架子上排满了衣架，衣架上挂着衣服。她小心地向前挪步，摸到了另一个架子，几步后又摸到挂满衣服的架子……整个地下室挂满了陈旧发霉的衣服。

林简感觉自己被困在衣架和衣服组成的迷宫中。那些终年空气不流通的潮湿地下室衣服上的浓重霉味让人窒息。她用右手的袖口挡住口鼻，左手摸索着继续往前。

头顶传来一声响动，像是什么东西摔碎的声音。林简停止移动，屏住呼吸。一个沉重、坚硬的东西砸在上方的楼板上，然后是瘆人的寂静。

林简犹豫一下，慢慢迈出一步，突然脚下一声脆响，她几乎跳起，然后意识到踩在一个空的金属罐上。她两手向前平伸，调动所有意志力驱赶自己向前走去。时间的意识逐渐变得模糊……

突然她摸到毛糙的墙壁，然后急促地在墙上触摸、辨认，摸到一片突出的木板。她顺着木板往前摸去，又是一块，是楼梯！

林简开始沿着楼梯向上爬。楼梯很陡，每级很高。她的手能感觉到台阶上厚厚的灰尘和楼板上的裂缝。灰尘在黑暗中飞扬起来，她拼命克制住打喷嚏的感觉。楼梯不长，但她感觉在爬一个无尽天梯。突然她的手摸空，然后碰触到一个平面。她把手撑在平面上，慢慢站起来，向前走了两步，伸手在一个垂直的平面上摸索，摸到了一个门把，轻轻拧动，门开了。

林简站在另一个黑暗空间的边缘。

刚从闷热潮湿、空气污浊的地下室出来，林简现在感到像掉入一个冰窖。

寒冷让她打个激灵，同时闻到一种东西腐烂的强烈臭味。

“麦肯塔尔先生……”林简轻声叫道。她的声音一出口就飞快地消失在黑暗中。

林简沿着一条黑暗的走廊向前走去，前方有个半开着的门。

林简轻轻地推开门，前方有一排窗。

窗前有一个黑影。

李珂跨出玛莎拉蒂跑车的门。对面雪佛兰轿车车门打开，丹尼从车里出来。

“什么事这么急?”他摊开双手，不耐烦地问道。他的脸色突然变了。汉默从另一个车门里出来。两个警察迎面向他走来。

李珂第一反应是马上钻进车里，开足马力逃离这里，但他克制了这个冲动，站在那里，看了丹尼一眼，试图从他脸上的表情看出点什么。丹尼板着脸，面无表情。

李珂微笑地向汉默伸出手：“很高兴见到你，汉默先生。”

汉默脸上带着少有的笑容，伸出手去。两人握手时，李珂突然觉得自己的手像被铁钳箍住。他试图挣脱，但铁钳丝毫不动。手腕突然一凉，一个手铐戴在他的左手上。

“你干什么?!”李珂惊叫道。“咔嚓”一声，他的双手被铐在一起。

“你这是违法……”他尖声叫道。

汉默反手一个耳光打在李珂的脸上。李珂顿时没有了声音。汉默一把将李珂推在车上，探身把车钥匙拔下，放在口袋里，然后粗暴地对李珂搜身。

“我是守法公民!”李珂双手捂着脸叫道，“你没有权利这么做!”

汉默一声不吭，翻看李珂口袋里的东西。他拿起李珂的 BP 机，查看里面的信息。

丹尼在旁边心惊肉跳地看着眼前发生的一切。

“我要我的律师!”李珂叫道。

汉默把 BP 机放进口袋，一把将李珂翻过来，凝视着他的脸良久，然后伸手拔出腋下的手枪，枪口瞄准他的眉心。

“你和李一石派人到警察局枪杀了我的证人和他的律师。”他低声地说道。他把手枪用力顶在李珂的额头上：“你们还杀死了我的搭档！你觉得你今天还能活着回去?!”

李珂斜眼看着丹尼。丹尼没有看他，紧张地注视着汉默扣着扳机的手。他呼吸急促，似乎在等着枪响。枪管在李珂的额头上留下一个深深的红印。李珂看着汉默丑陋凶恶的脸和放大的瞳孔，深深地吸了一口气，满脸惊慌像潮水一样慢慢退去，冷酷和精明浮现出来。

“听着，特警汉默!”他看着汉默一字一句地说，“在你面前的人，是纽约最好的律师之一。我确信你现在手上没有任何法官签署的逮捕文件。我没有任何犯罪记录，你也没有任何证据支持你的指控。你只是在虚张声势。你现在持枪劫持无辜公民，武力威胁、伤害、诱供……到此为止，你基本上可以跟你的警察职业再见了。”

李珂看到汉默脸上露出一丝犹疑，他知道自己多年律师经历和经验起作用了。

“你现在有两个选择：一，你把我杀了，毁尸灭迹，再把这位警官也杀了。”李珂看了看站在身边的丹尼，“我这次出门是和纽约警察局警官会面配合破案，在我办公室和我的秘书那里都有清楚的记录，除非你有办法销毁那些记录，杀掉所有的人!”

丹尼转身看汉默的反应。汉默依旧面无表情。

李珂停顿一下，接着说：“但是你还有第二个选择。收起枪，打开手铐，我们各自走回自己的车里，就像从来没有见过面。但我可以保证我会全力配合你的调查，最后交给你行凶的凶手。”

汉默盯着李珂的脸，似乎思考他的建议。李珂察觉到自己的话奏效，压住心里的得意，带着一丝微笑问道：“怎么样？特警汉默!”

汉默慢慢垂下枪口。李珂松了一口气，看着汉默把手枪放回腋下的枪套里。

汉默从口袋里拿出一副黑色手套，缓慢而细致地戴在手上，然后十指交叉，让手套戴得更紧、更严密。他再次把手伸到口袋里，掏出一把形状古怪的左轮手枪，对着李珂，打开扳机。李珂突然感到汉默身上冰冷锋利的杀气，就像死神手中巨镰惨白的刀锋。一瞬间他所有的地位、骄傲、尊严、学历、资历突然被抽成真空，只留下卑微、渺小的求生本能。

“不要杀我。”李珂失声哀求道，“我不想死……求求你!”

“特警汉默……”丹尼跨前一步阻止道。汉默看了他一眼，丹尼闭上嘴，停住脚步。

汉默举着枪，退后一步，对准李珂的头部。

不远处，一列飞速行驶的地铁从地下隧道冲出地面，发出巨大的轰鸣。

汉默扣下扳机。

李珂感到温热的鲜血和脑浆一下子喷射在他脸上。

61

一个人形的黑影。

黑影居高临下地站在窗台上，默默地俯视着林简。

林简条件反射地侧身贴在墙上，全身彻骨的寒冷。她闭着眼睛，咬紧牙关，竭力不让自己浑身发抖。

一声轮船的汽笛，缓慢而悠长地从空旷的远处传来。林简慢慢睁开眼睛，向窗口望去，那个黑影还在。窗帘随风拂动，黑影似乎也在微微移动。

林简眨眨眼睛，这不是她的幻觉。那个黑影正在随着寒风微微摆动。一个残破的人体，没有头，少了一条腿。

林简小心而警惕地向窗口走去。尽管不断有寒风从窗口吹进来，屋子里还是有浓重的腐烂发霉的味道。地上有一层厚厚、滑腻的东西。玻璃碎裂的声音从她脚下传来。黑暗中她依稀看到一个笨重的落地灯横在地板上，脚边上是白色的灯泡碎片。她想起刚才在地下室听到的碎裂声。她小心地绕开玻璃碎片，突然踩到一个东西，差点儿绊倒。她低头一看，是一条人的大腿！

大腿在黑暗中闪着肉色的光泽。突出的膝盖下方连着一只穿着黑色皮鞋的男人的脚。看着窗前黑影空荡荡的裤管，她意识到这是一条义肢，联想起刚才在地下室听到有东西倒在地板上发出的沉重、坚硬声音。

走到窗前，林简看清人体的头无力地耷拉在胸前。他并非站在窗台上，而是被吊在窗框上，随风缓缓摆动。她解开绑缚在窗把手上的粗结，窗帘拉索松开。“咕咚”一声，身体掉在地上。

这是一个穿着睡衣、须发斑白的老人。林简同时试探他的气息和脉搏，确定他已经死了，但他的身体还有余温。他的脖子被一股野蛮的力量折断了。

看着面前的尸体，林简突然感到不寒而栗。

在她走向这幢房子时，有人已经比她先到一步。当她敲门时，那人走到前门查看，然后关掉走廊上的灯，进入卧室。就在她在地下室的黑暗中摸索时，那人在和从睡梦中醒过来的麦肯塔尔做殊死的搏斗。他们推倒了落地灯，拽掉了麦肯塔尔的假腿，最后用窗帘拉索把麦肯塔尔绞死。为保险起见，又把麦肯塔尔吊在窗框上。他的力气如此之大，竟把麦肯塔尔的脖子折断了。

又是那个蒙面杀手？还是别人？他为什么要杀麦肯塔尔？

她走到窗前，发现自己站在屋子的后窗，前方是深幽黑暗的大海，远处有星星点点的港口灯火。

她摸到墙壁上的电灯开关，房顶上的灯亮了。她用手捂住嘴，惊恐地看到整个屋子被垃圾、灰尘和油腻肮脏覆盖。地上散乱地堆着无数空和半空的酒瓶和啤酒罐。发霉的饼干、爆米花、无数空的或是没吃完的中餐外卖盒子，比萨盒子。偶尔露出的地毯已经看不出原来的颜色，覆盖着厚厚一层油腻、泥泞和呕吐物……

苍白的灯光照着麦肯塔尔依旧圆睁的双眼，深陷在密布的皱纹和肮脏的须发中。

林简伸手轻轻地合上他的眼睛，站起身来，拿起桌上电话拨了三个号码。

“911，请问是什么紧急情况？”电话里一个女声问道。

林简刚想回答，但地上一件东西引起她的注意。

“你还在吗？”接警员继续问道，“如果你不方便说话，请不要挂电话……”

林简把电话轻轻地放在桌上。

肮脏的地板上横放着一支老式手枪。林简弯下腰，捡起手枪边上的一本破旧的《圣经》，随手翻了一下，里面夹着一张泛黄的照片。照片上，年轻的麦肯塔尔带着船形帽，拄着拐杖，和另一个年轻军人微笑地看着镜头。

林简关上灯，向门口走去。

当走下嘎吱作响的门廊台阶时，她听到远处隐约传来警笛声。

“……你这个疯子！你疯了！你疯了！”

地铁带着轰鸣消失在远处，冰冷的空气中留下李珂歇斯底里的喊叫声。

李珂一边叫着，一边用他昂贵的西装擦着满脸的血。他的脚边躺着丹尼。

丹尼的太阳穴有一个洞，不断有浓稠的红色液体缓缓地流出来。他的眼睛依然睁着，失神地看着李珂。李珂又发出一连串失控般的惨叫。汉默上前一把掐住李珂的脖子，把他压在车上。

“你他妈的给我闭嘴！”汉默吼道。

李珂停止喊叫。他的脸憋得通红，惊恐地看着汉默。汉默等他安静下来，松开了手。李珂听到“咔嚓”一声，突然感觉双手自由了，低头看，原来是汉默为他打开了手铐。他松了一口气，但觉得手中多了一把左轮手枪！

李珂迷惑地抬起头来，看见汉默快步走向警车，拿起对讲机，大声地喊道：“警官被枪击！布鲁克林纽约段桥下，请速派增援！请速派增援！”

汉默扔下对讲机，从腋下拔出手枪，对着李珂厉声喝道：“举起手来！”

李珂茫然地举起拿枪的手。一声枪响，李珂可以感到子弹贴着他的脸飞过。

汉默两手举着枪，一步一步逼近李珂：“放下武器！”

李珂像突然意识到手中的枪，像扔掉一块烧红的铁块把枪扔在地上。汉默停住脚步，用枪对着李珂的头部。

“不！”李珂意识汉默要做什么，腿一软，跪在地上。

“站起来！”汉默吼道。

李珂跪在地上，哭道：“我一站起来，你就会打死我！”他跪行半步，“你要什么？钱？我可以给你和你的搭档家属很多钱……”

汉默面无表情地用枪对着李珂，手指扣在扳机上。

“你要什么?！我都可以给你！”李珂喊道。

“你有权利保持沉默……”汉默开始宣读《米兰达警告》。

“等等，等等！”一个可怕的念头突然出现在李珂心头，“是我父亲让你来杀我的?!”

汉默继续宣读：“你对任何一个警察所说的一切都将可能被作为法庭对你不利的证据……”

李珂脸上露出恐惧的表情：“是他知道了我雇人杀了这些人陷害他吗？”

汉默停止宣读，盯着李珂。

“这是他逼我的！”李珂大声说道，“都是他的错！他让我没有选择！”

“所以你说李一石没有涉及这些谋杀？”汉默问道。

李珂低下眼睛：“他没有……”

汉默再次举起枪：“好，我可以少杀一个人。你祷告吧。”

李珂看着手枪后面汉默的眼睛，知道今天他必死无疑了。汉默带着那支旧的左轮手枪就是准备先杀死丹尼，嫁祸给他，再以袭警的罪名击毙他。现在汉默做的一切，都是让这场戏的细节显得更逼真。

“我就要死了。”这个念头像一只黑色、冰凉的手扼住了李珂的喉咙，让他喘不过气来。他知道已经没有人能救他了。他垂下头，闭上眼睛。

远处传来警笛声。他心里突然灵光一闪。

“我知道林简在哪里!”他睁眼大声叫道。汉默的枪口垂下来。

“在哪里?”汉默问道。

“如果我告诉你的话，你能放我走吗?”

汉默看着李珂，突然笑了:“这么说吧，如果你不说这话，两秒钟内你就是死人了。如果你告诉我的话，你可能还有机会。”

汉默从口袋里掏出车钥匙，扔给李珂。李珂战抖着接住钥匙，然后低声告诉汉默一个地址。

汉默面无表情地提着枪站在那里。李珂从地上站起身来，向他的车跑去。四五米的距离就像无限远，他随时等着被一声枪响打断，但枪声没响。

李珂打开车门，开启引擎，放上倒挡，踩下油门，四百六十马力的引擎开始轰鸣。

挡风玻璃的上方突然出现一个阴影。他抬头，看见汉默站在车前，举着手枪。

眼前的玻璃瞬间变成一片美丽的花纹。

62

林简直到到达曼哈顿的时候才停止发抖。

公共汽车呼啸着冲出布鲁克林隧道，风带着雪花和纽约下城的天际线扑面而来。

为什么他们要杀害麦肯塔尔？这个问题像锤子一样不断地敲击着林简的大脑神经。她坐在空无一人的车里，透过玻璃窗茫然地看着前方。雪亮的光束里，轻盈的雪花飘浮在黑暗的空气中。她突然想起在藏书大厅的那个声音，那本被动过的书……

麦肯塔尔知道四十多年前的什么秘密吗？还是他知道现在母亲寻找的头盖骨线索？如果是前者，有人觉得我和麦肯塔尔见面后，可能得到这一切背后的主谋和凶手的线索？如果是后者，他就是被人掐断的又一条线索，像凯特琳娜一样……

想到凯特琳娜，林简感到内心深处一阵绞痛。她闭上眼睛，凯特琳娜明快的笑声、敏锐的眼睛、在冰冷的水中最后看着她的眼神，一一浮现。“我一定要找到凶手！”这个想法像一枚粗大的铁钉被狠狠地钉入林简的心里。

她看着窗外空旷的街道，思绪依旧像在汽车驶过的气流中翻滚、追逐的雪花。“麦肯塔尔知道当年运输头盖骨和最后失踪的秘密吗？还是他在菲律宾丛林里的战俘营里看到了什么？母亲生前应该见过麦肯塔尔，他们说了什么呢？”

一个久久盘桓在她内心深处的问题再次浮出：“他们为什么不直接杀掉我呢？这样不就解决了所有问题了吗？”

看着窗外的黑暗，林简本能地感到一种巨大的不安，黑暗中未知的阴谋和恐惧像沉重的水银慢慢渗入她内心深处的空洞。

20 世纪 60 年代，埃及计划建造当时世界上最大的水坝——阿斯旺大坝。蓄水后很多著名的文物古迹都将被淹没，其中就有著名的丹铎神庙。为了感谢美国对抢救其他即将淹没古迹的贡献，埃及政府决定把神庙作为礼物送给美国，但有一个条件，必须像它在原住地一样，神庙必须二十四小时能被人们瞻仰。

汽车拐弯，前方是纽约大都会博物馆专门为神庙建设的一个全玻璃展馆。展馆灯火通明，让市民二十四小时看到这座有着两千年历史的雄伟庙宇。

林简的目光越过神庙，落在它后方的纽约自然历史博物馆。她心里一动，起身按了下车的按钮。

阴冷而漫长的走廊。

昏暗的灯光在头顶上慢慢移动，像吸附在天花板上的爬行动物，张着黄绿色的眼睛，俯视着下方的两个人。

李砾推着轮椅上的李一石在光明和黑暗的交替世界里行进。李砾消瘦的身体挺立，灯光在他凹陷的双颊留下深重的阴影。

端坐在轮椅上的李一石闭着眼睛，面容安详。他能感到视线之外的明暗变化，恍惚间他感到自己完整健壮的双腿在如茵的草地上奔跑。草地上有一棵百年古树，如华盖一般笼罩着脚下柔软的青草。

盛夏的阳光从茂密的树叶中间照射下来，散发着让人眩晕的光芒。

李一石一边学着飞机的“嗡嗡”声，一边做着起飞、俯冲、侧飞的动作。他能感到背上小小身体随着他的奔跑而前后摇晃，两只小手紧紧抓住他的肩膀，一边发出害怕的惊呼，一边兴奋地“咯咯”笑着。

父亲和儿子的笑声像不断惊起的鸽子，张开翅膀飞向空中，滑翔在那个久已遗忘的夏天午后……

当林简走进教堂，一个女子正在唱赞美诗第八篇。

《圣经》诗一至七篇充满了人们在遭受痛苦、历经磨难时的祷告词，但第八篇突然出现一首独特而优美的赞美诗。它叙述了这些在痛苦磨难中的人们其实是上帝根据自己的形象创造。在上帝的眼里，这些破碎的人们像天上的星星和月亮一般伟大而高贵。

穿着白裙的女子声音浑厚而激昂：

我观看你指头所造的天，
你所陈设的月亮星宿，
问人算什么，你竟顾念他？
你让他仅比天使微小一点，
并赐他荣耀尊贵为冠冕
……

教堂里灯火明亮，温暖如春，让刚从风雪中走进来的林简感到温馨和安宁。她摘下帽子，悄悄地坐在后排。

教堂不大，正前方的白色墙壁中间有个简单的木制十字架，下方是白色的讲台。一个年轻的牧师侧着身，微笑地看着歌者和弹管风琴的老者。

尽管已是夜晚，但教堂里几乎座无虚席。成排的木制长椅靠背都已被磨得发亮，露出光滑而美丽的花纹。座位两边各有一排整齐的柱子，古朴而简洁，缓缓上升、张开，融入高高的穹顶。穹顶上雕塑着飞翔的天使。

看着上方的穹顶，林简突然有一种痛楚的感觉。那种感觉稍纵即逝，消失在缓缓升起的温暖和宁静中。歌声在赞美耶和华的名字中缓缓结束。

年轻牧师点头致谢，继续布道：“当你看到清晨冉冉升起的太阳，冬天原野中缓缓飘落的雪花，阳光照耀下透明的绿色树叶，孩子们快乐纯净的脸容和笑声，你感受到上帝创造的奇迹吗？你感受到上帝的爱吗？你感受到自己的非凡和珍贵吗？你有没有想到过，上帝给了我们无上的荣耀？他根据他的形象创造了我们有灵魂的人类。”

人们点头，被牧师的话语所感染。

牧师停了一下：“但是，大家静下心来回想一下，这些荣耀和美丽我们常常看不到，常常会忘记。为什么？是我们熟视无睹、习以为常，还是我们心里被魔鬼撒旦不知不觉地侵蚀？他使用各种伎俩让我们看不到世界的美丽，看不到真理的所在。让我们忘掉自己是上帝创造的子民，忘记自己身上的荣耀和高贵。他用各种假象和诱惑来削弱人们对上帝的信仰，让软弱的我们疑虑、迷茫、堕落……”

人们点头呼应：“阿门!”

林简的目光落在前方角落一个背影上，银色的白发散落在黑色的高领毛衣上。

杰贝兹博士转过头来，冲她微微一笑。

林简走向杰贝兹博士张开的手臂。身边的人微笑地看着他们。

在杰贝兹博士温暖有力的拥抱下，林简突然有种变成孩子的感觉，亲近、信任、安全。

“我去博物馆找你，一个好心的先生说你有可能在这里。”

杰贝兹博士的蓝眼睛闪着调皮的光芒，伸出一个手指，放在嘴唇上，示意林简为他保守这个秘密。

“你好吗？孩子。”他问道。

林简没有马上回答，顿了一会儿：“我能和你聊一会儿吗？”

63

“哗”的一声，一个硕大的不锈钢箱子沿着滑轨从墙里拉出，其他的箱子静静地待在原处。

冰冷的白雾弥漫，那个夏天的炎热、阳光、欢笑慢慢黯淡、消失……

李一石第一眼看到的是一个赤裸的大脚趾上，冷冰冰地缚着一个橡皮圈，上面用英文写着：李珂。

顺着李珂的脚向他裸露的身体看上去，李一石的目光缓缓扫过他脖子上的伤口，最后停在他破碎的脸上。一颗子弹打入他左眼上方的眉骨，伤口和眼眶合成一个触目惊心的黑洞。他的右眼睁着，在依旧清秀完美的脸上，失神地看着上方的虚空。

“他是你儿子李珂吗？李先生。”验尸官在他身边轻声问道。

李一石看着儿子睁着眼睛，一动不动。站在他身后的李砾向验尸官点了点头。

“请接受我的哀悼。”验尸官说道，“请节哀，李先生。”

李砾不动声色地把一百元纸币塞在验尸官口袋里。停尸房的门轻轻关上。

巨大的静寂围绕着一具冰冷的尸体和一坐一站的两个男人。

李一石慢慢伸出手去，但是轮椅太低，够不着面前的李珂。李砾上前俯身帮他把轮椅升高。

李一石雪白的、布满褐色老人斑的手轻轻地放在李珂的额头上。他的手心能感到冰凉、僵硬和残破。儿子坚硬冰冷的皮肤在他的手下逐渐变得温和、软化，睁着的眼睛慢慢地合上。

站在边上的李砾低着头，一动不动。

停尸房里没有一丝声响，寒冷刺骨的安静。李砾突然听到一个奇怪的声音。

他转过头来，看见李一石木然地面对着李珂的尸体。冰冷明亮的灯光照在他灰白苍老的脸上，一滴红色的眼泪从他的眼角缓缓流下来。他的身体深处发出一种像受伤野兽垂死悲鸣般的哭声。

窄小的屋子。

屋子里除了一张木桌和两把木椅，空无一物。杰贝兹博士为林简拉出其中的一把椅子，请她坐下。

“不要小看这个简陋的小房间啊。”杰贝兹博士坐在林简对面，微笑地说：“它是两百五十年前，第一批欧洲殖民者荷兰人来到曼哈顿时建造的第一个教堂的一部分。原来的教堂一百多年前被大火烧毁，只留下这间小屋和这个十字架。”

杰贝兹博士指着石墙上镶嵌的木头十字架，十字架只剩下了一半，残损而古旧。

“我有空的时候为这个教堂做些工作，他们非常慷慨地让我获得坐在这里的荣幸。”

杰贝兹博士走到墙边的老式炉子旁。林简注意到他穿着陈旧磨损的皮鞋，上面还带着雪渍和泥点。

杰贝兹博士打开炉子的风门：“就是冬天有时有些冷……”

林简环顾空而简单的房间，不知什么原因，尽管空无一物，但她觉得房间里却没有空寂的感觉：“我很喜欢这里。”

杰贝兹博士在对面的椅子坐下，眼睛里在灯光下闪着柔和的光芒。他把手放在嘴唇上，示意林简安静倾听。林简屏住呼吸。周围一片静谧。

“你听到了什么吗？”杰贝兹博士问道。

林简有点不好意思地回答：“没有……”

杰贝兹博士微笑：“对！什么也没有，只有安静。只有一颗宁静的心才能感知这个世界。”

林简缓缓点头。

杰贝兹博士问道：“你想和我说什么呢？”

“你还记得上次你和我们讲述有关北京猿人头盖骨的历史和失踪吗？”林简问道。

杰贝兹博士点点头。

“你还能告诉我更多细节吗？”林简要求道。

杰贝兹博士点头：“你想知道什么呢？”

林简打开背包，从里面拿出笔记本：“当时北京古人类学研究所所长魏敦瑞离开北京，到纽约自然博物馆工作。你以前在博物馆工作的时候见过他吗？”

杰贝兹博士微笑着点头：“嗯，不仅见过，而且在他生前，我还有幸在他的实验室工作过一段时间。他的一些教诲让我终身受益。”

林简问道：“魏敦瑞博士有没有说起过头盖骨的事呢？”

杰贝兹博士点头：“有很多次。其实后来的博物馆馆长夏皮罗还写过一本书，详细记载了北京猿人头盖骨的发现、研究和失踪。你读过吗?”

林简点点头。她想了一下问道：“魏敦瑞博士有没有提起过，当时去研究所提取装着头盖骨的箱子的两个海军陆战队员?”

“海军陆战队员……”杰贝兹博士闭上眼睛回忆。炉火烧起来了，房间里一片温和、安静和光亮。

“嗯，我记得他提起过。”杰贝兹博士把手放在前额，苦笑道，“老了，很多事都想不起来。我记得其中一个人名字好像叫罗杰斯，对了，嘉士伯·罗杰斯。另一个是……”

“比利·麦肯塔尔。”林简提醒道。

“对，麦肯塔尔!”杰贝兹博士问道，“你想寻找他们吗?”

林简点点头：“罗杰斯已经死在菲律宾战俘营。我找到了麦肯塔尔，但是……”

杰贝兹博士慈祥地看着林简。

“他被人杀害了。”林简眼前浮现麦肯塔尔悬挂在寒风中的身体。

“什么时候?”杰贝兹博士吃惊地问道。

“就在刚才。”林简小声说道。

房间里陷入一种奇怪的安静。

林简正要问杰贝兹博士是不是知道当年谁和罗杰斯及麦肯塔尔有过交集，那个人可能就是这一连串谋杀后面的主谋时，突然感到背上升起一股凉气。一瞬间她意识到自己正在把某种危险引向面前这个老人。她闭上嘴，默默地低下了头。

屋子里依旧安静如水。

拉抽屉的声音响起。林简抬头，看到杰贝兹博士从抽屉里拿出一个笔记本。他隔着桌子凝视着林简，蓝眼睛的颜色变得很深。

“上次你们走后，我又对北京人头盖骨做了一些研究。发现在过去的四十多年中，尽管头盖骨再没有出现过，但是却有太多围绕着头盖骨的死亡和事故发生。”

他翻着笔记本：“很长的一个死亡者名单。”他触碰一下胸前的十字架项链：“愿他们的灵魂安息!”他严肃地盯着林简，“我听说你母亲去世了。我很难过，为你、为你母亲、为我们每一个人。”

林简轻声道谢。

“也许我已经太老了，孩子。”杰贝兹博士叹了一口气，“有时这些未知和神秘就是未知和神秘本身，也许上帝保持它们未知和神秘，有他的目的和旨意，也许我们永远不知道和不明白。这是生活的一部分，也是生活美丽的部分。有时我们能做的只是祷告，让我们心灵宁静，让光明和智慧的光照进来。”

林简专心致志地聆听。

杰贝兹博士停顿一下，目光变得柔和与担忧，“孩子，你有一颗纯净而善良的心。你将来的生活道路还很长，要警惕有人利用你进行他们的阴谋或达到他们的目的。你应该尽快远离那些黑暗和疯狂，继续你自己的生活。我想这也应该是你母亲的愿望吧。”

64

“不，丹尼少尉坚持先和嫌犯单独交谈，所以我就待在车里。”汉默实事求是地说道。

他对面坐着三个内务部官员。其中两个男子穿着深色西装，另一个梳着短发、戴着无框眼镜的女子。她锐利的灰眼睛持续地扫描着汉默的脸，捕捉着他的肢体语言。

“两人面对面站着说话，面带微笑，没有任何异常。”汉默两手交叉放在桌子上，直视前方墙上里根总统的照片，“我看到嫌犯突然拔出枪来，对着少尉的头部扣下扳机，然后嫌犯向他的车跑去……”

“为什么开始没有对嫌犯搜身?”女官员问道。

“根据丹尼少尉的介绍和警局的标准程序，嫌犯是作为案件证人而不是嫌疑人。”

女官员点头，示意汉默继续说。

“我马上用车里的对讲机报告了总部，请求救护车，然后下车向嫌犯开枪，但没有打中。嫌犯开始倒车。我冲上前对着车里的嫌犯开枪。一共打了三枪，两枪命中，嫌犯当场毙命。”

汉默拿起桌子上的水杯，喝了一口水。女官员注意到他拿杯子的手很沉稳，放在玻璃桌面上的手也没有留下任何汗渍。

“这是嫌犯使用的枪?”一个年轻官员指着桌子上那把封在塑料袋里的左轮手枪问道。

“是的。”汉默看了一眼，回答道。

“你以前见过这把枪吗?”年轻官员注视着汉默的脸。

“没有。”汉默回答道。

“当你第一枪没有击中嫌犯时，”一个留胡子的官员问道，“为什么没有继续开枪?”

汉默的目光转向了他：“我当时停下来查看丹尼少尉的伤势。”

留胡子的官员转头看着女官员。女官员若有所思地看着汉默：“嫌犯是律师，本人没有任何犯罪记录。特警汉默，你能想出他为什么会公开枪杀一个纽约警官么?”

每个人的目光都看着汉默。

汉默沉吟：“我不知道。在我从警二十多年中，我遇到过很多意志坚强、冷酷无情甚至受过高等教育的罪犯。我发现他们都有一个共同点，每个人的精神意志都有一个折断点。过了这个点，他们会做一些令人不可思议的事情。”

“像派杀手到警局杀害警察和证人?”年轻的官员插嘴道。

汉默看了他一眼，没有接话。

“你说嫌犯处于精神不正常的状态?”女官员追问道。

汉默摇头：“我不知道，所以不能下这个结论。”

两个男官员抬头看着女官员。女官员在笔记本上迅速地写着什么。屋子里一片安静。

女官员站起身来，隔着桌子向汉默伸出手去：“谢谢你的合作，特警汉默。”

汉默站起身来和她握手。

“非常抱歉你失去了搭档。”女官员说道。

“他是一个优秀的警察。”汉默面无表情地说道。

汉默走出警察局大门，站在台阶上。

天上飘着细碎的雪花，他深深地吸了一口寒冷清冽的空气，感到脑子瞬间像刚被擦过的玻璃窗一样清晰明亮。他拉上皮夹克的拉链，向停在路边的警车走去。

“特警汉默!”后面有人叫他。

汉默回头，看见一个穿便衣的男子和另一个穿警服的警官快步向他走来。从警服可以看出，那个人是哈德逊河对岸新泽西州的警察。汉默没有停步，继续向车走去。

两个新泽西警察走到汉默身边。

“特警汉默。”便衣警察一边和汉默一起走下台阶，一边说道：“我是大西洋城警署的侦探布鲁诺，他是卡西中尉。我们想和你谈谈那具冰河死尸的事。”

“什么他妈的死尸?”汉默粗暴地打断他，“我很忙，刚被内务部那帮狗娘养的盘问了他妈的两个小时。为什么你他妈的要用什么新泽西河里的尸体来他妈的打扰我?!”

“特警汉默，”便衣试图跟上汉默，“我觉得你应该和我们一起到停尸房看看那具尸体。”

“我现在没空。”汉默打开车门，坐进车里，“下次吧。”

他“砰”的一声关上门。便衣依旧站在车外，敲窗。

汉默摇下窗恶狠狠地问道：“你他妈的要干吗?!”

便衣没有说话，从西服口袋里拿出一张纸递给他。

汉默不耐烦地接过，一眼看到了尸检报告上的名字。

地铁飞驰。

地铁窗外一片漆黑，隧道里昏暗的灯不时飞速闪过。

林简坐在空空荡荡的车厢里，看着面前的窗口，想起杰贝兹博士那个古老而简洁的小屋，那个明亮温暖、充满音乐的小教堂、他关切的眼睛和有力温暖的拥抱，脸上露出微笑。

轨道急剧地转弯，车轮和轨道之间摩擦发出刺耳的声音。车厢里的灯突然灭了，几秒钟后又亮起。

“你将来的生活道路还很长。”杰贝兹博士的声音在她耳边响起，“你要警惕有人利用你来达到他们的目的。远离那些黑暗和疯狂……”

林简看窗玻璃中的自己，看到一张疲惫的脸和一双迷茫的眼睛。

广播响了，报出下一站的站名。

新泽西，大西洋城停尸房

汉默看着面前这具裸露的尸体，突然感到一阵恶心。二十多年的警察生涯让他几乎刀枪不入，但此时他感到自己随时可能呕吐。

尸体依旧可以看出是个人的形状，但因为长时间泡在河里的缘故，比正常人的身体胖出几乎一倍。已经没有五官的脸和尸体所有表面覆盖了一层白花花的东西。汉默凑近了看，才发现每寸的皮肤都布满了密密麻麻的细小伤口。

“这是河里的小鱼啄的。”便衣警察解释道。

汉默骂了一句。

“一个冰钓者两周前在一个隐秘的河汊里发现的。因为他身上没有任何证件和证明他个人身份的东西。当然也没有指纹……”

便衣警察停顿了一下，像一个蹩脚的喜剧演员等待着廉价的掌声。汉默恶狠狠地看了他一眼。便衣警察尴尬地干咳一声：“所以他被列为普通失踪人员。昨天，牙齿记录确认报告回来了。我看到他的名字，突然想起前些天纽约、新泽西警局公布的警示，认出他是你案子里的人。”

汉默看着尸体的脸上那双已经没有眼皮的眼睛，收回目光，再次看着报告上的名字——查理·克拉克，律师。克鲁斯＆克拉克律师事务所。

“这改变了所有的一切！”他想道。

林简走出地铁口，才发现雪下大了。

昏黄的路灯下，飞舞着纷纷扬扬的雪花。雪已经覆盖了路面和路边的汽车。她竖起大衣的衣领，顶着风向两条街以外的公寓大楼走去。

电梯门轻轻合上。头顶明亮而柔和的灯光让林简感到温暖和放松。她伸手拂去头发和肩头上的雪花。电梯光滑无声地上升。

从电梯里出来，林简快步向公寓的门走去。她的脑海里不停闪现冒热气的水龙头、温暖偏烫的热水在澡盆里逐渐上升，自己冰冷疲乏的身体滑入丝绸般水里的画面。

林简急切地把钥匙插入锁孔，刚要转动。她想起什么，看了一眼门缝前面的空间，突然间心往下一沉。

那根早上出门系的头发已经不在了。

65

汉默听到门的另一边钥匙插入的声音。

“好！”他在黑暗中暗喜，“现在转动钥匙，推开门，你就回家了，宝贝。”

他屏住呼吸，等着门缓缓开启。

奇怪的是钥匙没有再转动，像在等待着什么。

林简站在门口，手里捏着钥匙，犹豫着。

漫长的一天曲折而诡异的经历已经让她失去了敏锐准确的判断力。她惶恐地看着那根头发应该所在的位置：“是我早上忘了放，还是它自己掉了？”

突然一种骇人的想法一把攥住林简急剧跳动的心脏：“有人进了我的房间，就在门后面等着我？”

林简轻轻地拔出钥匙。

汉默听到钥匙拔出锁孔的声音。

他从沙发上站起来，拔出手枪向门走去，像森林里的黑色猎豹贴着地面匍匐接近一头正在喝水的小鹿。

雪水打湿的头发冰凉地贴在头皮上，林简感到全身充满被抽吸一空的疲劳和绝望。“你想太多了。”她对自己说，“其实什么事也没有。只要开门进去，打开热水，五分钟后就可以舒服、放松地躺在浴缸里了。”

让自己筋疲力尽、布满创痛的冰冷身体浸没在温暖水中的欲望是如此强烈，她不顾一切地把钥匙重新插入锁孔，转动……

突然，她眼睛的余光看见门下方的一个东西。

汉默站在门后，屏住呼吸，倾听着外面的声音。

钥匙转动，锁打开，但门却没有开。

汉默耐心地等待着。外面一片寂静。他的手慢慢伸向门把，一把拉开门，举枪瞄准门口。

门外空无一人。汉默有些迷惑地转头，看着依旧插在锁孔中的钥匙。他一步跨到走廊里，走廊里空空荡荡。

汉默追到电梯口。电梯正快速地开往一楼。他用枪托敲打按钮，但电梯丝毫不停。他大骂一声，打开旁边楼梯门冲进去。

公寓的门缓缓关上。门正对着房间里落地长窗。窗外的街灯将屋内每一丝光影都清晰地投射在门上和下方的缝隙里。

“他出卖了我！李一石出卖了我！”这个想法充斥着林简的大脑，让她感到愤怒和恶心。

她在黑暗的街上疾步走着。空旷的街上没有一个人。

一道雪亮的灯光向林简照射过来。她茫然地用手遮住眼睛，试图看清灯光后面巨大的黑影。铲雪车轰鸣着开过来，把路中的积雪铲起堆在路边。

她裹紧大衣向前走去。雪越下越大。在弥漫飞舞的雪花中，她看见刚才出来的地铁口。她紧跑几步，但猛然停住脚步。地铁站已经关门。

站在飘扬的大雪中，林简突然感到周围一片陌生，一时不知道自己在哪里，该去哪里。

铲雪车在前方拐了一个弯，又向她的方向驶来。明晃晃的灯光下，她迈开脚步，机械地向前走去。

路边的小店都已关门。林简走过一个个黑暗的铁栅栏。路灯昏黄的光晕中，飞蛾般的雪花争先恐后地拥挤着，降落在她的头发上、脖子里。寒风吹过，她再次拉紧大衣领子。

拐过一个街头，面前突然出现一片光亮。林简突然想起什么。她在光亮中靠边站住，从包里拿出钱包，借着路边的灯光，数着钱包里的现金。

“59 美元 50 美分，应该够住一夜小旅店。”林简想道，“但没有钱吃饭了。”

收起钱，林简快步向前走。就要走出那片光亮时，她突然停下脚步，转身来向光源看去。

这是一个高级优雅的饭店。里面灯火通明，宾客满座。

左面是一家三代人坐在长桌前，侍者在用闪亮的银餐具为每个家庭成员布菜。边上的桌子一对穿着节日红色毛衣的夫妇正在享用刚打开的香槟，边上坐着可爱的孩子，吃着冰激凌。靠窗坐着一对年轻情侣。两人像是刚滑完雪回来，衣服的拉链上还挂着滑雪场出入标签。女孩微笑地叉起盘子里的通心粉，送到男友的嘴边。男友一动，通心粉掉在他身上，两人笑作一团……

站在漫天的大雪里，林简看着眼前温馨而美好的画面，觉得自己像个小偷，躲在黑暗中窥视别人的金银财宝。她突然从玻璃窗中看到一张头上落满雪花的脸，苍白、疲惫、孤独和脆弱。

林简花了好长时间才意识到那是她的脸。

她走进窄小的电话亭。

惨白的灯光亮起，她拿起话筒。不像刚才那两个已被损坏的公用电话，这个有拨号音。投入一个硬币，她的手犹豫地搭在键盘上，但没有拨号。

长长的拨号音停止，一个女声开始说话："如果你想打市内电话，请拨……"

林简犹疑地挂了电话，抬头看着外面纷纷坠落的雪花，咬了咬下嘴唇，拿起掉出来的硬币，打开门走入风雪中。

电话亭又回归黑暗和宁静。

"砰"的一声，林简又冲进电话亭，塞入硬币，拨了那个已烂熟于心的号码。

对方电话设置成留言模式。她听着那个熟悉但却又变得有些陌生的声音，犹豫一下，挂了电话。

林简推开电话亭的门，一阵狂风卷着雪花涌入。突然，她背后的电话铃响了。

汉默站在大雪的街道上。

他急切而茫然地轮番向两边看。在密集的雪花中，宽阔的人行道上空无一人。

她的钥匙已经插入，为什么没有开门进来？是什么让她最后决然离开？在追踪林简的过程中，他慢慢意识到她绝不是寻常女子。

汉默是现实主义者。他用力地摇了摇头，把所有已经发生过的事情和不相关的疑问都摇掉。最后剩下的是，"林简现在会去哪里？"

雪下得更大了。

汉默突然有一种失重感。那可怕的想法再次涌入他心里："我可能再也找不到这个叫林简的女子了，再也得不到她携带的那个古老头盖骨的任何线索了，我将失去最后的一个机会，最终还是一个失败者，就像父亲一样……"

沮丧之余，他内心深处突然产生一种强烈的预感。

林简正走入极度的危险之中。

66

比利·维拉在扩音喇叭里吟唱着《恰在此时》。

幽怨的歌声充满了整个白色冰面，略显滑稽地不断地被欢快而自如滑行的人们碰撞、托起、落下。人群中，一对青年男女随着音乐并肩滑行，动作舒展、优雅。矫健的身姿不时交错、更迭、缠绵，身后留下优美的弧线和无数羡慕的目光……

林简从青年男女身上收回目光，环顾四周。

这是曼哈顿中城的一个通宵溜冰场。尽管已近深夜，溜冰场里还是拥挤着哥伦比亚和纽约大学的学生。高音喇叭交替播放着怀旧的圣诞音乐和节奏强烈的流行歌曲。一个明亮的公共场所，人群熙熙攘攘，前后左右各有一个出入口。林简的目光最后停留在对面的入口处。

站在门口的男子身材高大，穿着深色的西装和大衣，里面是白色衬衣。当他的目光和林简相遇，英俊的脸上露出像大男孩般的微笑。

克拉克在人群中一眼就看到了林简。

穿着黑色短大衣的林简坐在冰场边的观众台上。在一群吵闹、喧嚣的大学生中间显得落落寡合，像被笼罩在一个低调但明确的聚光灯中。她脸上有强烈日照的痕迹，脸颊上有一条浅黑色灼伤，显得疲惫而缺少睡眠，但身上却依旧有一种含蓄待发的张力。她的眼睛还是他印象中的那么黑。现在那双眼睛正注视着他。

克拉克走上台阶，快步走到林简的面前，张开双臂，脸上带着兴奋的微笑："你好！"

林简站起身来，礼貌地和克拉克拥抱。

"真高兴能再次见到你！"克拉克高兴地说道。他没有注意到林简脸上勉强的笑容和略带戒备的姿态。

他们离开看台，走到小卖部。克拉克拉开一张铁椅子，让林简先坐下。他还没坐稳就急切地问道："你好吗？那天在加油站发生了什么事？"

没等林简回答，他接着说："我再回到厕所里，你已经不在了。我一下懵了，认为可能有人一直在跟踪我们，你有可能被人绑架了。"

林简没有说话，安静地看着克拉克。

克拉克的声音低下来："但我想更糟的是……你决定不辞而别。"

他拿起桌子上一段吸管的包装纸，在手里神经质地摆弄："不管怎样我有些担心，一直在找你……我去了所有你有可能去的地方，留下我的电话号码，以防万一你想要跟我联系。"

林简依旧沉默，凝视着克拉克的脸。在她的注视下，克拉克停止说话。高音喇叭里一曲终结，人们等着下一曲开始。四周突然一片怪异的安静。

“是你杀了我母亲吗?!”林简问道。

克拉克一时不能确定他听到的问题，问道：“什么?!”

看着克拉克的眼睛，林简一字一句地问道：“是你杀了我母亲吗?!”

克拉克诧异地看着林简，脸突然变得通红：“没有！为什么？为什么你会这么问?!”

林简把李一石给她的画像放在克拉克面前：“这是杀害我母亲凶手的画像。”

克拉克看着林简的脸，似乎在确定她是不是在开玩笑，然后迟疑地拿起画像，仔细地看，然后小心地把它放在桌子上。

“这是我。”他点头承认。

林简听到自己身体里的爆炸声。无数碎片腾空而起，从她眼前掠过。她看见母亲躺在冰凉的验尸台上，古堡中红色面具后充血的眼睛和野兽般的呼吸，卡特琳娜在红色的河水里无助地看着她……

她的手慢慢攥成拳头。她突然意识到自己犯了一个巨大的错误——她那么想知道答案，但却从来没有想过得到答案后该怎么做。

克拉克脸上的红潮慢慢褪去，面色平和地把手伸入大衣。林简感到自己的身体像被捆绑在身后的椅子上，一动不能动，茫然地看着克拉克移动的手。

克拉克从口袋里拿出一个皮夹子，从中抽出一张驾驶执照，放在画像边上。

这是两个几乎一模一样的肖像，克拉克穿着西装，扎着领带，微笑地看着镜头。

驾照上的照片旁边有克拉克的姓名、地址、出生年月、身高、目色、签名……看着这些，林简低着头，试图用已经筋疲力尽的大脑分析判断。

克拉克环顾左右，突然恍然大悟地说：“哦，这就是为什么你选在这里和我见面？拥挤的公共场所，我不能做任何坏事，如果我是坏人的话。”

林简抬头看着克拉克：“请你回答我的问题！”

克拉克没有回答。

“你信任那个给你画像的人吗？”他轻声地问道。

这个问题像重锤击打在林简心上。她突然想起门把手上那根消失的头发，那把插入锁孔的钥匙，那个下方门缝中移动的黑影……

“我不知道那个人出于什么动机。我想知道你相信你眼睛看到的还是别人告诉你的？那个人是你信任的人吗？”

看着灯光下克拉克明亮、英俊的脸，她全力聚起的理智和思路一下变得虚弱而模糊：“我究竟应该相信谁？到底谁值得信任？”

“为什么……为什么是你的照片？”林简艰难地问道。

克拉克脸上露出迷惑的表情。他想了想，问道：“那个给你画像的人有没有可能见过我们在一起？”

林简突然闻到乙醚的味道。想起那只捂住她嘴巴的大手和沾满乙醚的纱布。她突然意识到在那个肮脏的加油站厕所间失去知觉的一瞬间，她想到的是在停车场等着她的克拉克。

“林简，”克拉克的声音真诚而平静，“我只是一个普通的律师，你也去过我的办公室。”他顿了一下，“我没有杀害你母亲。”

他看着林简的眼睛：“我没有！请你相信我。”

林简久久地凝视着克拉克的眼睛。两人四目相对，周围是遥远的音乐、人群、喧嚣。

“我饿了。”林简说。

林简看着端着食物从远处走来的克拉克，不确定自己是真正相信了克拉克的解释，还是自己选择相信他说的话。

克拉克走到林简面前，把汉堡、薯条和饮料整齐地摆在她面前，然后在对面位置上坐下。

“午夜超级大餐。”他微笑地说道，“看起来比我们的节日大餐还要好。”

林简想起那个高速公路下的廉价汽车旅馆，饥肠辘辘的她，热气腾腾的比萨……

克拉克举起饮料纸杯：“嗯，稍微晚了点儿。但是……新年快乐！”

林简举起饮料：“新年快乐！”

林简突然发现自己已经饿得不行了，这才想起自己又是一天没吃东西，于是拿起热乎乎的汉堡。

克拉克咬一口汉堡包：“味道也更好。”

林简大口吃着。热气腾腾、化着乳酪的牛肉和带着焦香味的面包，周围的人声、音乐让她慢慢放松。她持续的戒备逐渐融化在某种温情和怀旧的情绪中。她突然想起小时候唯一一次和班上喜欢的男生去看电影的情景，兴奋，不安，甜蜜，带着隐约的害羞……

"你的胳膊怎么样了?"林简问道。

克拉克伸展胳膊："没事了。"

他挽起袖子，露出还贴着创可贴的伤口。林简看了看，习惯地伸手在伤口上摸了摸。她冰凉的手指不小心碰到了克拉克的皮肤，两人都奇怪地轻微颤抖了一下。她缩回手，默默地吃着汉堡包。

克拉克也略微尴尬地卷起袖子，干咳一声："我去了警察局，说了当时的情况。法庭罚我七十二小时的社区服务。现在一切照常。"

"那你这次出庭有没有出汗?"林简想起那个笑话。

"嗯?"克拉克有些不好意思地说，"没有。有可能我的症状只会出现在为罪犯辩护的时候，但自己变成罪犯的时候，症状却突然消失。备用的衬衣都用不上了，简直像包干燥剂。"

林简笑着喝口饮料，突然被呛到，边咳嗽边笑。两人不知为什么觉得很有趣，一起哈哈大笑。

好不容易平静下来，林简看见克拉克不知什么时候已经不笑了。他看着林简身后，脸上有一种她从来没见过的表情。林简回头，身后是一个小男孩，坐在母亲身边吃冰激凌。

林简回过头来问道："怎么了?"

克拉克张张嘴，但没有发出声来。他停了一会说道："她最后那次给我买了三个冰激凌蛋筒。"

林简迷惑地看着克拉克。克拉克没有看林简，依旧自言自语地说："我们当时在一个很大的商场里。我非常高兴，因为母亲平时买一个都不行。"

克拉克看着手中的汉堡，不自然地笑了笑："我飞快地吃掉第一个。当我准备吃第二个的时候，我想给妈妈吃一口。我抬起头，她不见了。我手里拿着两个冰激凌，开始找她。商场里的人特别多，我只能看到面前无数大人的腿。"

灯光下，克拉克的眼睛像荒芜的地面上深不可测的泉眼。他的声音平静，像在说一件和自己毫不相干的事："冰激凌融化了，我拼命地吃，但我的嘴唇冻僵了，吃不了那么快。我只能看着它们慢慢化掉。我漫无目的地奔跑，叫着妈妈，但她已经不在那里了。"

克拉克收回目光，拿起盘子里的汉堡包，对林简微笑一下。

林简看着面前的克拉克，从来没见过他如此悲哀和脆弱。她突然感到内心深处有一种疼痛和怜惜，伸出手去，放在他冰冷的手上。

她能感到两人同时又战栗了一下，看到自己手背起了层鸡皮疙瘩，然后突然消失，毛孔悄然张开，变得火热。她感到那种奇怪的寒冷和火热的战栗像电流般从手扩散开去，微麻而强烈地溢满周身每个毛孔……

她知道自己完了。

67

门“砰砰”地响，像重鼓一样敲击着十一岁林简的耳膜。一个尖利而威严的声音命令她马上把门打开，

林简没有动。

她从孤儿院漆得惨白的窗子望出去，看到母亲在一棵深秋的树下等候。

阳光从已经开始凋零的金黄树叶之间穿过，落在林静秋花白的头上，明暗相间地勾勒出她脸上的皱纹和焦虑的神情。她惶恐不安地向林简所在的大楼看来，目光充满期待但却茫然。

在两周一次的探访时间，林简从来没告诉母亲自己住在哪个房间。

冷冷地听着背后的敲门声，林简漠然地看着站在秋风中等待和她见面的母亲。

她恨母亲。

她恨克拉克。

当她疯狂地撕开克拉克的衬衣，感觉到了自己心里堆积的深深恨意。眼前这个英俊温暖的男人，拥有对她致命、冥冥之中宿命的吸引力。她看着他大男孩般的笑容，但看不到笑容阴影后面的那张脸……

林简微张着干燥的嘴，像一条离开水的鱼。渴望与恐惧同时纠缠交织、燃烧，让她不能呼吸。

她看到了异常发达的肌肉。雄性的气味和热量瞬间充满她的嗅觉和触觉，像烈焰燎烤着她冰凉的身体和钢丝般紧绷的神经。她把冰凉的手指放在面前

虬结的筋肉上。温暖的肉体突然冻结，凝缩成细密的毛孔，熟识的战栗突然如电流连接两具渴望的身体。

她把火热嘴唇轻触在紧张的皮肤上，慢慢滑过肌肉之间的凹痕。肌肉战抖、蠕动。冻结的毛孔突然再次张开，更猛烈的气味、热力、欲望扑面而来。

克拉克伸手抚摸林简，林简一下把他的手推开。

她变得湿润的唇舌痴迷地追随着每一缕气味，每个突起，每个凹陷，沿着一条未知幽黑的小径，走进危险密布的丛林深处……

林简在她十三岁生日那天得知母亲被送入精神病院。

当天晚上，她背着自己唯一的背包，从少年收容所五米高的围墙跳下。在飘着细雪的天空下，在寂静无声的旷野间，沿着 87 号州际公路走回城市。

天亮的时候，林简走进第一个医院。

在奔跑、喊叫、喧嚣、血污的混乱中，林简看着面前一张张陌生的脸，不断重复着母亲的名字，希望有人告知母亲的消息……

不知道从第几个医院走出来，筋疲力尽的林简发现自己站在一个完全陌生的地方。

站在大雪中，她茫然地看着面前一片白茫茫的世界。

她不知道去哪里。唯一知道的是，她不会再回去了。

当克拉克进入她身体的时候，林简感到自己被活生生地撕成两半。

一种久已遗忘的撕裂疼痛和深入骨髓的快感鲜明而平行地刺激着神经末梢。她身体随着冲击和碰撞而战抖、迎合。她的意识挣扎在记忆与现实、幻觉与真相稀薄的边缘。

疼痛像一把粗砺而锋利的钢刀把她钉在强光灯下。她身上的污秽、瑕疵、耻辱、仇恨在刺眼的灯光下纤毫毕现。快感似一条黑暗中的火蛇在她的身体里翻滚、抽打。钢刀昂立冰冷，火蛇游动火热。她的身体变得异常敏感却混沌。肉体渐渐失去了质感，熔化为滚烫流动的液体。

克拉克在她的身体里继续膨胀，伸展，搏动。两种感觉突然合二为一，火蛇瞬间充满每一个细微的空间，淹没了刺心的疼痛。钢刀刹那脱手飞去，所有灯光遽然熄灭。黑暗中，她徒劳地试图抓住正在漂浮而去的残存意志的缰绳。

在粗重而密集的喘息声中，她第一次听到了自己身体深处发出的嘶叫。

十五岁的少女林简从黑暗的门洞里突然醒来。

身后传来浑浊而急促的呼吸。转过身去，她看见一对闪光的眼睛，一个巨大的黑影向她扑来。

浓重的恶臭和酒精把她压在冰冷坚硬的地上，她像小兽一样拼命踢打。她尖利的牙齿切入肮脏的帆布，切入肌肉，切入野兽般的嗥叫。

沉重的拳头打在她脸上，她瞬间失去意识，坠入无底深渊。

下体撕裂的疼痛把林简从黑暗的深处猛烈唤醒。她睁开眼睛，一个沉重的身体像条蛆虫在她失去知觉的身体上蠕动。她侧过头去，绝望地看着旁边自己的背包。漫天的大雪在黑暗的天空中纷纷落下。冰凉的雪花落在她的头发和脸上，慢慢融化。她闭上眼睛，泪水混合着雪水，悄悄滑落。

就在黑影即将融入墨般夜色的瞬间，他听到后面的脚步声。他转过身来，一柄冰凉的利器无声地刺入他的身体。看着深入腹部的匕首，他慢慢抬起头来，不可思议地看着面前那双黑色的眼睛……

林简猛烈地把自己瘦小的身体撞击在匕首柄上，面前高大的身体缓缓倒下。她跳到那个身体上，用尽全身力气掐住身下黑影的喉咙。

克拉克额头青筋暴露，竭力摆脱林简掐住他脖子的手。

林简充血而疯狂的眼睛俯视着身下英俊强壮的男人。克拉克的脸在变化，慢慢变成一个血红的面具。面具后面是一双深不可测的眼睛，凝视着她。

林简感到克拉克更深地进入她的身体，巨浪般的快感伴随着悲哀、困惑和绝望。这个正与自己交合的男人，就是杀害自己亲人的凶手？

克拉克的脸突然消失，变成尸检台苍白的灯光。母亲布满皱纹的脸从黑色的尸袋显露出来，睁开眼睛，直视着林简。浓厚的血水漫涌上来，隔着玻璃和血水，卡特琳娜充满关爱和担忧的眼睛看着林简。

林简的手再次用力。在逐渐模糊的视线和意识中，她看到克拉克身上开始长出黑色的毛发。毛发飞快变长变粗，化成无数尖利的角刺。林简感到自己的身体骤然收缩，少顷盛放……

两具赤裸的身体缠绵、躲避、吸引，最终将满身尖利的黑色角刺插入对方的身体，同时发出痛楚而极乐的喊叫。

圣诞夜的礼花在狭窄小巷上空绽放。

爆破声中，绚丽的光芒流苏般地落下，照亮高墙下方的殷红血迹。

周围再次陷入沉重的黑暗。

蜷缩在角落里，林简漠然看着面前蜿蜒流动的鲜血。她清醒地感到自己的生命正一滴一滴地从手腕上的伤口流逝。

雪慢慢覆盖了匕首、血迹和放弃这个世界的十五岁的林简。

在意识和世界断裂的瞬间，林简感到她的身体骤然变轻，离开地面缓缓上升，飘浮在空中……

她听到远处若有若无的音乐。黑暗被层层驱散，明亮的光带着奇妙花纹照在自己的脸上，洁白晶莹，美丽纯净。

她没有睁开眼睛，听任自己在空中飘浮。心中涌起一种从未有过的感觉，明亮圣洁，温暖宁静。

配合着克拉克强硕挺立的身体，林简残存的意识中感到黑色而黏稠的液体从身体被刺穿的孔洞流淌出来，她的身体变轻，慢慢变得透明。她的眼泪无声滑落。

她的身体变成一张绷紧的弓，充满野性，盈足欲望，蓄势待发。她的指甲深深掐入克拉克筋肉分明的背脊，克拉克发出低沉的吼声。

林简感到自己的身体飞快上升，攀升到一个从未到过的高空。

突然间她的身体像无数的礼花同时绽放，她的天空顿时亮如白昼。更大更亮的礼花竞相攀越，姹紫嫣红，极致开放。

在炫目的光亮中，在震耳欲聋的爆炸间，林简感到心里那根钢丝般纤细却坚韧的神经猝然崩断，化为无数绚丽的弧线，缓缓散落，漫天流火……

68

站在明亮的黄铜玻璃门后，公寓看门人频频地看着手表。他还有十五分钟就可以下班了。

一个瘦削的身影出现在门外。看门人拉开大门，一个穿着黑色套头衫，斜背着大包的人从外面走进来，带着寒冷的风和雪径直往里走去。

“嘿，先生，请问你找谁?”看门人跨上一步，试图拦住黑衣人。黑衣人停住脚步，把脸转向看门人。看门人大吃一惊，马上后退让开。黑衣人依旧一言不发，走向电梯。

电梯启动，李砾褪下套头衫的帽子，调整一下背上巨大的背包。他瘦削、苍白的脸上毫无表情，看着前方金属门上的一块油迹。他从口袋里拿出一块手帕，仔细地把油迹擦拭干净。

李砾在林简的公寓门前站住，惊疑地看着面前的门上老式紫铜门锁里插着一把钥匙。

李砾退后一步，飞速地扫视了两边的走廊。明亮的走廊上空无一人。他没有马上打开门，仔细打量一下锁和门框的边缘，没有任何损坏。他把手伸到背后，抽出一把锋利的匕首，拧动钥匙，一下把门推开。

黑暗的公寓里空无一人。

李砾站在客厅中央。窗外的路灯把他背着包的身影投射在门上，变成一种奇怪的形状。他把装满各种生活用品的背包放在地上，慢慢转动身体，仔细地观察着房间。

每件东西都在应该在的地方，没有任何暴力翻动的痕迹。李砾走到窗前，轻轻抚摸每扇窗口的缝隙，每个窗都安全紧密地关闭着。

他的手突然停止移动，仰起头在空中闻着。他转过身，一边吸着鼻子，一边走到窗下方的沙发边，俯下身，在沙发的靠垫上闻嗅。

他闻到了一丝细微的香烟味道。

从一百多年的旅馆窗口看出去，深夜的中央公园有一种古怪的明亮。

宽大的草坪上覆盖着白色的雪。隐约可见的弯曲人行道，落满雪的大树，静卧的曼哈顿层岩巨石，间或有黑色十九世纪的古老路灯直立，黄色的光晕映照着下方的雪地。

雪已经停了。

林简抬起头来，看着被城市之光晕染边缘的天空。

阴沉铅色的天空下，穿着单薄冬衣的林静秋背着行囊，拉着林简的小手，走在进入城市的坡路上。

在漫天飘飞的雪花中，从缓缓起伏的公路后面渐渐露出林静秋和林简的头、行囊、身体。她们带着长途跋涉的风尘和疲惫，在公路的最高点停下。林静秋从身上取下水壶，解开林简头上厚厚的围巾。林简慢慢喝着，茶水的热气弥漫在她的脸边。她喝了几口，懂事地递给母亲。林静秋摇摇头，背上水壶，拉着林简继续往前方华灯初上的城市走去。

温暖的房间里，隔着带着冰花的玻璃，林简看着母女俩的身影慢慢消失。

有力的手臂从后面环绕过来，一个结实、温暖的身体贴在她的背上。

隔着棉质的睡袍，林简感到背后身体的蓬勃热量。她的身体还依旧沉浸在刚才的疯狂和愉悦中。那一瞬间，她感到自己痛苦地分成两个人。对面的林简用黑色的眼睛担忧地凝视着她，似乎在警告她面临一种看不见的危险；她依偎在温暖的身体上，冷冷地看着对面那个谨慎和小心的自己。她挑衅地伸出手，开始抚摸克拉克粗壮、棱角分明的手臂。

林简和克拉克倚靠在一起，默默地看着窗外黑暗中的公园。

深灰色的天空中出现一个移动的黑点。一只掉队的加拿大天鹅，在雪天的黑夜中孤单地寻找南飞的方向。

林简轻声说："能和我说说你小时候在孤儿院的事吗?"

林简感到克拉克的身体变得僵硬，热量在逐渐消失，让她感觉突然贴在陌生的身体上。

"很久以前的事儿，都忘记了。"克拉克的语气在黑暗中带着略微的迟疑。

"有没有特别高兴好玩的时候呢?"

"嗯……"克拉克努力地回忆："对，我们每年国庆节都有一个晚会。在孤儿院旁边的玉米地中间燃起一个巨大的篝火。火上烤着汉堡和热狗。我们围着篝火唱歌、做游戏、讲故事……"他的脸上露出大男孩般的笑容，眼睛里闪着光。

"有女孩吗?"林简转过脸问道。

克拉克摇摇头："没有，都是男孩……我记得深蓝的天空中布满了闪烁的星星。我们围坐在明亮的篝火边，烤着硕大的棉花糖，听着院长麦康纳神父讲故事。"

"你当时是什么样子呢?"

“我是院里年龄最小的孩子。瘦小，苍白，害羞，腼腆……”

“那时也常常笑吗?”林简用手指抚摸着克拉克脸颊上的酒窝。

克拉克笑了，酒窝变得更深了：“有可能……总是想讨好老师和大孩子。”

林简把脸靠在克拉克的肩头。房间陷入一种沉静，温暖而亲密。

“你后来见过你母亲吗?”她问道。克拉克沉默地摇摇头。

她迟疑一下，轻声问：“你恨她吗?”

克拉克点头，然后又摇摇头。两人陷入沉默。那一瞬间，他们的思绪都在遥远的地方，试图想起那个给了他们生命的女人的脸，搜寻着少得可怜的记忆碎片……

“麦康纳神父总是穿着黑色制服。”克拉克的声音打破了沉默，“每次他总是严肃地警告那些玩疯的孩子不要进到后面的玉米地。你会在里面迷失方向，一个人孤独地死去。”

“啊……真的会吗?”

克拉克的身体再次奇怪地僵硬。他没有说话，但林简感到他缓缓地摇摇头。他似乎想起什么，张开口，却没有发出声音。

“怎么了?”林简问道。柔软的身体贴近克拉克。克拉克把她拥入怀中。

“有一件事，我从来没有向任何人说过。”克拉克的声音中夹杂着小心和迷惑。林简能清晰地感到他有力而急促的心跳。

“小时候我经常做一个梦……”他的声音里有一种脆弱而深沉的痛楚和恐惧。

“每个梦的开始都是一样的。我躲在一个黑暗的空屋子里。它有很高的顶，因为我能看到上面有一道很细很淡的光。我慢慢往后挪，能闻到飞扬起来的尘土和什么东西腐烂的味道。当我刚藏到一个角落里，然后……”

林简感到克拉克手臂上突起的鸡皮疙瘩。一个奇怪的感觉像黑色的液体突然注入她的身体，她不禁打了个寒战。

“黑暗中陈旧的楼板突然发出嘎吱一声，然后就没有了声音，四周一片沉静。过了一会，又传来第二声。这次的声音离我近了些。我凝视着黑暗，但什么也看不见……”

林简闭上眼睛，眼前出现一个小女孩独自蹲在一个黑暗的洞穴深处。

“然后呢?”她失声问，指甲掐入克拉克的手臂中。

“然后我就醒了。天已经大亮，我躺在孤儿院的床上。”克拉克平静地说。

林简长长地舒了口气："还好是个梦！"

她轻轻抚摸着克拉克手臂上的指甲痕。克拉克开始抚摸她的上臂。他的抚摸温柔但带着强烈的欲望，低下头亲吻她赤裸的肩头。他火热的嘴唇轻触在她清凉光滑的皮肤上，像一颗石子投入平静的春天池塘，涟漪骤起，一圈圈地向全身扩散、波动。

林简的身体又感到那熟悉的战栗，颤抖地深深地吸了口气。她闭上眼睛，身体滑入温暖如丝的水中。她微张的嘴露出水面，呼出的气体在玻璃窗上形成一层白雾，然后渐渐化去……

克拉克突然停止亲吻。黑暗中传来他的声音："我们离开这里吧。"

"嗯？"林简睁开眼睛，迷惑地问道。

克拉克抬起头，在微光中看着林简的眼睛："我们一起离开这里，到一个没人知道的地方。就我们俩。"

林简看着克拉克，看着一种从来没有过的情感像涨潮的海水疯狂涌来，和自己内心多年的渴望轰然相击。抛开面前的一切，拉着另一个人的手，到一个新的地方，忘掉过去，忘掉现在，一切重新开始。她点点头，嘴唇微微地颤抖。

克拉克把她拥在宽阔的怀里："对，我们到一个没人知道的地方。就我们两个，住在海边的一个小房子里。"

"嗯，海边的小房子……房子是白色的，前面有个小花园。"依偎在克拉克的胸口，林简的眼睛里闪着梦幻的光，"一年四季都开满花。从明亮的厨房可以看到蓝蓝的海，一条白石子的小路通向海边……我可以在小镇的诊所里做护士，你还做律师吗？"

克拉克笑着摇摇头，弯起手臂，显示强壮的肌肉："我可以去码头扛包。"

"嗯……"林简满意地点头，"一个律师码头工人，听上去很好玩。每天早上我们拉着手出门。晚上我会先回家把晚饭做好，坐在窗口等码头工人回家。"

他们看着面前的窗。漆黑的玻璃上，出现两双闪亮憧憬的眼睛，两个紧紧相拥的人。

克拉克说："码头工人在傍晚的夕阳中走进房间，闻到饭菜的香味。码头工人很饿，马上要吃饭……"

"那也得先洗个澡吧！"林简娇嗔地抗议。

"码头工人等不及了，你不要拦着他，否则的话……"

“他要怎样?”林简抬头，调皮的黑眼睛挑战地看着克拉克。

克拉克没有说话，一把将林简拦腰抱起。林简发出低低的惊叫，浴袍顺着她光滑结实的身体滑落。克拉克低头，嘴唇深深地亲在面前火热的身体上。

林简被一道明亮的闪电击中，身体像春天的花朵，瞬间开放。

69

深夜走入纽约出租车调度站像走进地狱的入口。

地上肮脏的泥雪混合物，饱含汽油和尾气的浑浊空气，不间断的刺耳急转弯声，挡风玻璃后面青面獠牙的司机……

李砾小心地靠着墙向前走去。接二连三的黄色出租车从他身边轰然驶过，汇入曼哈顿深夜的车流中。他拉开一扇低矮、糊满报纸的门。

布劳斯基，一个三百磅的前波兰拳击手，一边看着报纸一边享用他一成不变的消夜——波兰香肠、汉堡包、黑浓咖啡。他刚把一大截香肠放在嘴里，面前的门突然打开。一个穿着黑色连帽夹克的人站在他面前。

看清对方的脸，布劳斯基一句脏话脱口而出。但他忘了嘴里还有食物，半截香肠一下子呛到他的气管里。他顿时喘不上气来，扔下报纸两手掐住喉咙，发出瘆人的咯咯声。他涕泪横流，紫红色脸上断过的鼻子显得更歪，

看着面前挣扎的布劳斯基，李砾两手插在口袋里，无动于衷。布劳斯基的脸涨得通红，绝望地向李砾求救。

李砾把一张照片放在桌子上。布劳斯基已经喘不过气来，只是拼命点头。李砾走到他身后，轻轻地拍一下背。一块香肠从他嘴里飞出，“砰”的一声落在几米开外的门上。

李砾厌恶地看了一眼门上留下的油渍，把手在布劳斯基身上擦了擦。

布劳斯基一边大声咳嗽，一边端详着照片上的那个亚洲年轻女子。他喘着粗气用手背擦了擦脸上的液体，拿起桌子上的咖啡杯喝了一大口，呼吸慢慢平静下来。

“是个重要人物吧?”他转过身看着李砾，“能让你凌晨到这里来。”

李砾面无表情地看着布劳斯基脸上狡黠的神情。

“别误会，我不要钱。”布劳斯基摇摇头，“我可以让我的司机们找到她，但有个条件。”

李砾默默地看着他。

布劳斯基脸上露出一种怨毒的表情：“你得让我做一件你三年前对我做的事！”他摸着自己歪斜的鼻子。

李砾看了布劳斯基两秒钟，然后走到桌前。布劳斯基下意识地把身体往后挪，好像害怕这个瘦削的男人会伤害他。李砾从桌上拿起那份《纽约邮报》，摊开后示意——我站这个角，你站在对面的角。

“然后我尽全力打你一拳？”布劳斯基惊讶地问道。李砾点点头。

“真的?!”布劳斯基看着报纸两角之间不足一米的距离，抬头望着李砾坚挺的鼻子，脸上露出难以置信的笑容，“你说话算数?”

两人握手成交。布劳斯基提起巨大的拳头，蓄势出击。李砾阻止了他。

在布劳斯基迷惑不解的目光中，李砾拿着报纸走向门口，打开门，把报纸铺在门的下方，门里门外各有一个角，然后关上门。

看着门下露出的报纸一角，布劳斯基大骂一声。他突然笑了，摇摇头拿起面前的照片，顺手打开了对讲机。

林简奔跑在一个彩色的世界里。

四周开满各种颜色的鲜花，晶莹透明。她身体轻盈而舒展，在花草的芬芳清香里像羚羊般地奔跑、跳跃。

柔韧、青色的藤蔓垂下来，缠绕着遒劲粗壮、参天耸立的大树。阳光下的晶莹露珠，在喘息的微风中摇曳欲滴。

林简的身体在半空中瞬间停滞。她感到猎人火红的矛刺入自己的身体。她闭上眼，缓缓倒下。没有痛楚，没有害怕，只有动心的甜蜜和战栗的愉悦。她打开身体最柔弱、最隐秘的地方，像春天清晨开放的花……

失去重量的身体像一枚白色羽毛，被原始的欲望和快感托起落下，妙不可言。

林简突然意识到这个几小时前还是陌生人的男子正和自己如此亲密相交，默契融合。一种细微的失控的恐惧让她睁开眼睛。她扩张的瞳孔看不见任何东西，只能看见克拉克的眼睛近在咫尺。她看到眼睛里的温柔、喜悦、爱慕。她也看到了眼睛深处的痛苦和渴望。

她看到了自己。

童年不愿面对的孤独和恐惧，少年竭力忘却的刺痛和耻辱，成年后孤寂空虚和不为人知的渴望被爱、被信任、被康复的内心创伤。

她听到了身体深处传来从未听过的呢喃声音和优美韵律。随着每个身姿的变化，它们变得愈加强烈和热切，呼应着那个和自己连为一体的身躯。她伸出手去，摸到强壮手臂上搏动的肌肉。沿着那根暴出的血管流向，最后停在克拉克的手心。两人十指紧紧相扣。

克拉克低下头来，两人战抖的火热的嘴唇触碰在一起。

林简感到自己像窒息很久的鱼突然跃出水面，轻盈地在空中飞翔，水珠和汗滴从她金色身体上纷纷滑落。

身下是克拉克健茁、昂立的身躯和无际的绿色海水。她呼吸着另一个人散发的迷眩气味，吮吸着另一个人的灼热呼吸，带着越来越明亮、清晰的韵律向上空飞翔，攀升……

在曲线的最高处坠落。

带着鲜明质感的海水沿着她身体的轮廓缓缓分开。一刹那，她战栗、渴望地感到插入身体深处的矛突然沸腾。她的身体被瞬间点亮，熊熊燃烧，在绿水碧波的中央变得鲜红、透明。

紧握在一起的手指痉挛地缠绵，然后像花一样缓缓开放。

七岁的林简在一个冰冷、黑暗的洞穴里突然醒来。

她听到自己急促的心跳。身后传来一头巨兽在黑暗中压低的粗重喘息声。她屏住呼吸。喘息声奇怪地消失了，四周一片寂静。

林简小心地试探着向前迈出一步。一个冰冷的爪子从后面一把扼住她的咽喉。她一下子窒息，在强大的恐惧和绝望中拼命挣扎。她的心脏剧烈跳动，越来越快，越来越响……

“砰砰”的声音。

林简睁开眼睛，黑暗消失，眼前是乳白色天花板的花纹。一时不知道自己在哪里，她恍惚地转向房间的门。

“谁?”林简问道，茫然地看着旅馆房间的摆设和自己赤裸的身体。

“客房服务。”外面的人回答道。

记忆和理智开始灌入林简的意识里。“等一下！”林简跳起来，穿上睡衣。

阳光从轻薄的窗纱照射进来，照着盛在银色餐盘里的嫩蛋，香肠，比利时华夫饼，雪白杯子里的黑咖啡。一枝红玫瑰鲜艳欲滴。

浅黄色的房间充满着明亮和温暖。全身沐浴在冬日的阳光下，林简打开餐盘上的一个小信封。

“早上好，简。我得去办公室处理一些事情，稍后回来。请用早餐。爱你！克拉克。”

林简微笑地把信仔细叠好，放在旁边，拿起加拿大枫糖汁浇在华夫饼上。

哈莱姆区，126 街。

一辆公共汽车在路边停下，林简下车。

她站在那里看着前方那座熟悉的红砖大楼。两周前站在这里惊恐、害怕的感觉在记忆中依旧鲜明。阳光照在她微笑的脸上，明净而鲜艳。她快步穿过宽阔的马路，向对面的 322 号走去。在马路中间，她突然改变方向，向不远处的一个比萨店拐去。

二十分钟后，林简从比萨店出来，手里托着一个硕大的硬纸盒子。

林简腾出手摁了三楼的按钮，然后耐心地等着电梯门慢慢地关上。就在电梯将关未关的时候，一只戴着黑手套的手突然插进来。一个老太太拄着拐杖走进电梯。

“五楼！”她用不容分说的口吻命令林简。

林简再次吃力地腾出手按下五楼的键，电梯门慢慢关上。老太太一言不发，霸气逼人。林简微笑。

出了电梯，林简走在昏暗的走廊里。身后的电梯关上门，“哐当哐当”离去。她依旧记得脚下地毯那个经年陈旧的气味。四周一片安静，只有她轻微的脚步声。

她慢慢地往前走，看着门上的号码：302，304，306……

走过 320 室，她停住脚步，站在门口，屏住呼吸。房间里什么声音也没有，一片安静。

林简微笑地拐过拐角，看到 322 室。门上挂着“克鲁斯 & 克拉克律师事务所”的牌子。

轻轻敲门，没有人回答。林简把比萨换到左手，用右手重重地敲门，门微微开启。

她推开门，大声喊道：“客人，你订的比萨来了！”

屋里强烈的光芒让林简一时什么也看不见，但她马上意识到什么事情不对了。

林简的声音依旧和灰尘悬浮在空中。她目瞪口呆地看着面前的房间。

房间里除了地上散落的文件碎片和垃圾，一无所有。

林简迷惑地退出来，重新看门上的门牌号，没错，就是上次她来过的克拉克办公室。

林简拿着比萨盒子，站在狼藉一片的房间中间，不知道该怎么办。

铃声从远处传来。林简围着屋子慢慢走，判断声音的来源。

在壁橱的深处，在一堆杂乱文件的下面，林简找到了正在响着的电话。

她犹豫一下，拿起话筒。电话那头一阵沉默，只有粗重的呼吸声。

70

阳光反射在皑皑白雪上，明亮而又宁静。

百年榆树的深色树干被镶上一道金边。光秃的树枝伸展，相互交错，在白雪的衬映下显得鲜明地错综复杂。一只褐色的加拿大鹅独自站在冰冻的湖面上一动不动，像是陷入深远的思考，在白色冰面上投映一个伶仃孤寂的影子。

林简站在旅馆房间的窗口，看着眼前的中央公园。沐浴在冬日午后的暖阳里，她却感到彻骨的寒冷。她收回目光，木然地看着面前明亮的窗玻璃，看到了自己依旧震惊、迷惑的脸上重叠着不同的记忆影像——李一石给她的那张凶手的肖像画，驾驶执照上的照片，克拉克扑向便衣侦探，流血的胳膊，温暖的眼神，大男孩般充满魅力的笑容，昨天晚上……

林简脑海里出现了两人缠绵交织的身体，深情亲吻和脉脉对视，那个海滩边白色的小房子，夕阳西下的灿烂黄昏……

林简困难地闭上眼睛，所有幻觉无声地消失。当她再次睁开眼睛时，她看见自己一个人站在没有热度的阳光里。在那一刹那，她非常诧异为什么自己还会回到这个房间里来。

一个小时前，林简在中央公园里漫无目的地徘徊。她不知道是应该马上逃离面前巨大的危险境地，还是应该再次面对那个欺骗她的人、那个杀害她母亲和卡特琳娜的凶手。她内心剧烈地争斗着，心里有一种深沉钝拙的痛，像一个黑色野兽在啮咬她身体最深处、最柔嫩的地方。

“我要知道!”一个强烈的想法从林简的内心升起，慢慢占据她整个身心，“我要用自己的眼睛看到真相!”

她向中央公园尽头的广场旅馆走去，这时才发现自己一直端着那个巨大的比萨盒子。

电话铃突然刺耳地响起来。这已经是第二次了。林简转过身，看着床头的电话，没有接。

林简把背包放在伸手够得着的地方，然后面朝门坐下，看着太阳的刻痕在门上无声地缓缓移动……

在夕阳就要移出门的那一刻，敲门声响起。林简深深地吸了口气，站起身来。

穿着黑色大衣、白衬衣的克拉克进来。他英俊的脸在明暗相间的光线中显得特别生动，带着充满魅力的笑容。他深深地拥抱林简。

“我很想你。”他对着她耳语道，亲吻她的耳垂。林简感到一阵战栗扩散开来，默默地闭上眼睛。

“哈！比萨?!”克拉克惊喜地看见桌子上的比萨，“你买的?”

林简点点头，想起了几个小时前买比萨的心情。克拉克脱下大衣，打开盒子。

“都凉了。”林简说道。

“我饿坏了。”他拿起一片咬了一大口，“太忙了，一天都没吃东西。”

看着克拉克的脸，林简吃力地微笑：“很难想象你的小办公室里挤满了客户……”

克拉克一边狼吞虎咽地吃着比萨，一边含混地说：“呵呵，你还别不相信。现在办公室的租约年底到期，我想搬到一个更大的办公室。”

林简默默地垂下眼帘，心里的痛突然变得鲜明和锐利。

“这也是罗伯特一直想要的……”克拉克停止说话，抬头看着林简。

电话铃响起，急促而尖利。克拉克看了一眼电话，视线移到林简的脸上，审视着她的表情。电话铃响了四声以后，停止了。

“怎么啦？简。”他关切地问道。

林简摇摇头：“没什么……我头有点痛。”她拿起身边的包，“我到楼下药店买两片止痛片就回来。比萨凉了，你打电话给旅馆房间服务，让他们送晚饭来。”

克拉克没有说话，看着林简，眼睛里有一种迷惑和不确定。他直觉似乎有什么东西不对。

电话铃再次响起，林简示意克拉克去接，她向门走去。克拉克放下手中的比萨，犹疑地向电话走去，眼睛还是看着林简。

“喂！”克拉克拿起电话。

林简打开门，在那一刹那，她感觉接电话的克拉克变得紧张和僵硬。

林简快步走过长长的走廊，走到电梯前按下按钮。

“快！”林简低声地催道。看着四部电梯上方的数字缓慢地变化着。“快点！”她伸手再按了一下已经亮着的按钮。

从眼角的余光中，她看到走廊尽头出现一个人影。

人影的轮廓像克拉克，但是林简不能确定是幻觉还是真实。似乎更加高大、强壮，像一个骨头和肌肉组成的魔兽，迅速地向她移动过来。

林简的心开始狂跳，她看了一眼上方还在变换的数字，还有一层就到了。她再转头看了一眼快速接近的人影，转身冲向旁边的楼梯门。

林简扶着扶栏，在阴冷的气息中向楼下疾步快跑。两层楼后，她听到楼上的门被打开。她动用她身上的每块肌肉，飞快调整脚步和方向。她可以听到楼梯上方奔跑、跳跃的声音。

古老而空无一人的楼梯里充满了两人急促的脚步声。林简开始感到喉咙变得粗糙刺痛。肺部在燃烧、消耗着所有吸入的氧气。汗从她的额头淌下来，滴落在水泥的楼梯上。

跳下最后三个阶梯，她终于看到墙上的箭头和“大堂”的字样。她跑过一条过道，一把打开灰色的门，面前是另一个世界。

巨大的水晶吊灯照着明净如镜的大理石地面，衬映着上方巨大的雕花图案。放眼望去，一片金碧辉煌，熙熙攘攘，明亮温暖。

林简飞快地穿过大厅里的人群，沿着金蓝相间的地毯向前方的大门跑去。

从楼梯门出来的无脸人没做任何停顿一边推开人群往前走，一边用锐利的目光四处扫视。大厅里没有林简，他踏着厚厚的地毯向大门飞快地走去。

推开沉重的旋转门，无脸人冲出旅馆。面前是著名的普利策喷泉，丰收女神雕塑下面的六层喷泉已在寒风中冻结，像一个形状奇特的冰雕。远处暗淡的灯光下，矗立着已经锈蚀的内战中北军悍将谢尔曼将军的骑马铜像。他向前紧走几步，站在第五大道上，向两边观望，飘落的雪花中，宽阔的街上拥挤着匆匆赶路的纽约人和东张西望的游客。

没有林简。

无脸人左转，面向中央公园。在一排带着高耸羽饰的马车后面，他看见一个身影一闪，隐没在地铁入口，他向马路对面跑去。

一分钟后，沮丧的无脸人走出地铁口，回到街上。远处传来尖利的警笛声，一辆闪着警灯的警车横冲直撞飞驶过来。在接近旅馆时，警笛和警灯同时熄灭。警车停在旅馆门口的一辆加长林肯轿车后面。

一个穿着深蓝警服的警察和一个穿皮夹克的男子走下警车。

无脸人跟随两人走进旅馆。他的头发和衬衣上的雪花慢慢融化，但他毫无知觉，紧紧地盯着前方穿皮夹克的背影。

记忆深处有个开关开启。他猛然想起破损混乱的埃塞俄比亚的亚的斯亚贝巴机场。那个穿皮夹克、叼着烟匆匆走路的男子；那把指着他脸的枪，枪后面那张凶恶、傲慢的脸……

无脸人在旅馆入口的小店前停下。他知道自己已经不能回房间了，转身向门口走去，没有注意旁边一双看着他的眼睛。

躲在小店里的林简目送无脸人走出旅馆大门。她放下手中假装挑选的自由女神塑像，直起身来，小心翼翼向门口走去。

她身边突然多了个人。一个穿着黑色套头衫的瘦削男子挽住她的手臂。她试图看清他在帽子下的脸，但只能看见一张坚挺的鼻子和薄薄的嘴。她试图挣扎，却感到自己被一个巨大的力量裹挟着向门口走去。两人像打扮极不相称的夫妻亲密地走向大门。旁边一个正在擦着已经光洁无瑕玻璃的厄瓜多尔人好奇地看了他们一眼。

旋转门转动，林简发现自己走在下着雪的广场上。

“你要带我去哪里?!”林简一边大声问道，一边四处寻找警察。那个男子没有说话也没有停步，带着她走向停在路边的黑色林肯加长轿车。他上前打开门，示意她上车。

林简迟疑地看着黑洞洞的车里。

"林简，"车里传来李一石的声音，"真是非常抱歉!"

厄瓜多尔人收起擦窗工具，贴边走向大厅后方窄小的储藏室。

在走过前台时，他看见一个穿皮夹克的男子和一个警察与大堂经理说话。经理涨红着脸，一边尽量做出礼貌的样子听着那个男子满是脏话的询问，一边不安地看着旁边衣冠楚楚排着队的客人。皮夹克男子手里挥舞着着一张女子的照片。

汉默满心怒气走向大门。有人碰触他的背后，他一下转过身来，看见一个矮小的南美人站在他身后。

"你他妈的要干吗?"他没好气地咆哮道。

厄瓜多尔人指指汉默的口袋。汉默狐疑地拿出林简的照片。

"你见过她?!"汉默急切地问道。厄瓜多尔人点点头。

"告诉我!"汉默急切地说。

厄瓜多尔人伸出三根手指，做出一个世界通用暗示要钱的动作。

71

一缕阳光顽强地从窗帘缝隙中照射进来，落在一株插花上。

墨色的浅盆，一块带绿苔的白石半浸在清水里。稀疏的枯枝从石缝中生长出来，在不同的高度悄然停止。褐色枝节间依旧残留血红的小圆残叶，似随时滴落的生命残痕。石头被簇拥在细小而热烈的浅蓝色尼罗河百合花床上，相伴着一片缓缓舒展、近乎透明的宽叶，仰望着两朵鲜红的郁金香。花朵一高一低，一张一合。在枯枝的默默俯视下，于阳光中单纯地延展生命的润泽和瑰丽……

背景里，一个须发皆白的男子把他的听诊器放入老式的出诊包里，拎起包向门口走去。经过刚进门的林简身边，露出一个和善的微笑。

"尽量说得短些。"他低声说道。

这是一个很大的屋子，没有开灯，昏暗而沉闷。窗边的黄铜热水汀发出细微的嘶嘶声，散发着温润的热气。林简迟疑地绕过桌子。她的前方是个巨大的床，床边摆放着各种仪器，闪着光芒。她停住脚步，一时不知该怎么办。

“简……”一个虚弱的声音从她右边传来。她转过头，看见黑暗中一个疏淡的影子动了一下，窗帘缓缓打开一段，矩形的光芒延伸进入黑暗的房间。

李一石坐在一个宽大的轮椅上，大腿下方没有像平时用光滑的塑料遮盖起来，他的两个裤腿空空荡荡，整个身体只有细小的一截。他的脸和手在光线中显得几乎透明，带着一种不祥的灰黑色。他点头示意林简靠近。

两个人并排看着玻璃窗外纽约上州的黄昏冬景。夕阳已经落下，留下一天最后的余晖折射在皑皑的白雪上，远近的水、岸、冰、树笼罩在一片透明的蓝色里。

“我要死了。”李一石的声音平静安宁。

林简转过身，看着李一石的侧面，一时不知该说什么。

“五个月前，我被诊断出癌症——晚期。”

“真是抱歉……”林简沉默了一会说道。

李一石微笑一下：“没什么……我过了漫长、有趣的一辈子，所以没有什么遗憾的。”

他的声音被渐渐变弱的光线凝固在空气中，久久不去，似乎在静静等待尾随而来的“但是”。

“但是，”李一石停顿了一下，“有一件事让我不能安静地死去。这么多年来，已经没有多少人知道王朝巨大的财富是从走私中国的文物积累起来的。没有多少人知道我做过多少可怕的事情，我一辈子都不能回到中国。我也已经忘掉了那个国家，那个我出生的村庄。但是，自从医生告诉我的死期后，有一个奇怪的想法突然变得巨大和顽强。”

李一石苍白的脸上浮出浅淡的红晕：“我想要回中国！我想死在我祖先出生和逝去的地方。我想葬在我家的祖坟里，和先辈们在一起。我不想一个人流落他乡，变成一个孤魂野鬼。”他的声音突然破碎，带着深深的孤独和恐惧。

“所以，找到头盖骨可能是我能叶落归根的唯一机会。”李一石开始剧烈咳嗽。林简走到桌边倒了一杯水。李一石抑制着咳嗽喝水。水从他的嘴边流到他的脖子上。林简拿起纸巾替他擦拭。

“谢谢!”李一石放下杯子，手在颤抖。看着窗外缓缓汇聚的黑暗，他往日坚如磐石的沉稳和含而不露的气场如狂风中的蛛网凌乱飘散。他浅色的瞳仁从下方看着林简。

“如今你母亲死了，卡特琳娜死了，你和黄普被我儿子出卖……他也死了。我们最后的线索麦肯塔尔也被谋杀了。所有和头盖骨有关的线索都断了。”李一石的声音变得轻而弱，“我已打出手中所有的牌，所有的希望都落了空，大幕已经对我落下，一切都已结束。这就是命吧。”

李一石对林简笑了笑，笑容凄惶、无奈、疲惫、绝望。

林简没有说话，默默地看着窗外。

李一石拿起旁边的一个信封：“简，谢谢你帮助过我。这个信封里是你新的护照和文件，拿着。”

林简迟疑地接过信封。

“我在瑞士的银行里给你开了一个账户。”李一石凝视着林简，“孩子，离开这里，忘掉所有发生过的一切，重新开始吧。”

李一石向林简伸出手：“简，认识你，是我的荣幸。如果我们在其他时候认识可能会更好些……但是这就是人生和宿命吧。”他握住林简的手，“去吧，孩子……祝你好运!”

林简没有说话，向门口走去，房间里一片死寂。她在门口停住脚步：“不！还没有结束。”

李一石迷惑地看着林简。林简转过身来，眼睛在昏暗的光线中闪闪发光：“我去日本，去找那两个最后看到头盖骨的内田和渡边。”

李一石摇摇头：“不……其实我们已经在日本找过他们。日本投降后，渡边被判了二十年徒刑。他的供词始终是一致的。至于内田，他战后就病死在监狱里。所以你没有必要……”

“在我母亲留下的一封残信中，她提到她十六年前去过日本，在那里发生了一件可怕的事情，回来以后就切断和我所有的联系……我想知道究竟发生了什么事!”

李一石微微摇头：“不！我不能让你去日本。我们已经失去了太多心爱的人。我们都已经尽了自己最大努力了，就到这里吧!”

李一石抬头盯着林简的眼睛。林简的眼睛变得一种深不可测的黑，带着蓝色的金属光泽。她带着伤疤的脸像古代战士戴的留着战斗痕迹的金属面具，闪闪发光。

“不！我要找到渡边，我要找到那个伤害我母亲的人，我要找到克拉克，我要完成我母亲没能做完的事情，我要找到头盖骨！”

桌子上的插花轻轻摇晃一下，一片鲜红的圆叶从枯枝上缓缓飘落，落在黑色的桌面上，像一滴鲜血。

房间里一片寂静。

桌子的独脚沉重地站立在地板上。五寸厚的原木地板下方的表面上蒙着厚厚的灰尘。在撕破、残留的蛛网中有一个闪亮的窃听器，俯视着寒冷、阴湿的地下室。

地下室的门半掩着。门口的雪地上有两行脚印，在昏暗的暮色中依稀可见，正等待着夜雪的遮盖。脚印的前方是哈德逊河的一条支流。冬天的河面平滑如镜，光亮的冰面画出一条优美的弧线，覆盖着几乎一半的湖面。两边的河岸在白雪的连接下微微倾斜入水。黑色的水杉笔直地站在大地上，勾勒出天空、河流和小岛的轮廓。目光极处，河面渐渐开阔，浩浩荡荡，流向二百公里外的曼哈顿，进入大西洋。

脚印的尽头并排摆放着两个夏天留下的橙红木椅，扶手上堆着积雪。木椅后方是一个堆积杂物的小木屋。

冰冷的木屋里。

汉默嘴里吐着白气，一手拿个高灵敏度窃听接收器，另一只手拿着望远镜从窗口的阴影里向外看去。前方别墅窗后的两个身影在夜色中变得渐渐模糊。

汉默聚精会神地听着耳机中林简和李一石的对话。他不知道离他二十米的灌木丛中，另一个人拿着高倍军事望远镜紧盯着他的一举一动。

72

东京，上野公园，深夜。

公园大道两边的樱树伸展着遒劲光秃的树枝。在无星无月的铅色天空下，显得狰狞和恐怖，丝毫没有春天樱花满枝的柔美和飘逸。

庆祝新年留下的纸灯笼依旧整齐地悬挂在树枝上。在路灯仁慈的昏暗下，在寒风刺骨的激荡中摇曳、残破，绵延地伸展到黑暗的深处。远处偶尔传来一声不知名的啼叫，孤寂而苍凉。

成排巨石雕成的神龛静默在飘落的细雪中，面对着前方迷蒙氤氲的湖面。对岸的古柳枝条半垂在薄冰的河面，吊起绒毛般的积雪。

湖水蜿蜒向东，尽头是一座古色古香的红色拱桥，安宁而静谧。

一只忘了去南方过冬的大雁孤立在桥栏一端，在寒风中缩着脖子瞌睡。突然它警觉地睁开眼睛，伸长蜷缩的脖子，倾听着什么。四周一片安静，几乎可以听到雪落在地上的声音。大雁放松警惕，蜷缩脖颈儿，慢慢回到瞌睡中去。

一声风响，它听到自己骨头碎裂的声音。

鲜血溅在白雪覆盖的湖水里，慢慢化开。一只肮脏的手开始粗暴地拔着被棒球棒打死的大雁羽毛。褐色的羽毛纷落，随湖水流走。

两个衣着褴褛的流浪汉提着洗剥干净的大雁，说说笑笑地走向桥下方的桥洞。

红色的火焰燎烤着大雁丰肥的身子，表皮慢慢焦黄。油珠渗出，掉入下方的火焰中，发出浓郁的油香。两个流浪汉围在废弃的油桶边上，边烤大雁边取暖。

又一大滴油掉落火中，香气升起。一个满面胡子的流浪汉贪婪地闻着香味，从怀里拿出半瓶酒，打开盖子喝起来。

“混蛋!”正在烤雁的年轻流浪汉骂道，“等肉熟了一起喝。”

胡子不睬他，又喝一大口。年轻人停止翻动大雁，走到胡子身边抢夺酒瓶。胡子以身体为掩护，不让他靠近。

两个流浪汉吵骂着扭打成一团。

胡子力气渐渐不济，但仍旧抱着酒瓶不放。他突然停止抵抗，侧耳倾听着什么。年轻人一把将酒瓶抢过，然后也听到了什么。两人向声源看去。

一辆没有开灯的黑色面包车沿着湖岸驶来。

车在离他们五六米处停下，大灯突然打开，面面相觑的流浪汉暴露在车灯下，一时什么都看不见。

在车灯后的阴影里，车门拉开，一只巨大的军用皮靴踩在泥雪中。一个近两米高的巨人跳下车。暗绿色的军大衣紧裹着他肌肉发达的身体，锃光瓦亮的光头下面是一张凶恶的脸。一个穿着黑色夹克的中年男子随后跨出车来。他中等身材，留着平头。湖面反映的微弱光中可以看出他鼻翼边有一条长长的伤疤。

两个流浪汉张大嘴看着两个人向他们走来。身后的大雁油滴在火中，火苗蹿起。

“晚上好！先生们。”中年男子用日语说道。他的日语有一种奇怪的口音。

两个流浪汉没有说话，警觉地看着不速之客。中年男子从口袋里拿出一张照片递给他们。胡子迟疑地接过去看了看，没有说话，还给男子。男子没有接，又从口袋里拿出一张一万元面额的日币，举在他们面前。

看到钱，年轻流浪汉一把从胡子手里夺过照片，在火光中仔细辨看。突然他眼前的照片变得异常明亮。那个巨人打开一个手电筒，光从上方射在照片上。

中年男子注视着年轻流浪汉脸上的表情变化。年轻流浪汉从照片上抬起头来，看了一眼面前的钱币，然后再看了一眼胡子。胡子不动声色地微微摇摇头。巨人一把抓住胡子的衣领，把他双腿提离地面。

“你要干吗?！我没做任何事情……我要叫警察！”胡子叫喊道。巨人一拳打在胡子的下巴上，胡子像一卷破衣服无声无息地铺在地上。

年轻流浪汉转头看着地上的胡子，然后抬头看着面前的钱，视线落到了钱后面男子的脸上，发现伤疤上方一双冷酷的眼睛无声地看着他。他不由得打了一个寒战，伸出战抖的手，从男子手里拿纸币，转身向桥洞的深处走去。中年男子和巨人紧随其后。

年轻流浪汉走到桥洞的深处。昏暗的光线中，地上有几堆黑乎乎的东西。他在其中的一堆停下了脚步。男子和巨人疾步向前。手电筒雪亮的光束下是一堆散发着恶臭的垃圾。

“啪”的一声，巨人打开弹簧刀，走近垃圾，拨开购物车，拉开纸板箱，中间是一团黑乎乎的东西。

年轻流浪汉突然拔腿狂奔出桥洞。

巨人小心地靠近那团东西，那东西突然动起来。巨人一手举着匕首，一手扒开破烂的睡袋，一张肮脏苍老的脸露出来。他一边徒劳地用手阻挡强烈的灯光，一边嚅动嘴唇，惊恐地念叨着什么。

中年男子把灯束固定在他的脸上，然后把照片放在灯光下对比。

“渡边？渡边雄介？”他大声问道。

林简在墓地的一角停住脚步。

从纷飞大雪的间隙中，她可以看到旁边修道院教堂灰色的尖顶。从微开的木门缝隙中，一辆黑色林肯轿车停在路边，一个穿着连帽夹克的瘦削男子像标枪一样站在汽车排气管散发的白气中。

林简在小小的墓碑前蹲下来，把手中的鲜花放在碑前。

她凝视着墓碑上林静秋的黑白照片。

“本年度优秀毕业生奖的获得者……”一个声音大声宣布道，“林简！”

无数雪白的护士帽抛向空中，像雪片一般飘落。

二十岁的林简手里拿着老校长颁发给她的奖状，含着眼泪，看着台下穿着白色制服的同学。看台上拥挤着兴高采烈参加毕业典礼的家长。大家开始涌上前去，和毕业的孩子会合。大家拥抱，亲吻，祝贺……

林简独自一人站在六月的太阳下，兴奋而寂寥。

她在人群中看到了一个身影一闪而过。她走下台来，奋力穿过拥挤的人群，寻找刚才那个身影。她四处观望，但一无所获。

她转过身来，茫然地看着前方空空的主席台。

一片雪花落在带着火烧痕迹的黑白照片上。

照片上是一个站满老师和学生的主席台。林简站在老校长身边，满面笑容地拿着奖状，正奋力地把护士帽扔向空中……

林简把照片翻过来。上面用钢笔一笔一画地写着：“今天去了林简的毕业典礼。但我不能和她见面，这样她才能安全……我每天晚上都梦见她。”

林简抬头看着墓碑上母亲的照片。她伸出手去，抚摸着母亲的脸。

“我那天也看见你了……”她柔声地说道。

林简小心地把照片放回包里，又看见旁边那张奇怪的照片：她、母亲和那个被刮去脸的男人的合影。

林简站起身来，做了一个简短的祷告。

在转身离开的一瞬间，她看见墓碑前的雪中有一抹奇怪的黄色。她低下身子，用手拨开厚厚的积雪。

白雪中，一束依旧新鲜的黄色雏菊。

73

“啊！”乘客们发出胆怯的惊呼。

巨型波音747客机引擎轰鸣，剧烈地颠簸着。

林简双手抓着椅子的把手，看着左面的舷窗口。飞机带着巨大的动能穿过厚厚的云层，向下俯冲。疾风带着大片雪花打在窗玻璃上。远处时隐时现的东京塔显得低矮而脆弱。红色的塔身漂浮在迷蒙的白色雾霭中，下方是灰色而整齐的拥挤城市。

一个蓄着黑色长发、戴着墨镜的男子坐在斜后方，看着林简的一举一动。

一路上，汉默大骂纽约警察局为他准备的廉价假发。假发不知道用什么毛做成，有一股强烈的骚臭味道。更要命的是，戴上后让汉默感到奇痒无比，从脸上开始，然后延伸到脖子。

飞行六个小时后，汉默上身赤裸，站在卫生间的镜子前，抓着脸和脖子上因为过敏长出来的红斑。

汉默恶狠狠地骂了一声，一把将手里的假发扔进垃圾桶。他把冷水泼在脸上和脖子上，痒好了些。他擦干脸，穿上衣服，戴上墨镜，在镜子里看了看自己，骂了一声，开门走出卫生间。

门又突然打开，汉默冲进来。他“啪”地打开垃圾桶，捡出假发，戴在头上。

他大声地咒骂。不知道是骂那个给他准备假发的人还是他现在的处境。

飞机在积雪的跑道上滑行，最后缓缓停住。乘客们都舒了口气，彼此交换着欣慰的微笑。

“欢迎来到东京。”广播里传来乘务员的声音，“现在是当地时间上午九点四十分。天气预报说暴风雪的前锋已经到达东京，预计将有三十厘米的积雪。如要在东京转机的乘客，请出机后往……”

走出机舱的一瞬间，林简不禁打了个冷战。寒风夹着雪花从机舱口的缝里吹进来。她裹紧大衣，把背包移到胸前。

几个人零散地站在出口处，手里拿着写着名字的纸。林简的眼睛扫过那些姓名，没有停下脚步。

沿着一排落地长窗的走廊，林简和其他乘客向候机大厅走去。走廊上灯火通明，一尘不染。高大的穹顶上有整齐排列、带着几何图案的顶灯。明亮的灯光显得窗外的铅色天空更加阴沉、压抑。

“……这次在机场接你的不是一个人。”李一石虚弱的声音在林简耳边响起，“他们隶属一个黑道组织，名字为7。”

“他们……可靠吗?”

李一石的沉默给她心里投下了一个浓重的阴影。

汉默看见前方的林简离开人群，在长窗前停下脚步。他下意识地飞快闪入旁边的一个门里，从远处监视林简的一举一动。

她打开背包，翻看每个夹层，似乎在仔细检查里面的东西。她拿起一件什么东西，犹豫着，但汉默看不清那是什么。

“你在干吗?! 先生!”一个粗重的声音从汉默身后传来。

汉默回过头来，第一眼看到的是两朵巨大的玫瑰花，鲜艳欲滴。他愣了一下，才意识到是两个硕大的乳房撑在玫瑰花的裙子里。他慢慢地抬起头，看见一个身材异常高大、巨无霸似的女子站在他面前。用了大片布料、带玫瑰花的连衣裙让她像一辆新年加州玫瑰花杯游行的花车。

花车后面的墙壁上有蓝色的“女厕所”三个字。

“你在干什么?!”女人厉声问道。

汉默转身看了一眼前方还在专心理包的林简，回头看着女子像探照灯般的巨大眼睛，一时竟然不知道怎么回答。他低下头，低声嘟囔一句“对不起”，向旁边的男厕所走去。

女子怒目看着他走开。

“变态!”女子的声音带着力量拍在他的背上。

林简逐一检查了残留的信件、照片、中国结和钥匙。她沉吟一下，把那把钥匙藏入背包深处的一个夹层里。

她背上包，加入向出口走去的人群中。走廊的尽头上方用日文和英文写着“海关”。

“请问你到日本来是公务还是游玩?”一个戴着黑框眼镜的海关官员用生硬的英语问道。

“嗯?”汉默看着几行之外排队的林简，心不在焉地应付着。

海关官员有些恼火，但他不动声色地重复着问题。

“噢，公务……”汉默拿出自己的警徽放在护照上，依旧看着林简，她微笑着回答面前海关官员的提问。

“我可以走了吗?”汉默不耐烦地问着黑眼镜官员。

海关官员慢条斯理地拿着他的护照和警徽左看右看。窗口外，林简拿起她的护照，朝门口走去。

汉默一句脏话脱口而出。

海关官员冷冷地看了他一眼：“请摘下你的假发和墨镜!”

汉默一把扯下帽子、假发、墨镜，不耐烦地说：“你满意了吧!”

海关官员面无表情，慢镜头般地拿起图章，很不情愿地在护照上盖章。

汉默伸手拿起警徽，刚要拿起护照，海关官员一把按住。

“等一下!”他看着汉默，严肃地问道，“你脸上是什么?!”

没等汉默回答，他示意旁边两个戴口罩、穿白大褂的工作人员过来。

站在电动扶梯慢慢下行，林简俯视着整个候机大厅。

大厅里行人熙熙攘攘，来去匆匆。大多是穿着深色西装出差的日本职员、穿着鲜艳羽绒服里面穿着T恤的美国人，还有每人背一个照相机，跟着导游旗帜的老人旅游团。

林简随着人群下了电梯，迟疑地向大门走去。有个人从后面走过来，默默地和她并排走。她转过头，看见一个留着长发的年轻人。

“请跟着我，林女士。”年轻人低声说，然后向门口走去。

林简迟疑一下，看着年轻人的背影，然后跟上去。自动门缓缓打开，林简走进飘扬的雪中。

路边上停着一辆黑色马自达面包车。看上去已经等了一会儿了，顶上已经积了一层雪。

年轻人“哗”地打开车门，转身来看着林简。林简迟疑地走到车门前，向里看去。车窗都是黑玻璃，车里很暗，什么也看不见。林简抑制住自己的心跳，跨进车里。

车门在林简的身后“砰”地关上。林简弓着身站在那里，把眼睛闭一下再睁开，让瞳孔收缩适应面前的黑暗。她看见面前有一个高大的黑影。

“我得搜一下你的身。”那个黑影用中文说道，声音低沉。

一双大手熟练地摸过林简的腰部和小腿。

“能把上衣掀起来吗?”那个黑影问道。

“什么?!”林简问道。

“确认一下你有没有带任何窃听仪器。”

林简不情愿地掀开上衣。

“好的。”黑影说道，“坐下!”

林简舒了口气，坐在座位上。

“现在我要把你的眼睛蒙上。”那个黑影说道。

汉默挤过大厅拥挤的人群，冲出大门。

站在风雪中，汉默左右观看，没有林简的身影。

一辆黑色的面包车从他面前驶过，溅起一股雪水。汉默退后一步，然后紧跑几步记下牌照，转身快步向下一辆停在路边的车走去。

“特警汉默?”他听到背后有人用带口音的英文问道。他回过头去，两个穿着黄色风衣的男子站在面前。

“我们是东京警视厅的。”其中一个高个说道，“我是铃木警长。”

74

林简全身紧绷地坐在位子上。

她能感到粗糙的布质口袋摩擦着脸。她闭着眼睛，把所有感知放在身体和耳朵上。从身体因为向心力的倾斜和轮胎发出轻微的“吱吱”声，她感觉车在弯道上行驶。车转了几个圈，驶出机场。飞机起飞、降落的声音渐渐远去。车速变快而平稳，似乎上了高速公路。相当长的一段时间后（可能半个小时），车速放慢，似乎进入市区，可以听到偶尔喇叭声和汽车的急刹车声。然后车子的轮胎下面发出空洞而有节奏的声音。

“我们正开过一座桥。”林简想到。

过了桥以后，周围的车辆明显稀少了。大约十分钟后，面包车拐了几个弯停下来。

林简感到面前突然一亮，眼前的头套被摘掉。她看见一个硕大的光头，下面是一张凶狠的脸，绿色的军服紧裹的躯体。巨人一言不发，打开车门。

林简跳下车，环视周围，雪花轻盈地飘浮在清冷的空气中。这是一个废弃的厂区，两边是褐色砖头砌成的巨大厂房。厂房表面已经褪色剥落，大多窗户蒙尘的玻璃支离破碎，一片萧瑟衰败的景象。但成排的厂房一字排开，依旧可以看到当年的规模和繁忙。

林简走在中间，左边是长发青年，右边是那个巨人。走过一个天桥的阴影后，长发青年示意右拐。

穿过门洞，三人进入一个厂房。昏暗高大的空间里排着各种锈蚀的废旧机器。长发青年停下，按了一个按钮，上方发出一阵机器的轰鸣声。货运电梯缓缓地下降到他们面前，巨人把门垂直拉开。

电梯在三楼停下。一个脸上带着刀疤的中年人站在门口。他穿着黑色高领毛衣和深色风衣，衣服上有深深的皱褶和斑驳的泥点。他向林简伸出右手，刀疤扭曲，脸上露出一个不易察觉的笑容。

“欢迎您来到东京，林女士！”他用中文说道，声音低沉而威严。林简和他握手。

“因为我们的某些特殊情况，不得不采用一些措施保护自己，同时也保护您……”

“我明白，给你们添麻烦了。”林简回答道。

“这边请。”中年人没有再解释，带着林简往前走。前方是一面堆着各种废旧箱子的墙。上方是一排铁窗，布满了灰尘和蛛网。

“你要找的两个人我们都找到了。内田博士战后被盟军军事法庭判处三十年徒刑，七年前在监狱中死亡。另外一个是他当时在中国的副手渡边雄介……”

两人沿着墙右拐。前方是一个宽阔的空间，高大而空旷。左边是一排柱子，右面是一排钢窗，几乎所有玻璃都已经碎裂和空洞。头顶上方锈蚀斑斑的吊车钢轨，四周墙壁的每一寸都布满古怪狰狞的黑色涂鸦。

“在这里。”中年人说道。

光从窗户破洞照进来。在空旷的水泥地板中间有一张凳子，上面坐着一个老人。

这老人头发几乎全白，和胡子连成毡片，肮脏的脸上布满了冻伤的痕迹。身上穿着已经分不出颜色的大衣，里面胡乱地包裹着各种衣服。脚下是一双陈旧的军用皮靴，前面已经开线，露出墨黑的袜子。他慢慢抬起头来，带着惊恐的表情看着走近他的人。

巨人伸出胳膊，制止林简靠近渡边。

“你可以用英文，我可以翻译，但他会说中文。”中年人说道。

林简吸了一口气，看着渡边苍老的脸，用中文问道：“你是渡边雄介先生吗？”

渡边面无表情地看着前方，目光的焦点落在很远的地方。林简又重复了一遍。他像突然惊醒，恐惧的眼睛看着林简，点了点头。

“在中日战争期间，你是内田博士的副手，是吗？”林简问道。

渡边沉默。

“回答问题！”中年人厉声喝道。渡边浑身一抖。

“是的。”他低着头轻声说道，然后抬起头，脸上露出乞怜的表情，“但我已经为此坐了二十年牢。我忏悔我在战争时对中国人所做的一切。我真心忏悔！”

“你还记得北京猿人头盖骨吗？”林简问道。

听到这个问题，林简注意到渡边暗淡的眼神突然变了，就像黑夜中有一道闪电划过。他低下头，看着膝盖，没有作声。

“北京猿人头盖骨。”中年人一字一句重复着，“你还记得吗？”

渡边花白的头动了一下，慢慢抬起来，看着林简。

“记得，我当然记得。”

他眼睛里有一种奇怪的痛苦、憎恨、后悔、怨毒……有一团像鬼火一样的东西在他的眼神里跳跃。火苗慢慢变大，开始蔓延开来，像原野中开始燃烧的野火。

但他的声音却是低沉而清晰：“那些头盖骨都是假的！”

四周突然变得很安静。

“胡说！”中年人斥责道。

“我没有胡说！”渡边突然大声喊道。他的眼里闪着一种疯狂的光芒，“那些头盖骨都是假的。什么五十万年前的猿人头盖骨，都是骗局，全都是伪造的！”

他的声音充斥着空旷的空间，然后慢慢坠落，淹没在爆发的咳嗽声中。

中年人转身来看着林简。林简凝视着渡边，一动不动。渡边停止咳嗽，像突然失去全身的力气，委顿地坐在椅子上。

“你怎么确定那些都是假的呢?”林简问道。

“是内田君和东京大学做的最后鉴定。”渡边小心地回答道，眼皮下垂，注视着破烂的膝头。

看着渡边灰色肮脏的脸，林简不能确认他所言的真假，一时不知道再问什么。

“还有什么吗?”中年人转过头问林简。

林简摇摇头。不知为什么，内心深处有什么东西让她觉得不对，但一时不知道那是什么。

“好吧……我们走。”中年人回身嘱咐巨人，“我们走后，把他送回去。”

中年人领着林简向电梯走去：“抱歉，没能问出什么有用的东西。”

林简没有回答，茫然地看着窗外的飘雪，脑子飞快地思索：“我忘了什么重要的事情吗?”

中年人打开电梯门，示意林简进入。林简没有动，依旧看着窗外，不断地问自己：“那是什么呢?”

从窗外可以看到那辆马自达面包车停在飘落的雪中。面包车黑色的窗上积起白色的雪……林简的目光停在漆黑的玻璃上。不知为什么，她突然想起奥森，想起母亲，少女时代穿着连衣裙的母亲，想起四十多年那个春光明媚的北京上午……那个隐藏在黑色车窗后面的墨镜和满是疤痕的脸。

“等一下!”林简快步走回车间。中年人紧跟在她的后面。

渡边惊恐而游移地看着再次向他走来的林简。

“当时你们一共有三个人 。内田博士，你，还有另外一个人。”林简问道，“第三个人是谁? ”

林简看到渡边的眼里有一丝恐惧，像一只黑羽的鸟掠过。他低下头没有说话。

林简温和地说：“我们不想伤害你，只是想知道当时的一些情况。”

“我记不起来了……”渡边垂着头低声说道。

中年人大声说道：“撒谎! ”

渡边抬起头，怯懦地说道：“时间太久了，我真的记不起来了!”

中年人的目光落在渡边不断抖动的手上，向巨人示意。

渡边抬起头来，恐惧地看着慢慢走近的巨人。巨人在渡边面前停下，右手伸入怀中。渡边眼里的恐惧更深了，全身发抖，惊异地看着巨人递到他面前的酒瓶，然后转头看了看中年人。中年人向他做了一个喝的动作。他伸手接过酒瓶，呼吸急促，手抖得厉害，几次都没有打开瓶盖。

渡边嘴对着酒瓶贪婪地喝着。酒从他嘴角溢出，流到他的脖子和衣服上，但他似乎没有一点知觉。他一口气喝了半瓶，长满冻疮的脸上出现两块奇怪的红晕。他放下酒瓶，满意地长长地吐了一口气。

他手中的酒瓶突然爆裂。

75

渡边迟缓地低头看着自己的胸口，一块红色正在慢慢洇展。

林简的目光惊愕地从渡边胸口的血迹移向成排的窗口，巨人和长发青年压低身躯，抽出枪飞快地向窗口冲去。

一股巨大的力量把她猛然扑倒。

林简被中年人沉重地压在身体下面，看见前方椅子上的渡边颓然滑落在地，一动不动。巨人和年轻人双手举枪，估计弹道的角度，小心地从窗口向外观望。

“你们快走!”长发青年对他们叫道。中年人跳起来，一把把林简从地上揪起，用自己的身体挡住靠窗的一边，拉着她向电梯跑去。

林简身不由己地向前跑了几步，突然停住。她挣脱中年人的手，转身向后跑去。

对面大楼的四层窗口。

从狙击步枪高倍瞄准镜中，无脸人看到林简挣脱中年人，转身向反方向跑去。

他迷惑地把眼睛移开瞄准镜，直接向对面的窗户看去，林简正在向楼后方跑去。无脸人把目光移到林简的前方，恍然大悟，林简跑向倒在地上的渡边。

他重新把眼睛移到瞄准镜后面。瞄准镜里，地上有一条鲜红的血迹。林简用力拖着渡边，正从瞄准镜的视野中离开……

无脸人屏住呼吸，瞄准，扣动扳机。

林简吃力地拖着渡边没有知觉的身体，向楼里退去。

轻微的“噗”的一声，渡边的身体一跳。

林简看到渡边腹部翻出一个洞，顷刻被血染红。巨人和长发青年向窗外射击。她更加奋力地把渡边往后拉。中年人跑过来，两人一起把渡边拖到楼里远处的墙角，让他靠在墙上。

远处隐约传来警笛的鸣叫声。

林简俯下身体，解开渡边被鲜血浸透的层层衣服。第一颗子弹正好打中他的肝脏，第二颗打在他的大腿根部。林简转身在楼里寻找急救包。周围没有任何红十字标志。

“别管他，我们走！”中年人急切地说。周围的枪声停止了，远处的警笛变得更清晰了。林简没有说话，从脖子上摘下围巾，撕成两半，飞快地帮渡边包扎伤口。

一只手伸过来阻止她包扎。她抬起头来，看见渡边肮脏、胡须纠结的脸。他的脸上有一种死亡的灰黑色，但眼睛中却有一种平静和安宁。

“烧酒……”他小声地说道。

林简抱歉地摇摇头。

“快走！”中年人再次催促林简。

渡边抬头看着地上自己留下的长长的血迹，对着林简低声说了句日语后，血沫从他的嘴和鼻子冒出来。

中年人把头凑近渡边。渡边又重复了一遍，然后头无力地歪向一边。

林简触摸他的颈动脉，然后慢慢地站起身来。她看到中年人脸上有吃惊的表情。

“高桥。”中年人说道，“他说的是高桥议员。”

妖艳的霓虹灯光从落满灰尘的窗帘之间不安分地窥探进来。

不远处的地方有个男人缠绵地唱着崔健的《一无所有》，荒腔走板的声音从不能关严的窗缝里油腻腻地钻进来，以一种奇怪而和谐的节奏混合着楼下中华料理油爆葱蒜和辣椒的浓烈香味。

这是拥挤的横滨中华街的一间公寓。

十四寸旧彩电上无声地放着 NHK 新闻。新闻中，警灯闪烁，一个黑色的尸袋从废弃的工厂大楼里被抬出……车间里地上的血迹和弹壳……一个警官模样的人对着镜头说着什么，下面的字幕是警视厅，铃木警长……

黑暗中，林简坐在榻榻米上，一动不动地看着前方的墙壁。她的脸在霓虹灯和电视的闪烁下忽暗忽明。白色的墙壁像一个电影屏幕，一遍一遍放映着下午在工厂里的画面：

渡边怨毒抽搐的脸……

手中突然爆裂的酒瓶……

地上的渡边腹部中弹……

垂死的渡边蠕动的嘴……

“高桥。”林简想，“所以当年第三个满脸伤疤的人是议员高桥？那么渡边是高桥派来的杀手杀死的？他想阻止渡边说出他现在的身份？”

林简看了一眼电视屏幕，上面反复播放着黑色的尸袋被抬出工厂的片段……

“不！如果是这样的话，高桥很久以前就可以杀掉渡边。渡边被控制不到十二小时，一个流浪汉的失踪不会惊动一个高级议员的。”

林简闭上眼睛思考，凯特琳娜的脸慢慢浮现出来，红色的车子飞向空中，多瑙河的水面迎面扑来……

是那个带血色面具的杀手！他把头盖骨的线索逐一掐断。母亲、凯特琳娜、麦肯塔尔、渡边……林简眼前出现那个狰狞可怖的红色面具，面具后布满血丝的眼睛，粗重的呼吸。

面具慢慢化去，克拉克微笑的脸没有任何征兆地出现在林简的脑海里。她的心跳突然加快，下意识把手放在嘴唇上，轻微的触觉像电流一样通向她的全身。身上每处的皮肤记忆像春风中骤然开放的野花一样被突然唤醒——紧密相抱的火热酮体，撕裂同时的极乐欢愉，破碎之后的神奇完整，黑暗中的熊熊火焰，阳光下的平静海面……

林简觉得一阵恍惚，“克拉克真是那个冷血的凶手吗？但他为什么不直接就把我杀了呢？这样不就一下掐断了所有的线索了吗？”这个一直萦绕在她心头、让她困惑不解的问题再次跳出，但她依旧没有答案。她摇摇头，想到了一个更大，足以让所有一切瞬间崩塌的问题。

那些头盖骨都是假的吗?!

林简想起外祖父林清明瘦长的身影，但看不清他隐藏在黑暗中的脸。是外祖父把真头盖骨换成假的给了日本人？但是根据奥森描述，他当时根本不能在短时间内做出那么多逼真的赝品。是日本人得到真品后施放的烟幕？还是外祖父开始就策划了这个20世纪最大的骗局？

林简感到头痛欲裂，起身从靠门的小冰箱里拿出一罐可乐，放在额头上。冰凉的易拉罐贴在火热皮肤上，几乎可以听到瞬间热量交换的声音。她逐渐平静，刚要打开易拉罐，突然意识到刚才呜咽的卡拉OK不知什么时候消失了，周围是一种奇怪的寂静。这时她听到了一个细微的硬鞋底落在地板上的声音。和她仅一墙之隔的走廊上，有人正悄悄地向她的房门走近……

林简屏住呼吸，侧耳倾听。

脚步声在门口停止。林简慢慢往后退，紧紧盯着窄小的木门。她紧绷的大脑里突然出现一张毫不相干的打印纸。

脚步声再次响起，继续往前走去。几秒钟后，不远处的一个门“砰”地关上。

林简轻轻地舒了一口气。

“我家住在黄土高坡，大风从……”那个幽怨的男声又不依不饶地纠缠过来。林简充耳不闻，快步走到窗前的矮桌前，从包里拿出照片和剪报翻看。

“高桥。”一个名字飞快地掠过林简的眼睛。她又翻回其中在退伍军人协会打印出来的一页纸，“……1945年7月，日本投降前夕，在盟军抵达菲律宾巴拉望岛战俘营前数小时，日本宪兵在副典狱长高桥大佐的命令下，用汽油、手榴弹、机枪残杀了所有美军战俘。”

林简想道：“这个高桥和1940年在北京的那个满脸伤疤的人是同一个人吗?”

林简隐约感觉到有一条纤细而微弱的线把外祖父、母亲、奥森、卡特琳娜、内田、渡边、高桥、麦肯塔尔以及已经去世的罗杰斯中尉连起来。线的另一端是北京猿人骷髅那深不可测的眼洞……

透过头盖骨的眼眶，林简依次打量着每个人的脸，突然发现面前这些人有一个共同的特点——除了她第一个见面的奥森，所有人都已经死了！

一种巨大的恐惧感猛然向她袭来，突然浑身冰凉透不过气来。高桥是唯一剩下的线索。如果找不到高桥，或者他死了，所有的线索都断了！

有人敲门。林简飞快收起剪报，警觉地抬头看着面前的门。

三长两短。

林简开门，中年人走进来，后面跟着巨人和长发青年，身上都带着雪花和寒气。

“我们找到高桥了。”中年人说道。

76

低矮狭窄的走廊。

两边是褪色的胶木板门，紧密地排着有序的门牌号码。

中年人领头，巨人断后。林简和长发青年走在中间，一行四人默默地向前走去。每经过一个房门，门缝里弥漫出晚饭的味道，像走过一个个让闻不让吃的秘密大排档。

长发青年的肚子“咕”地叫了一声。他不好意思地冲林简笑了笑。林简回以歉意的微笑，对刚才坚持没吃他带来的晚饭而马上动身感到抱歉。她的笑容被背后一句日语吼声凝固。她本能地回过头去，看到一个穿着深蓝警服的警察站在走廊中间，双手举着枪对着他们。他的眼睛隐藏在黑色的警帽下，只能看见他的嘴在动，发出短促的命令。

四个人不约而同地停住脚步。长发青年飞快地把林简挡在身后。从长发青年的肩头，林简看见巨人转身飞快地向警察冲去，枪声在狭小的空间里响亮而奇怪地弹跳。巨人像被一只无形的手挡了一下，但马上以更大的动能往前冲去。他的拳头和警察的脸相触，发出沉闷的皮肉相击的声音。

枪声像一个巨大的橡皮擦掉了走廊旁边房间里的嘈杂声，只留下醇香的饭菜味和远处电视里卡通动漫的声音。

看着躺在地上的警察的肮脏靴底，林简瞬间想起刚才门外硬鞋底落在地板上的声音。

“快走！”中年人的声音传来。四人飞快地向走廊尽头的楼梯口跑去。

“砰”的一声，前方一个小门打开。门外是黄色的灯光和飘落的鹅毛大雪。

寒风夹着雪花吹来，林简不由自主地打了一个寒战。她发现自己在一条黑暗小巷里和三个男人一起向前奔跑。

黑色的面包车停在十字路口，上面已积了一层厚厚的雪。林简夹在中年人和巨人之间冲进车里。长发青年发动车，引擎轰鸣。巨人坐下后，吃力而痛苦地解开军用夹克，查看刚才打在防弹背心上的子弹。前挡风玻璃上的雨刷吃力地试图刮掉窗上的积雪。中年人突然把食指放在嘴上，示意大家安静。车内狭小空间里的气氛一下子紧张起来。林简侧耳倾听，但除了汽车的马达声，什么也听不见。

“快走!”中年人命令长发青年。长发青年飞快地挂上离合器，踩下油门，但是已经晚了。警笛声中，一辆警车出现在前方的路口，闪着警灯向面包车冲来。

“退，后退!”中年人喊道。车轮倒转，卷起一片残雪，面包车向后倒去。林简双手紧紧地抓住面前的座位靠背，转过头来向后看去。

“快停!”林简惊叫道。刺耳的刹车声响起，另一辆警车出现在后方的路口。

“怎么走？往哪儿走?”长发青年紧张地问道。中年人左右张望，窗外一片模糊，闪烁的霓虹灯，飘扬的大雪，匆匆的行人，前后方都是刺耳的警笛声和逼近的警车。

“向前!”他喊道。

“向前?!”长发青年问道。

“向前!”中年人不容置疑地命令道。车向前冲去。前方警车的强光灯像黑暗中的两只兽眼，飞快地逼近。中年人和巨人同时拔出枪。

“左转!”中年人突然大吼一声。

尖利的刹车声，面包车倾斜急拐，向左面的黑暗小巷钻进去。

坐在警车里的汉默看着前方冲来的面包车，身子低伏，等着迎面而来的碰撞。

前面的灯光突然消失。汉默瞬间感到重拳打空的虚空和愤怒。

“狗娘养的，向右!”汉默咆哮道。不知道他是骂前面的车还是前座的两个日本警察。

警灯的光芒在他粗糙的脸上闪烁。他粗暴地挠着脖子的红斑，有几处已经被抓出了血。两个穿着便衣的日本警察坐在前面，对他毫不理睬。那个像中学生般的年轻警察猛地踩下刹车，差点儿和迎面而来的另一辆警车相撞。警车后退，右拐进入黑暗的小巷。那个瘦削的铃木警长正急促地对着对讲机说着什么。

警车明亮的灯光照着前方大雪中延伸的一条窄路，路面高低不平。前面没有面包车的影子。面包车关了车灯。

“快！”汉默再次吼叫，“你他妈倒是快啊！”

“砰”的一声，对讲机被扔在仪表盘上。铃木回过头来，面目狰狞地看着汉默。他没有说话，眼里有极力克制的怒火。汉默安静下来。

“要不是我记下那辆面包车的车牌号码，你们现在还不知道在哪里瞎扑腾呢！”他嘟囔着。铃木没有理睬他，重新拿起对讲机，继续有条不紊地指挥。

看着面前循规蹈矩地按程序做事的警察，汉默心里那种不祥的预感再次升起。他将再次失去林简的踪迹，同时他找到那件东西可能性的门在迅速关上。他下意识地伸手摸了摸腋下装满子弹的手枪。

雪花像无数扑火的飞蛾向警车扑来。路边依稀排列着拉下的卷帘门。前方突然出现了一个巨大的黑影，警车猛然刹车。

面包车安静地停在那里，和小巷折成一个奇怪的角度。在警车雪亮的灯光中，它车尾的排气管在微微颤动，喷着白汽。雪花落在车身上，周围弥漫着雾气和灰尘……

第二辆警车也停了下来。四个警察和汉默低伏着钻出车门，躬身隐蔽在车后。汉默拔出手枪。

面包车卡在两堵墙中间，试图左转进入一个更窄的黑巷里，因为没有开灯，误判了巷子的宽度。车的引擎还在运转，车身一动不动。

铃木高声对着面包车喊话，没有回应。

铃木对手下做个手势，后面两个警察举枪瞄准面包车黑洞洞的窗口。铃木和他的助手举着枪，小心地从门后出来。汉默一边看着前方的警察，一边观察周围的地形。

在大雪和闪烁的警灯中，两个警察慢慢接近面包车。离车四五米的时，铃木突然大叫一声，飞身卧倒。一声枪响，铃木捂着手臂倒在地上。汉默和其他两个警察对着面包车猛烈射击，子弹打在车身上发出空洞的声音，黑色的玻璃上出现很多白点。所有的车窗都是防弹玻璃！

铃木的助手一边回身向车里射击，一边拉起负伤的铃木迅速跑回警车。面包车里射出一排子弹，打在雪地上，溅起一片雪雾。更密集的子弹射向面包车。汉默身边的警察举起霰弹枪扣下扳机。“轰”的一声，车头一下子撕开一个大洞。

片刻沉静后，面包车的后轮突然和地面发出尖利的摩擦声，泥雪飞溅中冒出一股股白烟。面包车剧烈抖动，像一个正在蜕皮的丑陋爬行动物，试图从墙中间退出。“砰”的一声巨响，车的机盖脱离车身，悬挂在两堵墙之间。面包车像一个为了脱困求生的动物抛弃了身体的一部分，快速地后退……

第二颗霰弹枪子弹直接打进了油箱。七十升的汽油在两百度高温的滚烫金属和火星的引爆下突然膨胀，巨大爆炸推动力把车的后部掀起一个几乎四十五度的角度。在落在地面之前，车的后部已经燃起熊熊大火。

铃木捂着受伤的手臂，挡着前方的强烈火光。每个人都惊诧而又喜悦地看着起火的面包车。

汉默右手举枪，左手打开面包车的车门。一股灼热的火苗像巨蟒的舌头向他舔来。他往后退一下，然后冲入车里。车后部的三分之一已经变成了扭曲的铁片和铁条，在燃烧的火焰中参差不齐地裸露着。

他看到有一缕头发垂落在挡风玻璃前方，像个被遗弃的旧挂件。他举着手枪，快速冲过去。一个人歪坐在驾驶座上，汉默一脚踢开地上的枪，拨开燎焦的头发，看见一张陌生的脸。一个留着长发的年轻人，无神的眼睛看着汉默，血从他的鼻子和嘴里流出来。汉默看见他的一条腿卡在一堆扭曲的废铁里。

车外传来铃木叫他的声音。

汉默把枪插回枪套，搜索长发青年的口袋，尽量避开那双眼睛。他在长发青年的上衣口袋里摸出一张纸，上面似乎是一个用日文写的地址。

汉默飞快地跳下车，向前跑去。

他的身体突然腾空飞起，眼前一片明亮。在被面包车第二次爆炸的气浪送往空中的时候，他看见前方四个日本警官错愕的脸。

77

从地铁口出来，林简一眼看到了对面的建筑。

传说，1914 年建造的东京火车站是模仿当时荷兰阿姆斯特丹的中央车站所建，属于文艺复兴时期的红砖黑瓦结构风格。1945 年太平洋战争中，阳光灿烂的 5 月的一天，满载炸弹和燃烧弹的美军“B29 空中堡垒”轰炸机突然出现在东京上空，在两千米的高空轰炸和焚烧这个已经满目疮痍的城市。数枚炸弹落在车站上方，车站的大部分建筑被炸毁，包括高大雄伟的穹顶。为了实际的交通需要和振作迅速衰落的国民士气，东京市政府在一年内就重建了车站，但是那个高耸的欧式穹顶却再也没有重现，而是采用了简易实用的普通圆顶代替。

在林立的现代高楼下方，七十多年的东京火车站绵延起伏，积蓄一种古老而雄伟的气势。屋顶的黑色缓缓融入飞雪的铅色天空里，褐红色的楼面在上方众多霓虹灯的簇拥下显得温暖而鲜明。

中年人和巨人走在林简两边。三人默默地穿过马路向车站入口走去。林简心里想着刚才在小巷拐角留在面包车里的长发青年。

“再见，林女士。”他略带羞涩而礼貌地说，眼睛在黑暗中闪闪发光。

圆弧屋顶上一轮又一轮的白色灯光照在候车室浅色的水磨石地砖上，反射成一种明亮的空旷和寂静。除了两个便利店还营业，大部分店都已关门。

“你们在这里等我。”中年人说完疾步向售票处走去。

站在远处，林简看见中年人和售票窗口里一个留着仁丹胡的老职员交谈，然后从口袋里拿出钱包。

“你的朋友会怎样呢?”林简转身来问巨人。

巨人笨重而丑陋的脸上毫无表情，看着远处的中年人，像是没有听到林简的问话。中年人拿到票，快速检查一遍，然后向他们走来。

“是他的弟弟。”巨人突然说了一句。

中年人的脚步突然迟疑下来，慢慢蹲下系鞋带。林简微微回头，看见身后有两个警察并排向他们走来。身边的巨人一边注视着中年人，一边像是无意地向林简靠近，手慢慢伸入怀里。警察边用对讲机通话边从他们身边走过，上了楼梯。

林简转过身来，看见中年人还若有所思蹲在地上，然后站起来，转身来又向售票处走去。

林简和两个男人走向检票处。

她略微吃惊地看着周围的人群。尽管夜已深，却仍有不少搭乘火车的旅客。前面道路分叉，她随着多数的人流向前走去。中年人轻碰她的手臂，带着她走向右边那条较为稀疏的入口。

检票口站着一个穿着铁路制服的检票员，没有警察。林简感到身边两个男人都似乎松了一口气。她站下，向中年人伸出手："谢谢了！"

中年人从口袋里拿出三张票："我们要护送你到目的地。"

"你给了我地址，"林简略微惊讶地说道，"我知道怎么去那里。"

中年人向身后瞟了一眼，低声说道："高桥是个非常有权势的议员，在议会中排名第三。我曾经见过他一次……"他又飞快地向身后瞟了一眼，像在寻找一个看不见的影子。

他盯着林简："他的绰号叫犬鬼。"

他的话里有一股阴森的寒意，林简突然想起母亲那封信的残片上的可怕文字，站在那里犹疑着。

长长的汽笛声。一列火车从前方缓慢地拐过来。蒸汽机喷出的蒸汽弥漫开来，在灯光下犹如质感浓稠的白色液体，徐徐流淌在月台上。

远处的检票口在汉默跳跃的视线里上下沉浮着。

汉默在空旷的候车室奔跑，猛地绊在一个中年人拖着的巨大行李上。中年人歪歪斜斜地向旁边踉跄几步，和行李一起倒在地上。汉默毫不理会，紧跑几步恢复了平衡，继续向检票口跑去，

检票员避开汉默身上散开的汗味儿，用日语说着什么，一边鞠躬致歉，好像汉默的奔跑是他的错。汉默从皮夹克口袋里掏出警徽，递给检票员，一边焦急地看着远处即将启动的列车。

检票员把眼镜推在头上，眯着眼仔细地端详警徽上一个蓝色地球……

警徽突然消失。他慌忙戴上眼镜，看到汉默已经越过栏杆向列车飞跑过去。列车在他越入车门后的几秒钟启动。

汉默靠在车厢连接处的墙壁上，拔出腋下的手枪检查弹匣，然后把枪放在皮夹克口袋里。他蹲下身子检查绑在脚踝上的柏瑞达 3032 小手枪。一切没问题，他舒了一口气站起身来，从口袋里掏出烟，点燃深深地吸了一口，从

腰间的刀鞘里抽出一把卡巴匕首。柔和的灯光下，匕首黑色的刀身闪着锋利、寒冷的光芒。

匕首下方出现一双穿着黑丝袜和皮鞋的脚。汉默抬起头，看见一个身材苗条、穿着制服的女乘务员满脸惊诧地看着他。他把匕首放入刀鞘，顺手摘下别在腰间的警徽。乘务员看了一眼，微微鞠躬走开。他缓缓地吐出一口烟，乘务员又走回来，手里拿着一个烟灰缸。

“这里不能抽烟，先生。”她用英语说道。

看了一眼圆脸上还带着稚气的乘务员，汉默在烟灰缸里掐灭烟。乘务员道谢，准备离开。

“请等一下，小姐。”汉默叫住她，从口袋里掏出那张在面包车里搜到的地址，“麻烦你帮我看一下这个。”

乘务员离开后，汉默把纸片小心地折起，放在皮夹克的一个暗兜里。他抬头看着窗口，新干线子弹列车已在很短的时间内达到每小时三百二十公里的速度。窗外的灯光开始飞快地往后退去。

深夜的景色在窗外缓缓后退。

“为什么我们不乘快速的新干线呢?”林简边想边跟着中年人和巨人穿过狭窄的列车走廊。中年人让过对面过来的乘客，看了一眼手中的车票，打开一个包厢的门。

三人走进包厢。中年人转身小心地看了看两边空旷的走廊，然后关上门。他示意林简坐在靠窗的位子，巨人坐在她身边。他在对面坐下时看了一眼旁边空着的位子。林简看到他眼睛里流露出复杂的感情。她想说什么，一时又不知道该说什么。

“新干线是全封闭的。”中年人解释道，“从东京到京都中间只停名古屋一站。警察现在可能已经知道我们的目的地了。只要他们打一个电话到名古屋，我们将无路可逃。普通列车有私人包厢。停站多。尽管慢一些，但天亮前也能赶到。”

林简点点头。中年人的脸在车厢白色的灯光下显得苍白、苍老，脸上的刀疤显得分外明显。

有人轻轻敲门。巨人把手放在枪上，紧张地看着门。

门开了，一名穿制服的列车员进来。他欠了一下身：“打扰了，能看一下各位的票吗?”

汉默右手插在皮夹克口袋中，握着手枪枪柄，走入最后第二节车厢。前面十节车厢都没有林简，他心中的阴影像滴在水中的墨汁一样慢慢洇开。

“她没有坐这辆车?还是我没找到她?”汉默疑惑道。他一步一步地向前走，锐利的目光看着两边的乘客。

看到车厢里最后的一名乘客，汉默的心沉下来。

眼角的余光看到前方有个身影一晃而过，他突然有一种奇怪的感觉。

前方有个高个男子正向车厢连接处走去，身材像运动员，穿着休闲的夹克和卡其裤，像新宿街头常见的普通外国人。从背影汉默可以确定他不认识这个人，但是并不能消除他内心深处那种莫名的不安。他跟着男子向前走去。男子走到车厢的交接处，打开厕所门走进去。一瞬间汉默看到他戴着太阳眼镜的侧脸，再次肯定不认识他，但是那种不安的感觉是从哪里而来?

列车略微震动了一下，灯光突然暗了一下。瞬间汉默眼前出现一个高大的穹顶，非洲强烈的太阳光从崩塌的楼顶照进来，由灰尘勾画出的光束投射在遍地的瓦砾、散乱的行李和斑斑血迹的地板上。他转过头去，看见站在海关临时搭起的桌子前，一个戴太阳眼镜的人看着他……

汉默加快脚步，超过一个肥胖的列车员。是的，他见过这个人，两次。

在机场的电话亭里。汉默拔出枪，“哗”地推开电话亭的门，用枪对着正在敲门的戴太阳镜男子。男子双手举起对着汉默的枪口微笑一下，向后退去……

汉默站在厕所门前，发现门并没有锁。

78

加藤是这辆新干线子弹列车的乘务总管。

他一百多公斤的臃肿身体和微笑的胖脸总是给人一种软绵绵的舒适感，但是很少有人知道四十一岁的他还是东京同性恋圈子里的一名活跃分子。

像往常一样，加藤在做他的每小时一次的全车巡视。在最后第二节车厢的尽头，他发现他的眼睛突然失去了控制，不能离开前方一个几乎完美的屁股。那个屁股包在紧裹的卡其裤子里，长在一个三十多岁的男子身上。

“真漂亮啊!”加藤咽了一口口水，心中赞叹道。

男子开门进了厕所。加藤的脑海里突然出现了一些香艳狂野的画面，那些在新宿二丁目的难忘之夜……

“加藤君，你在上班呢!”他对自己说。

话音未落，一只有力的手粗鲁地从后面把他拨到一边。一个穿着皮夹克的健壮男子挤过他，走到厕所门前。男子站在门口，似乎犹豫了一下，然后开门进去。门居然没关!

“哎……”职业习惯让加藤出口阻止，但他马上又把自己的喊声咽了回去。他奇怪地感到自己突然心跳加快，口干舌燥。他小心地四下观望，半空的车厢里，大部分乘客都在打瞌睡，没人注意到在两节车厢间正在发生的事。他屏住呼吸，蹑手蹑脚地向厕所走去。

“砰!”厕所里突然传出沉闷的撞击声。

加藤吓了一跳，差点儿有了一个高潮：“哦，玩粗野的？我喜欢!”

他走近厕所，手轻轻按在心口，侧耳倾听。

汉默进入厕所。

狭小的厕所竟然是空的。他叫声不好，但已经太晚了。他觉得眼前一黑，一双军用皮靴从上方猛地踹在他的脸上。他半个脸顿时麻木，手还没有伸进口袋，就已经撑在马桶上。恍惚中，他听到身后有人轻轻落在地上。他没有回头，“哗”地一下，掀断马桶盖，猛力向身后打去。在他转身的一瞬间，看到了一张没有五官、血红的脸。

听见厕所里面的撞击声和压抑的喊叫声，加藤感到身体中的快感一波波地袭来，让他阵阵晕眩。他把酥软的身体倚靠在厕所外面的板壁上，无力而兴奋地倾听着里面传来各种刺激的声响，想象各种疯狂激动的场面。

无脸人左手挡住夹着风声而来的马桶盖，巨大的打击力让他整条手臂顿时失去知觉，后退撞在墙上，身后镜子裂成无数花纹。汉默扔下马桶盖，从腰间拔出匕首，向无脸人的胸口刺来。无脸人在墙上借着反弹力，以更快的速度向汉默冲去。

汉默感到匕首锋利的刀尖割破对方的外衣，刺入腹部柔软的地方。刹那间，他突然失去重心，身体像被巨浪卷起，抛向空中。

门外，加藤感到自己肥硕的身体变得越来越轻，仿佛正在离开他所在的角落，进到厕所，加入两具健壮、肌肉结实的躯体中间，嘴里不禁发出快感的呻吟。

汉默瞬间放大的瞳孔惊恐地看着自己还站在厕所的地上，唯一变化的是他胸口多出两个物体。物体上各连着一根线，线的另一头攥在无脸人的手中。

无脸人再次按下开关，电击枪的五万伏高压电流再次通过汉默的身体。汉默失去控制地抽搐、战抖，然后无力地倒在地上。

在所有兴奋和快感中，加藤内心深处突然感到有些不对劲儿。他控制住自己，伸出颤抖的手小心地敲了敲门。

“里面……没事吧？”他轻声问道。里面突然一片安静。

“唉，我吓到他们了。”他内疚地自责道。

门轻轻地开了。加藤松了一口气，刚要开口，一个粗壮的手臂伸出来，一把将他肥硕的身体拖进去。

一进厕所，加藤第一眼看到的是破碎的镜子和马桶。

“这都得换了。”他本能地想，然后他注意到穿皮夹克的男子姿势古怪地蜷伏在地上，脸贴在水淋淋的地板上，白沫从他嘴里冒出。

“这就有点玩过了！”他想道，但随即心里有一种不可言喻的恐惧慢慢升起。但恐惧猛然被一把锋利的匕首阻断在喉咙。他慢慢抬起头，没有看见那个翘臀的男子，而是一个像巨兽般高大，有着血红没有五官脸的人。

加藤突然想呕吐和大小便失禁，但巨大的恐惧否决了他的随心所欲。他抖动的眼角看着面具男子从皮夹克男子的口袋里摸出一把枪和警徽。狭小的空间里，他能感觉那个蓝色的警徽带来的一丝犹豫传到了匕首上。刀刃动了一下，微微割开他脖子上的脂肪层。他看到自己脸上的肥肉在破碎的玻璃中分成无数块抖动。

无脸人把枪插在背后的皮带上，转身看着加藤。

加藤失去知觉的那一刻听到列车广播突然响了。

“名古屋站到了。”他想。

名古屋站。

洋洋洒洒的雪花后面是空荡荡的月台。列车白色的蒸汽似乎凝固在清冷的空气中，偶尔有乘客穿过白雾，在雪花的间隙中上下列车。

林简和中年人面对面坐着，都没说话，看着窗外巨人站在卖盒饭的摊位前。

长发青年在公寓走廊里肚子“咕”地叫了一声……他被卡在面包车头里动弹不得的腿，他略带羞怯的微笑……这些景象一直在林简的脑海萦绕，她为此感到深深的内疚和难过。

“对不起！”林简轻声说道。中年人没有说话，脸上的伤疤似乎变得更深了。

“晚上和弟弟吵架了。”中年人看着窗外，自言自语地说，“他想绕远去一家炸鸡店。我没有让他去，他就不高兴了，他还像个孩子……”

包厢里一片安静。

汽笛长鸣，列车缓缓启动。林简和中年人交换了一个担心的眼神。

门打开，巨人进来，手里拿着一个纸袋。林简和中年人松了一口气。

“对不起，只有鸡排米饭盒饭。”巨人说道。

林简掰开一次性筷子。她非常饿，却没有食欲，但她知道自己必须吃。三人低头慢慢地吃着盒饭。火车有节奏地向前飞驰。

吃完了自己那份，林简抬头看见中年人把吃了几口的饭盒收起，从大衣口袋里掏出一张旧报纸放在桌上。有人敲门，中年人收起报纸。

门开了，一个穿着深色制服的列车员进来。中年人把三个人的票递给他。列车员看了看票又看了每个人。

“谢谢！”他用日文说道，转身向门口走去。在转身的过程中，不知是不是自己的错觉，林简似乎感到他又看了自己一眼。

门无声地关上，中年人又拿出那张旧报纸。报纸上一张图上，一个高个老年男子站在人群前面，高举双手，头上有无数飘洒而落的闪亮纸片。

林简辨认出题目中的中文词：“议员高桥……连任……”

从高桥那张充满魅力的脸，可以看出他年轻时很英俊。林简不由疑惑地想到奥森提起的那个脸上布满伤疤，戴着墨镜的男子。

“我曾经见过他一面，一个非同寻常的人……”中年人说道。

“你觉得他是渡边说的那个高桥吗？”林简问道。

中年人想了想：“再过几个小时我们就知道了。”

看着报纸上的高桥，中年人脸上呈现出恐惧和厌恶的神情。

“高桥的绰号叫犬鬼。”他抬起头看着林简，“犬鬼是日本传说中一种可怕的鬼，善于把握你内心的思想和弱点，然后进入你的身体。被犬鬼附体的人会精神错乱，丧失自我，会不由自主地做出不可思议的事情。”他看着巨人和林简，“所以我们一见面就立即把他制服，知道吗？”

林简和巨人点头。

中年人凝视着林简的眼睛：“记住：千万不要跟他交谈！”

中年人的头古怪地猛然后仰，随即一股滚烫的鲜血喷在林简的脸上。

79

温热的血液溅入林简的右眼，然后顺着她的脸流下来。

“砰”的一声，中年人的头沉重地跌撞在桌子上，浓厚的鲜血慢慢掩盖了桌面。

林简本能地站起身，但被一只大手粗暴地按在地上。透过血红的视线，林简看见巨人从她身上抽回手，拔出手枪向包厢的门冲去。

门上有一个黑色的小孔。

一声轻微的响声过后，门上又多了一个洞。子弹打在巨人的防弹衣上，他巨大的身体没有停，继续往前冲去。

又是连续两声消音枪声，巨人的身体带着惯性和动能撞在门上，发出沉闷的响声。他两手高举，似乎想在空中抓住什么，然后仰面朝天倒在地上，脸上两个巨大血洞撕裂了五官。

窄小的房间里弥漫着烟尘、血和火药味道，还有中年人粗重的呼吸声。

林简爬到中年人身边。中年人的呼吸因为血液流入气管而浑浊。林简小心地寻找他的伤口。子弹撕裂了他的颈动脉，每呼吸一下，就有鲜红的血从伤口里冒出来。林简试图解开被鲜血浸透的衣领，他失神的眼睛盯着林简，嘴里发出嘶嘶的声音。林简握住他冰凉的手。

“走……”他说道。手一下失去力气，垂了下来。

林简松开他的手，站起身子，透过弥漫的粉尘，看着门上的洞口。走廊上的光照在洞上，四个洞的其中两个是黑的。

有人站在门外，从洞中看着她！

林简蹲下去，飞快地捡起巨人手里浸满鲜血的手枪，对着门中央扣下扳机。枪声在窄小的包厢里沉闷地回响，迅速地淹没在轰鸣的车轮声中。

林简举着沉重的手枪，冲向前去，一把打开门。

火车汽笛长鸣。

林简提着枪，站在空无一人的走廊上。忽明忽暗的灯光掠过她沾满鲜血的脸，有如鬼魅。

汉默睁开眼睛，看到近在咫尺有一张血肉模糊的脸。他跳起来，肘部猛烈地击打那张胖脸。胖脸发出像小女孩般的尖叫，倒在地上痛苦地呻吟着。

“你们打断了我的鼻梁，为什么啊?”加藤用破碎的英语哼唧道。

“你们?”汉默茫然地看着湿漉漉的地板和自己的呕吐物，努力找回自己麻木的意识——空无一人的厕所，皮靴重重踢在脸上，碎成无数片的镜子，握着匕首向前刺去，身体突然腾空飞起……

他下意识地低头看看胸口，电击枪的飞镖已经不在了。他飞快地把手伸进口袋里，枪不见了。低头看见警徽扔在地上，他低身从皮靴里拔出微型手枪，对准面前缩成一团的加藤。

“你是谁?”

“加藤……加藤车长。”加藤抽泣着，脸上的血和泪一塌糊涂，“我只是在门外偷听了一小会儿……”

汉默没有理他，伸手摸了暗兜，纸片地址还在。他从地上捡起警徽，走出厕所。

火车已经停了。站台上巨大的牌子上用日语和英语标注着：京都站。

汉默沿着月台，一瘸一拐地向车站出口走去。他清晰地感到电击枪留下的麻木和疼痛。车厢的玻璃上映射着他变形、带着伤口的脸。他的心里充满了被对手击倒的愤怒和仇恨。

对面月台上停着一辆警车，闪着警灯。

汉默向站在列车走廊上的警察鞠躬致意，出示警徽。年轻的警察受宠若惊地举手还礼。

汉默没有马上进入包厢。

他站在门前，仔细观察上面的五个弹洞。他注意到其中的四个边缘有火药的灼痕，表明枪手是用了带消声器的大口径手枪近距离开的枪，可能是0.5口径的。在开枪的时候，枪手可能知道门里目标的位置。想到这里，汉默的心往下一沉，打开门。

他第一眼看到的是血，几乎涂满整个车厢，扇形地溅在窗玻璃和板壁上，把深蓝色的地毯染成深棕色。然后他看到了两具尸体，一具仰卧在房间中央，另一具坐在靠窗的座位上。

两个人都是男人。

汉默小心地走进包厢，血在他的靴底发出“吱吱咕咕”的声音。尽管地上的男子的脸已经变成两个血洞，但他巨大的身体却是独一无二的。汉默蹲下看了看坐着的男子的侧脸。他在铃木警长办公室墙上的照片见过这两个人。

站在狭窄的包厢中，看着上方空空的行李厢。林简被枪手绑架了的想法沉重地压在他的心头。

汉默转身看着第五个弹孔，这是从包厢往外射击留下的弹孔。他走到那个脸上带疤的中年人身边，从他怀里拿出一支手枪，闻了闻枪管，没有开过枪。

奇怪的是，地上的巨人身上没有枪。

门突然打开，两个穿风衣的侦探走进来，一把夺走汉默手中的手枪，对他用日语大声嚷嚷。汉默拿出警徽递给他们，他们根本不看，指着门让他马上出去。

汉默没有理睬，在地上那具尸体旁边蹲下。他看着巨人空空的右手。巨人头部的鲜血沿着手臂流到右手，但在他右手前方有一块地毯没有血迹，汉默辨认出是把手枪的形状。

“有人拿走了手枪。”他想道。

便衣侦探上来推着汉默向门口走去。在汉默出门的一瞬间，他看到门把手上面有一个纤细的血手印。

汉默露出一个古怪的微笑。

黑暗中，高桥突然睁开眼睛。

他静静地躺在床上，看着显得异常遥远的天花板。院子里隐秘的灯把修剪得无可挑剔的古老盆景映射在天花板上，像一群交错排列的恶魔，张牙舞爪，扭曲狰狞。

屋子里很静，可以听到雪花落在黄铜屋顶上的声音。

他坐起身来。七十二岁的他因练习剑道和网球，身上几乎没有赘肉。他身上每寸皮肤都覆盖着烧伤的伤疤，乳头的位置有两块不同颜色的植皮。整个身体就像画室里一块年久的调色板，布满各种干结陈旧的颜料，千疮百孔，丑陋不堪。

床头钟显示3∶45。

高桥习惯地用两手轻抚自己的脸。一头茂密的银发下，高尔夫球场久晒的脸上布满皱纹，但却没有一个伤痕和疤结，显得瘦削而威严，微微一笑，依旧充满魅力。

他披上睡袍。埃及棉的柔软睡袍遮盖了被火烧毁、空荡荡的胯下。

长长的木质走廊光可鉴人。右边是排列整齐、方格如画的窗。

高桥穿着木屐向前屋走去。过去十天的会议和旅行让每个人都筋疲力尽。今天是周日，他给司机兼保镖放了一天假。

他在一扇窗前停下，轻轻地把没有关严的窗户关上、锁好。

在走廊的尽头拐弯，他按一下墙上的开关，柔和的灯光从上方洒下来，照亮面前一个宽大、三面由无缝玻璃包围的客厅。光亮渗入客厅外悬崖上方的黑暗，可以看见飘入光晕中的密集雪花。

他走到高大的壁炉前面，从旁边垒得很整齐的原木中搬起两块，扔入即将熄火的壁炉里，拿起古朴、形似日本刀的铁钳，拨弄着木块，火开始燃烧起来。

高桥突然停下，微微仰起头，闻嗅着上方的空气。他闻到了一股雪花融化在毛料制品的气味儿、年轻女人轻微的体味儿，还有一种血渍的味道。

他内心深处有种熟悉的兴奋奔涌而来，慢慢转过身来。

一个黑洞洞的枪口对着他。

80

瑞士西格公司出产的P220型号手枪在昏暗的灯光下闪着幽光。

黑色合金的枪身强壮紧凑，细密的防滑涂料让带着优美弧线的枪把黏滞而易握，恰好嵌入枪手的手掌中。粗大的枪管向前伸展，下部和长方形的扳机框以及枪身优美相连。

无脸人打开弹夹，满满八颗子弹。他满意地把手枪插回背后的皮带上。电话铃声响起。他拿起话筒，眼睛依然看着电话亭外面人来人往的候车厅。

“那个警察呢?”听筒里传来守护者冰冷的声音。

“在慢车车厢里检查现场。”无脸人回答道，“但马上会出来。我会一直跟着他。”

“不!”守护者打断了他，“你在原地待命。”

“但……”无脸人不解，但马上回答道，“是!”

无脸人刚要挂断电话，话筒里传来守护者的声音：“你脸上有块血，请把它擦掉。”

没等无脸人说话，守护者就挂掉了电话。

无脸人心里一阵迷惑。他从电话亭的玻璃的反光看到自己下颏上有一块指甲大小的血渍。他挂上电话，把它慢慢擦掉。突然一股寒气从他的脊背上慢慢爬上头顶。

“他看得见我，他就在附近。”

他的视线透过玻璃飞快扫视前方的一楼和二楼。午夜的候车厅空空荡荡，乘客和工作人员三三两两地行走着，没有任何特别的人。他眼睛的余光突然看到一个穿着皮夹克的身影一瘸一拐地从远处走来，推门走出候车大厅。

出租车司机是个认真的人。

在深夜风雪中的京都街头，汉默好不容易拦下这辆空车。他跳上车，递给司机一张纸片。

“去这个地址，快!”他用英语说道。

司机是个小个老头，穿着笔挺的制服，带着挺括的帽子。他用戴着白手套的手接过纸片，低头看了半天，然后戴上老花眼镜。

“快点!”汉默催促。

司机无动于衷，慢慢转过头来，从眼镜的上方看着汉默，用日语说了句什么。

“你说什么?”汉默恶狠狠地问道。

司机又问了同一句话，指着纸上的一块血渍。汉默骂了一声，一把将纸片抢过来，用手指点戳上面的地址。没有得到答案的司机很不情愿地念着地址，缓缓地按下计时器。

汉默从口袋里掏出一百美元，递给司机。

“快!”他做出驾驶的手势，双手从司机面前掠过。司机微微躲避，避开汉默嘴里发出的呼啸和夹带的风声。他缓缓推开一百美元，指了指前方的计时器。汉默泄气地跌坐在柔软的皮座位上，又突然坐起来，手搭在门把手上往外看，黑暗的大街上空空荡荡，大雪纷飞。他认命地跌回座位。

“快!”汉默像是哀求。

“嘘!”司机竖起一根手指，放在嘴唇前让汉默安静。他伸手打开收音机，舒伯特的C大调弦乐五重奏慢板从高保真的音响中缓缓流出，汽车缓缓启动。

汉默哀号一声，两手覆在脸上。

“希望林简已经放弃。”他想。

别墅里。

林简两手握着手枪，枪口对着三米外的高桥。她的头发纷乱，披下来遮住三分之一的脸，脸上有一大块血渍，衣服和靴子上沾满了泥土和血迹。

“放下!”林简用英语命令道。她可以听到自己声音中有的一丝战抖。

高桥顺从地把铁钳轻轻地放在壁炉旁边，脸上安然镇静。

“你是美国人?”他用英语问道。

“把手举起来!”林简厉声喝道。

高桥刚要举起手，睡袍敞开。他轻声说了句抱歉，微微转身系上睡袍的腰带。

“他是非常危险的人。”中年人的声音在林简耳边响起。

高桥转过身来，手微举，放在胸前。

“见面就要制服他!”中年人的声音再次响起。

林简双手举着枪，四下张望。

“我怎么把他制服?”她快速地想道，“用什么把他捆绑起来?”宽大的客厅是极简主义设计。只有三个勒·柯布西耶的不锈钢管黑皮沙发，一大两小。中间是雕塑家野口勇的玻璃原木咖啡桌，再无他物。

林简眼前浮现起中年人紧张而恐惧的脸：“不管你做什么，千万不要跟他交谈!”

“是你派人杀了我的朋友和渡边雄介?”林简突然听到自己的声音问道。

高桥威严的脸上出现一丝诧异:“我不认识你，不知道你的朋友是谁。”他棕色的眼睛诚实地看着林简，“我认识一个叫渡边的，他是二战战犯。我亲手把他送进监狱。但那是三十多年前的事了。”

林简端着枪，默默地看着高桥。

“我不知道你来这里的目的，但不管你要做什么，请不要大声喊。我妻子还在楼上睡觉。”

“你妻子?”林简略显意外地问道。

高桥点点头，带着一丝戏谑的表情看着林简:“女士，你确定你要找的人是我吗?”

林简迟疑地问:“你是高桥参议员?”

高桥点点头。林简再次将枪对准他的胸口。

高桥脸上的皱纹突然展开，露出充满魅力的微笑:“我是高桥参议员。但是……参议院有三个高桥。一个四十多岁，另一个比我小一岁。我想你有可能想找那位高桥君。”

林简觉得一股血冲上脑门:“我们花了这么大的代价，找错人了?”

“那个高桥在哪里?”她急切地问道。

“不知道。”高桥皱着眉摇头，“但是如果你回东京的话，在永田町国会议事堂应该很容易找到他。”他脸上露出顽皮的表情，“但不要告诉他是我告诉你的。”

林简脸上蒙上了一层犹疑，盯着高桥的脸，上面没有任何传说中的伤疤。

“你凌晨三点破门而入，用枪指着我……”高桥盯着林简的眼睛，脸上露出责备的神情。“但是，”他微微一笑，“这并不意味我们不能文明地交谈，是吗?”

他自然地放下双手，从壁炉上方拿起一瓶酒和两个杯子。他将琥珀色的液体倒入杯子，把厚底的水晶杯放在林简伸手够得着的地方。

林简略微迷惑地看着面前的酒杯，端着酒杯修饰得很好的手，手上方厚重的睡袍袖口，袖口阴影中隐隐露出的手臂……

她觉得脑海里突然亮起一道闪电，猛地举起手中的枪，但已经太晚了。她觉得手一震，枪已经在高桥的手中了。

高桥平稳地举着手枪，枪身奇异地变成了他身体的一部分。他的袖口边露出布满伤疤的手臂。他看着林简，扣在扳机上的食指慢慢用劲。室内的空气突然被抽尽，等待着裂帛的枪声。

高桥注视着林简涨得通红的脸，和那双充满愤怒、悔恨、悲伤的黑色眼睛。突然，他看到了另外一种熟悉的东西。

高桥脸上露出微笑，松开扳机。

“我没有派人杀死你的朋友。”高桥说道。他单手熟练地卸开弹夹，子弹落入他手中。他拉开枪栓，弹膛里的一颗子弹跳出，他伸手接住。把空枪放在吧台上。林简脸上露出迷惑的表情。

“我不想伤害你。”他拿起他的酒杯，“喝了这杯酒，你就走吧。”

林简看着灯光下高桥的脸、面前的空枪和隐藏在袖口里的烧伤疤痕。她的眼角余光看见吧台前方靠着的一根高尔夫球杆。她控制住自己的心跳，上前一步端起酒杯。

“干杯!”高桥一饮而尽。

盯着高桥的脸，林简把酒杯拿到嘴边，犹豫地抿了一口。她放下酒杯，全身绷紧的肌肉瞬间爆发，向球杆扑去。

天花板突然倾斜，她感到房间里所有的灯一下变暗，冰凉的大理石地板重重地拍在脸上。

81

柔软的粉红环绕着林简的眼睛。

她可以感受到粉红后面温和的光和细细伸展的花纹。意识像一列漫长而沉重的火车从远处缓缓开来，迟疑地停靠在身体的站台上。她闭着眼睛，发现其实在看着自己沉重的眼皮。她艰难地睁开眼睛，夺目的光芒刺入她不设防的瞳孔。

一盏高强度的射灯固定在林简上方。刺眼的光芒让她一下失去了视觉。她闭上眼睛，试图移动头和身体，但发现一动不能动。再睁开眼睛，她看到一个形状奇怪的黑影站在灯光后面的阴影中。

“你是谁?!”一个声音问道。

林简闭上眼睛深呼吸，闻到周围的霉味和阴湿中一种奇怪的气味，浓厚而黏稠。她让自己镇静下来，感觉到手脚被某种机械向四面张开，成一个“大”字形，立在一个平展的物体上。

“告诉我你是谁!?”那个声音再次响起。声音里的彬彬有礼消失了，变成一种阴森和冷酷的组合。

林简慢慢睁开眼睛，看到阴影中的高桥。他穿着二战时期日本陆军的黄呢子军服，腰系皮带，排扣扣到颚下。压低的军帽檐下两只闪光的眼睛紧紧地盯住她的脸。她感到心里的愤怒像海潮般地涨起。

“我是林简!”林简一个字一个字地说道，“我的外祖父是林清明!”她的声音里流露出骄傲和自豪。

高桥突然确认这个年轻女子眼里那种熟悉的东西是什么了。林清明，一个久远的名字，但依旧血淋淋烫在他的记忆中。他沉默片刻后突然开始狂笑。瘆人的笑声搅起房间里的霉味和那个浓稠的味道。

笑声戛然而止：“林清明……那么，林静秋是你母亲?”

“是!”

“你为什么来找我?!”高桥问道。

林简看着那张阴影里的脸，平静地回答道：“因为我要知道我外祖父和北京猿人头盖骨的下落!”

高桥凝视着林简：“你知道你现在躺在什么上面吗?”

林简转头四下观看，发现她躺在一个巨大的木床上，身下是间隔的木板和圆木。她的四肢分别被粗硬的麻绳紧紧地捆绑，拉向木床的四个顶角。

“它的名字叫架子。”高桥的声音里有一种遥远、一种享受和一种收藏家说起珍贵藏物的骄傲。

“两千多年前，古罗马女子意卡丽丝试图刺杀皇帝尼禄失败。尼禄并没有处决她，而是亲自设计这个简单却能让人遭受不能想象的痛苦和恐惧的刑具，让她供出同谋。有意思的是它的第一个体验者也是一个女性。”

林简注意到在她脸边的木头平面上有很多奇怪的深色印记。

“暴君的目的达到了吗?”林简问道。

“没有。”高桥摇摇头，“因为受刑后第二天清晨，在去广场的路上，意卡丽丝用她手边的麻绳把自己活活勒死了。她情愿自杀也不愿再继续受刑了。”

林简看了看手腕上粗壮的麻绳，又看到那些深色印记。这次她看出是密密麻麻的齿印。

“多年来，我对它不断改进，让它变得更有效、更完美。”高桥从黑暗中走出来，站在林简身边。他伸出手抚摸着架子光滑的木头。他的手势温柔而缠绵，像抚摸心爱女人赤裸的身体，手臂上的疤痕在灯光下闪闪发光。林简厌恶地转过脸去。

“关于你外祖父，”高桥说，“我可以告诉你，四十多年前，他在这个架子上惨叫了一晚上后死去。”

房间里的空气瞬间变得稀薄，林简一下子感到透不过气来。

一个冰凉的金属按在林简的脸上。锋利的日本军刀刀刃逼迫林简转过头来。高桥手持战刀，脸上流露出恶毒的表情。

“我还可以告诉你你母亲的事。十多年前，就在你现在的位置上她被三个男人轮奸，因为她问了我同样的问题。”

林简突然想起母亲那封破碎信中那些可怕的文字。她的脸开始剧烈扭曲。锋利的刀在她的脸上划开一个口子，血流下她的脸。她目不转睛地看着高桥。

“我要杀了你！”林简吼道。

话音未落，林简的身体腾空而起，一股巨大的力量把她的四肢同时向四个方向拉去。

高桥一手拿着军刀，一手转动面前的一个机关：“我不想受人威胁。特别是没有任何意义的威胁。”

林简充满仇恨地看着高桥。

高桥没有理会林简：“说到意义……林简，我能叫你林简吗？”

他看着林简，像猫科动物戏弄它的猎物：“我不想哪天的《读卖新闻》头条成了高桥参议员隐瞒在中日战争中服务于宪兵队特务组织的历史。所以，你不可能像你母亲那么幸运地从这里逃走。”

高桥把军刀放在林简的脖子上。林简知道自己今晚会死在这个低矮、充满霉味和奇怪味道的房间里。

“不要放弃！林简。”她对自己说道：“你不能死！”

看着眼前闪着寒光的战刀，黑色的刀把，骨节惨白的手，林简想起黄呢子军服里布满伤痕的手臂。她转过头，看着高桥没有一块疤痕的脸，心里突然一动。

“今天晚上我们中的一个人要死在这个房间里。”林简平静地说道。高桥没有说话，双手慢慢举起军刀。

“是我死还是你死其实并不重要。重要的是天亮时，真正死去的是一段没有人知道的历史。如果你死去的话，我将永远不知道我外公的故事和头盖骨的最后下落；如果我死去的话，”林简抬起头看着高桥，“你再也找不到一个能听你故事的人了。”

高桥手里的刀停在空中，他看着林简：“为什么我想要给你讲这个故事?”

林简看着高桥发亮的眼睛：“你离开菲律宾的集中营后，四十年来以另外一个人的容貌和身份活着，你从来没有向任何一个人暴露真正的你，怎么可能会向他人讲述你的故事呢?”

高桥默默地把军刀举到最高，全身的力气凝聚在手臂上。

“我是世界上唯一一个想听你故事的人。我走过世界四大洲，经历了谋杀、绑架、战争、追踪、刺杀、烈火，最后来到你面前，并为此将要丧失生命，就是想听你讲这个故事。”

林简的语气里夹带着一种奇怪的力量，如一个千钧的铁锥悬浮在稀薄的空气中。

高桥双手举着刀，默默地审视着林简。

强烈的灯光照在她的脸上，她脸上的伤疤、烧痕、刀伤、血渍毫无遮掩地暴露在灯光下。她黑色的瞳仁带着钢铁般的深蓝看着他。

高桥手臂上的肌肉突然松弛。军刀缓缓下垂。

“好！为了公平，我会给你两个选择。”高桥说道，“第一，我现在就用刀杀了你，迅速而没有痛苦；第二，我会告诉你那个故事。但在这过程中，我会开动这台机器，你将受到非人的折磨后死掉。”

高桥凝视着林简：“告诉我，你选哪个？”

林简慢慢抬起她流血的脸，两眼直视高桥：“我要知道!”

82

东京，1941年3月24日，黄昏。

广阔的大厅。

略显低矮的天花板下没有一根柱子，紫檀房梁下方是两排整齐的吊灯。百年的硬木地板依旧光滑如镜、一尘不染。纵向近三十米的侧墙是连绵不绝的光滑木框和半透明的纸窗。夕阳的余晖把怒放的樱花树投在窗纸上，变成剪影，不时有随风飘落的花瓣，留下一个转瞬即逝的美丽印痕。

大厅里空无一物，只有两把高背木椅子，坐垫上绣着精致的绣球花。

二十八岁的他在其中的一把椅子上正襟危坐，不断出汗的双手按在黄色呢子军裤上，厌恶地看着布满伤疤的双手。他知道自己在夕阳阴影中的脸也同样布满成片的伤疤，连着脖子，往身体的下方延伸。

他试图回忆在满洲里中俄边境那个光秃秃小山的名字，但怎么也想不起来。

一年前的酷热七月，他俯卧在黑色的泥浆里，脸上涂满泥巴、硝烟和血渍。细雨从天空飘洒下来，覆盖在他身上背着的六个自制汽油燃烧弹上。

他缓慢地爬过简陋的战壕、燃烧的低矮植物、战友膨胀腐烂的尸体。正前方是一排巨大坦克，正开足马力，轰鸣着向他冲来。坦克后面跟着戴着钢盔，穿着黄绿军装的苏联士兵。

坦克慢慢靠近，他可以看见坦克后面苏联士兵消瘦、肮脏的脸。

他跳起来，向最前面的坦克接连扔了两个燃烧弹，坦克起火燃烧。身后传来战友们的欢呼和射击声。两个满脸乌黑、赤裸上身的苏联坦克兵身上带着火苗从坦克里钻出来，马上倒在密集的弹雨中。他继续向后面的一辆坦克爬去，子弹带着啸声打在他身边的泥土中。他突然听到一种奇怪的声音，抬起头，看到前方的那辆坦克的炮管慢慢低下来，对着他的方向。

他快速往后退，把身体紧贴在泥水里。一声巨响，炮弹从他头上方掠过，在他身后的不远处爆炸，掀起的泥土落在他的身上。他本能地伸出手，飞快地上下摸着身体，没有受伤，他的脸上露出微笑。这时他感觉腰间很湿，同时闻到一股强烈的汽油味道……

“轰”一声，他顷刻间被大火吞没，在火海中翻滚、惨叫。

夕阳的余晖透过窗户上的白纸照进来，明亮中带着奇异的艳红，整个大厅像在烈火中熊熊燃烧。

“张鼓峰！”他突然想起中俄边境那个小山峰的名字。

大厅角落里的一个拉门打开，一个穿着笔挺制服的人走到他面前。

“高桥少佐，请。”那人影低声说道，生怕惊动什么。

太阳已经落下去了。

皇宫花园笼罩在一片浅蓝色雾霭里。轿车缓缓驶过两排古老的樱花树，在缓缓飘落的粉红花瓣中驶上平坦的二重桥。

高桥感到湿透的衬衣贴在他布满伤疤的背上，脑子里轰轰作响。车窗外是一幢建在石台上的两层建筑，飞檐斗拱，灰瓦白墙。他谦卑地低头不看，右手握拳塞在口中，竭力克制不让自己的牙齿发出撞击声。他的左手紧紧地攥着一把带着褐色刀鞘的军刀。军刀简单肃穆，在降临的暮色中忽隐忽现。

他突然想起在北海道荒凉渔村草屋里的母亲。他想告诉母亲她儿子刚被天皇召见，天皇赠给他一把军刀，并和他握手。天皇让她的儿子为他做一件事。

但是母亲已经在一年前寒冷的冬天里孤独地死去了。

高桥已经几乎不记得刚才发生的事情。

他走进一个昏暗的房间，墙上有两幅醒目的肖像画。他马上认出其中一幅画上的人是美国总统林肯。另一幅上留着长白胡子的老头，他花了几秒钟才辨认出是英国自然学家达尔文。

屋子中央有一个宽大的书桌，后面有一个模糊的影子。

高桥远远站定，紧张而准确地行了个军礼。那个影子开口说的第一句话就让高桥想为他去死。

“你的烧伤都恢复了吗？”影子的声音温和而内敛。

“是的，陛下！”高桥哽咽着再敬了一个礼。

影子沉默，房间里出奇地安静。高桥站在那里，渐渐地失去了时间的概念。

影子开始说一个东西。他的语句里出现了好几个专业词汇。高桥恭敬地低头听着，想起墙上那幅达尔文的画像。

“你找到它，把它带回日本。”影子简单地结束了谈话。

满洲里，1941 年 4 月 15 日，清晨。

天上落着细小、锐利的冰珠，打在脸上生疼。

一辆火车徐徐进站。车头发出沉闷的喘息声，像拖着四节褐色躯体的爬行物。浓厚的白色蒸气凝固在寒冷的空气中，久久不散。

白气的间隙中，一个头戴棉帽钢盔，身穿羊毛防寒袄，荷枪站在站台的日本列兵注视着面前缓缓开过的列车。在空荡荡的第二个车厢的窗前坐着一个戴墨镜的军官。他似乎在全神贯注地阅读。汽笛长鸣，军官抬起头，向窗外看了一眼。卫兵看到了他布满伤疤的脸，举手行礼。

穿着大佐军服的高桥回了一个礼。看着站在雪中的卫兵，他突然想起自己站在冰天雪地的边境哨卡站岗的情形。火车过站，他低下头，继续看着面前两份标着“绝密”字样的报告。

长篇报告由东京大学古人类学教授内田博士撰写，详细叙述了北京猿人头盖骨的发现、考古以及学术意义，细列了头盖骨在北京古人类研究所历届所长领导下的保存状况和研究进展，以及在发现、研究、保存中涉及的科学家和技术人员的名字和贡献。

那份短篇报告是由日本皇家陆军的渡边少佐写的，清楚地列出了研究所内所有接触过北京猿人头盖骨人员的名字、职务、教育程度、政治背景、家庭成员……

高桥注意到有个名字在两份报告中反复出现。

林清明。

北京，1941 年 4 月 24 日，下午。

协和医学院古生物研究所的大门敞开着。

坐在幽暗的车里，高桥可以看见自己手下的宪兵荷枪站在院子里，瘦高的林清明和渡边少佐在争执，然后渡边和两个士兵带着林清明离开。

透过墨镜镜片，他可以清楚地辨认出站在王言冰身边的细高个年轻人是来自挪威的实习生奥森。另一个年轻的金发女子从里面走过来，站在奥森边上，是魏敦瑞博士的秘书凯特琳娜·施奈德。

一种明亮的颜色毫无预兆地进入高桥的视线，一个穿着鹅黄裙子的少女从他车前方娉婷走过。白色的柳絮像翻飞的蝴蝶一样，在北京四月的春风中飘起，落在少女光滑、曼妙的肩头。

高桥突然感到喉头一阵发紧，他的头不由自主地随着少女婀娜的身影转动。少女在阳光、和风、花香、柳絮中从他面前走过，他感到一种汹涌的感觉像潮水一样向他涌来，身体像要飘离地面，但自卑和仇恨像两根粗大的黑色荆棘瞬间把他紧紧捆绑。他想起自己在呢子马裤里空荡荡的胯下，被火永远烧去的男性标志。呼吸变得粗重，血红的眼睛在墨镜后面看着少女走进研究所大门。

高桥血红的眼睛在灯光下端详着林简。

他的目光像爬行动物的芯子迟疑而兴奋地舔着林简的脸和身体。林简感到一阵恶心，转过头去。

“四十年了，”高桥的声音充满了伤感和压抑，“我一直等一个人来听我说这些话。我以为再也没有机会了。”

他的声音慢慢地变得兴奋，但充满了怨毒：“我感谢上帝或者魔鬼把你送到我面前。我将要跟你讲你外祖父的故事，同时把他的外孙女折磨致死，这是一件多么奇妙的事情啊！”

高桥的笑声像鸮啼鬼啸，回荡在低暗的空间里。笑声中，林简突然意识到那种奇怪的味道是干掉的血液、呕吐物和体液的混合物发出来的。强烈的厌恶和恐惧像黑色而浓稠的潮水一样向她漫来。

一阵刺耳的咔咔声，林简感到捆绑四肢的麻绳开始渐渐收紧。

83

北京，1941 年 9 月 26 日，下午。

陆军少佐渡边雄介站在房间的中央，插在口袋里的右手握着一块手帕，犹豫地想是不是拿出来堵住自己的嘴。他的胃在剧烈地翻腾，任何时候都会吐出胃里残存的午饭。窄小、密封的房间里充满了浓稠的汗臭、血液和粪便的味道。

他的前方站着穿着白色衬衣的高桥，高大结实的身躯微曲，充满了紧绷的张力，像一个随时扑击的猛兽。他的手臂、脖颈儿甚至脸上都覆盖着大小不同的伤疤，在强烈的灯光下，如同层层叠叠丑陋、浓密的刺青。

高桥凝视着面前庞大健壮、筋肉虬结、四肢张开、被固定在一个七十五度角斜放的架子刑具上的年轻中国士兵。卢沟桥事变后，日军进入北京城后，他被收编在守城日军的第二纵队里。两天前，他和另一个中国士兵用刀杀死一个查岗的日本少佐。宪兵抓住了他，但他的同伙依然在逃。

士兵略显愚钝的脸上没有表情，青肿的眼睛看着高桥布满伤疤的脸。

门外传来一阵急促的脚步声。高桥转过身来，看见两个穿着便衣的宪兵架着一个头上套着黑袋子的高瘦少年进入对面的房间里。他知道那个人是来自挪威的实习生奥森。

便衣粗暴地把奥森按在铸铁的凳子上，把他的两手翻过来铐在背后。用一个大灯照在他戴着头罩的脸上。高桥向他们做个手势，让他们把房门打开。

高桥把视线重新投到面前的人体。架子两边各站一个光头绑着白色布带、赤裸上身的大汉。他向他们做了个手势。大汉们转动面前的手柄，绑缚士兵四肢的麻绳开始绞紧。士兵发出一声低沉的惨叫。

等压抑的叫声渗入满是血迹、刷成高白低黑的墙里，高桥示意大汉暂停。渡边大声地用中文问道："说，你的同伙在哪里?!"

士兵大口地喘着气，在急促呼吸的间隙中勉强挤出一丝声音："不知道!"

高桥看着士兵的脸，把手往下按去。两个大汉再次转动手柄，士兵又发出一声惨叫。渡边重复了问题，但士兵没有回答。

随着绑缚的麻绳继续收紧，士兵叫声的间断变得越来越短，但每次依旧坚定地摇着头。高桥的眼睛慢慢充血，变成像士兵被麻绳勒紧的手脚一样的颜色。他上前一步，推开一个大汉，亲自摇动手柄，士兵发出更尖利的喊叫。

在士兵疯狂的惨叫声中，夹杂着渡边绝望的吼声："快说！在哪里?!"

士兵没有说话，继续惨叫。

高桥布满伤疤的脸变得血红，手上粗大的青筋跳出密布的疤痕。他疯狂地转动手柄。麻绳发出尖厉的声音。士兵突然失声，发出一种不像人类的声音。渡边看见士兵壮硕的小腿上的皮肤缓缓裂开，白色的脂肪粒和暗红色的肌肉群像香蕉一样慢慢剥开，露出灰白筋络和软骨……

渡边极力抑制强烈的呕吐感觉，大声叫道："快说！再不说就来不及了!"

"啪"的一声，一根粗大的韧带被拉到极限，撕裂崩断。

渡边已经来不及拿出口袋中的手帕，胃里的东西从嘴里喷涌而出。房间里瞬间充满了酸臭呕吐物的味道。

“啪!”“啪!”几根韧带连续断裂。士兵已不再惨叫，而是像从遥远的身体深处传出婴儿的啼哭。

几声沉闷的声响，士兵大腿关节的软组织开始断裂，脸扭曲成一个奇怪的面具，从所有的孔洞里流出晶莹的液体。

“停！停!”士兵嘶声叫道。他剧烈地喘着气，从他满是鲜血的牙缝里挤出一个街名和门牌号，和着黏稠的血和口水一起流出口腔。

“好!”渡边大叫一声。他羞愧但如释重负地拿出手帕擦着嘴唇。这时他发现高桥突然不见了，那个位置蹲伏着一个半人半兽的东西。他身上溅满了士兵的鲜血，血红的眼睛注视着面前一堆模糊的血肉，布满伤疤的脸带着恶毒而愉快的笑容，诡异而可怖。他像是进入另一个世界，一边疯狂喊叫，一边飞快地转动手柄。

“停!”渡边叫道，但高桥似乎听不到他的声音。

“高桥大佐，他招了!”渡边喊道，“高桥大佐!”

一声钝拙的“咔嚓”声，士兵粗大的腿骨在强大外力的撕扯下终于断裂。突然挣脱束缚的士兵残破的肢体猛然离开架子，在空中停留了片刻，然后又掉在架子上，发出钝重的碰击声。高桥停止转动，直起身来，急剧地喘着气，恶毒的眼神看着刑具上的士兵。

士兵闭着眼睛，从喉咙里发出嘶嘶的声音，断裂的身体在刑具上蠕动战抖着。高桥示意两个大汉把士兵从架子上放下来。

士兵突然睁开眼睛，对着高桥厉声说道：“杀了我吧!”

高桥没有理睬他，示意大汉继续解开士兵四肢上的麻绳。

“杀了我!”士兵沙哑地叫道。

高桥看着士兵扭曲的脸，左手握住那把从不离身的天皇赠刀刀鞘，右手拔出军刀。刀身如雪，刀锋如冰。他凝视着刀锋，士兵用哀求的眼睛看着他。

高桥突然大吼一声，刀在空中划出一道银色的弧线，落在士兵的脖子上。鲜血从分离的血肉中喷出，溅在他的脸上和胸前。

和身体分离的人头在涂满血浆的地面上滚动。人头上扭曲的肌肉慢慢舒展，痛苦的表情缓慢地消失。

审讯室里鸦雀无声。

高桥在士兵的身上拭净刀上的鲜血，把军刀插入刀鞘，走出房间。

已被拿去黑色布袋的奥森剧烈地战抖着，恐惧的眼睛看着前方一个血红色的身影，鼻涕和眼泪滴在胸口上。

在令人毛骨悚然的咔咔声中，林简听到另外一种细细的声音。

林简感到四肢在这声音中像被四只巨手无情地拉伸。声音像一个多足的巨大黑色昆虫，缓缓地爬进她毫不设防的耳朵里。

一阵尖锐的疼痛从她手的方向像电波一样传来，她忍不住发出一声呻吟。她慢慢转过头，看见右手上的麻绳的纤维正在勒进手腕，手腕上的皮肤变成鲜艳的红色。

在眼角视线的尽头，她看见了那把军刀。

军刀镶嵌在已经因为年久变成乌木色的刀鞘里，靠在刑具旁，闪着幽光的刀柄离她的手只有几寸远。

高桥目不转睛地看着林简手腕上开始裂开的皮肤："搜查没有得到任何结果。接下来的几个月，我把研究院里所有可能和化石有关的人员都请到宪兵队总部。我知道头盖骨就在研究院里，被他们其中的一个人藏在一个秘密的地方。"

高桥的声音突然停止，鼻孔张大，在空气中搜寻着若有若无的血腥味。他的声音带着某种嗜血的饥渴和满足。

林简看着前方，但她眼角余光死死地盯着那把近在咫尺的军刀。

可怕的咔咔声再次传来。在机械齿轮咬合的间隙中，林简又听到那个细微的声音，像一个看不见的魔鬼用冰凉的巨手把她的四肢拉向无垠的黑暗中。她突然意识到那个细细啮咬的声音是架子上四个拴捆四肢的麻绳被绞紧的声音。粗糙、结实、由细股精心编成的粗大麻绳在巨大机械张力下发出如妖怪磨牙一般的嘶叫和喘息……

她想起十天前奥森不愿叙述的那个可怕的声音。

就在林简觉得身体已经被拉伸到极限时，她突然感到身下的架子活动了。

84

汉默打开车门冲出来。老出租司机慌忙把车完全刹住。

“嗨……嗨……”

汉默听到老司机在身后叫他，停住脚步，转过身来恶狠狠地看着老司机：“你还要干吗?!”

老司机困难地从车里爬出来，手里举着汉默给他的一百美元，嘴里一边说着日文，一边掏出皮夹，惶恐地比画着应该找还汉默多少钱。汉默第一反应是拔出枪来，对着老司机的脸，命令他回到车里去。

但他拔不出手枪来，因为他身上唯一留下的小手枪藏在靴筒里，他对自己解释道。但他内心深处知道他拔不出枪是因为在黑暗中他看到了老司机的眼睛。他见过那双眼睛。父亲在这个世界上的最后一刻，默默地看着年幼的儿子，目光一如既往的诚实认真，就像他的灵魂一览无遗。

白雪在黑夜依稀的光线中凶猛降落。

汉默匆匆地沿着一条漆黑的小路往上爬行，想起刚才像小偷一样从老司机面前逃掉的情景，不由得摇头骂了自己一句。

他在幽黑的灌木丛中拐了一个弯，发现自己站在一个巨大的花园前。花园由浓密的灌木围起，间或点缀着奇形的松树和枫树，中间是一片铺着积雪的草地，缓缓起伏地向前延伸。

汉默低下身子，从靴筒里拔出手枪，然后弯腰从草地的边缘向前走去，不在草地上留下任何脚印。他走过一个精致的石桥，面前是一个奇怪的建筑。

两层别墅的前部是古老的中国唐代建筑结构，鸱鸟尾状的斗拱、高挑上翘的飞檐，由上粗下细的巨柱支撑。简单的黑白两色向后延伸。随着地形由平缓的坡地变成了悬崖峭壁，建筑也在不知不觉间化成二十世纪欧洲的钢架和玻璃建筑结构。三面玻璃窗门环绕，在纷纷飘落的白雪中像一块巨大的黑色玛瑙。

整栋别墅黑暗宁静，没有任何异样。

看来林简最后没有来到这里。汉默轻轻舒了口气，转身沿着草地的边缘往回走。他很快到达草地的尽头，几乎可以看见下方公路的路灯。这时他眼睛的余光捡拾到一个浅显的脚印。

汉默蹲下伸手丈量了一下，这是七码女靴留下的新鲜脚印。他拨开旁边的灌木丛，一行正在被暴风雪掩盖的脚印向前方延伸着，奔向别墅。

林简感到身下的架子开始蠕动，同时发出野兽般的喘息，就像她噩梦中黑暗的身后那个看不见的巨兽。架子光滑的表面开始皲裂，渗出粗黑的毛，嘶嘶有声。四只长满黑毛、带着黑色指甲的大手牢牢地摄住她的四肢，以不可思议的力量向不同的方向抻拉。一种不能忍受的剧痛从她的肢端传来。她感到身上所有的血液一瞬间都涌到那里，皮肤缓缓开裂，浓厚的血液从她的皮肤上缓缓洇出……

高桥的声音从黑暗中传来。

“我们绑架了你外祖父林清明。我已经百分之百肯定他是研究所唯一知道北京猿人头盖骨所在地的人。我们用了各种方法，钱、女人、东京大学终身教授。最后我们让他亲眼看到一个人在架子上缓慢死去的全过程。”

林简纷乱的幻觉逐渐化成一张人脸。高桥的脸从黑暗中隐现出来，他面无表情的脸后面有一种瘆人的恨意和绝望。

“他依旧一言不发。”高桥突然露出一丝笑容，像一个猎手将要捕获追踪已久猎物的欣喜和满足，“但是，我知道他最终会告诉我们的!”

林简闭上眼睛，避开高桥的凝视。她转过头来，睁开眼睛，军刀还在她肿胀、变形的手腕边。同时她发现自己又产生了幻觉，绑住她右手腕的麻绳有一个结头正在松脱……

她眨了一下眼睛，这不是幻觉，一个线头从编织整齐的麻绳上翘了起来。

高桥转动手柄，那个可怕的声音再次响起。

绞索再次收紧，林简感到一阵剧烈的疼痛像蔓延的赤火从她的手臂爬到她的胸部和腹部。

“时间很快地过去了，搜寻头盖骨的工作还是没有任何进展。这时我们得到了情报，美国人准备把头盖骨运往纽约。”高桥的声音从远处传来，“我们已经没有时间了。”

北京，1941 年 12 月 1 日。

“哗”的一下，林清明头上的黑布套被摘掉。

林清明睁开眼睛，用有着深黑色瞳仁的眼睛平静地看着前方。

在极其明亮的灯光中，高桥不能肯定林清明眼睛的聚焦度，但他知道他在凝视着自己。在一瞬间，高桥那双正视过泥泞中巨兽般的苏制 T－34 坦克、像西伯利亚狼一般的苏联士兵、如翻滚嘶叫野兽般火焰的眼睛，不知为什么在林清明的注视下迟疑地移开，落在两个赤身大汉的脸上。他向他们点点头。

大汉们走过来，粗暴地架起林清明，走向屋子中央排列的刑具。

林清明默默地踏过满屋浓厚的血液和破碎肉体，面无表情。

大汉们的脚步没有停止，经过所有的刑具，最后停在一堵白墙前。高桥和渡边走过来，渡边拉一下墙上的一个把手。两个大汉紧紧地抓住林清明的双臂，把他的脸凑近面前缓缓露出的窗口。

肮脏的玻璃后面的四壁悬挂的各种不同形状的刑具，尖利钝拙，轻巧笨重，闪亮暗淡。房间的中央是个背着的倾斜架子。两个同样赤裸上身的大汉站在架子旁。高桥敲了敲玻璃，大汉把架子转过来。

林静秋纤细的身体被四根粗大的麻绳绑在巨大架子上。

林清明本能地向前冲去，但四只粗壮的手像铁钳一样抓住他，让他无法动弹。

“告诉我们北京猿人头盖骨的下落!”渡边用中文说道。林清明转过头来看着渡边，像是没有听懂他在说什么。

“头盖骨!”高桥用生硬的中文重复道。

林清明盯着高桥布满伤疤的脸，摇摇头：“我不知道!”

高桥没有说话，上前敲了敲玻璃。两个大汉摇动手柄，粗大的麻绳突然绷紧，林静秋的四肢被拉向四个方向。她大叫一声，声音透过玻璃细细地传入这间房间。大汉继续摇动手柄，她再次发出尖利的叫声，美丽的脸痛苦地纠结在一起……

林清明发出一声野兽般的吼叫，突然从两个大汉的钳制中挣脱，向门冲去。他试图打开紧锁的门，但被渡边和两个大汉按在地上。高桥两手握着军刀走上前去，站在林清明的上方，“唰”地一下拔出战刀，把冰冷锋利的刀刃按在林清明的脖子上。

被挤压在水泥地上，林清明依旧疯狂地挣扎。他的脸被粗糙的地砖摩擦出血。锋利的刀锋撕开他脖子上的皮肤。隔壁又传来林静秋的惨叫，林清明吼叫着试图挣脱。渡边和两个大汉一边喊叫，一边死死按住林清明。高桥突然大吼一声，所有的声音都静下来。高桥蹲下身来，对着林清明说了一句日文。

渡边翻译道：“不给我头盖骨，你只能把你女儿用一个桶装回去。”

两个人男人沉默地对视着。高桥看到眼前的林清明眼睛里的火焰慢慢变小、熄灭，变成了深不可及的黑色。

林清明低下了头，屋子里一片安静。

高桥知道他已经彻底打垮了林清明，他能为天皇陛下拿到他想要的东西了。

85

别墅的侧面是片松林。

经年的松树像一群穿着黑色大氅的巨人士兵，默默地站在白色的雪地里。

汉默在别墅围墙的尽头停下。微弱的白雪映衬的光亮中，一个小门嵌在原石筑成的墙壁中间。他用冻得僵硬的手在黑暗中摸索，在门的左方摸到一个古旧的三角形锁，锁的侧面有一个钥匙孔。他小心地沿着锁身往上摸。金属表面毛糙不平。他摸到一个断点，迟疑地把锁轻轻转动。锁是打开的！

沉重的门在黑暗中缓缓打开。一股浓厚的化学物质和动物腐烂的混合味道扑面而来。汉默右手拿着手枪，左手打开刚才在机场便利店买的手电筒，走进黑暗中。

汉默快速地把电筒四下照射，给自己一个大致的空间和位置概念。这是一个相当大的房间，手电光迟疑地在浓厚的黑暗中挖出一条细小微弱、随时崩塌的隧道。各种形状奇怪的东西包围在他的四周，形似鬼魅。

他眼角的视线突然看到身后有一个黑影。他快速举枪后退半步，一个尖锐的物体刺入他的右腿后部。他本能地往前一跳，扑向前方那个黑影。他的脸撞在一个冰冷的金属表面，眼前金星直冒。他竭力让自己冷静下来，全身蓄力，等待第二波攻击。

没有任何动静，四周一片安宁。汉默慢慢抬起头来。

在微弱的手电光上端，是一个张到极限的嘴，正在恐惧地呼号。两个黑洞般的眼睛正俯视着他。他本能地向左后方躲闪，一个尖刺从背后无声地扎入他的腰部。他全身肌肉突然绷紧，身体一动不动。

四周一片死寂。

汉默把手电筒转到左后方，看见身体两侧各有两排手指粗细，半尺多长、参差不齐的钢铁尖刺。两根尖刺的顶部已经刺入他的皮夹克和牛仔裤。他的上部是个肌肉扭曲、张嘴狂呼的女人头颅。

汉默惊愕地张着嘴，他永远没想到会在日本京都的一个乡间别墅再次看见它。

十年前，在德国纽伦堡的一个古堡里，汉默第一次看到这个叫“铁女子”的古老刑具。十九世纪末，纽伦堡人发明了这个像人形棺材的刑具，拷问当时施展黑色巫术的巫婆和巫师。刑具像一个站立的古埃及木乃伊棺材，前部是两扇一人多高的铁门，门上布满密集而锐利的铁刺。当巫师被关在狭窄的棺材里，行刑者用力关上门，门上的无数尖刺瞬间穿透巫师的身体。关闭的门缝里传出撕心裂肺的哀号，伴随着受刑者被洞穿的身体慢慢死去。

汉默屏住呼吸，小心地把身体微微移动，腰上的铁刺尖慢慢退出他的肌肉。

伤口流着血，但是并不深。汉默低声恶毒地咒骂着，从皮夹克上撕下一大块里衬包扎伤口。这时他听到在身后黑暗中有响动。

汉默飞快地举起手枪。手电微弱的光芒下，他没有看见任何移动的东西。黑暗中，他可以听到自己粗重的呼吸声，在布满腐烂臭味的低矮空间里显得异常响亮。他突然感觉黑暗中有什么东西在窥视着自己……

他猛然转过身，在微弱的光束中，看到了一张人脸。

随着刺耳的麻绳绞紧的声音，林简充血的眼睛直直地看着前方，但她眼角的余光却注视着右手腕，那个绑索的结头正在慢慢松开，那把日本军刀就斜靠在她的手边。

“在美国海军陆战队装运头盖骨的卡车离开研究所后，”高桥停止摇动摇柄，声音突然变得平静，带着某种陌生和探寻，似乎通过叙述这个故事，试图寻找他一生都在苦苦搜寻的那个答案。

“按照我们约定，你外祖父和我在街上见了面。他给我的纸条上写着那辆运送头盖骨的列车的离站时间和终点。那是 1941 年 12 月 5 日，353 架日本皇家空军飞机正在待命起飞，如雨点般的炸弹将要落在停泊在美国珍珠港的作战航母群上。”

河北，洼里乡，1941 年 12 月 6 日，凌晨。

身穿军装的高桥手扶军刀，端坐在军用卡车的驾驶室里。

重型丰田卡车在被冰雪冻得千疮百孔的公路上飞驰。司机绕过一个凹坑，但没躲过后面那个，卡车猛烈地颠簸。车里除了马达的声音，车厢里的二十多个宪兵队员没有发出任何声音。高桥看了看挡风玻璃和后视镜，前后各有两辆坐满荷枪实弹日本宪兵的卡车。他不知道头盖骨有多少美国海军陆战队员护送，他要做到万无一失。

因为这是他最后一个机会了。

车队在一个荒凉的小站停下。

高桥下车。矮个的中国站长迎上来，脸上呈现出惶恐和讨好的表情。高桥通过渡边和站长确定列车到达的时间、停靠位置和车厢数目后，有条不紊地指挥着迅速而有序地跳下车的士兵藏在候车室后面，准备在车停的一刹那，占领每个车厢。

当太阳在灰色的云间露出微薄的光芒时，远处传来汽笛声。

一辆列车喷吐着白色的烟雾，缓缓地向车站驶来。

高桥没有想到，只有四个带着寻常装备的海军陆战队员，押送着人类历史上最珍贵的无价之宝。

当高桥走进那节车厢的时候，宪兵已经把四个海军陆战队员制服了。一个日本宪兵、两个脸上带着血的美国士兵，一把匕首躺在地上。

高桥示意宪兵把海军陆战队员带出车厢。一个瘦高、佩戴中尉军衔的海军陆战队员突然挣脱两个宪兵，冲到高桥面前。

“我是美国海军陆战队中尉嘉士伯·罗杰斯。”他高声用英文吼道，“我们和你的政府定有条约，美军可以合法驻扎在北京，自由执行美国总部的命令。你有什么权力逮捕美国军人?!”

高桥没有说话，默默地看着罗杰斯中尉蓝色的眼睛。罗杰斯直视着面前的高桥，眼睛里充满愤怒、迷惑和蔑视。高桥满是伤疤的脸慢慢涨红，突然从身边宪兵手中夺过步枪，猛地用枪托打在罗杰斯中尉脸上。他冷冷地看着那张英俊的脸突然变形，鲜血从划开的伤口喷射出来，身体无力地倒在地上。

列车门在海军陆战队员和宪兵身后关上，高桥走过罗杰斯中尉被拖走时地板上留下的血，站在两个普通的、上面写着纽约自然博物馆地址的木箱前面，心里有一种难以描述的兴奋、恐惧和不真实感。

粗大的撬棍伸进木箱顶盖的缝隙里，铁钉发出刺耳的声音从咬合的木头中退出。

“小心！混蛋！”高桥大声叫道。

高桥跪在地板上，轻轻地移开盖子，露出里面白色的棉花和宣纸。他的心脏在疯狂地跳动，屏住呼吸，小心地拨开包装物。第一个露出的是一段短的黑黄色化石，上面有两个残缺的牙齿。

第二个包装物较大些。高桥汗津津的手战抖地揭开包装物，露出一个破损的骷髅。深褐色、高耸的眉骨下深陷的空洞眼眶。右边的整个脸骨已经失去，鼻梁的位置只剩下一个边缘粗糙的洞……

高桥突然不能呼吸。现在他手里拿的是那个他无数次在文件里读到、无数次在梦里出现过的东西的实物。

“那是我的手第一次碰触到它。”高桥的声音低沉、沙哑，然后突然沉默。

高桥的视线落在远处，像是透过前面无限的黑暗看着那个遥远的时刻。奇怪的是，他的脸上没有兴奋，没有欣喜若狂，只有一种难以描述的痛苦、抑制的愤怒和不确定的惶惑。

一阵刺耳的绞动声，高桥再次转动手柄。

林简感到无以附加的疼痛像火一样灼烧着她的胸口和四肢，身体正被巨大而可怕的力量撕成两半。

“箱子立即运往东京。我们就等着天皇的嘉奖了。”高桥平静地说道。

林简眼角的余光紧紧地盯着手腕，绞索在收紧时再次松开一个结，她心里一阵狂喜，只要绞索再次收紧，她的右手就会自由了。

就在这时，她发现什么事情不对了。

她胸口的疼痛突然像潮水般地褪去，所有疼痛像液体脱水、沉积，变成浓厚、沉重的黑色流向她的四肢。她知道她已经没有时间了，四肢的筋络、软骨、关节已经被拉到极限，接下来它们在外力的作用下，将开始崩裂、断开。

绞索继续收紧，捆绑林简手腕的部分在强大张力下终于缓缓崩开。

林简脸上布满带着血的汗珠。她急促地喘着气，把血肿的手从松开的绞索里挣脱出来，伸向边上的军刀，手指碰到了光滑的刀鞘……

“唰”地一下，刀被一只手一把夺走。

林简抬起头来，看见高桥恶毒狞笑的脸。他一把抓住林简的胳膊，猛力地按在架子上，重新用绞索牢牢地系紧，然后大力地转动手柄。

黑色而浓稠的疼痛突然爆炸，伸出无数尖锐的长刺，从林简的四肢刺出。她发出一声凄厉绝望的喊叫。

86

一张干瘪、骷髅般的脸隐现在微弱、即将熄灭的手电光里。

汉默退后一步，用全部的意志力阻止扣动手枪扳机的强烈冲动。他看出那是一具干尸。乱草般的头发下，干枯的脸被巨大的痛苦和恐惧强烈地扭曲。

电筒光下移，汉默看到干尸是男性，四肢伸成一个大字，被粗大的麻绳向四周的黑暗中拉去。肢体上的皮肉已经干枯，手臂和大腿在关节处奇怪地断裂，露出黑乎乎、赤裸着的关节骨头。他忍住恶心，把闪烁不定的手电筒光投向黑暗的深处，看到了第二具尸体。

电筒光闪烁、跳跃了几下，然后熄灭。

汉默从牙齿缝里咒骂着，把电筒拼命甩动、敲打后，一丝微弱、苍白的光又战战兢兢地伸出头来。

肮脏的墙前方有一排奇怪的方形装置。它们形状各异，有的古老，有的现代，有的已经残破不全，有的依旧完整如新，但每个装置都有一个相同点，四个角上伸出粗大的麻绳，麻绳的中心绑缚着一个残破人体。装置像一排嗜血的野兽耸立在黑暗中，中间的空洞像一张张漆黑的嘴吞噬前方悬挂着的尸体。

手电光慢慢照到第四具女尸。浓密的黑发披散下来，遮住了大部分的脸，只露出一个张着的嘴。

汉默靠近一步，突然从那个嘴里发出一声凄厉的叫声。

汉默的手一哆嗦，电筒突然熄灭。他眼睛视网膜的最后影像是一张变形的脸和一个呼号的嘴。周围一片黑暗，只剩下汉默粗重的呼吸声。

汉默紧紧地握着手中的枪，竭力让自己平静。他突然意识到刚才听到的喊叫声不是来自那个悬挂的尸体，而是来自她后方的黑暗中。他右手举着枪，左手拿着没电的电筒，慢慢地向前走去。

这时他又听到刚才那个声音。

汉默飞快地转过身来，但已经太晚了。一个重物打在他的后脑。他的眼前突然一片光明，然后还原成无边的黑暗。

林简的叫声被四周的黑暗无声吸收，只留下一个薄壳飘浮在浑浊的空气中。

疼痛像无数把黑色尖利的钢刺穿透了她四肢的每个关节，她大口地喘气，呼吸粗重而急促。在无比的疼痛和恐惧中，她的意识慢慢地从重负的大脑剥离开来，变形，破碎，飞向各个方向。她松开已经咬得破碎的嘴唇。

“所以你得到了你要的东西，你还要什么?!”她向黑暗中喊道。

高桥从黑暗中像幽灵一般浮现出来。看见高桥的脸，林简大吃一惊，他的脸上皱纹密布，疲惫不堪，长满老人斑。在短短的时间内，他已经变成了一个完全的老人。

“一周后，从东京来了消息。”高桥声音嘶哑地说道，“经过鉴定，所有化石都是赝品，做得非常逼真的赝品。”

一瞬间，林简忘了呼吸和疼痛。

“得知你母亲在一周前离开了中国，给了我一种不祥的预感。”高桥继续道，“我提审了扣押在宪兵队的林清明，他坚持说箱子里的化石是真的。我给他出示东京大学内田教授和其他三个古人类学家的鉴定文件后，他开始沉默。”

高桥的声音苍老而疲倦：“我问他真的头盖骨在哪里，从那个时刻他开始不再说话。我把他放在这个刑架上拷问了整整一个晚上。他在黎明前断了气，却没有说一个字。我甚至开始怀疑他是不是真是无辜的，但是当我最后看到他的脸，安详、平静，好像还带着一丝笑容，我终于明白他的确骗了我，骗了我们每一个人。他那么做，只是为了争取时间，把真正的化石藏起来，帮助他女儿逃离中国。”

高桥抬起头来，眼睛布满疯狂的血丝：“因为他，我没有完成天皇陛下亲自交给我的任务！因为他，我辜负了天皇陛下对我的信任！”

高桥边嘶叫着，疯狂地转动手柄，麻绳发出尖利的叫声。

林简发出非人的惨叫。她感到刺穿四肢的尖刺开始像有了生命般地生长，变得越来越大。突然从每个尖刺又长出更黑、更尖利的尖刺，刺入她的皮肤、肌肉、筋络，钻入她的骨头，进入她的骨髓，钻入她的灵魂。她全身所有的感觉瞬间消失，意志开始消亡，只剩下四肢钻心的痛、钝拙的痛、刺骨的痛。这种痛是那么强烈，已经不能描述和辨别。

飘浮在意识稀薄的边缘，林简突然清晰地看到母亲信上描写在这个黑暗房间被折磨和侮辱的字迹，和她躺在解剖台上那张苍老的脸；她看见外祖父残破、撕裂的身体，和永远模糊的脸上与自己一样的黑色眼睛……一刹那，她和他们突然合为一体，完全无遗地感受到他们每一刻的挣扎、信念、偏执和刻骨铭心的痛楚。

她张开破碎的嘴唇，哭叫道："妈妈！外公！"

她的身体在神经超负荷运转和疼痛信号野火般飞速蔓延下终于崩溃、关闭。眼前的一切突然定格，倏地远去。

在浓如墨汁的地狱黑暗中，她的身体在烈火中翻滚、煎熬。

她感到四肢被拉伸到各个不同的方向，但疼痛像粗大黑色的绳索，野蛮地牵引崩溃的中枢神经走上悬崖的边缘。她想睁开眼，但是神经被疼痛的强大刺激充满，拒绝大脑的指令。

"林简!"她在昏迷中叫着自己的名字，"林简，醒醒!"

她试图从破碎的意识中集中精神，关闭疼痛知觉，一滴一滴地拾聚力量。

林简无数毛细血管破裂的眼睛慢慢睁开，赤色的火焰消失了，代之是带着浓厚毛边的黑暗。她模糊的视线胡乱投射在黑暗和灯光的交界处，在深色的背景前有一个白色的物体在缓缓移动。她眨了下眼睛，涣散的目光慢慢集中起来，看见一个穿着白衬衣的身体站在离她不远的地方，高桥脸部的影像慢慢成形。

这是一张苍老得可怕的脸，两只眼睛死死地盯着她。脸上所有的皱纹和黑斑奇诡地扭曲着，像被不可思议的惊诧突然凝固。

林简又眨了一下眼睛，这次她看清高桥并没有在看她，而是看着她的头部上方。顺着高桥的目光，她艰难地侧过头来。

一把小手枪对着高桥，手枪被一只戴黑皮手套的手握着。手套的后方如鬼魅一样化在黑暗中。

高桥的嘴蠕动着，但没有发出声音。他的瞳仁像被磁铁吸住的铁弹一样看着林简身后的人，一眨不眨。他的表情从惊讶、怀疑慢慢变成恐惧，像看见了一个鬼。

"是你?!"高桥发出一种像爬行动物的咻咻声。

黑影没有说话，咔嗒一声，手枪的保险打开。

高桥紧紧地盯着黑洞洞的枪口，眼睛突然发生了变化，慢慢露出一种野兽的凶光，脸上的表情也从恐惧变成仇恨和疯狂。

“你在等什么?！开枪啊!”高桥吼道。

黑影举着枪，没有动。

林简无力地躺在刑架上，看着面前诡异的场面。她突然觉得有什么东西碰触了她的手臂。她转过头去，看见一只戴着黑皮手套的手在解开她右手腕上的绳索。她试图转头看那个人的脸，但只看到浓厚的黑暗。皮手套碰到她的破损、血肉模糊的手腕，她似乎可以感到手套里手的温暖触觉。

“开枪啊!”高桥大声吼道。四周突然落入一片沉寂，只有高桥粗重的呼吸声。

一声枪响，枪声在狭小低矮的地下室震耳欲聋。

高桥的身体踉跄一下，脸上出现了一个血洞。又一声枪响，他的黄呢子上衣的胸口突然爆开一个洞，流出一缕鲜血。眼睛里的兽性火苗收敛回缩，慢慢熄灭，缓缓地倒在地上。

林简迟钝地看着面前发生的一切，茫然地转过头去，身后只是一片黑暗，什么人也没有。只有地上躺着的高桥和从他身体里缓缓流出的鲜血，证明刚才几秒钟里发生的事情。

林简抬起右手，艰难地用几乎没有知觉的手指解开左手的麻绳。她急促地喘息着，汗水和血水从她的脸上流下来。她咬紧牙关，把已经嵌进皮肉里的麻绳慢慢抽出来。

她轻轻地活动着血肉撕裂、发黑肿胀的手臂。过了一会，手的知觉开始恢复。她吃力的弯下腰，开始解开脚腕上的麻绳。

“啊!”她突然听到一声疯狂的嘶叫。

林简慢慢地抬起头，从乱发的缝隙中，看见满脸是血的高桥正在向她冲过来，手上举着那把明晃晃的锋利战刀。

87

天皇的赠刀像一个银色的箭头，从黑暗中插入明亮的灯光，带着巨大的力量向林简的胸口刺来，后面跟随着满身是血的高桥和他疯狂的嘶叫。

林简的双腿依旧被绑在刑架上，一动不能动。

高桥脸上的弹洞在灯光里像精致粉刷的墙壁突然崩裂，流淌、悬挂着黑红色鲜血和肉块，上方是一双疯狂的血红眼睛。

就在军刀刺入身体的一刹那，林简集起体内剩余的全部力量，把身体向右折去。“砰”一声，军刀刺入刑架中间厚重的木头。

高桥不可思议地看着近在咫尺的林简。他用力拔军刀，“咔”的一声，刀卡在木头的缝隙间。高桥大叫一声，血水从脸上的破洞中喷出。他再用力，刀拔出一截后，就再也不动了。他用日语恶毒地咒骂着，不再拔刀，而是把刀锋沿着架子的缝隙向林简的颈部切来。

刚才的剧烈动作使林简几乎痛得晕死过去，但她依稀残存的意识被求生的欲望唤醒。看着向她划来的钢刀，她慌忙中一把抓住刚才绑她手臂的粗大麻绳，挡住锋利的刀锋。

军刀在麻绳的阻挡下暂时停滞不前。高桥双手横执刀把，用力把刀向林简推去。林简拼命用不听话的手指紧紧攥住麻绳。刀锋和麻绳啮合在一起。

高桥的脸离林简只有几寸。这是一张来自地狱的脸，脸颊上有一个巨大的枪洞，脸上和脖子的皮肤上布满了崩裂、剥落的裂缝，露出陈旧发黑的伤疤和鲜红的血肉混合物。他嘶声呼吸，弹洞里不断有血沫喷出。他大叫一声，军刀切入麻绳的纤维中。在锋利的纯钢刀锋切割下，麻绳开始一缕一缕地断裂。

林简眼睁睁地看着面前的刀锋一寸一寸地向她移来，她脖子和刀之间唯一的阻碍在纷纷断裂、粉碎。她视线的焦距开始模糊，眼前的麻绳和刀锋变得遥远。她的意识渐渐失去，滑落到另外一个地方。

那是一个黑暗的所在，是她不久前刚看到过而在她脑海里留下的影像。一个圆体后面，方形结构下方的阴影中，有一个什么东西在闪着微光……

高桥再用力吼了一声，麻绳只剩下最后的三分之一。林简已无力抵挡，右手脱手，只有左手苦苦支撑。高桥的脸已经不是一张人脸了，布满了鲜血、伤疤和裸露的筋肉。他两手紧握军刀，把全身的力气压在刀上。

“我恨当时没有把那个肮脏的怪物杀掉！”他喘息着，发出怪枭般的狂笑，“哈哈，但他今天也没能把我杀死！”他把刀猛力再次向前推进。

“而我死之前还是要把你的头活活砍下来！”他疯狂地叫道。

余下的麻绳在锋利的刀锋下断裂，林简一只手拉住一根最后未断的麻绳。高桥把血肉模糊的脸凑近林简，通红的眼睛里充满了仇恨和恶毒。

“林简！林静秋的女儿，林清明的外孙女，我要你偿还你外祖父欠我的一切！在你死之前，我要你看着我丑陋的脸，闻着我腥臭的呼吸，听着我亲口告诉你，你外祖父死掉之前，叫得像一头屠宰场里的猪！你母亲被强奸时，呻吟得像一条发情的母狗！”

高桥使出全部的力气，最后的麻绳终于在锋利的刀锋下断掉，钢刀闪着寒光向林简的颈部动脉血管切去……

“砰”的一声枪响。

高桥脸上的表情瞬间凝固，呆滞地看着面前的林简，然后缓缓低下头。林简手里举着一把小手枪，枪口微微地冒着烟。

刚才那个黑影留在林简身边架子上的手枪。

林简面无表情，安静地看着高桥，扣动扳机，打光了手枪中的子弹。

高桥不可思议地看着林简，缓缓倒向地面。他眼睛里的疯狂、仇恨和恶毒随着他的生命飞快消失，取而代之的是空白和虚无，像太空中偏离轨道的卫星，没有天地，没有起点，没有终点，没有重力，没有声响，只有迷失的虚空，不留痕迹地消失在无穷无尽之中。

林简发出剧烈痛苦的叫声，把几乎撕裂的身体折叠起来解开脚踝上的麻绳。

前方的黑暗中突然传出一声巨响。一个粗壮身体从倒下的门里冲进来，手里拿着一把匕首。在灯光和黑暗的交界处显露出一张凶狠、愤怒的脸，脸上带着半干的血渍。

“不许动！”汉默大声喝道。

林简转身伸手去拿放在身边的手枪。汉默一个箭步冲过来，一把将手枪抢在手里，从皮带上取下一个弹夹，飞快地换掉空弹夹，“啪”的一声打开枪机，枪口对着林简。

“举起手来！”他厉声命令道。林简慢慢举起双手。

汉默监视着双腿依旧绑在架子上的林简：“不要乱动，否则我就开枪！”

他一边慢慢退到躺在地上的高桥身边，一脚把高桥身边的军刀踢开。他蹲下身子，伸手摸高桥颈部的动脉，看了一眼他脸上和胸口的枪口，抬眼看着林简。

“你开的枪?”他问道。林简没有回答，仇恨地看着他。

“刚才是谁开的第一枪?”汉默问道。林简没有说话。

“告诉我那个人是谁，我放你下来。”汉默说道。他摸一下后脑，看着手上沾上的鲜血，骂了一句。

林简摇摇头:“我不认识。”

汉默仔细地看着林简，然后把手枪插在皮带上。

“听着，我现在给你解开脚上的麻绳，你不要乱动!”他看了一眼地上高桥的尸体，“这个变态的疯子。你不开枪，我也会杀了这个杂种!”

林简无力地靠在刑架上，看在下方为她解开脚踝上麻绳的汉默。刚才发生的不可思议的一切让她都不能完全感觉到身体上的巨大痛楚。她看到汉默后脑上有一个血肉模糊的钝物创口，上面还有闪亮的血迹，不由自主地伸出手去触摸伤口。

“别动!”汉默厉声喝道。他粗大的手指小心翼翼地解开已经嵌入林简脚踝肌肉里的麻绳，飞快地把麻绳从肉里拉出。林简吸了一口冷气。他抬头看了林简一眼，然后又飞快地拉出另一根麻绳。

他站起身来，伸手抓着林简的胳膊：“你得活动一下，否则你的腿就废了。”

林简的脚一沾地，一阵钻心的疼痛从右腿传来。她低头一看，站在地上的右脚和左脚几乎成九十度角。她的右腿膝关节脱臼了。

林简喘着气，拿起身边高桥的军刀。汉默下意识地把手放在手枪上。林简把刀递给汉默:“你把我的裤腿割开。”

林简慢慢地坐在地上，左腿平放，右腿弯曲。汉默小心翼翼地把她的裤子割开，露出变形的膝盖。

林简两手放在膝盖骨上，对蹲在对面的汉默说：“你用力把我的右腿往下按。”

汉默深深地吸了口气，把林简弯曲的腿往下按。林简血肉模糊的腿在他手下不可抑制地抖动、抽搐。他能感到林简身体里不可言状的疼痛和惊人的意志，他的手竟然不由自主地战抖。

“用力!”林简在急促的呼吸中喊道。汉默屏住呼吸，用力往下按去。

当林简的腿几乎和地面平行的瞬间，林简突然大叫一声，把滑在一边的膝盖骨猛力一推。咔啪一声，膝盖骨回到原位。

汉默站起身时，发现自己背后都湿了。

“我帮你把头部包扎一下。”对面传来林简平静的声音。

88

汉默踩下油门，深蓝色的宾利缓缓滑出宽敞的车库。

林简蜷缩在宽阔座位上，侧过头从车后窗看去。她的手腕和脚腕包着绷带，身上披着汉默的皮夹克。

悬崖边上的别墅像一个蜷伏在苍茫古树和精致庭院中的沉默巨兽，它蜿蜒的屋脊像一个长满闪光鳞片的外壳，飘浮在黎明的晨曦中，渐渐远去。

太阳在前方缓缓升起，白色的原野上方密布着晃眼而细碎的光芒。暴风雪过后特有的静谧。

积雪的高速公路已被铲出一条通道，偶尔驶过一辆孤单的卡车。入口上方的绿色路牌用日语和英语标记：名古屋/东京 。

穿着衬衣的汉默轻转方向盘，宾利轿车流畅地驶入前往东京的车道。车里一片安静，只有引擎轻微的运转声。他从口袋里拿出烟盒，用嘴叼出一支烟，刚要用打火机点上，转头看了看身边闭着眼的林简，关上了打火机。

“能给我一支吗?”传来林简微弱的声音。

汉默愣了一下，重新打开打火机。他的动作带着欣喜和些许受宠若惊。他把点燃的烟递给林简，再给自己点一支。车里飘浮着蓝色的烟雾和一种从来没有过的温和气氛。

“你怎么样了？”汉默衔着烟干巴巴地问道，明显对身处这种气氛感到不自在。

林简缓缓地点点头。两人安静地抽着烟。过去几个星期的敌意和仇视在这一刻好像变得像烟一样的缥缈和遥远。

“你是怎么知道我在别墅里?”林简问道。

汉默没有回答，掐灭烟，随手戴上墨镜：“还有三个半小时到东京，我送你去医院。”

林简摇摇头。车里再次陷入安静。

“我不是你的敌人。”汉默简短地说道。这是林简没有想到的回答，她抬头看汉默，从汉默戴着墨镜的脸上看不出任何东西。

“你到底是什么人?”林简问道。汉默没有马上回答，两眼看着前方的公路。

“我是美国海关特警。”汉默的声音里夹杂着迟疑和不愿。他停顿了一下，但还是决定继续往下说，“我为国际刑警组织工作。过去几年里，我们一直在追踪几个庞大、隐藏很深的国际文物走私集团。你那个喜欢种地、经营合法生意的朋友是其中最大的一个，但一直没有确切的证据和可靠的证人能把他们逮捕法办……”

“我不知道李先生以前做过什么，”林简虚弱但坚定地说，“但我相信他这次是想把头盖骨送回中国的。”

“是吗?但这和他以前的罪行没有什么关系。”汉默冷冷说道：“一个月前，我们突然发现跟踪目标开始了一系列反常的行动。深追下去获得一个信息，四十七年前失踪的北京猿人头盖骨，历史上最有价值、最珍贵的文物之一，可能将重现于世。我们的目标都蠢蠢欲动，采用各种手段试图得到头盖骨。这当然也是一个把他们缉拿法办的绝佳机会。我们追踪线索，最后发现所有线索竟然集中在一个年老的修女，也就是你母亲的身上。”汉默看了一眼林简，“对不起，因为我们的一时疏忽，你母亲……”

林简慢慢地从座位上坐起来。汉默想说什么，但是没有开口。

“所以我变成找到头盖骨的唯一线索了。”林简说道。汉默点点头。

“和你钓目标上钩的鱼饵?”林简看着汉默问道。

汉默脸色一变，但马上恢复正常，干咳了一声：“这样说有些偏激，合作者更准确些。如果你那天晚上没有被李一石的人劫持的话，我会说服你和我们合作。我们帮你找到杀害你母亲的凶手和背后的主谋，你帮我们……”

林简再次打断汉默：“所以你一路追踪我到埃塞俄比亚、奥地利、纽约、日本，就是为了耐心地说服我?”

汉默点点头，又摇摇头：“当时情况比较复杂。你是杀人嫌犯，一个被通缉的国际逃犯，但我有我的任务。和你说实话，我的确想利用这个作为杠杆，来说服你和我们一起工作。”他咧了咧嘴，“当然也是为了保护你……”

林简没有说话，默默地看着汉默。

汉默避开林简的目光：“因为你是我们的唯一线索和将来唯一的法庭证

人。”他干咳一声，“但这些都已经是过去时了。重要的是，我们都经历了重重困难和危险，最后坐在这里，并且还在某种层次上有了不同寻常的相互理解和尊重。你说呢，简？”

看到林简的目光，汉默改了口：“林女士。”

两人都没有说话。天已大亮，阳光像瀑布一样从天空中倾泻下来，强烈地弹跳、溅落在皑皑白雪上。

林简从远处收回目光，问道：“你现在要把我带回纽约吗？”。

“不！”汉默摇摇头。

林简略带惊讶地看着他。

“两周前，新泽西警察在海边的湖里发现一具尸体。”汉默说，“他身上没有任何证件，身体也被损害得很厉害。他们花了一些时间核对了牙齿记录。”

林简不解地听着，不知为什么心里涌起一种不安。

“他是一个四十九岁的律师，名字叫查理·克拉克。”

一辆巨型卡车轰鸣着从他们身边驶过，被卷起、挤压在两车之间的雪花剧烈地翻滚、旋转。看着窗外飞舞的雪花，林简眼前浮现出克拉克带着大男孩般笑容的脸……

“其实这么多年来，你母亲和你一直被某些人紧密监视。当你在格林尼治村的小公寓里过着平静的生活时，已经有人对你的生活和性格做了详尽而仔细的安排和研究。他或者她可能是和你们家族有很深渊源的人，或者就是你身边的人。”

汉默的话穿行在阳光的阴影中，让林简感到不寒而栗。

“你母亲去世前的一系列反常举动，包括她见律师做后事的安排，购买去北京的飞机票，让他们相信她最终找到了他们想要的东西，于是开始动手了。你母亲被害后，他们马上开始了第二个计划。他们先杀死克拉克，然后在你的公寓里用你的枪杀死了克鲁斯。这样你就身不由己地卷入这件事里去了。然后那个人在克拉克的办公室以克拉克的身份等着你。”

“如果我当时不去克拉克办公室的话，”林简怀疑地问道，“他们的计划不就没有用了吗？”

“不会的。”汉默肯定地回答，“如果你没去，克拉克律师就会主动来找你。只是你去的话，戏演得更自然些。”

“你怎么发现我不是杀害克鲁斯的凶手？”林简追问道。

汉默脸上不自然的表情一闪而过："我们当时没有来得及看公寓的摄像监视器，有一名男子在你和克鲁斯之前进入公寓，又在警察到来之前离开。回纽约后我可以给你看视频，但我已经百分之百确定。"汉默摸了摸脸上的青紫。

林简相信她不用看录像就知道他是谁。

"我们没有克拉克办公室大楼的监控录像，但从纽约广场旅馆的监控录像来看，那个男子那天也在……"汉默没有继续往下说。林简苍白的脸突然变红。

"你很机敏，也很幸运，因为那人不是一般的杀手。"

林简茫然地看着窗外，汉默的话把一切她不愿面对和承认的怀疑都变成了事实。她感到心里的不安凝结成一根粗大的绞索，强烈地绞拧着她的心。

"我也可以肯定地说，你母亲的审讯和谋杀应该也是他干的。"

林简试着用这种难以忍受的心痛去连接与她温柔缠绵的克拉克和那个带着血红面具的野兽，但是她做不到。她调整一下坐姿，手上和腿上的伤口发出尖锐的疼痛。身体的疼痛一瞬间奇怪地减轻了她心里的痛楚。

"但是，"汉默若有所思地看着前方，"最危险的并不是那个杀手，而是躲在黑暗中操纵这一切的那个人！"

车里突然变得一片平静，一种压迫感渐渐扩散开来。

汉默又点上一支烟："你看见刚才拿走我的枪那个人的脸吗？"

林简摇头，然后说道："是他救了我！"

汉默不以为然："可能是……但救你也许为了达到他的目的，也许你活着对他更有用处，也许他就是那个雇佣职业杀手的幕后人。"

林简没有说话，她想起那个黑影戴手套的手碰触到她手的感觉。那一瞬间她女性的本能感觉到那只手的主人对她没有恶意，而是有种哀伤的怜悯。

那人和高桥是怎么认识的呢？在中日战争中还是在战后？他是外祖父还是母亲的朋友？他和头盖骨有什么联系？是他一直在暗中保护我吗？如果是这样，他为什么不和我见面呢？还是他就是那个幕后人，在黑暗中等待最后的机会？无数的问题纷至沓来，林简感到头痛欲裂，但没有任何答案，不过她突然想得到另一个答案。

"如果你们最后得到头盖骨的话，你们会怎么处理？"林简问道。

汉默有些奇怪地转身看着林简："我的任务是缉拿李一石和那些文物走私

犯。我们对头盖骨没有兴趣。这是中国的东西，当然应该交还中国。”

汉默的黑色墨镜让林简看不见他的眼睛，但可以听出他说话的语气是真诚的。

“你还记得我们第二次见面我说的话吗?”汉默问道。

林简疑惑地看着他。

汉默脸上露出一丝笑意：“我当时对你说，这个世界上只有一个人才能真正帮你。那个人就是我。”

林简看见汉默脸上那个熟悉而又陌生的微笑，突然想起那个昏暗的审讯室里身下冰冷的金属椅子……

像电影快镜头一样，这两个多星期发生的所有事情，到过的地方，见过的人，各种身体的痛楚，恐惧、战栗、感动、狂喜、悲哀、愤怒……在她眼前猝不及防地飞逝而过，但同时她却能细致入微地感觉到每个时刻和每种感觉。

汉默的声音在背景里：“我们会保护你的安全，并且帮你找到杀害你母亲的凶手和头盖骨。我对你唯一的要求是将来你能作为我们的证人，站在联邦法院的证人席上，让这些逃脱已久的罪犯得到应有的惩罚。”

在如潮的阳光里，在眩晕的雪芒中，林简看着自己一生中的十几天在眼前奔涌而来，又呼啸而去。她深黑色的眸子逐渐变得平静而深邃，清澈而坚定。她伤痕累累的脸上慢慢露出一丝笑容。

“这样的话，”汉默继续侃侃而谈，“迟到的正义得到伸张。你可以重新开始新的生活。怎么样，林女士?”

汉默热切地看着林简，等待她的回答。

林简慢慢转过脸来：“其实我的新生活三个星期前就已开始了。”

89

微弱而稀疏的光芒。

化疗点滴的金属针头冷漠地嵌入病态雪白的皮肤里。纤细手臂上方的黑暗中是李一石银灰色的脸，光滑无皱，漠无表情，像被岁月冲刷千年的鹅卵石，沉寂在时间河流的深幽处。

举目望去，前方是一望无际的金色稻田，硕果累累的果树，繁密怒放的花丛，满目全是生机勃勃的旺盛生命力。

“我的时间到了。”李一石想。

他看了一眼上方的药瓶，苦笑一下。一辈子的征战搏杀，溅血流泪，身体切割，灵魂出卖，挚友伤逝，亲人夭折……在生命的尽头被蒸馏成一滴原始而简单的要求——回家。

他伤感地看着面前的黑暗和光明交界处，现在他连这个唯一的要求也永远不可能实现了。从东京传来的消息，他在日本的帮手已全部死去，林简也已失踪。他感到一种深沉的悲哀像黑暗的潮汐，缓慢无情地漫过他逐渐死去的身体。一切都结束了。

他叹了一口气，拔出针头，扔在一边。

门轻轻开了，李砾走进来，犹疑地看着阴影中的李一石，欲言又止。

“警察快到了吗？”李一石问道。

李砾点头，上前试图帮李一石整理面前的东西。李一石看了他一眼，李砾停止，垂手站在一边。电话铃轻轻响起来。李砾拿起话筒接听，然后递给李一石。

李一石接过电话，电话那头传来一个熟悉的声音，疲劳但清晰。

“简？”他惊喜地对着话筒问道。

拿着话筒，李一石的脸色不断变化着，慢慢露出微笑。他的身体越坐越直，苍白的脸上泛出微微的红晕，无神的眼睛开始闪烁光亮。他放下电话，闭上眼睛。李砾紧张地注视着他的一举一动。他慢慢地睁开眼睛，一刹那间，他变成了一个充满生命活力的人。

“我们去北京！”他吩咐道。

两辆没有标记的轿车和三辆警车停在王朝大楼门前。

四个便衣侦探快步走进大厅，走向花容失色的前台小姐。十二个全副武装、荷枪实弹的警察下车，开始封锁大楼所有的出口，在门口拉起黄色的警戒线。

在忙碌的警察的头顶上，是外形呈阶梯状的大楼顶部。每个阶梯上种植花草和树木。在花草和树木的下方是一个隐秘的连续盘旋隧道，隧道的底端是地下车库。

在警察到达车库门之前，一辆挂着康州车牌的黑色越野车冲出大楼，向肯尼迪机场的方向开去。

汉默手里拿着电话，从电话亭的窗口望去。

雪后的太阳从一排望不见尽头的高大玻璃窗投射进来，在候机大厅光洁如镜的白色大理石地板上反射出令人眩晕的光芒。在阳光满溢的空间里，身材苗条的林简，斜背一个破旧的皮包，两手拄着拐杖，在穿梭的人流中一步一步地向登机楼走去。看着林简的背影，汉默第一次发现那个三星期前胆小、拘谨、压抑、惶恐的孤单女子已经消失了，在他前方走着沉着、智慧、坚强、骄傲的女子。

那一瞬间，汉默心里涌现出一种奇怪的感觉。他像一个站在阴影里的人，看着林简行走在明净的阳光下，昂首挺胸，无所畏惧。不知道为什么，他眼前出现幼年时，父亲整齐地穿好已经不再崭新但烫熨得一丝不苟的警服，戴上警帽走出家门的情景……

"听着!"话筒里传来参议员威严而刺耳的声音，他下意识地把话筒拿得远一些。

"你马上跟着目标去中国。"

"是的，先生。"汉默看着人群中林简渐渐消失的背影答应道。

"不用我提醒你，特警。这是你最后的机会了。"参议员的声音变得像石头一样冷硬，"完成你的任务，否则我们之间的交易就没有了!"

汉默没有说话，突然感到全身冰冷，身上的衣服、手枪、皮靴、警徽一件件地消失，他变成那个躺在冰凉牛奶中的九岁孩子。

"另外，我想告诉你，上次李一石儿子的死，没有我的一个电话，你以为你能那么容易能骗过内务部那些人?"

九岁的汉默躺在地上，看着眼前黑洞洞的霰弹枪枪口，弱小而无助。他慢慢转过头来，对面躺在血泊中的父亲正看着他。在边缘已经磨损的警帽下，父亲的眼睛沉静诚实、坦荡无畏。

"明天我的一个助手会到北京协助你工作，到时你听他的指挥!"参议员的声音不容置疑和协商。

"那……"汉默刚开口，对方咔嚓挂断了电话。

他茫然地拿着嘟嘟作响的话筒，心里充满了愤怒和虚弱。他转身试图再次看见父亲那双诚实的眼睛，但他只看见四周匆匆行走的乘客。

白色的云层奇怪地分成天和海，中间是蓝得透明的空间。

明亮的阳光贯穿天地，从上方的云层穿出，在蓝色的背景前变成金色的巨柱，矗立在云海之间，像荒野上年久崩塌的洪荒巨人们曾经辉煌的宫殿遗址。

飞机颠簸了一下，林简感到右腿脱臼的关节一阵钻心的刺痛，向身体各处扩散开来。她试图慢慢地伸直双腿，刚才在机场诊所重新包扎的绷带让她舒服很多。她看了一眼身边航空公司提供的拐杖，嘴角露出一丝苦笑，希望能知道接下来几天自己要走的路和要做的事情。

“女士们，先生们！”广播声响起，“我是你们的机长。抱歉我们在东京因为技术故障延迟了两个小时，但我们还是尽力弥补了飞行时间。我们现在开始下降，再过三十分钟，我们将在中国首都北京降落。”

乘务员过来问林简想喝什么，林简要了一杯加冰的矿泉水。

她的目光移到面前桌子上母亲的两件遗物——钥匙和中国结。她拿起那把黄铜钥匙，放在手心上。前方古老的城市的某个地方有一把锁，在等着这把形状奇特的钥匙开启，然后一扇尘封多年的门被打开……想到这里，她感到一种不可遏制的兴奋奔涌而来，但同时也拖着让她恐惧的尾巴。

林简放下钥匙，拿起那个陈旧的中国结。红线缠成的编织品这些日子跟着她奔波，水中浸泡，火中熏烤，表面已经有些破损，有的地方已经开始露出线头，上面描画的两个数字“88”也已经剥落、褪色。

林简爱惜地抚摸着磨损的表面和两个神秘的数字，细心地把露出的线头一根根地塞回去。她现在已有三个外祖父做的中国结了，分别来自母亲、奥森和卡特琳娜，但她还是最喜欢母亲留给她的。

梳理着裸露的线头，她突然发现一件奇怪的事，其中一些线头似乎是被人细心拆开后再重新编回去的。

她的眼前突然一片明亮，转过脸看着窗口。不知什么时候，上方的云已散尽，强烈的阳光照射在下部的云海上，把白色的云朵染成金黄，像传说中远古黄金铺成的峡谷和山峦，膜拜祭祀着太阳亘古不变的光芒。

阳光瞬间充满整个机舱。沐浴在明净的阳光下，那一瞬间林简心里充满了力量和希望："我一定能找到母亲花了一辈子想找到的头盖骨！"

林简站起身来，试图活动一下僵硬疼痛的四肢。她伸手去拿靠在旁边的拐杖，眼角的余光似乎看到了什么。什么东西她非常熟悉但却从来没有看到过。她停下来，转过头看着桌子上的玻璃杯。

一束强烈的光线照在透明的玻璃杯上，从杯子里的冰块反射到杯子前方的中国结上。杯子的凹形表面玻璃像一个放大镜，放大了部分中国结。

在中国结磨损的中心，在几股变松的红线之间，露出一点黄色。

90

巨大的喷气式飞机呼啸降落。

一米多高的轮胎和水泥地触击后发出刺耳的声音，伴随着橡胶摩擦产生的白烟。

跑道的前方是座宏大的方形俄式建筑。

林简放开拐杖，跟随其他旅客向机场大楼走去。三十年前建造的航站楼更像一个博物馆。灰黄色覆盖的楼顶前方是两个龙飞凤舞的两个字——北京。

走在坚硬的水泥地上，林简依旧感到四肢关节断裂般疼痛。她从口袋里取出一片止痛片吞了下去。

走进航站楼高大的正门，大厅前方是一排结实厚重的长形落地窗，窗外是停满各国飞机的停机坪。远处的稀疏树林和农田上方是一个虚弱的冬日太阳。

"到北京后，"在东京机场的电话里，李一石嘱咐林简，"你去中国社会科学院考古研究所，找文物监管司的聂平司长。"

走出机场大门，林简向路边一排新旧不一的出租车走去。

第一辆车里坐着一个三十多岁、理着短发的粗壮男子，正狼吞虎咽地吃着包子。他吃得那么专心，让林简不由自主地咽了口口水，突然觉得肚子很饿。

穿着绿色军大衣的司机转头看见林简，把包子塞进嘴里，擦了擦手，钻出车用略微夸张的动作替林简打开后车门。

“欢迎您来北京，小姐您请！”他微笑地说道。

司机的口音和流利的语调让林简有一种时空上的恍惚，突然觉得自己变成了一个小女孩，母亲用同样的口音和语调和自己说话，她卷着舌头学着母亲的北京话。

“这个故事用中文是这样说的。”林静秋边说边把背上的背包往上提了提。

六岁的林简和母亲走在美国中西部一条尘土飞扬的公路上，周围是刚收割的麦田，剩下的麦秆被卷成一个个巨大的圆柱体，孤独地静立在广袤的田野中。

“狐狸边走边安慰自己说，这葡萄没有熟，肯定是酸的……”林静秋用中文说道，“现在你用中文再说一遍。”

“妈……”小林简拖长声音不情愿地说。

“听话，孩子，试着说。中文是古老的语种，是世界上最美丽动听的语言。有一天，你会和妈妈一起回北京，你得会说中文。”

林静秋突然沉默，看着前方田野的尽头，眼睛里流露出对自己长大的古城无限的思念和向往。

“北京？”小林简好奇地问道，“北京是什么样的呢？”

“您想看看北京是什么样的吗？”司机转过头问林简。出租车正飞快地驶出机场。

“好啊！但是……我得先赶去中国社会科学院考古研究所。”林简说道。

“好嘞！”司机友好地微笑道。“从这儿到那儿一路上就有很多景点儿。”

窗外成片的农田渐渐变成宽阔的马路和高大的建筑。在夕阳明亮的光芒下，一段残存的古城墙一闪而过，灰黑色的城墙下拥挤着各种轿车。

“这就是外公和母亲曾经生活过的地方啊。”林简内心深处有一种痛楚的温馨。

司机在红绿灯前停车，拉下手闸。

“我告您，这要在古时候，我们现在得下车了。”司机用手指着前方的一个十字路口。

这是一个普通的十字路口，下班高峰时间，车水马龙。

“以前这里是一条河，叫亮马河。过了河就进入城门了。远方骑马坐车来的官员和客商，还有像您这样的游客在进城之前，都要在这条小河里给马匹洗刷一下，洗去一路上的仆仆风尘。洗完马后，把马拴在河边的大柳树上，人也休整一下。等马身上的水渍晾干了，再进城办事儿。这样做，一是表示对京城的尊敬，二是图个吉利，让要办的事儿顺利些。于是这条河就称为‘晾马河’，后来谐音为‘亮马河’。以前河上有一座汉白玉的桥，叫‘亮马桥’。”

林简脸上露出微笑，对窗外缓缓经过的普通十字路口肃然起敬。

“现在您右边是地坛，是明清两代皇帝每年夏至祭神的地方。后面是雍正皇帝的行宫雍和宫。传说雍正皇帝驾崩后，灵柩曾停放在那里，半夜里守夜的太监曾听到有人在里面不停地走动……”

司机边说边熟练地把车避开车流：“乾隆皇帝就出生在雍和宫里，所以是龙潜福地啊。”

一座雄伟的古建筑出现在窗外。楼体深红庄严，三重檐歇山顶，灰瓦绿琉璃切边屋面。在深蓝的天空下，被夕阳涂上一层耀眼的金黄。

“这是鼓楼，古代咱北京的报时台。在南面和它相对的还有一个钟楼，钟鼓楼每天两次鸣钟。戌时开始在每个更次击鼓，称为定更。直到次日寅时，称为亮更。这就是暮鼓晨钟的来源。”

“哇！”林简由衷地赞叹道，“您的知识真丰富。”

司机略带羞涩地笑了笑：“我每天开车，和客人待在这么个小地方，总得说点什么……其实我更喜欢写诗，”司机停了一下，吟出两句诗：“暮鼓团团困后海，晨钟漫漫出前门。”

“这是您写的？”林简重复着两句诗，“唉，我中文不好，不能明白您诗里的含义，但读上去真美。我很喜欢。”

司机微笑地点点头：“看，后海到了。”

冬日的夕阳照在远处高大的树上，将天勾勒出不同的形状和疏密。光秃的树枝后面是一大片湖。阳光悠然弹跳在水面的冰块上，发出炫目的光芒。形状古朴的石桥化成一个剪影，遥相对应带着飞檐的望海楼，矗立在湖中央。

回味着司机的诗句，林简仿佛听到了古时黄昏缓缓的鼓声，慢慢流逝在岁月的长河中。

“看，这就是故宫。”司机指着窗外，脸上带着自豪的神情，“我们称它为紫禁城。正门是午门。城墙高十米，厚八米。它从明成祖朱棣年间开始建造，动用工匠二十三万人，民工士兵上百万，整个工程延续了十五年之久。”

雄伟的紫禁城依稀可见的黑檐、黄瓦、红墙、金饰、白石构成优美的剪影，在夕阳的光辉下，在北方冬天渐渐升起的蓝色暮霭中气势磅礴，浩浩荡荡，绵延起伏。

凝视着前方的宏伟景观，林简感到胸口像有什么满溢升腾，最后哽咽在喉咙口，她的视线变得湿润而模糊……

“你知道吗？”司机在拐弯前指着紫禁城前方的巨大城楼和广场，“天安门城楼已经向公众开放，你可以上去看看。我每天从这儿经过很多次，但从来没上去过。”

从王府井大街往北前行，熙熙攘攘的大街变得安静。

出租车在一个灰色砖墙中间的绛红色大门停下。

“考古研究所到了。”司机告诉林简。林简从车窗望去，眼前的建筑更像一个私人庭院而不是一个研究院。她迟疑地打开车门。

“没错，门上的牌子写着呢。”司机指着门边的一块白色牌子，“您可别小看这座宅子，它有五百年历史了。在明朝这里是朝廷宦官的特务机构东厂所在地。”他看了看手表，“过五点了，他们可能下班了。”

五分钟后，林简走回车里，手里拿着一张纸片。

“他们确实下班了。”她失望地把手里的纸片递给司机，“我向他们要了这个地址……”

“东城区东单三条九号。”司机瞟了一眼纸条，“这是协和医学院的旧址。”

“您认识？”

司机往后一缩，好像受到了莫大的侮辱，“认识？我还知道它是美国洛克菲勒家族出钱改造的。以前是豫亲王府第，我们老北京人管它叫油王府。”

出租车在东城区东单三条九号门口停下。

“谢谢您！”林简递给司机钱。

“您等一下。”司机看了一下表上的数字，拿起一个小布袋，给林简找钱。

“不用了，您都给我导游了这么长时间。”林简说道。

“那是两码事儿。”司机严肃地从袋子里拿出钱，理好，递给林简。

“谢谢您！”林简心里感动。

“没事儿，不过我请求您一件事。”司机看着林简。

林简点点头。

“如果您要读诗的话，一定要读古诗，不要读现代诗。”他鄙视地摇摇头，

"现代诗就是把一些长句、病句、错别字自信地分行断段!"

"自信地断段……"林简笑着看着司机认真的脸,"我一定记住您的话。"

91

古色古香的大门两边是汉白玉围栏,围栏中间各站着一头昂首挺立的石狮,目不转睛地凝视着面前的林简。背景是深灰色的围墙,顶部装饰着墨绿和明黄的琉璃瓦顶,门口的飞檐下方是华丽纷繁的雕梁画栋。在夕阳的光辉中显得古老而肃穆,带着一种不可名状的神秘和深不见底的未知。

四周的街道阒无一人。林简整了一下肩上的背包,微带瘸拐地走进昏暗的门洞里。

红色的大门左侧有一扇小门。林简轻轻地敲门,厚实的木头几乎没有发出任何声响。她试着推门,门纹丝不动,再用力,门无声地打开。

门房里面似乎有人说话。林简敲门,但是没人回应。

"有人吗?"林简继续敲门。

说话的声音依旧持续。林简从旁边的小窗看进去,昏暗的灯光下,小屋里空荡无人。窗前的桌子上有份打开的报纸,热气从旁边的茶杯冉冉上升。说话的声音来自窗前的一个收音机。收音机开始播放一首由中国民歌改编的摇滚乐。

走到院子中央,林简突然意识到她现在正站在四十八年前她外祖父站的地方。她转过身,看着前方的大门,想象那个冬日的傍晚,外祖父站在纷飞的雪花中,看着装载着北京猿人头盖骨的军用卡车驶出研究所大门。

旁边是静谧安详的小花园。一股浮动的清新香气随着寒风飘来。林简心头一动,走进小花园。古朴的路灯下,树枝遒劲,花枝稀疏,残雪间或,露出点点蜡梅的亮黄色花朵。暗香浮动,飘散在冬夜清冷的空气中。

包围在香气盈怀的蜡梅丛中,林简闭上眼睛,闻着清幽的花香,想象五十年前,少女时的母亲走过驻足,把她年轻光滑、没有经过任何磨难的脸凑到花边,闭着眼睛,忘情地闻着花香,却不知道这是她生命中最后一段无忧无虑的时光……

两棵高大的银杏树像披头散发的巨人，无声地屹立在院子的角落里。光秃枝丫的缝隙中是天边一弯新月，像一只遥远的眼睛，窥视着这个幽黑无光的庭院。

林简打开包拿出一张从图书馆抄的地图，借着微弱的路灯光参看方位，寻找林清明曾经工作的大楼。

林简走近右面的一栋两层大楼，走上青石台阶。台阶中央是一块汉白玉的浮雕，雕刻着五条面目狰狞、张牙舞爪的飞龙，在月光下翻滚腾跃，似乎要乘风而去。

林简迈着微瘸着腿走进黑漆漆的飞檐，推开大楼的门。

门里是一条长长的走廊。

苍白的日光灯照着两边房间上的牌子。林简慢慢地向前走去，馆长室、宣传科、财务科、后勤科……

走廊尽头，后勤科的灯亮着。林简犹豫一下伸手敲门，里面没有声音。她又敲了一下，还是没有回应。她站在安静的走廊里，一时不知该怎么办。她上前握住门把手，慢慢推开了门。

房间里有一种陈旧的味道，各种大小的书架和文件柜靠墙排列，占去大部分空间。文件柜上面排列着文件夹和各种刊物，落满了灰尘。房间中央有两张不大的桌子，上面散乱地堆放着文件和图表……

林简眼前突然一片漆黑。灯灭了。

林简屏住呼吸，凭着记忆慢慢退出房间，走廊里也是一片黑暗，整幢楼一片漆黑。她在伸手不见五指的黑暗中往大门的方向摸索。

她猛然停下脚步。前方传来轻微的声音，远处有人正向她走来！

林简慢慢往后退去时眼前突然一花。前方亮起了一道雪亮的手电筒光。强烈刺眼的灯光后面是个模模糊糊的人影，如鬼魅般地向她走来。

林简躲在走廊最后一个房间的门口，看着向她渐渐走近的黑影。她把身体紧紧贴在门上，悄悄地拧动身后的门把手。

门缓缓打开，林简退进房间，轻轻关上门。她转过身来，吓得几乎失声惊叫。一个人站在她面前。

在窗外透入的依稀月光中，林简看见一个诡异的画面。光滑的小腹，裸露的乳房，一束长发下一只眼睛目不转睛地诡异地凝视着她。这个人的一半是完美女性的酮体，另一半却是一具白骨，上面覆盖着不同颜色、裸露的肌肉、器官、血管……

林简认出这是一个真人大小的解剖演示标本。

电筒的光束在门上磨砂玻璃窗上晃动。

门被打开，雪亮的手电筒灯光锋利地划破房间里的黑暗。

在解剖标本前停顿了一下，电筒光带着后面的黑影无声地向前走去。

这是一个很大的房间，两边整齐地纵深排列着手术解剖台。不锈钢台面在手电光下反射着耀眼的光。几个解剖台上蒙着厚厚的塑料布，在黑暗中显示着奇怪的形状。

手电筒光小心地掠过每个解剖台。

黑影继续向房间深处走去。手电光下，房间的尽头挂着一排半透明塑料布，后面站立着数个模糊的影子。手电光穿过塑料布，隐约可见整齐排列着各种形状和姿势、光头裸体、筋肉毕露的人体模型。

蜷缩在散发着强烈臭味的塑料布缝隙里，林简感到电筒光一步步靠近，掠过自己的身体，在面前不断地晃动。她低着头，屏住呼吸，一动不动。黑影从她的身边走过。

片刻的安静后，她听到不远处传来轻微敲击的声音。

她屏住呼吸，试图保持身体静止不动。敲击的声音持续，似乎在不断地移动……

刚才连续的剧烈运动和现在别扭的姿势使林简脱臼过的右腿开始失去知觉。她的神经开始变得敏感和脆弱，四肢的伤口也随之尖锐地疼痛。她微微地调整了一下姿势，塑料布发出的清脆摩擦声远远超出了她的预料。

敲击声停止，强烈的电筒光向她的方向转过来。

林简屏住呼吸，一动不动。

门外传来说话的声音。电筒光犹豫了一下，突然熄灭。房间里死一般的寂静，两个人都在等待……

蒙在解剖台上的塑料布突然动了一下。

林简从塑料布中剥裂开来，跳下解剖台，向门口奔去。

一个黑影从房间深处出现，飞快地追向林简。

林简忍住腿部的剧痛和麻木，踉踉跄跄地向门口跑去。后面的黑影像一只张开翅膀的老鹰，无声地向林简扑来。

林简跑到门口，一把打开门，冲出解剖室。

跑出门口的林简突然停住脚步，转过头来，徒劳地举起双臂保护自己。前方有两根明亮的手电筒光柱同时照在她的脸上。

92

林简用手挡住刺眼的手电筒光，夹在人与门中间，已无路可走。

“林简？”手电筒后面传来一个男人略带迟疑的声音。

林简点点头。

其中一个电筒光调转方向。在电筒的余光，林简看到一张轮廓分明、英俊的脸，或是二十年前曾经是张英气勃发的脸。

“我是聂平。”英俊的中年人微笑地说道，向林简伸出手。

林简没有握他的手，急促地说：“屋子里有人！”

聂平盯着林简的脸看了两秒钟，似乎在判断什么。他冲身边那个人点点头，然后将林简拉到身后，走上前打开解剖室的门。他的动作如军人般干脆果断。

电筒光依次扫过房间的每个角落，没有任何有人的痕迹。

两个男子微笑地回过头来看着林简。

“你确定有人吗？”聂平半开玩笑地问道。

林简迷惑地看着四周。手电筒光未及的屋角有一片黑色阴影。她小心地向前走去，聂平抢先一步走在她前面。

阴影是个门，门里面是个不大的壁橱。手电筒光下，壁橱里堆放各种实验室杂物。没有人。

林简站在壁橱门口，一时不知道该说什么。

聂平关上壁橱门，转身对林简说道：“来，我给你介绍一下，这是我的助手小罗。”

身材瘦小的小罗和林简握手。

“我们刚才在考古研究所办公室等你，”聂平解释道，“但下班时换了门卫，他们不知道我们在里面。我下去后他们告诉我你已经来过，还问了来这里的地址，我们就赶过来了。看见楼里一片漆黑，就进来看一下。”

林简知道聂平岔开话题是为了不让她觉得不好意思，她感激地冲他笑了笑。她抱着双臂，依旧感到身上阵阵发冷，心里依旧充满疑惑。她转过身子，向四周观望。

聂平和小罗看着林简转过身向左面墙角走去，然后奇怪地消失了。

林简走入一个下行楼梯的入口，楼梯的尽头是一扇门。

打开门，一阵寒风吹来。林简看到院子里的银杏树在月光下飞舞的影子。

“这建筑太老了，老停电。”聂平解释道，“刚才也有可能是夜间值班人进来检查线路。”

林简点点头，轻轻关上门，若有所思地走上台阶，心里依旧想着那个奇怪的敲击声。

三人走出解剖室，沿着走廊向门口走去。光滑的水磨石地砖反射着手电筒光。聂平向林简询问路上的情况，注意到她走路艰难的样子，问道：“你没事吧？”

“没事。”林简微笑着回答，好奇地问道：“刚才你怎么能一下认出我的？”

“噢……”聂平回答，“李一石先生把你的照片传真给我了……我不是很确定，但是哪个年轻女子会在夜里突然出现在这栋黑暗的大楼里呢？”

三人一起笑起来，气氛变得轻松。

“我外祖父以前是在这幢楼里工作吗？”林简问道。

聂平点头：“是。他的实验室就在地下室。我们还特意找到了熟悉当年情况的人帮助你。”

林简看见前方走廊有另一束手电筒光，光晕的边上是一个高大的黑影。她下意识地放慢脚步。

远处传来轻微的金属摩擦声。上方的日光灯闪烁一下，然后大放光明。聂平和小罗发出欢呼。

林简看见走廊尽头站着一位身材高大的老人。他穿着深色大衣。满面红光的脸膛上方是茂密的银发，看着他们三个走来，声若洪钟地问道：“谁把电闸拉了？”

“哈哈！”聂平高兴地大声说道，“真是说曹操，曹操到！”

走到近前，林简看到老人花白的浓眉下，一双眼睛一直盯着自己。他的眼睛里有一种奇怪的东西。

“来来来，介绍一下，”聂平说道，“这是林简。”

林简伸出手："您好！曹先生。"

三个男人都愣了一下，然后哈哈大笑。林简涨红了脸，不知道自己说错了什么。聂平笑着说："哈哈，他是王言冰先生，不是曹操！他就是我刚才和你说的你外祖父的同事。"

"王言冰?!"这个名字在林简脑子里发出一声巨响。

王言冰一下子握住了林简的手，他的手厚重而温暖。

"很高兴见到你!"王言冰嗓门巨大，震得林简耳膜嗡嗡直响，"你和你母亲长得很像啊，我还记得那时她常常深夜给我们送消夜的情景呢。"

林简惊喜看着面前的老人，问道："就是您和我外公一起找到北京猿人头盖骨的吗?!"

王言冰微笑地点点头。

"王董事长特地从国外赶回来。他可是我们研究院的元老了!"聂平说道。

"咳!"王言冰阻止聂平说下去。他转身来问林简："你肯定饿了吧?"

裸露的灯泡。

毫无遮掩的光芒洒在下方一块如古旧黄玉的砧板上。一只刚出炉的烤鸭泛着金色的光。三十分钟、三百度高温的烤制沥尽鸭子表面的脂肪，化为一层晶莹剔透、油酥焦香的脆壳，宛如古时武士的黄金铠甲。一把饱蘸香油的刷子攥在一只青筋暴露的大手中，圆润地刷在鸭子皮上，滚烫的荤素油气蒸腾起来，混合着刚才烤制用的梨木清香。

"你闻闻。"王言冰对林简说道。他一口喝完面前小杯里的二锅头，闭上眼睛，陶醉地闻嗅着烤鸭的香气。

坐在狭窄的长条凳上，林简的手臂放在简陋的木头桌子上，托着腮看着面前的烤鸭师傅制作烤鸭。师傅是个瘦小的老人，浓眉长长下垂，脸颊深陷，穿一件干净的白色短褂，露出两只巨大的手。

"老宋头，你知道这位姑娘是谁吗?"王言冰给聂平和自己倒满酒，"给你猜一百遍，你都猜不出来。"

老宋头沉着脸，面无表情，眼睛只盯着手中的鸭子。他轻巧地把鸭子平放在一个巨大的铁盘上。

"她是林清明的外孙女。"王言冰又一饮而尽。

老宋头抬起头。林简觉得他浓眉下的眼神像刀片一样划过她的脸。他没有说话，低下头，拿起一把刀。

刀为长方形，一尺来长。

一刀在手，瘦小的老宋头突然变得高大。他全身绷紧，充满张力。长刀高举轻落，锋利的刀锋切去鸭头。他左手将鸭脯朝上，轻扶鸭颈，右手拇指按住刀背，第一刀从前胸正中间斜斜切入。雪亮的刀身宛如一条游龙，在金光闪闪的鸭身上蜿蜒游走。左右交替，各分四刀，一气呵成。翅骨随之立起，纳入鸭颈。钢刀顺势而下，滑向鸭腿，腿骨反拉，别在膀下。雪花的钢刀一路飘忽纷呈，片片金黄，如金秋落叶纷纷坠落。

刀在鸭臀顶部突然停住，取下最后一片，轻轻地放在面前盘子的尾端。整个过程宛如游龙走蛇，大开大阖，机巧柔顺，惊心动魄，戛然而止。整整一百零八片，大小均匀，宛如丁香之叶，依次整齐排列，依旧灼热沸腾。

林简痴迷地看着老宋头的绝技，半天说不出话来。

“吃!”王言冰说道。

巴掌大的荷叶饼从平鏊上取下，轻抹一层甜面酱，铺上薄薄一层葱条、细黄瓜、萝卜丝，放上金黄焦烫的鸭肉片，卷起送入嘴中。牙齿切入细薄但劲道的饼皮，已成油渣的鸭皮发出酥脆声响，带着梨木清香在嘴里蔓延开来。脆皮下的鸭肉在面酱包裹下鲜美肥嫩，入口即化。葱条微辛，黄瓜清爽，如春日细雨，拂去油腻，青绿明净。

王言冰和聂平用蒜泥做作料，吃一个烤鸭卷饼，喝一口酒。

老宋头把鸭架放入大锅煮汤，转身顺手把一个小碟放在林简面前。林简低头，碟子里是一小撮晶莹的糖。

沾了糖的鸭皮吃在嘴里是一种奇怪而美妙的感觉。焦脆而柔嫩，短促而悠长，空灵和浓稠，细甜和咸香。强烈的对比让林简想起某个秋天的下午，拉着母亲的手，嘴里含着糖，走在笔直的公路上，身边刚收割的麦田散发着清香。阳光照在她和母亲的身上，风吹过来，周围一片金色的透明……

聂平给每个人倒完酒举起杯子：“林简，欢迎你来北京！希望我们找到你要找的东西。”

林简和王言冰、聂平碰杯，大家一饮而尽。

林简拿过酒瓶，倒了一杯，两手端给老宋头。

“谢谢宋爷爷!”林简躬身谢道，“我从来没有吃过这么好吃的东西，谢谢您!”

老宋头轻轻喝了一小口后，脸色开始变红，目光变得柔和。

他拿起酒杯，一口喝完，长长叹了口气：“你外公以前常来吃我的鸭子……”他布满皱纹的脸上带着一种崇敬的表情。

房间里一片安静，似乎沉浸在一种遥远的气氛里。

“林简，”王言冰把手擦洗干净，慎重地从西装胸袋里拿出一个盒子，双手递给林简，“这是你外祖父当年托人辗转送给我的。我想你能保存它，他会很高兴。”

林简打开盒子，看见一个红色的中国结。

93

台灯的蛇形灯柱被弯曲、压低。

明亮的灯光照在旅馆的书桌上，桌上孤独地放着一个陈旧的中国结。

一根细针插入中国结中心的缝里，小心地挑开一根红丝线，红丝线的尽头裸露的黄点慢慢伸展……

林简在灯下仔细地拆开中国结。红丝线一根一根松开，黄点后面部分逐渐暴露出来。最后一根红丝线被挑开，中间裹藏的东西掉在桌上，发出细微的声响。

一根黄色丝线。

林简小心地拿起盘成一团的黄丝线，慢慢展开。它和红丝线具有同样的质地和粗细。她轻轻地抚摸着，手指感到上面有什么东西。她拿近仔细看，线上有一些线结。除此之外，就是一条陈旧、蜷缩的线头。

林简关上灯，走到窗前，看着外面漆黑的城市轮廓，感到失望和迷惑。

北京，首都国际机场，清晨。

成排的民航客机俯卧在停机坪上。在那些巨无霸的机体后面，一辆空中客车 A320 狭窄的流线型机身在跑道上轻捷地滑行。

能够容纳两百名乘客的机舱改装成一个卧室、一个办公室和一个客厅。乳白色的底色，深褐色的家具和装饰。柔和壁灯光的阴影中，李一石坐在轮椅上，手里拿着一个水晶酒杯，透过窗口看着晨曦中带着白色残雪的黑色田野，远处地平线上近乎透明的群山剪影。他感到喉咙突然哽噎，一种喘不过气来的感觉。

坐在不远处的李砾忧虑地看着李一石。他举起手中的杯子一饮而尽，灰白的脸上泛起一丝红晕。

飞机画了一个优美的弧线，在西北角的一个停机库前方停下。在库顶和高墙的阴影下停着一辆警车。

机舱门打开，三个男人走进舱门。前面两个是穿着制服的中国警官，后面一个是穿着便装的高个男子，他的脸藏在灯光的阴影里。

看着三人走近，李砾欲挡在李一石前方，李一石举手阻止了他。

“李一石?”其中一个警官大声问道。

李一石点点头。警官从口袋里拿出一张纸，举在李一石眼前：“我们是北京市公安局的，现以走私文物罪逮捕你!”

另一个警官解下腰间的手铐。李一石伸出手去，被戴上手铐。

两个警官身后的那个男子从阴影里走出来，站在李一石的对面，默默地审视着他。

“上次香港一别，有段时间了，聂先生。”李一石说道。

“十五年了。”聂平说道。

“你老了。”李一石淡淡地说道，“我也要死了。”

聂平脸上闪过一丝复杂的表情，没有说话。

“我飞了十一万公里与你交换。”李一石抬抬手上的手铐：“这就是你的诚意?”

“你最好向我证明这一点。”聂平俯视着李一石的眼睛，“否则的话，你永远不能去你想去的地方。明白吗?”

李一石深深地点点头。聂平示意警官给他打开手铐。李一石抚摸着苍白、纤细的手腕，问道：“林简在哪里?”

清晨的阳光从明净的玻璃钢窗照进来，落在光滑的黑色桌面上。桌面上整齐地排列着四个拆开的红色中国结，每个下方都有一条黄色丝线。林简、李一石、王言冰、聂平围坐在桌子边，看着面前奇怪的排列。

“在他最后的日子里，”林简拿起其中一个中国结，“我外祖父做了几个一模一样的中国结，送给他身边的人。至今，我见过的有奥森博士、卡特琳娜、王爷爷和我母亲……”

说到这里，林简突然停下来，脸上露出迷惑的神情。“为什么我记得还在哪里见过一个?”她想。在这些纷乱、繁密的记忆丛林里，在哪个被遗忘的角落里有一个红点……但她不能确定是真实还是她备受创伤的心理产生的一个幻觉。

林简摇摇头，从恍惚中挣脱出来，拿起一根丝线：“在每个中国结里，他放了一根丝线，每根黄丝线都是一模一样。如果你仔细看，每根丝线上面都有东西。”

王言冰、李一石、聂平都小心翼翼地拿起丝线。

。—。— —。。— —。— —。—。—。。—。。。—。

“每个丝线上面都有线结，顶头一个，结尾一个，中间十一个。”林简描述道。

每个人仔细地看着手中的丝线。王言冰拿出一个放大镜仔细研究，然后拿过李一石手中的线，把两根并在一起比较。

“好像丝线和丝线之间每个结的大小是一样的，它们的间距和规律也是一样的。”王言冰道。

林简点点头：“是的，我第一次发现的丝线是在我母亲的中国结中。那根丝线被拿出来过，又放回去的。警察在母亲的遗物中发现一张第二天来北京的飞机票……”

所有人都看着林简。

林简若有所思地说：“我想母亲有可能发现了中国结里的秘密。也就是说，她找到了她一辈子要找的答案。”

“头盖骨的下落?”王言冰问道。林简点点头。每个人不约而同地看着手中的中国结和丝线。

林简说道：“我猜想，我外公把头盖骨下落的线索放在这些中国结里后，可能来不及告知任何人，就被日本人扣留了。或者他始终不能决定哪个人他能信任或能承担这个重大责任。其中的原因我们可能永远都不会知道，但是我们知道头盖骨可能仍然被藏在哪个地方，而答案就在这些丝线上。”

房间里一片安静，空气开始变得沉重而稀薄。每个人都在仔细地研究着手上的黄丝线。

王言冰用放大镜仔细看着每根丝线，除了上面的结以外，没有任何东西。

李一石疲惫的脸近乎灰色，但眼睛闪闪发光。他转过轮椅问王言冰："你和林先生当年一起工作的时候，有没有约定特殊的暗号或者密码？"

王言冰低头沉思，然后摇摇头。

"哎！"聂平突然大叫一声，把大家都吓了一跳："古代不是有结绳记事吗？这些结会不会就是用来告诉我们头盖骨的藏身地点的？"

大家都看着王言冰。王言冰眼睛一亮，再低头仔细看着那些丝线，眼光暗淡下来："古代用在绳子上打结的方法记载信息，一般有几个特点，它是通过使用不同的颜色、材质、粗细和经纬来记录事情。"他拿起丝线，"这每根丝线的材料、颜色、粗细、结的大小都是一样的。如果找些结绳记事规律来推理，它们只能表达某种同样的事情发生的次数。"

"那这些结中间不同的距离呢？"林简问道。大家再次看着王言冰。他叹了口气，摇摇头。

"这样吧，"聂平看了看表，"我会召集北京所有考古学家、字符专家、历史学家来分析这些丝线。与此同时，我们去医学院旧址继续调查那些可能的隐藏地。我们一定能把这个谜解开！"

94

明亮的日光灯照在水磨石地砖上。

林简和乘坐轮椅的李一石跟着聂平和王言冰走在地下室的走廊里，在苍白刺眼的灯光下，每个人的脸上混合着疲惫和兴奋。

林简看着前面王言冰高大而略显佝偻的后背，心里有一种温暖和可靠的感觉。王言冰手里拿着大楼示意图，上面画着各种红色的记号。他们向里面最后一个房间走去。林简低下头来，担心地看着手上的名单。

只剩下最后一个没有划掉——林清明的实验室。

王言冰打开门，林简第一眼看到的是墙上排列的各种工具。

"十年前，"聂平说道，"研究所搬到新楼，这里就变成了博物馆。但是每个房间和里面的东西都保持四十年前的原样。"

林简站在宽阔的工作台边，看着房间里各种仪器、工具、标本等都排列得整整齐齐，一丝不苟。

“你外祖父坐在这里。”聂平指着一张木制的高脚椅，然后指着对面的椅子，“这曾经是奥森先生的椅子。”

“我们都检查过了。”聂平依次打开各种柜子，“但是没有发现任何有用的线索。”

林简像是没有听见他的话，绕着工作台仔细观看每件东西，轻抚桌子上的工具。她在外祖父的椅子上慢慢坐下，看着面前的工作台、工具和标本，感到这些被岁月浸润的东西突然变得柔软，散发出旧日的气息，感到一种奇怪的亲近感像温暖的潮水一样从内心深处缓缓上涨，她被温柔地包裹在一股现在和过去交汇的暖流中。

李一石注意到王言冰走进实验室后一直站在一个角落里，沉默安静，一言不发地看着林简。聂平冲王言冰和李一石使眼色。三个男人出了房间，轻轻地关上了门。

林简轻轻抚摸着磨损、光滑的椅子扶手抬起头来，看见少年时的奥森坐在对面，专心致志地做着化石模型……

深夜里，林清明用刷子仔细地刷着复制好的北京猿人头盖骨。他小心地把复制品放在桌上。面前的台面上排满复制好的化石……

林清明小心地把每个复制品包装好，分别放进两个箱子……

林清明站在飘着细雪的院子里，看着两个穿着军装的海军陆战队员从卡车上下来……

林简眨眨眼，眼前的影像消失了，目光停留在靠墙的柜子上方。

她走到柜子前，伸手拿下柜顶上的一个大烧杯。烧杯由厚重玻璃做成，落满了灰尘。她轻轻地拭去灰尘，耳边响起那首歌熟悉的旋律——明亮的阳光下，一只柔若无骨的手把一束鲜黄的雏菊插入烧杯……

林简把烧杯放回柜顶，走回座位。经过王言冰留在桌子上的大楼示意图，看见图上标注着每个查看过的房间，目光落在了地下室最后的林清明实验室上。

她发现一件奇怪的事情。

林简拿着大楼示意图走向门口。聂平、王言冰和李一石正好开门进来。

林简和聂平几乎同时开口说话。聂平示意让林简先说。

林简把大楼示意图铺在桌面上，指着图中的一端："这个实验室是地下室的最后一间房间，但是在图中的标示却显示它并没有到头。"

"嗯?"聂平和王言冰接过示意图仔细看着。

"我记得奥森博士曾经提到过一间密室。"林简说道，"我外祖父曾经把运往美国的两个箱子存放在里面。"

聂平对照着示意图、目测房间的墙壁距离，若有所思："这个大院原是努尔哈赤的第十五子多铎的豫王府，传说有很多密室暗道。"

他转身问王言冰："你知道有哪些密室吗?"

王言冰摇摇头。

李一石开动轮椅，从房间的一头来到另一头，回头目测一下，肯定地说道："是的，这个房间有暗室。"

聂平看了他一眼说："你说有肯定有了。20 世纪最大的摸金校尉判断不会错了。"

李一石微笑："嗯，我把这话作为聂司长对我专业水平的肯定。"

王言冰想了一下，问聂平道："你还记得一九七六年唐山大地震吗?"

聂平点点头。

"当时余波震及北京，这个大楼很有可能受到一些损伤，重新整修过。这样就能解释现在的房间结构为什么和原来的示意图有出入了。"

聂平点头，敲打着面前的白墙："看来我们得把这堵墙打开了。"

王言冰摇头："这是国家一级文物保护区，没有国家文物局批准，我们不能动任何东西!"

所有人都看着聂平。聂平想了一下，对王言冰说："我来办这件事。"

他转身对林简说："对了，王董事长刚才想起你外祖父和你母亲曾经住的地方。小罗马上带你去那里。"

扳机上的手指慢慢收缩。

九岁的汉默躺在冰凉的牛奶中，茫然地看着眼前黑洞洞的枪口。

"砰"的一声枪响，头上套着丝袜的盗匪突然中弹，向后跳起，撞在身后的货架上，和飞起的薯片、饼干、饮料一起倒在地上。小汉默缓慢地转过头来，浑身是血的父亲躺在地上，手里举着冒烟的手枪。

又一声枪响，父亲的身体抽搐，手中的枪无力地滑落。

密集的枪声。另一个戴着面罩的抢劫犯，身体在弹雨中颤抖扭曲，颓然倒地。汉默向父亲爬去。

父亲平躺在地上，睁着空洞无神的眼睛，看着天花板。

“爸爸!”汉默听到自己的叫声从远处传来。一只有力的大手将他拦腰抱起。他在两个穿着蓝色制服的警察怀里挣扎，看着父亲孤单地躺在地上，渐渐远去……

那个布鲁克林杂货店突然消失，眼前一片白色。

汉默眯缝着眼睛，戴上墨镜，遮住了车窗射进来的强烈阳光。

“你不用怀疑任何事情!”参议员带着无上权威的声音像磁带一样在他脑子里再次重复，“相信我，你所做的一切都是为了美国国家安全和利益!”

汉默知道他将在痛恨他的同事和上级的注视下，被授予象征警察的最高荣誉的勇者勋章。同时，华盛顿特区联邦调查局大楼拐角的大办公室正等着他。

想到这里，汉默脸上露出一丝微笑。

父亲在纽约警察局工作了二十二年，殉职前只是一个在街上巡逻的少尉。

汉默眨了一下眼睛，抹去了父亲那空洞失神的眼睛，看到前面白车的速度慢下来，踩下了刹车。

白车在路边停下，林简和小罗下车。

亮晃晃的阳光照在身上暖洋洋的，空气中有一种植物轻微腐烂的气味。准备过马路时，林简停下脚步，好奇地看着路边堆得像小山一样的白花花的东西。

“哦，这是过冬吃的大白菜。”小罗看着两边来往的车，“你看到的是北京正在消失的几件东西。”

他们穿过马路。小罗故意放慢脚步，让微瘸的林简跟上。

“以前北京冬天没有新鲜蔬菜，大白菜是唯一容易储存的蔬菜。”小罗解释道，“每家需要储存数百斤白菜过冬。很多家里没有地窖，就堆放在室外。现在运输和大棚发达了，冬天能买到的菜也多了，但很多人还是习惯这么做。”

小罗走进一个狭窄的胡同，林简紧跟着他的脚步。

“其实冬白菜很好吃的。”小罗继续说，“可以有炖、炒、腌、拌各种烧法。特别是我妈做的辣白菜，那真叫一个好吃，请等一下。”

小罗在一个岔路口停下，拿出一张画着地图的纸看了看：“这里走。”

他们左拐，进入一条更狭窄的胡同。

“胡同的尽头有一个四合院。你外祖父和你母亲当时就住在四合院的东厢房里。”

林简点头，心里有一种莫名的兴奋和激动。拐过最后一个弯，面前豁然开朗。他们停住脚步，站在那里面面相觑。

前方是个巨大的工地。一幢现代化公寓正拔地而起。

95

林简和沮丧的小罗从胡同口出来，向路对面的车走去。

繁忙而宽阔的马路边有很多小饭馆。路边停了一排出租车。司机在饭馆里匆匆吃着已经过时的午饭。

林简刚要上车，迟疑了一下，突然关上车门，向后走去。

她一边向前走，一边依次看着车里。她不知道为什么自己要这么做，但心里有一种强烈的好奇和不安。

大部分车里都是空的，有几辆车里司机吃着盒饭。他们用奇怪的目光看着林简。林简突然站住，犹豫着是不是继续往下走

“林女士!”小罗在远处叫她。她转过身去，看到小罗挥舞着手中的对讲机。

“聂司长要我们马上回去!”

离林简不远的车里坐着汉默。

透过墨镜，他看着林简迟疑地转过身，微瘸着向小罗走去。

林简乘坐的出租车缓缓启动，汇入马路上的车流。

汉默舒了一口气，发动车，跟上去。

坐在副驾驶座上，林简不动声色地从后望镜看着紧跟在后面的那辆灰色福特车。车牌上有个红色汉字“使”，后面是六个数字。

她的视线上移，看到戴着墨镜的汉默驾驶着车，紧跟着他们的车。

前方，硕大的夕阳在路的尽头缓缓下沉。

夕阳的余晖从地下室气窗照进来，落在一张建筑平面图上。

当林简走进实验室，聂平、王言冰和两个工人正研究着平面结构图。李一石坐在旁边的轮椅上沉思。

聂平向工人们示意开始。工人在墙上轻轻敲击，寻找开口点。林简听着他们的敲击声，突然意识到昨天晚上在解剖室听到的是同一种声音。

有人在墙上敲击，也在寻找后面的暗室……

风钻小心地钻入墙壁，白色的墙壁缓缓开裂，露出里面褐色的砖块。砖块被敲击松动，一块一块被抽出。一个黑色的口子慢慢变大。

林简能够感到自己的心跳加速和手心的潮湿。这堵墙后面可能就藏着这些年这么多人隐藏和寻找的秘密。

她转过头来，身边的李一石面色苍白，两手抓着轮椅的把手，和林简交换了一个紧张的眼神。

远处的王言冰默默地盯着前方裂开的墙壁，全神贯注。

一人高的缺口在暗室的前方打开。

林简紧跟着聂平从缺口进入暗室。

不大的空间里面充满了凝滞的空气和陈旧的石灰水泥味道。在夕阳和手电光的照射下，可以看到屋角有倒塌的痕迹。地上布满残留的水泥石灰和经年积起的灰尘，但是空无一物！

林简坐在奥森曾经的座位上，呆呆地看着面前的白墙和上面人形的黑洞。

几分钟前，每个人依次离开，心怀沮丧。林简突然被一种从未感觉过的疲惫淹没，全身虚弱无力，脚踝和手腕上的伤口疼痛像复燃的火苗升起。

夕阳的最后一道余晖照进黑黝黝的缺口，在暗室的墙上描绘出一个形状奇怪的影像，像一个动物在暗室泛黄的白墙上缓缓爬行，慢慢缩短……

林简脑海里一片空白，疲惫而茫然地盯着暗室里的那个光点。在一瞬间，她似乎看到在那个奇形光点的中间有一条隐约的直线。直线上下的墙壁颜色明显不同。

她站起身，走到墙边打开了灯，房间里一片光明。她走进暗室，那条线消失了。她关上灯，那个淡淡的阴影又出现了。看着面前的墙壁，她扭头看了看外面实验室里奥森的座位，耳边突然响起奥森的声音。

……储藏室的门突然打开，林静秋哼着歌像一阵风冲进来。

“没看你从大门进来……”奥森问道。

“我从后院翻墙，然后从地下室通道进来。”

暗室里，林简蹲在墙角。天黑了，那条线已经消失。她凭着记忆抚摸着那条线下的墙壁。墙上没有任何高低凸陷。她的手掌再次在墙上慢慢移动。墙壁依旧平整、光滑，但不知道为什么她感觉那里有什么东西，但一时说不出是什么。她闭上眼睛，再次抚摸。这次她发现了那个东西是什么。

墙壁的温度是不一样的。中间半人高的方形区域的温度明显低于周围墙壁的温度。

林简敲打墙壁，中间部分发出略微空洞的声音。

她低身走出暗室，抬头，看见面前的墙上整齐地挂着各种各样的工具。

林简把一把考古凿子小心地插入墙根，轻轻用力，墙壁纹丝不动。她到外间拿了一个撬棍。插在凿子下面，用力按撬棒，突然感到有一丝凉风从脚下的细缝里吹出来。

林简感到背后有什么东西动了一下。她飞快地回头，背后什么也没有，只有一片微弱的光残留在对面的气窗上。

林简手上再用力，随着一声碎裂的声音，墙上的油漆和石灰纷纷掉落。墙壁的平面突然发生变化，突出了一个方形的轮廓。她把身体压在撬棍上面。在木材被挤压扭曲的刺耳声中，更多的碎屑剥落，露出一扇带着墙皮的小门.

林简用力，小门悄然打开，露出里面另一个空间。

一阵寒气从小门里蔓延出来。林简看着门里，心里激烈地斗争着。

林简从实验台上拿了一盏酒精灯，双腿跪在冰凉的石头上，慢慢向前爬去。四周是狭窄、布满灰尘的黑色石墙。她伸手拨开前方密集的蜘蛛网，半塌、低矮的石头通道里回响着她急促的呼吸声。

暗道的高度逐渐增加，林简慢慢可以直起身往前走。她用手保护着微弱的酒精灯火，一步一步向前走去，同时她能感到脚下的地面逐渐上升。十几步以后，她走到了暗道的尽头。

林简举起忽暗忽明的酒精灯照着面前陈旧的墙，推了推，纹丝不动。她把灯靠近墙壁，从上到下仔细查看。

墙中部有条细缝。林简凑近，细缝中间有个小孔。她沉思片刻，突然想到了什么。她把酒精灯放在地上，打开背包，从里面拿出那把形状古怪的黄铜钥匙。

钥匙光滑地插入小孔，随后是“咔嗒”一声。

林简一手拿着灯，用肩膀撞着沉重的门。门缓缓打开，出现一个不大的房间。

房间中央站着一个人！

96

林简抑制住惊叫的强烈冲动，无声地站在那里，手上酒精灯里的酒精即将耗尽，火苗不断跳动，让四周的一切显得影影绰绰，真假莫辨。

“谁在那！?”林简听到自己略带战抖的声音在布满灰尘的空间里传送。

那人背对着她，没有说话。

“你是谁?!”林简又问了一遍。那人依旧沉默。

林简走上前一步，那人说话了。他的声音低沉而有磁性。林简马上知道他是谁了。

“赶快离开这里!”克拉克说道。

窄小的房间里突然一片奇怪的宁静，林简感到全身的血液慢慢涌上了脸。她强烈地控制着想一步冲到克拉克面前的冲动，但她却不知道接下来自己是紧紧地抱住这个凶残冷酷的杀人凶手，还是掐死这个曾经和自己抵死缠绵的温柔爱人……

“你是来杀我的吗?”林简平静地问道。

克拉克没有回答，继续用不带任何感情的语气说道：“你永远找不到你要找的东西！请离开这里，现在就离开!”

林简没有动，内心的愤怒像涨潮的海浪一样升起。她看着面前模糊的黑影：“转过身来看着我！你杀了我母亲和卡特琳娜！你戴着面具吗？为什么躲在黑暗里？你不敢看着我吗?”

林简的声音在低矮的地下室里回荡碰撞。对面的黑影背对着她，一动不动。

“你到底是谁?!”林简追问道，“告诉我你到底是谁?!”

黑暗中充满了林简的声音。那一瞬间，她不能确定有没有听到一声轻微的叹息。

“这是我能为你做的最后一件事情了。”克拉克说道。

林简手中的酒精灯爆出一个火花，照亮了克拉克高大的轮廓，转瞬熄灭。

林简眼前一片漆黑。酒精灯落地后发出碎裂的脆响，前方传来衣服带动的风声。她本能地弓起身体，等待着猛烈的撞击。

一股狂风向她吹来，夹带着沉重的关门声。四周陷入无声的黑暗中。

林简可以听见自己急促的呼吸声。她直起身体，伸出双手，向前摸索着。惶惑间她觉得自己回到那个反复出现的梦境。没有光，没有声音，只有如墨般浓厚的黑暗和黑暗中隐藏的无尽危险……

林简深深吸了口气，往前走去。

走过不大的房间像穿越了寒夜中的撒哈拉沙漠那么漫长，最后她的手触碰到一个冰凉的粗糙表面。她沿着墙慢慢地向旁边移动，手碰到一个木质的平面。她向下摸到了一个把手。她拧动把手，一扇狭窄的门打开。

穿过一个布满灰尘和杂物的小房间，林简第一眼看到的是一排沉默的人。

光头裸体、筋肉毕露的人体模型的后方是两排闪亮的不锈钢解剖台，整齐地排列在房间的两边。林简意识到自己回到了实验室楼上的解剖室。

走出壁橱，林简右转走下那个台阶，打开那个门。门外空无一人，依旧是两棵高大、披散凌乱树枝的银杏树和昏暗的路灯。

林简突然想起什么，转身快步退回解剖室，从壁橱进入地下暗室。

暗室里空空荡荡，什么也没有。

站在缓缓飘落的雪花中，林简感到彻骨的寒冷、全身难言的疼痛和疲惫。一个巨大的悲哀向她袭来，她缓缓地低下了头：“我来得太晚了。他们抢先一步拿走了头盖骨!”

绝望像一条黑色巨蟒紧紧地缠住她的躯体，让她透不过气来。所有的牺牲、努力、拼争、忍耐和希望在今夜的地下暗室里就结束了？外祖父忍辱负重、宁死不屈所保护的，母亲疯狂执着终其一生追寻的，将永远被耻辱和黑暗所掩盖？真相永远深埋，冤屈无法昭雪？

“不!”林简突然大吼一声。

雪花落在她的脸上，慢慢溶化，变成泪水缓缓滑落。

在所有黑暗的深处，林简似乎看到什么东西在微微发亮。一个又一个，一共四个，并排地排列在眼前。是中国结中的黄色丝线，带着一模一样的线结。

外祖父把头盖骨藏在一个没有人知道的地方，然后在丝线上做了记号交给身边的人。但是除了母亲，没有人发现中国结里的秘密。只有母亲破解了那个秘密，否则的话，他们就不会审讯母亲了。如果他们从母亲那里得到了答案，就不会一直跟着我了。林简想：“尽管他们知道这个密室，但是头盖骨却从来没有在这里存放过!”

那令她窒息的黑色绝望之蛇突然委顿、脱落。她睁开眼睛，忍着腿上一波波的疼痛，向大楼的正门走去。

在大楼门前她停住脚步，一个疑问像锋利的羽箭射中了她的身体。

克拉克怎么会知道这个暗室!?

“他怎么会知道这个古老的秘密通道呢？是谁告诉他的？是谁雇用了他？”林简的耳边又响起昨晚深夜在解剖室敲击墙壁寻找暗室的神秘声音。

看着面前像巨兽一样蹲伏在黑暗里的大楼，林简突然清晰地感觉到在这所有的黑暗中，有一个人默默地隐没其中，耐心地等待着最后的板块落入空隙，完成只有他才能看见的拼图游戏……

而自己就是那最后的板块。

站在逐渐变大的雪中，林简问自己：“他这么做目的是什么？学术？政治？感情？个人恩怨？嫉妒仇恨？”

林简突然想起纽约公共图书馆公园下方藏书大厅那本动过的书，在寒风中麦肯塔尔吊起的尸体……

一个局内人。这个人和头盖骨有深远的渊源!

他认识外祖父和母亲，认识当时所有相关的人！曾经在这里工作过相当长的时间。他知道极其隐秘的地道和暗室。他杀害了所有见过头盖骨的人，掐断所有可能找到头盖骨的线索。这个唯一活着的局内人，会是谁？

想到这里，林简发现自己犯了一个致命的错误。

昏黄的灯光。

角落里一个破收音机播放着京剧《捉放曹》。

一只洗净的肥鸭被两只巨大的手小心端着，轻轻地放在木头台面上。

老宋头从身边的刀架抽出一把锋利的尖刀，手起刀落，切去鸭子的双脚，回刀割断鸭子的食管和气管，取出鸭舌后从喉部开刀处拉出食管，插入一支竹管。

他低下身子，鼓起腮帮子开始往管子里吹气。

他的吐气平衡而悠长，源源不断地吹入鸭子的身体。鸭子的躯体慢慢鼓起来，薄薄的鸭皮和皮下脂肪在空气的压力下慢慢和鸭肉分离开来……

老宋头突然停止吹气。他听到了身后的敲门声。

他没有理会，低下头来继续吹气，直到完成。他用左手食指卡住鸭脖开口处防止漏气，拇指和中指捏住鸭颈和右膀。右手夹住鸭腿，将鸭脯向外倒卧。两手同时向中间轻轻一挤，空气顿时充满鸭身。

他一手捏着鸭子的翅膀，一手轻提腿骨，注意不碰到鼓起的鸭身，轻轻把鸭子吊在上方的一根横梁上。

他最后满意地看了一眼成排的鸭子，走到门口打开门。

97

门口站着穿黑色大衣的林简。

老宋头没说话，把林简让进屋中。林简在昨晚的座位坐下。

“吃了吗?”老宋头问道，习惯性地用干净的白布在林简面前的桌子上擦着。

林简摇摇头。老宋头随手关了收音机，打开大火，从旁边一个木格子抓一束挂面落到沸腾的清水里，拿起一个巨大的铜勺从旁边小火焖煮的鸭架汤舀出两勺放入大碗。片刻面条浮出，长筷捞起，垂入汤碗，优美地折成三折。拿起一小颗嫩菜心一切为二，煨在旁边。

林简用冰冷、微微颤抖的双手捧着面前这碗简单的面，不知为什么想起维也纳那个把五十先令放在她口袋里的陌生男子。她竭力忍住突然夺眶而出的泪水，用筷子夹起细细的面条，放进嘴里。

略硬的面条微微地抵抗着牙齿的切割，柔滑而坚韧，周身浸满焖煮浓厚的鸭汤，丰腴而鲜美。细微的梨花木香气萦绕唇齿，久久不去。

“还好吗?”老宋头问道。林简点点头。

“这是你外公最喜欢吃的面。”老宋头在炉边的阴影里坐下，开始卷一支烟。

林简端起粗瓷大碗，一口气喝完鲜美的汤。她放下碗，满意地长长出了一口气。老宋头收走碗筷。

“宋爷爷，我能问你一个问题吗?”

老宋头擦净桌子，然后微微点了一下头。

“您能和我说说王言冰爷爷吗?”林简抬头问道。

老宋头不解地看着她。

“您能告诉我当年发生了什么事吗?”

老宋头没有说话，坐下卷烟。

“在我来中国之前，我读了所有关于外公的资料。他和王爷爷一起发现了头盖骨，并一起宣布了这个发现。但刚才在路上，我突然想到几年以后，王爷爷的名字就消失了，没有在任何地方出现过。您知道为什么吗?”

老宋头没有抬头，依旧全神贯注地卷着烟，像是没有听到林简的问题。他给卷好的烟点上火，吸了一口，烟头的火光照亮他苍老、沟壑纵横的脸。他凝视着灯光下缭绕上升的烟。

“因为他离开了。”老宋头说道。他的声音沙哑苍老，有一种滞后感，像从遥远的历史隧道穿行到这条偏僻胡同的简陋小屋。

“离开了？离开了什么呢?”

“所有的。”老宋头又吸了一口烟。

“那……为什么呢?”林简问道。

老宋头摇摇头。屋子里很静，屋外传来寒风呼啸的声音。

老宋头没有说话，掐灭烟，又拿起旁边的烟纸和烟草，开始卷第二支烟。他看着手中的烟卷，几近痛苦地寻找合适的词汇来表达他想说的人和事。

林简没有再问，低着头，看着眼前老旧的桌面，好像上面写着问题的答案。

“你看得见那些鸭子吗?”老宋头的声音响起。林简抬起头来，看着炉前挂着那排胖鼓鼓的鸭子。

“我刚给它们吹完气。这样它们的皮和肉分开，待会儿烤出来皮就会油光焦脆……”

林简点头。

“吹完气后，必须非常小心，只能拿鸭子的翅膀，因为碰到鸭子身体的任何地方，烤出来都会留下一个明显的印记，这个鸭子就是废品了。”

老宋头巨大的手战抖着。

“鸭子是容易做坏的东西，有时人也是！”他说道。

房间里一片安静。林简低着头，咀嚼着老宋头奇怪的比喻。

粗大的针头刺入灰白纤细的手臂里。

鲜血软弱无力地返入针管中透明的药水中，然后被徐徐推入手臂的静脉血管中。

林简轻轻拔出针头，用消毒棉球按住针孔，熟练地用胶布贴住。李砾站在边上，沉默而担忧。

林简的目光从李一石的手臂移到了他灰白的脸上。灯光下，李一石像个白色的婴儿，细小而孱弱。尽管她和这个垂死的老人只认识两个多星期，但是她却有一种和他认识多年、生死之交的感觉。尽管他是臭名昭著的盗墓贼和罪犯，但此刻却是她最信任的人。

想到这里，林简第一次发现世事人心的奇诡与不可思议。她把盖在李一石身上的毯子拉了一下、掖好，向李砾点点头，向门口走去。

“简……”身后传来李一石微弱的声音。

林简回到李一石床前：“不要说话，好好睡一会儿。”

李一石微微摇摇头，脸上露出笑容：“不用了，我马上就要睡很久的觉了。”

他的笑是那么单纯和灿烂，林简也不由得露出微笑。她扶起李一石，让他坐得更舒服些。

“我已经打电话让纽约方面收集关于王言冰的所有资料。他在20世纪30年代曾经是考古学界一颗新星，几乎和你外祖父齐名。然后就突然就销声匿迹。五十年后他再出现时已是一个百万富翁，经常往返于美国、日本和中国。”

林简点头。

“他失踪的五十年间发生了什么事？他和你外祖父之间发生了什么事？他和头盖骨到底有什么样的联系？”李一石的话被一阵难抑的干呕打断。

林简和李砾上前，李一石伸手阻止他们，拿起一块毛巾堵住嘴，慢慢平静下来：“明天我们就会知道更多了。”

林简点点头。

“你把你的怀疑告诉聂平了吗？”李一石问道。

林简摇摇头：“没有。”

李一石眼神露出了惊讶。

“至少不是现在。王言冰是聂平找来的人，我们并不知道他们之间的关系。”林简停顿了一下，“我犯了一个错误，太轻率地把中国结的秘密公开了，致使我们和对方离头盖骨都只有一步之遥。”

李一石没有说话，默默地看着林简。

林简的脸上露出思索的神情：“假设我们的怀疑准确，现在对方自然会想得到更多的信息来破译这个密码，会各处查询边缘资料，会向我试探、提出一些问题来解开这个谜，但我们也可以利用这个机会观察和探寻，有可能得到我们不能从其他途径得到的信息。这将会是一个非常微妙的相互试探、相互判断的过程。就算聂平是可以信任的，但如果在这个过程中有任何异常的反应和表现，我们就会失去优势和先机。”

李一石想了一下，点点头。

“但是你知道这样做的话，”李一石眼里有深深的担忧，“会把你自己置于非常危险的境地”。

林简点点头：“我知道，但我想真正的危险是在丝线里的秘密被揭开以后。”

98

雄伟的燕山山脉从天际奔涌而出。

从溅满泥浆的车窗望出去，绵延的山脊像史前巨大的爬行动物一样横卧在公路两边，龟裂的地面像参差不齐的鳞甲覆盖在黑色的躯体上。

“这就是龙骨山。”聂平的声音在林简身后传来。

林简若有所思地看着车窗外起伏的山峦，在冬日的阳光中慢慢后退，再徐徐展开。她想象那些曾经生活在群山中的原始人。他们像山中的万物一样出生、活着、死亡，然后默默无声地消失在历史长河的黑暗皱褶里，一直到他们中间某一个的头骨在五十万年后被两个中国考古学家发掘出来。从此改变了历史，改变了世界，改变了无数人的人生和命运……

坐在她身边的李砾面无表情，两手如铁钳般地固定在面前的轮椅上。轮椅上坐着虚弱、脸色苍白的李一石，他一路都闭着眼睛，呼吸虚浅而急促。

林简的目光落在前座王言冰一头钢针般的雪白短发上。他稍微佝偻，但依旧宽阔的肩膀带着某种紧张的张力，像是一座经年沉寂的火山。

车里的四个男人一路沉默。

吉普车离开公路，沿着一条浅河向前，然后拐弯，进入一个广场。广场中央矗立着一个硕大的青铜头颅雕塑。

短促低浅的额头，高隆的眉骨，深陷的眼睛，宽而短的鼻子下方是突出的厚实嘴唇，包容着结实的牙齿。虬结的长发披散在肩上。

“这就是闻名世界的北京猿人。”聂平替林简打开车门，“欢迎来到周口店。”

头颅后面是绵延上升的汉白玉台阶。台阶的顶端是一幢高大的建筑，上面写着“周口店遗址博物馆”。

“今天我给各位请来了最好的讲解员。”聂平微笑着伸出手，“王言冰先生！”

他身体直立，微微前倾，背负一个刚刚狩猎到的野兽尸体，正在沿着一个斜坡往前走去。他腰围兽皮，骨骼粗大，全身肌肉纠结遒劲，右手执一根粗大、刻琢过的木棍，左手紧紧地攥住肩上野兽的前脚，深陷在眉骨下的眼睛看着未知的前方……

阳光从高大的穹顶天窗照进来，落到大厅中央高大的猿人雕塑上。

从下方和猿人面对面走过，林简有一种奇怪的感觉，仿佛五十万年的时间在他们之间缓慢而又呼啸地流过，刹那交汇。

幽暗中，一束光射在头盖骨上。

它比林简想象的要小，近乎平淡无奇，深褐色的表面油亮光滑，脸只剩下额头和眉骨，前额的右方有一条深深的裂缝，下半部的脸已经失去，只有两个深不可测的眼洞依旧带着神秘的黑色凝视着林简……

“这是北京猿人头盖骨的复制品。”王言冰停了一会又说道，“是你外祖父亲手做的。”

看过无数次的照片和图片，林简第一次真正看到头盖骨复制实物。一种奇怪的反差——咫尺但遥远，平凡但传奇，安静但喧嚣，纤弱但残暴，无辜但阴谋……

“当时我们把它从地里挖出来的时候，它还是软的呢。”王言冰补充道。

林简和李一石跟随着聂平和王言冰参观了一个又一个展厅。她注意到王言冰叙述的时候，眼睛一般都是看着展品，从不看着她。他的声音依旧洪亮，但是没有起伏，像是压抑着什么，散发出一种久远的悲凉、苦涩和痛楚……

林简站在那里，试图把眼前的老人同外祖父、母亲、卡特琳娜、奥森、克拉克和那个黑暗中看不见脸的黑影联系起来，但她无法做到。

参观接近尾声，林简注意到一件奇怪的事情，展览馆没有任何一处提到北京猿人的发现者外祖父林清明。她抬头四处寻找。

聂平好像看出了她的心思，示意林简跟着他。

他们在一张多人合影的照片前停下。聂平默默地伸手指向一个站在后排的人。林简不能从陈旧、模糊的照片上看清那个男人的脸，只能看见一个瘦高的身影和黑色的西服。

“我永远见不到外公的脸了！”她悲哀地想道。

王言冰带着众人往门口走去。经过一个玻璃橱窗，王言冰站住，呆呆地看着橱窗里。一架老式摩斯发报机。

“我们发现了头盖骨，”他叙述道，“但当时没有电话，只有这个。你外公就是用这架发报机给所长布莱克博士发了那份著名的电报——得一头骨，完整，似人。”

午后的太阳被挡在铅色的云层后面，阳光谨慎地停留在这个五十九年前被挖开的山洞顶部，只有稀疏的雪花缓缓飘落在细长的入口夹缝间。

林简抬起头，走在一条狭窄的过道上，身边是悄然耸立的峭壁，在她上方的昏暗光线中变换着各种形状和高低，像一片密密麻麻的爬行动物，在光的阴影里窥视着下方。一阵寒风从入口吹来，搅动山洞里阴郁的光线和空气。

越过聂平的背影，林简可以看到王言冰高大的身体几乎撑满了狭窄的走道。再走上一格台阶，她抬头，王言冰已经不见了。

站在狭窄走道的出口，林简愕然地看着眼前的场景。

昔日的黑暗洞穴已被挖掘扩大，变成一个室内足球场大小、带着高大穹顶、圆锥形的空间。在圆锥的顶部，有一线天光倾泻下来，照在对面石壁上，三个一米见方雄浑遒劲血红的大字，悬挂在深色的石壁上，在微弱的天光下有一种怪异的鲜明。

“猿人洞。”林简轻轻地念道。

王言冰站在山洞的左侧，他的脸和半个身体隐没在光线的阴影里。

林简走上前去。王言冰的上方有一块钉在石壁上的深灰色牌子，用中、英、日语印着：1929 年北京人第一头盖骨发现处。

林简和在王言冰默默地站在那里，抬头看着半空中那个曾经深埋五十万年的骨骸化石的地方，产生一种非常奇怪的感觉。

王言冰长长地叹了一口气：“有时候，我希望头盖骨永远没有被发现……”

林简吃惊地转过脸来，看着王言冰。王言冰大部分脸在阴影的遮蔽中，看不见他的表情。

“为什么？”林简问道。

王言冰没有回答。

“小简，数字 8 和 13 对你来说有什么意义吗？”王言冰问道。

林简心里一动，看着王言冰模糊的脸问道：“王爷爷，为什么问这个问题呢？”

王言冰的脸从阴影中显露出来，带着迷惑的表情：“我研究你外公留下的那些中国结里的丝线，上面有八个空间，十三个结，就想会不会 8 和 13 这两个数字上有什么特殊的意义。我排列了当年各种重大事件，除了头盖骨失踪那年是 1941 年，被日本人截获那天是 8 号，你母亲生日是 8 月 13 日。但其他都没有什么能沾上边的，所以想问问你。”

林简飞快地把母亲和这两个数字联系起来，在大脑里搜索一遍，没有任何结果。她摇摇头。

“好像和我母亲没有任何联系，王爷爷您当年为什么会离开研究所，不再做考古研究了呢？”

在暗淡的光线下，林简觉得周围寒冷的空气突然变得有质感，慢慢地绷紧。王言冰脸上的红润似乎消退了许多，沉默地看着远处站在“猿人洞”三个大字下方的聂平，脸上露出微笑，改变了话题："考古研究所今年冬天又开始一个新的挖掘工程。短短一个月，他们就发现了一些剑齿虎化石……"

聂平走在山洞中央一片被围起来的平地中间，到墙壁边打开一个开关，灯光亮起。灯光下，林简看到平地被隔成很多小格，很多小格里有挖掘的痕迹。

王言冰叹了一口气："尽管现在条件比以前好了，但是考古队员还是每天必须在这滴水成冰的野外工作。"他转过头来看着林简，"小简，过两天我们有时间坐下来，我和你聊聊当年的事，好吗?"

林简看着王言冰，缓缓地点点头。

"小简，不知你有没有注意到，"王言冰脸上又出现了那个迷惑的神情，"在你母亲的中国结上有两个浅淡的数字88，它们有什么意义吗？你母亲曾经向你提起过这两个数字吗?"

99

"你外祖父终结了王言冰的考古生涯。"李一石把几张传真纸递给刚进门的林简。

传真头两页是两篇学术文章的第一页，刊登在最权威的《考古科学》杂志上。一篇题目是《现代北京人和北京猿人的连接》，署名王言冰。另一篇是林清明的文章《从非洲走到北京：智人的历史足迹》。

"起源是学术争论，一个资深科学家和一个考古界新星关于现代中国人来源的问题。"李一石说道，"后来转化成一个民族自豪感、祖宗认同的问题。最后你外祖父发现王言冰为了建立自己的理论，伪造了部分数据和研究成果!"

林简拿起下一张剪报，巨大的题目："耻辱！考古新星被导师揭露作假!"

林简想起猿人洞里王言冰不自然的脸色。

"王言冰最后黯然离开了研究所，离开了北京，离开了自己深爱的专业，失去了一切!"

林简叹了口气，想起了老宋头的话，"所有的……"

一个人的事业、名声、前途和生活。

“但是事情还没完。”李一石看着手上的传真纸，“在二十年前的那场政治运动中，在一个小县城里做中学老师的王言冰被查出和你外祖父当年的关系，受尽审讯和折磨。接下来的细节不是很清楚，唯一知道的是在一次批斗中，他被打成重伤。”

“啊!”林简发出一声惊呼。李一石看着林简，沉默了一会说：“最疯狂和残忍的是，他的妻子和十一岁的儿子因为想要保护他，竟然被当场活活打死。”

林简张大嘴，一时说不出话来。李一石长长地叹了口气。

“二十年后，他再次回到北京，已经变成一个拥有巨大资金和资源的中外合资大公司的老总。”

龙骨山的剪影涂抹在黑灰色的天空背景下。

三层楼的招待所像个小巧的玩具模型，镶嵌在起伏的山峦之间。

稀疏排列的路灯孤单地映照着下方覆盖着白雪的一条车道。

在路边山壁凹陷的阴影里，一个黑衣人手持军用远红外线望远镜，观察远处的小楼。

他放下望远镜，看了一眼手腕上的夜光表，然后从腋下拔出装着十五颗子弹的瑞士西格手枪，在枪口旋上消声器。

他有条不紊地做着这一切。

一声汽笛，一列火车从招待所的后方缓缓开过。

深夜的黑暗中，躺在床上的林简依旧睁着眼睛，看着深灰色的天花板。

她想着那个失去一切的男人孤独而耻辱地离开这个古老的城市。那个小县城中学老师的妻子和她的孩子在丛林般的棍棒中悲惨地死去。那个终身失意的男人遍体鳞伤地躺在地上，看着自己生命中最宝贵的东西再次失去……

林简坐起来，轻轻擦去脸上的泪水，起身走到办公桌边上，打开台灯。

桌子上排列着红色中国结和黄色丝线。她木然地看着它们，脑海里依旧想着王言冰的妻子和儿子。她拿起其中一个中国结。

中国结表面带着她看了无数次的黄色斑痕，她把它放得稍微远一些，两个黄色数字再次显示出来：88。

眼前的数字变得模糊。林简又想起小县城里的那对母子，似乎看见那个母亲在飞舞的棍棒下，向倒在血泊中的儿子爬去……多么漫长、身心剧痛的距离。

林简把手蒙在脸上，温热而潮湿，睫毛在手心拂动，细微的触觉像茫茫雪山中的一朵雪花轻轻颤动，雪面开始松动，整座雪峰开始呼啸，崩塌，奔涌……

耳边响起王言冰的声音："它们有什么意义？你母亲曾经向你提起过这两个数字吗？"

少女林简快步走出医院大门，手腕包扎着雪白的绷带。林静秋从后面追上来。林简没有理睬，毫不犹豫地冲入大雪中。

"你要去哪里？简。"林静秋追着喊道。

林简没有理睬母亲，快步向前冲去。

"你要去哪里?!"林静秋大声问道。

"和你有什么关系？"林简头也不回，加快脚步。

林静秋大喊一声："站住！我是你母亲！"

林简突然站住，转过身来，扭曲的脸上写满了悲伤和愤怒："我母亲？我母亲整天不回家，把我一个人留在黑屋子里？我母亲让我从小奔波流离？我母亲让我在陌生人的家里长大？"

林静秋惊骇地看着林简。母女面对面站在纷纷而下的大雪里。

"很小的时候，我母亲就把我一个人留在这个世界上，然后消失得无影无踪。我们从一个城市搬到另一个城市，我从来没有一个安定温暖的家，我从来没有熟悉的朋友和玩伴，只有一个个陌生而奇怪的别人的家……我曾经是那么想母亲，我从孤儿院逃出来去找她，可是我不知道她在哪里。我一个一个医院去找，可是没有人知道她在哪里，没有一个人知道……"

泪水无声地在林简脸上流淌。林静秋试图拥抱她，她躲开，仇恨地看着林静秋："别碰我！你不是我母亲！你从来就没有爱过我！我没有母亲！我情愿从未被生出来！！"

林静秋悲恸欲绝，哽咽难言："简……"

"现在你突然回来，说你是我的母亲，说你爱我……你怎么能这么做？你不能这么做!”硕大的泪珠从林简带着伤疤的脸上簌簌滚落。

“简!”林静秋再次伸出双手，被林简一把推开，林静秋跌倒在雪地里。

“不!”林简歇斯底里地喊道:“我不要你虚伪的关心！我不要你随时会消失的爱！我不要你的任何东西！我自己能活下去！我不需要你！我再也不要见到你！你不是我妈妈！我妈妈爱我！我妈妈不会抛下我！她爱我！她爱我!!”

林简泣不成声。

林静秋跌坐在冰冷的雪水里，悲伤而无助。她绝望地试图拉住林简的手。她想说什么，但是嘴唇剧烈地颤抖，不能发出任何声音。她突然拉住林简的手，在她的手心里疯狂地写着一个数字……

林简一下把母亲的手甩开，转身走进大雪中，再也没有回头。

林简用手蒙着脸，一刹那，她回忆起母亲在她手心里温暖的碰触和细微的划痕。她闭上眼，记忆穿越那个大雪的夜晚，彻骨的寒冷，锐利的心痛，无助的绝望，带着她飞快地来到另一个时空。

阳光从天空中照下来，一片金黄，温暖明亮，无忧无虑。蔚蓝的大海，天边一叶白帆。

母亲把相机放入包里，拿出一粒糖放在小林简的嘴里。两人沐浴在阳光下，看着快乐的人们跑向大海，空气中跳跃着欢声和笑语……

她依偎在母亲的怀里，母亲轻轻地抚摸着小林简的头发。母亲拉起她的小手，在上面写着 88，88，88……

“你知道 88 是什么意思吗?”母亲问道。

小林简嘴里含着糖，摇头。

“它们是爱和亲吻的意思。”

林简眨了一下眼睛。

她看见下午王言冰带着她和众人往博物馆门口走去。

经过一个玻璃橱窗，王言冰站住，呆呆地看着橱窗里一架老式发报机。

“当时我们发现了头盖骨，”他说道，“但没有电话，只有这个。你外公就是用这架发报机给所长布莱克博士发了那份著名的电报……”

眼前突然出现一道雪亮的闪电。刹那间，林简突然明白外祖父和母亲要告诉她的秘密了。

100

“摩斯密码！”林简失声叫道。

摩斯密码是美国人萨缪尔·摩斯在1836年发明的。它通过两种简单元素的不同排列组合而形成复杂的密码，用来表达每个英文字母、数字和标点符号。

组成密码的基本元素是点和线。

88在摩斯密码里的意思是爱和亲吻。

灯光下，林简战抖地数着丝线上的结，用尺量着每个结之间的距离，并在招待所的信笺上记录。她希望自己还记得在孤儿院参加童子军时学的解密法。

。—。— —。。— —。— —。—。—。。—。。。—。

林简选了一头开始数结和线，选了第一种排列组合。

“点线（A），点线（A），点点（I），线线（M）……”

“AAIM……这是什么？”林简摇头。这时她看到最后一条“线”是前面两条的一半，意识到前面的长线应该是两条线“线线”。她从头开始。

“点线（A），线点（N），线线（M）……ANM？也不对！”

林简尝试所有的点线排列组合，出现的字母没有任何意义。她迟疑地从线的另一头开始破解，从两个一组开始。

“点线（A），点线（A），线点（N），点线（A），AANA？不对！”

她再试了三个一组，四个一组，拼出来的词汇仍然没有任何意义，但她由此确定了第一个字母应该是A或者是R。她选择A开始。第二个字母除去A的可能性的话，只能是P（点线线点）。

第三个字母可能的选择是A和E，林简选了E，所以前三个字母加起来是APE。

“猿！”林简心里一阵狂喜。下面的两个字母选择是M和Q。她放弃了冷僻的Q，然后试着用M，A，N三个字母去试探后面的密码，符合！

APEMAN（猿人），对！

林简感到心脏开始剧烈地跳动，战抖的手移向下面的点和线。

“给我一个C！给我一个C！”林简心里期盼着。

脚下软底的军用皮靴无声地踩在积雪上，提着消音手枪的黑影弓身飞快地向招待所走去。他抬头看着二楼亮着灯的窗口。

招待所的侧门悄悄地打开。黑影快步上了二楼，沿着走廊向前方亮着灯的房间走去。

站在门口，黑影倾听屋里的声音。他看看表，然后安静等待着。室内的灯光从下方的门缝微微露出一条窄窄的毛边。

四周一片安静。

灯光照在林简骨节发白的手指，紧张地掐在黄丝线上。

下面的四个符号是线点线点。啊！是字母C！

林简屏住呼吸，继续查下面的符号，她的心就像蹦极，缓慢地上下震荡，振幅慢慢变小，有一种东西终于落到本应属于它的位置。

最后一个字符是个点，代表字母E。

林简看着面前的纸片，上面写着十个字母：APEMAN CAVE。

不远处传来夜行火车响亮的汽笛声，像一道白色闪电划破黑夜的寂静。

黑影退后一步，猛地一脚踹在门上，房门大开。

他一步冲入房内，对着桌前的背影扣动扳机。

林简想起那个深幽的山洞，雪花从顶部缓缓飘落。一线稀薄的天光照入洞内，落在洞壁上。布满刻凿印痕的崖壁上有三个血红的大字：猿人洞。

“头盖骨在猿人洞里！”林简脑海里灵光一闪。

她一把撕下信笺上的纸，冲出房间，飞快地跑在走廊里，敲响了斜对面房间的门。

林简迷惑地看着面前缓缓打开的门，低头看见门上破碎的锁，心里突然有一种熟悉的恶心感觉，像一只多毛冰凉的大手攥住她的心脏，开始缓慢而无情地握紧……

她走进房间。

房间里似乎和她离开时没有任何变化，正前方桌上的台灯依旧亮着。

灯光下，李一石背靠着门，坐在书桌前的轮椅上，似乎在专心看着面前的什么东西。

林简的目光从李一石的背移向下方的地毯。轮椅旁边的地板上有一块不大的阴影，阴影在她的注视下渐渐显出了颜色。鲜红的血从李一石下垂的手滴在深色的地毯上。

林简一步冲到李一石的身边。他闭着眼睛，睡衣上浸透了鲜血。她飞快地伸手去摸李一石的颈动脉，身体还是温暖的，但脉搏已经没有了。灯光下，他白色的脸上没有痛苦，有孩子熟睡般的安详和宁静。

林简用手捂住嘴，不让自己发出任何声音。

门外的走廊里传来脚步声。

脚步声在房门口谨慎地停下。

门被推开，有人一步一步谨慎地走进房间，停在李一石的身边。然后是开关主卧室门的声音，最后脚步声向旁边的副卧室走来。

副卧室门后的黑暗中站着林简。她紧张地倾听着门另一边的声音，手里紧紧拿着一个巨大的烟灰缸。

屋外的那个人默默地站在门的另一边。林简轻轻地把手里写着密码的纸放进嘴里。

门把手无声转动。林简咀嚼着嘴里的纸，两眼注视着门把手，慢慢举起手中的烟灰缸。

门开了，一道细光出现在卧室深色的地板上，然后慢慢扩展。

在光线尽头的地板上有一把闪亮的刀，刀边躺着一个人体。他奇诡地弯曲着，脸朝林简的方向，两只眼睛无神地看着她。他的脑门上有个黑色的枪眼。

林简认出他是李一石的保镖李砾。

一个高大的身影被客厅的灯光投射在卧室的地板上。他的右手持枪，一动不动地看着卧室里面的一切。

走廊远处传来有人大声说话的声音。林简辨出王言冰的声音。然后是开门的声音，更多的说话和走动的声音传来。

门口的影子往后退去。脚步声快速离去，外屋传来关门的声音。

林简长长舒了口气，放下手中的烟灰缸。这时她听到身后的黑暗中传来一个细微的呼吸声。

她慢慢转过身去，一把带着消声器的手枪正对着她的眉心。

她艰难地咽下了嘴里的纸。

101

救护车和警车同时鸣着警笛。

一辆白色救护车停在招待所大门前。从车里飞快跳出四个穿着白衣的医护人员，抬着担架冲入大门。另一辆闪着警灯的警车随即停在救护车边上，几个穿着藏青色警服的警察开门下车，快步走进招待所。

几分钟之后，救护人员抬着两个担架冲出来。同时另外一辆警车赶到。

招待所一楼的阴影里藏着汉默。

他用小型望远镜看着躺在担架上的人。在救护车闪烁的灯光下，第一个担架上面躺着一个短小的身体，第二个是个瘦削的男子。汉默想起他刚才站在李一石房间里看见他和保镖躺在血泊里的画面。

他轻轻地松了一口气，没有林简。

救护车呼啸离去，四周归于平静。汉默把视线从警车上转向后面的招待所。二楼好几个房间亮着灯，警察的身影投映在窗玻璃上。

他们在找杀害李一石的凶手。汉默想："我得马上找到林简！"

紧贴墙根，汉默快步走到大楼的侧面，他推开刚才出来时留着未关的侧门。

他刚要上楼，上方传来嘈杂的脚步声。他迅速退入楼梯下的阴影中。他轻轻地拔出手枪，仔细倾听头上的声音。

脚步声沿着楼梯上三楼，渐渐远去。

汉默舒了口气，轻手轻脚走上二楼楼梯。

二楼空旷的走廊里灯光明亮。汉默快速向前走去。对面的楼梯上方传来说话的声音。他加快脚步，闪身进入左边的门里。

一个洪亮的说话声和警察的脚步声经过门口，但没有停下，然后消失在另一头的楼梯处。

汉默转过头来，在灯光下重新打量李一石的房间。

李一石的轮椅还在原地，和前方的书桌形成一个奇怪的角度。想必是刚才救护人员把他抬上担架时转动的。下方的地毯上依旧有一大摊血迹。汉默走进主卧室，在窗帘后面看着楼下。警察举着手电筒，呈扇形散开，搜索大楼周边。

汉默沿着窗台走到对面的副卧室，推开门看见地上有一片血迹。他关上门时，瞥见门缝中有个东西闪了一下。

门后的地毯上有一个沉甸甸的烟灰缸。

汉默走出卧室，关上门，再把门重新打开，站在门口环顾整个卧室。他突然意识到，难怪林简刚才不在她的房间。刚才他第一次站在门口的时候，林简就在这个房间里，手里拿着烟灰缸躲在门后。

汉默若有所思地掂量着沉重的烟灰缸。很明显，林简是在枪手杀害李一石和他的保镖后进到这个房间的。

为什么她会在清晨三点来找李一石呢?

林简房间的大部分都在黑暗中，只有书桌上的台灯亮着，就像他刚才进来时看到的一样。

汉默走到书桌前，看着台灯光下的中国结和黄丝线、印着旅馆名字的铅笔、信笺和一把小尺。

汉默拿起中国结和丝线端详，没有发现任何特别之处。他又拿起信笺，上面空白，没有任何字迹。他正要放下，突然心里一动，举起信笺，对着台灯，从侧面看去，平整的纸上有一些隐约的印痕……

汉默把铅笔横过来，轻轻地涂着白色纸，几个潦草的英语字母慢慢显示出来。

APEMAN CAVE。

救护车渐渐远去、消失。

林简坐在黑暗的博物馆大厅中央，身后是北京猿人的巨型雕塑，前方是林清明所制的头盖骨模型的橱窗。周围环绕着各种形状的史前动物和人类标本，在阴影中窥视着不能动弹的她。她的手被手铐反铐在一把铁椅子的椅背上。她面无表情，眼睛平视前方。一把带消声器的手枪抵在她的眉心上。

“告诉我密码答案!”无脸人低声命令道。

林简抬起头，看着那张血红、没有五官的脸，凝视着面具上部的裂缝，裂缝中一双布满血丝的眼睛和她的目光相触后，似乎躲闪了一下。

“为什么你不敢拿掉面具跟我面对面说话呢？”林简沉静地问道。

枪口在林简的额头上轻微地动了一下。

“告诉我头盖骨藏在哪里！”无脸人的声音变得更加低沉。

“你杀死了我母亲、克拉克、卡特琳娜、麦肯塔尔、渡边、我的两个朋友、李一石，几乎是我身边所有的人。”

看着他的眼睛，林简诧异地问道：“为什么你觉得我会告诉你我外公和母亲用生命保护的秘密呢？”

无脸人居高临下地看着林简，良久，像是在评估她话里的真实和分量。

大厅里一片安静，无脸人从林简的脸上收回目光。

“是你让我别无选择。”他简短地说，解下身上的背包放在桌子上，从里面拿出一个皮包，里面整齐地摆着药水瓶和针筒。

“我没有杀麦肯塔尔。你母亲的死完全是一个意外。”他拿起注射器从药瓶里抽取药水，“我从来没有想伤害她。我只是想知道她的发现，就像现在一样。不同的是，现在你没有时间了，我也没有时间了。我必须马上知道头盖骨在哪里！”

他的声音低沉、迟缓，带着一种说不出的踌躇和痛苦，和他脸上的血红色狰狞的面具形成强烈的反差。

“你永远不会知道头盖骨在哪里！”林简一个字一个字地说道，“而且，今天我会杀了你！”

无脸人没有说话，拿着针筒走到林简面前，卷起她的衣袖。他好像害怕似的尽量不碰她的身体，把针头扎入她的胳膊，开始缓缓地推动针筒。

“请放松，药会在十五分钟之内开始生效。”他避开林简的目光，不带感情地说道。

林简冷冷地看着他。

突然，她的脸抽搐了一下，呼吸变得急促而沉重，开始剧烈咳嗽，然后手脚开始痉挛。

踏上通往猿人洞的山坡第一级台阶，汉默突然停下脚步：“林简现在哪里？为什么没有出来和她的中国朋友会合呢？”

一种不祥的感觉像浓稠的黑色黏连在他的心头：“林简被杀手绑架了！”

他摇摇头："不！林简和他们一起去猿人洞寻找头盖骨了。"

他加快脚步沿着台阶往上跑去，猛然停下脚步，一个突如其来的想法让他汗毛倒竖："难道当时卧室里面还有另一个人?!"

当他举着枪站在卧室门口时，林简躲在门后，那个杀手可能也在卧室，就躲在林简背后的黑暗中！

"如果林简落到杀手的手里，"汉默站在黑暗中想："杀手要做的第一件事是从林简口中知道头盖骨的所在地，不会马上杀掉林简，因为他以前有好几次机会都没有做。所以，只要林简坚持不说出头盖骨埋藏的地方，她应该是安全的。但是……

实话试剂！林静秋手臂上那个细小的针眼一下出现在汉默的眼前。

看着山坡下方招待所的灯光，汉默内心剧烈地斗争着，最后他转身继续向猿人洞的方向跑去。

102

无脸人倒吸一口冷气，一时手足无措地看着面前正在失去知觉的林简。

他飞快地拔出针头，伸手搭在林简的颈动脉上。心跳迅疾。他凑近林简，掰开她紧闭的双眼，检查瞳孔。

林简突然睁开眼睛，目光明亮而平静。

她猛地一头撞在无脸人血红的面具上。无脸人本能地捂住脸，鲜血顺着面具的缝隙流下来。移位的面具让他瞬间失明，惊慌失措。

林简站起来，一头撞向无脸人的胸口。无脸人仰面朝天倒向地面。他受过专业训练的身体马上反弹，纵身一跳，迅速起身，同时扶正面具。

在无脸人立足未稳时，林简带着椅子突然开始旋转，沉重的铸铁椅子在空中画了个半圆，带着巨大的动能打在无脸人的头部，发出一声浑浊的钝响。无脸人顿时失去知觉，重重地摔在地上。

沉重的冲击力让林简手臂和腿上的伤口刺心地疼痛，眼前阵阵发黑。她把手臂脱开椅子，跌跌撞撞地冲到无脸人的身边，反手从他口袋里掏出钥匙，吃力地打开手铐，伸手拿起桌上的手枪。她额头上布满疼痛和虚弱的细汗，两手持枪，对准无脸人的血红面具。

枪口下，面具粗糙的表面闪着钝拙的微光，随着无脸者的呼吸轻微地颤动。

林简手指用力，慢慢地扣动扳机。她能清晰地感到手枪的重量和扳机的阻力。她持枪的手在发抖。只要手指再用一点力，她就可以杀死这个在梦中已经杀死无数次的凶手。但是她的手指突然失去力量。

“林简！”她命令自己，“杀了他！”

她深深吸了口气，两手扶住抖动的手枪，再次对准近如咫尺的丑陋、恐怖、上面布满划痕的面具。

“林简，开枪！”林简听到自己内心的呐喊。

“不！”另一个声音回答道，“我要知道！”

林简左手松开枪，向前伸去。她的手触摸到皮革粗糙的表面，战抖地揭开了血红色的面具，露出一张熟悉而又陌生的脸。

克拉克。

林简两手举着枪，再次对着克拉克的头。她的视线突然模糊，她意识到刚才注射的针剂开始产生作用了。

黑暗中一丝微弱的光线照在克拉克失去知觉的脸上，没有充满魅力的大男孩子般的笑容，也没有血红疯狂的眼睛，如恶魔般狰狞、冷血和残忍的杀气。他的脸上有一种茫然和害怕，隐约的雀斑惊恐地聚集在一起，躲避着从鼻子中流出的鲜血，躲避着无所不在的黑暗和黑暗中窥视的重重鬼影……

林简想起那天晚上克拉克叙述的小时候噩梦中的那个戴面具的魔鬼。

她凝视着克拉克的脸，慢慢举起枪，脸上带着无限的哀伤和痛苦。

“噗”，枪在空旷的大厅里发出低沉、短促的一声。

林简手里拿着枪，冲出大厅。她腿上的伤口被刚才的剧烈运动重新撕裂，一瘸一拐地向博物馆大门跑去。

林简忍住剧痛，走下博物馆前方漫长的花岗岩阶梯，正要向猿人洞的方向跑去，突然停住脚步。前方不远处出现了几束手电筒光。

林简环顾四周，快跑几步，躲在北京猿人巨大的青铜头像后面。

七八个人打着手电筒走过博物馆前的平台，在头像前方停下。

“我们兵分两路搜寻，凶手带着林简不会走远！”王言冰洪亮的声音响起。

青铜头像后面，林简迟疑地想要不要走出去。

“要不要搜查一下博物馆？”一个声音问道。

“不用！博物馆所有的门都锁着呢。”王言冰回答，“好！出发，我们在招待所和聂司长会合。如有情况鸣枪为号！”

林简把身体往深处缩了缩，微微探出头去。黑暗中王言冰的白发在前方一闪而过，紧跟其后的是几个藏青色警服的身影。急促的脚步声分别向两个方向而去。

林简小心地从头像的阴影中出来。

“咔嗒”，身后有枪机打开的轻微声音。一个冰冷的枪口顶着她的后脑。她僵直不动。一只手一把夺走了她手里的枪。

“转过来！”一个熟悉的嘶哑声音。

林简慢慢地转过身，看见汉默站在她的面前，手里举着两把手枪对着她。

飘扬的雪花中，两个人面对面站着，看着对方。汉默脸上的肌肉动了一下，伸手把林简的手枪还给她。

“我怕你走火伤到了我。”他挤出了一个友善的笑容。

“你在这里干吗？”林简伸手接过枪。

“保护我唯一的证人啊！”汉默的声音低下去，想到了被担架抬上救护车的李一石没有生气的身体。他低头看了一眼林简手里的手枪，“凶手呢？”

“我杀了他。”林简平静地说。她的身体突然奇怪地摇晃一下，似乎要摔倒。汉默上前扶住她。

“怎么了？”汉默问道。林简微微摇头。

“去猿人洞。”她说道。

黑暗中，狭窄的洞口奇怪地扭曲、飘浮在空中。

林简知道这是药力的作用。注入她体内的那部分化合物开始麻痹她的中枢神经，让她在幻觉中进出于清醒和昏迷的阴阳两界。她吃力地爬上并不存在的台阶，向入口走去。

“你没事吧？”后面传来汉默关切的询问。

林简摇摇头，使劲闭了一下眼睛，再睁开。入口的真实形状恢复了。她快步走进入口。

她面前隐约是一片巨大的空地，被黑黝黝的高耸峭壁包围着。她蹒跚地走过一个个挖掘坑，在山壁的凹坑里找到了电灯开关。

电灯亮起，在黑暗中显得分外刺眼。细碎的雪花在黄色的灯光下旋转飞舞，背后的悬崖壁上有依稀可见的三个红字——猿人洞。

林简和汉默站在灯光下整齐分割的挖掘坑前，一时不知道该怎么办。

“你确定在这里吗?”汉默迟疑地问道。林简点点头。

“这么大的地方……”汉默低声地自语。

林简感到四周的悬崖似乎开始蠕动，变幻成各种奇怪的形状，慢慢向她挤压过来。她闭上眼睛站在那里。汉默想说什么，但没说出口，耐心地等。

林简竭力从困顿和混沌的淤泥中探出头来，但又一次一次被淹没。她默默地祷告：“外公，妈妈，请你们和我在一起!”

林简低着头站在黑暗中，听到风从远处呼啸而来，掠过山坡上枯干的树枝，穿过峭壁狭窄的缝隙，吹过她挺立的身体……

“如果我是外公的话，会把头盖骨埋在哪里呢?”林简问自己。

没有答案，没有警示，没有任何迹象。

林简轻轻叹了口气，抬起头来：“我们就从猿人洞的每寸土地找起吧!”

她的脸上一凉，一片雪花掉在她的脸上，慢慢化去。

更多的雪花落在她的脸上。在晕眩和迷雾中，她的思路变细变亮，像刀刃一样锋利，像山风一样敏捷。她看到在飘着雪花的冬夜里，一个孤独、瘦高的身影走进山洞入口，向她走来。

103

巴拉望岛，1944 年 12 月 7 日，正午。

亚热带的太阳像金色的细沙洒落在菲律宾最大的岛屿上。

几十米高的椰子树伸出沙滩，悬空在平静的海面上。海水透明碧绿，水面下几米处，珊瑚艳丽多彩。微风吹过，海面皱起缎子般的波浪，温柔地亲吻着白色海滩。

阳光透过丛林中碧绿而繁茂的枝叶，落在肥沃的褐色泥土上。在平整的地面上，有个一米见方的洞口。阳光像一根巨大透明、转瞬即逝的柱子矗立在五米深的地牢里。在柱子的底部俯卧着一具正在腐烂的肉体。

他裸露的脊背布满了新旧鞭痕，混杂着德国狼狗的宽深齿印。化了脓的伤口上，白色的蛆虫在蠕动翻滚，贪婪地啃噬着正在腐烂的筋肉。地牢的空气中弥漫升腾着腥臭和微甜的气味，交汇着缓缓沉淀的死亡气息。

明亮的阳光照在海军陆战队中尉嘉士伯·罗杰斯的身体上。他黑肿的眼皮微微抖动了一下。

他飞速地奔跑，丛林中参差的树枝和宽大的叶子锋利地划过他的皮肤，

身后是日语的吼叫和狼狗的狂吠，子弹呼啸着从他的头顶飞过，

他粗重地喘息着，肺像着了火，模糊的视线紧盯着远处碧蓝的海面。

他跨越一个断涧，下落时右脚一崴，一下子扑倒在地。

他爬起来一瘸一拐向前跑去。一声枪响，他的身体带着惯性飞起。

他无力地趴在地上，绝望地看着远处的海岸线，鲜血从背上的伤口汩汩流出，

狼狗低沉地咆哮着，尖利的牙齿撕裂他的身体，

他的身体被粗暴地翻过来，太阳光锐利地刺入他的眼睛，他试图伸手遮挡。

在阳光的阴影中，一张戴着墨镜、满是伤疤的脸。

带着钉子的皮靴猛力踹在他的脸上……

罗杰斯中尉用尽全身力气睁开满是黑血的眼睛，模糊的视线急切地捕捉每天几秒钟的光明。他吃力地扭过头来，睁大眼睛，直视着照在他脸上的阳光。他的身体沐浴在阳光里，变得透明而轻盈。在这短短的几秒里，他看到了自己二十五岁的一生：

明尼苏达州的无际雪野，
荒原尽头孤独的教堂，
夏天湖上宁静矗立的绿树，
秋天红叶飘落下的校园，
褐色的考古系馆外墙，
海军陆战队拥挤的运兵船，
暗红厚重的古城墙，
曲折幽静的小巷，
漫山无边无际的黄色雏菊，

凝视着他的美丽黑眼睛……

在光明消失的一瞬间，濒临死亡的罗杰斯中尉发了一个无人知晓的誓言。

林简闭上眼，看见那个瘦高的身影走过她的面前。她不由自主地跟着他向右边的石壁走去……

她的身体突然晃了一下，幻觉消失了。汉默一把将她扶住。

林简睁开眼睛，聚集全部的意志力向前走去。汉默担心地跟在她后面。她在拐弯处停下来，抬头看着上方。

上方的石壁上有块牌子。

“1929 年北京人第一头盖骨发现处。”汉默用英文念道。他转过头来，询问地看着林简。林简点点头。

“你觉得你外祖父会把头盖骨埋在这里?”汉默想确认。

“是!”林简点头，“如果我要把化石藏在这里，就会选这儿。”

汉默想了一下，点点头：“好！你站在这里，不要动。”

汉默走上前去，跪在地上仔细检查。他从靴子里拔出匕首插入泥土中。地面冻得很硬，匕首很不趁手。他站起身来，走向对面的考古挖掘区。不一会回来，他拿来一把镐头和一把铲子。林简虚弱地靠在墙上，赞许地看着他。

“咚”的一声，镐头刨在冻硬的地上，出现一个白色的印子。汉默猛力地挥动着镐头，地面被破开，一个黑色的凹坑渐渐变大。半米不到的冻土层下面是比较松软的沙土，汉默扔下了镐头，拿起铲子，跳入坑内，开始往外铲土。

林简感到全身发软，呼吸变得越来越慢。她倚在石壁上看着汉默，极力抵挡着一波一波涌来的睡意。

汉默放下铲子，用袖口擦着头上的汗。他从口袋里掏出一个瘪塌塌的烟盒，不甘心地看了一眼，摇摇头，扔掉烟盒，脱下皮夹克，继续往下挖。

“你还好吗?”他把一铲土扬出来，大声问道。

林简一激灵：“什么?”她突然发现自己刚才不知不觉地睡着了。

“你没事吧?”汉默气喘吁吁地问道。

“我没事……”林简大声回答。她感到自己正在慢慢沉没在稠密而温暖的黑色里，徒劳地用残存的理智火柴划出一个一个的光亮，但是每个火苗忽闪一下就湮灭在无边的黑暗中。

看着汉默奋力铲土的身影，她隐隐觉得在她黏滞不动的思维底部有一个什么令人不安的东西。她艰难地分开黏滞厚重的阻力，试图看清那个东西。

“你知道……”半人深的坑里传来汉默的声音，“你知道为什么我父亲和我当时去了那个被抢劫的便利店吗？”

“嗯？”林简一时不知道他在说什么。

“就是我父亲殉职的那一次。”汉默用力扔出一锹土，“因为那儿的牛奶比别的店便宜25美分……”

“为什么他和我说这些？”林简迟钝而迷惑地想。

一阵寒风夹着雪花吹来，林简打了个寒战，睡意像风中的雾一下子飞散，思绪一下变得清晰和锐利，她看清了心灵深处那一丝不安：“我真能完全信任汉默吗？”

林简心头突然一震，一种恐惧突然摄住她最后残存的意识。她调整自己的站姿，从口袋里拿出带着消声器的手枪，悄悄地拧下消声器。

“当”的一声，汉默的铁锹好像碰到了什么。

“快来看！”汉默将铁锹扔到一边，用手飞快地拨开浮土。

林简慢慢地走近坑。

灯光下，褐色的浮土当中露出黑黝黝的一角。

汉默站直身体看着林简，眼睛在昏暗的灯光下闪闪发光：“我想我们找到了……”

话音未落，一声轻微的声响。汉默身体震动一下，同时所有的灯一起熄灭，四周一片黑暗。林简本能地扑倒在冰冷的雪地上，视网膜上还留着汉默在坑里缓缓倒下的影像……

四周一片怪异的安静，只有风穿过山谷凄厉的呼啸声。

林简伸手在黑暗中摸索，摸到了地上的积雪，新挖出来的湿润泥土……

突然，不远处传来一个声音。

有人叫她的名字。

104

巴拉望岛战俘营，1944年12月14日，中午。

罗杰斯中尉沐浴在明亮温暖的光芒中，感到身体的伤痛、折磨、腐烂奇迹般地消失了。一种源源不断的力量缓缓地流入他破碎的躯体。他的身体飘浮在一片无瑕的洁白中。远处传来优美的赞美诗乐声，前方一扇白色的大门慢慢开启，强烈的金色光芒倾泻而出。他睁开疲劳的眼睛，漫山遍野黄色的雏菊，一个苗条、俏丽的身影正在向他走来，一双美丽的黑色眼睛深情地凝视着他……

“嘉士伯……罗杰斯！”一个声音在远处叫他。

奄奄一息的罗杰斯中尉微笑着，沉浸在幸福和温暖中。

“罗杰斯……罗杰斯中尉！”声音突然变得近而嘶哑。

罗杰斯中尉微微睁开眼睛，面前的光芒一下黯淡下来。黑色的眼睛消失了，取而代之的是一个像骷髅般瘦削的脸。

他眨眨眼睛，看清是自己的战友比利·麦肯塔尔的脸，正急切而大声地叫着他的名字。他身边是那个英国军医的脸，脸上没有往日的傲慢，带着悲悯的神情。

“他怎么样？”他听到麦肯塔尔急切地问道。

军医没有回答。他感到一只干燥的手放在他滚烫的额头上。

“罪孽的代价乃是死；惟有神的恩赐，在我们的主基督耶稣里才能得到永生。”军医低声地默诵。罗杰斯知道这是《圣经·罗马书》第六章二十三节。这是他父亲以前给临死的教徒祷告时引用的话。军医的手离开他的额头，脚步声渐渐远去。

一只手轻轻拍打他的脸颊，他重新睁开眼睛，看到麦肯塔尔充满关切的眼睛。

一个金属勺子碰触在他干裂的嘴唇。

“张嘴，伙计。”麦肯塔尔说道。他迟缓地张开嘴，温热的肉汤流过他肿胀的舌头，慢慢进入他的食道里。

“多喝点儿，你这狗娘养的就会好了。”麦肯塔尔微笑着说道。

他缓缓地摇摇头，闭上嘴。

远处传来一阵嗡嗡声。他转过头去，从没有遮掩的窗口看见两架飞机在蓝色的天空飞过。

他睁大了眼睛，他嘶哑地轻声说道：“洛克希德……”

“洛克希德战斗机！我们的飞机！”他的周围爆发出一阵欢呼。美军战俘叫着、笑着，探出窗口向空中的飞机挥手。几个战俘试图冲过门口守卫的日本士兵。

“罗杰斯!”麦肯塔尔把他扶起来，“伙计，再坚持一下，我们马上回家了!”

周围的战友又蹦又跳，拿起一切可以敲响的东西敲打。他也被感染了，感到有一股力量从身体里慢慢升起，肿胀的脸上露出一个丑陋的笑容，目送飞机在远处的天空中消失。

笑容突然从他的脸上消失。

他看见战俘营房前的空地上站着两个穿着日军军服的人。矮小的是看守长佐藤，高大的人站在太阳的阴影里。太阳光勾勒出他身上一丝不苟的军服，闪亮的靴子和脸上墨镜下方遍布的伤疤。

高桥阴沉地看着前方欢呼的战俘，一动不动。

“我还活着?!”这是无脸人醒来后的第一个意识。在黑暗中睁开眼睛。

面前横躺着一张变形的铁椅子。他想起林筒飞快转动、充满愤怒的脸。他突然感到一阵晕眩，太阳穴传来钝拙的疼痛，肿胀的右脸颊在火辣辣地抽搐和抖动。他伸手摸脸，发现两手动弹不了——他被手铐铐在沉重的暖气片上。他侧过身来，突然腿上传来一阵剧痛。他低下头，看到上衣的里衬被撕成布条，包在他右边的小腿上。他试着移动，但右腿一动不能动。子弹打穿了他小腿后部的肌肉，让他暂时失去了行走能力。

看着小腿上匆忙但仔细的包扎，他想起上次在汽车旅馆里，林筒第一次给他包扎手臂的枪伤，突然心里有一种说不出的悲哀和痛苦。

他的目光从腿上移开，看到地上血色的面具。

面具悄无声息地，毫无生气地蜷缩在地板上，肮脏、丑陋、残破，失去往日那种让人惊骇恐惧的魔力，就像一块沾了红颜料的破抹布。

刀被他战抖的小手从对面宽大的胸口拔出。

温热带着腥味的血一下喷出来，溅在他的脸上。面前戴着血红面具的魔鬼双膝跪倒，缓缓倒在地上。

九岁的他右手拿着刀，不知所措地看着地上不断抽搐的身体。

他蹲下，似乎在仔细研究和确认那个反复在他噩梦中出现的血红面具。

深夜的孤儿院宿舍里一片安静，所有孩子都到山里野营，只留下发烧的他。他伸出发抖的左手，碰触到血红的面具。面具表面粗糙，布满了奇怪的划痕，中间是两个洞，露出灰白的皮肤。他深深地吸了一口气，揭开了面具。

院长麦康纳神父苍白的脸露出来。

院长失神的灰眼睛无神地看着他，嘴唇嚅动着想说什么，但已经不能发出声音来，唾沫混合着鲜血从他的嘴角流出。他想起院长平时慈爱的脸，试图把那个温和的笑容和面前这张丑恶的脸重叠起来。

但是他不能。他手里拿着依旧滴血的刀，看着面前那张熟悉而陌生的脸，一时不知道该怎么办。

院长涣散的眼神慢慢集中，瞳孔的颜色渐渐变深，像重新汇聚起一种恶魔般的强大力量。无数个深夜，他从那个血红的面具后面看到的让人不寒而栗的眼神……

他尖叫一声，用尽全身力气把刀扎进院长的眼睛。他一边疯狂嘶叫，一边不断地把刀插入院长的脸上和身体里。刀光飞舞，鲜血喷溅……

他突然停止，手里紧握着刀，慢慢抬起头来。

他满脸是血，像戴着一个鲜红的面具。

无脸人抬起头来，看着上方的漆黑窗口。

他看到了林静秋临死前的眼睛；埃塞俄比亚士兵接过钱的笑脸；前方车里卡特琳娜带着披巾的背影；瞄准镜里渡边肮脏的脸；火车车厢里两个身体倒下的重钝声响；李一石孱弱身体突然扑倒在桌子上……

所有的画面重叠，化成林简黑色的眼睛，静静地注视着他。

无脸人低下头。那一刹那，他突然意识到他失去了这辈子唯一的机会。他痛苦、绝望地看着那个海边的白色小房子慢慢腐朽颓塌，变成流沙，随风飘散……

眼泪不可控制地从他的眼睛里流出来。他开始像一个九岁的小男孩哭起来。

“简…… ”黑暗中有人叫道。

林简的身体猛然一震，摸索的手停在空中。

这是一个奇怪的声音，带着陌生和熟悉、遥远和亲近、寒冷和温暖、恐惧和镇静、憎恨和慈爱的强烈反差……

“简?”

那个声音再次出现。

林简闭上眼睛，身体和感官像泡在黏稠而温暖的液体里，迟缓而麻木，但她的头脑刹那却变得清明和锋利，像一把刚出鞘的尖刀，刺破记忆的无垠黑暗。她的意识追随着闪光的刀尖飞快地在时光的隧道里飞驰。一个个记忆角落的门依次打开……

最后她在一个带着名牌的房门前停下，门慢慢打开。

这是一个相当大的房间，里面几乎装满标本、化石、动物复制品、绘画和照片，让这个巨大的房间变得狭小、拥挤。

在所有标本和照片中间一个不起眼的角落，挂着一个红色的中国结。

林简记忆中的第五个中国结!

林简张开嘴，但没有发出任何声音。她再次张开嘴。

“杰贝兹博士?”林简迟疑地问道。

105

“是我。”黑暗中传来杰贝兹博士的声音。

林简试图辨认杰贝兹博士所在的位置，但是在像竖立着的瓶子一样的山洞里，每个声音都会有密集的回声，无法准确辨认声源。

“你没事吧？简。”杰贝兹博士的声音再次响起。

“是你杀了特警汉默?”林简问道。

“是的。他必须死。”杰贝兹博士说道，“许多人都必须死，所以今夜我们才能来到这里。”他的声音奇怪地混合着宁静、兴奋、悲哀、欣喜、如释重负。

林简感到大脑在缓慢而失控地旋转，思绪像无数纷乱的细线，被一个强大的力量缠绕在一起，形成一团乱麻。她把脸贴在地上冰凉的积雪上，试图让意识和身体回到现实中来。

“是你命令克拉克杀死我母亲、卡特琳娜、李一石和所有其他的人?”她问道。

“是的。”杰贝兹博士回答道。

林简突然想起博物馆里明亮阳光下杰贝兹博士略带调皮的蓝色眼睛。那个古老教堂小屋里略带哀伤的背影，脚上带着泥点的旧皮鞋……

“是你亲手杀死了麦肯塔尔？”林简迟疑地问道。

“是的。”杰贝兹博士回答道。

林简想起黑暗中麦肯塔尔高悬在窗框上的残破身体。她慢慢抬起头，轻盈的雪花飘落在她的脸上。

雪花落在一个新的红中国结上。

站在研究所的院子中央，林清明手里拿着中国结，微笑地看着两个海军陆战队员跳下军用卡车向他走来。走在左面的是上士麦肯塔尔，右面的是中尉嘉士伯·罗杰斯。

“你就是死去的罗杰斯中尉？”

杰贝兹博士沉默了一会，回答：“是的。”

“为什么？”林简大声问道，声音里充满了迷惑、不解、哀伤。

林简的声音在洞穴里安静下来。四周一片死寂。

杰贝兹博士的声音从黑暗中传来：“我们没有多少时间了。简，让我带你离开这里……”

“不！”林简双手支撑地站起来，“我要知道！”

杰贝兹博士很久没有说话，凄厉的风声似乎突然停了，安静得可以听到雪花落在地上的声音。

“四十七年前，”杰贝兹博士的声音穿透黑暗和时光，从一个遥远的地方传来，“嘉士伯·罗杰斯和比利·麦肯塔尔负责护送北京猿人头盖骨从北京前往纽约。在途中被高桥带领的日本宪兵俘虏。罗杰斯和麦肯塔尔被押送到菲律宾的巴拉望岛战俘营。在那里，他同时见到了魔鬼和上帝！”

杰贝兹博士的声音清晰而缓慢，带着深沉的痛苦和喜悦。

林简用尽全力扶着石壁慢慢站起身来。她的眼睛已经适应了面前的黑暗。在山谷入口处站着一个瘦高的身影。她慢慢举起了手中沉重的手枪。

“当他被关在黑暗的地牢里，浸泡在污水里，吃着草根、虫子、动物的腐烂尸体……世界遗忘了他，他也遗忘了世界。”

林简扣在扳机上的手指犹豫着。

“每天正午时分，一束阳光照进地牢，带来无法形容的光明和温暖。”

杰贝兹博士的声音带着一种无法形容的狂喜与痛楚：“精神慢慢疯掉、肉体渐渐消失的罗杰斯在这短短的几秒钟内心里却是从未有过的清醒。他看着自己肮脏残破的肉体和灵魂毫无遮蔽地暴露在明净无比的光芒下，意识到这是上帝在看着他，看着他蜕换着陈旧、丑陋的躯壳，变成一个崭新的人……”

林简的手指慢慢扣下扳机，突然发现那个黑影已经不在视线里了！

杰贝兹博士的声音再次传来：“在那个无与伦比的光芒中，他看着上帝的眼睛发誓，如果他能从这里活着出去，将把他的余生奉献给上帝。”

他的声音似乎离林简更近了，但是林简却不能看到他。

“上帝应允了他的祈祷！”杰贝兹博士的声音充满了自豪和神圣。

巴拉望岛战俘营，1944 年 12 月 14 日，下午两点。

昏迷的罗杰斯中尉在猛烈的机枪声中醒过来。

他茫然地睁开眼睛，正好看见英国军医的天灵盖被重机枪子弹瞬间掀掉，炙热的鲜血和脑浆溅落在他的身上和脸上。

他刚想坐起来，就被一只手按倒。他看到了麦肯塔尔扭曲愤怒的脸。

“日本人在逃走前想把我们都杀了！”麦肯塔尔叫道。他的声音淹没在密集的机枪声中。他的身体突然被一股强大力量掀翻在地，鲜血从大腿上的枪口奔涌而出……

机枪的射击声停止，四周是瘆人的安静。

“火……火！”一个战俘叫道。

他抬头从窗口望去，一队日本兵拿着汽油桶正在往战俘的草棚上浇泼，空气中弥漫着浓烈的汽油味道。

一个火把扔在满是汽油的草棚上，“轰”的一声火焰蹿起来。火势飞快地随风蔓延，浸满汽油的干燥茅草飞快燃烧。营房内很快地充满了浓烟，变成一个焚烧的地狱。

“轰”的一声，营房中间塌下一大块带火的屋顶，掉在挤成一堆的战俘身上。战俘们在火中扑打、逃避。几个战俘身上带着火冲出营房。远处传来机枪的点射声，战俘们应声倒地，燃烧的身体依旧在地上翻滚，发出非人的惨叫声。

营房已经变成地狱般的修罗场，焚烧中的战俘痛彻心扉地惨叫。满是火焰的身体在地上打着滚，试图扑灭身上的火。营房前的空地上，更多燃烧着的身体被重机枪子弹割断成两半……

烈火和浓烟中，罗杰斯被无所不在的烈火焚烧着，已经不能呼吸，但他心里却没有一丝恐惧和害怕。他慢慢抬起头，透过面前浓厚的火和烟，看见三个日本士兵躲在一个掩体后面，用机枪对着战俘营疯狂扫射。

他知道自己的时刻到了。

站在典狱长办公室的高桥从窗口欣赏着对面的残酷杀戮，布满伤疤的脸上带着一丝狰狞而愉悦的笑容。

突然他看见一个不可思议的情景。

一个浑身着火的身影走出战俘营，跌跌撞撞地跑向前方的空地。他穿着已成条状的海军陆战队军装，脸被火熏得黢黑，瘦得不成人样的脸上瞪着两个巨大可怕的眼睛，缓慢而坚定地向他跑来。

罗杰斯步履蹒跚地跑着，正对着掩体里扫射的机枪和已经杀红眼的日本兵。他安详地闭上眼，张开双臂拥抱着向他射来的机枪子弹……

但是，没有任何东西能碰到他的身体。

罗杰斯的步子变得越来越稳，身体像在空中飘浮，坚定而轻盈。高桥和机枪手目瞪口呆地看着渐渐靠近的罗杰斯，恐惧地连续扣动着手中的扳机……

在接近掩体的瞬间，罗杰斯睁开眼睛，黢黑的脸上露出白色的牙齿，抄起一桶日本兵刚才剩下的汽油，飞身跃入机枪掩体。他身上的火苗点燃喷洒在空气中的汽油。

一个巨大的火球在掩体上方腾空而起。

106

杰贝兹博士的声音像雪花一样缓缓坠落。

四十多年前那个太平洋小岛上的惨烈火光和现在古城郊外的黑暗雪夜产生了奇怪而不真实的断裂。站在寒风中，林简心里充满了强烈的震撼和迷惑。

“但是他没有死？”她迟疑地问道。

“罗杰斯中尉死了，像所有文件中、纪念碑上记录的那样，但一个崭新的他，杰贝兹，《圣经》里上帝卑微的仆人和忠诚的守护者诞生了。”杰贝兹博士的声音充满了自豪和欣慰。

“回国后，他回到普林斯顿大学完成了古人类学学位。他知道上帝选择了他，但是并不知道上帝的计划是什么，于是开始了漫长的等待。他白天在纽约自然历史博物馆做研究，晚上和周末在教会侍奉上帝。十几年过去了，没有任何事情发生。直到一个冬天的黄昏，他在曼哈顿的人丛中看到了一张熟悉的脸，突然知道上帝给他安排的计划是什么了。”

“你遇见了我母亲。”林简突然说道。

黑暗中可以感到杰贝兹博士的吃惊和一丝奇怪的满意与欣喜。他沉默了一会儿：“是的，我们从来没有想到分别十几年以后会在纽约的街头再次重逢，真是一个奇迹！但其实并不是奇迹，冥冥之中上帝自有他的安排和计划。我们……”

杰贝兹博士突然沉默，四周陷入一种短暂的宁静，像是漫长的黑暗和苦涩中一个温暖而美丽的纤弱气泡。宁静被杰贝兹博士嘶哑而略带疲倦的声音打破：“但是，悲剧在于你母亲一生要找到北京猿人头盖骨，而我一生的使命却是毁灭它。”

“为什么?!”林简问道。

“你生活在痛苦之中吗？简。”杰贝兹博士问道，他的语气里带着怜惜和苦痛。

林简没有回答，她三十年的人生瞬间在她眼前清晰地掠过。

“你不是唯一的一个。我们每个人都曾经生活在痛苦之中。你外祖父、你母亲、罗杰斯……战争、仇恨、饥饿、寒冷、失望、愤怒、孤独、迷茫伴随我们整个一生。”

在所有颜色中，不变的是深沉的黑色，伤痛的颜色。

“这是因为魔鬼把黑色的种子埋在我们的心里，生根、发芽、开花、结果……当罗杰斯中尉在菲律宾丛林里濒临死亡的那一刻，他所有的痛苦却突然消失了。他找到了心灵的安宁和生活的目的，也重新找到了上帝！”

“但这和头盖骨有什么关系？”林简问道。

“人们以为魔鬼是那个头上长着角、手里举着钢叉的凶恶而丑陋的样子……

不！它其实大部分时间以智慧、启蒙、知识的化身出现，就像它利用这个小小的头盖骨告诉我们，我们不是上帝的子民，不是上帝用自己的形象创造的。我们只是一个随机事故，只是宇宙间一个斑痕，只是进化过程中微不足道的一环。它同时又引诱我们忘掉了我们的造物主，变得自大和傲慢，就像古时的巴比伦人建造上天的通天塔。像一群迷失的羊，贪婪、沉溺、愤怒、嫉妒、懒惰，最后坠入痛苦的深渊……”

“但是你销毁了头盖骨，只是用谎言来掩盖真相！”林简大声说道。

“真相？”杰贝兹博士问道，“简，告诉我那些迷失的羊群真的知道什么是真相吗？告诉我他们知道自己的灵魂正在毁灭吗？告诉我他们知道正走向通往地狱的路上吗？不！他们不知道！就是面对真相，他们也不能看见。过去的三十多年里，世界上丧失信仰的人增加了三倍，比过去高达五倍的人已经不再祷告了。这个世界正在走向黑暗的深渊，人类正在向自我毁灭的道上狂奔……我们已经是迷途的羔羊，已经到达一个不能再被救赎的危急时刻。在这种情况难道不需要极端的做法和措施来保护人们、唤醒人们的良知？为此我愿意无怨无悔地变成一个守护者，一个众人眼里的罪人，但是上帝眼里的牧羊人！”

林简的眼前浮现母亲的脸、卡特琳娜的脸和那些死去人的脸。

“但是，”林简反驳道，“你杀害了这么多无辜的人！”

“简，如果要你奉献自己生命和灵魂去拯救你爱的人，”杰贝兹博士问道，“你愿意吗？”

林简迟钝的大脑里突然一阵迷惑，想到了母亲和克拉克。

杰贝兹博士的声音里充满了痛苦：“是的，我是杀人犯，但是没有人知道我是多么爱他们！生命真的那么重要吗？我们每个人都要死去，我们在这个世界上只是一个短暂的过客，是为我们的永生做准备。但是，怎么死决定我们能否进入永生之门。你母亲和所有人的死不是没有价值的，他们的牺牲会让世上更多人得到拯救。如果我们微不足道的肉体的消灭能拯救更多人的灵魂，如果我下地狱能让更多的人上天堂，我情愿用我的罪孽和痛苦换取千万人的安宁和永生！”

“不，你不是上帝！”林简说道，“你没有权利决定任何人的生活和生命，你也没有权利决定事实和真理！”

四周一片安静。

林简眼前突然一亮，一道手电筒光划破黑暗。

杰贝兹博士左手拿着手电，右手拿着手枪，站在她不远处。林简举起枪对着他的胸口。杰贝兹博士满头的白发在风中飞舞，他没有看林简对着他的枪口，抬头看着上方的一线天空："是的，所有的对错都在上帝的眼里和审判下……"

"简，"他低下头来看着林简，"你可能是唯一能理解我为什么这么做的人。这些日子你经历了这么多，应该能懂得什么是痛苦和牺牲，应该能理解布满荆棘的路是得到拯救和荣耀的唯一途径。是吗，简？"

林简举着枪的手在颤抖。

"痛苦和牺牲……"她轻声地重复道，枪口慢慢垂落。

"在过去短短的日子里，你让我重新见到我母亲，又重新失去了她。你让我见到我的亲人和朋友，又一一把他们从我身边夺走。你让我在这世界上再也没有一个亲人……"林简的声音突然破裂。

"对不起！"杰贝兹博士声音里有一丝抱歉和痛苦，但马上恢复正常，"你可以恨我，但这是必经之路，我们没有其他的选择！"

"但是，"林简喃喃自语，"在这刻骨铭心的痛苦过程中，我失去了所有，但却得到人类最美和最高贵的东西——爱。我亲身感受到了父亲对女儿的爱，母亲对孩子的爱，朋友之间的爱，陌生人之间的爱和不可能的爱……我看到了你认为卑微而无知的人为了爱做出的宽容、原谅和牺牲。你问我是不是懂得什么是痛苦和牺牲？是的！我能懂得什么是痛苦和牺牲，因为我现在懂得了究竟什么是爱！"

林简双手举起枪对准杰贝兹博士，大声说道："不！我不恨你，因为你只是一个不懂爱的可怜人，但我不会让你毁掉头盖骨。我不会让我母亲、我外祖父和我爱的所有人白白死去。"

林简的声音在山洞里盘旋、回响。

杰贝兹博士凝视着挺立的林简良久后，慢慢举起枪："那我们就没有选择了！"

他的话音未落，从黑暗中冲出一个黑影，扑向他。

手电光飞起，两个人缠抱翻滚在白色的雪地上，然后迅速分开，飞快起身，对峙着相对站立。同时身体前倾，手臂弯曲前伸。林简看到他们手里各拿着一把闪着寒光的匕首。

黑影飞快出手，匕首直刺杰贝兹博士的右胸，但是他的右腿似乎有些拖沓，减缓了他的速度。杰贝兹博士闪身，同时右手匕首划向黑影的大腿。黑影轻轻地哼了一声，利用两人身体靠近的瞬间，反手将匕首刺向杰贝兹博士的左胸。

杰贝兹博士侧身躲过。黑影回手挥刀，划过杰贝兹博士的左胳膊。

鲜血在手电灯光中溅落。

两人弹开，然后像两头野兽一样扑向对方继续角斗。诡异的是两人的站姿、刀法几乎相同，似乎彼此对对方的招数了如指掌。两人身影飞快接触、分开，更多的血洒在雪地上。

杰贝兹博士一步向前，匕首突然下沉，一下子插入黑影的大腿。黑影一声不吭，没有任何犹疑地继续向前扑去，然后急回身，反手将刀划入杰贝兹博士的肋下。杰贝兹博士闷哼一声，弯下腰。黑影收住脚步，拖着右腿转过身来，向负伤的杰贝兹博士扑去。

杰贝兹博士直起身来，持刀的动作突然变了。

他两手同时向黑影伸出。黑影自然而然地伸出左手抵挡，右手将刀向杰贝兹博士露出的胸口刺去。杰贝兹博士突然变招，左腿往后稍退，两手扭曲如蛇蟒，猛力绞住黑影的右臂，借黑影的动能将黑影双臂推向一边，左手上的匕首刀锋露出，划过黑影的颈部。黑影慌忙回手，护住致命之处。杰贝兹博士匕首突然转向，刺入黑影的胸口。黑影扔下匕首，两手紧紧地抓住杰贝兹博士持刀的手。

"这招在海军陆战队里是不教的。"杰贝兹博士的声音突然变了，带着一个奇怪的亚洲口音，"只有在菲律宾的战俘集中营才能学到!"

杰贝兹博士再次发力，匕首捅入黑影身体的深处。他拔出匕首。黑影缓缓地跪在地上，颓然倒下。

林简踉跄地冲到黑影身边。

克拉克的脸在微光里显得格外的苍白，睁着眼睛看着林简，露出一个大男孩般的笑容，笑容慢慢凝固……

杰贝兹博士捡起电筒，在地上找到了枪，突然听见一声母狼般的嘶叫。他转过身来，看见林简向他冲来，两手举着枪。他条件反射地举起枪。

在完全丧失意识的边缘，林简扣动扳机。一声枪响，杰贝兹博士的身体一震。他没有动，依旧举着枪对着林简，但是迟迟没有扣动扳机。

灯光突然大亮，猿人洞里一片光明。密集的枪声响起。

杰贝兹博士的身体在弹雨中震颤、扭曲，然后缓缓倒下。林简茫然地回过头去，看见山洞口一群警察手里举着还在冒烟的枪，领头的是身材高大的王言冰。聂平站在不远处，手依旧放在电灯的开关上。

提着枪，林简慢慢走到杰贝兹博士身边。他躺在土坑边上的黑土和白雪上，身上有好几个弹洞，鲜血从他的嘴里流出来。他睁着眼睛看着走近的林简，慢慢向她伸出一只手。

苍老的手在半空中战抖着。

林简悲伤地看了一眼杰贝兹博士身边刚才没有开火的手枪，慢慢在他身边跪下。他蓝色的眼睛凝视着林简，呼吸急促而短浅，眼睛里混合着悲伤、期待、平静、骄傲……

林简犹豫地伸出手去，碰到了他的手。

杰贝兹博士的手冰凉而坚硬，急切地抓住了林简的手，呼吸开始慢慢变缓，手指却奇怪地变得温暖和柔软。

林简内心深处突然一动。

“那晚在高桥别墅地下室的人是你？”她声音战抖地问道。

杰贝兹博士失神的眼睛看着林简，微微点点头。

“请原谅我，孩子！”他轻声说道，慢慢闭上眼睛。

他的手心里有一片东西。

107

七岁的林简睁开眼睛。

她眼前一片黑色。她眨眨眼睛，还是什么也看不见。她被包围在无边无际的黑暗中。

她光着脚蹲在地上。脚下是冰凉坚硬的石头。她慢慢地向前伸出手，手无声地在眼前消失。

“妈妈！”她轻声地叫道。

没有人回答。她细小的声音被奇怪地弹跳着，沿着一个看不见的轨迹，传到远处……

她孤身一人在一个洞穴的深处。

“妈妈!”她轻轻地又叫了一声。她的声音再次消失，没有回应，只有自己急促的心跳和呼吸声。

她小心地站起身来。这时她听到一个令人毛骨悚然的声音。一个巨大的野兽在她身后的黑暗中压抑地喘息着。

她全身僵硬，无名而熟悉的恐惧让她幼小的身体失去任何行动能力，一动不能动地站在那里。

像刚才突然出现一样，喘息声突然奇怪地消失了，四周一片寂静，但是她的第六感察觉到周围空气压力细微的变化，黑暗中有东西向她无声地靠近。她不知道那是什么，来自哪个方向。

一只冰冷的爪子突然从后面的黑暗伸出，扼住她的咽喉。她一下子窒息，拼命挣扎，竭尽全力想摆脱那只多毛、带着长指甲的爪子。她能听见自己喉骨被挤压的声音，缺氧的肺部在疼痛地燃烧，两手的抵抗越来越弱，意识开始失去，渐渐滑入眼前无垠的黑暗中……

“不!”林简大叫一声，突然睁开眼睛。她聚集起全身的力量，用最后残存的意志让自己转过头去，面对着背后黑暗中让她恐惧了一生的东西。

那一瞬间，太阳照进洞穴。黑暗和魔鬼一下子消失，只有明亮、炫目无比的阳光。

林简在阳光中慢慢睁开眼睛。

明亮的灯光照在墙上的各种医疗器械上，整齐堆放的急救包，红色的心脏起搏器，绿色的氧气瓶，晶莹透明的点滴瓶子和管子……

一瞬间林简以为回到了曾经工作的医院病房，过去三个星期发生的所有事情只是一个梦。

“你醒了，林女士?”一个温柔的声音在耳边响起。林简转过头，看到护士帽下一张微笑的脸。她低头，看到自己手上插着的针头和身体下雪白的被单。

她躺在一辆救护车里。

清晨强烈而清澈的阳光从顶部照入幽深的山洞中，“猿人洞”三个大字在阳光下熠熠闪光。

林简走进洞口，四处打量面前山谷中挖出的巨大空间。一群人聚集在“1929 年北京人第一头盖骨发现处”的标牌下方。

林简走近人群。人们转过头来，友好微笑地看着她。

“哎，你怎么起来了？”旁边传来聂平的声音。

林简转过头来，看着聂平缺少睡眠但神采奕奕的脸。她向他虚弱地微笑，心里被他脸上巨大的欣喜笑容所感动。人们开始给她鼓掌，为她让开一条通道，她有些不知所措、略带腼腆地通过人群，走到山壁下方。人群的最里面是一排穿着制服的警察。王言冰正指挥几个警察小心翼翼地在汉默挖开的洞中挖掘。看到林简，王言冰向她兴奋地猛烈挥手。

林简对他招手微笑，带着些许羞愧。

“我们在旁边找到了第二个箱子。”聂平说道。林简点头，看着褐色的坑里并排地放着两个黑色箱子。

“特警汉默呢？”林简转身四处观看。

“噢，那个美国人，他被送到附近医院去了。”

“他还活着？!”林简惊喜地问道。

聂平点头：“是。他流了不少血，但是条硬汉子，应该没有生命危险。”

林简强迫自己转过头去，看着昨天克拉克死去的地方。

昨晚打斗的痕迹和血迹已经被新下的雪覆盖了，像没有发生过任何事情。她悲哀地看着前方白茫茫、没有任何印记的地面。

“另一个人呢？”她声音在清晨的空气中微微战抖。

“另一个人？”聂平奇怪地反问道，“我们只看到一具击毙的尸体和一个伤者，没有第三个人啊！”

林简一下怔住了。

前方突然爆发出欢呼声。

一个锈迹斑斑的箱子被几个健壮的警察从坑里缓缓抬出来。第二个箱子带来了更大的欢呼。

林简站在洞口的台阶上，看着聂平指挥警察把两个箱子搬上车。

她转过头去，看见王言冰站在不远处默默地看着箱子，眼睛里含着晶莹的泪水。她走过去站在他身边。

王言冰喃喃地说道：“真想让你外公和母亲也在这儿看到这一切。”

林简的眼泪夺眶而出。

“他们在看着呢!”她微笑着说。

零碎飞舞的雪花落在青石上，慢慢化去。

林简抬眼望去，眼前一排整齐的石梯向山顶缓缓爬升。穿着黑色大衣的王言冰走在她的前面。她心里暗暗佩服，近八十岁的王言冰依旧能步履稳健地走在陡峭的青石阶梯上。

半山腰的左面是一个宽阔的陵园。用无瑕的汉白玉、雕花的大理石栏杆围起一个个肃穆的陵墓。每个陵墓前方矗立着高大的墓碑。

林简缓缓从陵园边走过，看到墓碑上都是如雷贯耳的名字。每个名字都是为周口店的考古和研究做出杰出贡献的著名考古学家。

王言冰没有驻足，继续向山上走去。

王言冰和林简站在山顶平台上，看着下方变得渺小的博物馆和猿人洞。雪花静默地从天空缓缓落下。两人都没有说话。

“你外祖父是我的恩师。”王言冰打破沉默，“我十五岁就跟着他，他教会了我很多东西，工作上、学术上、做人上，他永远是我的老师。”

他走到平台的边缘，示意林简上前。林简走到他的身边看到在山顶边缘的一个凹陷里，面对一无遮拦的天空和绵延的群山，有一块小小的无字石碑。

“当年听到老师遇难的消息后，我当夜赶回北京。”王言冰的声音从身后传来，“我从乱坟场里把老师的遗体背回来，第二天把他埋葬在这里。”

天边厚密的云层裂开了一条缝，一线阳光从天空上方射出，像一根金色的标枪插在天地之间。

林简和王言冰看着面前飘落的雪花和光彩夺目的阳光。

“我想老师会喜欢这里的。在他发现头盖骨的山顶上，看着日出日落、春去秋来。冬天可以听见雪落的声音，夏天可以闻到野花的芬芳……”

四个红色的中国结和四条黄丝线整齐排在一起，林简把它们用火柴点燃，很小的火苗在石碑前缓缓燃烧。

“外公，妈妈，请安息吧!”林简低头，两手合十轻声说道。

燃烧的灰烬被风吹起，飘向空中，飘向前方起伏的群山和一望无际的天空与大地。林简脸上露出灿烂的微笑，眼泪从她黑色的眼睛流下来。

细雪缓缓飘落在那个没有名字的墓碑上。

尾　声

龙骨山，一九八八年一月十四日，清晨。

两辆北京吉普一前一后行驶在盘山公路上。

背景里的龙骨山在阳光下变换着明亮和阴影，转换着光秃寂静的褐色山坡和冰雪锐利的银色反光。

聂平坐在第二辆车的副驾驶座位上，英俊的脸上依旧带着微笑。他转过身，再一次看了看身后两个锈迹斑斑的黑色箱子。

他闭上眼睛，深深地呼吸着充满整个车厢的锈蚀金属和新鲜泥土的味道。

“这么多年了……”他深深地感叹道。

他飘忽的思绪被一声轻微而沉闷的声响打断。

聂平睁眼的一刹那，看见前方的吉普微微震动一下，突然凌空飞起，在空中翻转后轰然落下，变成一个巨大的火球在狭窄的山路上熊熊燃烧。作为二十年前的老兵，聂平知道前方的车被一个威力巨大的火箭弹打中。他毫不犹豫地伸过脚去，猛地踩住警察司机脚下的刹车板。

闸皮和轮胎猛烈摩擦，发出刺耳的声响。车猛地停在燃烧的残骸前方。

“倒车！”他叫道。司机慌忙换挡，刚要踩油门，但已经太晚了，吉普两边的车门同时被打开。

两个全身黑衣，带着滑雪面罩的人端着微型冲锋枪对着车里的聂平和司机。

聂平飞快地从司机腰间拔出手枪。右方传来冲锋枪点射的声音。他感到自己的身体被猛力推到一边。他仰面倒下，倒置的视线定定地看着后座上的两个箱子。箱子的黑色慢慢化开，最后占据了他整个远去的视野……

司机猛地踩下油门，吉普一下子蹿了出去。右边的黑衣人一下子摔下车，但左边的黑衣人依旧紧紧地抓住门框。他呼吸沉重，脸上的汗水染湿面罩。他用冲锋枪托沉重地打在司机的太阳穴上，一把从失去知觉的司机手中抢过方向盘，踩下刹车。

汉默吃力地把司机拖下车，坐进车里，摘下满是汗水的面罩，露出没有一丝血色的脸。

他转过头看了一眼后座的两个箱子，脸上露出疲惫的笑容。

“总算结束了。”他厌恶而欣慰地想。从后视镜里，他看着那个参议员派来的枪手一瘸一拐地向吉普走来，在躺在地上的司机身边停下。

枪声让汉默闭了一下眼睛。他从后视镜看着枪手又补了一枪，低头骂了一句。等他抬头再看后视镜时，奇怪地再次看见他父亲的眼睛平静地看着他……

“失血过多产生的幻觉。”汉默想。他眨了一下眼，幻觉消失了，那个枪手的身影也不在视线里了。

汉默转过头去。右边的窗玻璃突然粉碎。他看到自己的血带着身上仅剩的力量喷在挡风玻璃上。他无力地扑在方向盘上，血从他脖子上的弹洞缓缓流出来。

汽车喇叭刺耳地长鸣。

枪手拉开车门，从汉默身边拿起冲锋枪扔在一边，再从他腋下拔出沾满鲜血的手枪，快速地搜了一下各个口袋，然后一把将汉默拉下车。毫无知觉的汉默像一袋土豆一样沉重地掉在地上，喇叭声停止。

枪手坐上驾驶座，侧身瞄准蜷缩在地上的汉默，扣动扳机。

一声枪响。枪手面罩的上方出现了一个血洞。

汉默躺在地上，喘着粗气，手里握着那把藏在靴子里的小手枪。他挣扎着爬起身来，用力把枪手的尸体拉下车，慢慢爬上座位。他试图用手捂住脖子上的伤口，血从他的指缝里涌出来。他胡乱地打开车里的各个工具箱，在其中一个盒子里找到一个急救包，吃力地用牙撕开，开始包扎伤口。

硕大的汗珠从他满是灰尘和油腻的脸上滑落，慢慢洇入纱布。他急促地喘息着，咬紧牙关扎紧了绷带。他把像要断掉的双手无力地放在方向盘上，粗重地喘着气。他想抽支烟，但是没有力气把手伸入口袋里摸烟。

“我现在要做一个决定了。”他对自己说。沉思片刻，他聚集起全身力气，伸手调成倒挡，车慢慢在狭窄的公路上掉过头，对着刚才开来的方向。他换上行驶挡，伸脚踩下油门。

这时，他听到身后有一个声音。

他踩住刹车，缓缓地转过僵硬的脖子。那个声音变得更加明显了。

汉默充血的眼睛紧紧地盯着面前他从来没有见过的情景。他的身体在狭小空间里恐惧地往后退去，血不断从他脖子上的伤口涌将出来……

纽约中城，一九八八年一月十七日，傍晚。

古老的小教堂。

教堂的正前方是个白色的祭坛，上方是个简朴的木制十字架，上面雕刻着正在受难的耶稣。他戴着流血的荆冠，目光悲悯地看着下方一排空荡荡的长椅。

林简坐在长椅的末排，低头默祷。

她停顿了一下，最后为克拉克做了一个祷告。在短而简单的祷告时，那个海边的白色小房子在她的脑海里一闪而过……

她抬起头来，默默地看着前方的十字架和耶稣受难像。

她收回目光，向右前方看去。恍惚间，杰贝兹博士转过白发苍苍的头，向她慈祥地微笑……

林简靠在留着漫长岁月痕迹的长椅上，仰面看着上方的穹顶。白色的穹顶上雕刻着广阔的天空、飞翔的天使、浮云连成的花环。她凝视着那些精美的画面，闭上眼睛。

她看到眼前的画面开始移动。

她的身体慢慢地离开座位，飘浮在空中，缓缓向白色的祭坛移动。她混沌的心里混合着绝望和温暖、痛苦和宁静……

杰贝兹博士抱着昏迷的少女林简从风雪中走进教堂，一步一步地向圣坛走去。他的脸上和身上洒满林简的鲜血，身后留下一条殷红的血迹。

他把林简轻轻地放在圣坛上，细心地为她包扎好手腕上的伤口，然后用一块干净的白布，蘸了圣水盆里的水，替她慢慢擦去手上、脸上的血污和脏物。

教堂的钟声响起。

少女林简慢慢睁开眼，朦朦胧胧地看着教堂上方高高的穹顶。

透过朦胧的眼泪，林简凝视着教堂高耸的穹顶。

她想起杰贝兹博士临终前看着她的眼神。她低下头来，看着手里杰贝兹博士放在她手里的那张硬纸，眼泪顺着她的脸颊流下来。

这是一张泛黄的黑白照片，照片中间的人是她的母亲。

母亲看着镜头，脸上带着灿烂而幸福的笑容。她手上抱着一个婴儿，身子微微右倾，倚靠着一个英俊的高个男人。男子修长的手臂伸出，紧紧地搂着林静秋和她怀里的婴儿。三人紧紧地依偎在一起，脸上洋溢着幸福的笑容。

埃塞俄比亚，裂谷，一九八八年一月十九日，黄昏。

火红的夕阳照在茫茫群山上，峻峭山壁宛如纯金锻打而成，浓厚的金黄缓缓流入中间的裂谷。

裂谷的深处是一片格成整齐方形的地面。

考古坑边上停着一辆吉普车。塞拉姆坐在驾驶室里，一边哼着歌，一边把玩着一个考古队员为她做的布娃娃。她突然停止歌唱，警觉地抬起头来看着前方。硕大的夕阳在地平线上缓缓下沉……

奥森趴在旁边的考古坑里，聚精会神地用小刷子轻轻刷开一块露出地面的化石。

塞拉姆发出一声尖利的叫声。奥森猛地抬起头来，看到塞拉姆飞快地跳下车，一边尖叫一边向前方跑去。

奥森直起身，用手遮住强烈的阳光向前看去。远处的夕阳中有一个女子的身影。

在非洲大陆黄昏绚烂夺目的光芒中，林简背着挎包向考古营地大步走来。

她张开双臂，脸上带着灿烂的笑容。

塞拉姆欢叫着向她跑去。

小林简欢笑着向张开双臂的林静秋跑去。

在小林简跳动的视线里，林静秋越来越近，她模糊的脸变得越来越清晰，脸上洋溢着慈爱的笑容。

……

星星闪烁，妈妈在默默想望，
大河流淌，是我的思念梦想。
山高路远，带我回梦的故乡。
再不分离，你永远在我心上。
……

2006 年，考古学家在埃塞俄比亚的阿瓦西河里夫特裂谷发现了一个迄今三百三十万年的三岁女孩的骨骼化石。她比以前发现的“露西”还早了十五万年。

新发现的化石被命名为塞拉姆，意思是“和平”。

跋

小说《寻骨者》改编自电影剧本《龙骨》。

1929 年 12 月 2 日，北京郊外周口店龙骨山。

中国考古学家发现了一个五十万年前的完整猿人头盖骨。这一发现轰动了世界，被公认为是古人类研究史上最重要的事件。北京猿人头盖骨成为历史上最珍贵的化石之一。

1941 年 12 月 7 日，日军偷袭美国珍珠港前夜，在北京猿人头盖骨转运美国自然历史博物馆途中，突然离奇失踪，成为世界近代史上迄今未解的最大谜案之一。

在美国读书时，我对北京猿人头盖骨产生了浓厚的兴趣。我在图书馆查阅了几乎所有与其相关的书籍、资料、剪报或采访。一件奇怪的事情发生了。当我对这个神秘事件了解得越多，围绕它的一切就变得更加扑朔迷离……

几年后，我在纽约大学学习电影编剧，创作的第一个剧本便是《龙骨》，讲述一名孤身女子穿越四大洲，寻找失踪的头盖骨。经历千辛万苦和惊心动魄的旅程，她终于找到了遗失的国宝、从未谋面的家人和曾经迷失的自己。

忘了谁曾经说过，用爱走一条最难的路。

把剧本《龙骨》改为小说《寻骨者》的过程中，我突然意识到这其实是以爱为核心的惊险故事。主人公选择了一条最难走的路。一路上她发现了爱，懂得了爱，最终用爱战胜了难以想象的困难和强大的敌人。

感谢纽约大学的老师和同学们；感谢高中曾鼓励我弃理从文的田盛文老

师；感谢从不间断对我叮嘱和教诲的父母；感谢为我提供第一手资料的吕彦女士；感谢这本书的出色编辑郝俊伟和张礼文先生；最后，感谢一路给我鼓励和帮助的朋友们。

爱，很多时候难以表白。

朱辉

2018 年 11 月 10 日